献给中国原生文明的光荣与梦想

——题记

点评本

大秦帝国

第三部　金戈铁马　下卷

孙皓晖　著

谢有顺　胡传吉　点评

河南文艺出版社

目 录

第九章 孤城血卜

第十章 胡服风暴

第九章 孤城血卜

一 古老铁笼保全了田氏部族

齐王被杀的消息迅速传开,三千里齐国崩溃了。

临淄陷落,国人已经深为震撼。然则,国王带着一班大
臣与嫡系王族毕竟已经安然出逃,活着的邦国权力依然完
整,庶民精壮也还只在国内逃亡,尚没有大量流散他邦,国王
只要惕厉奋发立定抗燕大旗,万千齐人便会潮水般汇聚而
来,安知不会一反危局?尽管齐人对这个国王积怨甚深,但
在国破家亡的危难时刻,对燕军的恐惧与仇恨已经迅速冲
淡了往昔的怨恨。毕竟,举国离乱之时,国王的存在就是邦
国的希望。可如今,国王竟然被杀了,无人可以取代的大纛
旗轰然倒地了,齐人如何不震惊万分。更有甚者,齐王还是
被齐国人在齐国的土地上千刀万剐的。别说春秋战国没有
过,就是三皇五帝到如今,这也是头一遭。纵然暴虐无道如

桀纣，也只是个亡国身死而已。但为君王，哪个被自己的子民一刀一刀碎割了？这亘古未闻的消息，震动了天下君王，更震坍了齐人的心神。人们茫然无措了。齐王不该杀么？该杀！齐王该杀么？不该杀！该杀不该杀都杀了，都城没有了，家园没有了，国王没有了，大臣与王族星散了，所有的城池都不设防了，这还有齐国么？轰然如鸟兽散，已经麻木的国人们开始了大迁徙一般的举国逃亡，逃往边境，逃往他国，逃往一切没有被燕军占领的城堡山乡。无论逃向何方，总是不能落在为复仇而来的燕军手里。

田单听到这个消息时，已经在东去的路途了。

燕军一进济西还没开战，田单已经与鲁仲连分手回到了临淄。一进府，家老便来禀报：已经督促执事、仆人将全部财货装载妥当，族人们也已经聚在了府中园林等候，单等他一回来立即星夜离开临淄前往大梁。可田单却一句话也没说，匆匆进了书房，良久不见动静。看看暮色将至，族人们不禁着急了。田氏举族久为商旅，除了合族公产的外国店铺，家家都是殷实富户，走遍天下不愁生计，只要离开这即将灭顶的战乱之地，兴旺将依然伴随着田氏。唯其如此，田氏离齐是举族公决的既定之策，承袭族长的田单从大梁回齐，为的也是带领族人安然转移。

"总事，"家老轻步走了进来，"族人们都等着。"

"家老，你也是老齐人了。"田单回过身来，"当此之时，田氏该走么？"

"……"白发苍苍的家老愕然无语。

"击鼓聚族！"田单断然挥手，"我有话说。"

齐人尚武，大族聚集有军旅法度。石亭下的大鼓一响，散乱在府中的族人迅速赶来，只在片刻之间，合族近千人在后园池边的竹林草地间聚齐了。田单踏上池边那座假山时，

这一设想，大胆，也说得通。楚将淖齿领兵来救，湣王拜之为相，淖齿"遂杀湣王而与燕共分齐之侵地卤器"（《史记·田敬仲完世家》），从君臣伦理上来讲，淖齿既为齐国相，就是齐国人，湣王算是死于自己人手中。另据《战国策·齐策六》，"王奔莒，淖齿数之曰：'夫千乘、博昌之间，方数百里，雨血沾衣，王知之乎？'王曰：'不知。''嬴、博之间，地坼至泉，王知之乎？'王曰：'不知。''人有当阙而哭者，求之则不得，去之则闻其声，王知之乎？'王曰：'不知。'淖齿曰：'天雨血沾衣者，天以告也；地坼至泉者，地以告也；人有当阙而哭者，人以告也。天地人皆以告矣，而王不知戒焉，何得无诛乎！'于是杀闵王于鼓里"。这是天、地、人要齐湣王亡，齐王罪无可恕，当以死谢天下。

田单危难中让齐国起死回生。

宗法制有效，到了最后关头，还是得靠族人。同时也说明，宗法制下，培养对宗族的忠诚，易；培养对国家的忠诚，难。前者为血缘观念，后者为公民教育，前易后难。宗法制影响深远，后世要进入现代社会，任重道远，此为题外话。

族人们惊讶地睁大了眼睛。素来一身大袖长衣的田单,此刻一身棕色皮制软甲,手中一口长剑,脚下一双战靴,只差一领斗篷一顶铜盔,活生生一个威严将军。

"凡我族人,听我一言,而后举族公决。"族人们惊讶疑惑之时,田单一拄长剑开口了,"田氏虽商旅之家,却是王族支脉,齐国望族。当此邦国危难之际,田氏若离开临淄,纵然商旅兴旺举族平安,于心何安?"

"族领之意,究竟如何?"一个族老嘶哑着声音问。

"田单之意,"田单慷慨激昂道,"我族兴亡,当等待国运而定。若齐军战胜,邦国无忧,田氏便可离齐。若齐军战败,田氏当与邦国共存亡,与国人共患难!"

暮色苍茫之中,族人们沉默了。对于早早已经做好迁徙准备的族人们来说,这实在是一个出乎意料的决断。百年以来,自从这一支田氏从官场朝局游离出来走上商旅之路,田氏一族就对国事保持着久远的淡漠,六代相传,没有过一个人做齐国官吏。时日长了,"在商言商,国事与我无涉"成了田氏族人的传统规矩。心无旁骛且不乏根基,精明的田氏商旅蓬蓬勃勃地发达了起来。齐威王以来,齐国总是巧妙地躲闪着中原战国之间的恩怨纠葛,没有在本土打过一次惨烈的大仗,国势蒸蒸日上。及至这个齐王即位吞并宋国,齐国一时极盛,齐王还做了与秦王对等的东帝。如此一个强势大邦,自然无须奔波商旅的田氏去关照。田氏的商旅大业,也恰恰在这时达到了极盛之期。也许当真应了那句老话,盈缩之期不可测。倏忽之间,齐国莫名其妙地乱了,事情也多了。田氏这个年轻的族长,也似乎在悄悄改变着田氏传统,变成了一个秘密与闻天下兴亡的人物。然则,尽管田单与鲁仲连及孟尝君的过从在族中人人皆知,但族人们却只将这些事看作年轻族长的名士做派,谁也没有仔细想过会对族人族

据《史记·田单列传》,"田单者,齐诸田疏属也。湣王时,单为临菑市掾,不见知",可见田单是危难时挺身而出。齐国太平时,田单多低调行事,官职低微(市掾,辅助管理市场的官员),不为人知。田单有奇智,确实是有意思的人物。

业如何如何。今日这一突兀决断,顿时使族人们对眼前这个扑朔迷离的族长清晰起来——田单不是正宗的恪守祖制的田氏商人,他要将田氏的商旅命运绑缚在邦国兴亡之上,这是商旅家族的正道么？

可田单的一番话正气凛然无可辩驳。虽然是久在商旅,可田氏家族在商人中总保持着一种骄傲的王族老国人的气度格局,与异国同行但说齐国,离不开一句开场白"自田氏代齐以来如何如何"。如今国难当头,族长的话当真不合我心？

突然,一个年轻的声音从人群中飞了出来:"族领说得对,田氏与邦国共存亡！"立即有一片后生应和:"好！留下打仗,见见战场！"人群便哄哄嗡嗡地议论起来。

此时天色已经黑了下来,府中风灯早已经收拾了起来,族人们点起了原本准备走夜路的火把,将池边照得一片通明。坐在最前面石墩上的几个族老连忙聚到一起低声会商,说得一阵,几个老人一齐站起,一齐将手中竹杖抱在了胸前。

"肃静,听族老说话。"田单高声一句对着老人一拱手,"族大父①请。"

老人壮硕健旺,竹杖笃地一点跨上了池边一方大石:"老夫等几人商议了一番,以为田单所言极是。田氏久为商旅,毕竟王族国人。大军压境,国难当头,岂能在此时一走了之？国胜则走,国败则留,方显田氏本色也！"

"族老议决,族人以为如何？"田单高声问了一句。

族人们火把齐举,一片高喊:"国胜则走！国败则留！"

"好！"田单一举长剑,"自今日起,田氏举族以军法定行止。这座府邸便是合族营地,各家自成军帐驻扎,做好起行准备,随时听从号令行事。"

"嗨——"池边近千人一声整齐呐喊。

一时之间,田单府邸变成了一座奇特的军营,池边草地林木假山厅堂院落,到处都扎满了帐篷。商旅生涯原本是四海游走的生计,旅途结帐野居更是家常便饭。各家分头动手,各色帐篷在火把下迅速立了起来。

田单下令,原本装好的兵器车辆全数打开,长剑分发精壮,短剑分发少年与女眷,一百副机发硬弩分发给曾经修习过强弩术的技击之士。兵器分派完毕,田单将寻常护送商旅的三百名骑士与族人中持有长剑弓弩者混合,编成了一支六百人的"族兵",分做六

---

① 大父,战国时对祖父的正式称谓,族大父,即族中祖父辈人物。

个百人队;每队五十名骑士、四十名长剑步卒、十名机弩手,组成一个精悍完整的战场小单元。另外四十名机弩手配备了战马,与商社百骑编成一支"飞骑策应队",由田单亲自率领。

这商社百骑与护商三百骑,都是从咸阳与大梁的齐国商社专程赶回临淄护送迁徙的。骑士没有一人是田氏族人,而全部是田单在既往商旅中收留的难民精壮训练而成,骑术精湛武技高超,曾被鲁仲连多次"借用",实则一支职业骑兵。从燕军大举攻齐的消息传开,田单估量情势,要以重金遣散这些骑士。可骑士们慷慨激昂,立誓"与总事共安危"。田单反复思忖,纵是遣散,骑士们也是无家可归,仓促间却到何处立身? 便与骑士们商议,将他们暂时编成田氏家兵,但有机会,将其送入齐军建功立业。骑士们大是兴奋,异口同声一句:"刀兵来临,我等只跟定总事!"正是有了这四百名劲健骑士,田单才举一反三,将族人精壮与骑士混编成军,一支家兵立时成就。

成军事定,田单立刻聚集族老并各家家长,一番细密商讨,将全族分成了六支"车行部伍":财货粮食与老幼女眷全部上车,五十岁以下男子全部充当驭手,每部一个百人队两翼夹持护卫。方略商定,族老与家长们立即行动,一个时辰方过,各队人口编排就绪。

三更之后,田单一声令下:"所有车辆,全部安装铁笼!"

田氏商旅大族,合族各色载货车辆两千余。此刻集中到货仓车马场的,却只是六百多辆异常坚固、宽大车身车轮全被铁皮包裹的牛车,其余轻巧车辆全数被裁汰。寻常时日,这种车辆专一运送铁料盐包,由两头肥壮的黄牛驾拉,最是吃重且耐得颠簸驰驱。饶是如此,田单还是早早便给这种牛车打造了一件奇特物事——铁笼。

田单贤。

铁笼者，笼住车轴之铁具也。外有一尺铁矛状笼头，根部是一个厚有三寸带有十个钉孔的圆形铁壳，卡在车轴顶端，用十个大铁钉牢固地钉在车轴上，与整个车轴结为一个整体。寻常商旅车队互不相撞，铁笼自然无用。然则若是千军万马的战车战场，这铁笼便是大显功效。敌方战车无论如何也不敢并行抢先，或撞上来翻车。究其竟，铁笼本是春秋车战时期的特殊"兵器"，随着战车的淡出，也早已经成为罕见物事。田单经管商事日久，有了一种凡事不忽视细节的习惯，在仔细谋划有可能遇到的险境时，不期然想到了"临淄商旅渊薮，万商争迁，车流抢道"的危险，于是早早打造了几百副这种早已经被人遗忘的铁笼。

自有妙用。

风灯火把之下，数十名工匠一个时辰将铁笼叮叮当当装好，黑黝黝的大铁矛成排列开，衬着铁皮包裹的车身车辕，一片铁色青光触目惊心。

田单一挥手："二百辆车载人，立即分派各部伍。四百辆车装货：一百辆盐铁，两百辆粮食干肉，十辆药材，其余九十辆装载财货。"

"总事，"家老低声道，"财货原本装了三百辆，九十辆，只怕少。"

"财货精简！"田单毫不犹豫，"珠玉丝绸珍宝类全部坚壁，只带生计必需之物。"

逃命时，要尽量精简。

"明白。"家老一声答应，匆匆去了。

整整一夜，田氏部族终于收拾妥当。次日午后时分，惊人的消息传来：触子的四十三万大军在济西全军覆没。当夜，临淄城商人开始了秘密大逃亡。唯有田氏部族岿然守定府邸，捺性等待着齐军最后一战。三日之后，达子战死，二十万大军作鸟兽散。然则，更令都城国人震惊的是：齐王连同王族并一班大臣，竟连夜悄悄逃出了临淄。就在那天夜

达子刚烈，战死沙场。齐
湣王死到临头也不开窍。达
子让齐王犒劳士兵，齐王不
与，士气更加低落，齐军败走。

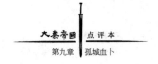

里,临淄终于爆发了逃亡大潮,到天亮时分,临淄城已经是十室九空了。也就在这天夜里,田单痛心疾首地断然下令:全族起程,东去即墨!

即墨,与这支田氏部族有着久远的渊源。

作为王族支脉,田氏代齐之初,田单族祖先被分封在即墨。那时,即墨是齐国东部最大的城堡,也是齐国的东部屏障。说是屏障,主要是预防东夷侵扰。到了春秋末期,东夷经过齐桓公发端的百余年"尊王攘夷",大体上已经被齐国化成了农耕渔猎的齐国民户。作为举族为兵掠夺袭扰平原农耕的东夷,事实上已经星散解体了。正因如此,齐国东部也没有了经常性威胁,即墨的要塞屏障地位也渐渐淡化了。领即墨封地之初,田氏部族也是举族为兵,全力追剿残余的东夷部落。及至大局平息,田氏利用即墨近海之便,渐渐拓出了一种独门生计——利用海路做海盐商旅。即墨出海,北面可达辽东与高丽①,南面可达越国琅邪,东面则可达更远的东瀛诸岛。齐国的海盐有两处产地,一处是临淄北部的近海区域,另一处是齐东近海区域。而齐东海盐,以即墨为集散地。时当田齐立国之初,对各个田氏部族的控制很是松散。正所谓天时地利人和无一不利,即墨田氏的海盐生意便蓬蓬勃勃地发了起来。先是田氏商船从海路冒险向外输送海盐,换回辽东兽皮、越国剑器等各种稀缺物事;后来则是辽东、高丽、越国、东瀛的渔船捎带从即墨贩运;再后来,诸多海船冒险前来,载着大量珍奇之物换取海盐。趁着商旅生计的旺势,田氏铸造了一种自己的刀币,上刻"節墨"②两个大字,专一用于海盐交易结算,被商旅称为"即墨刀"。有了即墨刀,盐铁生意如虎添翼,倏忽二十年之间,即墨田氏发成了最殷实的王族封地。

然则好景不长,精于经营的即墨田氏没有料到,即墨刀给举族带来了厄运。

即墨刀一出,"即墨田氏囤积盐铁,私铸刀币,图谋不轨"的风声渐渐吹到了临淄。不久,即墨田氏的在国族长被齐桓公田午③召了去。桓公皱着眉头只说了一句话:"即墨田氏擅长商旅,便去做商。土地官爵么,让给别个。"于是,田氏族长立即被削爵罢官,即墨封地自然也没有了。从那时起,即墨田氏永远离开了即墨,带着失意的寥落踏上了商旅之路。后来,田氏王室对王族支脉的控制越来越严,即墨田氏离王室王族与齐国官场

---

① 战国初期,辽东与高丽曾经被齐国夺取数十年,后归燕国。

② 原字如此,为"即墨"之古写。

③ 齐国两个桓公,一为春秋齐桓公姜小白,一为战国齐桓公田午。

越来越远了。但是，老根总是老根，无论朝野，人们只要提起田单一族，总是呼为"即墨田氏"，连田单部族的族老们数落起旧事，也是一口一个"俺即墨田氏如何如何"。

小城即墨，是这支田氏的族徽，也是这支田氏的圣土。回到久远的故乡，也许还会为这支田氏杀出一条新路来。

出得临淄，一片车马汪洋。临淄向东去海的官道素称"天下大道"，六丈余宽，路面夯土修筑，道边三层参天绿树，道边排水的壕沟抵得小诸侯国的灌溉小渠。任是何国商旅，只要走得一趟临淄大道，莫不由衷赞叹："齐国通海大道，冠绝天下也！"寻常时日，纵是盐铁生意最旺的时节，这条通海大道也从来没有过车马拥挤。如今迥然不同，遍野火把，遍野车马，暗夜之中远远望去，根本不晓得大道在哪里。东逃者大多是商旅大族与国人富户，动辄大车数百马匹上千，骤然间从临淄及齐国西部的所有城堡拥来，直是车马如潮人流如海，密匝匝遍布原野，却去何处找路？纵然找到那条通海大道，又如何挤得上路面？

"总事，这却如何是好？"久有商旅阅历的家老束手无策了。

田单长剑一挥："族人听了：百骑开道，我自断后。避开大道，直向旷野！"

发令方毕，田单身边的六支螺号呜呜长吹，六队车马甲兵顷刻间排好了次序，又一阵螺号，田氏车马队辚辚启动，两侧甲兵护卫，硬是在车马汪洋中缓缓移向旷野。堪堪将出车马海洋，西北方向却突然大片车马拥来夺道。

外围家兵连声呼喝："这里不是官道，闪开。"

"燕军来了，快跑啊！"遍野车马呼喊狂奔，不顾一切地压了过来。

小说直取即墨，乃省略之法。田单先走安平，最后才至即墨。

喀喇喇轰隆隆，两片车马无可避免地山一般相撞了。骤然之间，一片人喊马嘶，横冲直撞压过来的车马大片翻倒，田氏车队队形大乱，却没有一辆翻车，只惊得牛车队的黄牛们"哞哞哞"一片长吼。田单已经从后队飞马赶来，摇动火把大声呼喊："燕军尚远，莫得惊慌。各自分路，拥挤只能自伤！"左右家兵族人也跟着齐声呼喊，潮水般的混乱车马才渐渐平息下来。对方一个首领模样的老者举着火把查看了一番双方车辆，连连惊叹："噫呀！铁笼现世了。匪夷所思！娘的，老夫俺如何没想到这一层？"说着一拱手，"敢问贵方族领高名上姓？"一个族人不无骄傲地高声道："即墨田氏。不要问了，快收拾车马。"老人喟然一声长叹："望族也！能出此奇策，即墨田氏气运也。"说罢转身高声呼喝，"族人听了：整顿车马，跟定即墨田氏走！"

田单远远听得明白，低声吩咐家老："都是逃战，要跟者莫得阻拦。"

"车马太多，目标大，燕军追来如何是好？"家老立即急了起来。

"田氏与国人共患难，顾不了许多，走！"田单一挥手，螺号又呜呜响了起来。

如此三日，田氏车队后跟上了浩浩荡荡的几千辆牛车马车，虽则走得慢，却也不再遍野抢道乱闯。这一日横渡潍水，正逢夏日大水之季，其余部族装载财货的牛车马车大部分轴断轮折沉陷河水，财货也大部被大水冲走，小部分过河车辆也大都是车身损坏难以行走，一时间两岸哭喊连天。

田单却是镇静，下令给全部车轴铁笼各绑缚二十条粗大麻绳，青壮族人与家兵全部下水，在牛车两边拽住绳索，借着大水浮力将车辆半托在水面缓缓行进。虽是慢了一些，却

《史记·田单列传》："及燕使乐毅伐破齐，齐湣王出奔，已而保莒城。燕师长驱平齐，而田单走安平，令其宗人尽断其车轴末而傅铁笼。已而燕军攻安平，城坏，齐人走，争途，以輨（wéi）折车败，为燕所虏，唯田单宗人以铁笼故得脱，东保即墨。"情况危急，田单有先见之明。

是一人一车未折，全数到达潍水东岸。引得两岸狼狈不堪的人群歆羡不已，一片赞叹敬佩。再过胶水，其余部族的车辆几乎损毁净尽，唯独田氏车队如法炮制，过水完好无损。两道大河一过，田单的名字已是人人皆知了。

过得胶水又走得两日，距离即墨还有三五十里，越来越密实的帐篷营地一望无边。田单登上一个山头瞭望，各色帐篷营地竟一直延伸到即墨东南的沽水河谷。粗略估算，少说也有二三十万人。狼狈的难民们一边忙着野炊，一边高声嚷嚷着各自话题，人声鼎沸哄哄嗡嗡，甚也听不清楚。虽然东逃者大多是富户商旅，可眼下却都是衣衫褴褛灰头土脸，全然没有了任何礼仪讲究。显然，这是最早出逃的国人，除了些许粮食，大约所有的财货都被几道大水留下了。

田单看得直皱眉头，这即墨令如何不放难民入城？如此遍地炊烟，简直是在指引燕军的追杀方向。思忖片刻，田单唤过家老低声叮嘱几句，带着两名剑术精熟的骑士从帐篷营地间寻路直奔即墨。

即墨城正在一片惊慌混乱之中。

此时的即墨令轸子，原本是齐军的一个车战大将，年逾六旬，刚猛健壮不减当年。由于即墨为东方屏障，这里始终有三五万守军，即或在齐湣王聚集大军的时日，即墨的兵马也没有被西调。正因如此，闻得齐国西部城池守将纷纷弃城逃亡，轸子气得咬牙切齿，发誓要在即墨与燕军决一死战。正在厉兵秣马之时，难民潮却铺天盖地涌来，轸子顿时慌了手脚。放难民入城么，五六万人口的即墨小城如何容纳得这源源不断的汹汹人潮？纵然是富户逃亡自带粮草，可这饮水、柴薪、房屋、食盐等又如何解决？全城只有几十口水井，只这一个难题不解决，几十万人便得干渴而死。不放难民进城么，作为齐国最后时刻的唯一一座军备完整的要塞城池，又如何向国人说话？若城外变成了燕军屠场，身为齐国大将，有何颜面立于人世？思忖无计，轸子日每派出四个千人队，护送牛车给远离河谷的难民营地送水，给断粮的难民发放粮食药材等应急之物。如此不到旬日，城内军民又是大起恐慌。大战未至，军粮如此大量流失，若燕军杀来如何守得住城池？牛车药材等本是征发城内庶民的，百姓们也慌乱起来，不是心疼物事，只是成群结队拥到官府门前，一口声追问即墨究竟能否守住？守不住，赶紧放百姓逃生，耗在这里还不是等死？天天向城外运粮，那有个头么？到头来还不是内外一起饿死？乱纷纷终日叫嚷，轸子急得团团乱转，却拿不出个妥善谋划，一急之下突然中暑昏厥，醒来后连日突遭此大变,要有"正确"的反应,确实很难。

高烧昏迷不省人事了。

"禀报将军:即墨田氏的族领来了!"中军司马几乎是趴在轸子耳边喊着。

头上捂着湿淋淋布巾,榻边还摆着一个大冰盆,轸子依旧满面红潮喘息艰难。突闻"即墨田氏",雪白的双眉猛然一动,烧得赤红的双眼也豁然睁开。

"临淄田单,拜见即墨令。"田单不能自称即墨田氏,只以居所地自称。

"田单……"老将军暗哑地叫了一声,突然神奇地霍然坐了起来,"老夫听鲁仲连说起过……快! 先生为即墨一谋……"堪堪拉住田单的手,又软在了榻边。

"即墨令,生死存亡之际,我直言了。"田单见军医已经扶着老将军躺好,一拱手高声道,"解困之策:教老弱妇幼进城,十六岁以上五十岁以下男子全部编为民军,驻扎城外,做即墨郊野防守。先解人潮之困,否则便是乱局。"

确为两全之策。

"好!"老将军眼睛一亮,又霍然起身,"老夫如何想不到这两全之策?"喘息一阵,却又踌躇,"城外难民,多为商旅富户,愿意风餐露宿做兵么?"

"田单愿助即墨令一臂之力,说服逃难人众。"

"好!"轸子精神大振,"中军司马,授先生副将之职,编成民军。"

"不必。"田单一摆手,"同在危难,同为商旅,正好说话,官身反倒不便。"

轸子略一思忖道:"既然如此,便听先生。老夫准备城内,先生出城。"

片刻之后,田单飞马出城,回到沽水河谷,立即派出十多名原在商社做执事的精干幕僚飞骑到各个难民营地邀集族领聚会。午后时分,各个帐篷营地的族领族老们或骑马或徒步络绎不绝而来,竟有二百人之多。田单先吩咐家老,给每个族领一陶碗清酒。族长族老们纷纷大坐在草地上,品尝这此刻已经成为稀罕之物的凉甜美酒,唏嘘感慨之中,有几名执事逐一询问记录了各家族部族的逃难人数。及至报来一归总,田单大是惊讶——即墨城外竟聚集了三十二万难民！思忖一阵,田单向众人一拱手开了口:"诸位族领同人,我乃临淄田单。我等避战东逃,后有燕军追杀,前有大海拦路,财货粮食大多失落路途,已经陷入危困之境。若不自救,则玉石俱焚也！当此之时,田单斗胆直言,为我等三十万之众试谋生路,不知诸位意下如何?"

"先生只管说,俺听着了！"

"先生做齐国商社总事,大有韬略,俺们晓得！"

"田单铁笼,即墨田氏得全,我等愿听先生谋划！"

"谢过诸位嘉许。"田单又是一圈拱手,"方才田单入城,与即墨令共商,拟将老弱病妇幼进城养息,全部精壮男子编成民军,驻守城外,助轵子老将军与燕军决一死战！目下齐国已破,国君弃国逃亡被杀,齐西四十余城已经陷落。然则,齐国并没有灭亡。莒城令貌勃,业已与南下逃亡庶民结成民军,坚守齐南。邦国兴亡,匹夫尚且不惜血战,我等尽皆昔日国人,曾经独享骑士荣耀,难道没有背海一战护国谋生之心么?"

"说得好！"一个老族长霍然站起,"为国为家都得拼,打！"

"对！俺老齐人谁没个血性？就是没人出头谋划。"

"逃也死,战也死,莫如痛快打了！"

"学个莒城,打！"

"没说的,打——"众人一口声大喊起来。

"好！"田单一摆手,"敢请各族领将成军人数、兵器数目

田单以奇计脱身,众人皆服。

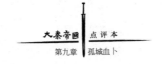

并各种有用物事,报给我这执事,我拿给即墨令。成军务必要精壮男子,病弱者一律不算。"

一片叫好声中,族领们与随带前来的族老、族中书办纷纷合计数目。大约半个时辰,各种数字报了上来,执事一归总拿给田单,却见羊皮大纸上赫然列着一排数字:

成军精壮　六万八千三百余
兵器合计　剑器五万口　弓弩三万张　箭十万余支　长矛五千余
帐篷合计　三万六千余顶
车辆合计　八百三十余辆
甲胄合计　三万余套

田单看得一眼,心中顿时踏实,举着羊皮纸高声道:"诸位请先回去整顿族人,向即墨靠拢,我即刻去见老将军。"说罢又匆忙入城。

轸子正在带病督促吏员清点城中庶民空屋与一切可以住人的地方,听田单将城外情势一说,再将羊皮纸一看,双掌一拍道:"好!这兵器居然还多了。成军无须装备,只少些甲胄。"田单道:"兵器原本人人都有,老弱妇幼的也都登上了。甲胄不是大事,杀敌夺来便是。"轸子大是赞叹:"先生之言,壮人胆气也!"立即回身下令,"中军司马,一个时辰后开城迎接老弱妇幼。老夫自带五千步卒出城,助先生整肃民军。"田单连忙摇手道:"老将军还是城内坐镇好,只须派一员副将。"轸子道:"也好,老夫将城内先安置妥当。"

日落时分,即墨城西两门大开,老弱妇幼二十余万人从原野河谷匆匆拥来,虽则脚步匆匆,却井然有序一片沉默。留在城外的精壮男子们举着大片火把夹道相送,与亲人挥别,场面分外悲壮。直到三更,二十余万人口才陆续进城。田单与出城副将立即着手整编民军,一直忙碌到天亮,左中右三军方才编好:左军一万五千驻守即墨西南,右军一万五千驻守即墨西北,中军三万正面扎营防守通海大道。

太阳刚刚升起,轸子正要出城查看抚慰民军,方到西门箭楼下马道,城头瞭望斥候一声高喊:"燕军来了!三路——"接着便是低沉凄厉的螺号。轸子扯过马缰冲上了城头,举目遥望,但见中央通海大道与西南西北三路烟尘遮天蔽日而来,天边陡然竖起了一道灰黑色影壁。作为车战将领,轸子二十多年没有打仗,此刻雄心陡起,举剑大喝:

"步军守城，铁骑两万全数出城，与民军联手迎敌！"中军司马急传将令，调兵号角大起，片刻间西门隆隆打开，白发老将轸子率领两万骑兵冲了出来。

田单正是民军中路大将，也已经在整顿步兵方阵，见轸子铁骑到来，连忙大步迎上高声道："老将军，我步军方阵居中，铁骑两翼冲杀如何？"轸子哈哈大笑道："倏忽之间，先生竟成大将也。好，便是这般！"手中那支车战长矛一举，"铁骑两翼展开——"

两万铁骑与田单民军堪堪列好了阵势，燕军已经雷霆般压了过来。当先一面"骑"字大旗猎猎飞舞，正是辽东铁骑主将骑劫大军到了。大约一箭之地，遍野辽东铁骑收队成阵，骑劫马鞭一指一阵大笑："轸子老匹夫！你这车战老卒也想与我辽东飞骑较量么？早早献城受缚，昌国君不定会免你一死也。"轸子须发戟张长矛直指："骑劫，老夫齐国大臣，便是战死，也不会做降燕贼子！"骑劫大笑："好！有骨气。一路杀来，齐人都是烂泥软蛋，本将军真正憋气。今日放马一搏，放开整！"笑罢长剑高举，"辽东骑士！杀——"

战鼓隆隆动地，两军铁骑如两团红云，骤然裹缠在了一起。燕军三路而来，骑劫铁骑发动时，西南路大军也堪堪赶到，迎住西南民军厮杀起来。恰在此时，秦开大军也从中央杀到，与田单中路民军轰然相撞，整个即墨原野响彻了震天动地的杀声。

> 终有一战。齐湣王死得及时——若此王还在，可能就直接投降了。

二　尘封的兵器库隆隆打开

午后时分，战场终于沉寂了。

六万民军原本没有任何结阵而战的训练，虽说人人都有些许技击之术，并有长短不一的各色剑器，但在历经长期严酷训练的辽东大军面前，却是毫无章法。更有一个致命缺陷，手中没有盾牌。对于结阵大战的步卒，盾牌非但是个人搏杀的必备防护，更是结阵对抗铁骑的坚实屏障。步卒无盾，只能有攻无守。饶是这些商旅子弟们拼命搏杀，也没有过得一个时辰便几乎全军覆没。田单部族的近八百名族兵尚算训练有素，也战死了大半，唯余三百骑士结阵不散，死死保着三处剑伤的田单且战且退杀回了即墨西门。

顾不上包扎伤口，田单跌跌撞撞地冲上箭楼瞭望战场。此刻他只有一个心愿，便是亲眼看着老将军全身回城。可放眼望去，遍野都是燕军的蓝边红色战旗，即墨铁骑踪迹皆无。正在田单愣怔之时，便见大队燕军铁骑飓风般卷到城下骤然勒马，激扬的尘柱直冲城上女墙，呛得田单与士卒不禁一阵猛烈地咳嗽。

"城上军民听了！"威猛剽悍的骑劫在马上高喊着，"即墨骑士全军覆没，轸子老匹夫也被我杀了。看，这是何物？"

一个骑士用长矛挑着一颗白发苍苍的头颅，燕军骑士一片高喊："轸子首级在此，齐人开城降燕——"骑劫哈哈大笑，带血的长剑直指城头道："齐人狗熊一窝，若不拱手降燕，尔等头颅一齐挂上高杆！"燕军一片呐喊："抗我大燕者，立杀不赦！"

素来沉静的田单怒火中烧，戟指城下嘶声大吼："燕人休得猖狂，即墨要为老将军复仇！要即墨降燕，休想——"城头原本已经拥满惊恐无措的守军，此刻却是万众一心，齐声呐喊："为老将军复仇！""即墨不降！死战到底！"

"竖子猖獗！"城下骑劫一声怒喝，"步军列阵，壕桥云梯攻城！"

正在此时，燕军阵前一马飞来，遥遥高喊："昌国君将

燕军气势如虹，五年间取齐城七十余座，但始终攻不下莒城和即墨，未能斩草除根，"燕既尽降齐城，唯独莒、即墨不下。燕军闻齐王在莒，并兵攻之。淖齿既杀湣王于莒，因坚守，距燕军，数年不下。燕引兵东围即墨，即墨大夫出与战，败死。城中相与推田单，曰：'安平之战，田单宗人以铁笼得全，习兵。'立以为将军，以即墨距燕"。（《史记·田单列传》）小说为紧凑之故，写燕军一气呵成，直追到即墨。

令——毋得攻城！后退十里扎营,违令者斩——"骑劫脸色
顿时铁青,狠狠骂了一声:"鸟令!"又向城头吼叫一声,"尔
等狗头,多长两日。"再转身又是一声大吼,"愣着钉桩？退
后十里扎营!"

暮色斜阳之中,燕军缓缓后退了。晚霞将即墨城楼染得
血红,与城外郊野无边无际的红衣尸体融成了一片血的海
洋。天边飞来大群大群的乌鸦秃鹫,嘎嘎啾啾地起落飞旋,
浓浓的血腥味儿弥漫了即墨原野。

"田氏骑士何在!"田单嘶哑着声音大喊了一声。

城楼上"嗨"的一吼,挤在田单两边的骑士肃然成列。

"随我出城,找回老将军遗体!"

茫茫暮色之中,一队轻骑飞马出城,消散在骑兵厮杀过
的广阔战场。天色渐渐黑了下来,星星点点的火把依然在旷
野摇曳闪烁,直到三更,火把马队才渐渐聚拢,飞进了即墨。

马队将轮子老将军的无头遗体抬到即墨令府邸时,眼前
的景象却使田单愕然了——万千火把层层围在了府邸车马
场前,正门廊下一片白发苍苍的老人,层层叠叠的人山人海,
毫无声息地肃立着。见田单马队到来,人们无声地闪开了一
条甬道,眼看着那具浑身浴血的无头尸体停在了廊下一张窄
小的军榻上,人们木然地瞪着双眼,只有粗重的喘息飘荡着,
如同冬夜的寒风掠过茫茫林海。

"父老兄弟姐妹们,"田单一身血污疲惫地一拱手,"老
将军尸体回来了。"

话音未落,一个老人深深一躬:"合城军民,拥立先生主
事。"

"田单主事! 田单主事!"人山人海猛然爆发出震天撼
地的吼声。

又一个老人颤巍巍顿着竹杖:"先生以铁笼保全部族,

田单识大体。抢回老将
军尸体,给齐军打气。死者得
安息,生者得安慰。

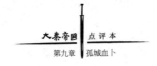

定能出奇策守住即墨。"

"先生韬略,正当报国,万勿推辞!"族老们异口同声。

几位将军与士卒们也是一片呼喊:"先生谋勇兼备,我等愿听将令!"

望着殷殷人海,田单骤然感受到了巨大的压力,心下不禁猛然一沉,四面拱手高声道:"父老兄弟姐妹们,燕军暴虐,我等须得死守即墨方有生路。然则,田单虽有些许商旅应变之才,却从来没有战阵阅历。恳请哪位将军主事,田单定然鼎力相助!"

"田单主事!死守即墨!"巨大的声浪立即淹没了田单的声音。声浪方息,一位将军慷慨激昂道:"先生虽非战将,然却韬略过人。铁笼得全部族,分流得全难民与即墨。大兵压境,先生身先士卒。大战方过,先生贪夜带伤于燕军营外寻回老将军尸身。此等奇谋勇略,大义节操,俺等即墨老民人人传颂。先生主事,俺等军民方有战心!否则,俺等弃城出逃各奔东西。父老兄弟们说,是也不是?"咬字极重的胶东口音声震屋宇。

"是——""田单不主事,俺等便跑!"顿时一阵雷鸣般声浪滚过。

略一思忖,田单慨然拱手:"方今之时,我大齐国脉唯存胶东。国人如此推重于我,田单当为则为。纵有千难万险,田单九死无悔!"

"田单万岁!""即墨万岁!""新令万岁!"人群顿时狂热地欢呼起来。

"诸位父老兄弟姐妹们。"待声浪平息田单高声道,"大军围城,即墨时时都有城破之危。要坚守即墨,自目下开始。军民人等立即回归营地整顿兵器,青壮男丁即刻到这位将军处登录整编,老民族领、闾长与难民族领、族老及千长以上将军,请留下商讨大事。"

轰然一声,人山人海像淙淙小溪般向街巷分流而去。田单一边下令即墨令府邸的几名书吏确切登录各族人口数目,一边与族领族老将军们一一商讨要立即办理的几件大事。

第一件,城内老民连同难民的所有房屋、财货、粮食并诸般衣食起居器用,一律归公统一调配;自今日始,即墨全城都是军营,百物无一私。

田单沉重地说:"即墨无后援,已是兵家绝地。若不一体大公,只恐怕当不得数月,便会不战自溃。田单苦心,上天可鉴。"说罢转身,立即下令家老报出田氏目下财货。田单部族的六百车物资本来没有多少损失,家老一宗宗报来,粮食、衣物、甲胄、盐铁、药材、干肉等,非但数量大,且都是应急实用之物,若一族逃难,足以支撑田氏族人远走他乡。众人本来对这亘古未闻的"举城大公"尚有踌躇,如今见田单兜底交出举族财货,诸般疑虑顿消，异口同声赞同。

　　"我还得补上一条，"田单一脸肃然，"理乱用重典。所有财货器用分之于兵民，凭诸位公推十名族老秉公立法，依法度配物。用之于军，则由后军司马奉我将令配给。无论军民，俱可举发不公，但有徇私舞弊者，一律剐刑处死！"

　　"彩——"众人本是四海聚来，对此严刑峻法却同声喝彩。

　　这个最大的难关一过，余下的军民混编、推举将军、加固城堡、清点府库、建立兵器作坊等诸般事宜，人人献策异常顺当。雄鸡报晓的时分，诸般大计已经商定就绪，立即分头行事去了。

　　在此期间，一班吏员已经在即墨令府邸为田单安排好了中军幕府，交由田单的家老与几名心腹执事照料。族领将军们散去，家老用大盘捧上来一整只临淄烤鸡，敦促田单趁热快用，一边忙着去请族医来为田单疗伤。田单却摆摆手叫住了家老，喟然一叹："族叔呵，田单有负于你老了。"说罢深深一躬。白发如雪的家老愣怔了："总事……你，你要老朽离开么？"田单不禁一眶热泪道："族叔呵，举城大公，人人皆兵。田单既受万千生民之托，如何能在身边再任私人？你老与执事们……"老人默然片刻长吁了一声："大公者无私，老朽晓得。总事疗完伤，老朽去老丁营……"一抹眼泪，老人转身去了。片刻之间，那名随田单奔波列国的族医提着药褡跟在家老身后匆匆来了。眼看着田单清洗包扎完三处刀剑伤，族医说了不打紧，老人深深一躬默默转身走了。

　　听着那熟悉的脚步声渐渐远去，田单久久不敢抬头。老人跟了田氏三代总事，在田单父亲时已是掌事总管了，数十年忠心耿耿为田氏部族立下了无数汗马功劳，而今垂暮之年，却要去老丁营住通榻大铺做杂役粗活，却教人如何忍心。

心底无私。

先严明军纪。

燕军势如破竹，五年间取齐七十余城。齐国绝处逢生前的惨状，今人难以想象。田单有此大公无私之举，不为怪。

　　这一细节，写出田单之贤。妻妾尚且编于行伍之间，何况家老！

古代城制示意图

长叹一声抹去泪水，田单一把推开烤鸡匆匆出府了。太阳已经到了城头，巡查防务之外，若无大战，今日一定要清点完兵器库。这是目下头等大事。

即墨是齐国东部的一座大城，名副其实的兵家重镇，其根基正是即墨田氏奠定的。田单作为继任族领，对族藏典籍十分熟悉，清楚地记得《田氏营国制》中的记载："即墨为要塞之城……城下阔于高倍，上阔于下倍；城高五丈，底阔二丈六尺，上阔一丈三尺六寸，高下阔狭以此为准……城外壕沟阔二丈，深一丈，底阔一丈。城墙夯土为体，岩石为表，东西长三里，南北阔二里。"按照如此规模，即墨几乎是战国兵家所谓的"千丈之城，万户之邑"。事实上，在田氏镇守即墨的年月里，即墨也确曾是除了临淄之外的齐国第二大城。

巡视一周，田单发现即墨城雄峻依旧。只是多年太平，

易守难攻之城。

打仗也都在西部，居安不思危，女墙箭楼已经多有破损，城外壕沟已经变成了一道浅浅的干沟渠，城墙外层石条也脱落了许多，裸露出的夯土已经疏松得唰唰掉落了。

田单思忖一阵立即下令："着后将军即刻带领三千兵卒，并发七千男丁，一日之内立即加深西门外壕沟。旬日之内，四面壕沟一律加深至建城本制。作坊土木工匠，一律上城日夜修葺。旬日之内，务使城防完好如初！"中军司马一声领命，立即飞步去了。

查勘完城防，田单带着几名军吏来到兵器库。即墨兵器库占地十亩余，六十余间三丈多高的巨型石板屋分东西中三列层叠矗立，三列之间是两条六丈宽的夯土大道，可并行四列大车运送兵器，规模堪称齐国要塞第一。而今却是满目萧疏，库房尘封铁门锈蚀，大道中荒草摇摇。田单不禁皱眉道："即墨守军不换修兵器么？"旁边军器司马红着脸惶恐道："此间兵器库尽皆防守器械，即墨数十年无战，也只换修剑矛弓箭甲胄马具盾牌等，这里……"吭哧着说不下去了。

"全部打开，全数清点。"

"嗨！"军器司马一挥手，看守府库的军吏领着一队老卒连忙快步跑来，一座一座地隆隆打开了库房。

"右列是飞兵械库。"军器司马指着右边大铁门顶端的"飞兵"两个大字。

田单点点头："是铁蒺藜檑具等一般兵器了？"

"正是。"

"立即调来一千健旺老者，清扫库房，清点兵器，修葺道路，务必使兵器搬运畅通。"田单说罢大步进了飞兵库，逐一查看了大量囤积的锈蚀器械，不禁长长一叹。

这二十间石板库房，囤积最多的是铁蒺藜、铁菱角。这是抛撒在进军要道专门扎伤马脚截杀骑兵的小兵器。蒺藜

铁蒺藜、铁菱角虽貌不惊人，但也很具杀伤力。城的周围若撒满这些"暗器"，攻城步兵、骑兵一时半刻不能近身。进不去，出不来，属两败俱伤之象。

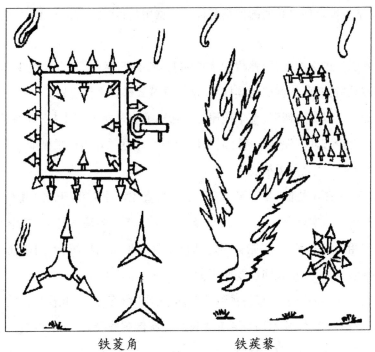

铁菱角　　　　铁蒺藜

者,带刺之野生灌木也,遍生大江南北,是再寻常不过的野生草木。远古时期,人们常常将山野之间的蒺藜大量采下抛撒在路面,以迟滞敌方人马。然则临时采摘毕竟不便,于是春秋时期便有了碎木块制作的木蒺藜。《六韬·虎韬·军用》载:"木蒺藜,去地二尺五寸,(布)百二十具……狭路微径,张铁蒺藜,其高四寸、广八寸、长六尺以上,(路段布)千二百具。败步骑。"这铁蒺藜,却是战国之世有了铁器后的兵家发明——用铁片打造的蒺藜状尖刺物。墨家长于守城,《墨子·备穴》便有了在地道进出口与城门外、河道大量设置铁蒺藜的战法记载。

　　其次便是各种檑具。檑者,抛掷杀敌之器具也。檑起源于周代,因其滚动隆隆若雷,便写成了"礌"或"雷"。《周礼·秋官·职金》疏云:"雷,守城御捍之具。"作为兵器,檑

檑具对付云梯攻城者有效。

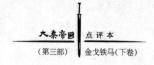
具是居高临下投掷杀伤之兵器的种类名称。依据用途，实际上却分为多种名目，最常用者为五种：

其一，木檑。也称滚木，以整段粗大圆木打造，长四至六尺，直径至少四寸，粗则不限；木上镶嵌铁钉铁刺，从城墙连续推下，摧毁攻城云梯并杀伤士兵。

其二，泥檑。以黏土调泥，每千斤泥加入猪鬃毛与马尾毛三十斤，捣熟搋成，每檑长二三尺，直径至少五寸。泥檑干透之后坚硬如铜铁，沉重如巨石，柔韧如皮质，从高空砸下纵经城墙碰撞仍然完好无损。

其三，砖檑。砖窑烧制，整段实心，长三四尺，直径六寸余，用于城头抛掷。

其四，车脚檑。实际是一个巨大的独轮，以质地坚实的硬木打造，轮中心立一带绳孔的木柱，以粗大绳索系之，用城头固定的绞车放下于城墙横滚，专门杀伤蚁附在云梯上的攻城士兵。可用绞车收回反复使用。

其五，夜叉檑。还有一个很是雅致的名称，叫作"留客住"。此檑用一丈多长直径一尺余的顽韧湿榆木为体，榆木周身装五寸长的铁制倒刺或尖刀，两端各装直径二尺的脚轮。两轮带粗大绳索，用绞车沿城墙滚下，可将云梯之敌碾轧钩割尽留尸身。也可绞车收回反复使用。因了威力惊人，所以在士卒中有"厉鬼"之名。

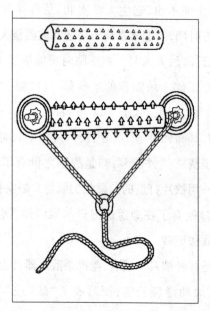
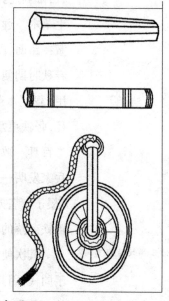

五种檑具示意图

田氏据守即墨之时,东夷之患尚未根除,打造囤积了大量櫺具。虽多年无用,然除了木轮朽蚀,却也大体完好。田单稍感心安,立即调来工匠日夜修复。

看完右列,军器司马道:"中列二十间是大器械,清理之后将军再看如何?"

"不,目下看。"田单一抬脚走进了灰尘铁腥扑面而来的石板库。

第一座库房,是城头击打器械狼牙拍。这狼牙拍也是顽韧榆木板为体,长五尺,宽四尺五寸,厚三四寸;板上密匝匝嵌满狼牙钉数百个,每钉长五寸重六两,钉头出木三寸;四面各嵌一道利刀,刀身入木寸半;前后各有两个铁环,贯以粗大绳索,用绞车吊于城上,但有大型云梯登城,高高绞起猛然从外猛拍云梯。

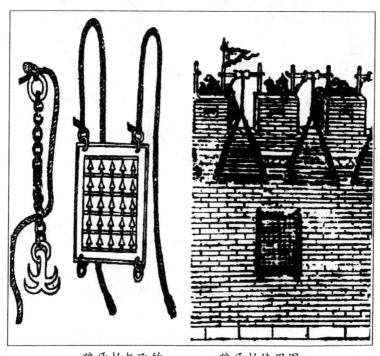

狼牙拍与飞钩　　　　狼牙拍使用图

与狼牙拍配合使用的器械是飞钩,用铁链连接四个粗大的钩爪,狼牙拍拍下时,飞钩同时掷向云梯,将其钩翻或拉起悬空。

第二座库房是拒马。拒马者,阻拦战马之障碍物也。夏商周三代便有了早期拒马,即将木柱交叉固定成架子,架子上镶嵌带刃带刺之尖锐物事(铜刀或石刀)。战国墨家

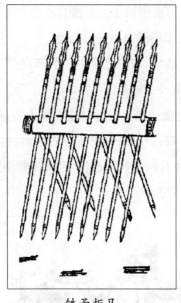

铁矛拒马

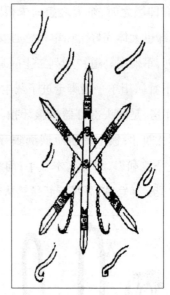

竹木矛拒马

将拒马叫作"锐镵"，《墨子》中专门有一篇《备蛾傅》论"锐镵"战法：蛾傅者，敌军士兵飞蛾蚂蚁般拥来也。当此时，沿途布锐镵五行，行间距三尺，根部埋三尺，尖锥长尺五，可阻敌前进。战国中期，拒马发展为铁矛为头（后世称为拒马枪），以坚实木料为固定支架，架上再固定六到十支铁矛，遍布敌来路，使其骑兵不能驰骋。旷野大战，这种拒马数量毕竟有限，很少使用。倒是城池设防，地域相对狭小，拒马大有用处。

　　第三座库房，是真正的大型器械——塞门刀车。"塞门"为用途，"刀车"为器械。究其实，是一种打造得极为坚固的两轮车，车体与城门几乎等宽，寻常总在三四丈之间；车前有木架三四层，各层固定尖刀若干口，车体有长辕；敌但攻破城门，数十成百兵士猛推刀车塞住城门。《墨子·备穴》篇记载了这种塞门刀车的用途。对于坚守城池的长期恶战，城门难保一次不失，这塞门刀车便是最为有用的救急兵器。

这些皆为守城之具。

"塞门刀车有多少辆?"田单问。

"三座大库,大约二百余辆。"

"好,看左列。"田单觉得心中踏实了一些。

左列是各种灭火器具与火攻器具。军器司马说,这列库房除了三千多桶猛火油是当年从

塞门刀车示意图

秦国买来之外,其余都是即墨田氏当年打造的,可惜一直都闲置着。田单心中一阵感慨,他晓得,这个军器司马不会知道他是当今之即墨田氏,淡淡道:"不管何人打造,只要有用便好。"军器司马道:"灭火器具也许用得,火攻器具难说了。"田单道:"看了再说。"又一头扎进了灰尘铁腥弥漫的大石库房。

战国攻防,火攻已经成为主要战法之一,防备火攻自然也成为兵家常法。《六韬·文韬》云:"荧荧不救,炎炎奈何?"说的便是扑灭攻方大火的急迫。《孙子兵法》有《火攻》篇,专门论述五种火攻战法,并总而论之:"以火佐攻者明(威势显赫),以水佐攻者强。"《墨子·备城门》也特别记载了城门防守中的以火御敌之法,以及扑灭敌方纵火的多种方法。在城池攻防战中,火攻与反火攻更是基本战法。

大库中的灭火器具主要有四种:

其一,水袋。以不去毛的马皮牛皮缝制成"人"形大袋,注水三四担,袋口连接一丈多长的竹管,多置城门及要害处,若有大火,三五士卒抬起水袋猛力挤压,竹管急喷水柱灭火。

火攻与防火攻对固守之城,尤其重要。

照例要把战争器具交代清楚。

其二，水囊。以猪牛尿脬①盛水，扎紧囊口置于城头备用，若敌军在城下堆积柴薪放火，将大量水囊从城头急抛砸下，囊破水出，便可灭火。

其三，唧筒。截长竹管为体，竹管顶端开孔，而后用木杆缠满绵絮塞入竹管做可拉动的活塞；旁置大水瓮，若遇大火，拉动活塞汲水然后挤压活塞，水柱可远射疾喷灭火。此物流播民间，成为后世孩童玩耍的"水枪"，却是后话。

其四，麻搭。以八尺或一丈长杆，杆头绑缚散麻丝两斤，旁置水瓮，辄遇大火，用麻搭蘸水扑打。

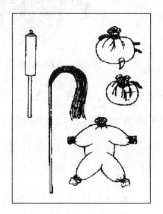
灭火器具示意图

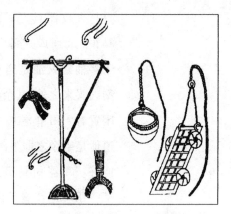
城上火攻器具示意图

第二座石库，是守城用的火攻器具。守城既要灭火，也要以火助守，实际是一种特殊的火攻，借火攻以杀伤来犯之敌。这种火攻器具也是四种：

其一，燕尾炬。以半干苇草扎束成燕尾形，饱渗脂油以备。城下敌军但以冲车等大型器械攻来，将点燃的燕尾炬大量抛下，烧毁攻城器械。

其二，飞炬。城头设桔槔，将巨大的燕尾炬吊在桔槔杆头。但有敌军云梯爬城蚂蚁般攻上，立即点燃燕尾炬猛力拉动桔槔，燃烧的燕尾炬砸向搭在城墙的云梯，可烧坏云梯及蚁附士兵。

其三，铁火床。用韧熟铁打造长五六尺、阔四尺的铁格"床架"，下装四只铁页包裹的木轮，后端引出两根铁索，后以长铁链系牢，"床架"绑缚草火牛（用茅草扎束，灌注脂

---

① 尿脬（suī pāo），膀胱。

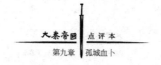

油的牛形胖大引火物)二十四束。但遇敌方攻城,点燃草火牛从城头用桔槔或绞车放下,熊熊大火非但可大面积杀敌,且可照亮城下战场。

其四,游火铁箱。以熟铁打造成吊篮形物事,长铁索系之,内盛硬木柴火与捆扎成束的艾蒿火。但遇敌军在城下挖掘地道或从地道攻来,将铁箱缒下至地道口,可烧灼烟熏穴中敌军。

"有行炉么?"田单一路看来,猛然想起了田氏典籍上的一则记载。

"行炉?"军器司马愣怔了,"末将不知,且容我查问。"说罢红着脸快步走到几名正在清点库房的老军吏面前,说得几句,领过来一个老军吏。

"行炉有三具,不知能否修复。"老军吏很是惶恐。

"看看再说。"田单没有任何指责。

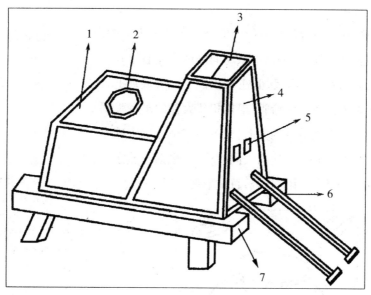

据《武经总要》复原之行炉示意图
①炉 ②炉口 ③木风扇 ④盖板 ⑤活门 ⑥拉杆 ⑦木架

随着老军吏来到最后一座石库,锈蚀的铁门被隆隆推开,便见墙角处大布苫盖了一片物事。老军吏揭去足足有三寸灰尘的大布,连连咳嗽着:"这,这便是,三具,行炉。"

"炼铁炉?"田单惊讶了,"这便是行炉么?"

"行炉者，能推动行走之熔炉也。"老军吏指点着，"但在城头熔铁，若敌军势猛，以大杠抬起行炉，将铁汁沿城墙浇下，可保敌军立退。"

田单端详敲打一阵，断然下令："命铁工立即修复，有此等神兵利器助力，方可与乐毅殊死一搏。"

"嗨！"军器司马摆脱了方才的尴尬，精神抖擞地大步去了。

"这是听瓮了？"田单指着靠墙摆开的一溜巨大的陶瓮。

"正是，七石陶瓮。"老军吏连忙点头，"将军如此谙熟诸般器具，即墨之福也。"

"不。"田单摇摇头，"我只是从《墨子》中读到过'地听'一法，其余一抹黑了。"

老军吏说，这七石陶瓮是专门听城外敌军动静方向的，百姓叫作"埋缸听声"。在内城墙根每间隔两丈左右挖井一口，地势高处井深一丈五六尺，低处至水下三尺，井底埋七石大瓮，派耳灵之人伏在瓮中谛听，根据相邻大瓮的声音强弱差别，断定城外挖掘地道者的方向；也可在一个深坑内同时埋两个间距一丈余的大瓮，让两人同时谛听，根据音差定方向，军士叫作"双耳听"，用之于战，百试不爽。

"地听"大瓮示意图

死守有效。

此法在坊间有流传。

此物神奇。

此物可监听对方挖洞攻城。墨子曾想出守城妙计，"令陶者为罂，容四十斗以上"，"置井中，使聪耳者伏罂而听之，审知穴之所在，凿内迎之"（《墨子·备穴》）。小说中有发挥。

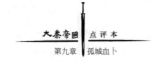

"瓮在水下,能听得确实?"田单疑惑了。"将军有所不知。"老军吏笑了,"土地出水,传声更佳,比没水清晰许多了。""好!"田单笑道,"我看老人家便领住地听这一摊。""遵命!"老军吏分外兴奋,"多年不打仗,也忒憋闷。"

午后离开时,兵器库已经是一片紧张忙碌了。军器司马被田单当场任命为兼领库令,坐镇兵器库,与原先的老库令并几名老军吏督促修葺。所有的铁工木工陶工皮工等诸般工匠,都被调遣到了兵器库。已经清除完荒草的库间大道,搭起了一棚棚临时作坊,炉火熊熊锤声叮当,分外令人感奋。

回到住处,田单立即下令中军幕府搬出即墨令官邸,在靠近西门处选一片空地搭建幕府。中军司马不禁有些踌躇:"老官邸正在城中位,利于四面策应,将军何以要搬?"田单道:"目下非常之时,死战多在西门,此地太远。"中军司马道:"这老官邸空闲下来,却是可惜。"田单道:"即墨已是人满为患,如何能空闲房屋? 立即将老官邸辟为疗伤之地,城中医家全数集中此地,再选几百名精干女子运送伤兵襄助疗伤。即墨只能死战,这里疗伤只怕还小。"中军司马不禁肃然起敬:"幕府靠近战场,将上好官邸留给伤兵,将军此等胸襟,末将敬佩之至!"说完立即大步走去忙碌部署了。

经过一番踏勘,田单的中军幕府搭建在西门内,距城墙只有十余丈,几乎只是一条大道之隔。这里原本是民间鱼市,如今四门封闭,渔民不能出海下河,自然也就成了空地。只是那被养鱼水长期浸泡过的地皮,始终弥漫着风吹不散的浓浓的鱼腥味,令人常常喷嚏不止。田单一阵大笑:"好好好! 大战无鱼,上天却给我鱼味,得其所哉也!"一班军吏原本正大皱眉头,生怕田单不能忍受,如今见田单如此豁达,也跟着笑了起来。

旬日之后,幕府已经用土坯碎砖木料加三顶牛皮大帐搭建完毕。虽然急就章且简陋潮湿,却也是里外三进,聚将厅、军务厅、出令厅并起居寝室一应俱全。幕府落成,中军司马与一般军吏立即进入军务厅各就各位,开始处置军务。田单则进了出令厅。这出令厅实则主将书房。田单进入书房的第一件事,便是站在那张几乎可墙大的《即墨城制图》前仔细揣摩。方看得片刻,帐外马蹄声疾,随着军吏一声禀报:"城外斥候到——"

田单一回身,一个风尘仆仆满脸汗水的"难民"已经站在面前:"禀报将军:燕军按兵不动,各军营都在厉兵秣马!"

"乐毅有何动静?"

"乐毅去了画邑!"

"画邑?"田单心中一动,"好,继续探听,随时回报。"

斥候一走,田单大步走到对面的《齐邦山川图》前,盯住了临淄西北的济水入海处。画邑只是一座小小的城堡,几乎没有任何兵家价值,唯一教齐国人知道画邑的,便是大名士王蠋①住在那里。乐毅素称儒将,去画邑莫非找王蠋请教学问? 不,不会! 烽烟连天,灭国在即,目下正是燕军为山九仞的要紧时刻,睿智如乐毅者,岂有此等闲情逸致? 如此说来,乐毅究竟有何图谋,为何停止了对即墨的猛攻?

乐毅画邑之行,意在王蠋。

三　化齐方略陡起波澜

济水东岸近海处,一座城堡矗立在绿色的山头,一片庄园醉卧在绿色的山谷。

时当夏日,从临淄直到大海,田野绿茅草绿层层叠叠树林绿,直是一片无垠的绿海。宽阔的官道出没在绿海之中,宛如一条纤细的白线,纵是车马辚辚旌旗连绵,也在这苍茫绿海之中渺小成蠕动的黑点。官道通向茫茫苍苍的绿浪尽头,是碧波无垠的蓝色大海,天地之壮阔便浓墨重彩地挥洒开来。

在这绿海蓝海相接处的山头,一座城堡拔地而起,有几分险峻,又有几分突兀。这座城堡,是齐国都城临淄的西北门户。西周灭商,齐国初立,始封国君太公望为了防守辽东胡人海路偷袭骚扰,修建了这座开始并没有名称的城堡。建城之初,这里驻守战车二百辆(每战车一百卒,合步军两万),隶农三千户。进入战国,海路威胁已经不在,齐国也日见强盛,这座城堡的驻军越来越少,到齐宣王时期终究是全

---

① 王蠋:《汉书·古今人表》作"王歜"。

部撤除了。只有当年为守军做粮草后援的三千户隶农,在这里繁衍生息下来,世代以渔猎为生。齐威王在齐国第一次变法时,将这些世代守护临淄有功的隶农后裔,全部除去了隶籍。从此,这些渔猎户变成了有自己土地,还可以读书做骑士做官的国人,这片城堡土地也有了一个美丽的名字——画邑。

画邑者,景色如画之地也。也有人说,这里有一条洀水,以水之音便叫了画邑。感恩于国王大德,画邑的新国人们全部以"王"为姓氏,宣示自己忠于王室的赤心。从此,齐国有了"画邑王氏"这个新部族。倏忽几代,画邑王氏以渔猎之民特有的苦做奋发,蓬蓬勃勃地兴旺了起来。在齐宣王后期,画邑王氏有十多个才俊子弟进入稷下学宫,被齐人誉为"北海名士"。这茬名士之中,出了一个在齐国大大有名的贤才,叫作王蠋。王蠋天赋过人,博闻强记,年轻时周游列国博览百家之书,论战学问不拘一法,一时有了"稷下杂家王"之称。若仅仅是才名出众,王蠋尚不足以在朝野被推崇为大贤。大贤之誉,起于王蠋做太史时的铮铮硬骨与惊人之举。

太史爵位不高,最实际的职权是掌修国史,同时也是掌管国中文事的清要中枢。举凡太庙、占卜、巫师、博士及典籍府库,都以太史为统管。但为一国太史,便是"究天人之际,通古今之道"的饱学大师,国君很难动辄任免,几乎是铁定的世袭官爵。然则,齐湣王即位,厌烦老太史嫩的耿直孤傲,硬生生将太史嫩罢黜,力主王蠋做了新太史。齐湣王的本意,看中了王蠋的机变博学,要教他为"东海神蛟"、"天霸帝业"揣摩出一套正名之论。

王蠋到任的第三日,一个老方士来到太史府,说奉了齐王之命来与他商讨诸般密事。王蠋大是恼怒,直斥方士:"尔等以妖邪之说蛊惑人心,竟敢厚颜侈谈国事。来人,给我打出去!"赶走方士,王蠋立即上书齐湣王,说"齐国方士之害流布天下,是为国耻"。请求颁布王书,尽数强制隐匿于齐国海岛的方士桑麻自耕,不入世自力者,一律罚做官府苦役,以绝其害。

齐湣王大是羞恼,立即下诏:罢黜王蠋,齐国永不设太史一职。

消息传出,朝野大哗。稷下学宫千余名士愤然上书,为"三日太史"王蠋请命。画邑王氏更是全族出动,联结临淄国人聚集王宫血书请命,横幅大布直书"请复王蠋!请诛方士!"更令国人意外的是,原先被罢黜的老太史嫩也捧着血书到宫门请命,大呼:"方士无术,戕害少童,毁我文华根基。王蠋大节昭昭,当为太史也!"

齐湣王暴怒了,立即派三千甲士遣散稷下学宫,三千甲士驱赶王宫国人,画邑王氏

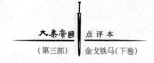
一律罚苦役三月；老太史嫩贬黜莒城闲居，王蠋罚苦役三年。一场风暴过去，令齐国人骄傲的稷下学宫封闭了，素有"宽缓阔达，多智好议论"之名的齐国人缄口了，齐国风华尽失，民心冷冰冰一片荒芜。

王蠋苦役完毕，已经成了骨瘦如柴的老人。回归故里，画邑人却以迎接圣贤般的隆重乡礼，接纳了这位既给族人带来荣耀也给族人带来灾难的才士。从此，王蠋隐居画邑，教习族中弟子修学读书。消息传开，诸多国人都将弟子送来画邑求学，王蠋感念国人对自己的崇敬护持，便也一律收留。久而久之，幽静的画邑有了书声琅琅的山庄学堂。临淄国人悄悄地将画邑叫作了"小稷下"，将王蠋叫作了"大贤王"。口碑流布，王蠋成了齐国庶民的文华寄托，画邑成了国人心目中的一片圣土。

乐毅千里奔波，从即墨大营星夜西来画邑，是要请这个赫赫大名的王蠋出山。

五路进军势如破竹，燕军在一月之内全数拿下齐国七十余城，唯余南部莒城与东部即墨两城未下。按照战国之世的军争传统，齐国至此算是灭亡了。如此秋风扫落叶般的赫赫威势，却使燕国朝野与燕国大军内部生出了微妙的变化。太子姬乐资与一班强硬老世族陡然振作，轻蔑地嘲笑齐人是"大言呱呱之海蛙，一击破囊，肚腹朝天"，接连向燕昭王上书，主张"当严令乐毅一鼓再下两城，并齐全境入燕，大燕立称北帝，再南下一鼓灭赵，与强秦中原逐鹿"！燕昭王不置可否，只是将全部上书原封不动地发往乐毅军前。大将骑劫闻讯，也带着一班辽东将军嗷嗷请战，力主强攻即墨莒城，屠城震慑齐人，为大燕立威。

朝野军营声浪汹汹，乐毅丝毫不为所动。

多年留心齐国情势，他已经敏锐地觉察到，即墨莒城绝非两座寻常的要塞城堡。即墨聚集了齐国商旅与士族的精华，莒城则会聚了临淄南逃国人的精华。即墨能在仓促之中结成六万余民军应战，其中若无非常人物，则绝不可能。莒城难民能万众怒杀齐湣王，又聚在莒城令貂勃旗下死守孤城，硬是不接纳楚军淖齿驻扎"援助"，堪称是众志成城。貂勃无能，岂能如此深得人心？如此两城，岂能是简单地一鼓拿下？依辽东大军之战力，乘战胜之威，乐毅相信能攻克两城。然则以齐人之剽悍，绝地必然死战，纵然拿下，也必是一场浴血大战。燕军本为复仇而来，城破之日，他如何能禁止杀得眼红的燕军大肆屠城？而惨烈屠城一旦发生，燕军"仁义之师"的美名必将荡然无存。那时节，安知三千里齐人六百万之众不会遍地揭竿而起？中原各国则必然会趁火打劫，发兵讨伐燕国暴行，燕军又必然陷于天下汹汹之汪洋,一切功业都将化为乌有,乐毅与燕昭王也必将成为天下笑柄。

战国之世,列强纷争,夺地灭国如同踩在跷跷板之上,衡平不得法,则会重重地跌个仰面朝天。齐湣王背弃盟约强灭宋国,结果弄得天下侧目。若非齐国自绝于天下,燕国又岂能合纵攻齐? 如今燕国大功将成,又岂能逞一时之快而重蹈覆辙哉!

乐毅恳切地向燕昭王三次上书,备细论说了自己的思虑。然蓟城却保持着长长的沉默,两个月没有只字回书。反复思忖,乐毅教骑劫对即墨进行了一次猛烈进攻,六万大军并加上了全部大型器械,猛攻两日两夜,燕军死伤近万,竟硬是没有拿下即墨。经此一战,军营大将虽则咬牙切齿,却也实实在在地赞同了乐毅的攻心谋略,嗷嗷吼叫的请战声浪总算平息了下去。大约过得半月,燕昭王的回复王书终于到了即墨大营。乐毅记得很清楚,王书只有寥寥数语:

> 昌国君我卿:化齐入燕,但凭昌国君谋划调遣,国中但有异议,本王一力当之。军中但有躁动,听凭昌国君处置。

显然,朝臣们依旧有异议,燕昭王也显然有早日拿下齐国全境的弦外之音。然则,只要国君大体首肯,乐毅还是决意按照自己的既定谋划行事。他相信,只要在一两年内妥善平定齐国,所有的异议都会销声匿迹。

乐毅的第一步棋,是说动王蠋出山做官安民,借重王蠋贤名,吸引诸多齐国名士出来做官,推行燕国新法,一步步将齐人齐地化入燕国。王蠋深受齐湣王暴虐之害,对安定齐国断然没有回绝之理。况且,乐毅早已经在占领临淄时发布了

乐毅错失良机?

有些教训,确实是要用血的代价才能换得来的。

严厉军令:燕国兵马不得进入画邑三十里之内。王蠋身为名士,当能领悟燕国安定齐人的一片苦心。

"昌国君,前面便是王蠋庄园。"看护画邑的年轻将军扬鞭遥遥一指。

脚下一条淙淙清流,眼前两座巍巍青山。山势虽然低缓,却是遍山松柏林林蔚蔚弥漫出一片淡淡的松香。两山之中的谷地里,横卧着一道蜿蜒的竹篱,散落着几片低矮的木屋,耸立着一座高高的茅亭,袅袅炊烟,琅琅书声,恍惚间世外仙山一般。

"清雅高洁,好个所在!"乐毅由衷地赞叹一句,下马吩咐道,"车马停留在此,只两位将军与抬礼士卒随我徒步进庄。"

"昌国君,王蠋一介寒士,何须恭谨如此? 还是过了这道山溪,直抵庄前了。"看护将军显然觉得赫赫上将军做得过分了。

乐毅没有说话,只板着脸看了年轻将军一眼,径自大步上了溪边小石桥。看护将军连忙一挥手:"快! 跟上了!"带着士卒们抬起三只木箱赶了上来。过得石桥便是庄园,却见那道扎在森森松柏间的竹篱并没有门,只一条小径通向松林深处。看护将军摇头嘟哝道:"竹篱没门,整个甚来? 真道怪也。"乐毅却肃然一躬高声报号:"燕国乐毅拜访先生,烦请通禀。"如此三声,林间小道跑出一个捧着一卷竹简的布衣少年道:"是你说话么? 我方才打盹了,将军见谅。"乐毅笑道:"无妨。烦请小哥通禀先生,说燕国乐毅拜访。"少年晶亮的目光一闪,却又立即笑道:"呵,你便是乐毅了? 随我来便是,无论谁见先生,都无须通禀,未名庄人人可入。"乐毅笑道:"未名庄? 好! 可见先生襟怀也!"布衣少年道:"实在是没有名字,与襟怀何干?"乐毅一阵哈哈大笑。

与其暴虐之,不如善待之。

莽夫。

布衣少年答得妙。

说话间穿过了一片松林,又穿过了一片草地,一座小山包下几座木屋散落在眼前。依然是一圈没有门的竹篱"圈"出了一片庭院,三三两两的少年弟子们在庭院中漫步徜徉着高声吟哦着,时而相互高声论争一阵,一片生机勃勃。乐毅不禁涌起一种由衷的欣慰,作为占领军的统帅,他自然最高兴看到被征服的齐国庶民平静安乐如常了。然则,在乐毅想走上去与这些读书少年们说话时,偌大的庭院骤然沉寂了。少年们木然地看着突兀而来的将军兵士,一种奇特的光芒在眼中闪烁着,默默地四散走开了。

乐毅轻轻叹息了一声,向正中一座大木屋肃然一躬:"燕国乐毅,特来拜望先生。"

"不敢当也。"木屋中传来一声苍老的回音。

"乐毅可否入内拜谒?"

"上将军入得关山国门,遑论老夫这无门之庄?"

"大争之世,情非得已。纵入国门,乐毅亦当遵循大道。"

"上将军明睿也。恕老夫不能尽迎门之礼。"

"谢过先生。"乐毅一拱手进了木屋,却见正中书案前肃然端坐着一个须发雪白形容枯槁的老人,肃然躬下道:"乐毅拜见先生。"

"亡国之民,不酬敌国之宾。上将军有事便说。"老人依旧肃然端坐着。

乐毅拱手作礼道:"齐王田地,暴政失国。燕国行讨伐之道,愿以新法仁政安定齐民。乐毅奉燕王之命,恭请先生出山,任大燕安国君之职,治理齐国旧地,以使庶民安居乐业。尚望先生幸勿推辞。"

"上将军何其大谬也?"老人粗重地长吁了一声,"国既破亡,老夫纵无伯夷叔齐之节,又何能认敌为友,做燕国臣子而面对齐国父老?"

"先生差矣。"乐毅坦然道,"天下者,非一人之天下,唯有道者居之。诛灭暴政,吊民伐罪,更是商汤周武之大道。伯夷叔齐死守遗民之节,全然无视庶民生计,何堪当今名士之楷模? 先生身遭昏聩暴政之惨虐,如何为一王室印记而拘泥若此? 燕国体恤生民艰难,欲在齐国为生民造福,先生领燕国爵职,何愧之有?"

"上将军真名士也!"老人喟然一叹,"然却失之又一偏颇。岂不闻天下为公? 王室失政,并非齐人失国也。齐国者,万千庶民之齐国也,非田氏王室一己之齐国也。老夫忠于齐国,却与田氏王室无关。"

"大道非辩辞而立。乐毅尚望先生三思。"

老人摇摇头：“道不同不相为谋。言尽于此，上将军请回。”

乐毅正要说话，却听门外一阵大喊："王蠋老儿休得聒噪！若不从上将军之命，尽杀画邑王氏！"

老人哈哈大笑道："竖子凶蛮，倒算得燕人本色，强如乐毅多矣！"

乐毅默然片刻，向老人慨然拱手道："先生莫以此等狂躁之言为忤，乐毅自有军法处置。先生既不愿为官，便请安然教习弟子，燕军断然不会无端搅扰。告辞。"说罢大步去了。

看护将军见乐毅沉着脸出来，抢步上前愤愤请命："上将军，请准末将杀了这个迂阔老士！"乐毅厉声一喝："大胆！回营军法论处。"径自大步出庄。过得草地将及松林，却闻身后骤然哭声大起，少年们一片哭喊随风传来："老师！你不能走啊——"

乐毅猛然一阵愣怔，转身飞步跑向木屋。

老人悬在正中的屋梁上，枯瘦的身子纠结着雪白的须发，裹在大布衣衫中飘荡着。少年弟子们惊慌失措地跳脚哭着喊着，乱成了一片。乐毅大急，飞身一纵左臂圈住老人双腿托起，右手长剑已经挥断了梁上麻绳。及至将老人在竹榻上放平，一探鼻息，已经气息皆无了。

乐毅对着苍老的尸身深深一躬，木然得找不出一句妥当的词句来。良久，他沉重地叹息了一声，看着一圈少年弟子道："请许乐毅厚葬先生。"

"不许燕人动我师！"少年弟子们齐齐地一声怒喝。

在少年们冰冷的目光中，乐毅沉重地离开了画邑。思忖一番，他下令解除了画邑外围的驻军。一路想来，乐毅决意加紧"仁政化齐"方略的推行，冲淡王蠋之死有可能引发的对抗民变。

蛮将坏事！

《史记·田单列传》："燕之初入齐，闻画邑人王蠋贤，令军中曰：'环画邑三十里无入'，以王蠋之故。已而使人谓蠋曰：'齐人多高子之义，吾以子为将，封子万家。'蠋固谢。燕人曰：'子不听，吾引三军而屠画邑。'王蠋曰：'忠臣不事二君，贞女不更二夫。齐王不听吾谏，故退而耕于野。国既破亡，吾不能存；今又劫之以兵为君将，是助桀为暴也。与其生而无义，固不如烹！'遂经其颈于树枝，自奋绝脰而死。"燕听说王蠋贤，欲用之，以屠城相威胁，王蠋很有骨气，宁死不事二君。齐国其他的逃亡大夫听说这个事之后，"曰：'王蠋，布衣也，义不北面于燕，况在位食禄者乎！'乃相聚如莒，求诸子，立为襄王。"若不能斩草除根，则当以仁义抚之，否则，后患无穷。小说的处理手法，力求两全，乐毅的仁、王蠋的忠，皆有所顾及。

回到临淄,乐毅立即以昌国君名义颁下五道法令:

第一道,废除齐湣王时期的一切暴政,宽减齐人赋税徭役。非但将齐湣王时期增加的五成重税废除,而且还在原有赋税上再减三成,一举使齐人成为天下赋税最轻的庶民。

第二道,敬贤求才。招募齐国在野的贤才名士,授予官爵;不愿为官者赐虚爵,奉为乡贤,年俸千斛。

第三道,为老齐国正名。隆重祭祀春秋姜齐之霸主齐桓公。

第四道,以安国君大礼厚葬王蠋,赐画邑为王蠋封地。

第五道,已经出山做官的一百余名齐国士人,分别赐封三十里至一百里采邑,其中二十余位名士,请准燕王在燕国赐封采邑。

五道法令连下,局面果然很快发生了变化。先是庶民百姓惊慌之情大减,原先逃战者纷纷回到家园开始耕种。紧接着便有士子陆续前来投效,一口声认可燕国的义兵仁政,表示愿意为庶民谋一方安定。乐毅大是振奋,立即将这些士子们护送到各城分别就任郡守县令。诸事安排妥当,齐国中西部大体安定,已经是秋风萧瑟了。

安民。

此时,即墨大营传来惊人消息:骑劫领一班辽东大将猛攻即墨三次未克,与奉乐毅将令主张坚兵围城的秦开一班将军大起摩擦,几于火并。

久攻不下,必焦躁,必内讧。田单有机可乘。

乐毅心中顿时一沉,立即飞骑星夜东来。

四　孤城一片有纵横

田单第一次尝到了打仗的艰难。

一次城外大战，四次守城大战，经过前后五次惨烈大战，即墨人口锐减一半，从二十余万骤然变成了十万出头。原先人满为患，巷间间到处都是密匝匝的帐篷。几次大战下来，这些露天帐篷营地全部没有了，随着萧瑟寒凉的秋风，所有人丁都搬进了弥漫着血腥味的房屋，即墨城又恢复了当年的宽阔空旷。原先的几万步军本是守城主力，可在四次大战中生生折去了大半，只留下了六千多伤兵。城中六十岁以下的男丁全部成军，也只有五万左右。即墨城中的庶民，实际上只剩下几千老人与几万女人孩童。田单本族人口，也从刚入城的三千余人锐减到七八百人了。

大战一起，全城沸腾，虽则是惨烈无比，却也是简单痛快甚也不想。战事一结束，万千事端便沉甸甸一齐压来，比打仗还棘手。仅堆满城头散落街巷的累累尸体如何处置，便成了目下即墨的第一大难题。虽然海风渐冷，但这几万具尸体日每散发出弥漫全城的腥臭，若不及早掩埋而使瘟疫流布，可当真是大难在即。

在城头望着夕阳，田单一筹莫展。小小即墨，纵是掘地三丈，又如何埋得这如山尸骨？火烧么，哪里来如此多的柴薪？用猛火油么，一处不慎引发全城大火便是玉石俱焚。更何况猛火油只剩下千余桶，一旦告罄，城防威力大大削减，岂不是事与愿违？

"禀报将军！"身后响起急促沉重的脚步声，斥候营总领已经气喘吁吁地上了城头，"乐毅回营，燕军后撤二十里！"

> 写得实在，尸体不可能一夜之间不见了。

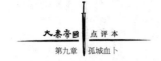
"后撤二十里?"田单不禁惊讶了,"因由何在?"

"秦开与骑劫两员大将自相冲突,详情尚且不知。"

田单正在思忖之间,却见暮色之中飞来一骑快马,瞬间冲到西门之外高声喊道:"田单将军听了,我上将军有书一封——"话音落点,来骑张弓搭箭,斥候总领方喊一声"将军闪开",一支粗大的白色物事已经带着凌厉的风声飞到眼前。田单手疾眼快,一把在空中抄住。注目一看,却是一方白布裹着箭杆,箭杆上绑缚着一支竹管。

莫非有毒?

"将军小心,白布有字!"斥候总领一声惊叫。

"少安毋躁,乐毅岂能用此等手段?"田单淡淡一笑,展开了白布,赫然两排大字顿时涌入眼帘——血尸累积,瘟病之危;我军后撤三日,将军可掩埋尸体。

乐毅不愿结怨太深。

田单一阵惊喜,高声喊道:"谢过上将军! 三日后再战——"

喻为闪电,落入俗套,也不准确。

城下铁骑"嗨"的一声闪电般消失了。

田单立即下令:全城军民人等全部出动,分四路处置尸体——三千军士城头安置绞车绳梯,将城头尸体直缒下城外;两千军士搜寻城中散落尸体搬运出城;两万军士出城,于三里之外挖掘深坑,两万军士搬运掩埋。

沉沉暮霭之中,即墨城头与原野亮起了万千火把,亘古未见的群葬开始了。齐人素来重丧礼,然在这国破家亡之时却要将亲人们囫囵成堆地塞进一个个大坑,无论是平民穷汉还是名门富人,无不是痛彻心脾。城门一打开,惨痛的哭声立时弥漫了秋风萧瑟的原野。城头的几十架绞车一支起,军士们抱起一具具尸体,一声声哭喊着熟悉的名字,随着一具具尸体缒城,城头士兵们的嗓子全都哭哑了。

绞车绳梯,原本是被敌包围时,斥候们出城或接应城下信使用的。不意在这非常之时,竟被用来缒放尸体,连工匠

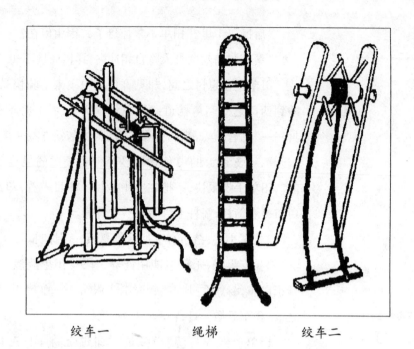

绞车一　　　　　绳梯　　　　　绞车二

们也是倍感伤怀大放悲声。

　　昼夜两轮,全部尸体掩埋妥当。田单立即下令军医配置
杀毒药方,然后用杀毒草药煮成沸水,反复冲刷尸体留下的
斑痕。如此两三日,在一片浓郁的草药气息中,这座孤城才
恢复了疲惫的平静。

　　田单恍然想起,那封绑缚在箭杆上的书信还没有开启。
匆忙回到西门内幕府,走进出令室打开竹管抽出一卷羊皮
纸,一片劲健字迹赫然扑来:

　　　乐毅顿首:田单将军困守孤城,五战而不下,足见
　　将军之禀赋过人也。虽与将军素昧平生,却是敬佩有
　　加。邦国危亡,将士用命,乐毅无可非议也。然则,齐
　　王失政,庶民倒悬,将军独率一旅,岂能挽狂澜于既
　　倒?岂能还善政于庶民?旷日持久,徒然浮尸城头,

乐毅劝降。田单若不肯
降,必将计就计。

流血于野,岂有他哉?况将军原本商旅之才,终非战阵之将,守得片时可也,若孤城久困,粮草不济,我纵不攻,将军奈何?《阴符》云:贤者守时,不肖者守命。如今齐地民众已乐从燕国新政,为将军计,为即墨子民计,将军若得率众归燕,百姓可免涂炭之难,将军则可封君共主齐地,亦可得十万金做天下第一大商。平生功业,只在朝夕之间,愿将军三思决之。

还有一页羊皮纸,是乐毅在临淄颁发的五道法令。田单素来仔细沉静,将这五道法令细细地揣摩了一番,良久默然。他相信乐毅的诚意,也佩服乐毅在齐西推行的仁政化齐方略。无论如何,乐毅总是没有以齐军当年入燕的方式杀戮齐人,复仇而来的一支大军能这般节制,虽圣贤亦不过如此,夫复何求?

然则,对于乐毅的劝降,田单却实在是难以决断。

久为商旅,走遍天下,田单对齐国的忠诚,绝不至于陷入迂腐的愚忠。在齐国没有灭亡的时日,他全力支撑鲁仲连多方斡旋挽救齐国,所付出的代价远非一个远离朝局的寻常商人所能够承受。认真理论起来,齐王田地确实是亡国之君。当国十七年,齐国朝野糜烂,其恣意横行也实在是引火烧身。如此邦国,如此王室,如此朝局,不灭才没有天理了。事实上,逃出临淄的那一日,他已经在内心为齐国送葬了。那时唯一的想法,是从即墨逃向海岛,再转逃吴越做个云游商旅。没奈何诸般危难凑巧,他竟成了即墨民军将领,且孤城奋战了半年之久。想起来,田单自己都觉得有些不可思议。

正是这孤城血战半载,使他对齐国命运有了新的感悟。一个最大的变化,是仗愈打愈踏实,自己的兵家才能竟神奇地挥洒出来,只要有粮草辎重后援支撑,即墨完全可以支撑下去,再相机联络莒城,恢复齐国并不是没有可能。然则,恰恰是后援的虚幻,构成了实实在在的威胁。降不降燕,不在于即墨人对齐国忠不忠,而在于目下的粮草辎重所能支撑的时日。

基于商旅传统,田单对城中的存粮存货早已经进行了彻底的盘查,私粮私财全部充公统一调度。纵然如此,全部存粮也只有两万余斛①,最多再支撑到明年春天;打造维修兵器的铁料铜料也耗去大半,兵器库中的橹具已经用去十之七八。更急迫的是,眼看天

---

① 斛,古代容积计量单位。春秋战国一斛十斗,一斗十到三十斤不等。南宋以后一斛五斗。

气转寒,所有丝绵苎麻存货全部搜寻出来,连同甲胄库贮存之棉甲,也凑不够五万套棉甲。挺过冬日便是春荒,无粮军自乱,这是千古铁则,到那时还不得降燕才有生路?

"上天亡齐也! 即墨奈何?"

久久伫立在寒凉的夜风之中,望着满天星斗,田单不禁长长地叹息了一声。

此等困境,岂能叹息了事?

突然,城头一阵急促的呼喝骚动,却又立即平息下来。幕府大帐本来在城墙之下三五丈处,城上但有动静,幕府便能立即觉察。此刻田单正在帐外,猛然一怔——莫非有士兵缒城投敌? 正欲派中军司马前去查问,几个衣衫褴褛的兵士押着两个头套布袋的人走了过来。

"禀报将军:此两人从城下密道冒出,被我拿获,只说要见将军才开口。"

"能进出密道,却是何方神圣?"田单冷冷一笑,"拿开头套。"

那偌大的布袋刚一扯去,田单突然一个激灵。大步上前一打量,虽是月色朦胧,那高大的身形熟悉的脸庞却是分外清晰,不禁一声惊呼:"仲连?!"

"田兄!"高大的身影一步抢前,两人紧紧地抱在了一起,良久无语。

"快! 进去说话。"田单拉起鲁仲连进了破烂不堪的幕府大帐。

一进大帐,鲁仲连拉过跟在身后的英武青年道:"田兄,先来认识一番,这位是庄辛,目下已是楚国左尹①了!"

"啊,庄辛兄!"田单恍然拱手笑道,"稷下名士,久仰也!"

庄辛肃然拱手:"田单兄中流砥柱,实堪天下救亡楷模,

田单正一筹莫展,鲁仲连、庄辛突然出现,有如救兵从天而降。

---

① 左尹,楚国大臣职位,掌管财政,为令尹(丞相)之副。

庄辛敬佩之至!"

"来来来,"田单顾不得再答谢应酬,"快坐下说说,你两人如何到得即墨?上茶,对了,再找个燎炉来,还有干衣裳。"田单突然发现了两人一身泥水污渍,分明是涉险而来。

"庄兄先换衣衫,我来给田兄说事。"鲁仲连扒下脚上咕叽咕叽的泥水长靴,光脚大坐在草席上咕咚咚猛灌了一大碗凉茶,长吁一声,侃侃说了起来。

与田单分手,鲁仲连在薛邑滞留了将近一月。

原来,突闻五国发兵攻齐,孟尝君惊怒交加骤然病倒,瘫在榻上热昏不醒,只是连连呼喊:"田地昏暴!亡我田齐也!"及至联军两战大胜,齐国的六十万大军一朝覆亡,孟尝君病势更加沉重了。当时,乐毅已经派军使送来文书:只要孟尝君作壁上观,不鼓动齐人反燕,燕军便不入薛邑。然则孟尝君若突然一死,薛邑三百里肯定将落入燕军之手;薛邑一失,齐人复国的王族根基将不复存在。情急之下,鲁仲连孤身出海,在蓬莱岛请出了一位老方士。匆匆回到薛邑,孟尝君已经是奄奄一息了。老方士却也神奇,硬是以"驭气之术"加自己炼制的丹药,使孟尝君脱离了险境。鲁仲连立即与冯骧在孟尝君榻前议定了保全薛邑的方略:薛邑宣示自立,不助齐,不归附于任何大国。实际上,为齐国抗燕军民提供一个秘密后援基地。方略商定,鲁仲连带着孟尝君的两封亲笔书简,星夜南下楚国。

楚国正在一片慌乱之中。

虽说楚王芈横对当年遭受齐湣王凌辱深为痛恨,密令淖齿鼓动齐国难民剐杀了齐湣王,但眼看着燕国五路进军步步得手,齐国眼看当真要灭亡了,楚国君臣反而大为恐慌起来。被中原呼为"南蛮"的楚国,历来最蔑视的,便是这个

商人心细。

妙计。孟尝君中立于诸侯,尚可为齐国保持一方势力。《史记》中所载,孟尝君乃见弃于齐湣王,中立于诸侯。小说将这一环节写成计谋,有趣。

老牌贵族燕国；燕国也是天子贵胄最老诸侯的做派，历来不与楚国南蛮来往。战国以来，即便是苏秦合纵时期，楚燕之间也没有诸如相互联姻、互派人质、互相救援等实质性邦交往来，形同陌路。两国朝野都以为，除非横亘在他们之间的齐魏赵三大战国灭亡，否则远隔万里的楚燕两国几乎永远都是风马牛不相及。孰料世事多变，燕国一个合纵攻齐，强大得与秦国并称"东帝"的齐国，竟匪夷所思地一朝瓦解。楚国君臣顿时惊讶得瞪起了眼睛。当初，楚国不愿加入合纵攻齐，并非真正效忠齐国，而是认为合纵攻齐根本就是儿戏。当年，楚国魏国齐国分别出头合纵攻秦，哪一次不是大败而归？如今一个弱燕出头，堪堪四十万兵马，能灭得了拥有六十万精兵的皇皇齐国？

楚人认为绝不可能发生的事，却偏偏雷霆万钧逼近到眼前了。

若燕国迅速灭齐，最危险的当然是没有加入合纵攻齐的楚国。燕国辽东飞骑的威力已经令天下刮目相看，楚国的半老大军如何抵得这些生猛的辽东虎狼？吞并了齐国的燕国南下攻楚，简直便捷极了。楚国的新都寿郢已经在淮水南岸了，燕军若从琅邪、薛邑两路南进，不消三五日便可进逼楚都，如之奈何？

在这惶惶之时，鲁仲连到了寿郢。

鲁仲连第一个说服了春申君黄歇，与春申君共同晋见楚顷襄王。这位深沉寡言的楚王只一句话："但能安楚，吾必举国从之！"

鲁仲连也只几句话："楚做后援，支撑齐国抗燕军民，拖住燕军不能南下，天下必当再变，楚国自安。"

"齐国抗燕？"楚王大是惊讶，"七十余城尽失，齐人何从抗燕？"

"楚王所知，但其一也。"鲁仲连悠然一笑，"虽失七十余城，然有三地，足可撑持。东有即墨，聚集齐国商旅精华二十余万；南有莒城，聚集齐国庶民三十余万；西有孟尝君薛邑，财富根基尚在。若楚国施以援手，齐人必能复国！"

楚王哈哈大笑："如此说来，齐国命运握在我大楚之手了？"

"唇齿相依也。"鲁仲连却是淡淡漠漠，"楚国命运，亦在齐人之手。若无齐人浴血抗燕，今日之齐，明日之楚也。"

"鲁仲连所言大是！"年轻的左尹庄辛霍然站起道，"楚国未入燕国合纵，已在五国孤立。若不救援齐国民军，燕国吞灭齐国之日，楚国只有形影相吊坐以待毙了。"

楚王一阵思忖，终于拍案而起："好！本王从鲁仲连之策，后援齐国。"

那日,楚王当殿命左尹庄辛为援齐特使,与春申君、鲁仲连共同筹划援齐事宜。事关楚国存亡,昭氏等一班老世族破天荒地没有出面作对。

田单眼睛一亮:"如此说来,你是海路来了?"

"田兄果然商旅孙吴。"庄辛笑道,"大海船三艘,便在之罘岛,所需物事尽有,只是要一个运货谋划。"

"好!"田单拍案而起,"天不灭齐,乐毅却能奈何?"大手一挥道,"中军司马,立即集中三万精壮军士并城中全部车辆,一律做商旅便装待命。"

"嗨!"中军司马立即疾步出帐。

鲁仲连沉吟道:"田兄,几万人上路,城中岂不空虚?"

"也是天意。"田单拿过那卷羊皮纸,"乐毅正在劝降,至少三几日不会攻城。"

鲁仲连将书信浏览一遍,哈哈大笑道:"乐毅小视齐人也! 我代田兄回了他。"

"好!"田单霍然起身,"你在这里写,我与庄辛兄去之罘。"

"这却不行。"鲁仲连站了起来,"头等大事,头一遭都得去。明日你回来坐镇。"

一时三人换了全副甲胄,上马疾驰东门。城内兵士车辆已经集结完毕,田单传下将令:牛带笼嘴马衔枚,车轴涂油,熄灭火把,黑夜疾行。片刻间收拾妥当,东门缓缓打开,三万人马悄无声息地拥出了城门。

之罘,在即墨东北方向百余里的大海边。海边有座小小的要塞城堡——腄城①,腄北三十余里是茫茫大海。大地在

战国期间,各国皆摇摆不定,伺机而动,楚国也不例外。

可保粮草不绝。

---

① 腄城,战国齐城,秦统一后置县,今山东福山县。

海边突然昂起了头颅，有了一座陡峭的小山，之罘岛与峻峭的山岩遥遥相望，仿佛一对喁喁私语的姊妹。于是，这海边小山也叫了之罘山。之罘山与之罘岛之间，是一道深深的海湾。历来海盗商贾的私盐大船，都在这道隐秘的海湾停泊。鲁仲连虽非商旅，却早听田单备细叙说过即墨田氏当年做盐铁生意的这个隐秘出海口。此次海船从楚国琅邪北上，本来距崂山①海湾最近，可因了崂山湾是人人皆知的商船登岸处，鲁仲连坚持绕道北上停泊之罘，虽然路途远了许多，可只要隐秘安全也只好如此。为此庄辛大费了一番周折，寻觅到楚国大商猗顿家族，才找到了熟悉这条贩私海路的一拨水手。半月海上颠簸，终是将三艘大海船稳稳地停泊在了之罘海湾。

田单久为商旅，与海船私货也免不了常有来往，对此地自然是轻车熟路，根本不用向导。三万人马一夜疾行，太阳跃出海面时到了海边。看着海湾中的船桅白帆，田单顿时精神抖擞，立即下令：军士歇息两个时辰，饱餐战饭，而后一鼓作气将海船物资全部搬运到已经是空城的腄城囤积。

天将暮色时分，三只大海船的粮食与诸般物事，终于全部搬运完毕。海船留下了一只小快船接应鲁仲连与庄辛，趁着夜色悄然南下了。田单立即下令：三千精锐步兵秘密驻扎在腄城内留守；两千骑兵前行肃清道路，遇有可疑人等立即捕获；其余人马休整两个时辰，夜半运送粮货上路。

次日夜半，这支粮草辎重大军终于安全秘密地抵达即墨，卸下的粮食物资，堆满了即墨的三座大库。即墨军民顿时士气大涨，寒衣在身，甲胄鲜明，欢呼声响彻全城。

这样守城便有了底气。

---

① 崂山地名得于始皇帝之后，此前名不可考，为叙述方便，用崂山之名。

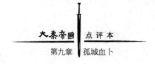
太阳升起的时分,一骑飞出即墨西门,直向燕军大营而去。

五 战地风雪 大将之心

乐毅没有想到,王蠋之死在齐国引发的暗潮如此之大。

五道安齐法令颁布的初期,大势确实很是缓和了一段。留在临淄的中小官员与散落各地的士子们,已经有百余人出山做燕官了。纵然不出山者,也对"乐毅五法"颇为赞同。庶民百姓更是一片赞颂,相遇议论,皆说"田地当杀! 田齐当灭!"依照传统,兴亡巨变的非常之时,总会有神秘的童谣或谶语在民间流布。可这次,竟然没有一则童谣谶语流传。对于素来有议论之风的齐人而言,这无疑表明了他们对乐毅的安齐法令是服膺的,至少是没有怨言的。

可是,随着"王蠋死节"消息的秘密流传,情势发生了莫名其妙的变化。

燕官们说,那些没有出山的旧齐臣子与遗老遗少们最是骚动,纷纷聚相议论:"王蠋一介布衣,尚有如此大义,不北面①于燕,况我等在位食禄者乎!"紧接着,对出山燕官的诅咒,在坊间巷间流布开来。燕官们在书房,在寝室,甚或在辎车上,动辄有箭书或匕首书飞来,突然钉在书案上榻帐上辎车伞盖上,大体只一句话:"若不回首,共诛齐奸!"这些士子官吏原本便是试着做做燕官再说,许多人连燕国封地都没有领受,如今陡遭国人侧目,便如芒刺在背,纷纷递来辞官

---

① 北面,面北俯首称臣之意,相对于"南面称王"。古礼:王座居北面南。

书,有的索性暗自不告而辞了。乐毅反复思忖,若强留这些人做燕官,仁政化齐的方略便会流于无形。于是,但有辞官书一律允准,且以燕王名义赠金百镒以为生计。如此一来,燕国宽仁厚德的美誉倒是流传开来了,但骚动鼓噪者们却也更加有了声势,齐西一时暗潮汹涌。

不久,惊人的消息从莒城传来:貂勃率齐人拥立王子田法章为新齐王。

原来,莒城令貂勃颇有谋略,寻思要长期支撑下去,便要打出王室旗号感召齐人。没有王便没有国,这是天下公理。一旦立王,意味着齐国没有灭亡,国人便会多方来投。他国不愿燕国强大,不定也会设法后援,局面与孤城困守大不一般。围困莒城的燕军是秦开部将,忠实奉行乐毅的化齐方略,长困缓攻,莒城之战事远非即墨那般惨烈。貂勃利用燕军允许些许商旅出入莒城之机,派出精干斥候扮作商旅出城,开始四处寻觅王子下落。

齐湣王被杀,活下来的田氏王族早已经星散逃亡了。眼见国人汹汹,谁还敢说自己是王族子孙?貂勃自然清楚王子难觅,可他只有一个要求:只要是个王子,嫡系或旁支均可;非常之时,但立王族子孙足矣,何须定要嫡系?可即便如此,秘密斥候寻访半年,还是一无所获。情急之下,貂勃派出心腹干员秘密潜入薛邑,请求孟尝君遴选出一个儿子进入莒城立为齐王。病体支离的孟尝君摇头叹息道:"天意也!吾虽有子十三,尽皆庸碌,若窃为救亡之君,实则误国,田文有何面目立于天下?"竟是断然拒绝了。

貂勃心灰意冷的时节,斥候总领却报来一个意外消息:太史嫩府中有个不明来路的灌园少年,相貌与齐湣王有几分相像。貂勃精神大振,立即派了一个心腹干员以抄录国史天象记载为由,进入太史府探察少年底细。

这个太史嫩,便是被齐湣王用王蠋换了的那个老太史。无端被罢黜,白发苍苍的太史嫩回归莒城故里,做了个田舍翁。四进庭院之中,只有那间堆满竹简典籍的书房,与那片两三亩大的园林是老人最留恋的所在,整日轮换徜徉,乐此不疲。当莒城陷入难民大海时,貂勃前来问计,太史嫩只有一句话:"民为国本。丢了莒城,也不能丢弃国人。"老太史为莒城老名士,人望极高。貂勃素来敬佩,便劝老人迁到孟尝君的薛邑去避开战乱。太史嫩却点着竹杖大是慷慨道:"邦国危亡,名士死节。老夫纵不能战,亦决不能做望风逃窜之鼠辈!"貂勃有感于老太史垂暮志节,通令军吏:不得对太史府做任何征发,不许任何人骚扰太史府,违令者立斩!如此太史府,在非常之时一片宁静。在齐湣王被杀之后的一个夜里,老太史的小女儿史缇却突然跑进书房,说后园狗吠,有个飘来飘去的长发身影。

太史嫩笃信天道，却从来不信鬼神，立即拿起竹杖与举着火把的小女儿进了后园。将到竹林，果见一个长发身影在山石茅亭间飘忽游动。那只因怕伤了难民而被铁链锁在石屋中的猛犬，正不断发出低沉的怒吼。

"你是何人？不用躲藏，过来说话。"

太史嫩平静苍老的声音，仿佛有着一种磁铁吸力，那个飘忽的身影站住了，慢慢地走了过来。火把之下，却是一个蓬头垢面长发披肩的少年，虽然是一身褴褛布衣，双眼闪烁着惊慌恐惧，依然透出一股不寻常的气息。

"禀报老伯，"少年开口了，"我随家人逃战，父母都死了……"

"上天，齐人何其多难也！"太史嫩长长地叹息一声，"你便留下，仗打完了，老夫再设法送你还乡顶门立户。"

"哇"的一声，少年号啕大哭，扑倒在地连连叩头。

老太史顿了顿竹杖："后生莫哭，覆巢之下，岂有完卵？缇儿，带他去换身衣裳，吃顿饱饭了。"

从此，这个少年在太史府做了灌园仆人，经管后园这片林木。既得温饱安定，猥琐的布衣流浪儿神奇地变成了一个英挺俊秀的少年公子。秘密斥候无意中听得传闻，以军中借用太史府猛犬为名，专门到园中察看了这个少年。

三日之后，貂勃的心腹干员从太史府归来，禀报了探察结果——少年的相貌步态确实与死去的齐王一般无二。貂勃惊喜非常，立即黉夜秘密拜见太史嫩，备细叙说了事情的前后经过，请求太史嫩支持立王。一听之下，太史嫩恍然醒悟，连连点杖感叹："天意天意！若得立王，齐国有望也！"

貂勃一走，太史嫩立即唤来少仆询问。谁知这少年一口咬定自己只是一家商旅之后，不知王室为何物。太史嫩思忖

写得颇有传奇色彩。

一番，将小女儿找来，说了齐国大势与目下立王之急迫，吩咐小女儿设法盘问清楚少年的底细。小女儿聪慧美丽，没过多久便将少年带到了老父亲面前。少年终于承认了自己是齐湣王田地的儿子，叫田法章，末了却只一句话："王族多难。法章愿永为太史园仆，不愿为王。"一旦证实王子之身，太史嫩也不着急，只日每给少年法章讲述田氏齐国的历史，反复申明：王者只要恪守君道，勤谨治国，民众自然拥戴，自不会落到父王田地那般下场。太史嫩又将貂勃秘密请进府中，对少年法章讲述目下齐国民意与抗燕大势。田法章少年聪颖，终于默默点头了，却期期艾艾地说了一句："法章但……得为君……须……须立史缇姐姐，为后。否则，法章不王！"

太史嫩顿时惊讶了，一双老眼对小女儿射出凌厉的光芒。

"禀报父亲，女儿已经与法章做了夫妻。"十六岁的女儿一脸坦然。

"罢了罢了！"太史嫩点着竹杖满脸涨红，"女无媒妁而自嫁，非我之女也！徒然令人汗颜！你去，老夫终身不再见你。"

少女史缇没有说话，只对老父深深一躬，拉着田法章去了。貂勃哈哈大笑道："老太史何其迂阔也！王得一贤后，国得一贤丈，岂非大幸也？岂有汗颜之理？立王之日，末将再专程来恭贺！"车马辚辚地拥着一对少年去了。

一月之后，貂勃率莒城军民简朴而隆重地拥立田法章为齐王。这便是后来的齐襄王。消息传开，齐人精神大振，临淄的旧臣子与一班遗老遗少，悄悄地以各种名目出城逃往莒城，投奔新齐王去了。

……

然则，乐毅却并没有惊慌失措。

《战国策·齐策六》："齐闵（湣）王之遇杀，其子法章变姓名，为莒太史家庸夫。太史敫女奇法章之状貌，以为非常人，怜而常窃衣食之，与私焉。莒中及齐亡臣相聚，求闵（湣）王子，欲立之。法章乃自言于莒。共立法章为襄王。襄王立，以太史氏女为王后，生子建。太史敫曰：'女无媒而嫁者，非吾种也，污吾世矣。'终身不睹。君王后贤，不以不睹之故，失人子之礼。"湣王之子全靠机智保得性命。

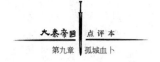

战国之世,王权号召力已经远远不如春秋之世那般神圣。说到底,已经能在各国自由迁徙的庶民百姓,还是注重实实在在的生计。哪一国稳定康宁,便往哪一国迁徙。秦国变法之后,将三晋穷苦百姓吸引过去了三百余万,便是明证。秦国大军夺取魏国河内郡,夺取楚国南郡,魏人楚人都没有反抗,因由何在,还不是秦国新法的威力?还不是与民土地、彻底废除隶农制的威力?燕国法令虽不如秦国那般彻底,可比齐湣王的苛虐暴政却是宽厚得人多了,若持久行之,如何不能化齐入燕?莒城虽王,然貂勃却并非力挽狂澜之大才,并没有一套收复齐国人心的法令颁布,而只是忙着备战守城。以此观之,莒城不足虑也,新齐王不足虑也。

莒城貂勃一班人预料,立王之后,燕军必然猛攻。乐毅却恰恰反其道而行之,对立王视而不见,对莒城依旧围而不攻。他坚信,齐国这班糜烂老贵族一到莒城,莒城便会陷入争权夺利的龌龊之中;原本职爵低微的貂勃未必能稳定局面,若混乱加剧,貂勃被陷害亦未可知;若燕军攻城,反倒是给了貂勃一个收拾局面的机会,何如宽缓围困,且待他自乱阵脚。

即墨,只有这个即墨,才是真正的威胁。

这是乐毅的直觉,也是血战的警觉。

一支仓促拼凑的民军,能与辽东精锐铁骑血战五次仍然矗立不倒,田单之才可见一斑。更重要的是,一个个接踵而来的战时危局,竟都被田单莫名其妙地一一化解。从初期的潮涌难民,到难民成军,到兵器甲胄,到守城之法,到城中管制,到堆积如山的尸骨与可能引发的瘟疫,等等。乐毅善兵,深知这其中任何一个难题,都不是寻常将军所能妥善解决的,解决这些难题,非但需要兵家才能,更需要理民才干与非凡的冷静、胆识与谋略。所有这些,看来在这个田单身上都神奇地汇聚到了一起。

即墨之可畏,正在于有如此一个突兀涌现的柱石人物。

目下冬天到了,这对战时大军又是一个严酷考验。即墨孤城,仅仅是寒衣不足已经够难了,再加上粮草不济,田单还能有何神奇?那封劝降书简能否打动这个非同寻常的无名人物?但为名士能才,总是要审时度势而为之,以田单之能,莫非当真做那种明知不可而为之的愚忠烈士?不,不会……

"禀报上将军,即墨特使到。"中军司马大步跨进幕府。

乐毅恍然转身:"快!请进来。"

一个身材伟岸而又干瘦黝黑的军吏随着中军司马大步走了进来，从怀中皮袋内抽出一支粗大的铜管双手捧起："末将连仲，奉田单将军之命送来回书。"

乐毅接过铜管，启去泥封，打开管盖，抽出一卷羊皮纸展开，一篇劲健字迹赫然入目：

> 田单顿首：上将军之书洞察时势，令人感佩。齐王昏聩暴虐，上将军合纵攻齐，以复当年齐军入燕之大恨，田单亦无可非议也。然则，燕军已下齐国七十余城，灭大军六十余万，掳掠财货如山海之巨，致使齐国府库皆空，齐人死伤无算。当此之时，上将军已是功业彪炳，却不思进退，意欲彻底化齐入燕，单窃以为失之错谋也。田齐乃百余年大国，历经桓公威王宣王三次变法，国本业已稳固。虽有田地昏暴失政，然终究只十七年，国人念齐之心尚存。王蠋死节、莒城立王、燕官辞爵，上将军宁不思之所以然乎？即墨虽孤城困守，终是国人救亡图存之心。纵然艰危备至，田单何敢弃国人之志，而图一己之私荣？诚如上将军言，田单原本商旅之才，不期而做救亡之将，却非有兵家之能。然自忖上合天道，下承民心，受命危难之中，若上将军能应时退兵归燕，全齐国而成大义，田单自当解甲归商，永不言兵。然则，若上将军坚执灭齐化齐，田单纵无兵家之能，亦当与上将军一力周旋，而义无反顾也！耿耿此心，尚望将军体察。

乐毅良久默然，突兀笑道："鲁仲连别来无恙？"

自称"连仲"的信使目光一闪，随即抱拳一拱："在下正

田单似有示弱之心，看乐毅如何判断。

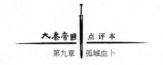
是鲁仲连。"

"千里驹志节高洁,深为敬佩。"乐毅拱手还礼,谦和的笑容却迅速敛去,"足下通晓天下大势,果真以为,齐国民心还有根基么?"

"民心若流水,动势也。"鲁仲连一脸肃然,"上将军目光所及,自是齐人怨声载道,歆慕燕国宽厚新法。然则,如田单鲁仲连者目光所及,却是民心根基尚在,齐国固不当灭。其间根本,人群之差异也。上将军注目者,不堪赋税劳役之山乡庶民百姓也。田单鲁仲连之注目者,官吏士子商旅百工国人也。以时势论,士商百工乃当今邦国之本,若此等人群奋起救亡,拥立新王,推出新法大政,宽减庶民重负,安知庶民之心不会回流入齐?"

"孤城一片,如何推行新法大政?"

"假以时日,孤城自会通连。"

"你是说,以即墨莒城之力,可以战胜燕国大军?"

"强弱互变,强可弱,弱可强。"鲁仲连一句撂过了对于精通兵法的乐毅而言根本无须多说的这个道理,转而恳切道,"上将军内心自明,燕国朝野对仁政化齐之方略,早已多有非议。纵是燕军大将之中,对宽围缓攻之法亦多有愤懑。上将军纵然远见卓识,身陷平庸昏聩之泥沼,徒叹奈何? 若一朝老燕王病故,燕国朝局逆转,上将军何以处之? 仲连为上将军计:不若迫使新齐王割济西十三城而退军,既全齐国,又成君之大业。两全其美,何乐而不为也?"

"千里驹果然不凡,居然反客为主也。"乐毅哈哈大笑道,"由此看来,田单回书当是鲁仲连手笔了。你我曾有一面之交,今敢请仲连兄转告田单:公既不降,胜负便看天意了。即墨城破之日,公毋悔也。"

"谨遵台命!"鲁仲连一拱手,"告辞。"方得转身却又突然回身,"田单复国之日,上将军毋悔也。"说罢大步去了。

望着鲁仲连上马驰去,乐毅不禁陷入了深深沉思。鲁仲连的一番说辞,使乐毅内心深为震惊。鲁仲连对燕国太熟悉了,仅是熟悉还则罢了,更能洞察幽微剖陈利害。有此等人物,齐人抗燕便有了远见,加上田单貔勃之善于处置兵事政务,以这两座孤城为根基的抗燕力量,便会成为真正的劲敌。然则,真正令乐毅担心的,倒还真不是对手的实力陡增,毋宁说,有了真正势均力敌的对手,他倒有几分欣慰。长驱齐国三千里如入无人之境,对于一个酷好兵家战阵的统帅来说,也真是索然无味。真正令乐毅担心的,恰

恰是鲁仲连点破的燕国朝野走势。鲁仲连身在齐国，都看破了燕国朝局潜藏的忧患，各大战国岂能懵懂无知？

攻齐以来，燕国已经成为天下注目的焦点，各国特使云集之地。各大国无不关注蓟城与齐国战场的一举一动，对燕国的未来图谋，更是备细揣摩。根本原因只有一个，燕国若能安然吞下齐国，陡然成为天下最大最强的战国，便将一举与秦国分庭抗礼，一举改变战国格局。如此大势，哪个大国能无动于衷？对列国威胁最大的野心勃勃的齐湣王田地已经死了，齐国的府库财货也被瓜分了，齐国纵然复国，也再不会是那个殷实富强的"东帝"了……

"上将军，下雪了！"幕府外传来中军司马兴奋的喊声。

乐毅恍然抬头。幕府大帐的气窗正纷纷飘过硕大的雪花，噢，冬天到了。漫步走出出令房，走过聚将厅，走出了暖烘烘的幕府辕门，乐毅看见中军司马正与几个军吏兴奋地指着漫天飞扬的大雪谈笑议论着。

"没见过大雪？如此高兴？"乐毅木然地板着脸低声嘟哝了一句。

"上将军！"中军司马笑道，"冬雪来得早，即墨莒城就要撑持不住了。又冷又饿，如何打仗？他们一降，这大战便完胜了。"

"想辽东家园了？"

中军司马嘿嘿笑了："打仗么，都盼个早日凯旋。"

正在这时，突闻雪幕中马蹄急骤，一骑如火焰般飞来。显然，这是唯一能在军营驰马的斥候飞骑到了。瞬息之间飞骑已到面前，斥候翻身下马急促拱手："禀报上将军：即墨民军全部换装皮棉甲胄，城中肉香弥漫，粮草充足！来路尚不清楚。"

乐毅没有惊讶，思忖片刻双眼一亮："派出一队飞骑探察海岸，若有秘密后援立即来报。"

"嗨！"斥候一跃上马箭一般去了。

冰凉的雪花打着面颊，极目望去，雪雾茫茫。看来，这场入冬大雪绝非三两日停得下来了。齐国的冬天很讨厌，又湿又冷，任你是皮棉在身，只要到得旷野，便会被海风吹成凉冰冰湿漉漉的水棒子。辽东的雪天是可人的，飘飘飞雪苫盖山川，虽然寒冷却自有一种干爽。这齐国的雪却是怪异，鼓着海风肆意张扬，沉甸甸湿漉漉海盐一般扑黏在身上，挨身便化，分明是大雪纷飞，落在身上却是一片片水渍。大雪已经下了一个时辰，漫天雪花飞扬着交织着重叠着延续着飘落大地,辕门外的马道却只是湿漉漉的没有积雪。这个齐国啊,天气也像人一般难以捉摸也。都说齐人"贪粗好勇,宽缓阔达",可当你越过那宽缓的平原而真实抵近齐人时,却会发现一座座突兀奇绝的山峰横亘眼前。不是么?突然之间,即墨粮草充足了,寒衣上身了。这只有一个可能,即墨有了秘密后援。哪一国?不好说。然则,无论是何方秘密出手,都意味着各国作壁上观的局面已经开始了微妙变化,开始有动静了。因由呢?莫非他们都看到了燕国朝局之微妙,齐国抗燕之根基,而揣测乐毅未必能安然化齐入燕?更有甚者,抑或他们根本就以为燕国消受不下齐国这个大邦?果然如此,为何秦国不动声色?按照天下格局,秦国是最应该有动静的,而秦国但动,绝非仅仅是秘密后援。

战国以来之传统:但凡实力大国,在列国冲突中总要多方斡旋折冲,使战事结局最终能为既定各大国所接受;没有各方实力大国的协商密谋分割利市,一国要吞灭另一国几乎是不可能的。私灭小国尚且不能,何况吞灭齐国这样的庞然大物?齐湣王背弃五国而私吞宋国,结局便是千夫所指五国共讨。燕国正是秘密合纵利市分割,才促成了合纵攻齐。灭齐大战,唯独最强大的秦国没有分得任何利市,眼看齐国就要没有了,秦国却依然不动声色,确实令人费解。

尽管蓟城有传闻,说当初燕国对秦王母子有恩,尤其是宣太后对乐毅"有情",才使秦国不争利市而援助燕国攻齐。乐毅却嗤之以鼻。作为谋国之重臣,他从来蔑视这种以秘闻轶事解说邦国利害的荒唐说法。以秦国法令之严明,君臣之雄心,如何能在如此重大的邦交利市分割中,以王者一己恩怨定方略?即便当初出兵决断有一抹情谊的痕迹,目下这不动声色,也绝不意味着秦国依然"痴守情谊"而放手教燕国灭齐。倘若果真如此,秦国还是秦国么?这里只有一个可能:秦国很清楚燕国朝局,很清楚齐地的抗燕大势,更清楚他乐毅的方略与军中大将的摩擦,从而断定燕军不能最终征服齐国。

若秦国断定齐人抗燕不成气候,则必然有两个方略:其一,派遣战无不胜的白起亲率精锐大军"襄助",攻灭齐人最后根基,那时即便秦国不言,燕国能够不分地与秦么?其二,联结五国,强迫燕国撤军,保存弱齐,那时燕军不撤行么?如今不动声色作壁上观,只能是吃准了两点:燕国朝局动荡,乐毅未必能撑持到底;齐国抗燕有望,燕军未必能力克两城。唯其如此,才会有这种不动声色的方略——既维护与燕国的盟友之情,又

给将来与已经丧失了争霸实力的弱齐修好留下了余地。

想是想得清楚了，乐毅的心却如那灰色的天空布满了厚厚的乌云。

他将如何应对？撇开朝局不说，单就对齐方略而言，似乎也只能沿着"长围久困，仁政化齐"的方略坚持下去。如果放弃这一方略转而猛攻，以辽东大军目下的战力及他的精当运筹，他自信能够完全攻克两座孤城。可后果如何？五国眼看齐国将灭，必然联军干预，要么平分齐国，要么保存弱齐，二者必居其一。对于已经为山九仞的燕国而言，无论哪种结果都意味着屈辱与失败。唯一能走的一条路，便是长围久困，先化已占齐地入燕，两座孤城则只有徐徐图之。如此方略，可使大局始终模糊不清，各大战国对一场结局不清的战事，便没有了迅速达成盟约干预的因由。纵有一两个战国图谋干预，燕国也能慷慨回绝："我军仁政安齐，解民倒悬，横加干预便是与大燕为敌！"

辽阔的军营白茫茫一片，大雪依然鼓着海风无休止地从天际涌来。

即墨难攻。难怪乐毅心事重重。

六　兵不血刃　战在人心

倏忽之间，五年过去了。

过了"地气发"①的正月，进入了第六个年头。田单已经被这不伦不类的战争拖得精疲力竭了。五年前，燕军只在离城五里之遥围而不攻。日每太阳出山之时，总有燕军一个千人队开到城下散开反复大喊："即墨父老兄弟们，出城耕田

原来《史记》中所载五年，应在这里。

---

① 地气发，齐国历法的第一个节气，正月初旬。

了——""田地荒芜,农人痛心!""河鱼肥美,正是张网之时!""燕军绝不追杀田猎庶民——"如此等等喊得两个时辰,城下埋锅造饭,吃完了再喊,直到日薄西山方才撤去。

日复一日,即墨的农夫们先吵吵着要出城一试,城头防守的兵士也渐渐松懈了。田单明知这是乐毅的化坚之计,却又无可奈何。谁能对一个年年月月日日每向你表示宽厚友善的强大敌人,始终如一地视若仇雠?庶民百姓心旌摇动,田单若反其道而行之,以严酷军法禁止出城,岂非正中乐毅下怀?无奈之下,第三年的清明,田单允许了百姓们祭奠祖先坟墓。齐国的清明在二月中旬,比中原各国的清明早了近一个月,尚是春寒料峭的时节。田单分外谨慎,下令一万精锐军士夜里进入城外壕沟埋伏,城门内更是伏兵器械齐备。从心底里说,田单倒是希望燕军乘机截杀庶民,甚或希望燕军乘机猛攻。果真如此,再也不用担心乐毅的化坚之计了。毕竟,打仗最怕的是人心涣散。

然而,当即墨人三三两两小心翼翼地出城后,却发现本应早早就掩埋在荒草之中的祖先坟茔,整肃干净地矗立在各个陵园,四野细雨飞雪,非但没有燕军兵士马队,连燕军大营都后退了二十里。齐人最是崇敬祖先神灵,骤然松弛之下,即墨百姓成群结队拥出城来,在祖先陵前放声大哭。

那时,田单突然心中一动,带着一万精锐兵士出城,隆重修建了死难于即墨之战的二十余万烈士的大陵;陵前树立了一座三丈六尺高的大青石,石上大刻八个大字——与尔同仇,烈士大成!此时的即墨人,实际上已经是逃亡难民居多了,他们的族人大部死在了即墨城下,如今得以祭奠,如何不痛彻心脾?在大陵公祭之时,万众痛哭失声,"血仇血战,报我祖先"的复仇誓言如大海怒涛一般滚过原野。

从此,本来是要守城打仗的田单,只好与乐毅展开了无

这个场景倒是有意思。围而不攻,守而不出,双方处于胶着状态。

乐毅、田单皆有耐心。乐毅怀柔之策,迟早会软化齐人之心。但田单也许更耐心更机智,用计化解种种危机。

小说为显乐毅之贤,先写燕军敬重即墨祖先之墓。骑劫替代乐毅之后,即烧齐人祖坟,激怒齐人。贤暴有别。

休无止的心战攻防。

　　春耕之时，燕军远远守望，时不时还会有农家出身的士兵跑过来帮即墨农人拉犁撒种，田野里竟洋溢出一片难得的和气。每每在这时，即墨城会拥出一个个白发苍苍的老人，嘶哑着声音长长地呼唤："三儿，春耕于野，你却到哪里去了？""我儿归来兮！魂魄依依——"耕田的农人们骤然之间面如寒霜，冷冷推开帮忙的燕军士兵，赳赳硬气地走了。

　　五月收割，燕军在田边"丢弃"了许多牛车。一班农人高兴地喊起来："燕人真好！帮我牛车也！"遂用牛车拉运割下的麦子，忙碌得不亦乐乎。当此之时，便恰恰有族中巫师祭拜谷神而来，一路仰天大呼："燕人掠齐，千车万车，回我空车，天道不容！"农人们恍然羞惭，纷纷大骂着燕人贼子无耻强盗，愤愤将燕军牛车掀翻在水沟里。

　　幸亏有了奔波后援的鲁仲连襄助谋划，五年之中，田单总算一步一险地走了过来，维持得即墨人心没有被乐毅颠散颠乱。然则，田单已经深感智穷力竭了，本当三十余岁盛年之期，不知不觉间两鬓如霜了。每遇鲁仲连秘密归来，田单总是喟然长叹："匪夷所思，即墨之战也！若再得三年，田单纵然不降，庶民百姓也要出逃了。"已经是黝黑干瘦的鲁仲连总是生气勃勃地笑着："田兄与当世名将相持五年，交兵则恶战，斗法则穷智，以孤城对十余万大军而屹立不倒，正在建不世之功业，何其英雄气短也？"田单总是疲惫地一笑："仲连兄，我本商旅，奔波后援正当其才。你本名士，治军理民原是正道。你我还是换换，教我透透气如何？"鲁仲连不禁哈哈大笑："田兄差矣！挽狂澜于既倒，远非一个才字所能囊括。顽也韧也，心也志也，时也势也，天意也！"田单只好无可奈何地摇摇头。

　　正在春寒艰危之时，秘密斥候报来了一个惊人的消息：燕昭王封了乐毅做齐王。

　　燕昭王信任乐毅，可惜父子不同心。昭王一死，乐毅马上失宠。即墨之势，旋即逆转。

惊愕之余,田单顿时心灰意冷了。用间之计再奇,遇上如燕昭王这般君主,则是弄巧成拙,搬起石头竟砸了自己的脚。乐毅若果真称王治齐,即墨莒城如何能撑持得下去?看来,上天当真是要田齐灭亡了。

原来,田单与鲁仲连在一年前谋划了一个反间计:通过庄辛,重金收买了一个燕国中大夫,教这个中大夫秘密上书燕王,说乐毅按兵不动,是借燕国军威笼络齐人,图谋齐人拥戴乐毅自己为齐王;目下之所以尚未动手,唯顾忌家室仍在蓟城也。身在病榻的燕昭王看罢上书,一时良久沉默。守在病榻旁的太子却是一脸紧张:"父王,乐毅既有谋逆之心,便当立即罢黜,事不宜迟!"

"竖子无谋,妄断大事也。"燕昭王冷冷地盯了太子一眼,"立即下书,明日朝会。"

此日,举朝臣子齐聚王宫正殿。一脸病容满头白发的燕昭王,拄着一口长剑做了手杖,艰难地走到了王座前,一脸肃杀地挺身站着,一挥手,御书捧着一摞羊皮纸走到了王座下,请每个大臣拿了一张。

"奇文共赏。"燕昭王冷冷地开了口,"中大夫将丌上报密事,诸位且看。"

大臣们飞快浏览一遍,举座惊愕默然,谁也不敢开口。

"将丌,你可有话说?"燕昭王嘴角抽搐出一丝难得的笑容。

一个敦厚肥矮的黝黑中年人从后排座中站起,拱手高声道:"臣之上书,字字真实,天日可鉴,我王明察。"

"天日可鉴?"燕昭王冷笑一声,"诸位皆是大臣,以为如何?"

"我王明鉴!"所有大臣不约而同地喊出了这句不置可否的万能说辞。

再拙劣的反间计,总会有人信的。

太子与燕昭王心思不一,即墨之势要变,唯等燕昭王崩。

"王心不明,臣心惴惴?"燕昭王沉重地叹息了一声,陡然提高了声音,"此为邦国大计,本王也不用你等费力揣测,今日便明察一番:我大燕自子之乱国以来,齐国乘虚而入,大掠大杀,毁我宗庙,烧我国都,致使数百年燕国空虚凋敝,举目皆成废墟。此情此景,至今犹历历在目也。"

太子无此经历,很难感同身受。

听得燕昭王苍老嘶哑的唏嘘之声,臣子们不禁惊愕了。老国王伤痛如此实在罕见,是恨乐毅不为燕国复仇么? 正在忐忑不安之时,又听燕昭王肃然开口:"当此之时,乐毅十年辽东练兵,十年坚韧变法,冒险犯难成合纵,一举大破齐国,复我大仇,雪我国耻。乐毅之功,何人能及? 纵然本王让位于乐毅,亦不为过,况乎一个本来就不是燕国疆土的齐国也! 昌国君乐毅但为齐王,正是燕国永久屏障,亦是燕国之福,本王之愿。如此安邦定国之举,区区一个将丌,竟敢恶意挑拨,实为不赦之罪也。来人,立斩将丌,悬首国门昭示国人!"

燕昭王明断。

殿口甲士轰然一声进殿,将面如土色的将丌架了出去。

"臣等请我王重赏上将军,以安国人之心!"殿中又是不约而同地主张。

"立即下书,"燕昭王高声道,"封乐毅为齐王! 以王后王子全副仪仗并一百辆战车,护送乐毅家室到齐国军前,乐毅立即在临淄即位称王。"

护送仪仗尚在半途,飞车特使已经抵达临淄。乐毅接到王命王书,一时惊诧万分。反复思忖,乐毅上书燕昭王,派飞骑专使星夜送往蓟城。燕昭王在病榻上打开飞骑羽书,只有寥寥两行大字:"臣明我王之心,然却万难从命。若有奸徒陷乐毅于不忠不义而王不能明察,乐毅唯一死报国耳!"燕昭王长吁一声,立即下令撤销前番王书,只坚持将乐毅家室送往齐国,同时明令朝野:再有中伤昌国君乐毅者,杀无赦!

一场神秘难测震惊燕齐两国的风浪,便这样平息了。燕

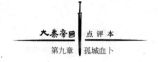

国朝臣与老世族们终于长长出了一口气,再也没有人议论乐毅了,连太子姬乐资都沉默了。齐国百姓则还没来得及品咂其中滋味,乐毅称王的风声便烟消云散了。说到底,对这个突然变故感触最深的,还是田单与鲁仲连。鲁仲连邦交斡旋,素来被人称为算无遗策。田单在与乐毅的长期"心战"中,也堪称老谋深算了。这次两人合谋反间计,却碰得灰头土脸,如何不感慨百出?鲁仲连哭笑不得只是摇头:"忒煞怪了!这老姬平将死之人了,竟还这般清醒,倒是教人无话可说也。"田单一声叹息:"天意也!你我奈何?只是如此一来,乐毅稳如泰山,即墨却危如累卵了。"

"田兄,即墨还能撑持多久?"

"多则三年,少则年余了。"

鲁仲连咬牙切齿地挥着黝黑枯瘦的大拳头:"撑!一定要撑持到最后。"

"我不想撑么?"田单不禁笑了,"一得有办法,二得有前景。少此两条,谁却信你?"

"前景是有!"鲁仲连一拳砸在破旧的木案上,"姬平病入膏肓,我就不信姬乐资也如他老父一般神明。"

"办法?"

鲁仲连目光闪烁,突然神秘地一笑,压低声音在田单耳边咕哝了一阵:"如何?"

田单疲惫地笑了:"病绝乱求医也。只怕我不善此道,露了马脚。"

鲁仲连一脸肃然:"有尿没尿,都得撑住尿!"

"噗"的一声,田单一口茶喷在了对面鲁仲连身上,哈哈大笑道:"好个千里驹也!这也叫谋略? 有尿没尿,撑住尿。"

次日清晨,即墨聚来大片飞鸟,成群盘旋飞舞在城门箭楼,时而又箭一般俯冲到城内巷间,久久不散。一连三日如此,即墨城中传开了一个神秘见闻:日出之时,每见田单将军站上将台,天上飞鸟便大群飞来。将军走下将台,飞鸟也就散了。于是,惊奇的人们纷纷向西门箭楼的士兵打问,将军日每清晨上将台做甚?一个士兵悄悄说了自己的亲身所见:日出之前,将军上台求教上天指点即墨;此时,天上便有一个模糊的声音与将军说话;说话之时,便有大群飞鸟盘旋飞来,完全掩盖了说话声;说话完毕,鸟群倏忽消失。

在举城惊讶的时日,田单在校场聚集军民郑重宣示:"尔等军民听了:天音告知田单,再有三年,即墨苦战便将告结,齐人大胜复国!上天会给即墨降下一个仙师,指点我

等如何行事。自今日始，即墨要遵天意行事，违拗天意，城毁人亡！"

"将军万岁！""遵从天意！"举城军民的声浪直冲云霄。

田单带着几名军吏走回幕府的路上，一个稚嫩的嗓音突然响彻街巷："田单，吾乃仙师也——"随着喊声，一个总角小童赤脚从对面屋顶飘了下来，正正地落在了街心。田单念诵了一声"天意也"，肃然拜倒在地："仙师在上，弟子田单叩见。"总角小儿道："田单听了，吾只日每一句，毋得搅扰也。"说罢又是木呆呆一副小儿憨顽之像，与方才神采判若两人。田单以隆重大礼将小儿接到了幕府，派了两名使女侍奉起居，又请来一名老巫师护持神道。日每鸡鸣之时，田单便只身进入仙师后帐请教天意，除此之外，任何人不得靠近仙师。

即墨军民精神大振，原本准备悄悄逃亡的百姓们顿时稳住了。毕竟，即墨已经守了五年，既然天意还有三年，再守三年何妨？此时出逃，三年后岂不祸及子孙？

清明一过，是春水化冰农田启耕的三月。三月初九这日，即墨人正在陆续出城下田，燕军大营却突然开进五里进逼城下，杀气腾腾地将出城农夫赶回城内，封锁了即墨。按照乐毅惯例，此等重大变故必先有安民告示，至少也当阵前通令。这次突然变脸不宣而围，年年三月被燕军大为鼓励的战时春耕，自是莫名其妙地终止了。田单心知异常，立即派出斥候缒城而出秘密探察，得到的回报是：乐毅被紧急召回蓟城，大将骑劫代行将令。不到一日，又接到密报：燕军在大将秦开率领下，重新围困莒城。田单心中一动，立即下令全城戒备，迎战燕军猛攻。

这天夜里，鲁仲连又一次秘密潜进了即墨。将两只后援海船的事匆匆交代给中军司马，鲁仲连将田单拉到隐秘处压低了声音："田兄，老燕王寿终正寝了！"

田单双目陡然生光，长长地吁了一口气，软软地靠在了土墙上。

鲁仲连将田单扶到木案前，顺势坐在了那片破烂的草席上："田兄，时机也！"

"你说，我先听听。"田单疲惫地喘息着。

"我意，还是反间计。"

"千里驹也？黔之驴也？"田单不禁揶揄一笑，"故伎重演，还想碰壁么？"

"兵不厌诈！"鲁仲连认真非常，"此一时也，彼一时也。姬乐资可不比老姬平。从做太子时，这安乐王子便对乐毅多有不满，每次泼脏水，背后都少不了这小子。"

"照此说，我等要再给乐毅泼一次脏水？"

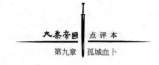
"嘿嘿,两次。"鲁仲连也笑了。

"天意也!"田单一声叹息,"皎皎者易污。乐毅兄,田单对不住你了。"

三日之后,十名精干文吏随鲁仲连秘密出海了。在新王即位朝局微妙的时节,蓟城巷闾酒肆之间传开了一股风声:"临淄燕官说了,即墨田单最怕的是猛将骑劫,根本不惧乐毅。""齐人还说了,乐毅卖燕,做齐王之心没死!""那还有假,齐军当年杀了多少燕人?乐毅如何,不报仇反倒笼络齐人,分明不对味嘛!"随着种种口舌流言,更有一首童谣迅速传唱开来:

四口不灭　白木弃绳

六载逢马　黑土自平

不消说得,一班想在新朝大展宏图者,立即将童谣与纷纭传闻秘密报进了王宫。

二十六岁的姬乐资,在老父王病势沉重的两年里,早已经与一班新锐密谋好了新君功业对策:一旦即位,半年之内,力下全齐;三年之内,吞灭赵国称北帝;十年之内,南下灭秦统一华夏;最多十五年,姬乐资便是天下混一的华夏大帝。长策谋定,年轻太子的心日每都在熊熊燃烧,孜孜以求地等待着昏聩无断的老父王早日归天。在姬乐资看来,当年拥有六十三万大军的齐国是天下第一强,而燕国二十万之旅能在一月之间飓风般扫掠齐国七十余城,燕军自然更是天下第一雄师。若不是乐毅莫名其妙地停止进攻,最后两城岂能数年不下?自三皇五帝春秋战国以来,何曾有围城五六年而不下城的打法?分明是乐毅在糊弄父王,宽厚的老父王却信以为真,当真不可思议。

一日,上大夫剧辛正在元英殿①给几个前往齐国劳军的臣子讲述战场之艰难,恰恰被气宇轩昂的姬乐资撞上了,揶揄笑道:"敢问上大夫,齐国战场,难在何处也?"

"难在民心归燕。"剧辛一口回了过来。

"皮之不存,毛将焉附? 地若归燕,民心安得不归?"

"坚实化齐,水到渠成,此乃上将军苦心也。"剧辛神色肃然。

姬乐资一阵哈哈大笑:"如此说来,汤文周武之先灭国而后收民心,却是大错了? 当

---

① 元英殿,燕国灭齐后新修宫殿,陈列齐国礼器之所。见《史记·乐毅列传》。

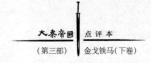

今天下,竟有超迈圣王之道乎!"

　　剧辛面色涨红,急切间无言以对。

　　姬乐资又是一阵哈哈大笑,扬长而去了。

　　在姬乐资与一班昔日太子党密议如何迈出功业第一步时,童谣巷议的密报恰恰送了进来。姬乐资抖着那方羊皮纸微微一笑:"天意也,诸位请看了。"

　　"四口不灭,白木弃绳。这不是说田不能灭,乃是'白木'无缚贼之法么?"有燕山名士之称的亚卿粟腹第一个点了出来。

　　"白木为何物?"有人尚在懵懂之中。

　　"白木弃绳,不是一个'乐'字么? 有谁?"立即有聪明者拆解。

　　"六载逢马,是六年之后当马人为将。"

　　"黑土是'墨',何须说得,即墨下,齐国平。"

　　粟腹霍然站起:"臣请我王顺应天意,用骑劫为将,力下全齐!"

　　"臣等赞同!"新锐大臣们异口同声。

　　"上下同欲者胜。"新王姬乐资信口吟诵了一句《孙子兵法》,"君臣朝野同心,何事不成? 立即下书:罢黜乐毅上将军之职,留昌国君虚爵。改任骑劫为灭齐上将军,限期一月,平定齐国。"

　　"我王万岁!"举殿一声欢呼。

　　粟腹却走近王座低声道:"此番特使,上大夫剧辛最是相宜。"

　　姬乐资矜持地笑了:"也好。一石二鸟,免了诸多聒噪。"

　　一切不可思议的事,都轻而易举地发生了。当秉持国事的老剧辛接到这不可思议的王书与不可思议的特使差遣时,惊愕得当场昏厥了过去。悠悠醒转,反复思忖,没有进宫力陈,却当即唤来家老秘密计议半个时辰,次日清晨轻车直下东南去了。

七　齐燕皆黯淡　名将两茫茫

　　乐毅刚刚回到军中未及半月,老剧辛到了。

　　开春之时,燕昭王春来病发,自感时日无多,一道王书急召乐毅返国主政。可没有等到乐毅回到蓟城，燕昭王便撒手去了。葬礼之后是新王即位大典，姬乐资王冠加顶，当殿擢升了二十多名新锐大臣。乐毅剧辛两位鼎足权臣事先毫不知情，当殿大是尴尬。思忖一番，乐毅留下一封《辞国书》，嘱吏员送往宫中，自己星夜奔赴军前了。乐毅明澈冷静，眼见新王刚愎浅薄，纵然进言力陈，也只能自取其辱，抱定一个谋划：迅速安齐，而后解甲辞官。按照他在燕国的根基，至少一两年内新王尚不至于无端将他罢黜，而以目下大势看来，至多只要一年，齐国便会全境安然划入燕国。那时，平生心愿已了，纵然新王挽留，乐毅也是要去了。

老剧辛黑着脸一句话："大军在手，乐兄但说回戈安燕，老夫做马前先锋！"

"天下事，几曾尽如人愿也。"乐毅长长地叹息了一声，"剧兄，子之之乱，已使燕国生灵涂炭。齐军入侵，燕国更是一片废墟。你我怀策入燕，襄助先王振兴燕国于奄奄一息，历经艰难燕人始安。耿耿此心，安得再加兵灾于燕国？"

"姬乐资乖戾悖逆，岂非是燕国更大灾难？"

"邦国兴亡，原非一二人所能扭转。"乐毅淡淡地笑着，"此时回戈，只能使姬乐资一班新贵结成死党对抗，国必大乱。齐国若再乘机卷土重来，联手五国分燕，你我奈何？"

剧辛默然良久，唏嘘长叹一声："天意若此，夫复何言！"站起来一拱手，"乐兄珍重，剧辛去了。"

"剧兄且慢。"乐毅一把拉住，"非常之时，我派马队送你出齐归赵。"

剧辛一声哽咽："乐兄，同去赵国如何？赵雍之英明，不下老燕王也。"

"也好。"乐毅笑了，"剧兄将我妻儿家室带走，乐毅随后便到。"

田单用反间计，燕襄王信之。乐毅归赵。骑劫攻即墨。

智者唯大道是从。

"终究还是不愚。"剧辛终于笑了，拉住乐毅使劲一摇，"我等你。走，接嫂夫人世侄去。"拉起乐毅大步出了幕府。一时忙碌，三更时分一支偃旗息鼓的马队悄悄出了大营，直向西方官道去了。

此日清晨卯时，幕府聚将鼓隆隆擂起。驻扎在即墨的二十三位将军脚步匆匆地聚来，脸上显然带着一种莫名其妙的紧张。围困即墨的是骑劫所部，以辽东飞骑为主力，向来是燕军中的复仇派。几乎在剧辛抵达的同时，蓟城另一路密使也到了骑劫大营，对骑劫并一班大将秘密下了一道王书：三日之内，若乐毅不交出兵符印信，着即拿下解往蓟城。骑劫原本勇猛率直，此刻却沉吟了一阵才开口："秦开所部唯乐毅是从。移交兵权，必是大将齐聚。秦开从莒城赶来，也得一两日。三日拿人，有些说不过去。特使能否宽限到旬日之期？"

"不行，至多五日，此乃王命！"密使毫无退让余地。

骑劫一咬牙："好，五日。诸将各自戒备，不得妄动。"

骤闻聚将鼓，一夜忐忑不安的密使立即惊得跳下军榻，钻进商旅篷车带着几名便装骑士逃出了军营。骑劫正赶着密使车马的背影前来问计，不禁愤愤然骂道："鸟！燕王用得此等鼠辈，成个鸟事！"

及至众将急促聚来，聚将厅的帅案前兵符印信赫然在目，却只肃然站着一个中军司马，竟不见素来整肃守时的上将军。军法：大将不就座发令，诸将不得将墩就座。这案前无帅，却该怎处？正在一班将军茫然无所适从的时节，聚将厅的大帷幕后悠然走出了一个两鬓斑白的布衣老人，宽袍散发，面带微笑，不是乐毅却是何人？

"诸位将军，"乐毅站在帅案一侧淡淡笑着，"乐毅疏于战事，六载不能下齐，奉命归国颐养。王命：骑劫为灭齐上将军。王书在帅案。中军司马，即刻向上将军交接兵符印信。"

"昌国君，"骑劫一时难堪，"莒城诸将未到，半军交接……"

"骑劫将军，你想他们来么？"乐毅依旧淡淡地笑着，"但有兵符印信，自是大将职权。将军以为如何？"

"谢过昌国君。"骑劫深深一躬，"末将行伍老卒，原本不敢为帅。"

"将军何须多说。"乐毅摆了摆手，"我只一句叮嘱：猛攻即墨可也，毋得滥杀庶民，否则后患无穷。"

"嗨！"骑劫不禁习惯性地肃然领命。

"诸位,军中无闲人,乐毅去了。"布衣老人环拱一礼,悠然从旁边甬道出了幕府。

"恭送昌国君!"二十多员大将愣怔片刻,一声齐喊。密使本来当众发布了命令的,乐毅交出兵权之后,必须由两千骑士"护送"回燕。此时此刻,眼看着统率他们十三年带领他们打了无数胜仗的上将军一身布衣两鬓白发踽踽独行而去,这些一腔热血的辽东壮士们酸楚难耐,谁还记得逃跑密使的命令?

幕府外辎车辚辚,待骑劫赶出幕府,布衣老人的辎车已经悠然上路了。从即墨出发去赵国,几乎要贯穿齐国东西全境千余里。偏是乐毅不带一兵一卒,只辎车上一驭手,辎车后一个同样两鬓如霜的乘马老仆人,一车三马上路了。

"昌国君,"老仆走马车侧轻声道,"还是走海路入楚再北上,来得稳妥。"

"舍近求远,却是为何?"乐毅笑了。

"元戎解兵,单车横贯敌国千余里,老朽实在不安。齐人粗猛……"老仆硬生生打住,将"连自家国王都杀了"一句吞了回去。

乐毅一阵大笑:"生死由命,人岂能料之也?若齐人聚众杀我,化齐方略根本就是大谬,乐毅自当以身殉之,何须怨天尤人?若齐人不杀我,化齐便是天下大道。大将立政,却不敢以身试之,岂不贻笑天下也!"

"昌国君有此襟怀,老朽汗颜。"老仆在马上肃然一拱,"能与主君共死生,老朽之大幸也。"乐毅淡淡一笑,对驭手吩咐道:"从容常行之速,一日五六十里,无须急赶。"驭手"嗨"地答应一声,辎车在宽阔的官道上辚辚走马西去。

日暮时分,将到胶水东岸。车马歇息,乐毅吩咐在官道旁边的一片树林中扎起了帐篷。此地已经离开即墨六十余里,熟悉的即墨城楼已经隐没在暮春初夏的霞光之中了。正在帐篷前篝火燃起老仆埋锅造饭驭手刷马喂马之时,突闻东边旷野里马蹄声急骤而来。乐毅久经战阵,凝神一听,是不到十骑的一支精悍马队。驭手一声大喊:"昌国君上马先走!末将断后。"乐毅微微一笑,安然坐在了篝火旁的一块大石上:"慌个甚来?没听见上路时说的话么?"驭手一阵脸红,兀自嘟哝道:"便是死,也不能教齐人欺凌。"将长剑往篝火旁一插,挽起一副强弩躲在了辎车后面。

此时,马队飚风般卷到。为首骑士骤然勒马,盯着大石上被篝火映照得通红的布衣老人,良久没有说话。乐毅打量着丈许之遥的马上骑士,一身破旧不堪的红衣软甲,一领褪色发白且擦着补丁的"红"斗篷,束发丝带显然已经颠簸抖去,灰白的长发披散在肩

头，衬得一张黝黑的脸膛分外粗糙。

"敢问，来者可是田单将军？"乐毅淡淡地笑了。

"足下，可是乐毅上将军？"骑士也是淡淡一笑。

"老夫正是乐毅。"布衣老人站了起来，一声沉重的叹息，"将军殚精竭虑，孤城六载而岿然屹立，乐毅佩服也。为敌六载，将军欲取乐毅之头，原是正理。然，却与齐人无干了。"

"昌国君差矣！"骑士一拱手，"田单闻讯赶来，是为一代名将送别。"说罢一跃下马，向后一摆手，"拿酒来！"

乐毅爽朗大笑："好个田单，果然英雄襟怀！老夫却是错料了。乐老爹，摆大碗。"

老仆利落，眨眼在大青石上摆好了六只大陶碗。田单接过身后骑士手中酒囊，一拉绳结，依次将六只大碗斟满，双手捧起一碗递给乐毅，自己又端起一碗，慨然道："昌国君，此乃齐酒。田单代即墨父老敬将军第一碗：战场明大义，灭国全庶民！田单先干。"汩汩豪饮而尽。

"庶民为天下根基。将军若得再度入燕，亦望以此为念。"乐毅举碗饮尽。

"田单敬将军第二碗：用兵攻心为上，几将三千里齐国安然化燕！"

乐毅微微一笑："为山九仞，愧对此酒也。"

田单肃然道："将军开灭国之大道，虽万世而不移，何愧之有？"

"好！饮了这碗，愿灭国者皆为义兵也。"

"最后一碗，向将军赔罪。"田单喟然一叹，"天意不期，田单一介商旅做了将军对手，才力不逮，多有小伎损及昌国君声望，田单惭愧也。"说罢深深一躬。

乐毅哈哈大笑，眼中闪烁着晶莹的泪光："兵者，诡道也。将军用反间之计，何愧之有？同是一计，先王一举破之，新王却懵懂中之。惭愧者，当燕国君臣也。"唏嘘哽咽间，乐毅举起大碗一饮而尽，良久无话。

"昌国君，"田单骤然热泪盈眶，"齐人闻将军解职，百感俱生，大约都聚在前方，箪食壶浆聚相恭送将军。田单不能远送了，愿昌国君珍重。"

乐毅长叹一声："但得人心，化齐便是大道，乐毅此生足矣！"

"田单告辞。"

"将军且慢。"乐毅淡淡地笑着，"老夫一言，将军姑妄听之：齐若复国，燕齐便成两弱,国仇亦算了结。将军若得主政,幸勿重蹈复仇之辙。如此齐燕皆安,方可立于战国之世。"

田单默然良久,深深一躬:"田单谨受教,告辞。"说罢飞身上马,在夜色中向东去了。乐毅凝望着渐渐远去的马队,不禁怅然一叹:"燕有乐毅,齐有田单,当真天意也。"思忖片刻,回身吩咐道,"乐老爹,明日改走海路,由楚入赵。"老仆摇着头一声感慨:"咳!君主偏是找难,出齐无险了,倒是不走了。"

乐毅笑道:"逢道口便饮酒,岂非醉死人了?"谈笑间主仆三人围着篝火吃饭,歇息到天交五更,上路直下琅邪海湾了。

田单从城外秘道回到即墨,立即开始了紧张筹划。

燕军换将,定然要对即墨大肆猛攻。田单的第一件事,是严厉督促全城军民连夜出动,将大批防守器械安置就位,又反复重申了军士轮换上城的次序,直到天亮时分方才大体就绪。多年来,由于乐毅的"宽围",始终处于战时的即墨事实上极少打仗,军民多多少少地松弛了下来。尽管在乐毅被罢黜的消息传开之后,即墨军民已经觉察到了不妙,但还是很难骤然进入第一年那种血脉偾张的死战状态。田单清楚地记得,在最艰难的第一年,只要军令一下达,全城就会雷厉风行,从来没有过需要他亲自督导反复申明的事。然则,今日却出现了。以战国军旅的目光看,六年之兵无论如何都是老兵了,将军下令士兵们便能立即做到,表面上似乎都很顺当。然则看在田单眼里,他却总觉得不放心,总觉得少了什么最要紧的物事。

天亮回到幕府,田单立即派出秘密斥候从秘道出城,紧急追回将要出海的鲁仲连。

"田兄,何事如此紧急?"匆匆归来的鲁仲连很觉意外。

"人心懈怠。"田单沉着脸,"不设法解决,根本经不起燕军连续猛攻。"

英雄虽各为其主,但志趣相投,一笑即能泯恩仇。

"也是。"鲁仲连毕竟多有阅历，立即明白了此中危机，"我方才出得秘道，鹖叫三阵，城上才放下绳筐。头年，可是只一声。"

"今日备兵，民人都不出来了，只有军士。"田单声音沙哑，显是喊了一夜。

鲁仲连皱着眉头思忖一阵道："久屯不战，燕军也必有松懈。又兼乐毅骤然离军，燕军要猛攻，也得恢复几日，还来得及。"

"有办法？"田单目光骤然一亮。

"或许可行。"鲁仲连诡秘地一笑，凑近田单咕哝了一阵。

田单一阵沉吟："只是，太损了些。"

"非常之时，无所不用其极也。"鲁仲连慨然拍案，"此事我来做，你只谋划破敌之法。""好！"田单顿时振作，"破敌之法已有成算，我立即着手。"

此时的燕军大帐也是一片紧张忙碌。

乐毅骤然离去，所有的全局部署与诸般军务，都留给了中军司马向骑劫交代。粗豪的骑劫几曾想过做全军统帅，看着乐毅平日里洒脱消闲，便也以为上将军无非就是升帐发令而已，所有军务都有一班司马，主将只管打仗，有何难哉！不想一接手，中军司马便抱来一摞需要立即处置的紧急文书，当先一封急报是莒城大将秦开的"请命处置莒城降燕者书"。下来是各营急务：粮草将军请命军粮如何征发，辎重将军请命军器打造数量，斥候营请命如何安置秘密降燕者家室，各军大将请命病残伤兵统一归燕的日期，莒城官员示好燕军的秘密军情羽书等，足足二十多件。

骑劫顿时恼火："我要猛攻即墨，忒多聒噪！"

乐毅欲以柔化之，骑劫要以暴夺之。

"上将军,"中军司马低声道,"昌国君对这些急务,历来是当即处置。"

"那就先依成法处置,打完仗报我。"

"上将军,"中军司马为难了,"昌国君是宽化,如今王命力克。若依成法,是背道而驰。上将军须得有个决断才是。"

"鸟!"骑劫骂得一声,急得在出令厅乱转起来,"一窝乱猪鬃,处处都得变,这可咋整!"又猛然转身,"你说个法子,咋整?"一口辽东话又响又急。

"兴亡大计,末将但奉命行事。"中军司马低头一句话。

"酒囊!饭袋!"骑劫大为恼怒,"传我将令:琐事一概不理,只管猛攻即墨莒城。旬日之内不破城,提头来见!"

"嗨!"中军司马如释重负,连忙疾步出厅传令去了。

于是,燕军丢下各种亟待处置的军务不顾,立即在此日猛攻即墨。田单鲁仲连大出意料,连忙亲自上城,守定西门要害,生怕稍有闪失。及至攻防两个回合,燕军战力竟大不如前,各种攻城大型器械的威力也是大减。壕桥纷纷踩翻,云梯也经不住几块礌石便咔嚓折断。攻得一阵,便在城下抛下了千余具尸体。鲁仲连哈哈大笑:"田兄,骑劫这小子没睡醒,高估他也!"田单拭着额头汗水长吁一声:"如此敌手,天意也。"

骑劫猛攻不下,当即升帐聚将,要立斩三员大将。二十多个将军无不大急,众口一声:"枉杀无辜,我等不服!"这些将军原本都是骑劫旧部,今日众口一词,骑劫不禁怒火上冲,高声喝道:"攻城不力,大灭燕军威风,不杀咋整!"飞骑大将道:"上将军明察,昌国君主军之日,可曾如此打仗?末将之见,歇兵旬日,整顿军马器械并诸般军务,而后再战。"话音落点,众将轰然赞同。骑劫无可奈何,只好气咻咻下令歇兵休战。

这日晚上,斥候营总领来报:一个商人出城来降。骑劫立即下令,将齐商带进幕府大帐。

"如何此时降燕?"骑劫黑脸粗声,目光凌厉地盯住了布衣商人。

商人从容道:"在下有一策献上,可使燕军破城。然则,也有一事相求。"

"说,何事?"

"危邦不居。在下唯求千金一车,远走他乡经商。"

"准你。说破城之策。"

"齐人最是尊崇祖先,敬重鬼神。乐毅当年以清明许祭,买得齐人敌意大减。将军若反其道而行之，全数开掘郊野坟茔，暴尸扬骨，齐人必心志溃乱，即墨一鼓可下也。"

"见利忘义，商人本色也！"骑劫哈哈大笑，转身下令，"赐千金，双马快车一辆，立即护送先生出齐。"

次日清晨，燕军出动三万步兵，全部掘开了即墨城外的陵园坟茔，将全部惨白的尸骨堆成了一座小山。即墨庶民军士早已经闻讯聚满城头，一片哭声震动四野。正午时分，燕军给白骨小山浇上了五百多桶猛火油，一支火把丢进，顿时浓烟滚滚火光熊熊，浓烈的腥臭气息在冲天烟火中弥漫了整个即墨城头。

"老根没了！即墨降燕！"城下燕军一片嬉笑高喊。

大火一起，即墨城头炸开了锅。人们捶胸顿足号啕大哭，老人们当场昏死过去三十余人，军民人等无不血脉偾张须发直竖，乱纷纷吼成一片："开城出战！杀光燕人！""血洗燕国！""剐杀骑劫！复我血仇！"幸亏田单亲自守住了城门，鲁仲连在城头哭喊劝阻，即墨军民才没有冲出城厮杀。即墨人的仇恨怒火终于最彻底地燃烧起来了。连日之间，城头成了祭奠祖先的神台，万千白布血书挂满了城头女墙，络绎不绝的请战庶民日夜围在幕府外哭喊请战，连女子孩童都自发编成了死战千人队，尖厉地呼喊着要杀光燕人。

田单立即快速行动，第一道命令便是征发全城耕牛。一声令下，一个时辰间在校军场齐刷刷聚集了两千多头耕牛。经过遴选，留下了一千二百多头壮猛健牛，其余弱牛全部宰杀炖肉。田单下令：三日之内，每个军士务必吞下二十斤牛肉，不许哭喊，养足精神出战。

即墨工匠全部出动，给每头健牛用皮带扎束两支长大的铁矛，牛身绑缚一大片怪诞的黑红大布，牛角绑缚两把锋利的尖刀，牛尾扎一束细密的破衣剪成的布条。届时布条渗满

乐毅害怕被诛，于是归降赵，"赵封乐毅于观津，号曰望储君。尊宠乐毅以警动于燕、齐"（《史记·乐毅列传》）。赵把乐毅供养起来，借机震撼燕齐。乐毅归赵之后，燕人士卒恣，"而田单乃令城中人食必祭其先祖于庭，飞鸟悉翔舞城中下食。燕人怪之。田单因宣言曰：'神来下教我。'乃令城中人曰：'当有神人为我师。'有一卒曰：'臣可以为师乎？'因反走。田单乃起，引还，东向坐，师事之。卒曰：'臣欺君，诚无能也。'田单曰：'子勿言也！'因师之。每出约束，必称神师。乃宣言曰：'吾唯惧燕军之劓所得齐卒，置之前行，与我战，即墨败矣。'燕人闻之，如其言。城中人见齐诸降者尽劓，皆怒，坚守，唯恐见得。单又纵反间曰：'吾惧燕人掘吾城外冢墓，僇先人，可为寒心。'燕军尽掘垄墓，烧死人。即墨人从城上望见，皆涕泣，俱欲出战，怒自十倍。"（《史记·田单列传》）怒火中烧，烧得差不多的时候，田单觉得可以一战，于是一举成功。

猛火油点燃,健牛便成了凶猛无匹的蹿营大军。与此同时,两万精壮军士编成了长矛军与厚背大刀长剑军,五千骑兵编成了掩杀军;其余五万多庶民无分男女老幼,全部按照家族编成了三支复仇军,届时分别从地道杀出。

三日之后,正是月黑风高的四月二十八。即墨军民在万千火把下云集校军场,田单一身铁甲手持长剑走上了将台:"即墨军民父老们听了:燕人灭我邦国,掠我财富,掘我祖陵,大火焚烧我祖先尸骨,此仇不共戴天!今日复仇雪耻之战,我要以火牛阵大破燕军!教燕人葬身火海,报我祖先——"

"杀光燕人!报我祖先!"震天动地的吼声响彻全城。

田单下令:"火牛阵与两万步军我自统领,出西门。五千铁骑由鲁仲连统率,出北门。其余民军由公推之族领统率,出地道。战鼓之前,全军肃静噤声。依次就位,秘密开城!"

月黑风高的子夜,即墨的城门与地道口悄悄地打开了,黑压压的大军悄无声息地弥漫出来,从壕沟外逼近到燕军大营里许之外,列成了丛林般的阵势。辽阔的燕军大营依旧是军灯闪烁,一片安然。

突然之间,战鼓隆隆而起,即墨大军惊雷般炸开。千余只健牛猛甩着燃烧的尾巴,哞哞吼叫着排山倒海般冲进了燕军大营,冲垮了鹿寨扯翻了军帐踩过了酣睡的军兵,牛头长矛尖刀肆意挑穿奔突逃窜的任何物事,连绵大火立即在辽阔的军营蔓延成一片火海。火牛身后是潮水般怒吼呼啸的即墨壮士,大营两侧的原野上则是奔突截杀的即墨铁骑,再后便是即墨民军无边无际的火把海洋。

大骇之下,骑劫的十万大军骤然之间土崩瓦解了。

天亮时分,燕军余部已经仓皇西逃。清理战场,燕军尸体

田单这火牛阵,战果辉煌,闻于军事史。齐反败为胜,随之收复七十余城,田单迎立襄王,"入临菑而听政"。齐国虽能反败为胜,经此大变,也是元气大伤,难复旧威。

竟有六万余具。骑劫也在乱军中被杀,尸体在燕军幕府外三丈之遥,肚腹大开膛晾着,双眼圆睁大嘴张开,一副无比惊惧的狰狞面容。分明是刚刚出帐尚未厮杀,便被火牛尖刀开膛破腹了。

鲁仲连哈哈大笑:"田兄,一鼓作气,收复齐国!"

"便是这般!"田单一挥手,"传令三军城外造饭,饭后立即追杀!"

乐毅离军,齐人之心大伤,正在担心燕军反复,即墨大捷的消息骤然传开,一时欢声雷动,纷纷卷入田单的追击大军。月余之间,齐国七十余城全部收复。围困莒城的秦开大军明知大势已去,早在田单开始追杀的时候便撤军归燕了。

火牛示意图

两个月后,田单率大军隆重迎接齐王田法章进入临淄复国。田法章感慨唏嘘,大朝当日便封田单为安平君开府丞相,貂勃为上卿,共同主持齐国复兴大政。历经六载亡国战乱,齐国终于神奇地复活了。

消息传开,列国却是一片冷漠。月余之间,只有后援齐国的楚国派出了上大夫庄辛来贺;没有占齐国一寸土地没有掠齐国一车财货的秦国,派来了华阳君为特使祝贺。貂勃倍感屈辱,愤愤来找田单:"五国攻齐,魏韩分了宋国,也便忍了。只这赵国夺取的河间却是我大齐本土,却装聋作哑不出声。以我之见,立即派出特使,向赵国索回河间!"

"此一时彼一时。六年已过,赵国今非昔比。以新齐之弱,上门也是自取其辱也。"田单淡淡笑了。

"岂有此理! 那便忍了?"

"六载抗燕,貂勃兄还是如此火暴?"田单笑道,"目下赵国雄心勃勃,一如当年燕国。齐国只能等待,等他自己生变。"

"你是说,赵国也会像燕国那般变化?"

"假若不能,便是天意了。一如秦国,内部不生变,谁却奈何?"

貂勃长吁一声:"齐燕两弱,只有秦赵争雄了?"

田单一笑:"貂勃兄纵不甘心,也得作壁上观。"

正在此时,书吏匆匆急报:赵国发兵十万进攻中山,秦国起兵攻赵。

风波又起。

"如何?秦国救中山?匪夷所思也!"貂勃哈哈大笑。

"天下强国,总归是不甘寂寞。"田单依旧一笑,"等。也许,齐国还有机会。"

第十章　胡服风暴

一　白起方略第一次被放弃

当中山国特使星夜赶到咸阳时,秦国君臣正在章台秘密会商。

中山国是大河东岸太行山东麓的一个山国,都邑灵寿,疆域盈缩无定,强盛时方圆曾达千里之广,战国中期却只是个五六百里地的小邦了①。地虽不大,却恰恰卡在秦赵魏韩四强之间:西面是秦国的河东根基离石、晋阳两大要塞,南面是韩国飞地上党山地,东南是赵国巨鹿与邯郸地带,西南面是魏国的河内地带。仿佛四方生铁之间的一方绵垫儿,一旦抽掉,四方生铁便会硬碰硬轰然相撞。在秦国崛起之前,中山国主要是魏赵韩三国争夺的焦点。战国中期形势大变,秦国先收复了河西高原,再夺取河东离石与晋阳,成了直面中山的最强大势力。及至秦军夺取魏国河内地带并设置河内郡后,魏国萎缩于大河之南,等于在争夺中山国的格局中退出了。也由于河内归秦,韩国原在魏国河

---

① 史家考证,中山国地域大体在今日保定、石家庄以西的山区丘陵地带。战国中期,中山国中心在今河北省平山县一带。都邑灵寿,今平山县境内。中山立国经过见第二部《国命纵横》。

田单

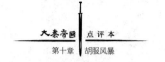
内的狭窄通道也被秦国一体化入,韩之上党遂成了一块飞地。虽然也是直面中山,但由于国势大衰,韩国也早已经没有了争夺中山国的雄心。恰在这二十多年间,赵国骤然强大,于是,中山国事实上主要成为秦赵两大强国之间的缓冲地带。

　　若依地缘大势,中山国对于赵国,有着比秦国更为根本的利害关联。秦国崛起之后,扩张之势一步大过一步:收河西进河东,吞并巴蜀,夺取魏国河内,再夺楚国南郡,无可阻挡地强大起来。而赵国却在进入战国的百年期间,除了对三胡(东胡①、林胡②、楼烦③)作战略有收获,始终没有大的扩张。唯其如此,夺取中山国对强大之后的赵国,有着非同寻常的意义。吞灭中山国,非但根除了一个肘腋大患,且对夺取韩国上党立即形成了压顶之势;中山国与上党一旦归赵,既可使河东的广阔山地成为对抗秦国的坚实屏障,也可使通向中原的大道畅通无阻。正因了如此大势,赵武灵王后期第一次灭了中山国。然则后来赵国内乱,中山国又死灰复燃重新立国。如今赵国重新强大,决意根除中山国,这次出动十万大军,显然是要一举吞灭中山国。

　　一接到紧急密报,魏冄觉察事非寻常,立即渡过渭水到了章台。

　　入得夏日,年事已高的宣太后常常多嫌咸阳宫燠热难耐。秦昭王遂命长史将章台收拾清理得洁净整肃,自己与太

司马迁《史记》之世家,无中山国,说法不一,为疑案。中山国乃"千乘之国",后被赵所灭。

这么快就"年事已高",可惜了宣太后这么好的素材。这个人物还可写得更出彩。

---

① 东胡,古族名。因居匈奴(胡)以东而得名。春秋战国以来,南临燕国,后为燕将秦开所破,迁于今老哈河、西拉木伦河流域。

② 林胡,古族名。战国时分布在今山西朔县北至内蒙古自治区内。从事游牧。

③ 楼烦,古族名。从事畜牧,精骑射。战国时活动于今陕北及内蒙古自治区南部。

后一起搬到了章台消暑,一应重大国事自也赶到了章台会
商。魏冄来到时,恰是正午时分,宣太后正在午间小憩,独秦
昭王在书房盯着墙上那幅新绘制的大秦地图凝神沉思。已
经四十多岁的秦昭王,虽然依旧没有多少国事,但一如既往
地毫不懈怠,但有国事撞到面前,或太后丞相请与会商,总是
立即前往,而且有话便说绝不瞻前顾后。时日一长,不期然
地隐隐形成了太后、丞相、秦王三足鼎立主持国政决策的格
局。魏冄依旧是军政大权在握,却也不再像原先那样径直与
太后商议了事,只要秦昭王在,也便与秦昭王先说,而后再与
太后共同议决。

"出大事了!"魏冄熟悉章台,一步跨进书房急促说了一
句。

秦昭王一转身道:"赵何发兵中山国?"

"我王如何晓得?"魏冄心中一沉,若是秦王先得密报,
朝局就大为蹊跷了。

"我是私下忖度,赵国该当有此举动。"秦昭王悠然一
笑,"赵国君臣雄心勃勃,不灭中山,于心何安?"

"也是一理。"虽然心下稍安,但魏冄还是被秦昭王的
"先知"触动了。这个消息对他这个身在中枢的秉政权臣
如此突兀,整日闲暇的秦昭王却在"忖度"中料到了先机,魏
冄,你当真老了么? 心下虽则闪念,面上却是淡淡一句撂过,
"等太后醒来,立即商定个对策。"

　　暗示秦昭王终于要亲自
主政了。

　　还是得听太后的。

"太后的午眠是越来越长了。"秦昭王思忖间道,"以我
之见,先行宣召白起、华阳君①、泾阳君②、高陵君③来章台,
未时之后正好合议。王舅以为如何?"不知从何时开始,秦

---

① 华阳君,芈戎,秦宣太后的同父异母弟。
② 泾阳君,名悝,秦宣太后未嫁秦惠王时的儿子。
③ 高陵君,名显,秦宣太后未嫁秦惠王时的儿子。

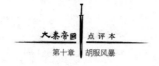
昭王不再呼魏冄为丞相或穰侯,而唤作了王舅。

"白起正在南郡巡视军务,扩充彝陵水道,一时赶不回来。"魏冄皱着花白的眉头,"宣召华阳君三人前来可也。"

"大战没有白起,可是不好说。"

"十万兵马也算大仗?"魏冄轻蔑地笑了,"国策但定,任一大将足以应对。"

"好,先宣来三君商议。"秦昭王转身高声道,"知会长史:急召华阳君、泾阳君、高陵君立即赶赴章台议事。"

"是。"书房廊下的老内侍答应一声匆匆去了。

"我到前署等着。"魏冄说罢,来到章台第二进庭院。① 这第二进有九间冬暖夏凉的石屋,是宣太后特意下令设置的相署。每年冬夏,只要宣太后或秦昭王来章台,魏冄也会时不时赶来会商国事。为了方便就近处置紧急国务,丞相府的六名精干属员长驻在这里上承下达,确实是快捷了许多。突然之间,魏冄觉得他需要冷一冷心境,便来到相署自己的书房。

"启禀穰侯:武安君有羽书方到。"魏冄刚踏进书房,书吏匆匆来到。

"快打开。"

书吏利落地抽出腰间皮袋里的一支专门开启信件的细长匕首,娴熟地挑开铜管泥封,拧开管盖抽出一卷羊皮纸捧了过来。魏冄哗啦展开,白起那粗大的字迹赫然入目:

> 穰侯台鉴:白起已接军报,赵国发兵中山。起以为赵国目下气势正盛,吞灭中山难以阻挡,过早与之争锋,反给魏楚等可乘之机。对赵之策,当以先取上党为根基,成压迫之势,而后相机决战。赵国业已成强,与我大战必在早晚,宜聚举国之力,不战则已,战则雷霆一击,纵不能灭赵,亦使其根本衰弱。白起多方忖度,夜不能寐。穰侯掌军国大政,定能明察善断。

魏冄看罢不禁大皱眉头。他与白起的将相合璧,几乎是有口皆碑。从与白起相识共事开始,他从来都毫无保留地支持白起。白起也对他极为敬重,虽说白起目下之爵位

---

① 关于章台的地形与格局,见第二部《国命纵横》。

职权都与他这个丞相不相上下，但白起从来都视穰侯为军政第一重臣，凡遇大事必先与他会商，从不单独向太后或秦王进言。目下这封如此紧要的羽书，白起完全可以直呈宣太后，然而白起还是径直送入丞相府，从抬头语气看，显然只是给他一个人的。这是白起与他多年的惯例，魏冄倒是丝毫没觉得有何不妥，时日一长也就习以为常，觉得该当如此。毕竟，当初是他一力将白起托出水面的，况且，他与白起从来都是坦荡谋国做事为先，只要做事快捷，些小方式谁却去细加揣摩了？目下魏冄的皱眉，是觉得白起的想法有些不对味，对，是谨慎过分。以白起之沉毅冷静果敢与用兵之精到，面对十万兵马竟如此谨慎小心，魏冄觉得有些不可思议。

细想起来，白起在第一次河外大破合纵联军后，似乎就渐渐深沉了。宣太后几次笑着说："白起大有长进呢，多读兵书，说事有学问了。"魏冄当时倒是没在意，目下想起来，白起的变化似乎还就是从那时开始的。以魏冄的粗粝秉性，他倒是更喜欢原先的白起，只就战场说话，其余一概不想；打仗雷霆万钧，国事悉听上命决断。可如今，白起想得多了，已经想到了战场之外的天下大势，于是，也变得谨慎了。这是好事么？目下这封羽书，分明在说秦国对赵国的长策大谋。然面对十万兵马，却说赵国"吞灭中山难以阻挡"，那种面对六十余万大军而勇往直前的气概哪里去了？白起啊白起，莫非你也想做乐毅那般儒将，为求一仁而六载下不一城，最终功亏一篑？

"禀报丞相：太后宣召。"书吏轻轻到了廊下。

魏冄顺手将羊皮纸揣进胸前衬里的衣袋，匆匆向最后一进的竹园走来。

章台后园只是山麓下一片略加修葺的天然草场，一道青石条砌起的高墙，一方茂密的竹林，一池天然的山潭碧水。潭边草地上有一座茅屋庭院，那是当年秦孝公在章台的居

顺带提旧事。

所,号曰玄思苑,是孝公为怀念墨家女弟子玄奇而命名。孝公四十五岁积劳死去,玄思苑成了一处颇具神圣气息的旧居。秦惠王、秦武王每有大事入章台,必要到玄思苑对着孝公灵位禀报祈祷。秦昭王加冠之后,在玄思苑立了一座孝公石像,又令宫中老内侍画了孝公像交蜀中丝工精心刺绣成一幅与真人等高的绣像,张挂在玄思苑正厅灵位后。从此,这章台玄思苑便成了追念孝公的肃穆所在,被一班大臣称为"小太庙"。魏冄每次进入章台,都要到玄思苑小祭孝公。此时虽有急务,他还是停下脚步对着玄思苑肃然地深深三躬,才匆匆向竹林中走去。

竹林深处是云凤楼。这云凤楼是秦昭王专门为宣太后修建的,名号是宣太后自己取的。究其实,云凤楼只是一座架在粗大木桩上的两层竹楼。这种竹楼是云梦泽楚人的山居习俗,楚人呼之为"干栏"①。暮年的宣太后颇有乡情,常常对秦昭王念叨:"要说舒坦,还是云梦泽好啊。干栏多豁亮,四面来风,比这高房大屋自在多了。"秦昭王说给了白起,其时正逢夺取南郡大军班师归来。白起感念宣太后平日对自己的关切,从南郡紧急征发了十多名建造"干栏"的能工巧匠,一个月便在章台竹林建成了这座"干栏"竹楼。一切就绪,秦昭王在盛夏之时请母亲到章台消暑。宣太后一见茂密竹林中的干栏楼,呵呵直笑:"好啊好啊,芈氏老在这干栏里了!"

"母后,干栏当有个名号。"秦昭王高兴地指点着。

"我想想。"宣太后略一沉吟,"楚人云梦,秦人喜凤,云凤干栏了!"

> 开始怀旧,说明真的"年事已高"。

---

① 史家考证,干栏为远古直到汉代长江流域与江南地区的主要民居形式之一,浙江河姆渡遗址曾发现密集的干栏式建筑遗迹,古文献亦多有记载。

秦昭王笑了："母后，还是'云凤楼'雅些个。"

"如何？干栏土了？"宣太后顿着竹杖笑了，"毕竟在章台，就依你，云凤楼！"

于是，云凤楼成了宣太后的常住寝宫，一年倒有大半时日消磨在此。

魏冄对这云凤楼颇不以为然，总觉得这位老姐大可不必如此张致，让老秦人觉得碍眼。粗豪的魏冄少年离楚，入乡随俗，衣食住行已经完全变成了一个秦人，更兼身材高大黝黑威猛步态赳赳，若非偶然流露的楚音，直是一个地道的老秦人。然则，魏冄也是精细的，绝不会在这种无关大局的小事上对老太后聒噪，况且，即或说了也是无济于事。这位老姐姐的无所顾忌与她不让须眉的英风一样，是天下闻名的。当年坚持要陪同儿子入燕做人质，曾令秦惠王大是头疼，最终不得不教她去了。做了人质照样我行我素，公然与亚卿乐毅生出了情愫，回到咸阳尚念念不忘。记得在乐毅行将入秦之前，魏冄很是认真地劝阻了一回姐姐，请她断了与乐毅的念头，万勿引来天下嘲笑。谁知老姐姐撇着嘴轻蔑地一笑："乐毅鳏夫，芈八子寡妇，男女人伦天经地义，怕谁个嘲笑了？"

更令天下咋舌者，还是这位老姐姐在外邦特使面前的惊人之言。

楚国猛攻韩国雍氏[1]时，韩使尚靳入秦求救，魏冄与老姐姐并秦王共同接见韩使。说了半日，尚靳言不尽意，总是唇亡齿寒之类的道义之词而不涉实际。宣太后突兀开口，打断了尚靳道："我侍奉先王之时，先王将大腿搭在我身上，我便觉沉重难支；可先王完全压在我身上，反倒不觉其重了。

竹杖还在！作者实不擅长写女子仪态。仪态万方之人，怎么会整天杵着一支竹杖，而且从年轻到年老都不离手。

一般人觉得宣太后于男女关系上十分开放，却不知其深谋远虑及良苦用心。以世俗伦理理解宣太后，实为谬论。

话糙理不糙。宣太后目光敏锐。

---

① 雍氏，战国韩地，在今河南禹州东北。

《战国策·韩策二》："楚国雍氏五月。韩令使者求救于秦，冠盖相望也，秦师不下崤。韩又令尚靳使秦，谓秦王曰：'韩之于秦也，居为隐蔽，出为雁行。今韩已病矣，秦师不下崤。臣闻之，唇揭者其齿寒，愿大王之熟计之。'宣太后曰：'使者来者众矣，独尚子之言是。'召尚子入。宣太后谓尚子曰：'妾事先王也，先王以其髀加妾之身，妾困不疲也；尽置其身妾之上，而妾弗重也，何也？以其少有利焉。今佐韩，兵不众，粮不多，则不足以救韩。夫救韩之危，日费千金，独不可使妾少有利焉。'"后来秦王决定下师于崤韩。宣太后的譬喻，让人咋舌。

因由何在？全身压我，给我欢喜，于我有利，自不沉重了。秦国救韩，原不在出兵多少，而在我能否得利，尚子明白了？"一席话毕，师从儒家的尚靳大为难堪，涨红着脸瞠目结舌。宣太后一阵咯咯长笑："言不及义，虚妄之士也！你等说，我去了。"甩着大袖径自去了。魏冄记得很清楚，那次只有秦昭王坦然自若，连他也觉得难堪了，只有约定尚靳夜来再议。自从那次之后，这位老姐姐的无所顾忌令天下侧目，一时毁誉纷纷。各国特使入秦，但逢宣太后便如芒刺在背。连每次必在场的魏冄都总是提着心气，生怕她口无遮拦。

如此一个老姐姐，你能管得她住何等样的房子？

上得四尺宽的结实木梯，沿着宽宽的外廊拐过两个转角，到了云凤楼临水的一面，谷风习习扑面，魏冄顿觉清爽起来。听屋内声音，华阳君三人已经到了。

"都坐了。"已经是两鬓白发的宣太后午眠初起，显得分外精神，"秦王已经将事由说了，丞相也来了。都说，甚个计较？"寻常重臣议事，也就是这几个人再加白起。所不同的是，但凡没有白起在场，宣太后都分外庄重，几乎从来没有笑脸。

权重盖主。

在座五人，秦王是儿子，丞相是同母异父弟，华阳君是同父异母弟，高陵君与泾阳君是自己未嫁秦惠王时的两个儿子，全是至亲家族大臣。虽说秦人从老祖宗开始就已与西部邦国杂处共生，只要是能才，历来不计较异族异邦之士执掌大权。然则，除了一个武安君白起，举朝重臣皆出外邦，毕竟是秦国第一遭。朝野之间，已经将魏冄与三君呼为"四贵"了，显见老秦人是颇有微词的。若不按规矩来，误得几件大事，便会生出诸多事端，甚或导致入秦芈氏家族一举倾覆。宣太后明锐异常，自是掂得轻重，对每个人说话都是官称，实则时时在提醒着这几个非同寻常的显贵——都得明白自己的权力身份，不要以私情误国。

　　"我看，不能教赵国灭了中山。"华阳君芈戎原本是蓝田将军，性情宽厚，先慷慨一句，接着歉然低声道，"只是如何阻挡赵国，我尚无成算。"

　　"家事无定见，国事无成算，夫人当家没了自个么？"宣太后冷冷一句，华阳君满脸通红。华阳君虽是大将出身，偏偏却对那个不生儿子的华阳夫人宠爱有加，寻常时节几乎事事都是华阳夫人做主，在秦国大臣中成为一奇。这是在座谁都晓得的事，宣太后已经直面斥责，他人也不好再说。

　　"赵国若灭中山，我河东根基离石、晋阳便成孤岛。"高陵君嬴显打破了沉默。他目下执掌黑冰台，对各国情势了如指掌，显得极为自信，"当年赵雍非同寻常，其勃勃雄心堪与齐湣王比肩，其过人才干与英雄气度，却又远非齐湣王所能及。赵雍①给赵国留下了一支精锐大军，且平定了东胡、林胡、楼烦，三次蚕食中山国。目下赵何②，分明是要从吞灭中山开始，踏出南下争霸第一步。若不能在这第一步还以颜色，赵国会立即夺取上党，直接压迫河内，成为心腹大患。"

　　"高陵君言之有理！"兼领咸阳城防的泾阳君立即跟上，"赵攻中山国，我攻赵邯郸。此乃孙膑围魏救赵之计。若得定策，我率十万大军攻赵！"

　　"你？"宣太后嘴角淡淡一撇，看着魏冄，"白起如何？没个话来？"

　　"有。白起的快马羽书。"魏冄本不想将白起的羽书拿出来，然在闪念之间却又立即拿了出来。这位老姐姐知人之明杀伐决断之利落，魏冄从来都畏惧三分，她但发问，自是料定白起不会在如此兵家大事上听凭朝议，但有隐瞒，立时必有难堪。

几句话就能噎住对方。

---

　　①　赵雍：赵武灵王。
　　②　赵何：赵惠文王。

"丞相之意如何?"宣太后眯着眼睛将羽书看了一遍,顺手递给秦昭王,又看着魏冄。

"启禀太后,臣以为武安君白起失之谨慎。"在宣太后面前,魏冄从来不会像在秦昭王面前那般无官称说话,言必合乎法度,"若是大势繁难纠结,敌国军力数倍于我,自当谨慎从事。然则,目下山东五国皆弱,无一国堪与大秦正面争雄。唯余赵国稍有起色,视若空前强敌,似有不妥。据实而论,赵国三十余万大军,我则有四十余万大军。赵之国力、军力,皆弱于我甚也。再说部署:赵军精锐十余万长驻阴山草原,十万大军攻中山国,所余兵力充其量十二三万,除去要塞与邯郸城防,能出动者仅在八万上下而已。当此时势,若听任赵国吞灭中山国,将大大助长山东六国气焰,合纵死灰复燃亦未可知。"魏冄本来没有想对如此一件显而易见的小战大费唇舌,若在寻常时日,以他之专断快捷,三言两语便告了断。可白起一有歧见,事情大为复杂。至少,白起在宣太后心目中的分量魏冄是清楚的,若不条分缕析,老姐姐一句话便将你撂在了一边。

"也是一理。"宣太后点了点头,对秦昭王道,"大主意秦王拿,你说。"这宣太后却是奇特,分明是自己决断国事,可每次都要在最要紧时刻将儿子推在正位,似乎总是反反复复地强调着一句潜台词:除了我,谁也不能无视秦王。

秦昭王皱起了眉头道:"看了白起羽书,我以为白起谋划深远,可做长策。然则,方才丞相一番论说,我也以为有理。兵家谨慎,原本不错。然若谨慎过分,也会贻误战机。就实说,目下委实难以决断。"

"哟,没主意了。"宣太后破例地笑了,"你等三个,如何说?"

"打!"华阳君第一个开口,"丞相大是在理,区区八九万大军,不打颜面何存?"

"武安君思虑深远,然目下却不着边际。"高陵君显得成算在胸,"战场争雄,实力较量。我只出奇兵一支攻赵心腹,使他灭中山国不成,未必与他举国大战,实在无须多虑。"

泾阳君立即跟上:"我亦赞同丞相之见。大战要武安君亲自出马,如此小战,武安君不在,亦当定策,无须迟疑。"

"如此说来,都是这个主意了。"宣太后轻轻点着竹杖,"话说到头,要论打仗,还是白起实在。纵有一谋之失,兵事还得靠白起。"三言两语将仍然倚重白起之意说得明明白白,说罢扶着竹杖站了起来,"秦王难断,我拿个主意:秦王丞相到蓝田大营聚集大将,他们都是战场滚大的,自有个掂量;若有良将请命出战,大体便是打得。"

"臣等赞同!"魏冄四人异口同声。

"好主意!"秦昭王拍案起身,"丞相,何时去蓝田?"

"饭后走,初更便到。"魏冄说罢回身出厅,"一个时辰后,章台渡口见。"话音落点,楼梯已经传来了沉重急促的脚步声。

三日之后,中山国特使被紧急召往丞相府。进府一个时辰后匆匆出来,连驿馆也没有回去,直出咸阳星夜北上了。

二 赵奢豪言 险狭斗穴勇者胜

秦军快速东出的消息传到邯郸,赵国君臣大出意料,却也没有慌乱。

在赵国君臣心目中,很是清楚吞灭中山国的利害关联,多年来只是不断蚕食中山国,而不做灭国大战。迄今为止,中山国已经只剩下不到十座城池,不到五百里地面,赵国才决意一举灭之。进兵之前,惠文王赵何曾有秦国发兵之忧虑,谁知几位重臣众口一词,秦国南郡未安,白起远在彝陵,决然不会发兵攻赵。赵何思忖一番也觉在理,赵国吞灭中山国只在一个月间,纵然白起闻讯星夜北上,待率领大军上路,只怕中山国也没有了,其时秦国奈何? 可令赵国君臣惊讶的是:秦国根本就没有动用白起,也没有动用举国大军,竟派一个叫作胡伤的大将率八万铁骑直逼阏与[1]。

阏与位于漳水上游山地,南压韩国上党,西对秦国离石,距东南之邯郸三百余里,是赵国西部的第一道险关。过了阏

赵国经胡服骑射改革后,日渐强大。

---

[1] 阏与,战国时期赵国要塞,今山西省和顺县西南地带。

与沿漳水河谷东下百余里,便是邯郸西大门——武安①要塞。武安一过,距邯郸只有不到百里,铁骑驰骋,一个时辰便到城下。唯其如此,这阏与虽则不大,却是绝不能放弃的咽喉要地,即或在兵力最吃紧的时刻,阏与也常驻着两万长于山地厮杀的精锐步军。而今秦军直逼阏与,显然是要破除赵国屏障而威胁邯郸。

紧急军报传入邯郸后的半个时辰,惠文王特使便四路出宫了:第一路直赴中山军前,向统兵大将乐闲通报军情变故,嘱其相机处置;第二路飞赴武安,急召将军廉颇来邯郸;第三路出邯郸东北直奔观津②,急召大将乐乘;第四路北上巨鹿③府库,急召田部令赵奢回邯郸筹划粮草。赵何相信,几路特使必有一路能解阏与之危。

赵武灵王的改革初见成效。赵武灵王虽被饿杀,但国家元气未伤。

赵何之所以信心十足,根本在于这时的赵国非但有胡服新军三十余万,且多有良将。对诸侯作战,非但有勇迈绝伦的大将廉颇,更有闲居观津号为望诸君的天下名将乐毅及其同是兵家名士的两个儿子——乐闲、乐乘,老而弥辣的平原君赵胜,久在军旅而如今职掌国尉的肥义,若再加上赵成、赵文、赵造、赵俊、赵固、赵袑等一班王族新老猛将,赵国直是当时天下的名将渊薮。其中堪称帅才而能独当一面者,至少有乐毅、廉颇、赵胜、肥义、乐闲、乐乘、赵成几人。然则,除非有亡国之险,乐毅这般名动天下的大帅是不宜轻动的。赵胜、赵成、肥义这三位,都是年过六旬的老将,也是不能随意上阵的。能立应突发危机者,自然便是常在军中的这班大将。几将之中,乐闲率军进攻中山国,其余几人便成了迎击秦军的自然人选。

---

① 武安,今河北省武安县西南。
② 观津,战国赵地,在漳水北岸,今河北武邑东南。
③ 巨鹿,战国赵地,今河北白洋淀以南地带,秦统一后置郡。

暮色降临时，最近的廉颇率先赶回邯郸。

廉颇堪称天下军旅一奇，越趋盛年越见战阵之才。做前将军时，廉颇便以勇迈闻于诸侯，而今已是五十余岁盛年之期，却更见壮猛心志非凡，一副灰白的连鬓络腮大胡须挂在黝黑红亮的脸膛上，步态赳赳声若洪钟，但在军前立马，大有河岳泰岱而无可撼动之势。然则，若仅仅是勇猛，自不足以成为天下名将。廉颇之奇，在于冲锋陷阵之勇猛与统率大军之稳健奇妙地糅合在了一起。一身而享天下第一武勇与天下第一稳健之赫赫大名，战国之世无出其右。

当沉重急促的脚步声远远传来时，惠文王先自笑了。廉颇的脚步声永远都像战鼓，任你萎靡困顿之人，一听这咚咚鼓点都会陡然振作。赵何也是一样，顺手撂下案头的《阏与关山图》，大步迎了出来。

"老卒廉颇，参见我王！"还在九级石阶之下，黄钟大吕便轰然撞将过来。不称老夫，也不称老朽，硬邦邦自称老卒，这也是廉颇一奇。

赵何哈哈大笑："老将军，本王正在虚席以待，请了。"

"我王请！"廉颇肃然一拱，跟在赵何身后大步进了幽静的偏殿。

"老将军请看，这是阏与急报。"赵何拿起案头羽书递给了廉颇。

"老卒驻防武安，军情尽知，我王何断？"

赵何笑道："战事问将。老将军以为阏与可救么？"

默然片刻，廉颇终于开口："阏与道远险狭，急切难救。"

赵何一惊，心下一沉："阏与丢给秦军，邯郸岂不大险？"

"邯郸无险，我王毋忧。"

"何以见得？"

"老卒镇守武安，秦军难越雷池半步。"

赵何不说话了。廉颇的回答大大出乎他的意料，以如此勇迈大将之目光，尚且认为阏与难救，那显然真是难救了。赵何不是父王赵雍那般战阵君王，没打过仗，战事决断历来以大将主张为凭据。廉颇是行伍擢升，久经战阵，他能说"道远险狭"，那必是大军无法兼程行进的崎岖山地羊肠道，赶去也是迟了。骤然之间，赵何想起廉颇当初的建言：在阏与当屯兵五万。可是，其余大将都以为两万足以支撑，屯兵过多，且不说阏与不能展开，粮草输送、兵力凝固难以迅速调遣等都是不利之处。目下看来，廉颇是沉稳老谋了。

廉颇匆匆赶回武安备兵去了。赵何郁郁沉思，连最是在意的晚餐都免了，一直在殿中转悠着守候着。

"禀报我王，乐乘将军到。"

"快！宣他进来。"

乐乘是乐毅的次子，三十余岁，自幼熟读兵书，与长兄乐闲一般沉静，儒雅之风颇似其父。当初乐毅弃燕入赵，骑劫大军被田单火牛阵一举击溃，落叶遇秋风般丢了齐国，其山倒之势比当年乐毅攻齐快捷了许多。燕惠王姬乐资大悔不迭，更怕乐毅记恨于燕国而率赵军攻燕，于是派出密使致书乐毅，将当初之过推于"左右误寡人"，宣示自己的本意是"为将军久暴露于外，故召将军且休，计事"，末了竟然指责乐毅"将军过听，以与寡人有隙，遂捐燕归赵。将军自为计可也，而亦何以报先王之所以遇将军之意乎"。先期随后母在剧辛护送下秘密抵赵的乐乘，见书大是不齿，冷笑道："君王多厚颜，如此言语，竟能启齿也！"乐毅却是淡淡一笑："亡羊尚知补牢，纵有文过饰非，也是用心良苦。"乐乘记得，父亲书房的灯光当夜一直亮着。天亮时，父亲将他唤进书房，拿出满当当字迹的三张羊皮纸说，这是给燕王的回书，你便做我信使了。为明父亲本意，乐乘仔细读完了那封少有的长书。父亲开篇直言不讳道："臣不佞，不能奉先王之教，以顺左右之心，恐抵斧质之罪，以伤先生之明，而又害于足下之义，故遁逃奔赵。自负以不肖之罪，故不敢为辞说。今王者使使者数之罪，臣恐侍御者之不察先王之所以畜幸臣之理，而又不白于臣之所以事先王之心，故敢以书对。"寥寥数语，潜藏着诸多意味，乐乘不禁大是赞叹。接着，父亲细致论说了燕昭王的惕厉奋发、敬贤拔士与任用乐毅灭齐的经过以及给燕国带来的巨大利市，显然是要给燕惠王立一面君道

据《史记·乐毅列传》，乐毅的儿子当为乐间（繁体为閒），并非乐闲。乐乘乃乐间之同宗，并非乐毅之子。小说有误。

人道的大铜镜。末了那段话尤是感人，乐乘至今尚能一字不差地背诵下来：

> 臣闻善作者不必善成，善始者不必善终。昔者伍子胥说听乎阖闾，故吴王远迹至于郢；夫差弗是也，赐之鸱夷而浮之江。故吴王夫差不悟先论之可以立功，故沉子胥而不悔。子胥不蚤见主之不同量，故入江而不改。夫免身全功，以明先王之迹者，臣之上计也。离毁辱之非，堕先王之名者，臣之所大恐也。临不测之罪，以幸免为利者，义之所不敢出也。
>
> 臣闻：古之君子，交绝不出恶声；忠臣之去也，不洁其名。臣虽不佞，数奉教于君子矣。恐侍御者之亲左右之说，而不察疏远之行也，故敢以书报，唯君之留意焉。

这封回书，燕惠王无言以对，只好三番五次地向赵国示好，请赵王准许乐毅回故国探访。赵何心明如镜，也三番五次地不予理睬，直到乐毅默认了，才"王命特许望诸君访燕"。这是明白警告燕国：乐毅是赵臣，燕国若有加害之心，便是与赵国为敌。后来，乐毅只身回燕，燕王多方说服乐毅回燕重掌兵权，都被乐毅婉言辞谢了。眼见乐毅不归，燕惠王提出请乐毅长子乐闲回燕承袭昌国君爵位，不想乐毅却道："乐氏既在赵国，自当为赵国之将，何能再做逃赵之事？"燕惠王不禁惊慌道："乐氏为赵将，忍心攻燕乎？"乐毅笑道："乐氏不攻燕，此乃乐毅与赵王明白约定，燕王毋忧。"从燕国归来，赵何请乐毅出山掌赵国上将军大印，乐毅悠然一笑道："乐毅年迈力衰，已丧掌兵雄心，愧对赵王了。若得军情紧急，臣之两子或可尽力。赵国良将辈出，何须一老朽之力

燕惠王以骑劫替换乐毅，骑劫最终在即墨惨败身死。对此事，燕惠王心中有悔意，又怨乐毅归赵，希望乐毅能归燕。几经协商，"于是燕王复以乐毅子乐间为昌国君；而乐毅往来复通燕，燕、赵以为客卿。乐毅卒于赵"。乐乘，"乐间之宗也"（《史记·乐毅列传》）。乐间与乐乘，后来都留赵。

也。"从那以后,乐毅以客卿之身在观津真正地做了隐士,乐闲乐乘先后做了赵国将军。

"将军但坐。"乐乘一进来,惠文王先礼节一句。煮茶侍女尚未就位,惠文王急迫坐到乐乘对面席位问:"将军且说,阏与如何援救?"

乐乘颇为机敏,来路上已经谋划妥当,从容答道:"赵王明察:阏与为兵家险地,一道大嶂山崎岖难行,大军无法疾进,难救也。"

"如此说来,阏与丢了?"惠文王倒吸了一口凉气。

"却也未必。"乐乘似乎成算在胸,"阏与两万精锐,或可守得一段时日。目下,我可一军出武安迂回上党,断秦军归路;待乐闲中山之战了结后,出兵南下夹击,阏与必能失而复得。"

惠文王顿时默然。乐乘之策不能说没有道理,但却是大费周折。乐闲灭中山国纵然顺利,至少也是三两个月。赵军借道上党,还得与韩国仔细交涉。韩国若借此开出高价,一时便是进退两难。南北两头但有一边卡住,收复阏与便是遥遥无期。以秦军夺取河内与南郡的实例比照,秦人夺地化地之快捷令人惊讶,但有三两个月,阏与可能永远也收复不回了。果真丢了阏与要塞,秦军便骤然钉子般楔进了赵国,直接威胁邯郸。但成如此局势,对于国力军力都在蒸蒸日上的赵国显是莫大耻辱,虽夺取中山国也无法抵消。乐乘谋划,只计兵家之可行,却不解大势之需求,未免迂阔。然则,惠文王却无法对乐乘以大势所需相要求。兵事战阵,若将军无成算,君王纵然强求,十有八九也都是败笔,更不说乐毅父子最不屑的便是君王乱命了。

"启禀我王:田部令赵奢到!"御史[1]快步走了进来。

此人率军在阏与大败秦军。但老子英雄儿子未必也英雄,赵奢之子赵括纸上谈兵,陷赵国于险境,身败名裂,为天下笑。

---

[1] 御史,赵国官职,掌王宫文书典籍与事务,同秦国长史。

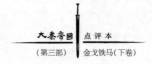

"赵奢?"惠文王一时恍然想起还急召了这个田部令回来筹划粮草,可如今无人领兵,筹划粮草却有何用？心下一松,赵何淡淡笑道,"教他进来了。"

这个赵奢,却是赵国一个赫赫大名的能事之臣。

田部,在赵国是职掌田土与农耕赋税的官署,与魏国的司土(后称司徒)官署相当。田部令,便是执掌田部的首席大臣。赵奢祖上原本是赵氏王族远支,后来成为邯郸的农耕国人。在武灵王赵雍胡服骑射征发新军时,年轻的赵奢入了军旅,在塞外征战十余年,因战功逐步擢升为辎重营将军。这辎重营是大军命脉所在,除了运输、囤积、防守粮草大营,同时还有兵器甲胄马具的打造修葺,诸般军用财货的保管分发等职司。一军之辎重将军,非但要有实战才能,足以率兵镇守大营不失,而且要有料理政务商旅的才能。否则,官署调拨、长途输送、立营保管、定期分发等诸多烦琐事务立时乱套。时年三十岁出头的赵奢,辎重营大将做得有条不紊,从没出过一件差错。三年之后,武灵王对赵奢的军政才能大是赞赏,破例将赵奢从军中左迁为朝官,任为田部吏,虽不是"令",却是专门执掌田土赋税征收的实权臣工。

战国时代,赋税征收是天下第一大政,也是天下第一难题。大战连绵,大军的财货消耗惊人,没有源源不断的物资实力,大军立时不能立足。偏偏战国之世还不能靠加重赋税养军。盖因其时天下大争,各国竞相吸引人口,若是赋税加重而民不堪累,民众便会大量逃亡甚或动乱。一旦动乱,还不能轻易用兵剿灭,你若用兵强压,他国便会乘机出兵"吊民伐罪",灭其国而分其地。齐湣王倍加赋税不到十年,一战山崩而被乱民千刀万剐,任你天下君王大权在握,也是心惊肉跳。唯其如此大势,赋税只有适度,而适度则必然时有财货掣肘。明智国策,只有依靠及时征收来弥补,除此还得严防偷漏逃赋税,否则财货立时吃紧。所以,这征收赋税的田部吏,自非能事强悍者不能任事。否则,以武灵王赵雍之重视军争,如何能将一个极富将才的年轻将领迁职为文官？

赵奢一上任,便遇上了一件棘手事。

盘查赋税大账,国辖四郡(上党郡①、雁门郡、云中郡、代郡)六十余县,赋税分毫不差,可占地三十余县的二十余家世族封地,赋税却仅仅收缴两成不到。封地最大的平原君赵胜、安平君赵成、平阳君赵豹、代安君赵章四家十六县,竟三年未缴国府当得之赋

---

① 上党郡,三家分晋后,韩赵皆设上党郡,此时上党主要部分在韩。

税。赵奢问起情由，田部主书只嘟哝一句，四君撑赵，他不缴谁却敢收？

赵奢大皱眉头，思忖半日，断然下令聚集田部的催征千骑队，并备齐三千辆牛车随后，立即开赴平原君封地。在赵奢看来，平原君有"战国四大公子"之名，又是王族嫡系，素来都是国家栋梁，断无拒缴赋税之理。要清缴封地赋税，只有从平原君开始。

此时之赵国虽行新法，然却不像秦国变法那般彻底。其间最大的不同，是赵国相对完整地保留了世族封地制。所谓相对完整，主要在于两个传统没有改变：其一，封地世袭，不以承袭者无功而夺封地；其二，封地治权仍然在世族，国府只能与世族分享赋税，世族占大头而国府占小头。秦国则将封地制大大虚化为一种象征，非功臣不能封地，子孙不得世袭；封地治权在国府，受封之功臣只是"虚领"封地，由国府从封地赋税中分出小部分给予虚领之功臣。究其实，秦国的封地制已经变成了一种名义上的最高封赏，实际所得仅仅是一部分来自封地的纯粹财货。而赵国封地制，则保留着"诸侯自治"的底色，拥有一方封地便意味着拥有巨大的治民权与建立私家武装的权力。往远处说，这是诸侯制以私家世族为国家根基的老传统。往近处说，这是武灵王赵雍变法时的实际考量，后面自有交代。

平原君封地跨越大河东西两岸，有地五县六百里，几乎都是平坦沃野，东去两百里便是齐国的济水，封地城邑是平原①城。时当暮色，马队牛车浩浩荡荡来到平原城外，赵奢下令牛车大队与九百骑士在护城河外扎营，只带一个百人骑士队立即入城，来到平原令官署。

按法度说，平原令本是国府官员，其爵位也是以赵王亲书颁赐。然就实而论，却是由封主定名，举荐与国，赵王一律下书任官赐爵罢了；实际上是封主的家臣，以国府官员的名义为封主治民理财。赵奢人马一动，平原令便得到了快马急报。及至赵奢入城，平原令已经摆好了盛大宴席，亲自恭候在官署大门外了。

"田部一路风尘，小令特设小宴为田部洗尘。请。"平原令亲切随和地笑着，虽不失恭谨，然却丝毫没有国府官员面临国事时特有的庄重认真。事实上，练达的平原令也委实没有将赵奢放在心上。一个田部吏，爵位比他还低，盛宴待他，只因他是国府实权官员而已，岂有他哉！

---

① 平原，古黄河入海段之东岸要塞，战国初期为齐地，中期为赵地，今山东省平原县南。

"酒宴不敢叨扰。"赵奢目光炯炯地盯着平原令,脸上是淡淡的笑意,"赵奢为国事而来,平原令若能即刻理清三年赋税,赵奢做东设宴。"

"敢问田部,可是奉王命特征赋税?"由于常税难收,赵武灵王有时便借大战之名突然征发紧急赋税,违命者当即治罪。此为王命特征,等闲封主不敢违抗,故而平原令有此一问。

"常税未缴,无须特征。"赵奢黝黑脸膛上的笑容没有了,"本官职司田部赋税,便是王命国事。平原令请勘验本官照身印信。"一挥手,身后文吏捧过来一个铜匣,赵奢也从贴身衣袋中摸出竹板照身抬手亮在平原令眼前。

"田部焉得有假也?"平原令呵呵笑着,"只是这有封地者二十余家,大体都有拖欠,田部何独钟情于平原君乎?"

"平原令差矣!法行如山,虽王子不能例外,遑论二十余家封主?"赵奢面色肃然,"自古以来,征收赋税皆先远后近。平原君封地最大最远,自当首征。平原令老于吏治,不知国家法度乎?"

平原令脸色顿时难堪,强颜笑道:"封主在邯郸,小令却如何做主?若得缴纳,还须请田部到邯郸请命平原君才是。"

"好托词!"赵奢微微冷笑,"平原令若能拿出平原君抗税手令,本官自会找平原君理论。否则,足下身受王爵治民,便是知法犯法。"

"田部当真可人!"平原令突然哈哈大笑,"在下虽是王爵,却是平原君家老,明白么?足下但有平原君手令,本家老自当遵从。否则,田部如何来者,便请如何回去,本家老恕不奉陪。"冷冷撂下一句,径自扬长而去。

赵奢双眉突地一挑:"给我拿下!"

两名铁甲骑士"嗨"的一声,大步上前将已经摇摆到门厅廊下的平原令猛然扭了回来。廊下门吏一声大喝,两排原先做迎宾仪仗的长矛兵士顿时围了上来,随平原令出迎的官署吏员也乱纷纷吵嚷着围住了赵奢。

"尔等当真要抗税乱法?"赵奢黑着脸岿然不动。

一个须发灰白的老吏嘶声大喊:"老夫是赋税吏!小小田部,却奈我何?!"

"我等皆是!"几名文吏轻蔑地喊着笑着,"小田部想立功升官,却是个聋瞽塞听。啊哈哈哈哈哈!"

赵奢大手一挥,身后百人骑士队哗地散开长剑齐出,顿时将一班文吏兵士围在了中心。赵奢冷冷一笑:"平原令官署有八名税吏,全数在此了。"陡然声色俱厉道,"尔等知法犯法,公然抗拒国税,罪在不赦。赵法:抗拒国税一料者斩! 如今尔等竟敢抗拒国税三年六料,法度何在? 督税甲士听令:平原令与八名税吏,立即一体斩决!"

"嗨!"田部督税甲士虽惯于此道,却从来没有在世族封地威风过,如今精神大振,轰然一应,十八名甲士立即将九人拿住押成一排。

"赵奢,你小小一个田部吏,敢擅杀国府命官?!"平原令挣扎大喊。

"既是国府命官,更该依法服刑。开斩!"

一片剑光闪过,九颗头颅"咚"的一声闷响,整齐一致地砸在了地上。事情来得实在突然,大骇之下,惊慌奔来的府吏与被围的军卒一片泥偶般大张着嘴巴粗重地喘息着。一个田部吏片刻之间立杀赫赫平原君九位家臣,任谁也是匪夷所思,可这九颗血淋淋的人头便在脚下,你却又如何不信? 陡然之间,一个府吏嘶声大喊:"田部吏杀人了! 快报君主了——"撒腿便跑,梦魇般的吏员兵卒也如梦初醒轰然四散逃开。

"出城扎营,等候平原君。"赵奢淡淡一笑翻身上马,带着百人骑士队出城去了。

次日午时,西方原野上烟尘大起马蹄如雷。依赵奢战阵阅历,一眼就看出这是平原君赵胜的门客骑士队,较之寻常精锐铁骑更胜一筹。平原君封地在平原,势力根基却在邯郸府邸。平原封地只有平原令官署与分驻各城池的两三千私兵,寻常时日只是督促收缴赋税并向邯郸的平原君府押运而已。但有重大事件,都是邯郸平原君府邸派出精干门客做特使回来处置。看今日气势,两千门客骑士全部出马,分明是平原君亲自赶来了。眼见如此阵势,田部吏员骑士大有惊慌。赵奢却是坦然平静,目光扫过吏员骑士,只淡淡一句:"依法度行事,何惧之有?"转身下令,"整顿牛车,骑士列队,书吏备整赋税账册。"说罢走进道边茅亭。

倏忽之间,马队已经飓风般卷到。当先骑士一领火焰般斗篷罩着紧身棕色皮甲,灰白的长须飘拂胸前,一箭之外便是一声怒喝:"田部吏何在?"这声怒喝的同时,门客骑士已经遥遥展开成一个巨大的雁翼阵,兜住了田部骑士与全部牛车。

"田部吏赵奢,见过平原君。"赵奢出得茅亭,不卑不亢地拱手一礼。

"好个田部吏,给我拿下!"

平原君身后的护卫百骑队早已下马,轰然一应,立时将赵奢一绳捆定押到马前。

"田部吏,可知竖子身在何地?"平原君圈转着那匹暴烈剽悍的雄骏胡马,打量着马前这个纹丝不动的壮汉:一身黑皮甲胄衬着黝黑的脸膛,如两头一般粗的一截石柱戳在道口,分明一个只知战阵厮杀的行伍粗汉。

"平原邑,平原君封地。"赵奢平淡冰冷。

"既知本君封地,何敢杀人越货?"

"平原君差矣!"赵奢愤激高声,"君于赵国,贵为公子,却放纵家臣,不奉公不守法。君为天下风云之士,岂不明法度削弱则邦国削弱,邦国削弱则诸侯加兵,诸侯加兵,安得有赵? 若无赵,安得有君封地之富? 以君之尊贵,奉公守法则上下平,上下平则国富强,国富强则赵国稳固。君为王族贵戚,轻国家而重私利,安得久远乎!"声随风走四野弥散,门客兵士无不听得清清楚楚。

平原君良久默然,翻身下马,深深一躬,亲自解开了赵奢身上的绳索,唤来一个家臣吩咐几句,径自上马去了。家臣过来向赵奢恭敬一礼:"平原君有令:即刻向田部吏清结三年赋税。"从那天日暮开始,赵奢的牛车大队络绎不绝地整整忙碌了一个月,才将平原君的全部赋税分别送进各类府库。从此赵奢声名大振,平原君又尽力举荐,武灵王退位时便擢升赵奢为田部左令,专司囊括了商旅市易与百工作坊的举国赋税。赵何即位,又擢升赵奢田部令,成为职司赵国土地农耕赋税的要害重臣。近二十年来,赵国府库殷实而民无不平,一大半是这赵奢的功劳。

如此一个治国能臣,惠文王自是器重有加。然则赵奢毕竟不是领兵大将,如何解得目下燃眉之急? 当赵奢大踏步进来时,惠文王兀自陷在方才的思绪之中,粗重地长长叹息了一声:"阏与无救也!"

"启禀我王:赵奢奉命还都。"

税源不稳定,国家不富强,要霸天下,就是痴人说梦。赵奢据理力争,说服平原君,得保赵国赋税收入稳定。

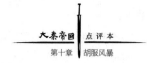

"卿且坐了。"惠文王回头招手示意,"本是急务,目下缓了。"

"我王所指,莫非阏与战事?"

"你知军情?"惠文王猛然回头,"说说,阏与可救么?"

"可救。"赵奢笃定一句,"阏与之对我军,道远险狭。然则,对秦军亦同样不利。两军相遇,如两鼠斗于穴中,将勇者胜!"

惠文王目光骤然一亮,是啊,道远险狭对秦军同样不利,当此之时勇者胜也,有道理! 再看沉雄厚重的赵奢,惠文王蓦然想起这个片刻诛杀平原君九名家臣的凛然之气,如眼前矗立起一座无可撼动的山岳,霍然站起道:"本王特命:赵奢兼领邯郸将军,率十万大军驰援阏与!"

"臣启我王:六万铁骑足矣。"

席地稳坐的乐乘一直都在微笑,此刻却惊讶得嘴角猛然一阵抽搐。惠文王目光一闪:"秦军可是八万,卿不可恃勇轻敌。"赵奢肃然道:"非臣恃勇,阏与山险地狭,大军无法展开,唯轻锐劲健之师可充分施展。"惠文王双掌一击:"好!本王立颁兵符,将军回府歇息一晚,明晨发兵。"赵奢庄重挺身道:"大将受命之时,便是肩负邦国安危之日,何能舍军就家? 臣请立赴军前,四更发兵。"骤然之间,惠文王双眼潮湿了,不禁对着赵奢深深一躬:"卿之为将,国有泰岱也。"赵奢扶住了惠文王:"臣有一请。"

"卿但直说。"

"许臣选择战机,请王毋得干预。"

惠文王拉过赵奢的手"啪"地一击:"赵何立誓:无端涉军者暴死!"

君臣同心,能成大事。

乐乘的嘴角又是猛然一阵抽搐。赵奢肃然向惠文王深深一躬,大踏步去了。

三　秦军首败　天下变色

胡伤没有料到，阏与赵军的抵抗竟是如此坚韧。

胡伤本是秦军前军副将，由于率军参与攻齐有功，擢升为左将军，也就是左军主将。秦之左右两军均是铁骑大军，胡伤自然也是骑兵将军。秦昭王与丞相魏冄亲赴蓝田大营，胡伤第一个慨然请战，说率所部五万铁骑定然一举拿下武安，进逼邯郸城下，迫使赵军主力从中山回援。蒙骜、王龁、王陵、桓龁等一班大将也都是主张可打，但都说非十万大军不可，且一定要以精锐步军为主。反复权衡，魏冄基于此战之要在于快速奔袭的思虑，主张采纳胡伤谋划。秦昭王自然是赞同了。为确保战胜，魏冄将右军铁骑调出三万，将胡伤兵力增至八万，且当场指令泾阳君专司粮草督运。比照司马错当年以两万兵力奔袭房陵，这八万铁骑长途奔袭赵国，应当是实力非常雄厚了，胡伤自是志在必得。

阏与当真算得兵家险地。西边一座大嶂山连绵横亘，东边一道清漳水①滚滚滔滔。清漳水东岸依旧高山横亘，一条仅可容车的小道从西岸山腰通过，几乎栈道一般。阏与城堡卡在两山之间，悬空一道坚实的木桥挽起两座高耸的石条箭楼，那条堪称天下最窄的官道如银线般从西岸箭楼下穿过，遥遥看去煞是奇险壮观。

由于是铁骑奔袭，也由于阏与山水险峻，秦军不可能携带重型攻城器械。更重要的在于，秦军斥候已经事先探察明白：阏与守军只有两万轻装步兵，除了强弩，根本没有重型防

《史记·赵世家》："（惠文王）二十九年，秦、韩相攻，而围阏与。赵使赵奢将，击秦，大破秦军阏与下，赐号为马服君。"张守节《史记·赵世家·正义》，"因马服山为号也，虞喜志林云：'马，兵之首也。号曰马服者，言能服马也'"。阏与之战，大挫秦军之锐。

---

①　漳水有二，浊漳水与清漳水，此古地貌见《水经注》。

守器械。骑兵对步兵本来就有优势，更何况是两万步兵对八万骑兵。若再携带重型攻坚器械，秦军颜面何存。胡伤的大谋划是：先下阏与，再克武安，威逼邯郸一月。果能如此，便是这支奔袭精兵的最大胜利。

只图威逼，必无功而返。

关前三里，铁骑扎营。胡伤登上了大嶂山最高处，瞭望良久，却找不到一条直接攻关的路径。一个时辰后，胡伤终于打定了主意，回到大营立即聚将发令：前军一万骑士改做步兵攻城，力争诱敌出关；三万铁骑埋伏于两山峡谷，一万铁骑埋伏于下游山谷包抄；其余三万铁骑全力在大嶂山探索路径，若急切不能攻下阏与，则以部分军马翻越大嶂山，从背后包抄阏与的同时直逼武安。

一夜动作，秦军已经各自就绪。此日清晨，分两路开始了猛烈攻城——西路五千步卒以狭窄的山道为根基，猛攻关门；东路五千步卒，沿着丛林岩石间的三条羊肠小道攀缘而上，要从山头逼近箭楼。奇怪的是，秦军在隆隆战鼓中爬山攀城，阏与城头竟没有丝毫动静。直到秦军的密集步卒距城头半箭之地，尖厉的牛角号突然划破山谷，城头及相连山头万箭夹着密集的尖角岩石暴风骤雨般扑下。秦军本是试探进攻，心下也确实蔑视赵军，冷不防大是狼狈，硬生生被压下山头城墙，只一阵便丢下了一千多具尸体。胡伤见状，立即下令停止攻关，亲自到城下验看尸体。一看之下，胡伤大为惊讶。虽说这滚石不是特制的大型檑具，却是硬如精铁锋棱闪闪的岩石，比檑具杀伤力更强。再看箭镞，竟都是上好的精铁穿甲兵矢，一千多具尸体除了被锋利岩石击中，凡中箭者个个都被正正地钉在咽喉。只此一端，可见赵军射技之精熟。

胡服骑射之效。

胡伤正在思忖，几员大将已经闻讯围了过来愤愤大嚷。鸟！老秦人打硬仗，怕甚来？打！不信拿不下这鸟关。大秦

新军所向披靡！再攻！直娘贼！破关杀光赵人！退下来的骑士们一片激昂大喊，请战再攻。胡伤略一思忖，断然下令：撤回埋伏，整军再攻。

这次秦军将士抖擞精神，分做四路攻关：关下两路，山上两路。关下两路正面猛攻，吸引赵军全力防守。东西两山各有五千骑士步卒在高山密林中攀缘而上，奇兵袭击。撤回的伏兵全数在漳水两岸依山势列成高低错落的强弩阵，战鼓一起，万箭齐发，暴风骤雨般封住了两座阙与城楼与中间木桥。箭雨齐发的同时，秦军每个百人队抬一架轻便云梯，一声呐喊，冲向城下陡峭的山坡。爬城步卒也分为三路协作：三十人以轻便弓箭瞄准城头，随时射杀露头赵军；二十人手持随身携带的轻便铁铲，专门在山坡挖坑夯台护持云梯靠上城墙；其余五十卒身背铁爪飞钩，左手执轻便皮盾，右手执一支长剑鼓勇攻城。如此半个时辰，箭楼女墙桥栏后的赵军不能露头，但有赵军身影，远处的强弩与城下的轻弓同时密集射杀。

眼见秦军爬城，情急之下的赵军只有埋头抛出密集岩石，弓箭手也只有匆匆转移到与箭楼相连的山头树林中隐身远射。如此一来，赵军反击之力大大减弱，秦军骑士步卒已有五六百人率先攻上了城墙。攻城法度：军士上城，攻方弩箭即行终止，以免误伤。便在城下箭雨倏忽终止之时，防守赵军潮水般拥出，城头骤然爆发出山摇地动般的杀声。秦军士卒虽是源源不断地爬城而上，毕竟与一体突然杀出的赵军相比还是兵力太弱，一时间城上刀丛剑树密集拼杀，秦军士卒不断被飞掷出来，撞在城墙或山石上粉身碎骨。

"强弩齐射——"胡伤怒不可遏，一嗓子喊出血星飞溅。

城下秦军看得惊心动魄，实在料想不到赵军战力如此强

旗鼓相当。

韧。胡伤一声将令，整个河谷万众齐吼，不管是否在弓弩阵内，也顾不得自己的弓箭是否硬弩，都一齐奋力疾射。秦军骑士膂力之强射技之高，本是天下一流，片刻之间，将暴露城头的黑红两方军士全部钉死。骤然之间，山谷一片寂静。

胡伤双眼血红，嘶声大喊："强弩就位，再次猛攻！杀光赵人——"

"杀光赵人！"河谷之中一片怒吼。此时，突闻两边山头杀声大起，从山林攀缘的两路秦军在箭楼外山顶与赵军展开了激烈拼杀。胡伤精神大振，一声令下，城下秦军立即再度猛攻。一个时辰后，赵军首尾不能相顾，秦军终于占领了阏与险关。查点伤亡，秦军战死八千，重伤三千，轻伤六千；赵军战死万余，重伤两千余，突围而去者千余人。

要打胜仗，还看白起。

如此伤亡相当之激战，自当年司马错率大军在丹水与屈原新军交战之后，对秦国新军当真是闻所未闻。尤其是白起领军以来，秦军每战所向披靡，拔城最少十座，斩首最少十余万，几曾有过一命换一命的惨胜战绩？在秦军将士看来，纵然夺得阏与，此等伤亡也是奇耻大辱。一时全军咬牙切齿，发誓攻克武安，至少以斩首十万的战绩班师。

胡伤激愤难耐，立即下令兼程疾进，攻克武安直逼邯郸，大战复仇。

赵奢率六万铁骑出得邯郸，不走通向武安的大道，而是向西北方向开去，行得五十余里，在前出武安十余里的一道隐秘山谷扎营。大营扎定，赵奢立下两道军令：其一，全体将士不得进谏军事，违令者斩。其二，立即修筑壕沟鹿寨，坚壁军营。

大军刚刚驻扎三日，斥候急报：秦军铁骑已经越过涉城①，进逼武安城下，战鼓之声已经震动武安城内屋瓦！在斥候急报之时，隐隐如雷的战鼓声在赵奢大营已清晰如在耳边，将士们大起惊慌。毕竟，秦军声威震慑天下，赵军第一次正面迎击秦军，任谁也是忐忑不安。赵奢不动声色，只教斥候再探再报，径自埋首幕府沉思了。此时，幕府大帐外一阵鼓噪，一员大将赳赳闯了进来，激昂高声："武安为邯郸咽喉，秦军猛攻，将军屯兵不救，军心难平！"

"军令在先，尔竟违令谈兵，推出斩首。"赵奢冷若冰霜，回身再补一句，"首级挂于高杆，以儆效尤。"

当这位勇猛将领的头颅在三丈高杆上飘摇的时候，将士们当真惊愕了。这个赵奢究竟要如何打仗？明是屯兵于秦军侧后要害，若出兵猛攻，与武安廉颇守军内外夹击，纵不能全歼秦军而大胜，亦当驱逐小胜，能打而不打，意欲何为？若是别将领兵，将士们也许早就鼓噪请战了。然则，赵奢是以胆略声震朝野的重臣，绝非胆怯懦弱之辈，又是受命于危难之时，深得赵王器重，能奈他何？毕竟，将军不畏死，便是个打法权宜，将士自然要听命于统帅，不会强求主帅。但入军旅，谁都懂得这个道理。赵军将士尽管心中困惑，军营中还是渐渐平息了下来。

正在城外准备猛攻武安的胡伤，突闻斥候急报，说侧后西北山谷里驻扎了一支赵军。胡伤大是惊讶，若这支赵军杀出内外夹攻，还当真棘手。思忖一番，下令先行探察侧后赵军动向，而后再定是否猛攻武安。攻不下武安事小，若被赵军断了后路孤军死战，那便是国之罪人了。胡伤纵然不是赫赫名将，毕竟也是勇略非凡，岂能权衡不来此中轻重？

次日日暮，化装成林胡马商的斥候匆匆归来，报说赵军营地很是松懈，只准备防守；主将赵奢还以军宴待他，定了六百匹林胡战马；谈及战事吃紧战马难以立即送到，赵奢哈哈大笑说，我只深沟高垒，足保秦军不克武安也，一月之后，便可送马了。

惊喜之余，胡伤哈哈大笑："遇此庸才，天意也！出都三五十里便屯兵山谷，还要深沟高垒？阏与武安，是秦国的了！"

次日清晨，秦军开始大肆猛攻。谁知这武安要塞是大将廉颇率三万步军镇守，粮草充足器械精良，更兼防守得法，猛攻一日毫无进展。胡伤改变战法，下令一支兵马烧毁

---

① 涉城，漳水东岸之赵国城邑，东距武安三十余里，今河北省涉县西。

涉城粮仓,引诱赵军来救,于山野间以精锐铁骑歼灭赵军。谁知这老廉颇稳如泰山,任你百般挑衅,总是不出城池。如此旬日,相持不下。胡伤本当退兵,可一想到阏与惨胜便怒火难平,与几员大将一商议,决意攻陷周边小城威逼武安,吸引赵军从中山回援,至少大战一场斩首十万以报阏与之仇。

倏忽之间,胡伤大军在武安城下耗过了二十八天。

此时,侧后赵军突然出动了。这日日暮,赵奢下令全军偃旗息鼓战马衔枚,兼程疾进直抵阏与,凭险切断秦军归路。近月休整不战,赵军自是体力充盈,在狭窄山道牵马急行竟无一人落伍,沿途只歇息两次冷餐干肉,次日黄昏时分生生赶到阏与关后的谷口当道扎营,立即紧急修筑壁垒壕沟。

赵奢大军一出动,胡伤便接到了急报,顿时惊出一身冷汗,立即派出特急飞骑,下令前出三十里的涉城八千铁骑尾追赵军,城下主力大军随后回军,全力吞灭赵奢六万人马。秦军果然勇猛神速,虽然在军令之后立即拔营启动,已经比赵军慢了两个时辰,及至一夜一日之后,已是衔尾追来。赵军壁垒刚刚就绪,谷口已经是战鼓隆隆,秦军骑士全部下马结阵,黑压压向卡在谷口的赵军压来。

在秦军前锋将要到达时,一名年轻军吏疾步赶到了主将大旗下,高声自报姓名许历,请求禀报自己的军事谋划。赵奢沉着脸一招手,说,将他领进了临时军帐。许历急促道,秦军惊怒而来,其势正盛,我军急需厚阵①而敌,否则必败。赵奢正色点头,正当如此。立即紧急下令:全军变为三道防线。许历一拱手,我犯军令,请受斧钺。赵奢微微一笑:这却要等赵王下令。许历慨然振作又是一拱手:"将军留意:北山制高,先占北山者胜,后攻者败。"赵奢一瞄对面黑黝黝山势,立即高声下令:前军一万,急赴北山坚壁设防。

赵奢大军堪堪就绪,胡伤大军黑云般从北边山谷压来。一看情势,胡伤便知卡在身后的这座山头是要害所在,占据此山进退裕如,不占此山将被赵军前堵后截进退失据。火把之下,胡伤一声大喊:"左军两万,攻下北山!"

此次北上秦军,都是久经战阵的精锐骑士。无论兵将,一看大势便知是面临危局的绝地之战,顿时山呼海啸般一阵呐喊,潮水般两面攻来:胡伤亲自率领中军主力猛攻正

---

① 厚阵,即分层防守,加强纵深,使敌不能一鼓突破。

面赵军，左军两万同时猛攻北山赵军。

山谷中火把成海，战鼓如雷，杀声震天。战国之世两支最为强悍的大军第一次正面碰撞，在狭小的山谷展开了势均力敌的浴血搏杀。三个时辰过去，秦军竟被渐渐压缩到南谷北山之间不足三里宽的山谷之中。这时，两军都是筋疲力尽死伤惨重尸体累累了。按照战场传统，这仗无论如何也要到天亮后再打了。胡伤浑身鲜血，心下却是清楚，嘶哑着声音下令："赵军战力已疲。休整半个时辰，鼓勇血战，一举突围！"

谁知便在秦军草草包扎伤口整顿马具，准备做最后的血战的时刻，山谷间天崩地裂般一阵雷鸣，战鼓混着嘶哑的呐喊，赵军竟从谷口与山头猛烈地压了下来，红色衣甲红色火把浑身酱红的鲜血，恍如连天彻地的血色河海兜底翻了过来。如此气势，有天下"锐士"名号的秦国新军也是大为震惊了。本来，秦军的半个时辰休整便接着发动突围血战，已经是匪夷所思的连续勇猛厮杀了，赵军却是一刻不停地连续猛攻扑来。普天之下，何曾见过如此血战三个时辰犹能雷霆猛攻的大军？仓促之间，不待胡伤将令，秦军残余三万余人惊雷般炸开，轰然迎击了上去。

> 可见赵军训练有素，临危不仅不乱，而且后续爆发力强。"普天之下，何曾见过如此血战三个时辰犹能雷霆猛攻的大军？"写得极有气势。

曙光冒出东方山巅时，阏与山谷终于平息了下来。

斥候飞报邯郸，赵惠文王大喜若狂，立即颁下王书：举国大酺①三日！接着派出平原君为犒军特使奔赴阏与，一则犒赏将士，二则与赵奢一起重新部署阏与防守。旬日之后，平原君差飞骑回报：赵奢所部班师东来，平原君亲率五千步骑留守阏与，请赵王作速调遣两万兵马前来阏与接防。惠文王不禁大为困惑，五千人马是平原君带去的，意在补足阏与兵

---

① 大酺，国君特许的大聚饮，起源于春秋战国。

力,如何只有这五千人马留守而赵奢竟不能增兵?且还须平原君亲自涉险做留守大将?阏与守军加赵奢所部是八万,纵有伤亡,何至不能留守一兵一卒?惑则惑之,惠文王还是立即向镇守武安的廉颇下书:作速派出两万精锐开赴阏与接防,替回平原君。

次日清晨,惠文王亲自率领一班大臣出西门三十里,隆重迎接赵奢大军。不想直等到日暮时分,官道上还不见人马踪迹。有大臣建言,王体为国命之本,不妨先回邯郸,留下几名大臣郊迎。正在盛年的惠文王却是执拗,将士用命,本王受一宿风寒又能如何?当即下令扎营过夜。次日又等得大半日不见踪迹,大臣们心下疑惑:不对也,阏与班师原本只两日路程,如今已是平原君飞书到达之第四日,赵奢班师之第六日,纵是迟缓亦当有个斥候信使,这茫茫石沉大海一般,不禁令人心惊肉跳起来。正在大臣们要群谏赵王回邯郸时,遥见官道上一匹快马背负夕阳飞来,显然是赵王派出的飞骑斥候,遥遥一声高喊:"到了!阏与将士到武安了——"

惠文王立即飞身登车:"起快车,武安!"

四马青铜轺车隆隆飞出,身后大臣马队风一般跟上。一路飞驰,眼见武安城楼遥遥在望,才看见官道中一片蠕动的黑点。轺车旁斥候扬鞭一指:"赵王,那便是赵奢将军。"惠文王不禁愣怔了,寻常班师都是旌旗飞扬金鼓大作,如何目下却是如此景象?心下一紧脚下一跺,轻便王车哗啷啷风驰电掣般飞了出去。

暮色苍茫之中,络绎不绝而又散乱不整的片片红点儿,艰难而又缓慢地蠕动在血色的黄昏里。千奇百怪的拐杖,淤满酱色的甲胄,褴褛飞扬的破衣,在额头淤血大布中散乱飘飞的长发,拖在地上的木架上的重伤号。奇怪的是,便是如此一支队伍,却没有一声些许的呻吟,人人脸上都溢满着疲惫的笑容。尽管脚步是那样的缓慢那样的迟滞,然则那缓慢从容的步态,却使任何人都相信他们不会在中途颓然倒下。

青铜王车缓缓地停在了道中,惠文王一阵愣怔,赵奢何在?如何没有他的身影?心中猛然一沉,惠文王径自跳下轺车,大步匆匆地走了过去,高声问道:"赵奢将军何在?"为首一排肩背绳索的血人缓缓散开,虽然艰难却也算整齐地拱手肃立,一个吊着胳膊的将军一指拖在地上的木架,一声哽咽不能成语。惠文王大步趋前,却见一个浑身带血面目不清的人躺在木架上,两条腿被布带牢牢绑缚在镂空的木架上,声息皆无。

"禀报我王,将军双腿剑伤六处,胸前三处,右眼中一箭,昏迷三日。"

骤然之间,惠文王双眼模糊,不禁跪地抬起木架一头颤声道,上王车!木架上得王车,铺垫好厚厚的毛皮,惠文王跳上车辕高声下令:"大臣军兵全体下马步行看护,车马让于伤兵! 本王先行送将军还都!"说罢一抖马缰,亲自驾车辚辚疾去。

次日清晨,赵奢余部一万余人终于回到了西门。邯郸万人空巷夹道肃立,看着伤痕累累浑身浴血的将士们缓缓走过,静得唯闻喘息之声。直到将士们进入王宫车马场接受封赏犒劳,山海般人群才爆发出震天动地的欢呼声:"赵军万岁!""万岁赵奢!"这一日,惠文王赵何亲自宣读王书:田部令赵奢秉承先王胡服骑射之神勇战力,为天下首次大败秦军,功勋如河岳泰岱,封赵奢为马服君,封地百二十里;军吏许历临危襄赞有功,破例擢升国尉之职;其余将士,战死者加爵三级,生还者晋爵两级,其家口一律免赋三年。一时赵国朝野欢腾,竟比灭了中山国还高兴十倍。

阏与之战的结局消息飞快地传开,天下顿时惊愕哗然。

大国小国,谁都知道赵国在武灵王胡服骑射之后有了另一番气象,然则,这番气象究竟意味着何等实力,却始终是一团迷雾莫测高深。虽然有北驱三胡西灭中山国之战绩,但人们对赵国的实力依旧是不以为然,大都以为目下之赵国,充其量堪堪与魏国匹敌罢了。阏与血战之前,要说赵国堪与秦国对抗,任谁都会哈哈大笑一通了事。毕竟,这种吞并蛮夷的战功连燕国也曾经有过,并不意味着真正具备了与中原强国对抗的实力。然则,阏与血战的消息传开,各国顿时为之变色。如今大争之世,一个秦国已经令天下吃尽了苦头,再来一个比秦国还要生猛狠勇的赵国,大国小国如何不若芒刺在背?自从秦国商鞅变法以来近百年,秦国新军几曾有过如此败绩? 更要紧的是,目下秦军之战力正在巅峰,各国无不畏之如虎。夺魏国河内三百里、楚国南郡六百里,天下无敢攘臂而出者何也? 还不是畏惧秦军之锋锐无匹,畏惧白起之战胜威力? 可恰恰在秦国风头最劲的当口,赵军泰山石敢当,硬是以勇猛拼杀全歼秦军精锐铁骑八万,听着都教人心惊肉跳。

惶惶之余,山东大国纷纷开始了新一轮纵横奔波。燕国是赵国老冤家,生怕赵国趁燕国新败之机北上了结老账,匆忙到咸阳秘密结盟,毕竟,能抗住赵国的还只有秦国;齐国虽则新胜,却是元气大伤,对赵国的咄咄逼人更是怨之甚深,也派出特使赶赴咸阳结盟,以备赵国万一攻齐,只有依靠秦国为援手。魏韩与赵同属三晋,相互间虽是恩怨纠葛,利害人事世族间更是盘根错节。更重要的是,三晋"卑秦"最甚,但有合纵抗秦,三晋都是事实上的主力。如今赵国强大起来,魏韩两国立即与赵结盟,魏国要借赵之力夺回河内,韩国要借赵之力抗秦蚕食。唯余一个楚国举棋不定,单独抗秦抗不住,联结昔日"弱赵"又觉大邦尊严有失,踌躇再三而不能决。几是半年摇摆,最后还是对秦仇恨难消,终于北上与赵国秘密结盟了。

至此,天下战国格局又是一变:两大同盟隐然形成,一边以秦国为轴心,一边以赵国为轴心,开始了较之早期合纵连横更为酷烈的争战。以阏与如此一场小战,引起天下如此动荡,而使战国重新生出组合,任谁也始料不及。

齐弱赵强,秦国并天下,又遇敌军同盟。

在这奔波动荡的时刻,秦国是梦魇般的沉默。

当河内快马军使报来胡伤大军全军覆没阏与的消息时,第一个接到军报的丞相魏冄顿时手脚冰凉,瘫在了书案前动弹不得。默然半个时辰,魏冄毕竟定力过人,撑持着不时瑟瑟发颤的两腿登车出府了。秦昭王便在咸阳宫,他却不想将消息先告诉这位外甥秦王。若见秦王,他是总摄国政的权臣之身,必得有个说法,那种请罪式的难堪,对于魏冄是无法忍受的;而在太后面前,他却是奉策者。事实上,攻赵之策也是宣太后最终拍案定策的。更要紧的,当然是太后最有主见,只有太后定了大主意,他才能摆布得开。

虽则如此,到了章台,魏冄还是迟迟不敢踏进那片青绿的竹林。骤然之间,他觉得自己老了,那种风火雷霆般的气势竟在此刻不知不觉悄悄弥散了。蓦然想起白起的特急羽书,他长长地叹息了一声,悔之晚矣!良久伫立,他终于鼓足勇气走进了竹林,踏上了干栏上的木梯。

"丞相来了,坐。"午眠方起的宣太后点着竹杖,打了个长长的哈欠。

魏冄默默就座,却不知如何开口。"甚时学得老到坐功?"宣太后笑了,"想与老姐说私己话么? 由得你了。"只要

不是正式议事，太后对魏冄从来都很宽和。

"太后，"魏冄一咬牙道，"胡伤败了。"

"如何个败法？"一道阴影倏忽掠过宣太后富态红润的脸膛，"胡伤回来了？"

魏冄粗重地叹息一声，黑脸涨得通红："胡伤战死，八万铁骑全军覆没……"

"你？你说甚？再说一遍！"尖锐一声，宣太后骤然站了起来。

"老姐姐，魏冄有罪！"魏冄一头砸在大青砖地上。

"当啷"一声，竹杖跌在蓝田白玉长案上，宣太后软软地倒在竹席上，脸色苍白得与头上的白发融成了一片。

"太后！快！太医何在？"魏冄大急，吼得山鸣谷应。

太阳落山时，宣太后才悠悠醒了过来。秦昭王也匆匆赶来了。一看那阴沉的脸色，魏冄便知道这位国王肯定也得到了紧急军报。然则，看着躺卧在竹榻骤然苍老疲惫得风烛残年一般的宣太后，两人却谁也没有说话。良久默然，宣太后梦呓般喃哝一句："白起，白起回来了么？"秦昭王连忙躬身道："羽书已到，白起正在星夜赶回。"

宣太后的眼角缓缓渗出了一丝细亮的泪水："明日都来章台，我有话说。都忙去了，不用人陪我。"秦昭王看一眼魏冄，一句话没说走了。魏冄一直木然地跪坐着，此刻要起，却觉两腿已经不是自己的了，强咬牙关猛然起身，轰隆咣啷地跌倒在玉案上。

宣太后嘴角一抽搐："老了，侬也挺不住芈氏了。"声音虽小，却是地道的楚音，魏冄听得分外清楚。骤然之间，魏冄心中一抖，一挺身神奇地站了起来："但有魏冄，撑持得芈氏。"一句说罢，趔趔大步地走了出去，沉重急促的脚步声将一座干栏震得簌簌索索。

宣太后起来了，走出了干栏小楼。

扶着那支青绿的竹杖，宣太后缓慢地摇下了干栏，摇出了竹林，摇到了与火红晚霞融成一片苍茫暮色的松林草地中。这胡伤如何便能败了呢？八万精锐铁骑啊！秦军有四十多万，骑兵只有十余万，一战净折八万，强秦八十余年可当真是闻所未闻也。秦国军法：无端败军者斩刑不赦。何谓无端？庙堂之策无误而大将战法有失也。攻赵之战全军覆没，可谓秦军大耻。算不算得胡伤"无端"战败呢？寻常看来，当是胡伤之罪了。赵欲灭中山，秦欲奇袭而迫使赵国回兵，以保秦国河东屏障。如此定策，难道有错？没有啊，确实没有。那么，胡伤八万将士有错？能攻下阏与险关而直逼武安城下，说明一个道理：只要此仗打得，任谁只能这样打。最终全军战死，非将之过也。如此猛勇惨烈，纵然天地鬼神亦当为之变色。身为一国摄政太后,何忍将脏水泼向八万忠勇将士的墓石?何忍玷污他们身死异乡含恨游荡的魂灵?那么,究竟错在何处呢?宣太后摇摇雪白的头嘟哝了一句楚语,毋晓得山鬼招魂了?荆楚人多敬山鬼,连大诗人屈原都专门写了《山鬼》长歌。楚人都说,但进大山迷路,便是山鬼迷了你的魂灵,分明你走得没错,脚下却偏偏走错,由不得你也!如此说来,阏与之惨败是天意了。上天要是存心教你出错,纵然圣贤又能如何?呸!宣太后惨淡地笑了,如此山野怪谈方士之说,你却信了?你纵然信得,老秦人难道也信了?天下战国难道也信了?掩耳盗铃,芈八子何其蠢也!

仔细想来,众皆昏昏我独醒,还得说白起了得,兵家大势拎得清。若无白起羽书,这阏与之败岂非要冤屈了八万秦军锐士?岂非要湮没了我等一干君臣的昏庸错断?秦之强,在于法行如山。阏与之惨败若对朝野没个交代,这老秦人丧子之悲愤岂能平息?一班老秦大臣又岂能不闻不问?话说到头,若得秦国不离心离德,便得在她这个太后与秦王魏冄三人之中出得一人承担罪责。秦王是自己的亲生儿子,正在盛年之期,又不亲自主政,他纵然愿担罪责,又何能服人之心?丞相魏冄是自己的嫡亲弟弟,撑持国政三十年,功勋卓著,然则,其性也暴烈其行也霸道,若由他承担罪责必定是大快人心。不过,岂非也意味着要将他置于酷刑死地?魏冄一死不打紧,入秦的芈氏三千余口,却有何人护持得浑全?

面对着血红色的沉沉落日,宣太后猛然打了个冷战。

次日午后,秦昭王与魏冄白起分别同时到了章台干栏云凤楼。令三人惊讶的是,大厅竹榻前第一次挂起了一道黑纱,两边站着两个目光炯炯的侍女,三张长案离黑纱近在咫尺,完全不是寻常时日的摆置。三人一阵愣怔,同声拱手道:"参见太后。"黑纱后传来宣太后苍老的声音:"都坐了。只听我说,任谁无须多言。"

"遵太后命!"三人都觉得有些不安起来。

"第一件事,阏与惨败,罪在本太后错断大势。"宣太后的声音清晰异常,冰冷得令人心跳,"秦王未涉国政,丞相亦未力主,芈八子利令智昏,是为国耻也。秦法昭昭,不究大败之罪,不足以养朝野正气。是故,即颁《摄政太后罪己书》,以明战败之罪责。"

"母后!"秦昭王一声哽咽,目光飞快地瞄过了魏冄。

魏冄紧紧咬着牙关,唇间一缕鲜血唞地喷出,却硬生生没有说话。

"秦王少安毋躁。"宣太后的话语第一次干净得没有丝毫的家常气息,"第二件,武安君白起，国难不避艰危，强势独能恒常，沉毅雄武，国之干城也。终白起之世，秦王若有负于武安君，人神共愤之，朝野共讨之。"

"娘啊！"秦昭王一声哭喊，号啕大哭，"娘亲正当盛年，何得出此大凶之言！"呼地起身扑向竹榻。两个侍女却同时一个箭步架住了秦昭王，太后有令，任谁不得触动黑纱。秦昭王更感不妙，挣扎着嘶声哭喊："娘啊！你我母子共为人质，情如高天厚土，娘何能舍赢稷而独去也！"

"赢稷，"宣太后冷冷叱责，"你已经年届不惑之期，如此狂躁，成得何事？你只说，方才正事，可曾听得进去？"

"娘！"秦昭王一声哽咽，却又立即正色道，"赢稷但有人心君道，何敢自毁干城？"

"便是这个道理。"宣太后平静冷漠的声音又缓缓传来，"第三件，八万铁骑为大秦烈士，当设法全数运回尸身，务使忠勇烈士魂归故里。"

"太后，"白起第一次哽咽了，"此事白起一力为之，太后宽心便是。"

宣太后长长地叹息一声："最后一件：对赵战事，悉听武安君白起决之。秦王与丞相，唯秉政治国，毋得，搅扰……"猛然，黑纱后传来沉重的一声喉结咕噜，动静大是异常。

三人觉得大是不妙。白起一个长身甩开了两名侍女，几乎同时，也一手扯开了黑纱。骤然之间，三人面色苍白，踉跄着一齐跪倒——素净的竹榻上，跪坐着一身楚人装束的宣太后，鹅黄明艳的长裙，雪白的九寸发髻，胸前挂着两条晶莹圆润的红色玉佩，双手肃然握在肚腹前，一口雪亮的短剑插在腹中，鲜血弥漫渗透了竹榻下的白色丝绵大毡，竹榻边搭着一方白绢，上写赫然鲜红的四个大字——自刑谢国！

"咚"的一声，秦昭王撞倒在案前昏了过去。

宣太后以死谢罪，编得过于离奇。范雎陈太后、穰侯等人之罪，"昭王闻之大惧，曰：'善。'于是废太后，逐穰侯、高陵、华阳、泾阳君于关外。秦王乃拜范雎为相"（《史记·范雎蔡泽列传》）。《战国策·秦策二》载有秦宣太后爱魏丑夫之事，宣太后病，将死，要让魏丑夫殉死，庸芮说服之。（昭襄王）四十二年，宣太后薨（《史记·秦本纪》）。秦史专家马非百对宣太后评价恰如其分，"宣太后以母后之尊，为国家奸除顽寇，不惜牺牲色相，与义渠戎王私通生子。谋之达三十余年之久，始将此二百年来（自历公六年义渠来略至昭王三十五年，约二百年）为秦人腹心大患之敌国巨魁手刃于宫廷之中，衽席之上。然后乘势出兵，一举灭之，收其地为郡县，使秦人得以一意东向，无复后顾之忧。此其功岂在张仪、司马错收取巴蜀下哉！"诚哉斯言。可惜后人津津乐道于其色相，对其雄才大略反而视而不见，此乃后人短见矣。

夜幕降临了，无边的林海涛声淹没了整个山塬。章台的所有灯火都点亮了，小山一般的干松柴围住了秀美的干栏云凤楼。午夜时分，魏冄举起了一支粗大的火把，丢进了松油津津的柴山，轰然一声大火冲天而起，整个山塬惊心动魄的血红。

三个月之后，宣太后的隆重葬礼在老秦人的万般感慨唏嘘中结束了。秦国朝野终究是平静了下来，对赵国的仇恨，也由举国喊杀化成了一团浓浓的疑云——如何在骤然之间赵国便强大得足以硬碰硬地打败秦国？强敌便在邻里，秦国却浑然不觉，毛病究竟出在了何处？目下赵国实力究竟有何等强大？赵军战力若都像赵奢之军一般悍猛无匹，老秦人又当如何？

月余之间，咸阳宫连续举行了十几次朝会。秦昭王定下音准："只议内事，不涉邦交。"将朝野疑云一囫囵掩埋起来。丞相魏冄重新振作，每次朝会后都要颁行几道丞相令，随后立即派出干员督察推行。两三个月下来，国政民治又是井然有序热气腾腾。老秦人仿佛又回到了孝公商君变法时期，憋足了一股劲勤耕奋兵，嘴上却甚也不说。

然则，细心的朝臣吏员却都觉察到了一个异象：自宣太后葬礼之后，在国人心目中最有分量的武安君白起一次也没有露过面。熟悉白起秉性的将士国人都说，白起但沉，必有大举，等着，大秦国不会趴下的。

四　茫茫边草　云胡不忧

秋风萧瑟的时节，一支商旅车队辚辚驶进了河内郡东北端的安阳要塞。

安阳原本是魏国城邑，叫作新中。白起夺取河内郡，秦国将这座要塞改名为安阳。这安阳正在洹水南岸，北出洹水百余里便是邯郸，历来都是魏赵秦韩通商之枢纽，自然也是兵家垂涎之关墟。这支商旅进了安阳，安下了大本营，专门做起了贩马生意。战国之世，河东汾水地带的骏马很是有名，被天下呼之为"赵马"或"汾马"。赵马虽不如阴山胡马雄骏高大，但个头适中奔驰耐久，很得中原各国的青睐。不出战马的江南吴越楚三国，更是以大量买赵马汾马为急务。这支商旅楚语楚衣，显然是楚国马商。旬日之后，这支商旅分做三路进入了赵国：西北路河东，东北路邯郸，北上一路直奔云中九原。进入赵地，三路商旅星散流云般化开，渗到赵国的角角落落去了。过得不久，络绎不绝的骏马从赵国进入安阳。奇怪的是，马商但入安阳，从来不住楚国商社，而总是住进靠近官府驿馆的一家小客栈。每到夜晚，这些马商必到驿馆，而驿馆的灯火也常常通夜长明。住得三两日，马商们又北上了。一旦回来，又是如此。倏忽之间，这支商旅在安阳驻扎了整整两个春秋。

两年之后的中秋，秦昭王会同丞相魏冄并一班重臣在章台举行了秘密朝会，议题只有一个：听上将军白起通说赵国详情，议定对赵长策。秘密会商整整进行了旬日，末了秦昭王慨然一叹："若非赵雍心血来潮，大秦国真正难过也！"

终于，赵国二十余年强大的面纱被揭开了。

赵国的崛起，还得从赵雍即位说起。

赵雍，后来威名震动天下的赵武灵王也。赵雍即位时，正是秦惠王十三年，也就是秦国称王的那一年。赵雍之勇略，原本为列国所知，唯其如此，他的即位天下瞩目，各国都忐忑不安地注视着赵国。然则，一年一年的过去了，赵雍却丝毫没有大动静，一直到了第十九年，赵国依旧在沉沉大睡。其时燕昭王任用乐毅变法强燕已经开始，秦昭王也已经从燕国回秦即位，齐国已经成为不可一世的超强战国。当此之时，秦国主少国疑似乎已经黯淡，楚国怀王昏聩已无伸展之力，魏国萎靡不振，韩国堪堪自保，唯余燕齐赵三国大有变数。然则，赵雍十九年没有响动，谁还能将赵国再放在心上？要说春秋楚庄王初期沉沦，也不过十年不鸣，而后一鸣惊人。赵雍果真勇略，何至十九年不鸣？要将一个十九年默默无闻的战国君主看作深谋远略，任谁都会匪夷所思。大战连绵，争端迭起，十九年踏不进中原一步，指望天下正眼看你？于是，列国渐渐有了公议：赵雍庸才，天下人走眼也。公议弥漫，众口铄金，战国目光齐齐地聚向了齐燕两国，对赵国显是

回过头来交代赵武灵王的胡服骑射。

赵武灵王十九年春正月的时候，才召先王贵臣肥义议天下，议足五日。称其"十九年不鸣"，不为过。

赵有内忧外患，其处境比齐凶险。赵雍欲胡服时，召肥义议，又召楼缓议，称，"我先王因世之变，以长南藩之地，属阻漳、滏之险，立长城，又取蔺、郭狼，败林人于荏，而功未遂。今中山在我腹心，北有燕，东有胡，西有林胡、楼烦、秦、韩之边，而无强兵之救，是亡社稷，奈何？夫有高世之名，必有遗俗之累。吾欲胡服"（《史记·赵世家》）。所以说，赵武灵王之胡服骑射，也是时势所逼，不兴则亡。

不屑一顾了。

然则，恰恰在第二十个年头，赵雍使天下轰然炸开。

哈哈，赵雍智穷才竭，竟要丢弃夏服穿胡人衣裳了，还要学胡人轻兵骑射，甘心做胡人子孙，当真华夏耻辱也！一片嘲讽戏谑嬉笑怒骂，列国君臣连正经评议一番的心思都懒得去花，谁却要循战国之例派出特使探察了。于是，一场后来使天下战国目瞪口呆的巨变，在任谁也不在意的情势下悄悄发生了。

事实上，赵雍从一即位，便开始了异乎寻常的谋国奔波。

赵肃侯留下的赵国，是一个内忧外患交相迫的危邦。先说外患。全局看战国之世，可以说没有任何一个大国没有外患。然则基于地缘存在的独特性，外患的严重程度却是有巨大差别的。譬如秦国，秦惠王之后，西部北部的戎胡之患大为减轻。在秦昭王夺得魏国河内郡与楚国南郡，又几次反击北地、上郡的匈奴胡人部族之后，秦国的外患大为减弱，所有的对外大战都是基于大争天下而发。南部楚国在吞灭吴越之后，外患只有西北的强秦与东北的齐国。滨海之齐国，西有宋国鲁国薛国卫国等小邦隔开中原大国，也只有与北燕南楚互为外患而已。中原腹心的魏韩，也只有秦楚齐三大国构成外患，没有北地胡患。纵是燕国，在燕昭王平定辽东之后，东胡之患也全部流窜转移到了赵国头顶，燕国的外患也只有齐赵两个宿敌与威胁大大减弱的北胡了。

唯有赵国特异，非但有中原战国的大争外患，亦有中原各国已经消除或大为减轻的胡患，当真可说是外患层叠。具体说，这时的赵国北有三胡（东胡、林胡、楼烦）与尚未成势的匈奴，西有中山与强秦，东北有老冤家燕国，东有咄咄逼人的强大齐国，南有同根相煎百余年的魏韩两国，实在是强敌环伺危机四伏。而在所有的外患中，北地胡患对赵国威胁最大，以天下棋语说，是"急所在胡"。之所以如此，在于秦国强大之后，将西部戎狄的"不臣"部族与北地、上郡的游牧匈奴以及林胡楼烦已经全数驱赶出境。这些戎狄匈奴胡人部族，聚集于阴山草原及其东北部大漠，占据了包括九原、云中①在内的广阔地带，直接压在了赵国雁门②要塞的头顶。与此同时，东胡部族在丢失辽东根基之后，也迁徙到西北草原大漠，压在了赵国正北的代地③。然则，更急迫的还是赵国的两大胡族宿敌——林胡与楼烦。

林胡也叫作澹林，是长期游牧于雁门关北部山地草原的强悍部族。楼烦则是长期游牧于秦国上郡与雁门南部山地的强悍部族，丢失秦国上郡根基，举族北迁到赵国代地雁门之间，与林胡一起构成了赵国的肘腋大患。其所以是肘腋大患，在于这林胡楼烦有一个共同处，精于骑射动如飓风，经常出其不意地攻陷城堡掠夺财货人口牛羊马匹，偏偏却极难捕捉，即使费尽心力咬住了，也无法给予重创，更不用说聚而歼之了。赵国之所以始终在北边驻守十万大军，且始终无法将这十万大军投入中原争霸，根本因由便在于强大的胡患始终不能稍减。赵国之所以民穷财竭，极大的原因便是三胡部族经常的闪电式的掠夺。

单有外患还则罢了，凝聚朝野全力反击便是。偏偏赵肃侯之后的赵国，又是世族分治山头林立，凝聚国力分外艰难。更有特异处，赵氏部族在春秋晋国时期便是天下赫赫大名的领军部族，几乎是代有名将精兵，更在长期抗御胡患中形成了世族独自成军的传统。三家分晋之后，赵国朝局的变动弥漫出一种强悍的国风——以各方军力强弱定权力格局，政变

老朽太多，改革阻力很大。

---

① 九原，今内蒙古包头西北地带。云中，今内蒙古呼和浩特西南地带。
② 雁门，今山西右玉南，赵武灵王平三胡后设雁门郡。
③ 代地，在今山西大同东部地区，赵武灵王平三胡后设代郡。

杀戮之频仍居列国之首。国君稍弱,立有倾覆之危。历经赵
成侯、赵肃侯两代,虽则稍有好转,但依然发生了几次大的军
争式政变。最惨烈者,便是赵雍亲自发动的剿灭叔父奉阳君
而还政于父亲赵肃侯的政变。政变但起,难禁杀戮。那次杀
了叔父奉阳君合族三千余口,留下的朝局创伤犹在。未及理
顺,父亲赵肃侯撒手归天,国政裂痕直是乌云压顶,赵雍如何
不忧? 当此之时,又何敢轻动?

如此这般,是年轻的赵雍所要面对的严酷格局。

即位后的次日夜里,赵雍独自驾着一辆四面垂帘的辎
车来到将军肥义的府邸后门。肥义是赵肃侯的能臣干员,年
逾五十,官职却只是一个五大夫爵位的邯郸将军。赵雍做太
子时,以肥义在边地的军中实力为根基,发动了对奉阳君的
灭门夺政之变。按理说,肥义功勋显赫当大为擢升,可赵肃
侯却偏偏一直没有晋升这个实力派老臣。肥义也丝毫没有
怨愤之情,依旧忠于国君,不党附任何世族山头。对新君赵
雍的夤夜密访,肥义也没有任何惊讶,只淡淡一笑,将赵雍请
进了书房密室。

君臣同心,可以兴国。

"邦国危难,将军教我。"赵雍深深一躬。

"君侯在上,安敢言教。"肥义扶住了赵雍坐入案前,自
己却依旧站着,"肥义姑妄言之,君侯姑妄听之。赵有三难:
朝局不安,中原虎视,胡患压顶。臣以三策对之:柔韧安内,
示弱中原,力除胡患。如此做去,若得大局安定,再图一展抱
负。是否可行,君自定夺。"虽则谋划如故,却隐隐然透着一
种局外人的淡漠。

赵雍双眼炯炯发亮:"将军为国之长剑,可否为赵雍制
衡朝局?"

肥义乃先王贵臣,有肥义
支持,事情好办很多。

"但在其位,必谋其政。"肥义神情肃然。

赵雍哈哈大笑:"国之利器,自当高悬于庙堂之上也!"

次日朝会，赵雍立即当殿下书四道：其一，将军肥义着即爵加上卿，擢升左司过兼领柱国①将军，职司纠察整肃国政，右司过两臣着肥义举荐定任；其二，中府丞周绍擢升太子傅，辅佐太子赵章修习国事；其三，赵禹、赵燕、赵文为博闻师，訾议国政；其四，朝中凡八十岁以上之老臣，皆受"国老"名号，每月由国府致礼抚慰，可随时进言督察国政。

四道君书一下，大臣们百味俱生莫知所以。这设立司过大臣并命肥义领职一事，世族大臣们先已惴惴不安。且不说这肥义本来就是个唯国君马首是瞻的硬骨头，仅做了个不大的将军就敢突袭攻灭手握重兵的权臣奉阳君，世族大臣们已经是如芒刺在背了；如今骤然爵加上卿，头顶上再有两级（侯、君）便到人臣之极。加爵还则罢了，肥义毕竟也是赫赫名臣，赵肃侯未加重用，本来就是留给赵雍晋升的，大臣们谁个看不出此中奥秘？可新设如此一个"司过"大臣，还要兼领邯郸军政手握三万精锐步骑，这分明是国君要以睁得硬眼的肥义震慑朝局了。虽说各据实力的世族大臣们也未必人人都有叵测之心，但对新君上手便严加防范，毕竟是老大不舒坦。然则又能如何？整肃朝政不是该当的么？赵国多内争，谁都嚷嚷要凝聚朝野消弭边患，当此之时，设立司过大臣以纠察内政，又能以何等理由反对？

还有，这太子傅历来都是世族重臣领衔，外加一个饱学之士辅佐。如今却擢升一个执掌王室典籍的中府丞周绍独领。周绍虽不若肥义那般令人如芒刺在背，却也同样是个只认法度死理的老倔头。此前大臣们已听说，赵雍亲访周绍试探，这老倔头耿耿地撅着山羊胡须说，立傅之道六，君若守之，老夫当为也。赵雍问六者何也？这老倔头说，知虑不躁达于变，身行宽惠达于礼，威严不足以易其位，重利不足以变其心，恭于教而不放纵，和于臣而不伪言，此六者，傅之道也；王若不守，臣之耻也，何敢为之也？没想到，赵雍坦然允准，当真教这老倔头做了太子傅。大臣们都明白，这"六道"分明是这老倔头的开价，尤其那三四两道——威严不足以易其位，重利不足以变其心，分明便是告诫赵雍：他只认太子傅职责法度，不认国君威权。如此一个油盐不浸的老倔头做未来国君的老师，谁个心里却舒坦了？然则又能如何？为太子延聘老师，历来是半私半公之事，周绍又是名节赫赫，能反对么？

若说前两道君书让世族大臣们不快，后两道却是颇得人望。

① 柱国，战国时赵国执掌国都防卫的武职。

博闻师也是新设。赵禹、赵燕、赵文三人都是年过六七旬的卸职元老,能訾议国政,自然强如闭门闲居。而年过八旬的十二位元老也都成了"国老",也都能进言督察国政,可谓殊荣加身。每一老身后都是一大族,舒畅者又岂止一人也。更要紧的是,世族大臣几乎都在中年之上,人皆有老,眼见博闻师与国老便是老之所归,谁又不暗自庆幸?在强悍实在的赵国,历来是老臣受冷落,一旦不能驰骋沙场,在国便是失爵失位,纵有子孙承袭,老臣自己却未免凄凉。而今有一抹亮色照拂暮年之期,能获高爵而安享晚境,不亦乐乎?

安定了朝局,赵雍正欲北上视边,却有魏王特使飞车邯郸,一力邀赵雍加盟"五国相王"①大典。这"五国相王"是魏惠王为主盟的邦交大典,邀韩、宋、赵、燕、中山五国,在魏国主持下一起称王并相互承认对方为"王国"。魏国本来早已经称王,此举完全是老魏惠王想操持天下大局重振魏国声望的别出心裁之举。

"赵为弱邦,无其实,不敢处其名也。"赵雍对特使分外恭谨,回书也只是如此一句。魏国特使大为惊讶,回报大梁,说赵雍已经下书朝野:国人称他为"君",比"侯"还退了一步,不可思议。魏惠王却是哈哈大笑:"少见多怪也!赵国本弱,赵雍知其弱,有何不可思议了?"

从此,中原列国弥漫出一股"弱赵四等"的口风,讥讽赵国在王、公、侯三等邦国之后自甘称"君",隐隐然觉得赵国只怕是当真不行了。否则,在强势汹汹的战国之世,向来咄咄逼人强悍张扬的赵国如何肯灭了自己威风?

其时中山国最受歧视。

风声传来,赵雍轻蔑地一笑,到国中巡视去了。

这一去竟是两年。赵雍踏遍了赵国的每个角落,对赵国

① "五国相王"之详细经过,见第二部《国命纵横》。

山川形胜与生民艰难终究算是了如指掌了。第三年赵雍回
到邯郸，立即与肥义等一班重臣商讨在赵国变法。谋划半年
之后，赵国的变法终于开始了。赵雍给变法定的大要是十六
个字，"不触封地，整肃吏治，废黜隶农，行新田制"。也就是
说，在不根本触动世族封地制的情势下，大力整肃国政，废除
奴隶制，推行已经成为战国主潮流的自由买卖土地制，激发
国人勤耕奋战。因了不触动封地，所以变法得到了世族大臣
的一致拥戴，而庶民与隶农官奴更是欢呼雀跃。朝野同心之
下，赵国的变法水波不兴，几乎没有引起列国的多少关注，便
平稳地在七八年间完成了新法之变。从战国大势看，赵国的
变法除了不能与秦国的商鞅变法相比外，力度与广度均超过
了其余五国。当此之时，变法已经是天下大潮，魏、楚、韩、
秦、齐五大战国均已先后变法，除了魏楚韩三国没有二次变
法之外，秦齐两国都是在大变法之后不断小变，法令之新领
先天下。及至赵雍即位，北方最古老的燕国也开始了燕昭王
与乐毅的变法。

　　如此一来，赵国成了战国最后变法的一个。也正因了如
此，赵雍对列国变法看得分外清楚，如何在不使朝野发生大
动荡的稳定情势下推行变法，也就成为赵雍反复思虑的头等
大事。别国变法，都要在外患消弭或大大减弱的大局下进
行，根本原因，在于变法必然会带来动荡，若外敌与内部动荡
同时发作，其国必毁。唯其如此，外患未消则不能变法，几乎
成为天下认同的铁则。若恪守这一铁则，赵国将陷入一个永
远不能变法的怪诞圈子。赵国劲而不强，边患又是天下之
最，不变法无力靖边，而外患不除又不能变法。这，岂非一个
只能永远原地打转的怪圈？

　　两年巡视，赵雍已经想透了这件大事，决意以不触动封
地的无震荡变法来走出这个怪圈，而后再相机彻底变法。一

干大事，要下"基层"。小
说有弦外之音。

国要强盛，唯有变法。

赵雍有大志。

着手果然顺当,竟在七八年间完成了一次举国大变。然则对赵雍而言,更高兴的却是列国目光尽被燕国崛起所吸引,赵国悄悄地隐身在昔日宿敌的光影中跨出了一大步。

国势大定的第二年,赵雍带着一个铁骑百人队径直北上了。这一次,赵雍要寻求靖边之法,为彻底肃清三胡匈奴边患下一番功夫。

这时候,赵国的北疆还远未伸展,自西向东还被三胡与匈奴压缩在九原、云中、雁门、平城①、于延水一线之南。认真说起来,纵是这一线之南二三百里,也经常被胡人飞骑突破大掠。而九原云中以南的广袤高原,秦国则在河西地带修建了与大河并行南下的千里长城,使胡人无法肆意侵扰。加之雁门平城恰恰又将中山国隔挡在南部太行山地带,胡人飞骑只能对赵国燕国肆虐了。偏此时的燕国已经派大将秦开一举拿下了辽东平定了东胡,亚卿乐毅又顺势北上,一举将诸胡部族从渔阳、上谷②驱逐到于延水之西。如此一来,诸胡与匈奴几乎全部压在了赵国北部地区。自赵氏立为诸侯,赵国在北边始终驻有重兵,到赵成侯赵肃侯两代,长驻十万轻骑已经成了定制。应当说,那时候的十万轻骑虽不足以扫灭诸胡匈奴,但保得赵国北部平定还是游刃有余的。然则此时情势大变,赵国的十万轻骑分别驻扎在雁门、平城两地,面对兵势猛增且又日见频繁的胡族袭击,赵军在广阔的战线上已经呈现出力有不逮的弱势。

赵雍马队越过治水③,直奔雁门塞而来。

此时的北疆,正是夏末秋初水草丰茂牛羊肥壮的黄金季节。一过治水,蓝天之下重峦叠嶂,霞举云高,连山隐隐,旌旗猎猎。遥遥望去,两山夹峙,恍若云天之门,时有雁阵长鸣,从门中掠过悠悠南下,令人生出无限感慨。因了如此沧桑奇观,这片险峻连绵的高山叫了雁门塞。雁门两山之中,一座关城突兀矗立,这便是赫赫大名的雁门关④。

抗胡大将楼缓的幕府,驻扎在雁门要塞。赵雍一进关直入将军幕府,不想幕府内外冷冷清清,一问之下,领军大将楼缓竟不在驻地。赵雍原本是秘密北上,有意不事先飞书而要真实验看边军状况,听说主将楼缓不在,微微皱起了眉头:"楼缓不在幕府备军,

---

① 平城,战国时赵国北部要塞,秦统一后置县,今山西大同东北。

② 渔阳,因在渔水之阳得名,秦开破东胡后设郡,辖境大体为内蒙古赤峰以南、北京通县以东、天津以北地区。上谷,因在广袤山谷地带而得名,秦开破东胡后燕国设郡,辖境大体为今张家口以东、北京昌平以北。

③ 治(chí)水,古水名。上游即今山西、河北境内的桑干河与永定河。下游故道在今永定河之北。

④ 雁门关,在今山西代县西北,战国雁门关与唐以后之雁门关大体重合。

却到何处去了？"

"禀报特使，"一个留守司马从幕府后厅大步匆匆走出，"胡人秋掠将至，将军赶到岱海①踏勘地势去了！"

秋掠？赵雍恍然大悟，每年秋季都是诸胡部族大举南下的时节。其时中原农田收获方过，草原大漠寒冬将至，正好大掠粮食财货以备冬藏休牧。楼缓在此时赶赴岱海，必有不同寻常的谋划。赵雍略一思忖，马鞭啪地打到战靴上，走，岱海！

雁门关以北五十余里，有一道东西蜿蜒数百里的夯土长城，这是赵国修筑的抗胡屏障。出得长城，是广袤起伏的山地草原，驰骋百余里，正北方向一片大湖，茫茫苍苍方圆五百余里烟波浩渺，周围青山苍翠草原无垠起伏，倍显天地之壮阔。然则奇异的是，如此一片大湖，如此连绵起伏的广阔草原，湖边却没有长驻放牧的帐篷群落，纵有放牧牛羊的胡人，也是远远地洒落星散在大湖周围的小河旁。赵雍也曾在边军磨炼过几年，知道这岱海是一片盐湖，其水之咸，比海水尚有过之。唯其如此，诸胡部族才不在此地扎根，而只是在水草丰茂的季节骑马赶着牛羊马群轰隆隆而来，大半日之后又轰隆隆而去。

"来者哪位将军？"湖边山丘后飞出一骑遥遥高喊而来。

百骑队风驰电掣般卷到面前，护卫将军亮出一支硕大的青铜令箭高声答道："国君特使到！你是何人？楼缓将军何在？"

"末将中军司马。既是特使，请随我来。"骑士一圈马翻身飞驰而去。

翻过一个山头又一道山谷，遥见前方山腰有影影绰绰的红色身影，及至到得山下，却是一道极为隐秘的山谷：面向大湖，背靠群山，除了南面谷口，别无进出途径。中军司马在山下勒马拱手道："骑队在山谷避风处暂歇，请特使大人随末将登山。"骑队将军冷冷道："该当楼缓将军下山才是。"赵雍一摆手："休得多言，只两人随我上山，马队扎营造饭。"骑队将军向百夫长低声叮嘱几句，与另一名骑士丢下马缰大步跟在赵雍身后上山。

将及山顶，一片密林横搭在山腰，走进密林，又是一处极为隐秘的山坳，一顶半旧的棕色牛皮大帐篷扎在突兀的山崖下，帐外钉子般挺立着六名长剑甲士。赵雍一看便明白，楼缓肯定要在这里谋事，正要举步进帐，身旁中军司马一声高报："国君特使到——"

---

① 岱海，战国时草原盐湖，今已趋于淡水化，在今内蒙古凉城县东部。

话音落点，一人脚步急促出帐，却又骤然停顿在帐口。

"君上？"大将愣怔间深深一躬，"雁门将军楼缓，参见君上！"

赵雍哈哈大笑："楼缓将军，未告便来，唐突了。"

"君上巡边，岂有唐突之理？君上请。"一脸糙黑两鬓灰白的楼缓肃然侧身拱手，将赵雍请进了大帐。赵雍刚绕过帐口木屏，便听轰然一声："参见君上！"一看之下，四员大将与四名军吏整肃站在帐厅。赵雍笑着摆摆手："军中无全礼，坐了坐了。"指点着道，"你是赵庄，你是韩向，你是胡笳，你是李鸢，对么？"四员大将见在边地只有三年军旅的国君竟还记得他们，自是分外兴奋，齐齐应了一声："谢过君上！"

此时，楼缓已经吩咐军务司马上来了酒囊干肉。赵雍接过酒囊咕咚咚大饮了半袋，啧啧笑道："如何有三分胡人马奶滋味儿？"

"君上，"楼缓笑了，"草原寒冷，兵士缺酒不过劲。赵酒太烈，肚腹无食不能痛饮，吃饱了更不能多饮。军士们便将马奶掺酒，既难得醉人，又当得饥渴。时日长了，军中酒都成了马奶加赵酒。君上若要赵酒，我差军务司马回雁门关拿来。"

"不不不。"赵雍摇着手又咂咂嘴，沉吟间不禁突然拍案，"使得使得，大是使得。"

"君上饮得就好。"楼缓轻松地笑了。

赵雍自顾一口气道："草原之上，马奶多多，何不就地酿造马奶酒？既省赵酒迢迢运送，又增军士体力战力，岂非一举两得？远途驰驱，但有两三袋马奶酒几块酱干牛肉，何愁饥渴？强如这赵酒掺马奶，既费事劳神，又不足供给。"

"君上大是明察！"几员大将抢先呼应。

"君上，"楼缓目光闪烁着思忖着，"马奶酒本是胡人之

楼缓是支持胡服骑射的重要人物。

物，少许入军或可，若做常用，且不说国中如何，只怕中原列国要讥讽赵人化入蛮夷了。"

"鸟！"赵雍粗豪地大笑，"你等但说，马奶酒合用不合用了？"

"合用！"四员大将异口同声。黝黑粗壮的李鸢昂昂道："真正的马奶酒给劲！胡人叫马奶子，酸甜浓稠后劲足，健胃活血滋补强身，两三大碗下肚，任甚不吃也撑他两天两夜。谁个敢说不合用？"赵庄跟上道："马奶酒比中原酒好做多了，根本不用酿制窖藏，只将马奶收入皮囊搅拌几日，但出酸味便是马奶子。若再掺得几两赵酒搅拌，马奶子生出些许酒香酒辣，更是带劲！"韩向搓着手兴奋接道："当真大做马奶子，连军粮都省去一半。""雁门关老弱妇幼也都有得事做，皮囊也不空了。"胡笳高声追了一句，帐中哄然大笑。

"方便合用，好处多多，还怕个甚来？做！"赵雍看着楼缓笑了。

楼缓见国君依然不改军旅粗豪，顿时心生感奋慨然拱手道："君上如此胆魄，楼缓何能裹足不前？明日臣分派下去，大做马奶酒！"

"便是这般。"赵雍双掌一拍，"近日我常思忖：胡人无常根，却能生生不息地与我纠缠，其中必有强势所在处。别个不说，这马奶子便是中原所不及，紧要时连埋锅造饭也省了。你等说，若没有这马奶子，胡人能不带辎重饿着肚皮千里驰骋奔袭大掠么？而我军但动，便得粮草先行，飞骑追过三日便没了接济，这茫茫草原，如何咬得住胡人？"

"君上大是！"瞬息之间，楼缓并几员大将顿时目光炯炯。国君虽然年轻，洞察大势分明是目光如炬。马奶子这件事，军旅将士看来只不过是顺应自然的寻常事体，国君却能说出如此一番根本道理，委实教人信服。

"此等事日后再说。"赵雍一挥手，"楼缓将军，看来你要给胡人谋事？"

"禀报君上，"楼缓正色拱手，"每年八月，三胡都要南下大掠，岱海东西两侧是必经之道。我与诸将计议：拟在岱海两侧山谷埋伏轻骑八万，一举重创胡人。"

"这番要打狠！"赵庄咬牙切齿地补了一句。

赵雍点头笑道："好！算我有幸赶上了。此战若能大胜，赵国必能松活三五年。"

方略议定，日已暮色。君臣马队在月升岱海之时隐秘出谷，到得草原放马奔驰，不消一个时辰进了赵长城回到雁门关。次日开始，楼缓开始了调遣兵马，雁门关军民也同时开始了大做马奶子。在满城新鲜好奇的笑闹喧嚷中，浓郁的马奶子味沿着长城弥漫开去了。趁此时机，赵雍率百骑队星夜奔赴东北方向的平城，在平城巡视三日，又南下不入虎穴,焉得虎子。商人身份行事最便利。

沿着治水河谷东进二百余里直达于延水。进入于延水河谷,赵雍马队隐蔽歇息一夜,次日清晨出谷,变做了一色的骑士便装,俨然一支地道的中原马商骑队。

五　林胡骑术震惊了赵雍

眼见为实。

于延水发源于大漠草原深处的柔玄①山地。依目下赵雍马队的所在,一出于延水与治水交汇口的涿鹿山②,便是林胡的势力范围。虽然胡人逐水草而居,没有确切的疆界,更没有固定的驻军,但赵国大军控制不了此地却是事实。涿鹿山曾经是黄帝大战蚩尤的名山,楼缓在这里虽然驻扎了六千轻骑,但也只能起到抢占咽喉要地的作用,而远远不能阻挡漫天乌云压过来的胡人骑兵。往前说,于延水河谷本来是马商通道,尤其是燕赵两国与胡人通商的大道,由于赵军已经抵御不了胡人大掠,十几年来这条商道已经渐渐萧疏了。

马队在荒草摇曳的商旅古道风驰北上,三日之后,进入了柔玄草原。

从东南进入柔玄草原,遥遥可见无垠绿色中一道青山蜿蜒横亘。翻过这道浑圆起伏的山岭,一片茫茫淡水大湖,四周星散着无数的沼泽小湖,水草连天,一片绝佳的游牧形胜之地。大湖东岸,于延水从北方山谷淙淙流来,在山陵中劈开了一条长长的河道向东南而去,林胡人称之为长川。长川山岭的东麓,是林胡部族的骑兵营地,自然也是林胡单于

---

① 柔玄,战国胡地军镇,《水经注》称为柔玄镇,今内蒙古兴河县西北。
② 涿鹿山,在今河北涿鹿县东南。相传黄帝与蚩尤战于涿鹿之野,即此。

的大本营。遥遥望去，草原上牛羊马群星散四野帐篷连绵人喊马嘶，一片生机勃勃。

"君上，我若在此扎营，胡人看见便会来。"与赵雍并马的护卫将军低声提醒道，"万一有险，东南去路宽阔。"

"此番北上，原是要入虎穴，怕个甚来？"赵雍断然一挥手，"直入长川大本营。记住，我是赵国马商乌斯丹。走！"一抖马缰，当先向山麓连绵的帐篷飞去。护卫将军大急，一骑飞出超过赵雍马头，扬声高喊："赵国马商到，求见林胡单于——"

长川山麓下的牛皮大帐中，林胡单于正与十几位部族头人商议南下秋掠的路径，突闻帐外马蹄急骤人声隐隐，护帐骑将飞步走进："报我单于，赵国马商求见！"林胡单于一个愣怔，赵国马商敢来林胡？双眼一瞪道："教他进来。"林胡骑将大步转身间一声长喝："赵国马商进帐！"赵雍应声而入，一个躬身甩手的胡礼："赵国马商乌斯丹，见过林胡单于。"

"乌斯丹？当真赵国马商？"林胡单于飞快地眨动着细长的眼睛。

"乌斯丹原本东胡商贾，因经年为赵国贩马，三十年前举族迁入赵国。"

林胡单于哈哈大笑道："这对了。赵人早变沟渠鼠兔了，能飞出如此一只雄鹰来？说，要多少马？给哪个买主？"

"三千匹。给赵国。"

"给赵国？"一个部族头人傲慢地揉着鼻头拉着长长的声调，"笨熊一样的，赵人会骑马么？"

"赵人不会骑马么？"乌斯丹两手一摊连连耸肩，"雁门平城有十万飞骑，不是赵国的么？他们，每年都要更换许多战马也。"

"十万飞骑？鸟！"一个黄发头人咯咯笑道，"今秋一过，剥他十万张人皮，做我林胡女人的尿囊！"话音落点，帐中哄然一阵大笑。

"乌斯丹啊，"林胡单于呵呵笑着，"念你也是胡人，劝你将马卖给燕国算了，燕国大军正在重金买马。赵国，一两年也就没了，连赵钱都要没用了。"

"不！"乌斯丹脸色骤然涨红，"燕国灭我东胡根基，乌斯丹岂能卖马于他！"

"噢？"林胡单于目光闪烁着，"林胡人不要赵钱，你却如何买马？"

"乌斯丹只用丝绸麻布佩玉金币，不用赵钱。"

黄发头人哈哈大笑："单于，卖给赵人好啊！三个月后，还是我林胡骏马。"

"好！卖给赵国！"头人们齐声笑叫。

"乌斯丹兄弟要这样，便这样了。"林胡单于灰白的须发抖动着，"你带了多少圈马师？赶得三千骏马上路么？"

"圈马师一百，人圈三十，贩马成例。"

"不不不！"黄发头人连连摇手，"赵人马师一人能圈赶得三十匹骏马？太阳西海出来了！乌斯丹，你只能用金币雇我林胡人圈马。"

"不不不。"乌斯丹惊讶地瞪起了眼睛，"我的圈马师，都是赵军大将楼缓遴选的能手，他说万无一失。"

"啊！楼缓？"在头人们轻蔑的大笑中，黄发头人呸地啐了一口，"败将一个，肉头狗熊，还敢老鸹般呱呱大话？乌斯丹，拿茅草做棒槌！啊哈哈哈哈哈！"

"林胡圈马师当真厉害？一人圈赶得几多？"乌斯丹一双大眼瞪得溜圆。

林胡单于冷冷一笑："岱赫巴楞，你族给乌斯丹兄弟开开眼界。"

免不了比试一番。

黄发头人忽地起身走到乌斯丹身边："兄弟，出帐。"说罢大步出了牛皮大帐，对帐外一个腰带弯刀的壮汉一挥手，"黄旗族号角。"弯刀壮汉"嘿"的一声摘下挂在腰间皮带的牛角号。刹那之间，尖厉浑厚的呜呜号声悠扬响起，倏忽停顿，四野号声遥遥呼应响彻草原。只在乌斯丹与黄发头人岱赫巴楞走到赵国马队前的工夫，长川后乌云般万千马群在隆隆雷声中卷来，其势如江海怒潮漫过苍茫原野。只见岱赫巴楞又一挥手，壮汉牛角号立即短促尖厉地响了三声，汪洋恣肆的马海在一箭之地外隆隆凝固。乌斯丹遥遥打量，方圆两三里涌动嘶鸣的庞大马群，竟然只有马群外围游动的十来个骑士，还都骑在没有马具的光脊梁马背上。来不及一声惊叹，东南北三面原野上又是隆隆涛声，万千马群顷刻间压

满了广阔的草原。随着连续响起的短促号声，三面马海从各自方向聚拢在一箭之外，中间恰恰成了一个巨大的空草场。

此时，林胡单于与其他头人也出了大帐，趔趔登上了帐外那座立有一面大纛旗的土台，遥遥笑道："岱赫巴楞，不要太较真啊。"

"单于放心，虎豹对瘦鹿，用得较真么？"岱赫巴楞一甩覆盖肩背的黄发，转身一脸傲慢的笑容，"乌斯丹兄弟，我族骏马六万，白日间放牧骑士不过百人。你说，每人圈赶得多少马？""人人都是如此么？"乌斯丹一副惊讶而不可思议的模样。岱赫巴楞哈哈大笑："好啊！乌斯丹兄弟说我族人并非个个如此了？老夫只说一句，我只召来族中少年女人，你任意选来比试。赵人大笨熊，值得我这些猛士上阵？"说罢一挥手，身边壮汉三声悠长的号声。号声还在草原山谷回荡，长川岭谷口络绎飘出大片大片白云，虽不如马群声势，却也是悠悠如风鼓云帆，片刻间连天彻地的咩咩鸣叫，白云外便是斑斓星散的少年与女人。

"好！"乌斯丹双掌猛然一拍，"岱赫族长点出三个少年来。"

"乌斯丹兄弟，"岱赫巴楞有不悦之色，"一言既出，如何要老夫代劳？"

"也好，那个蓝的，那个白的，还有那个黑的。"乌斯丹向涌动参插在马群中的羊群随意指点了几下，又回头对赵国马队高声道，"赵国马师们，出来三个高手与林胡少年比试圈马。要没本事，我乌斯丹雇林胡兄弟了！"

"嗨！"马队轰然一声，炸雷一般。赵国骑士们早已经个个脸色铁青，若非身负重任，这些精锐武士可能早就炸开了。但看着赵雍浑若无事的样子，也只有强压怒火。如今国君一声令下，谁个不激昂万分。将军本想亲自出马，虑及林胡都是少年，强自忍耐，一摆手低声叫了三个名字，三个年轻骑士走马前出，只一抬手便从战马腹侧摘下套马长竿飞马驰出。便在此时，三名林胡少年也从羊群外飞马而来，窄袖短衣，紧身长裤被一双高腰皮靴紧紧裹住，与赵国骑士大袖布衣的飘洒相比，自是另一番风采。

岱赫巴楞一挥手："出散马六坨，每坨六十。"

壮汉号角立时响起，顷刻间马群外围的林胡骑士打起了六声尖锐悠长的呼哨，汪洋涌动的马海中先后飞出六片奔马，顺着六个方向狂奔草原深处。

"马师起——"岱赫一声大喝，蓝白黑三名林胡少年几乎同时箭射飞出，赵国的红色骑士也是同时发动，六匹骏马分成六个方向奔六片散马而去。

究其实，圈赶马群之较量，第一位的便是骑术较量。骑术不精，休说圈拢马群，只怕连接近四散奔驰的马群都是勉为其难。寻常而论,骑术能否十分地挥洒出来,根基在于马具。骑一匹没有鞍辔马镫的光脊梁骏马,对于中原骑士而言肯定是极大的难事。目下赵国三骑士是马具齐全的雄骏战马,放马奔驰,自然是风驰电掣般逼近马群,似乎还隐隐领先于林胡少年。只这一飞,赵国骑士齐齐地大喊了一声好。

三名林胡少年,却都是仅有一根马缰的光脊梁骏马。对骑士而言,没有马具意味着只能用两腿夹紧马腹来保持身形稳定,而即便是最出色的骏马,也不能完全没有颠簸,高速奔驰之下双腿稍一乏力,便会跌落马下。更何况少年身矮腿短,良马又都是腹大背宽,要达到超越马群之速度并不断随马群急骤转折,少年控马之难度,大大超越成人骑士。饶是如此,三名林胡少年纵马飞驰轻松自如,倏忽之间与赵国骑士齐头并进地逼近了马群。赵雍也是少年入抗胡军旅,多有草原驰骋之阅历,自然深知少年骑士之难,看得啧啧称奇,不禁大喝一声:"好!"

岱赫巴楞连连摇头哈哈大笑:"光会飞不是林胡骏马,还得马上做事。"

片刻之间,只见三名林胡少年已经分别追上了狂奔的头马。两三个回旋急转,长长的套马竿闪电般飞出套住了头马脖颈。头马骤然人立一阵嘶鸣,随着少年骑士奔驰开去,身后马群也相继隆隆跟来。在骏马聚拢成群之时,林胡少年放开了头马套杆,一声响亮悠长的呼哨,头马一声嘶鸣,率领马群奔了回来。林胡少年则纵马飞驰,时而马群之前时而马群之后,口中呼哨连连呼喝不断,马群井然有序地徐徐奔驰,绝无四散飞窜之乱象。通前至后,不过顿饭时光。

再看三名赵国骑士,却是大为狼狈。这三名骑士本是真正的圈马师从军,骑术之精战马之良在赵军中都是出类拔萃,寻常间圈赶四五十匹的马群毫不费力,比马商之马师的三十匹通例自是高出了许多。今日六十匹马群虽说稍许见多,但草原之上利于奔驰,依坐下战马之良骑士骑术之精,断不至于输给林胡少年。然则,除了开始飞驰稍许领先之后,赵军骑士便不断遇到难堪。先是当先骑士猛追头马,头马不断急骤转弯兜圈子,连续五六个大回环,骑士的套马竿一直无法伸出。与此同时,另一个骑士在堪堪伸出套马竿的时分,马竿后端却被随风卷动的宽大衣襟裹住,骑士马竿一抖想甩开衣襟,不料却又被一尺多宽的衣袖兜了进去,情急间回头,套马竿不偏不倚却套进了坐骑脖颈,战马骤然受惊嘶鸣人立,骑士竟被仰面摔下了马背。饶是如此,马竿长柄仍然纠结在衣袖衣襟中,致使套在坐骑脖颈上的套子无法松开,战马不明所以,拖着骑士狂乱飞奔,直窜万千马海之中。

"笨熊要死！马群要疯！"岱赫巴楞一声大吼，飞身跃上身边一匹光脊梁马闪电般飞驰草原。赵国马队的将军大惊，一挥手便有三骑挺着套马竿飞出赶上。赵雍也是心下疑惑，这岱赫纵然本领高强，赤手空拳却如何进得汪洋涌动的马海？如何降伏得惊疯烈马？

瞬息之间，岱赫已经飞近汪洋马海。但闻一声凄厉奇绝的啸叫，马群轰然散开，躲开了疯狂的惊马。岱赫尖声呼喝着冲入马群，左冲右突死死尾随那匹疯狂烈马。突然之间，只见他胳膊一抖一扬一声大喝，一条绳套箭一般直射出去，正正地套在了惊马脖颈之上。惊马骤然人立长鸣一阵，打着响鼻回旋几圈终于安定下来。此时，外围也有一名林胡马师进入马群，飞身下马一捞，将那个被拖得一身鲜血的骑士夹在了腋下飞出马群。三名后来的赵国骑士恰恰赶到，接过同伴飞驰回队。

"赵人笨熊一样，要惊疯了马群，我剥了他皮！"岱赫飞马回来犹自怒气冲冲，"乌斯丹，赵人也叫骑士了？只配叫狗熊！"

乌斯丹嘴角猛然抽搐几下却呵呵笑了："岱赫头人，你这绳套也能圈马？"

"啊哈哈哈哈哈！"岱赫一阵大笑，"真正的林胡骑士，都得用绳套。套杆，是娃娃们做耍子练手的。乌斯丹，你说赵国马师连我这些娃娃手也过不去，还嚷嚷驱逐三胡，娘老子真是好笑！"

乌斯丹紧紧咬着牙关，默然良久笑道："岱赫头人，乌斯丹愿出三百匹良马之价，买你三个上等马师如何？"

"好说！"岱赫巴楞啪地打了个响指，"乌斯丹服我林胡，没有高价我也送你了。"说罢向远处一招手，三个年轻精壮

上等马师比良马值钱多了，这笔交易，乌斯丹（赵雍）赚了。

的汉子大步走了过来,恭顺地垂手肃立着。岱赫巴楞指点着道,"他们三个都是我的奴隶,看看,这里是烙印。"大手一把扯开一个年轻人的衣领,一只黑色鹰头人身赫然附在一大片肉红底色之上。岱赫在年轻人背上啪地拍了一掌,"你等三个女人留下,做我的母狗了。从目下起,你们的主人是乌斯丹,明白?"三人低着头齐齐地"嗨"了一声,又齐齐地俯身趴在乌斯丹脚下"嗨"的一声。

"这叫主人认身。"岱赫笑道,"踩他们每个一脚,要狠。"

"他们都是上等马师?"乌斯丹嘴角又一抽搐。

"不信老岱赫么?"骤然之间,岱赫的脸黑了。

"自然信了,我认!"乌斯丹猛然抬脚踩出,三个奴隶高声齐喊:"谢过主人!"

两日之后,乌斯丹马队赶着六百匹马南下了。有三个奴隶马师圈赶马群,根本不用赵国骑士动手。一路之上,乌斯丹一句话不说,只是低头沉思。进得平城,马群留下。乌斯丹立即下令:三个奴隶马师一律赐姓赵,封武士爵,分别以龙虎豹命名,充作贴身护卫。三名奴隶此时方知这是赵国君主,大是兴奋,嗨嗨连声地表示效忠主人,不要官爵。赵雍却黑着脸硬邦邦一句:"赵国没有奴隶。从今日开始,你三人便是赵军马术教习。但有军功,自有重赏。若得误事,立斩不赦!"三人一阵惊愕,骤然欢呼跳跃,又一齐匍匐在赵雍脚下大哭起来。护卫将军一脸愣怔,本想说此三人尚需察勘,看看赵雍脸色却没有敢进言劝谏。

六　我衣胡服　我挽强弓

九月底,赵雍马队回到雁门长城时,赵军截击胡人的大战已经结束了。

不出赵雍所料,果然只是堪堪打了个平手。楼缓禀报说,依照事先谋划与备兵之精细,本当大胜一场,给胡人一次重创,可结局竟是损兵三万余,杀敌三万余,丧失了这次好不容易捕捉到的战机,当真不可思议。近百年以来,中原各国与匈奴胡人交战的最大困难,是难以在适当季节适当战场捕捉到胡人主力并与之决战;往往是屯兵两三年,也截不住胡兵一支超过万人的部族大军;你要狠命猛追,他则无影无踪,你要回军驻屯,他又疾风般杀来;若不预先埋伏,你便是尾追而去,也无法堵截得住。唯其如此,一次能截住三胡六万大军的战机，当真是可贵至极。楼缓精心筹划两年，出动了全部十万大军埋伏，分明是将三胡大军分割在了岱海西部峡谷，可最后竟让三胡在大军重围之下强行突围而去，实际便是白白丧失了这次数十年不遇的良机。楼缓痛心自责，敌入重围而去，大将无能之罪也，请君上治楼缓以正法度。

赵雍默然良久，突兀问道："此战之后，胡人至少三五年不敢大举进入长城，可是？"

"该当如此。"楼缓谨慎道，"林胡举族不过六十余万人口，成军精壮不过十余万，一举丧师三万，当是前所未有之重创，几年内断不敢进入长城深掠。"

"如此说来，还可做得一件大事。"

"君上何意？"突然，楼缓觉得国君想的完全是另外一件事。

"楼缓，马奶子功效如何？"赵雍莫测高深地一笑。

"大好！"楼缓顿时来了精神，"军粮省了一半，牝马也有了用途，连雁门关民众都有了事做。兵士出长城，根本不用再带军锅刁斗，只两袋马奶子三块酱牛肉，便是三日军食，当真利落！"

"如此说来，胡人尚有堪学处了？"

"上天造物，原是互补而成世事。华夏有所短，胡人有所长，并非怪异。"

"好！"赵雍双掌猛然一拍，"好一个'华夏有所短，胡人有所长'。但有这番见识，楼缓堪当大任也。"

"君上，"楼缓困惑地笑了，"这是你的话啊？"

"噢？我的话么？"赵雍大笑，"我看还是你的话好！对！你说的！"

"君上之意，要举国都喝马奶子？"

"如何？举国都喝马奶子？"赵雍笑不可遏，"楼缓啊，你想到糊涂国去了。举国都喝马奶子，你从哪里生出千百万牝马来？"

"倒也是。"楼缓依旧一副若有所思的模样，"君上总是有所谋了？"

"知我者，楼缓也。"赵雍慨然一叹，突然神秘地凑近楼缓耳边，"我想在赵国行胡服，兴骑射，你道如何？"

"行胡服？兴骑射？容我想想！"楼缓思忖一阵，"君上是要在军中推行胡服骑射，还是要举国胡服骑射？"

"你说如何？"

"军中易为,举国难行。"楼缓思谋道,"军行为制令,国行为礼俗。衣食住行,衣为文华礼法之首,只恐非朝夕所能做到也。"

"楼缓,且不说难易与否。"赵雍面色肃然,"你只说,赵国何以不能强兵?岱海之战,何以林胡能以六万兵力突破赵军十万重围?赵氏军争起家,何以百余年不能以军争震慑天下?赵国朝野尚武,何以今日四面边患压顶而来?赵国骑士号为华夏猛士,如何连林胡少年也赢他不得?"一伸手,赵雍在帐钩上拿下马奶子皮囊一通猛灌。一阵粗声喘息,赵雍才渐渐平息下来,将这次林胡之行对楼缓细细说了一遍,末了道,"谚云,有高世之名,必有遗俗之累。若一味固守华夏文华礼法,何来因世之变?变则强,不变则亡啊!"

楼缓本是士子入军,文武兼备,虽然算不得天下名将,却也是颇为难得的兼通之才。赵雍一席话与林胡一番故事,听得他恍然大悟,顿时明白了国君这番谋划的来龙去脉,思忖之下,大为感奋,慨然拱手道:"君上目光高远,洞察时弊,臣以为大是!"

"好!"赵雍慨然拍案,"我等思谋一番,一起回邯郸。"

"大军交于何人?"

"廉颇。"赵雍没有丝毫犹豫,"此人盛年勇迈,攻虽不足,守却有余。挡得胡人三五年,便是大功一件。"

"廉颇所部正是赵军主力,君上此断甚明。臣去部署。"楼缓转身大步去了。

这一夜,楼缓的将军幕府彻夜灯火。五更时分,一支马队飞出雁门关,在霜晨残月中兼程南下了。回到邯郸,赵雍第一件事,下书擢升楼缓为国尉兼领官帅将,加爵上卿。[1]

> 楼缓支持胡服,群臣皆不欲,赵雍面对的困难重重。

----

[1] 国尉,赵国执掌军事行政之大臣。官帅将,赵国执掌军事训练之大将。上卿,赵国高级爵位,并非实职,可多名重臣同时封上卿爵。

楼缓自觉岱海之战有失,回邯郸本想自请贬黜而后辅助国君处置实际军务,不想突然擢升国尉且加爵上卿,竟一时成为重臣,不禁大是不安,连忙进宫惶恐辞谢。赵雍却是微微一笑:"楼缓第一个赞襄胡服骑射,岂非大功? 岱海武战有失,邯郸文战补过。赵雍所望,岂有他哉!"楼缓顿时恍然,明白这是国君要他在这场胡服变俗之战中将功补过,心中虽是沉甸甸的,却也是感奋异常,立时慨然拱手道:"楼缓原是边将,对胡服之变体察尤甚,愿为君上折冲周旋,虽斧钺加身而无悔!"赵雍目光顿时闪亮,却又喟然一叹:"胡服之变,非为赵雍一己之利,实是邦国安危之大计。皮之不存,毛将焉附? 覆巢之下,又岂有完卵了?"楼缓不禁面色一红:"君上有此公心,臣深为愧疚。"赵雍一笑:"你只说,此事当如何发端?"楼缓略一思忖道:"胡服之变,难在庙堂宗室贵胄。臣以为:当从明锐重臣发端。"

"第一人?"

"肥义。"

"如何入手?"

"肥义忠直,君上当直言不讳。"

"好!"赵雍一拍手,"所见略同,我有底了。"

次日清晨,肥义奉命匆匆进宫。自从任上卿爵位的左司过以来,他已经是可以无须禀报而径直入宫的几名重臣之一了。他知道国君的军旅习性,穿过前殿直向湖边的高飞林而来。赵国人钟爱白杨,将白杨叫作"高飞",又叫作"独摇"。无论是田野村畴还是宫廷园囿,但有树林处,十有八九都是挺拔的哗啦啦白杨。依赵人说法:白杨劲直,堪为屋材,折则折矣,终不屈挠。邯郸宫中,除了后宫一片仅有的松柏林,到处都是这哗哗白杨林。目下已是十月之交林木萧疏,黄叶落地的白杨林如一片丛林长剑刺向天空。淡淡的秋霜晨雾之中,林中闪动着几个灵动矫健的红色身影,恍如一团朦胧的火焰。凭着多年的戎马生涯,肥义一眼看出这几个身影正在练胡人搏击术,而其中一个身影正是国君赵雍。胡赵宿敌,赵军中原本便有胡人教习胡术,以使赵军以其人之道还治其人之身,国君好武,练习胡人搏击术也是事属寻常。

然则渐行渐近,肥义却有些惊讶了——赵雍一身短衣窄袖的胡服,与三个不时呜哇几声的胡人武士在徒手搏击。胡人武士以三敌一,虽则稍占上风,却也总是无法击倒堪堪自保的赵雍。肥义本是边军老将,徒手功夫也是颇有名望,一看便知三个胡人武士非

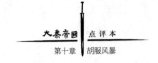

但功夫真实且绝不是陪练做耍,而是真正地使出全身技艺要制服赵雍。当此情景,纵是赵军猛士,也只堪堪抵得一个胡人武士罢了,便是肥义自己,也决然当不得三个胡人武士如此夹击。而赵雍竟能自保不倒,当真不可思议。国君绝非以武技见长之人,如何骤然间如此了得?思忖之间,肥义咳嗽一声走进了白杨林。

"好!今日到此为止。"赵雍一步跳出圈子,将脸上的汗珠子一抹一甩,笑着说了一句,"我还是落败了,来日再练。"

"不!"一个精瘦黝黑的胡人武士红着脸高声道,"主君才学了二十天,便抗住了三只林胡猎豹,不是败了,是胜了!"

"打不赢便是败,管他一只三只。"赵雍在衣襟上一抹汗又一拍手,"只穿这身胡服,我省却了多少绊扯,知道么?中原武技,至少有三成身法是为那宽袍大袖练的。"那三名胡人武士尚在愣怔,赵雍却已经拿起了挂在白杨枯枝上的斗篷,"肥义,走。"

肥义一路走一路思忖赵雍方才的话,总觉得赵雍似有言外之意。中原武技,至少有三成身法是为宽袍大袖练的。此话虽则并非恰如其分,然也不能说是夸大其词。那腾挪辗转,那轻身功夫,那骑射必先整衣的程式,若非自来是宽袍大袖,实在可以大大缩小幅度甚或可以不做。否则,胡人匈奴戎狄等一班异族,搏击武技未尝不精,为何偏偏都没有如此一套规矩法则?其中原委,能以"蛮夷"二字了结么?那么,国君是不满宽袍大袖了?不满又当如何?今日身穿胡服是一时兴起么?不对……

"我的上卿,你愣怔个何来?茶凉了。"赵雍叩着书案笑了。

"啊,一时走神,君上见谅。"肥义连忙一拱,席地坐在了对面案前。

"肥义啊,这茶如何?"赵雍笑得有些叵测。

"好茶好茶!"肥义连忙啜得一口,顿时惊怔,"这是甚茶?马奶子!"

赵雍哈哈大笑:"老边将了,马奶子又不是没喝过,叫个甚来?"

肥义兀自喃喃笑道:"胡服,马奶子,胡人武士,老臣云山雾罩了。"

"肥义有锻金火眼之号,能云山雾罩?"赵雍笑着向后一招手,"楼缓国尉,你出来。"随着话音,楼缓从高大的木屏后走了出来,向肥义一拱手,坐在了赵雍右手的侧案。赵雍轻轻叩着书案,"楼缓,你对肥义说说我这番巡边的狼狈。"转身又对内侍吩咐一句,"守在廊下,今日不见任何臣子。"

楼缓从马奶子说起,备细叙说了国君以马商之身冒险进入林胡大本营的种种事由,又说了岱海之战的过程、结局与自己思谋的失误处，末了却只一句"上卿久在边地，当有明察"便告结束。看着肥义灰白须发下一张严峻的黑脸，赵雍喟然一叹："上卿啊，赵国以十万精锐大军，且是长久谋划之伏击战，竟不能痛歼林胡六万游骑；赵军最出色骑士，骑术尚不及林胡少年，委实令人痛心也！如此军备，莫说简襄①功业，便是安保肃侯之地，也是力所不能矣！"

"邦国危难，君上思变，臣心尽知。"肥义目光炯炯，"然则如何变法，敢请君上明示。"

"胡服骑射，举国强兵！"赵雍拍案一声。

"兹事体大，只恐庙堂非议朝野动荡。"楼缓立即补了一句，将担心犹疑揽了过来。

肥义眼角一扫楼缓，向赵雍肃然拱手道："君上所谋，强兵正道也。纵有非议，何惧之有？自古以来，疑事无功，疑行无名。君上既定变俗强国之长策，何须顾及天下之汹汹也。大道不和于俗，大功不谋于众。当行便行，何须旁顾。"肥义素来果敢沉雄极有担待，几句话斩钉截铁，较楼缓之圆柔全然另一番气象。

"果然肥义！字字掷地，金石之声。"赵雍拍案而起，"走！到我书房去说。"

一日一夜，赵雍的书房门始终没有打开。直到次日邯郸箭楼的刁斗打了五更，书房传出一阵哈哈大笑，君臣三人才走出书房，消失在浓浓的秋霜晨雾中。从这一日起，肥义在邯郸消失了，楼缓在世族大臣间开始了频繁的奔走。

楼缓走进的第一座府邸，是公子成的"相"府。公子成便是赵成。公子者，春秋战国之世对国君部族的嫡系贵胄之尊称也。赵成乃赵成侯最小的儿子，赵肃侯最小的弟弟，赵雍的叔父，自然是十足的嫡系公子。此时的公子成已经年近花甲，因多有战功，堪称赵国王室最为资深望重的宗室大臣。赵雍即位变法时，将这位威名赫赫的叔父从边地调回邯郸，做了相。这个相不是丞相，而是赵国执掌封地政令的大臣。从邦国大政看，相并非实权重臣，然则却历来都由宗室重臣担任。其中原因，在于这相是代替国君管辖封地的职事，除了监管赋税、协调各封地之间的种种冲突等日常政务，更要紧的是监控权臣封地不得坐大谋逆。唯其如此，这个相职，须得是国君特别信任的宗室大臣。公子成强悍固执，做了十八年相，赵国封地世族无一滋事，得使赵国变法平稳推进，赵雍自然深知这位叔父的分量。若得胡服之变如当年变法一般平稳，首要之计，便是要声威权臣

---

① 简襄，赵人对赵简子、赵襄侯的简称，二人驱胡拓边均有建树。

一体拥戴。目下情势，军政权臣有肥义楼缓鼎力支撑，足可回旋。当此之时，宗室世族便成了主要阻力。赵国之特殊，恰恰在于赵氏世族的力量异乎寻常的强大，且赵氏大臣多为有封地根基的军旅世家，将军辈出桀骜不驯，若世族层执意作梗，甚事也是寸步难行。

赵雍与肥义楼缓之谋划：化解世族，首要在公子成。

找得很准。确实关键在公子成。

楼缓颇有章法，约请王缫共同拜访公子成，且以王缫为主访宾客。王缫也是老臣，职任中府丞，执掌国君内府事务，与公子成之相职时有交叉，两人甚是相投。而楼缓已是国尉之身，职司军政粮草，与封地赋税也是多有关联，两人联袂而来，不显突兀。

轺车辚辚驶到相府门前，门吏却说公子成染病在榻，不见客。王缫顿时迟疑，楼缓却不悦道："本尉陪中府丞前来，正是奉国君之命探国叔病体，岂做寻常宾客？还不作速通报。"门吏惊讶不迭，连忙去了，不消片刻跑来，将两人领了进去。

"王缫兄、国尉，赵成失礼了。"侍女将寝室帷幕挂起，赵成躺在榻上，一声招呼起身。王缫连忙上去扶住笑道："公子病体，尽管卧榻说话便了。""岂有此理？"赵成勉力一笑，走到了座案前，"只是不能官服待客，惭愧了。"楼缓接道："国君闻得国叔有恙，特派我等前来探视抚慰，国叔但安心养息。"

赵雍将以胡服上朝，派人告诉公叔成，要他也胡服上朝。公子成称病回避。赵雍于是亲自上门探望。

"如何？国君知我有恙？"赵成有些惊讶。

"国君有言：国叔近日或可有恙歇息。"楼缓将"或可"二字咬得分外清晰。

"如此说来，国君未卜先知了？"赵成微微冷笑。

"公子哪里话来？国君何能未卜先知？"王缫深知赵成秉性，苍老的声音直刚刚道，"原是国君欲行胡服，也望公子

应之以胡服。国君只恐公子闻流言而称病，故有或可有恙之
说。此间本意，却是期盼公子做变俗强国之砥柱，岂有他
哉！"

楼缓就势拱手笑道："在下唐突，公子见谅。"

公子成默然良久，末了叹息一声道："赵成愚笨，容我思
谋两日再说。"

三日之后，赵成一卷上书摆在了赵雍案头。赵雍看看看
着皱起了眉头：

公子成内心有顾虑。此
时的公子成，并非与赵雍对抗
的力量，只是犹豫不决，尚需
时日想通这里面的关节。

谏阻胡服书

臣赵成顿首：胡服之事，臣固风闻，得两使专告，
始信为真。臣闻中国者，文明风华之所居也，万物财
用之所聚也，圣贤大道之所教也，仁义之所施也，诗书
礼乐之所用也，异敏技能之所试也，远方之所观赴也，
四方蛮夷之所师也。今国君舍中国文华，袭胡人之
服，变古之教，易古之道，逆人之心，远离中国，何以面
对华夏诸族？臣愿国君三思而图之也。

赵成本是老军旅，纵然不拥戴胡服之变，何来此等诉诸
中原文明之迂阔议论？必是与人聚会商议，请得几个老儒代
笔。赵雍一阵思忖，召来楼缓密议。楼缓看完书简道："公
子成既以书对，君上不妨以书回之。书简必在世族与市井间
流传，可正迂阔之议，等同将胡服之变先行朝议一般，或可收
出人意料之效。"赵雍连连道好，我来说说大意，你执笔如
何？楼缓慨然应命，援笔在手，思谋着赵雍之意，半个时辰间
拟成了一封《答谏阻胡服书》。赵雍看过一遍，拍案叫声好，
命主书立即誊抄刻简，立送公子成府。

赵成原本无病，本欲以病为由，躲过这场胡服之变。不

想赵雍却派特使找上门来，也不好装聋作哑。思忖之下，请来赵文、赵燕、赵造一班赵氏元老商议，还特意邀来了有饱学公忠之名的太子傅周绍商议。谁想这班元老却要赵成先拿主意。赵成只黑着脸说了一句，怪诞无伦，难以启齿也。元老们异口同声地赞同，纷纷慷慨激昂地诉说对胡人胡服的憎恶蔑视，一致坚称，胡服蛮夷怪诞，决然不服！周绍大摇白头道，诸公之断虽明，诸公之理却不堪上案也。惊讶之下，元老们纷纷询问缘由。周绍说了一番道理：憎恨胡人，国君亦同；国君胡服，欲以敌之道治敌之身；纵然蔑视憎恶，国君能以邦国安危为本大度克之，诸公能以一己之好恶对抗么？元老们恍然，纷纷讨教。周绍只说了十个字：文明为本，正本必能清源。赵成毕竟老到，思忖一阵，肃然恭请周绍代笔，于是有了那封诉诸中国文明的《谏阻胡服书》。

这日，元老们与周绍又来赵成府邸探听音信。正在猜测议论国君将如何处置，书吏匆匆来报：国君特使送来回书一卷。元老们一阵哄嗡议论，以赵雍之风，素来与臣下直面议事，甚时也学得书来书往了？当真蹊跷！及至书简打开，众人请周绍诵读。随着周绍的琅琅诵读，元老们鸦雀无声了：

答谏阻胡服书

国叔思之：胡服之变，国叔以摈弃中国文明对之，雍大以为非也。尝闻：服者，所以便用也；礼者，所以便事也。因时而制服，因事而制礼，古今大道也，所以利其民而厚其国也。越人断发文身，吴人黑齿刺额，服饰风习不同，以便事为本，则同一也。风习各异，事异而礼变。圣贤之道，唯利其国，不一其用也。若为便事，风习可变也。是故礼俗之变，虽智者不能一；远近之服，虽圣贤不能同。穷乡多异俗，邪学多诡辩。不知之事不疑，异于己者不非，此谓公焉！今国叔所言者，俗也。我所言者，治俗也。今我赵国，北有三胡仇燕，西有强秦中山，南有列国虎视，四面边患，邦国危难，却无强兵骑射之备，岂不危乎！赵有九水，却无舟师以守水域。北有三胡，却无强兵以靖边地，长此以往，国之将亡，岂有他哉！当此之时，国叔身为宗室砥柱，不思图变强兵，却拾人余唾做迂阔大论，与国何益？与民何益？秦无商鞅变俗，何有今日强秦？秦之变俗，又何失于中国文明？何赵雍胡服，便成天下不齿之大逆也？国难在前，赵氏宗室或溺于喋喋不休之争议，而徒致社稷沦亡；或摈弃空言，

惕厉奋发一举强兵！舍此之外，岂有他途？何去何从，
国叔自当三思也。

及至读完，周绍抖擞得竹简哗哗作响，脸色涨红却只说
不出话来。元老们也大是难堪，一片唏嘘叹息，无言以对。
赵成面色渐渐阴沉，气息也渐渐粗重，默默从座案起身，一挥
大袖径自去了。周绍自觉难堪过甚，对着元老们一拱手道：
"老夫多事也，惭愧。"也急急走了。元老们相互看看，默默
散了。

许多问题，不辨不明。问答公之于世，让民众去判断，不失为一个办法。

旬日之间，这篇《答谏阻胡服书》在大臣中流传开来，又
在市井坊间流传开来。书中扑面而来的沛然正气，直面国难
的深重忧患，以及雄辩犀利的说辞，使读者无不悚然动容。
有热心之士将书刻简传抄，流布郡县国人。一时间，胡服之
变成为邯郸街谈巷议的话题，又弥漫为郡县国人的议论。寻
常国人皆有操业劳作奔波生计之苦，衣衫本不可能有如贵胄
们那般华丽讲究。纵是士子百工一般家境富裕者，也不过有
两三件袖宽尺许袍长五尺的礼服而已。但有劳作奔波，必是
能够利落做事的窄衣短袖，虽则不如胡服那般轻捷紧身，也
决然不是贵胄官员宽袍大袖大拖曳之气象。唯其如此，寻常
国人对穿不穿胡服的确没有多少切肤之痛。听人一读传书，
反倒是立即为国君忧国忧民之气概感奋，既然胡服可以强
兵，穿胡服得了。穿一身胡服，便不是中国子民了？便丢弃
华夏文华了？当真咄咄怪事！

胡服可以强兵，这一说法有说服力。普通人反倒容易接受胡服之变。

"我说，国君还真是说对了，紧身胡服就是利落！"
"林胡兵将，一顶皮帽子一身皮短甲，一口长刀一匹马
就得。赵军？哼！"
"军兵好变，毕竟打仗，谁个不想利落轻便？"
"对！难的是大官。这么高的玉冠，三尺宽的大袖，丈余

长的丝绸大袍,拖在地上还有两三尺,天神般好不威风!都紧身胡服跟老百姓一样,跟谁威风去了?"

"人家那叫峨冠博带,是贵胄威仪,懂个鸟!"

"峨冠博带?贵胄威仪?狗屎!别说上战场,田间走走看,两步仨筋斗!"

如此这般,国人议论渐渐成风,一时对庙堂贵胄们大有非议了。战国之世,邯郸赵人虽不如大梁魏人、临淄齐人那般好议国事,然则也是粗豪直率成风,遇事从不噤声的风习。不期然,议国议政蔚然成风,任谁也得思谋一番。

正在国人议论纷纷的当口,邯郸又传出一个惊人消息:邯郸城外开来两万铁骑,全部胡服,由柱国将军肥义率领。于是万众哗然,争相出城观看胡服赵军,军营外人山人海。奇怪的是,这座军营非但营门大开,任庶民进出观看,且不断在校场公然举行骑术射技大演练。邯郸国人多有从军阅历,眼见赵军骑士人人胡服皮甲,比原先身着七八十斤重的铁甲轻捷利落得不可同日而语;战马鞍后绑缚三个皮囊,马奶子与干肉便是三日军粮;说声开拔,能一日数百里地连续三日追击不停;如此骑士,胡人在大草原插翅也难逃。且不说,这还仅仅只是胡服马奶子上身,还没有按照胡人骑士的标尺进行骑射训练。若练得两三年,赵军之剽悍战力谁个当得?纷纷议论之中,国人一口声地不断喊好,不断喝彩。

事实摆在眼前。

"万岁赵军!万岁胡服!"

"胡服骑射马奶子!好——"

"我衣胡服!我杀胡人!"

"不衣胡服,非我赵人!"

连天彻地的喊声,震撼了邯郸的所有大臣贵胄,世族元老们沉默了。谁都知道,这个凶狠的肥义从边军调来两万铁骑,绝不仅仅是为了给国人做耍子看胡服骑射的热闹。屯兵城郊,意味着国君下了最强硬的决心——若有敢于死硬阻挡胡服之变者,实力说话。在素有兵变传统的赵国,国君先将这手棋下到了明处,谁还能折腾个甚来? 沉默得三五日,世族元老们终于有了动静。

第一个,是公子成进宫请罪,痛切自责:"老臣愚昧,不达强国之道,妄议文华习俗也。国君强兵以张先祖功业,老臣该当欣然从命,率先胡服。"赵雍长长出了一口气,着实将这位叔父抚慰了一番,并与公子成当场议定:立即颁行胡服令,旬日之后大朝会,君臣人等一体胡服。

公子成刚走,赵文、赵燕、赵造、赵俊四位元老先后进宫,请国君解惑决疑。赵雍心中明白,这是几位元老重臣找台阶下,自然须当顾及其体面。于是,四位元老一个接一个提出不明所以处,请国君明示。

"衣冠有常,礼之制也。若从胡而变,致使赵人流于胡地,君何以处之?"赵文如是说。

"服奇者志淫,俗僻者民乱。是以治国不倡奇异之服,理民务禁生僻之俗。若得胡服,赵人风习败落礼法大乱,致使国法不能齐俗聚人,奈何?"赵造忧心忡忡。

"衣冠风习之变,当徐徐图之。国君骤令朝会之期一体胡服,岂非强人所难哉!"赵燕老脸通红,分明一肚子别扭。

"利不百者不变俗,功不十者不易器。胡服之效,崩溃朝野文华根基,若生出不期之乱,岂非得不偿失?"赵俊振振有词。

赵雍虽则心中有底,无须一一折辩,然四人毕竟元老重臣,纵是寻找台阶,所问也是咄咄逼人。身为君主,自不能流于过场而落下"无理而强行胡服"之口实。待四人一体道罢,赵雍已经成算在胸,在殿中转悠着侃侃道出了一番道理:"四老所疑,其理同一:古法成俗不可变,变之危害不可测。

公子成终于想通了,"臣愚,不达于王之义,敢道世俗之闻,臣之鼻(罪)也。今王将继简、襄之意以顺先王之志,臣敢不听命乎"(《史记·赵世家》)。于是公子成也胡服上朝。

衣冠风习关乎观念,观念改,则衣冠也会为之一变。赵雍志在改观念。

然则,五帝不同俗,何谓古法?三王不同制,何礼之循?从古至今,但凡大道治国,法度制令皆顺其时,衣服器械各便其用,何来万世不移之习俗礼法?礼也不必一道,俗也不必一道。反古未必可非,循礼未必有成。"赵雍猛然盯住了赵造,"造叔之言:服奇者志淫。邹、鲁两国好长缨缀衣,天下呼为'奇服'。然则邹鲁多奇士,孔子、孟子、墨子、吴起皆出邹鲁,更不说儒家三千弟子大半邹鲁之士,此却何解?又道俗僻者民乱。吴越两国僻处大泽山海,文身断发,黑齿刺额,天下叱为'不通大化'。然则吴王阖闾越王勾践范蠡文仲出,凝聚国人而天下变色,此何解也?"见白发苍苍的赵造难堪地低下了头,赵雍转过了话题,"究其竟,利身谓之服,便事谓之礼。进退之节,衣服之制,所以利身便事也,而非论贤愚也。何者谓明?齐民变俗,顺势应时也。赵人老话:以书驾车,良马翻沟。今诸老欲以古治今,岂非照着书本驾车么?"赵雍一时大笑起来。

以赵人老话作结,有理,又亲切,好辩才!

　　四位元老默然无对,相互顾盼间也跟着笑了起来:"老朽等胡服了。"

　　四老一出宫,无人再来折辩胡服之事。元老重臣中只一个周绍手足无措,既无颜进宫与赵雍坦诚辩驳,又不甘自请胡服,僵持得下不了台,只有称病不出。赵雍明白这个骨鲠

称病与探病,皆为政治。

老儒的心思,亲自登门"探病",谈笑间教内侍将一套胡服摆在了周绍面前。老周绍虽然面色涨红,却是甚也没说便脱下峨冠博带,就着暖烘烘的燎炉穿起了胡人的短皮衣裤,腰间扎上一条板带,头上戴起一顶轻软的翻毛皮帽子。铜镜前一番打量,周绍呵呵笑了:"奇也哉!老夫竟成老猎户矣。"

　　赵雍大笑:"难得老猎户也!狐皮一张,其价几何?"

　　开春之后,赵国大兴胡服,大练骑射,举国热气腾腾。楼缓的国尉府顿时大忙,非但要将全部二十万大军逐次换装,

还要新征发十万青壮北上练成新骑兵,同时还要整顿军制,将原先各要塞步兵为主的守军改编成一色的轻装骑兵。胡服骑射之本意,在于强军,在于使赵国大军脱胎换骨,成军整军练兵自然是重中之重。赵雍权衡局势,将肥义调出,主持征发十万新军之事;楼缓则兼程北上,改编雁门关与平城两支大军。

四月初旬,楼缓紧急军报:平城大将牛赞等不赞同改步为骑,坚请面君定夺,请命如何处置? 赵雍深知,边军将领与大臣之歧见若不及时消除,便会愈演愈烈,立即将邯郸国政交肥义辅助太子赵章处置,连夜兼程北上了。一路思忖,赵雍不明所以:论部属,楼缓原是边军主帅,牛赞只是驻守平城的将军,属楼缓辖制,两人历来是同心协力从无龃龉,如何以楼缓之能,连牛赞也不能说服了? 莫非是廉颇接手边军将印后生出过事端? 这廉颇、牛赞都是发于卒伍的盛年猛将,为人都是一等一的持重沉稳,绝不会因一事之歧见生出异心。果然如此,却是何等因由?

三日后赶到平城,赵雍没有先到楼缓的国尉官署,而是径直到了牛赞的将军幕府。谁知幕府是一座空帐,留守的军务司马说将军去了长矛营。赵雍二话没说,当即来到平城以北长城脚下的兵营。

雁门、平城,同为赵国北部的两大咽喉要塞,然则地利不同,兵力配属也大是不同。雁门关出得长城,是胡人南下的经常大道——岱海草原。一旦突破雁门长城及雁门关防线,胡人便会迅速进入中山国与楼烦部族区域,再沿滹池河谷东南进入赵国腹地大掠。唯其如此,雁门关地带是赵军最要紧的防御地带。除一万步兵坚守长城与雁门关城防外,全部六万铁骑分做聚散自如的六部,驻扎在长城之外;不设固定营寨而经常游动于长城至岱海间的草原,以搜寻胡人骑兵并在

世族同意,还得军中支持,此事方能周全。牛赞之事,《战国策·赵策三》有载。

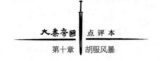

草原决战为防守,力求胡人不能靠近长城。

平城却不同,山险地狭不利骑兵展开,身后二十里又是一道滚滚滔滔东西横贯的治水,胡人很少选择从这里以骑兵大举突破,而只有在胡人特别强盛且合兵全线南犯之时,平城才有大危机。然则,这里一旦被突破,南边便是赵国代郡,越过代郡便进入了赵国腹地,路径却比从雁门关入赵便捷得多。有鉴于此,长期以来,赵军在这里只驻守三万余步兵,不求进击,但求坚守而万无一失。

北出平城三十余里,是赵国的夯土长城。长城之外,便是苍茫大草原。兵家常规:守城必在外。平城的三万守军,有两万余驻守在长城内外的固定营寨,身后三十里是平城的纵深守备。寻常时日,仅有的三千铁骑只在长城外二十里的草原驻扎,形成重在探察敌情并只做试探性厮杀的第一道防线;万余步兵则在长城墙外以长城为依托,构筑壕沟鹿寨,与长城城墙上的数千守军一起构成第二道防线;长城之内十里,是东西横宽十余里恰恰连接两山的一道深沟高垒,常年驻守一万精锐步兵,形成平城的最后一道防线。

赵雍飞骑未出长城,遥遥便闻长城外喊杀连天,不禁一惊;然见长城垛口的兵士兴奋呼喝,便知可能是军中演练,双腿一夹战马径直出了长城。赵雍也想看看此时的牛赞如何操持大军演练,不带卫士,一马飞上了西北角一座土山。

遥遥向"战场"望去,显是骑步攻防的操演。大约三千多骑兵进攻,正面阻击的步兵阵形大约也是三四千的模样。然则看得一阵,赵雍却感大为蹊跷。冲杀的骑兵是一色的胡服,由楼缓率队;防守阻击的步兵,一色的赵军原本甲胄,由牛赞率队;中央地带是带着一班军吏手执一面令旗的大将廉颇,分明便是居中裁决了。如此还则罢了,要紧的是不合法度。军中演练法度:步骑人数对等演练,步兵要依托壕沟或相应地利,步兵人数超过骑兵一倍,方才演练平地攻防厮杀。今日两军对等,步兵没有任何依托,便在草原对等拼杀,究是何故?眼看半个时辰过去,步军似乎并无崩溃之象,骑兵倒似乎"伤亡"不少,士气似乎也并不高涨。

又僵持得片刻,老廉颇令旗一劈:"步军胜。"

长城上的步军兵卒顿时高声呐喊起来:"步军胜了!万岁——"

"这阵不算,再来一阵!"身着两三处泥巴伤口的楼缓嘶声大喊。

汗湿重甲的牛赞哈哈大笑,只一挥手:"国尉啊,回去为我步军庆功。"回身一声高喊，"兵娃子们，每人两碗赵酒，不喝马奶子!"

正在此时，西北方向一骑飞来遥遥高喊："国君驾
到——"

随着喊声，马队疾风般卷来，正是赵雍的百骑黑衣马队。
黑衣，是赵国君主的卫士专用名号。黑衣之名，初起于酷好
搜罗剑士的赵烈侯，其卫士尽皆身着黑衣的剑士。后来，
"黑衣"便成了国君卫士的官称，其实却未必真是黑衣。目
下赵雍这黑衣百骑，便是一式军中胡服——棕色皮甲红皮帽
胄，护卫将军帽胄上还插着一根黑色鸡翎子，人人一口弯刀，
背负强弓长箭，几与胡人骑兵一般无二。马队风驰电掣般卷
到较武中心，骤然间齐刷刷一排人立，战马齐声嘶鸣，同时陡
然止步，前蹄落地处钉成了一个严整的十十方阵，丝毫没有
马蹄沓沓的摆队声。

四面将士看得清楚，为首的国君赵雍也是同式胡服，唯
一的不同，是头上的一支五色翎毛鲜艳夺目，直是胡人单于
气象。令将士们惊讶的是，同是胡服骑士，国君的百骑马队
较之楼缓率领的胡服骑士大见英气勃勃。与真正的胡族骑
兵相比，却显然没有那种散乱张扬，又分明弥漫出胡人骑兵
所没有的整肃威武。同是胡服，气象竟能如此不同? 骤然之
间，无论是楼缓的骑兵，还是牛赞的步兵，将士们尽皆肃然无
声。

"楼缓无能，自甘领罪。"

赵雍摆摆手，对着大步趄趄走来的牛赞高声道："牛老
将军，选三个最强武卒出来。"

"君上何意?"牛赞一边躬身行礼，一边连忙问。

赵雍马鞭指点着道："步骑对演之法：两步对一骑。我
今出一个胡服骑士，对你三个武卒。武卒若胜，随你所请。"

"君上大是!"牛赞顿时精神大振，转身大喝，"头前三个

这个对比，写得精准。纵
观历史，胡人确实散乱，鲜成
大器。

气象不一样，行伍之人，
自是一看即明。

百夫长,出阵!"

只听"嗨"的一声,三个精壮威猛的百夫长大步铿锵地走到了中央空地,人各一身四十斤铁盔铁甲,右手一支精铁长矛,左手一张白杨木包铁盾牌,腰间还有一口备用短剑。赵军武卒也是沿袭当年吴起在魏国训练魏武卒之成法而来,虽然甲胄重量已经比魏武卒减轻三十余斤,但与胡服兵士相比依旧是庞然大物,三人三角阵一扎,威势不同凡响。更兼百夫长历来是战阵中坚,非猛勇壮士不能任职,三个百夫长对一名骑士,无论如何都是胜算无疑。

"黑衣赵虎,出列。"赵雍马鞭一指百骑队,话音方才落点,一骑沓沓沓三步,恰好立在赵雍战马身侧。赵雍四面环视高声道:"赵虎是真正的胡人骑士,也是黑衣百骑的马术教习。胡服骑射之术究竟有无战力,将士们自己看。廉颇老将军,还是你来执法。"

"遵命!"须发灰白的廉颇应声出马,在三步卒侧前半箭之地立马站定,举起令旗高喊,"骑士后退三里。"黄发碧眼的赵虎一拱手道:"三里不用,一里足够。"

一里足够?四周将士一阵哗然。依步骑演练常法,接战前骑士后退三里再冲锋,为的是真实仿效战场,最大程度发挥骑兵的冲锋威力。三里之内,寻常战马往往跑不出最高速度,用骑士话说,马还没疯起来,人马之灵动和谐也还来不及充分融为一体,冲击力自然要大为逊色。这胡人骑士自请一里,未免忒是狂妄也。然则普天之下法度皆有常理:限低不限高,举凡能超越低限,在任何时候都是勇士作为。狂妄归狂妄,谁又能不允准了?

"好!骑士后退一里,闻鼓而进。"廉颇令旗劈了下去。

赵虎双腿只轻轻一夹,那匹乌黑油亮的雄骏战马箭一般飞了出去。转瞬即到一里之旗,陡然一个回环转身,赵虎一声大吼,战马乌云闪电般飞了过来。三个百夫长列成前二后一的三角阵,是赵军部卒对骑兵的最有效战法:前面两支长矛两侧夹击,后面一人做好夹击不成立即猛攻的准备。三卒蓄势之时,胡骑堪堪飞到一箭之地。也不见赵虎有任何停顿间歇,三支长箭嗖嗖嗖飞来,带着些许尖厉呼啸,分明是强弓疾射。三卒堪堪往盾牌下一蹲身,三箭擦着盾牌上沿呼啸飞过。若是站立,这恰是脖颈咽喉所在。在三卒迅速长身之间,战马已经如黑色闪电般飞来。两支长矛正在马前尚未并举齐刺,便被一根灵蛇般的长鞭卷住猛力带起,两名百夫长猛力拖拽之间,长鞭骤然松动,两人一个趔趄后仰尚未倒地,后一个百夫长正举盾迎击高处的凌厉弯刀时,战马已从头顶飞跃过去,嘭嘭嘭三声闷响,三人背后各自一团墨迹。

电光石火,间不容发,快得令人匪夷所思。几乎便在呼吸之间,黄发碧眼的赵虎已经回到了百骑队中。而三个还没有来得及真正搏杀的百夫长,懵懵愣怔地木在了那里,人呢马呢? 这? 这便完了? 长城外的赵军将士久久没有一个人出声。

"廉颇将军,"依然骑在马上的赵雍终于开口了,"你职司裁决,没有话说么?"

廉颇肃然拱手,虽则是对着赵雍说话,浑厚的声音却荡得很远:"胡骑之胜在于四:其一,骑术精湛,人马合一收发自如,远超赵军骑士;其二,射技非凡,风驰电掣间三箭连发且正中咽喉,我军纵有神射手,论马上射技无法与之比肩;其三,鞭技神异,若无一支三丈长鞭,断不能赢得如此利落。然则最根本之点,老臣却以为全在一个'快'字。人快马快身手快,出手连锁,快如疾风。若无这个快字,威力便会大减。"

"老将军说得对么?"赵雍向四面将士遥遥招手。

"对——"四野一声,没有半点儿勉强。

"牛赞老将军以为对么?"赵雍看着紧皱眉头大红脸的牛赞淡淡一笑。

"对。"牛赞声音不高,但显然认同廉颇的评判。

"既然如此,胡骑何以快捷如风? 赵军何以不及反应? 老将军如何说法?"

"……"牛赞大是难堪,一时语塞无对。

"楼缓国尉,"赵雍转过身来,"同是胡服骑士,败于同等人数之步卒,你有何说?"

"君上明察,"楼缓坦然高声,"胡服初行,人马骤轻,军士尚在不适之时。更兼骑术射技均未苦练,仓促间反而不如原本战力。此为事之常理,非胡服之过也。若得两年时光,

比试比试,可让牛赞心服口服。明智之臣、元老世族、军中骨干,一一说服,上下遂齐心胡服骑射,振兴赵国。

楼缓定然还君上一支草原飞骑大军。"

赵雍猛然高声发问:"将士们,楼缓说得对不对?"

"大对——"楼缓身后的胡服骑兵同声大喊。

牛赞的大队步兵却是哄哄嗡嗡一片,参差不齐地喊着"也对!""那得看!""不知道!""两年后再比!",等等,牛赞索性低着头不再说话。

赵雍下马走了过来:"老将军,走,回去说。"

回到平城,已经是暮色降临。用罢简单的军膳,赵雍在简朴的行辕召来了楼缓、牛赞与廉颇三人连夜聚商。赵雍熟知军营将士的秉性,上来直截了当道:"牛赞老将军先说,平城边军改新骑兵,如何不妥?"牛赞憋闷了大半日,此刻激昂直率道:"老臣尝闻:国有常法,兵有常经,弃法乱国,失经弱兵。今君上初行胡服,便欲将老步军全数改为新骑兵。老臣以为,这是弃法失经。将士蔑敌敢战,在于熟悉固有兵器,熟悉固有军制。当此军兵通顺成法之时,君上却一朝变易,由稔熟而陌生,边军战力必然大弱。今日国尉之胡服骑士败于平城步军,便是明证。若强而行之,破卒散兵以奉胡服骑射,老臣只怕所得不如所失,而终致损君乱国也!"戛然打住,犹是一声粗重的喘息。

行辕一时默然。楼缓原本已经与牛赞多方折辩,且又报与国君,自知不宜先说。大将廉颇却是向来寡言,国君召见更是不问不答,此刻只是听。赵雍原是一路思忖疑惑,此刻原因大白,心下本已轻松,然则牛赞最后的一句话却使他悚然一惊。"终致损君乱国也!"若这只是牛赞的一时愤言倒也罢了,若是邯郸有人欲借边将之口发出胁迫,便须认真对待了。毕竟,赵国兵变历来都是以边军将领为实际力量的。思忖片刻,赵雍依旧是直截了当道:"老将军,所得不如所失,而终致损君乱国,这是你的话?还是别个带给我的话?"

"老臣的话,自是老臣自己的话,如何要给谁个带话!"牛赞黝黑粗糙的脸膛涨得通红,几乎高声嚷叫起来,"君上信臣臣便说,不信臣便杀了臣,何故无端疑臣也!"

赵雍哈哈大笑,走过去对着牛赞座席一躬:"老将军忠心谋国,赵雍失言。大变在即,朝野多议,尚请老将军见谅。"

骤然之间,牛赞老泪纵横,霍然起身深深一躬:"君上明打明说话,老臣如何能心存芥蒂?胡服军制之变,老臣唯君上马首是瞻!"

"好!"赵雍又是一阵大笑,"老将军肝胆照人,赵雍何能吞吐不定。来,入座说话。"

将牛赞扶入座席，赵雍转悠着道，"国事虽是赵雍决断，然则也须断之有道。老将军所言，将士稔熟于老军制器械，变之唯恐削弱战力。这个道理难以立足。亘古至今，万物之取舍，皆决于用。有用则用，无用则弃。若得一熟便不能弃不能变，青铜何以代木石？精铁何以代青铜？铁骑何以代兵车？布帛何以代兽皮？兵不当用，何兵不可易？制不便事，何俗不可变？胡服节省布帛，且可使身手轻捷，何须固守华夏之峨冠博带？胡人精骑射且远超我军，已是事实，何须固守华夏之坚兵重甲？宋襄公墨守成规，不鼓不成列，不击半渡之兵，早已是天下笑柄。我等却要在百余年后重蹈覆辙，岂非更是愚不可及！"赵雍几乎是一口气滔滔不绝，稍作喘息，目光炯炯地看着牛赞，"依老将军之法恪守赵军旧制，纵能守得雁门平城不失，可长此以往，赵国必不断萎缩，胡人必不断南下。终有一日，邯郸必成周室沣镐。① 为今之计，赵国必须奋起强兵，练成二十万轻锐飞骑，一举扫灭三胡，安定北边。纵是事初千难万险，赵雍亦死而无怨。想我赵人，百年军争慷慨赴死，在这草原大漠流了多少鲜血，留了多少尸骨？到头来却是越打越小，越打越故步自封……两位老将军，你等已经边地征战三十余载，如今已是两鬓霜雪，面对关山白骨，此情何堪！"

赵雍长于说理，不以力压服，深谙为君之道。

小小行辕，静得连喘息之声也没有了。嘴角一直在抽搐的牛赞再也忍不住了，号啕一声，大哭起来："君上！牛赞该死……胡服！轻兵！改制！老牛赞不要这颗白头，也要扫灭三胡！"

迫于形势，赵也不得不变法。

碧空澄澈，一轮明月照得关山朦胧。牛赞的吼声回荡在

---

① 公元前 771 年（周幽王十一年），西部戎狄联兵攻入关中，西周两大都城沣京、镐京被焚毁，王畿财富被抢掠一空，民众被掳掠为战俘大部流失，西周被迫东迁洛阳，从此日渐衰落。

行辕,回旋在这座险峻的山城。这一夜,行辕的烛光一直亮到东方发白。太阳升起在苍茫山峦时,尖厉的牛角号响彻了长城内外,响彻了辽阔的草原。

第十一章　雄杰悲歌

一　横扫千军如卷席

胡服骑射两年后大见成效，赵国练成了三十万精锐新军：十万劲装步兵，全部驻守赵国南部关隘以应对中原；二十万胡服飞骑，则全部驻守长城一线。第三年，赵雍将邯郸国务交肥义辅助太子赵章执掌，自己北上长城，准备大举廓清边患。

公元前 305 年初夏，赵军首战突袭林胡大本营，拉开了廓边拓地的序幕。

战前，赵雍与楼缓、廉颇、牛赞精心筹划，已经对林胡各部族游牧地带与黄旗海①大本营之兵力分布了如指掌，突袭路径反复探察无误。更要紧的是，楼缓早早已经派出十余队"商旅"深入草原，名为与林胡通商，实为在赵军沿途筹集囤

"（赵武灵王）二十年，王略中山地，至宁葭；西略胡地，至榆中。林胡王献马。归，使楼缓之秦，仇液之韩，王贲之楚，富丁之魏，赵爵之齐。代相赵固主胡，致其兵"（《史记·赵世家》）。胡服骑射既成，难免与林胡、匈奴一战。

这种纪年，最好不出现于正文。

---

① 黄旗海：今内蒙古集宁地区。

积大量马奶子与牛羊熟肉。赵军的总部署分为三路:楼缓坐镇雁门关防务,同时集结庶民马队牛车为大军输送给养;廉颇率领十万飞骑驻扎雁门长城之外,以防东胡楼烦突然劫掠以及林胡突围南逃,并随时准备出动策应;赵雍亲率十万飞骑,以牛赞为前军大将,直捣黄旗海。

四月末的一个夜晚,赵军十万轻骑从雁门关外出发,偃旗息鼓飞向了东北方辽阔的草原。恰恰是一夜一日,赵军飞骑抵达于延水上游的山地河谷。一夜休整歇息,五更时分赵军出动,恰在天色将亮未亮之时,轰鸣的雷声骤然在林胡大本营炸开。

骄横的林胡部族根本没有料到赵军竟敢深入黄旗海,仓促应战,两个时辰后不能抵敌,直向西南方的岱海草原逃去。连续西逃三日,素称剽悍灵动的林胡骑兵竟无法摆脱赵军飞骑的穷追猛打。情急之下,林胡单于召各大部族头人紧急聚商,认定这是赵雍的孤注一掷,若拼力杀回一举战胜,或可长驱南下。于是,林胡部族以岱海山塬为依托,聚集全部族人可战者三十余万,要与赵军殊死一搏。赵雍见林胡大军突然死战不退,立即明白了其中奥秘,在下令牛赞狠狠咬住林胡主力的同时,即刻飞书调来廉颇的十万飞骑参战。

三日之后,两支大军共五十余万骑兵,在岱海草原展开了旷古未闻的大拼杀。激战三日,林胡部族死伤二十余万,终于仓皇北逃。赵雍下令廉颇率大军回防,毫不犹豫地亲率六万飞骑向北穷追林胡。连续两个月追击,大小接战三十余次,林胡每战必败,只有望风而逃。在炎炎盛夏到来之时,赵军已经追到了大漠茫茫的北海①,南距长城已是数千里之遥,赵雍这才下令停止了追击。

此战何等酣畅!

---

① 北海,今蒙古国以北俄罗斯境内之贝加尔湖。百余年后,西汉霍去病大军又一次穷追匈奴,控制北海。

一战根除林胡大患，赵军飞骑威震大草原，诸胡匈奴大为震动。

次年开春，已是强弩之末的东胡部族联兵西北匈奴诸部，东西两路大举南下，要夺回阴山以东的林胡大草原。飞骑军报传来，赵雍哈哈大笑，鸟！我正要一鼓作气，他竟打上门来，天意也。长城下一番计议，赵军兵分三路迎敌：牛赞率部三万向东迎击东胡，楼缓率军三万居中前出岱海策应，赵雍自己则亲率飞骑大军十四万，以猛将廉颇为前军大将，飞骑出云中草原截杀匈奴骑兵。

西北方的戎狄诸部臣服秦国之后，从茫茫西域不断流窜迁徙到阴山北部的匈奴诸部便逐渐强大起来，已经隐隐然对秦赵两国形成了压顶之势。但其时秦国军威正盛，匈奴畏惧于秦军战力，尚不敢对九原、云中以南的秦国上郡大肆骚扰，于是对赵国北部的大草原垂涎欲滴。然则，这时却有林胡东胡压在赵国头顶，占据着这片水草肥美的辽阔牧场，匈奴也不敢轻易对林胡东胡公然挑衅。所以长期以来，匈奴尚没有对赵国形成直接威胁。如今，最是剽悍善战的林胡丢下如山尸骨遁去，东胡不足以对抗赵军，纵是联结南面的楼烦，也同样不是赵军对手。放眼草原大漠，唯有新崛起的匈奴堪与赵军一战。于是，东胡首领派出飞骑特使，约请匈奴诸部起兵，打败赵国后共分林胡草原。匈奴单于大喜过望，召来诸部小单于一说，人人欢呼雀跃异口同声，林胡猎豹无能，若遇我匈奴大熊，必将赵雍这只肥鹿撕成碎片踩成肉泥！

战国中期，匈奴的强悍凶狠尚是初显，并不为中原战国所重视。除了秦赵燕三国，其余中原战国对匈奴可说还是不甚了了。直到战国末期秦国统一华夏，匈奴之患才日渐成为最大威胁。及至两汉屡遭匈奴之大害与多次对匈奴大反击之后，匈奴两个字便成为中国整个北部边患的代名词，成为中国的朔方噩梦，以致有了"四夷为中国患者，莫如北族"之恐怖心。直到近世西方列强从海上入侵中国，林则徐仍然疾呼："英法诸国皆不足患，终为中国患者，其北方俄罗斯乎！"这是后话。

究其源流，匈奴是一个源于中原而杂成于阴山漠北地带，且不断聚散分合的奇特的游牧族群邦国。在中国历史上，匈奴作为游牧群邦国，只存在了五六百年，东汉三国之后渐渐解体，星散复原为北方诸胡。春秋之前，匈奴的前身部族散布于中原腹地，及其四周的蛮夷山地草原之中。五帝与夏王朝时,匈奴前身部族叫作荤粥①,殷商时叫作獯粥②,西周时叫作猃狁③,春秋时叫作玁狁④。直到战国中期,才有了匈奴这个名号。后来的两汉之世,对匈奴详加揣摩考证,认定匈奴是山戎、犬戎、赤狄、白狄、昆夷、畎夷等部族被驱赶出中原后的残部聚合,匈奴这两个字音,则是中原人听胡字多有转音而最终的念法。两汉尚未顾及的一点,便是此时的匈奴,还融合了从遥远的西方向东方茫茫大草原流动迁徙而来的罗马流亡部族,以及后来被称为罗刹国、鲜卑国、五胡等的北方游牧族群。大要而言,三代之时诸胡部族尚是中原最大的威胁,所谓匈奴还正在成型,还没有成为北方大漠草原部族的总称。直到数百年后匈奴政权大体成型,诸胡残部融合成型,匈奴始告形成。此亦后话。

赵军久与胡人周旋,对北方部族的动静自是着意汇集。尤其是赵雍即位,对北方胡人久有图谋,力行胡服骑射的同时,派出了几十支商旅深入胡地,对北方所有大部族都做了一番实地探察。商旅斥候们的种种描绘,终使赵雍心头烙下了一个深重的印记:匈奴凶悍无文,必是赵国劲敌。

这时的匈奴,总人口不过两百余万,只大体相当于赵国一两个郡的人口而已。匈奴有三十余个大小不等的部族,其自治情势犹如中原夏商周三代的诸侯。匈奴总首领,呼为撑犁孤涂单于。撑犁孤涂者,天之骄子也;单于者,广大无边也。此等意思,中原人直到数百年后的西汉才弄得清楚。战国之世,只是依音直呼其为"单于"罢了。为了与其部族首

文明人对野蛮人,难以招架。要想胜,只能以其人之道还治其人之身。

---

① 荤粥,音 xūn yù。
② 獯粥,音 xūn yù。
③ 猃狁,音 xiǎn yǔn。
④ 玁狁,音 xiǎn yǔn。

领的小单于区分，便将匈奴总头领简单呼为"大单于"。匈奴是滚雪球般壮大成型的。无论是千百年前来自中原的游牧族，还是后来从西从北遥远迁徙来的游牧族，但凡来族，只要臣服于既定的匈奴部族势力，便可得到一大片草原湖泊定居；除了打仗时共同出兵，并对大单于有些许年贡，寻常游牧生计各部族完全自治自立。便是族群最高首领的大单于，也须得首先是某个特定大部族的首领，否则没有实力在打仗时统驭诸部。因了辖制松散，流动迁徙的诸多游牧族乐于归附匈奴，终于在战国中期成了气候。

商旅斥候们回报说：匈奴无文字，无文书，凡事但以言语约束。匈奴无成文律法，无固定牢狱，最高"刑罚"也只关押十日，寻常时日全部囚犯不过数人而已，凡事皆以约定俗成之风习处置。匈奴人风习蛮荒，自大单于之下，皆食畜肉不食五谷，以各种兽皮为衣，以旃裘①为铺盖而卧。举族以老弱为贱民，以壮健为尊贵，青壮食肥美之肉，老弱只能食弃骨野果。纵是首领单于，老去便得交权，否则要被青壮承袭者无情杀死。父亲死，儿子以母为妻；兄弟死，剩余兄弟分其妻为妻，男女杂交无所顾忌。匈奴人有名无姓，粗粝剽悍，以骑射为能，少儿便能骑羊引弓射鸟，长成则畜牧游走并射猎禽兽为生。匈奴人的兵器只有三样：控弦、弯刀、铤②。控弦是匈奴对弓箭的叫法，铤是一种三五尺长的铁柄短矛。远则射箭，中则掷铤，近则弯刀拼杀，是匈奴的主要战法。匈奴人战功无封，但以战俘与掠来财货归己而已；勇士但斩敌首，头领便赏赐一卮③酒以为激励。是故匈奴人唯利是争，争夺草原牧场及抢掠杀戮从来不顾死伤。寻常时日，也是人不弛弓，

匈奴人逐水草而居，过的多为畜牧生活，很难定居下来，所谓"文明"社会，许多"文明"是需要定居才能产生的。生活方式决定了文明的起源。《史记·匈奴列传》："匈奴，其先祖夏后氏之苗裔也，曰淳维。唐虞以上有山戎、猃狁、荤粥，居于北蛮，随畜牧而转移。其畜之所多则马、牛、羊，其奇畜则橐驼、驴、骡、駃騠、騊駼、驒騱。逐水草迁徙，毋城郭常处耕田之业，然亦各有分地。毋文书，以言语为约束。儿能骑羊，引弓射鸟鼠，少长则射狐兔，用为食。士力能毋弓，尽为甲骑。其俗，宽则随畜，因射猎禽兽为生业，急则人习战攻以侵伐，其天性也。其长兵则弓矢，短兵则刀铤。利则进，不利则退，不羞遁走。苟利所在，不知礼义。自君王以下，咸食畜肉，衣其皮革，被旃裘。壮者食肥美，老者食其余，贵壮健，贱老弱。父死，妻其后母；兄弟死，皆取其妻妻之。其俗有名不讳，而无姓字。"华夏对四夷的歧视，主要在其不知礼仪。不知礼仪者，被视之为与野人无异。此观念至清末民初仍未改变。文明的衰落，恰恰源于这些观念的顽固。

---

①　旃裘，即毡裘，用兽毛织成的毛毡。

②　铤，音 chán（蝉），铁柄短矛，类似中原的短戟，却更为轻便。

③　卮，古代酒器，与爵、杯、觥等相若。

马不解勒,随时准备厮杀。辄遇夺利则死战不退,但有逃遁者则视为最大耻辱。若此战无财货土地人口之利可夺,纵单于下令,也是鸟兽星散而去。

凡此等等,都使赵雍得出评判:匈奴骑兵此举要夺取岱海草原,其利丰厚无算,必是更加凶悍。此战若是匈奴得手,赵国头顶便会压来一股比三胡更为强悍的势力,赵国将岌岌可危。此前赵军从来没有与匈奴交过手,必须自己亲率大军决战,方可万无一失。

四月初夏,赵雍大军从秦国头顶过云中,正正堵在匈奴西来的必经之地——阴山草原的东口,要在这里与匈奴大军做殊死一战。

此时大河北岸的云中、九原虽是秦国北部要塞,但除了城堡,秦军势力还远远不足控制秦长城以外辽阔的阴山草原。北起燕然山、狼居胥山[①]的匈奴大本营,南至阴山的数千里草原,都是匈奴诸部的游牧区域。秦军正在中原征战,尚无力北出长城驱逐匈奴。匈奴也畏惧秦军,只敢在阴山草原游牧,而不敢将大本营南迁阴山草原。而如果匈奴此战成功,夺得阴山草原东部的岱海草原,则势必将大本营单于庭迁到水草更肥美的阴山草原或岱海草原,对秦赵两国立成压顶之势。

此等大势,赵雍看得一清二楚。大军出动之时,前军大将廉颇建言,西进二百里便当扎营,无须越过云中,以免在此时与秦国冲突。赵雍大手一挥,进! 越过云中才是最好的战场,秦国此时要发昏掣肘,赵雍一并拿下云中九原,给芈八子母子点颜色看!

当赵军隆隆开过云中长城外时,秦军守将嬴豹立即飞

作者理解有误,所谓"不羞遁走",是指不以逃走为羞。

---

① 狼居胥山,今蒙古国乌兰巴托地带。

骑报入咸阳，请求出击赵军后路。旬日之后，咸阳特急羽书飞到，非但严令云中九原之秦军借道于赵军，且特附一道宣太后手令：若赵军不逮，秦军须立即开出长城助战，违令者杀无赦！嬴豹本是秦军铁骑猛将，得令立即整顿三万军马，做好了随时出击匈奴的准备。如此一来，赵军平安无事地越过了云中长城，西进一百里，在云中九原之间选择了两山遥遥对峙的一片大草原做战场。

五日之后，当以逸待劳的赵军已经隐秘部署就绪之后，斥候飞骑来报：匈奴大军二十余万已抵达阴山西麓，却突然扎营休整，不知何故？

"今日何日？"赵雍突然问。

廉颇答道："四月二十九。"

赵雍大笑："天意也！老将军，变个打法！"

"大兵压境，何能仓促变军？"老成持重的廉颇大是困惑。

"老将军忘记了？"赵雍笑道，"匈奴习俗：随月盛壮而攻战，月亏则休战退兵。此次千里南下，却正赶上月末抵达阴山，必在阴山后扎营休整旬日，待到月圆之时东进攻我，岂有他哉！"

廉颇又皱起了眉头："此节原是无差。只是他住得半月，将我军部署探察明白，却难收突击功效了。"

"岂容他安然半月？"赵雍冷冷一笑，"何为天意，便是我说的变个打法。"

廉颇思忖一阵，恍然惊喜道："君上是说，夜袭大战！"

赵雍拍案而起："对！夜袭大战，给匈奴蛮子猛灌一坛赵酒！"

次日入夜，大草原月黑风高。赵军十万飞骑衔枚疾进，分为三路翻过阴山直扑匈奴大营。匈奴骑兵是各部族自为军营驻扎，相互间根本没有战场呼应所需要的距离，只是拣水草方便处各自扎营罢了，近者拥挤成片，远者则三五里间隔不等。说是营区，却没有壕沟鹿寨之类必备的防守屏障，更兼为了轻便，匈奴人从来都是开春行军不带帐篷，但遇夜宿，点起无数篝火堆烧烤牛羊大喝马奶子，吃饱喝足裹着毡片子呼呼大睡，每个营圈外只有星星点点的巡视哨兵，如大雁宿营一般。及至中夜时分，遍布阴山西麓大草原的篝火渐渐熄灭净尽，无边的鼾声夹杂着战马时断时续的喷鼻低鸣，浓浓的烧烤牛羊的腥膻夹着马奶子的酸甜酒气，随着浩浩春风在草原上弥散开来，确切无疑地向大草原宣告着——匈奴大军在此。

秦昭王

正是子时,阴山西麓突然山崩地裂,隆隆惊雷阵阵飓风从四野压来卷来,在漫无边际的匈奴野营地回旋炸开。匈奴大军骤然惊醒,人马四野窜突自相拥挤践踏,片刻间死伤无算。大约半个时辰后,匈奴各部族终于在各色尖厉的号角声中渐渐聚集起来,分头做拼死厮杀。赵军原本是三路突进,每路又都以千骑队为单元沿所有湖泊河沟间楔入分割,将二十万匈奴大军分割成了数十个碎块绞杀。方圆数十里的大草原战场上,两军三十余万骑兵整个缠夹在了一起,展开了殊死搏杀。赵军有备而来,不举火把,只每个骑士臂缠宽幅白布,战马尾巴也绑缚一片大白布以做呼应标记。匈奴军却是素有月黑不战的习俗,原本料定赵军无论如何不会翻过阴山寻战,打算在秦国长城外养精蓄锐半月避过月黑月残之期,而后一鼓东进。毕竟,阴山从来都是匈奴部族之游牧区域,匈奴不寻衅于秦赵已是饶了尔等南蛮,赵国如何敢到这里了?大熊在林,自然是怡然自得,一心只做如何抢得更多财货牛羊战俘的大梦,谁能想到刚到阴山就打仗?

猛遭赵军暴风骤雨般的夜袭,匈奴军大乱之后纵然死战,却是惊讶万分地发现,赵军之凶悍凌厉丝毫不输于匈奴的白熊猛士。更令匈奴大单于大惊失色者,这赵军在黑夜拼杀,却有如鬼魅附身浑身长眼,但有白熊猛士占优,立即有赵军猛击白熊猛士身后。惯于单骑劈杀的匈奴猛士,最擅长的两样兵器——弓箭短矛,在这漆黑夜晚相互缠夹拼杀之时一无用处,只剩下与赵军刀剑劈杀一条路了。偏匈奴弯刀是老铜刀与新铁刀混杂,远不能与赵军之清一色的精铁坚刚弯刀相比,但闻叮当呼喝之中,匈奴战刀时有砍断砍钝,匈奴猛士只有抢起铁片子胡乱猛砸过去。

突然,凄厉的长号划破夜空,连续三声,匈奴乱军潮水般向北卷去。

赵雍一声令下:“大单于要退,鸣金收兵。”

廉颇前军刚刚收拢,北方山口喊杀声大起。廉颇高声请命:“君上!我四万截杀大军已与匈奴接战。不若从后掩杀,一战击溃匈奴。”

“不!”浑身浴血的赵雍狞厉地一笑,“不要击溃,我要开膛破腹!”

“嗨!”廉颇一挥大手高声下令,“全军将士,跟我齐喊:匈奴大单于——敢与赵军明日决战——放你整军——”漫山遍野的呐喊如阵阵雷声滚过草原,随风卷去。片刻之间,两骑举着火把飞来,遥遥高喊:“赵雍听了,我大单于令:明日决战,谁趁夜脱逃,谁不是大白熊!”立马高岗的赵雍不禁哈哈大笑:“鸟!谁要做你那大白熊了?回你大单于:明日决战,谁趁夜脱逃,谁是大黑熊!”

"错！谁趁夜脱逃，谁不是大白熊。"

"鸟！还非得做你大白熊？"赵雍笑不可遏，"依你，谁逃谁不是大白熊！"

"明日日满，阴山向阳牧场——"随着一声高喊，匈奴飞骑消失在北方暗夜。

"撤回截杀，后退十里扎营。"赵雍发令完毕回头高声道，"老将军，匈奴还没怕我赵军。匈奴蛮子只认打，打不狠他记不住。仅是赶走不行，须得一战杀得他血流成河！"

"君上大是！"廉颇抖动着血红的大胡须，"他还怕我趁夜脱逃？大白熊咬死仗，给他个杀法看。"

黄夜收兵，赵雍甲胄未解，立即召将军们密商筹划。计议一定，赵军立刻开始了偃旗息鼓的秘密移动，两个时辰后全部准备就绪，各个营地立即弥漫出粗重的鼾声。及至太阳升起在山头，所有隐隐弥漫的鼾声一齐终止了。此时，辽阔的阴山草原阳光明媚，中原虽则已经是田野金黄的仲夏，然在这里却是春风方度草木新绿，一片清凉爽和的无边春意，丝毫没有燠热之气。将近正午，隐隐沉雷自阴山西麓渐渐逼近，山口一面红色大纛旗缓缓地左右大幅度摇摆起来。

赵军西向迎敌，大营遥遥对着西方的阴山谷口。赵雍的中军行辕扎在大营南侧靠近秦长城的一座最高的山丘上。眼见红旗大摆，赵雍立即下令："飞骑出营！强弩营列阵！"中军司马高声传令，行辕三丈多高的云车望楼上一面黑色大纛旗向西三摆，一面白色大纛旗向东三摆，随即山下响起急促嘹亮长短不一的牛角号声。号声之后，赵军大队骑兵隆隆开出，在大营壕沟外南北两翼伸展，由无数十十小方阵列成了纵深五六里的阵形。从山头行辕遥遥鸟瞰，恍如迎着西方山口的两柄红色长剑。两翼飞骑身后，是横宽十里的六道三尺壕沟，每道壕沟间距十步，三万张强弩全部整肃排列在六道浅壕沟之中。强弩阵两侧，则各有五千飞骑散开，随时准备截杀突过强弩箭雨攻来的匈奴死士。

赵军堪堪就绪，阴山谷口骤然如大河崩决，匈奴骑兵犹如奔腾出峡的怒潮涌出山口散开在草原，翻卷呼啸着隆隆压来！片刻之间扑到两箭之地，匈奴潮水慢了下来。历来骑兵接战都是展开厮杀，这赵军却两条线一般守在两边不动，中间宽阔的草原一人一骑没有，远处大营赤裸裸露在那里却是甚个魔法了？若在昨日之前，匈奴骑兵自不会理会你如何摆置，只潮水般杀去便是，然则昨夜一战匈奴全军死伤八万余，今日余悸在心，一见赵军似有诡异，不觉慢了下来。在这刹那之间，匈奴大单于带着本部族三万骑士已从中央突前,弯刀一挥嘶声大吼:"赵军大营有财货女人!谁抢得多谁是大白熊!杀——"骤然之间,匈奴潮水又呼啸翻卷着压来,遍野马蹄如雷刀光闪亮,遍野都飞舞着白色的翻毛皮袄与黄色黑色的飘飘长发,杀声震动原野,山崩地裂一般。

与此同时,山顶行辕三十面战鼓如惊雷大作。赵军两翼骑兵呐喊大起,从白色洪流两边如两道红云飞掠而过,不冲匈奴群骑,却直向两边包抄过去。匈奴骑兵也不管你如何跑马,白色洪流只呼啸漫卷着向赵军大营压来。便在两箭之地,匈奴骑士驰马前冲间人人挂刀弯弓长箭上弦,立即万箭齐发,箭雨密匝匝如漫天飞蝗倾注赵军大营。齐射方罢,战马已前冲到距敌三十步之遥,此时匈奴骑士第二波飞兵出手——万千短矛(铤)一齐掷出,间不容发之际飞马劈杀长驱直入。这是匈奴骑兵最有效的战法:一箭之地万箭齐发,三十步之外短矛齐掷,在这急如骤雨密如飞蝗般的两波飞兵猛烈击杀之下,对手惊慌溃散,匈奴骑士的闪亮弯刀已随着惊雷吼声闪电般劈杀过来。此等战法之威力,天下大军鲜有抗得三五个冲击浪潮者。匈奴崛起于强悍的胡族之林,更在五六百年间一强独大,并对中原强兵战国形成巨大威胁,所仗恃者正是这凶悍无伦的冲锋陷阵之法。此时匈奴白日作战,一则拼死复仇,二则没有了月黑缠斗,弓箭短矛大显身手,自然更是凶悍至极。

强中更有强中手,匈奴大军这次可是失算了。

在匈奴大军隆隆压到两箭之地,骑士弯弓搭箭的刹那之间,赵军大营奇特的铜鼓声轰轰轰三响,横宽十里的六道浅壕沟中骤然立起了六道红色丛林,随着一声整齐轰鸣的呐喊:"放——"万千红色箭杆在一片尖厉的呼哨中密匝匝猛扑了出去,如此一波还则罢了,偏是六道红色丛林一道射

逞匹夫之勇尚可,但若遇谋略勇猛之师,则难取胜。

罢立即蹲伏上箭绞弩，后一道接着立起射出，六道强弩此起彼伏轮换齐射，箭雨连绵呼啸，毫无间歇地一气倾泻了小半个时辰。匈奴骑士射术固精，也只是援臂弯弓靠臂力射出，百步之外便成飘飞之势，更兼人力引弓上箭，纵是连射也必有间歇，何况每个骑士箭袋最多只能带箭二十支（寻常在十支左右），却能射得几何？赵军却是中原弩机，强大座弩多人操持，可一次上箭十余支连射，三尺箭杆粗如木棍，箭镞长锐如同匕首，有效射程可达三四百步。单兵轻便机弩用脚踏上箭，虽是单发，射程也在二百步之遥。赵军原本是飞骑轻兵，只带得座弩两百架，单兵机弩却是六万有余，皆由力大善射者任之。赵雍与诸将昨夜密议，将四万骑士临时改做弓弩营，两百架座弩居中，三万单兵弩环绕，决意给匈奴野战骑兵以迎头痛击，而后再一体截杀。

匈奴骑兵十二万，此刻全部密集在这十里草原猛冲猛进，突遇这闻所未闻的锐利长箭急风暴雨般连绵扑杀，任你马头人身，尽是噗噗洞穿，连人带马钉在一起轰然倒地者也尽在眼前，威力直是比匈奴骑士全力掷出的短矛还要骇人。片刻之间，人马一片片倒下，任你汹涌而来，也是无法冲过这红色帷幕般的漫天箭雨。大单于一声大吼，回马！惊慌的匈奴大军又漫山遍野卷了回去。

此时，山头行辕的"赵"字红色大纛旗急速挥动，战鼓隆隆紧响，原先两翼包抄的红色骑兵顿时在大草原展开，杀声震天地冲入匈奴骑兵群。与此同时，阴山西口也潮水般涌出大队红色飞骑，正正堵在了匈奴正面。赵军大营两侧的一万骑兵也同时发动，从匈奴身后掩杀过来。匈奴大单于嘶声吼叫，杀啊！死光就死光！匈奴骑士也是遍野怪吼，散乱拼杀，毫无退缩之象。

山头赵雍看得一阵，脸色越来越是阴沉："死战令！"话音落点，中军司马一声大吼："金鼓号角齐鸣！誓死一战！"刹那之间，山头三十面战鼓三十面大锣百余支长号隆隆噌噌呜呜地交相轰鸣在辽阔的草原战场，那面红色"赵"字大纛旗也在骤然之间竖起了两支雪亮的旗枪，平展展地悬垂在了湛蓝的天空之下。辽阔草原上的红色骑兵顿时杀声震天动地，一面"廉"字大旗于万马军中如同飞舟劈浪，直冲匈奴大单于的白熊大旗。几乎同时，赵雍亲率三千护卫飞骑狂飙般卷下，泰山压顶般杀向匈奴中央白熊大旗。两支强悍的骑兵大军便在阴山脚下展开了真正的殊死拼杀。

太阳落山之时，大草原终于沉寂了。红色的骑士，遍野的鲜血，与火红的霞光融成了无边的火焰，辽阔的草原颤抖着燃烧着，连喘息的力气都没有了，死一般的沉寂。

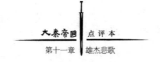

"万岁！赵军万岁！"陡然，长城脚下传来了遥远而清晰的欢呼。

"君上，秦军在庆贺我军！"中军司马飞骑来报。

"秦军？"立马山头的赵雍不屑地笑了，"清点战场，明日回军。"

阴山之战，赵军斩首十八万余，悉数斩杀匈奴大小单于头领百余人，匈奴仅万余人突围逃走。与此同时，东线也传来捷报：牛赞大军大破东胡，斩首八万，东胡大首领及其部族头领二十余人尽皆被生擒。东西赵军共死伤六万余。赵雍回军雁门长城，休整三月补充兵员，并立即论功行赏安置伤兵。秋风方起时，赵雍又亲率大军十万进入雁门关，直压中山国与楼烦头顶，要一鼓作气根除楼烦中山之患。

> 七国之间打仗，称得上是常规战，大家知根知底，打法及用计皆熟悉。与林胡、匈奴作战，则不能按常规出牌。仅以策略谋之，恐怕不行，宋代即是一例，无勇有谋，是以步步退让。

二　战国之世的最后一顶王冠

三胡之中，楼烦最弱。边患之中，中山不强，然却最令赵国头疼。

> 林胡、匈奴威胁一除，赵将谋中山。

楼烦乃北胡部族，大约随春秋初期的蛮夷大举入侵，进入中原晋国的北部，立邦国建楼烦城邑。[①] 在齐桓公结盟诸侯"尊王攘夷"的中原大驱胡时，楼烦部族大部北逃草原大漠，余部臣服晋国。后来晋国内争剧烈，楼烦部族又与中山部族一起返回复国。魏赵韩三家分晋之后，楼烦与中山国一起成为赵国西邻。楼烦恰恰卡在雁门关之南，犹如楔在赵国咽喉的一颗钉子。中山国恰恰钉在西腰，向南一过井陉关要塞险道是赵国腹地，犹如插在肋部的一把尖刀。论实力，这

---

① 楼烦城，今山西宁武地带。

两个部族邦国加起来，也未必堪与赵国一战。威胁处在于，楼烦中山看准了赵国南有中原强敌、北有林胡东胡边患，投鼠忌器，不敢对自己做灭国大战，便依着游牧习性经年对赵国骚扰掠夺。赵若调集大兵迎战，游牧骑兵便流云般消失在崇山峻岭之间，堪堪退兵，他又如影随形般贴将上来。春耕抢牛羊，夏忙抢麦粮，秋收抢谷黍，冬藏抢民户，任你何时何地，时时处处都可能是楼烦中山的劫掠时光，当真是赵国民众的心腹大患。但提中山楼烦，赵人莫不咬牙切齿骂一声："中山狼！楼烦狈！狼狈为奸，寝皮食肉！"

论情势，此时的楼烦尤为可恶。非但盘踞雁门关之南钉在赵国边军之后，而且经常绕过雁门关北出赵国长城游牧，直达岱海黄旗海一带草原，硬是对赵国视若无物肆意挑衅。赵雍决意自北向南，剔除两块心腹大患，打通雁门关平城一线南下赵国的宽阔通道。

赵军大兵压境，楼烦部族早已惊慌失措。匈奴大军清一色二十万精骑都一举被赵军撕扯成血肉碎片，楼烦举族不过十万步骑，岂能当得杀气正盛的赵军？更要紧者，楼烦部族陷在长城之南，与草原诸胡相比，抢掠虽是便捷，却也有一致命伤——但遭赵国主力大军压顶断路，便难得诸胡救援，更何况诸胡匈奴已经望风而逃了。惊慌之下，楼烦部族头领竟率大部精壮族人西北出山道秘密北逃了。留下的十余万老弱病残女幼，只有举族降赵。赵雍不战而屈楼烦，立即设立雁门郡，将雁门孤关变成了辖地近千里的边郡。顺便提及的是，楼烦部族北逃后数十年，被卷土重来的匈奴吞并，被"封"于河套南部的草原，成为匈奴对抗秦帝国大军的前哨部族。匈奴解体消散之后，楼烦部族也永远地消失星散了。

赵雍大军趁势南压，直逼中山国腹地都邑。

赵军势如破竹。

楼烦瓦解。

论实力，中山国虽然已经称王，却实实在在一个滑稽可笑的穷邦弱族。举国人口不过百余万，兵员号称三十万，实际能战者不过十万，且全部是没有重型器械与精良装备的轻兵。究其实，快速深入他国抢掠民众，自是气势汹汹绰绰有余，然则与赵国此时的新军相比，几乎不堪一击。当此之时，赵国大军已经是脱胎换骨的新军了。从根本上说，赵雍发动的胡服骑射仅只是形式而已，实际上却是以轻锐快速为目标的军制大变法。两年之中，赵国上下同心，以惊人的强韧快捷，同时在旧军改制精编、新兵员征发训练、兵器甲胄全面更新、粮草给养便于携带诸方面进行了根本改革，赵军已经成了与秦军具有不同特点而又堪与秦军抗衡的最强大新军。而此时的游牧部族根基的中山国，无论在军制、兵器、国力、兵员数量、士兵战力诸方面，都已经远远不能与赵军相比了。

无奈之下，中山王派出特使郊迎赵军，向赵雍提出愿割四城以换取罢兵。

赵雍哈哈大笑：“罢兵？也行！除中山都邑之外，六城全割于赵。否则，战场见。”

其时中山国只有七城，割去六城，中山国岂不成了赵国汪洋中的一座孤岛？特使不敢应承，立即回报中山王。中山王立即召来丞相上将军一班大臣商议，可偏是谁也不作声。

数十年前，中山国跟风，在魏惠王发动的“五国相王”中称了王。王冠加顶，中山国君臣兴奋得手足无措，立即学着中原战国变法起来：后宫几个没有名称的妻子立即封了王后嫔妃，各部族头领立即做了开府丞相、上将军、太师、太傅、郡守、县令等要职；识得几个中原字的庙堂“名士”，便做了王室长史、太史令、太庙令一班文职大臣；原本只会跳神祈祷的巫师也做了占卜令、王巫师、国巫师等名色不同的人神臣子。热热闹闹的变法完毕，中山王开始了举国访贤图谋霸

《战国策·中山策》载有“犀首立五王”之事，齐对赵、魏说，“寡人羞与中山并为王，愿与大国伐之，以废其王”，中山王听说之后，很害怕，于是召张登而议，在张登的周旋下，“中山果绝齐而从赵、魏”，得以称王。魏乃万乘之国，中山乃千乘之国，所以魏耻与中山并为王。

业。都邑十几个在中原游历过的"饱学之士"，与原本识得字的几十个没落布衣，自然成了国中大贤。中山国将这些大贤们供养起来，每逢节令当口，国王必亲到穷闾隘巷礼贤下士一番。直到目下，这些贤士已经白发苍苍，国王也已经是第二代了，礼贤下士的法度与穷闾隘巷的贤士们还是依然如故。谁料变法之后，中山国却是内争不断，游牧部族原本的拙朴荡然无存。后宫争立王后，王室争立太子，大臣争夺权位，数十年庙堂不亦乐乎，民众不堪忍受穷苦者便逃回了草原，军士不堪内乱兵变者也逃回了草原。倏忽数十年间，这个新王国竟成了一个人口流失疲弱不堪不伦不类的怪物，霸业大梦也泥牛入海了。

思忖一番，中山王一声长叹："同是变法也！如何秦变强，赵变强，我独变弱乎？天意如此，夫复何言？割去六城也罢，寡人做个周天子孤守洛阳！"

"我王神明！"丞相上将军与诸班大臣齐声赞同。

就这样，中山国献出了都邑之外的六座城池，倏忽变成了一个辖地数十里的王号小邦。由于中山原本便是游牧为业的赤狄白狄部族，城池远不如土地对他们来得重要。可在东施效颦的变法之后，中山游牧人也变做了居住城池的"国人"，只在抢掠收获之时出城，寻常时日只住在城堡里消受劫掠来的财货。如今六座城池割给赵国，按照战国割地传统，城池内的中山"国人"及其所管辖的周围土地，自然也成了赵人赵地。如此一来，中山国人口土地锐减，一蹶不振地衰落了下去。虽然后来赵国内乱，中山国又反复了一次，然则终究是夕阳晚景，迅速又黯淡了下去，终为赵国所灭。

可是，中山国割地罢战，赵国将士大是不服。廉颇带一班大将昂昂晋见，请国君赵雍一战灭中山根除后患。赵雍笑道："天下事一次做得完么？赵国猛士灭此等奄奄一息之国，无端召来秦魏韩干预，划算么？既得实地，又困中山于孤城无法兴风作浪，还无形消弭了三国干涉，一举三得，不划算么？"

"臣等只是对中山狼恨气难消！"

"末将只怕没仗打了！"

"老将军，诸位将军，少安毋躁。"赵雍从容道，"赵军新成，还能没仗打了？也许不要多久，会有一场更大的恶战。你等要厉兵秣马，精心练兵，不能有丝毫懈怠。"

"嗨！"众将顿时精神抖擞。

秋风萧瑟的十月，赵国大军北上长城驻防。赵雍却只带着三千护卫骑士回到了邯

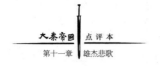

郸。听太子赵章与辅政肥义禀报完诸般国事,赵雍立即对两人说了目下自己的谋划方略:今冬明春,赵国大出。及至一宗宗说完,太子与肥义异口同声地赞同。君臣三人密议一日,立即开始了紧锣密鼓的部署。

第一件大事,赵国称王。

第二件大事,出使六国,厘定与各国邦交根基。

第三件大事,秘密扩军二十万,使赵军一举成五十万大军。

即位二十三年来,赵雍抱定"韬晦以示弱天下"的国策,非但拒绝了称王,且自降两级国格而称"君"。战国之世,邦国规格虽远不如春秋时期那般严格,且大多由自己确定,然则一个国家究竟是何等国格,毕竟还是大有讲究的。其时,天下国格大体是四等:王国、公国、侯国、君国。若以称王先后次序论,截至目下,天下王国八:楚国、魏国、齐国、宋国、韩国、中山国、秦国、燕国;公国大多是残存的老牌诸侯,鲁国、卫国、宋国等;侯国虽也是老牌诸侯,却已经极少,只有薛国与赵国了;君国,则几乎只剩下一个五十里的安陵君①了。只要除却那些利令智昏而抢王的邦国(宋、中山、韩)外,大国称王都是极为谨慎的。秦国称王于六国合纵抗秦之后,燕国称王于合纵灭齐之前,都是时势所催之结果。论王国业绩,此时六大称王战国中,除了韩国称王之后一事无成,都曾经先后威势赫赫过一段,秦国则是始终威势不衰。以时势论,小邦国抢戴王冠,天下皆可哈哈一笑了之,谁也不会当真与其争长短。大国则不然,一旦称王便昭示着你要加入逐鹿争霸了,各大战国便会竞相遏制,或合纵或连横,总是要这个新王国经受一阵猛烈锤打。果真抗住了,王国便立定了,诸如秦国。若抗不住诸般围攻遏制,王冠光环便消失了,诸如韩国燕国。此等情势,赵雍看得分外清楚,所以坚不称王,而宁可降得与安陵君一般。然则天下事毕竟有公,赵国称君,各大战国与小国却是谁也不敢小视,至多是认可了赵国没有野心,事实上谁也不敢当真如对待小小君国一般予取予夺。赵雍自然清楚此中界格,然则他所需要教天下明白的也正在此处:我没逐鹿争霸之野心,你也不要寻衅于我。二十三年来,这一谋划确实是做到了,赵国已经平安完成了强国大变。当此之时,三胡匈奴中山之诸般边患已大体廓清,赵国军威大盛,还用得着韬晦么?再一味韬晦,天下还信么?若无韬晦之效而落得"天下大伪君"之名,韬晦岂非大大滑稽?与其如此,

---

① 这个安陵君虽然只有五十里封地,然却因"唐雎不辱使命"的故事闻名后世,见第五部《铁血文明》。

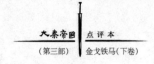
何如堂堂正正称王，堂堂正正逐鹿天下？

时也势也，英雄之心性也。

要大出天下，必然要与六大战国周旋。二十多年来，赵国除了参与五国灭齐之外，与六大战国间几乎没有主动的邦交往来，虽然以往的恩怨似乎淡薄了一些，但对天下实力碰撞的实在格局毕竟也是生疏了。此次借称王之机派出六路特使，一举厘定六方邦交根基，同时一举奠定赵国重返中原的强势地位，都是极为要紧的。燕国老仇家要重新廓清恩怨。对弱齐要取强势，才能保住济西二百里。对魏韩这两个同根兄弟，则要软硬兼施地拉过来，毕竟，三晋主心骨目下已经是赵国了。对萎靡不振而相距遥远的楚国，则要尽可能地结为盟邦，只要楚国能从背后掣肘秦国。只有秦国是赵国最主要的敌手，然则秦国如日中天，赵国却是刚刚浮出水面，目下还必须相安无事。

最要紧的实际国事，是扩军。在七大战国中，秦国大军已达四十万余精兵，其次齐国三十余万，楚国三十余万，魏国三十余万，燕国二十余万，韩国近二十万。虽然战力国力各有强弱，兵力数目并不能说明全部实力，然则若与真正的敌手秦国相比，目下赵国军力实在是单薄了许多，秦国四十万精兵可是没有赘肉的了。故此，一旦脱去韬晦而大出，兵力便要大大增强，且要尽快练成同样精锐的胡服新军。

冬月来临之时，邯郸的六路特使先后上路了：楼缓出使秦国，赵爵出使齐国，富丁出使魏国，仇液出使韩国，赵造出使燕国，王贲①出使楚国。与此同时，赵雍下书：将军赵固为代相（郡守）兼领雁门郡军政，北上驻平城，以守将牛赞为辅，征发胡人精壮二十万，两年内练成精锐新军。

开春之后的三月，赵国举行了极为隆重的称王大典。这是战国之世的最后一顶王冠，也是最为宏大的一次称王大典。列国特使云集邯郸，洛阳王室也照例"赐"赵雍一辆青铜天子辂车、一身古老的王服、一套主受命征伐的斧钺仪仗。连续一月，赵国都是朝野大醺，国人欢歌相庆。

从此，赵国成了王国，赵雍做了第一个国王，这便是大名垂后世的赵武灵王。

此时，遥远的北方大漠传来了一个令人意外振奋的消息：逃到北海的林胡部族派出王子为特使南下，向赵王献上三匹最名贵的汗血宝马，并愿臣服赵国。林胡王子特使抵

---

① 王贲，赵国大臣，非后来秦灭六国时的大将王贲。

达之日,邯郸万人空巷,举国争睹昔日令他们胆战心惊的宿敌朝拜赵王,欢呼雀跃无以抑止,将称王大典推到了狂欢巅峰。

赵国经胡服骑射,扬眉吐气。

三　赵雍探秦国　感喟重划策

称王大典一结束,赵雍又风尘仆仆北上了。一到雁门关,他立即召来在平城征发兵员的代相赵固、平城将军牛赞、雁门将军廉颇秘密议事。

"我欲设立云中郡,诸位以为如何?"赵雍一如既往地开门见山。

三位边地大员顿时睁大了眼睛,却都是一句话不说,其惊讶愣怔竟将赵雍看得忍不住哈哈大笑,"如何?胆怯了?不敢进驻云中么?"

"臣启我王,"代相赵固为在座唯一执掌一方的政务大臣,在此等国政大事上自然不能期待两位将军先说话,谨慎开口,"云中虽为各方拉锯地带,然则云中要塞与长城,历来为秦国北边重镇。我若设郡驻军,分明便与秦国交恶。依目下大势,似对赵国不利。"

"赵相差矣!"老牛赞慷慨高声,"云中长城属秦不假,然则长城外阴山草原却历来为匈奴盘踞。我赵军将士浴血大战匈奴,平息阴山岱海之胡患,如何设不得云中郡了?"

"廉颇以为,云中郡可设,但治所须在岱海筑城。"老成持重的廉颇第一次不待国君发问便开口说话了。

"怪哉老哥哥!"牛赞惊讶笑道,"岱海筑城为治所,那还叫云中郡么?"

"莫不成你目下夺了云中过来?"老廉颇黑着脸一丝不

赵国气势逼人。秦若无白起,若无长平之战,秦赵之争,恐怕还要延续很多年。"而赵武灵王亦变俗胡服,习骑射,北破林胡、楼烦。筑长城,自代并阴山下,至高阙为塞。而置云中、雁门、代郡",其后秦燕亦筑长城,"冠带战国七,而三国边于匈奴。其后赵将李牧时,匈奴不敢入赵边"(《史记·匈奴列传》)。匈奴确实为中原心腹大患。赵之胡服骑射,既为自强之术,亦为时势所迫。

设云中郡,赵武灵王思谋已久。

苟，"此中尺度，我王掂量。"

"好！老将军知我心也。"赵雍双掌一拍笑道，"你等思忖：目下七大战国全部称王，燕齐两衰，魏韩两弱，楚国更是日见萎靡；放眼天下之国力军力，唯秦国将成我赵国真正对手。当此之时，试探虚实也罢，未雨绸缪也罢，设立云中郡都是一手开门棋。赵固言对赵不利，是觉我出手太早。廉颇老将军之策，两相兼顾，既占阴山压秦之顶，又退治所减秦敌意，正得初接强敌之奥妙也。"

知己知彼。

"臣已明白！"赵固顿时恍然，"大军驻阴山，治所驻岱海，进退自如也！"

"正是这般。"赵雍笑道，"廉颇将军，兼领云中相，立即筹划岱海筑城与设置官署、迁入民户事宜，先教云中郡响动起来。赵固与牛老将军，征发胡人成军，可是史无前例。两年之中，定然要将此事办妥。"

牛赞慨然拍案："我王莫担心，林胡东胡已经臣服，胡人精壮入军本是习俗，比我赵人入军还踊跃。二十万大军，两年后定然一支精兵也！"

赵固却道："廉颇将军兼领云中相，阴山大军却由何人统领？"

赵雍笑道："此事我已有对：楼缓出使归来立即北上，职任云中相，廉颇将军还归大军进驻阴山。"

"我王此番北上，似有他图？"赵固看赵王笑得神秘，不禁疑惑。

"只你等三人知晓便了。"赵雍一脸肃然，"我要南下咸阳，探察秦国。"

赵雍以身犯险，胆识过人。

"啊！"饶是三位皆胆略过人，也是一声惊叹，比方才乍闻设立云中郡还要惊讶。赵雍心知三人必要殷殷劝阻，断然一摆手道："我已有周详谋划，三位无须担心，只做好自己

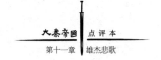

事。""不！我王不能涉险。"牛赞还是不管不顾地霍然站起，"秦为虎狼之国，我王纵然雄杰轻生，也当以赵国大局为重！""老将军之言大是，我王不能涉险！"赵固廉颇也是异口同声。

赵雍哈哈大笑道："世间万事，何事无险了？秦孝公当年不孤身赴险，能有变法强秦？秦人能为，我赵人何不能为？因噎废食，只有窝在火炕头了，谈何大业？"

"既然如此，老牛请做我王护卫！"牛赞红着脸嚷叫起来。

赵雍笑道："老将军笑谈了。只怕过不了云中，秦人便早认出你这边军猛将了。"脸色倏然一沉，"诸位无须多言。但看我阴山大战匈奴，秦国非但不落井下石，且拟援手襄助，便知秦国之天下气度也。不亲自掂量一番秦国，赵雍永远不会甘心。"

三位大臣不禁相顾默然。这位赵王的英雄气度与超人胆略，二十余年来已经淋漓尽致地在赵国挥洒出来，别出心裁独辟蹊径敢为匪夷所思之举，更是常常令这些身经百战的将军们惊叹不已。十九年隐忍不发，悄然推行变法，公然自贬国格，其柔韧顽强虽越王勾践亦未必能及；但发则匪夷所思：胡服骑射、大军改制、林胡赴险、北海穷追、阴山血战，哪一次不是惊心动魄？历来君王不领军，赵雍却是每战必帅，伤痕累累犹冲锋陷阵，以至成为赵军真正的天神军魂，但有赵王领兵，赵军便是杀气弥天战无不胜。凡此种种，赵雍之大智大勇，已经令赵国朝野由衷折服，而今赵王决意要南下秦国，也许是赵国大出天下之天意使然，身为臣工，岂能执意违拗？

次日清晨，雁门关飞出一支马队，在枯黄的草原风驰电掣般驰向云中方向，进入长城，进入秦国上郡。三日后，这支马队从北地郡进入了关中，进入了咸阳。

这日，秦昭王正在与魏冄、白起商讨赵国称王后的应对之策，长史①王稽带着关市②匆匆进来禀报：尚商坊有一胡人马商气魄惊人，要以三千匹骏马交换"官市"精铁三百万斤，请命定夺。尚商坊本是秦国在咸阳专设的山东六国商区，"官市"却是秦国府库设在尚商坊的最大市易店面，专一收购秦国急需货物，同时外卖秦国府库的积压器物。精铁是兵器原料，秦国历来严格禁止流出，骏马却是骑兵急需，秦国历来大量购进。今日竟

---

① 长史，秦国官职，相当于国君秘书长。

② 关市，秦国掌管市易与商业税收的官员。

有人以骏马易精铁，且数量如此惊人，一时间秦昭王三人都愣怔了。

高调才有机会见秦王。

"怪哉！"丞相魏冄先惊讶了，"一个马商要三百万斤精铁？何方胡人？"

"其人自称：林胡马商乌斯丹。"关市小心翼翼地回答。

白起皱起了眉头："以秦国急需购进之物，换取秦国严禁流出之物，此事颇有蹊跷。"

"长史，"秦昭王一挥手，"将这个马商请进宫来，毋得张扬。"

"臣明白。"王稽答应一声，领着关市匆匆去了。

大半个时辰后，东偏殿外廊传来坚实清晰的脚步声。白起的眼睛骤然一亮，接着王稽疾步走进低声禀报，林胡马商已在殿外廊下。秦昭王一点头，王稽转身快步绕过了高大的黑色木屏走出殿口。片刻之间，那坚实清晰的脚步声砸了进来，王稽那急促细碎的脚步丝毫不能掩盖其夯石落地般的力度。秦昭王三人的目光不由自主地齐刷刷聚向高大的木屏，骤然之间都是一惊。

大屏后砸出了一个异乎寻常的胡人——雪白的一件翻毛皮短裘，紧身皮裤半截塞在高腰战靴中，拦腰一条六寸多宽的赭色板带上，左嵌一副小型铜机弩，右插一口皮鞘镶珠的弯刀；头戴一顶火红色翻毛大皮帽，灰白的长发披在双肩，粗糙黝黑的大脸膛上一副虬枝纠结的连鬓大胡须喷射得刺猬一般，高耸笔挺的鼻头泛着油亮的红色，深陷的双目中两股幽蓝的光芒。身材虽不甚高大，当殿一立，却是山岳般岿然无以撼动。

"林胡马商乌斯丹，见过秦王。"马商一扬左手，而后双手一拱，一个地道胡礼。

秦昭王恍然笑了："贵商远来，入座说话。"转身高声吩

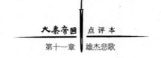

咐，"来人，三爵秦酒。"

乌斯丹哈哈大笑："胡人好酒，三爵只渗得牙缝。久闻秦酒凛冽，至少一坛过劲。"

"好个胡人英雄！"秦昭王少时也曾在燕国内乱中与胡人杂处，熟知胡人酒风之烈，骤然间倍感亲切，拍案便道，"一坛百年凤酒。"

肃立一侧的王稽一挥手，两名小内侍抬来了一张酒案：中间一只泥色陶坛，两边分别摆着打酒的长柄木勺与三只酒爵。秦昭王笑着一指酒案："老秦酒一坛六斤，英雄分爵慢饮了。"乌斯丹又是哈哈大笑，没有说话，只站起来走到酒案前提起已经开封的酒坛举到嘴边，仰头之间长鲸饮川一般，不见喉头咕咚之声，更没有滴酒洒出，只闻一阵细亮的吮吸声息，片刻之间，乌斯丹将酒坛咚的一声蹾在了案上："果真好酒！"

这一下，非但秦昭王大为惊讶，便是粗豪过人的魏冉与天赋奇胆的白起也惊讶了。秦军中不乏豪饮猛士，可要谁一口气滴酒不洒地将一坛老秦烈酒饮干，只怕是比登天还难。当年白起做卒长，卒下孟贲乌获两名大力神一次可饮六坛老秦酒，可那是咕咚咚豪饮，酒水顺着嘴角激溅出来连衬甲都渗得湿淋淋的，如何与这乌斯丹干净利落的饮法相比？

"乌斯丹，真英雄豪士也！"秦昭王不禁拍案高声赞叹。

乌斯丹连连摆手道："饮得几坛酒，算甚个英雄？只你中原人不知胡人罢了，皮囊装马奶子，常在战马驰驱间大喝，日子久了，皮囊一沾嘴这肚腹便是空空山谷，大嘴巴便是吸风谷口，一气吞吸，却有何难？"

"如此说来，你可一次吸干一囊马奶子？"秦昭王更是惊讶。

"骑士皮囊，一囊八斤马奶子，便是两日军食，不能一次吸干。"

魏冉脸色倏忽阴沉："这位乌斯丹，你究竟是马商？还是林胡将军？"

乌斯丹笑道："是马商，也是将军。我胡人没有官商区分，出来做马商，回去做打仗将军。丞相不知胡人风习么？"

"你如何知道我是丞相？"魏冉突然声色俱厉。

乌斯丹哈哈大笑："是老鹰就得在天上飞，是骏马就得在草原跑，游荡的牧人谁个不认得它们？你是丞相魏冉，他是上将军白起，我胡人不当知道么？"

"林胡已经被赵国追杀到北海，日前又臣服赵国，要巨万精铁做甚？"魏冉撇过话题，

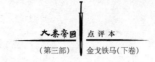
一句直逼要害。

"狼群进入草原，牧人要为羊群筑起结实的围栏，为狼群打好锋利的战刀。"

秦昭王目光一闪："如此说来，林胡还有复仇大志？"

"夺我草原，杀我族人，驱我于寒天冻土，若是中原英雄又当如何？"

秦昭王思忖间道："林胡要单独复仇？抑或联结匈奴一并复仇？"

"战刀还没有打造，猎人还没有进入猎场，怎知道一起狩猎的朋友？"

秦昭王正色道："将军若是林胡单于特使，便请明言：若秦国与你成交，林胡该当如何？"

乌斯丹黝黑粗糙的脸膛涨得通红，酒气喷发之下似乎分外亢奋："大邦若卖我三百万精铁，我林胡十万勇士便要夺回两海草原，猛攻赵国背后！秦国若能从南夹击赵国，林胡与秦国，分了赵国这只肥羊。"

"之后如何？"秦昭王微微一笑。

"秦国是天上老鹰，赵国是地上狐兔。林胡臣服秦国！"

"噢，家底终究是兜出来了。"秦昭王呵呵笑了。

"大胆！"魏冉啪地拍案而起，"胡人匈奴，几百年掳掠中原侵凌华夏，如今竟要借秦国之力卷土重来，狼子野心何其猖狂也！我今明告与你：赵国驱胡，华夏壮举，秦国岂能落井下石！赵国与匈奴血战，便有我大秦十万铁骑在后。平得胡患，纵然赵国与秦国为敌，也是我华夏邦国之争，秦赵自当堂堂正正决战疆场。尔等外敌鼠辈若敢火中取栗，当心秦赵联手，剥下你二十万张狼皮！"魏冉本是粗豪凌厉秉性，这番话霹雳闪电一般，震得大殿嗡嗡作响。

"真一只老鹰！"那乌斯丹目光炯炯地跷起大拇指高声赞叹，"胡人虽与中原为敌，却是敬重英雄朋友。丞相骂得好！"哈哈一笑，却又对着秦昭王颇为神秘地压低了声音，"乌斯丹听说了，赵国要设云中郡，可是欺负到秦国头顶了，秦国当真不恨赵国？"

秦昭王脸上露着笑容，语气却是一板一眼："林胡密使乌斯丹谨记：秦国赵国，同种同根，纵有争端，自有大争归一之道。与你林胡，却是无涉。"

乌斯丹的目光倏忽收敛，良久默然，突然起身道："秦国不忘同种同根，大义之邦。乌斯丹敬重秦国君臣。"说罢对着秦昭王深深一躬，挺直身板又是慨然拱手，"生意没做成，乌斯丹告辞。"转身大步蹓蹓地砸了出去，骤然之间，洪钟般的哈哈大笑声在宫殿峡探秦国口风。

白起眼光太锐利了一点，有疑。

《史记·赵世家》："主父欲令子主治国，而身胡服将士大夫西北略胡地，而欲从云中、九原直南袭秦，于是诈自为使者入秦。秦昭王不知，已而怪其状甚伟，非人臣之度，使人逐之，而主父驰已脱关矣。审问之，乃主父也。秦人大惊。主父所以入秦者，欲自略地形，因观秦王之为人也。"赵雍入秦，实有窥探之意，欲借已取之胡地攻秦，并无所谓的兄弟之情。小说看重"兄弟"之情、同根同种之谊，特隐去赵王欲攻秦之心，而称可保秦赵十年无战事。此为价值观暗示故事的走向。赵雍"孤身"入秦，有胆有识，其事迹读之痛快。

谷中回荡开来。

"白起，你以为这个乌斯丹如何？"秦昭王看着一直没有说话的上将军。

白起悠然一笑："以臣忖度，此人绝非林胡马商，亦非林胡密使。"

"噢？却是何人？"

"可能是新近称王的赵雍。"

"啊——"秦昭王与魏冄不禁浑身一震。

"臣之叔父白山，当年曾几次护送张仪丞相入赵，见过当年的太子赵雍，后来几次对我说起赵雍异相。今日留心，依稀符合。"

"何不当面揭破？"魏冄急追一句。

白起笑了："丞相不觉得，今日结局最好么？"

秦昭王恍然一跺脚道："快说！追不追这个，赵雍？"

魏冄立即道："白起说话，你一直思虑，当有成算。"

"非但不能追，还要隐秘保护赵雍出关。"白起站了起来，"有赵雍在，秦赵至少十年无大战。臣正要回蓝田大营，此事有臣安排。"

"赵雍？匪夷所思也！"秦昭王长长地喘息了一声，倚在座案前兀自嘟哝，"不可思议！当真不可思议也！"

白起魏冄刚走，秦昭王便接到云中将军密报：赵王乔装胡地马商，率一个百人骑士队秘密进入秦国。秦昭王拿着泥封羽书，半日没有说话。

回到邯郸，已是春暖冰开，赵雍旬日闭门不出。

秦国之行，对赵雍触动太大了。他抛开邦交使节的正道，以如此奇特的方式南下，从根本上说，是要真正试探出秦国争霸天下尤其是对抗赵国的手段界限，也就是说，秦国的扩张争霸是否不择手段无所不用其极？具体而言，秦国究竟会不会借用诸胡与匈奴的力量夹击赵国？毕竟，对于扛着天下八成胡患的赵国来说，对手如何对待利用这支力量，对赵国来说几乎是头等重大的事了。往前说，当年在秦孝公变法之前的六国分秦时，赵国就曾经利用与胡人的历史渊源，将联结西部戎狄作为夹击秦国的重要手段。虽则分秦没有成功，但这个路数秦人是清楚知道的。往近处说，秦惠王初期老世族要复辟旧制，也走的联结西部戎狄而内外夹击这条路子。数百年来，戎狄诸胡匈奴等蛮夷部族祸患中原，秦赵两国受害最深，与边地游牧部族斡旋的手段也最多，利用边族之经验也最为丰富，秦国若利用三胡匈奴之力牵制赵国，赵雍一点儿也不会觉得奇怪。阴山大战匈奴，赵雍其所以要将战场拉到秦军驻守的云中长城外的阴山草原，便是要给秦国一个公然警告：你要利用匈奴胡人，赵国不怕。当时若秦军趁机夹击赵军，赵雍心里反倒会踏实起来，即或阴山不能战胜，也会重新思谋如何将匈奴祸水引向秦国，以其人之道还治其人之身。不想秦军非但没有偷袭夹击，反而准备施以援手，赵军胜利之后，秦军的欢呼雀跃曾经使赵军将士何等感慨！

便是这一次，赵雍大为奇怪了，秦国这种史无前例的做法，图谋究竟何在？是真正的视胡人边患为华夏共同大患么？秦国当真有此等胸襟气度？莫怪赵雍疑惑，在铁血大争的战国之间，螳螂捕蝉，确实是没有任何人放弃过任何一次做黄雀的机会。赵雍是果敢的，然则赵雍更是有深沉谋算的，秦国果真如此，赵国对这个对手便当另谋方略，走先辈的老路显然不行。可说到底，秦国究竟是否果真如此？

派出特使公然摆明了说事么？一是两国二十年相安无事，此等敏感话题突兀提出，岂非自认要与对方为敌？硬着头皮说开，若对方一席不痛不痒的官话，反倒是云山雾罩难以揣摩了。反复思忖，赵雍才有了这奇特的林胡马商之行。更有幸的是，秦王还将他误认林胡密使，竟是实实在在地试探了一回。

然则，对赵雍触动最甚者，与其说是秦国君臣的对赵根基，毋宁说是自己三个月在秦国的所见所闻。自从进入秦国，一种无处不在的浪潮时时冲击着他拍打着他，使他一刻也不能安宁。及至出得函谷关那日，他竟在关外一家酒肆痛饮了三坛老秦酒，暮色夕阳中对着函谷关虎狼般尽情呼啸了一阵。

同为战国，何独天下竟有如此之邦？

同为君王，赵雍终知天外有天了。

三个多月中,赵雍马不停蹄地走遍了秦国。因了秦国与赵国接壤,在赵人心目中,秦国与赵国都是强悍的北方大邦,强又能强到哪里去?自上郡入北地郡,秦国边塞关隘虽则整肃森严,然毕竟与赵国相差无几,赵雍倒没有多少新奇之感。然则一进关中,那无尽沃野的殷实富庶却使赵雍眼界大开心中大动。及至进入咸阳,仅是尚商坊那淌金流玉吞吐天下财富的大气象,便使他深深震撼了。平心而论,仅是咸阳一城的财富,两个赵国也难以抵敌。从咸阳出来,赵雍又生出了一个念头:走遍秦国,彻底摸清这个庞然大物。

说巧不巧,在蓝田塬下,赵雍意外地撞上了策马回营的上将军白起。两人由贩马说起,竟是分外投缘。白起请乌斯丹来年秋季前为他提供五千匹胡马。乌斯丹慨然允诺,说是南下巴蜀买得一批丝绸之后,便北上为他筹划战马。白起大是高兴,邀他进入蓝田大营痛饮,还陪他里里外外看完了蓝田大营,尤其是备细观看了秦军的各种大型攻防器械,笑说秦军再有战马三万匹,便可力扫阴山诸胡,林胡可要小心了。乌斯丹哈哈大笑,说打不过便跑,林胡完不了,乌斯丹照样给你战马。那一夜,两人在白起幕府痛饮谈兵,白起竟毫不隐讳地对乌斯丹将军叙说了秦军二十多年来拔城二十座以上的六次大战,尤其是夺取魏国河内与楚国南郡的两次大战。乌斯丹听得全神贯注,末了笑问一句,上将军以为大战根基何在?白起也只笑着一句,在国力,国无实力,虽能数胜而终败也。乌斯丹借着酒意,突兀追问一句,秦之实力,赵之几何?白起哈哈大笑,乌斯丹将军,秦赵军力可比,实力不可比也。乌斯丹大为不服,赵国一败林胡再败匈奴,虽秦国不能,如何赵国实力不堪比秦了?

白起掰着指头数了起来:"秦之关中陇西抵赵国腹地两郡,秦之上郡北地两郡抵赵国雁门、代郡,秦之商於抵赵国新设之云中郡;除此之外,秦国还有千里巴蜀、六百里南郡、三百里河内,赵国却拿甚相抵了?"乌斯丹还是不服:"赵国北部有万里草原,巴蜀荒山野岭穷极山乡如何能比?"白起又是哈哈大笑:"乌斯丹将军,巴蜀之丰饶已直追关中,号为天府,你信也不信?""不信!"乌斯丹硬邦邦一句。"好!"白起酒气醺醺地一拍案,"乌斯丹将军也不用山道跋涉,我派一只战船,你只从彝陵溯江直上巴蜀如何?"

这样,赵雍轻快简便地直接进入了巴蜀。且不说巴郡那峡谷大江的战船打造、精铁冶炼、丝绸药材已令他大为震撼,当他站在岷江岸边,遥望村畴相连鸡鸣狗吠炊烟袅袅热气腾腾的蜀中沃野平川时,关中沃野的景象在他眼前蓦然闪现出来。几乎整整一个时辰,他只愣怔地站着望着想着,没有说一句话。

东出峡江,再踏南郡,他已经对秦国由衷地生出了敬意。同是战国争地,哪个大国都曾经有过夺地几百里的胜利,可能如此快速稳定地将夺地化入一体法度,而立即形成本国有效实力者,谁个做到了? 赵国得齐国济西三百里平原,至今仍是地广人稀,既留不住原来的齐国人,赵国人也不愿迁入,只能做平原君封地而已。魏国曾经占领秦国河西之地五十余年,始终是治不化民地不养人,魏惠王时反倒成了魏国累赘。齐国灭了宋国,守了十年也没焐热,宋人离心离德,最终也成了不得不撒手的一块火炭团。燕国灭了齐国六年,除了大掠财货,最终还是两手空空。楚国更是吞国吴越数千里,可硬是将吴越之地弄得反而不如春秋之吴越那般富庶强盛了。即便是韩国,也曾经灭了郑国,后来又抢占了上党要塞,可吞地之后也是一年不如一年,都城新郑远不如郑国子产时期繁华富庶,上党山地的民众更是穷得大量逃亡,连守军给养都难以为继了……

凡此种种,都教赵雍辗转反侧不能安席。

你不得不承认,秦国是一个全新的战国——法令完备,朝野如臂使指;农人入秦便得耕耘之安,商家入秦便得财货之利,百工入秦便得器用之富,精壮入军便得战功之赏,士子入秦便得尽才之用;如此之邦,士农工商趋之若鹜,如何不蒸蒸日上? 天地间却有何种力量能够阻挡? 相比之下,赵国还远远不够强大。要在战国之世立足,赵国必得另辟蹊径。

四　雄心错断　陡陷危局

赵雍开始了果断的行动。

秦赵确有差距。

借赵雍之口,道出秦国新气象。

谋定而后动。强国之道，终归脱不开变法。

这是他历来的秉性，谋不定不动，一旦谋定，则是无所畏惧地去实施，纵有千难万险亦绝不回头。这日暮色降临之时，他钻入一辆四面垂帘的篷车，径直来到肥义府邸。已经是白发苍苍的肥义似乎并没有感到惊讶，只将赵王迎进府邸便肃然就座。听赵王侃侃说起了一冬一春的种种神奇游历，直说了一个多时辰，赵雍方才撂出一句："要与秦国比肩相抗，便要内修法令，外拓六千里国土！"

"老臣愿闻我王细策，法令如何修？六千里如何拓？"肥义心知赵王已有成算，先问得一句。

"内修法令，是推行第二次变法，与秦国一般，废黜封地，凝聚国力。"

长长地吸了一口气，肥义嘴角一抽搐："拓地如何？"

"北灭燕国，西灭中山，占据阴山漠北三千里！"赵雍斩钉截铁。

"先走哪一步？"

"修法稍先。"赵雍慨然拍案，"修法但入正道，由你辅佐太子推行新法。我立即北上扩军拓地。再有十年，赵国当可与秦国比肩而立，逐鹿中原，决战高下！"

肥义却是良久默然。赵雍大是疑惑："肥义，我之谋划有错么？"肥义长嘘一声，骤然一声哽咽扑地拜倒："老臣请罪。"赵雍大惊，连忙扶住了肥义："出事了？慢慢说，来，坐了，别急。"肥义入了座席，感慨唏嘘地向赵雍诉说了一个颇为蹊跷的朝局变故。一时，赵雍听得目瞪口呆。

关键时刻，出大乱子。

原来，自从肥义任职左司过以来，纠察百官成为职责所在。二十多年来，无论肥义兼领何职，对左司过职责都没有丝毫懈怠。尤其是赵雍经常在外巡边作战，肥义更是加倍留心国中动静。赵国素来有兵变传统，且肥义自己也曾经参与，深知其中奥秘，所以早早就向各个权臣府邸通过各种方式安插了忠实小吏,随时向他秘密禀报权臣之异常动静。明知此等做法不甚妥当,肥义给眼线小吏们订下了三条法纪:其一,除了他所指定的事项与军政来往,不许窥探大臣寝室私密;其二,眼线小吏一律为左司过府吏员,领官俸办国事,但有谋私诬陷者立斩;其三,任何密报只许以他所指定的途径交他本人,不得对任何人泄露。由于谨慎周密,多年来没有出任何纰漏,权臣间也未见异常,肥义渐渐踏实了。

可正在肥义准备撤销此等人员时,却突然从平城老将军牛赞府邸传来一份密报:牛赞书房出现秘密书简,褒奖牛赞大义有节,将为靖国功臣。三日后又来密报:前书为太子赵章秘密送来,已经做特急羽书发往平城。不久,太子傅周绍府中也传来密报:连续三月,周绍竟有十六次与太子在书房晤谈到四更,内容不详,却也绝非讲书议政。在肥义浑身绷紧时,太子府密报来了:太子赵章与至少五名边将有秘密书简往来,内文不详。偏此时肥义已经是辅助太子坐镇邯郸处置国务的首要大臣,而赵王恰恰又正在穷追林胡的万里征途,肥义决意暂时不报赵王。此中根本原因,便是所有的边军将领都在征战之中,而邯郸守军又恰恰由肥义兼领;离开边军京军,权臣封地的少量私兵要进入邯郸,没有君王特出令箭王书,则肥义可立即诛灭。当此情势,纵然密谋是真,一年半载也不可能动手。

> 《史记》为"周袑",《战国策》为"周绍"。

然则赵雍连续征战两年,回到邯郸处置完急务又立马北上,又直下秦国,这件事便搁置在肥义密室三年之久。赵王此次回邯郸次日,太子府又传出密报:平城牛赞三将已经回书太子,内容不详,太子颇是振奋。肥义接报,以磋商国务为名,立即来到太子府查勘迹象。

太子赵章很是高兴,说定了几件事务,兴致勃勃道:"敢问相国,父王可是又要北上?"

"老臣只是辅政,不是相国,太子慎言。"肥义的黑脸没有丝毫笑意。

太子喟然一叹:"父王糊涂也!以卿之大功,早该做相国了。偏他年年用兵,无暇理得国政,长此以往,如何是好?"

"太子若有谋国之心,当向赵王明陈。"肥义神色肃然,"赵王洞察烛照,绝非昏庸之君,定有妥善处置。目下以太子为镇国,是将国政交付太子,无异于父子同王也。"

"父子同王?"太子揶揄地一笑,"赵章无非泥俑一个,任人摆治而已,相国当真不明就里? 抑或敷衍于我?"

如此大逆不道之言,似乎不会从太子口中公然说出。

"老臣愚钝,只知辅助太子处置国务,从未揣摩他事。"肥义眼见太子心迹已明,多说则越陷越深,便借故告辞了。

太子章虽志骄,但此时并没有证据显示太子要谋反。

肥义本当立即晋见赵王告知此事,却明知赵王闭门不出必在谋划大事,又不便突兀托出乱赵王心神。按照惯例,赵王有大举动之前必来找肥义商讨,肥义便一直隐忍到今日。说完这一切,肥义末了道:"若非我王说还要北上拓地,老臣也许还要寻觅机会再说。事已至此,老臣斗胆一言:我王多年戎马倥偬,无暇顾及国政,若有大图,当先理国也。"

赵雍脸色阴沉得令人生畏,良久默然,粗重地长吁了一声,"咚"地一拳砸在案上,霍然起身大步砸了出去。肥义分明看见了赵雍眼中的盈盈泪光,心中不禁猛然一抖。以赵雍之刚烈,若不能审慎行事,赵国立即便是乱云骤起,弄得不好毁于一旦也未可知。心念及此,肥义一骨碌爬起来赶了出去:"快!备车进宫。"

进得宫中,肥义也不求见,只钉子般肃然伫立在王宫书房廊下。他抱定一个主意:只要赵王发出兵符,他便要拼死阻挡;不管守候几多时辰,他都要牢牢钉在这里,绝不会离开半步。眼见书房窗棂的白布上映出赵雍沉重踱步的身影,时不时停下来长吁一声，肥义不禁老泪纵横了。没有赵雍，赵国能有今日？便是赵雍这身胆气，肥义也决意永远效忠赵王，绝不许任何乱臣贼子谋逆，也绝不许赵国再生兵变。

渐渐地，天终于亮了。肥义听见书房厚重的大门咣当开了，熟悉的脚步咚咚砸了出来。赵雍一句话没说，拉起肥义进了书房。一个时辰后，内侍总管匆匆走出书房秘密召来了国史令。直到中饭时辰，肥义与国史令才匆匆走出了王宫书房。

旬日之后，邯郸王宫举行隆重朝会。

朝会者，所有大臣都奉书聚集之会议也。一年之中，大朝会也就三两次，通常都是开春启耕一次，岁末总事一次，其余则视情形而定，或大战征伐或重大国政，总之是无大事不朝会。寻常时日的国务，都由丞相与几位重臣会商处置而禀报君王，或君王动议交由大臣办理。战国乃大争之世，国政讲求同心实效，否则不能凝聚国力而大争于天下。其时君王、丞相、上将军三根大柱支撑邦国，各自都有极大权力，远非后世愈演愈烈的君王集权，处置国务的方式也与后世的君王"日每临朝决事"有极大差别。总之，是以办事实效为权力目标，而不是以巩固王座及权臣各自地位为权力目标，端严正大的为政风气是实实在在的时代精神，权术之风远未成为弥漫权力场的魔障。朝会之日，不在都城的郡守县令与边军大将都须得赶回，而但凡朝会，也必有大事议决，极少礼仪庆贺之类的虚会。此次朝会正在赵王离开邯郸半年归来之时，几乎所有的大臣都想到了同一件事——赵国一定要南下中原与秦国一较高下了。

这天是戊申日，赵武灵王即位第二十七年的五月初一。

邯郸王宫不大，一百多张座案在正殿分成东西两方，每方三大排，显得满当当的。看官留意，那时的君臣关系虽则也是礼仪有格，但却远非后世那种越来越扭曲的主仆甚至主奴关系。大臣议事，任何时候都有座席。所谓朝会，既不是密密麻麻站成几排，也不是动辄三拜九叩山呼万岁，而是肃然就座率直言事。

"赵王上殿——"随着内侍一声长宣，坚实的脚步声咚咚回响着砸了进来，举殿大臣眼前不禁一亮。赵雍今日全副胡服戎装，一领火红短斗篷，一身棕色皮甲，一双高腰战靴，一顶牛皮头盔上插了一支大军统帅独有的红色雉翎，右手持一口骑士战刀，当真一个行将出征的大将军。虽说赵国胡服，然则国君朝会也从来不会如此全副戎装，大臣们不禁为之一振。

"参见赵王！"举殿大臣一齐拱手，一声整齐的朝会礼呼。

"诸位大臣,"赵雍须发灰白的黑脸分外凝重,也不在六级高阶上那张宽大的王案前就座,只挂着那口骑士战刀目光雪亮地扫视着大殿,"今日朝会,既非聚议北进征伐,亦非会商南下逐鹿,却是要奠定国本根基。"两句话一完,大手一挥,"御史宣书。"

王座后侧的御史大臣大步跨前几步,站在了王阶边哗啦展开一卷竹简,浑厚的声音在殿中回荡开来:"王命特书:太子赵章,才具不堪理国,着即废黜,从军建功;王子赵何,才兼文武,品行端正,着即立为太子,三月后加冠称王;本王退位,号主父,十年内执掌六军大拓疆土,并裁决军国要务;上卿肥义,才具过人,忠正谋国,着即擢升开府相国,总领国政,襄助新赵王统国。赵王雍二十七年五月戊申日。书毕——"

大殿中静得唯闻喘息之声,大臣们连礼仪所在的奉书呼应也忘记了,人人惊愕,目光齐刷刷瞪着赵王,尽皆一副不可思议的神色。说到底,废黜太子、另立储君、国王退位、新任开府相国这几件事都太大了,大到任何一件都足以震动朝野。况乎还有新太子三月后称王、老国王自称主父却又掌军决国这两件匪夷所思的大变。更要紧的是,如此根本改变朝局权力的重大谋划,朝臣们事先一无所知,此等情势只有一个可能,便是宫廷中枢必有突然变故发生。否则,以赵雍之雄豪明锐,断无此等突兀决策。然则无论做何去想,一时间却是谁也难想明白,懵懂之中,谁敢轻易开口?

赵雍也不说话,只挂着骑士战刀肃杀凛冽地钉在王座之前。

"赵王,老臣有话要说。"一个苍老的声音突然嗡嗡作响,太子傅周绍颤巍巍站了起来,雪白的头颅抖得苍苍白发散乱在肩。

"说。"赵雍只一个字。

"赵王之书,大是昏聩也!"老周绍当先一句断语,接着感慨万端唏嘘不止,"太子当国,宽厚持重,百事勤勉。老臣日日在侧,唯见其诵书理政,无见其荒疏误国也。我王纵然明锐神勇,亦当秉公持政,罚其罪有应得。王座储君,皆邦国公器,虽一国之王不能以私情唐突也。今我王突兀下书废黜太子,不明而罪,不教而诛,何堪服朝野之心矣……"一席话愤激难当,老周绍竟突然喷出一口鲜血,软软地扑倒在了座案上。

饶是如此,大殿中也没有一丝动静,大臣们依然目瞪口呆地盯着手拄战刀凛冽肃杀的国王。赵雍只淡淡一句"太医救治",又骤然一声大喝:"赵章出座!"太子赵章为主政储君,座案独设在王阶左下,与大臣座区相隔六步,老周绍声嘶力竭地呼号时,赵章已经是冷汗如雨牙关紧咬,骤闻父王一声大喝,情不自禁地一个激灵站了起来,木然走到了王阶下的厚厚红毡上。

"赵章,你与多名边将密书频繁,可有此事?"

"有。"倏忽之间,赵章神色坦然。

"与周绍常彻夜密谈,可是学问辩难?"

"不是。"

"可曾以相国之位利诱大臣?"

"……有。"赵章突然一颤,终究还是稳住心神答了一句。

"诸位大臣可曾听见了?"赵雍冷冷一笑,语气骤然凌厉,"身为储君,继位指日可待。当此情势,不思同心谋国,叵测之心匪夷所思。百年以来,赵国内忧外患难以喘息,但有兵变,哪一次不是国乱民乱? 说到底,赵雍将这王座看得鸟淡! 但能使赵国大出天下逐鹿中原,与强秦一决高下,谁入王座赵雍都服,连同诸位大臣在内,都是一样。燕王哙都能禅让子之,赵雍做不得么? 然则,秉国须得正大谋划,阴谋而致乱,赵雍纵死不能同流!"话语落点之时,赵雍的骑士战刀锵然出鞘,随着一道寒光闪亮,九寸厚的王案噗地掉了一角。赵雍收回战刀,长长地喘息了一声,"三个月后,赵雍便不是赵王了。何以如此? 非是赵雍执一己意气,邀天下之名,而是实实在在想将烦琐国政交与明君正臣,赵雍只做一上将军,征战天下,为赵国大业犯难赴险,虽万死不辞! 赵章之行,无端生乱,非当机立断不能根除后患。赵何虽则年少,然文武皆通,行事端正,早登王座,有尔等正直老臣辅佐,可免赵国再生变乱。这便是今日决断由来。诸位也无须计议,但尽其职便了。"

大臣们虽然大大松了一口气,却还是没有从这霹雳闪电般的变故中理出头绪来,依然还是愣怔懵懂着,谁能轻易站出来计议一番?听得最后一句,便纷纷左顾右盼站起来准备散朝了。正在此时,突然一声高喊:"赵王不公——老臣有话!"众臣蓦然回首,平城老将牛赞踉踉跄跄地从后排冲了出来。

"本王不听!"赵雍大喝一声,猛然转身大步咚咚地砸了出去。

此时赵武灵王的威权正是极盛之期,举国奉若神明。更兼寻常时日,赵雍也从未有过如此武断之举。大臣们震骇之下,只从处置亲子其心必苦去体察,谁也不想在此时与赵王较真,此时见赵王愤然离去,也纷纷出殿去了。空落落的大殿中,只有牛赞几个边将木呆呆地站着。"走!回平城!总有我等说话时候!"老牛赞一挥手,与几员大将匆匆去了。

出了大殿,烦躁愤懑的赵雍觉得无处可去。寻常惯例:朝会之后便是书房,立即着手处置朝会议定的急务。今日件件大事,自然更当立即一一处置,不说别的,单废太子赵章如何安置,便是非他亲自处置的第一要务。然则,此刻他却一点儿没有进书房的心情,提着骑士战刀大步匆匆地走进了王宫深处的白杨林。五月的白杨林是整肃的,笔直挺拔的白色树干托着简洁肥厚的绿色叶子,便是一队队威武挺拔的士兵,哗哗迎风的树叶拍打,便是军阵的猎猎战旗。每每走进这雄峻参天的白杨林,赵雍眼前便会浮现出无边大草原上的整肃军阵,狂躁的心绪便会渐渐平静下来。及至穿过大片白杨林来到波光粼粼的湖边,他的思绪已经飘飞得很远了。

赵雍实在想不到,最令人鄙夷的宫变竟能发生在自己父子身上。

　　说起来，赵雍只有一后一妃两个妻子。说是两个妻子，是因为前任王后一死，后任妃子便做了王后，且自此以后赵雍再没有任何嫔妃。在战国君主中，如赵雍这般不渔色于嫔妃之制者，大约也就是秦孝公堪堪与之比肩了。周礼定制：天子六女（后、夫人、世妇、嫔、妻、妾），公侯爵的诸侯四女（夫人、世妇、妻、妾），大夫一妻二妾。虽有如此定制，婚姻也被古人看作人伦之首，然则恰恰在这件最要紧的事情上，礼法却从来没有真正起过作用。上至天子，下至庶民，婚姻礼法始终是弹性最大，事实上也始终无法严格规范的一件事。说到底，最不能规范的首先是天子诸侯，战国之世，便是大大小小的国君。老墨子曾愤然指斥，当今之君，大国后宫拘女千余，小国数百，致使天下之男多无妻，天下之女多无夫，男女失时而人口稀少也。① 说到底，君王究竟可以占据多少女子，大多取决于君王个人的秉性节操，而极少受制于礼法。即或在礼法森严的西周，天子突破礼制而多置嫔妃之事也比比皆是。战国之世，礼崩乐坏，男女之伦常也深深卷入了大争规则，无分君王庶民，强者多妻弱者鳏寡，几乎没有礼法可以制约。当此之时，君王后宫女子之数更是无法限制。魏惠王、楚怀王、齐湣王，都曾经是后宫拘女过千的国君。

　　赵雍却是个例外。在即位的第五年，他与韩宣惠王会盟于河内，为了结盟三晋，给赵国以安定变法，他娶了韩国公主为后。两年后，这个韩国公主为他生下了一个儿子，这就是王子赵章。从此后，这位韩国公主就再也没有开怀了。那时候，赵雍日夜忙碌着变法理政，食宿大多都在书房，一年里与这位公主也没有几回敦伦之乐。这位公主倒也是端庄贤淑，

《史记·赵世家》："（赵武灵王）五年，娶韩女为夫人。"

---

① 见《墨子·辞过第六》篇。

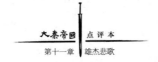

从来不来扰他心神。偶有清冷夜晚,赵雍也枯坐书房,既没有兴致回寝宫尽人伦之道,也没有兴致鼓捣身边几个亭亭玉立的侍女。时间长了,赵雍以为自己是天生"冷器",也不再想它,只心无旁骛地日夜忙碌国务了。

即位第十六年,变法大见成效,赵雍北上长城巡边。其时正是草长莺飞的春日,赵雍纵马长城外草原半日,护卫骑队扎营野炊,他躺在厚厚的草毡上睡去了……

蒙眬之中,一个美丽的少女揽着一片白云从湛蓝的天空向他悠悠飘来,那动人的歌声是那样清晰——美人茭茭兮,颜若苕之荣,命乎命乎,曾无我嬴! 赵雍霍然翻身坐起,竟是动人一梦,揉揉眼睛站起身来,那女子的美丽面庞仿佛眼前,那令人心醉的歌声那般清晰地烙在了他的心头。赵雍反复吟诵着梦中少女的歌词,不禁兀自喃喃,忒煞怪了! 我这冷器也有如此艳梦? 莫非天意也?

"听! 有人唱歌!"护卫骑士们喊起来。

远处青山隐隐,蓝天白云之下苍苍草浪随风翻滚,牛羊在草流中时隐时现,草浪牛羊间隐隐传来美丽悠扬的少女歌声:

> 野有蔓草兮美人茭茭
> 邂逅相遇兮曾无我嬴
> 宛如清扬兮胡非我命
> 春草苍苍兮与子偕成

一名红衣少女在草浪中时隐时现,手中长鞭挥动,四周牛羊点点,歌声中时而夹着几声羊叫牛应,一只高大的牧羊犬跟在少女身后显得那般柔顺逍遥,直是一幅美丽诱人的画卷。赵雍记得很清楚,那一刻他的心怦然大动了。方才梦境,眼前歌声,莫非果然天意不成? 恍惚之间,赵雍不由自主地大步走了过去。一只雪白的小羊忽然从草浪中向他颠了过来,"咩咩"地叫着。红衣少女从草浪中追出,身姿轻盈,口中柔柔叫着:"白灵子,别丢了你呢。"赵雍俯身抱起了白绒绒的小羊,呵,白灵子,好美的名字! 红衣少女柔美地笑着:"白灵子见了英雄才叫呢,她有灵性。"少女快乐而纯真,语音中带有浓浓的吴语的圆润甜美。"你的名字? 姑娘。"赵雍问出一句,破天荒地面色涨红了。少女仰起脸天真烂漫地直面赵雍:"我叫孟姚,爹娘邻人叫我吴娃,你呢?""我?"赵雍一怔,猛然脱口而出，"我叫大胡子！"少女咯咯咯笑得弯下了腰："哟，大胡子？ 和我的白灵子一样，大胡子还脸红害羞呢。"赵雍笑了："我真是白灵子，多好也。"少女浑不知事地嫣然一笑："嗯，那我得天天抱你了？"猛然，赵雍心中大动，却哈哈笑道："姑娘，你是胡人赵人？ 父母名字？"少女顽皮地笑了："不是胡人，也不是赵人，是赵吴人。""啊，赵国吴人！"赵雍心中一亮，"你父叫吴广，对么？""大胡子聪敏也，你识得老爹了？"少女惊讶地睁大了眼睛。赵雍笑了，一伸手做了个胡人手势："姑娘，到我的帐篷做客好么？""不，你是胡人大胡子，杀羊。"少女瞪起了眼睛。赵雍连忙摇头："不不不，我是赵人大胡子，我不杀羊。""那你带我回平城么？ 老爹在平城。"赵雍笑了："我正要回平城，姑娘走吧。"赵雍拉起少女的小手，小白羊与那只牧羊犬乖乖地跟在少女身后，走向了帐篷。

赵雍记得清楚，那天刚进帐篷，他便下令收起了铁架上的烤整羊，只许护卫骑士埋锅起炊。吃完饭已是暮色降临，草原深处隐隐雷声奔驰，骑队将军一声："熄火！"骑士们扑灭篝火便飞身上马。赵雍用皮裘将少女一裹平稳飞上马背，一声令下："十骑圈赶牛羊先向平城，其余跟我引开胡骑。"一马当先，骑队狂飙般在黑暗中向南飞驰而去。永远都不能忘记的是，怀中少女竟柔柔地在他的脸上亲了一口："大胡子真好！ 没有丢了我的白灵子。"

那一刻，赵雍勇气倍增，骤然间觉得自己将永远是这个少女的保护神了。

后来，自然是一切都很顺利。吴广是平城相①，小女儿能给国君做妻，自是十分高兴。更重要的是，赵国臣子都知道赵雍不是一心猎色的君主，能主动鼓勇向臣子提亲，本身已经是不可思议了。一时间，相熟臣子纷纷向吴广夫妇贺喜，笑问这个小吴娃有何等神奇，竟能将从来不近女色的赵雍俘获了？ 吴广夫妇却只是笑而不答。

吴广夫妇本是吴国水乡之商人，后来北地草原与胡人做生意，不意遭逢中原大战无法南下，滞留在了赵国。吴广为人圆通，颇有才能，被平城将军牛赞举荐为平城相。做平城相的第二年，吴广生女，取名孟姚。小孟姚聪敏天真，少时有美名。时天下风习，女美不可方物者，皆呼之为"娃"，即女中"圭"（名玉）也。当年吴国建有"馆娃宫"，便是专一搜罗美女之所。风习使然，吏员同僚们都叫小孟姚做"吴娃"了。小吴娃美丽灵慧，却又璞玉未雕天真纯朴，一口吴侬软语更是或娇或嗔皆是可人至极，吴广夫妇视若珍宝却

---

① 相，赵国设郡前设置的城池政事长官，比后来的郡相小。

"（赵武灵王）十六年，秦
惠王卒。王游大陵。他日，王
梦见处女鼓琴而歌诗曰：'美
人荧荧兮，颜若苕之荣。命乎
命乎，曾无我嬴！'异日，王饮
酒乐，数言所梦，想见其状。
吴广闻之，因夫人而内其女娃
嬴。孟姚也。孟姚甚有宠于
王，是为惠后。"（《史记·赵世
家》）这一梦，就改变了赵国的
命运。赵雍宠吴娃，于是废太
子章，立王子何。

不知如何教导，便整日价任其逍遥散漫。偏这小吴娃不喜女
工桑麻，却酷好一身胡裙整日在草原放牧，不想竟有了如此
一番奇遇。消息传开，平城军民无不感慨喟叹，皆呼为天意。

候忽十余年，吴娃第一次进宫的情形历历在目。

那一日，吴娃在赵雍前后左右轻盈地跳着笑着，惊奇而
又天真地打量着高大华美的宫殿，不断发出惊喜的叫声：
"哇！真美！大胡子，你住这儿么？"赵雍点点头笑着："你也
住这儿，高兴么？""我，我怕。"吴娃明朗的笑脸上蓦然有了
一片阴影。"怕？怕甚？"赵雍笑了。"没有山，没有水，没有
草原，没有羊群。"吴娃天真无邪的脸上有一丝忧郁。赵雍
哈哈大笑："莫怕，山会有水会有，草原羊群也会有。"吴娃高
兴得吊到他脖子上，笑得眼中点点泪花。正在此时，大政事
堂前的两列甲士轰然一声：参见君上。吴娃惊恐地偎在赵雍
身上微微发抖："大胡子，你叫君上么？"赵雍回身挥挥手：
"日后不要在这里设置甲士。"回身轻轻抚摩着吴娃秀美的
长发，"别怕。"紧紧抱着她大步进去了。一时，两列甲士看
得瞠目结舌。

将吴娃妥善安排在寝室，赵雍便在外边书房里继续忙
碌了。夜半时分，赵雍的双眼却突然被一双细腻的小手捂住
了。好冰凉！赵雍回身抱住吴娃，如何身上也冰凉如斯？吴
娃顽皮地笑了："老爹说，吴娃在草原上冻过三天三夜。"赵
雍轻轻抚摸着她的脖颈、肩头，她像树叶般微微发抖。"小
吴娃，知道么？三年后你长到十六岁，大胡子便将你的凉气
全赶跑。""不，今晚便赶。"吴娃娇痴地笑着，"大胡子像个火
炭团。"赵雍笑了："好，今夜。"说罢撂下书案事务，抱着吴娃
进了寝室，光着身子拥着冰凉的少女一觉睡到日上三竿。

就这样，赵雍天天夜晚如此，一直抱着吴娃赤裸裸睡了
三年。

　　直到吴娃长成了亭亭玉立的十六岁少女，才真正做了他的新娘。

　　自从吴娃做了新娘，自以为"冷器"的赵雍才惊讶地发现，自己竟是如此勇猛如此饥渴无度。吴娃生子之前的一年多，即或是北上巡边，赵雍也必须带着这位灵慧可人的小妻子，根本无视随行大臣将士们如何去想。肥义曾经旁敲侧击地劝他不要带国妃出巡，以免风餐露宿染病。赵雍粗豪地哈哈大笑："卿何多言？好容易尝着好女人滋味，是你放得下么？"肥义红着脸没了话说。

　　随着赵国朝野立马弯弓的胡服骑射，吴娃在第二年生下了一个儿子。赵雍高兴得不知如何是好，信口给儿子取名赵何。也就是在那一年，那位韩国公主偶受风寒死去了。赵雍立即立刚刚十八岁的吴娃为后，只要在邯郸，总是与他们母子厮守在一起。爱屋及乌，赵雍对这个小儿子疼爱得常常举止失措，抱着儿子胡乱揉搓大胡楂乱戳，小赵何便老是哇哇大哭，见了他撒腿便跑，逗得吴娃咯咯笑个不停。说也奇怪，赵雍总想多生几个儿子，可吴娃偏偏与韩女一样，生了一个儿子便永远地不再开怀了。于是，赵雍只有两个妻子，也只有两个儿子。

　　从有了吴娃开始，赵雍相信了世间果真有教英雄猛士足以拼命的好女人，有足以让君王荒疏误国的好女人。赵雍若非国君，也许会为美人拼命。然则，赵雍已经是国君，却相信自己永远不会因美人而荒疏误国。

　　如今，废黜赵章而立赵何，算不算因美人娇妻而错断？长子赵章果真不肖么？次子赵何果真干才么？立八岁的赵何为太子，且三个月后便是新赵王，平心而论，当真没有激爱吴娃的几分痴情在内裹挟么？没有！当真没有！赵章对不轨行迹已经供认不讳，岂能再做太子掌国？且慢！果真坐实

　　　　　　　　　　　　　　　　　这是完全不同的另一个赵雍。

　　　　　　　　　　　　　　　　　吴娃似有一子一女，赵惠文王十三年，"公主死"（《史记·赵世家》）。据司马贞《史记·赵世家·索隐》，公主"盖吴娃女，惠文王之姊"。

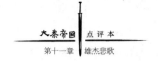
赵章之罪,你却为何执意不听牛赞老将军辩驳?当殿失态发作,你赵雍果真没有害怕万一洗清赵章之罪的担心么?赵雍啊赵雍,王书已发,朝会已行,朝野尽知了你还如此缠夹不清做甚?不闻"王言如丝,其出如纶"么?君王一言但出,便是威权号令,岂能楚人喂猴子般朝三暮四了?

"父王——"

赵雍恍然猛醒,一回头间,一个胡服少年正哇哇哭叫着飞一般跑来。

"何儿,哭个甚来?没出息!"

"父王!我娘!不行了……"少年又是哇哇大哭。

"走!"赵雍二话没说,抱起小儿子大步如飞地赶向寝宫。这几年来,他几乎一直在边地征战厮杀,与吴娃在一起的日子是少而又少了。每次匆匆回到邯郸住得几日,也只顾得暴风骤雨般折腾发泄,间隙还要处置那些千头万绪的军政急务,完了又急匆匆赶回战场,实在与吴娃再也没有了优游消闲的游乐谈笑。记得有次小儿子嚷嚷说:"娘晚上总喊肚子疼。"吴娃却笑着打了儿子的头:"去,拎勿清。"回身却贴在赵雍耳边红着脸笑说,"那是大胡子蹂躏得来,就想疼。"赵雍哈哈大笑,向儿子只一挥手:"出去。"不由分说抱起吴娃进了帐幔,又是半个时辰的猛烈折腾,大汗淋漓地出得帐来,却见小儿子鼓着小嘴巴气昂昂站在门厅指着他:"坏大胡子。"便腾腾跑了。吴娃才二十八岁,赵雍从来没有想到过如此如花似玉般一个鲜活女娃,如何竟能"不行"了?儿子说不行,那一定是病得重了,可昨夜吴娃还是吴娃啊,如何骤然间便不行了?

思绪纷乱的赵雍冲进寝室撩开了帐幔,面色苍白的吴娃正痴痴盯着他,脸上依然弥漫着娇憨的笑意。赵雍猛然将吴娃大揽在怀,陡然一阵冰凉便渗了过来。赵雍心下一惊,回身一声高叫:"太医!快!"吴娃却软软地笑了:"大胡子拎勿清,太医没用的,放下我,听我说。"赵雍看她气息急促,连忙将她平展展放在卧榻,一双大手不断在她冰凉的肚腹上抚摩着。"大胡子,孟姚没事,孟姚还会等你回来的。"寻常间一双清澈明亮的大眼睛蒙眬了,一眶泪水盈盈汪汪,苍白的脸上依旧笑着,"大胡子,孟姚拎得清,你不是孟姚一个人的,你是赵国人的,是,是天下人的。你是忙不完的,你,你去忙了,孟姚等你回来……"

"不!哪里也不去!赵雍偏是你一个人的!"赵雍吼叫一声,勉力平息下来,轻轻拍了拍吴娃的脸,"听我说,我已经立何儿为太子了,三个月后,他便是赵王了。三个月,你能等到的,是么?"吴娃笑了:"大胡子又拎勿清了,何儿才几岁,他能做国王了?""能!"赵雍斩钉截铁,"我让肥义全力辅佐,肥义与我盟誓了,史官已经写入了国史,不会有差池了。""孟姚拎勿清国事了。"吴娃一只手轻轻揪着赵雍的络腮大胡须,"大胡子,我等你,等你……"双眼一扑闪,骤然声息皆无了。

吴娃! 赵雍一声大号,将那冰凉的身躯揽将过来紧紧抱在了怀中。

整整三日,赵雍始终抱着那冰凉的身躯,期待着上苍对他的怜悯。当他确信吴娃再也暖和不过来而走出寝宫时,内侍大臣们都惊呆了——生龙活虎般的赵王衰老了,一头白发一脸白须散乱虬结地披在肩头,征战风霜打磨出的黝黑脸膛,骤然变成了刀劈斧剁般的棱棱瘦骨,步履摇摇,双眼蒙蒙,哪里却是昔日雄豪不可一世的赵雍了?

三月之后,赵国同时举行了新王即位大典与王后国葬大礼。

赵雍没有临朝为新王加冠,护送着吴娃的灵柩去了。

吴娃的陵园,选在了邯郸以北五十余里的大湖东岸。这片大湖叫作大陆泽,大湖东南有座沙山,时人唤作沙丘①平台。说是沙丘,实际上却是雪白沙滩上莽苍苍无边的白杨林,白杨林边那座白玉般的沙山上,却是青苍苍一片松林覆盖,当真是蔚为奇观。赵雍断然拒绝了堪舆大师选择的风水宝地,亲自踏勘选定了这片墓地,是要他最心爱的吴娃头枕雪白的沙山,脚踩碧波粼粼的大湖,青松为她撑起一片蓝天,白杨军阵守护她永远平安,雪白沙滩,是她守望大胡子的思

痴男怨女。言情小说的写法。

把赵雍写成了个痴情汉子。主父之所以去沙丘,是"游"沙丘,而非小说所写的,赵雍为吴娃护守灵柩。作者演这一出痴男怨女,莫非是为了迁就现代人的阅读心理?

① 沙丘,殷纣王曾在此筑台畜养禽兽,今河北广宗西北大平台;后来秦始皇巡视天下,也病逝于此。

乡台。他的吴娃将安静地长眠在这里，等候他的归来。

整整一年，赵雍一直守候在沙丘陵园。直到来年夏日，在这里修好了一座他可随时前来居住守陵的沙丘行宫，他才离开沙丘，带着百人马队直接北上平城了。

邯郸朝局，赵雍还是把握得定的。只要大军在握，邯郸便不会有主少国疑之动荡。纵然有心怀叵测者兴风作浪，赵雍也笃定不怕。他之所以不回邯郸，便是要看看是否会有人趁他退位且不在都城之时生出事端，再者，也得看看肥义这个相国是否能独立撑持。长居沙丘守陵一年，又再上平城巡边，赵雍都是谋定而后动的，尽管这一切也都是情势使然。而北上平城，只因为废太子赵章临时被贬黜在这里，他必须来此做最终处置。

一到平城，赵雍立即召集边军将领，颁布了大举扩边的第一道主父令：半年调集大军并筹备粮草整顿军械，来春兵分四路扩边——西路猛攻阴山草原之匈奴余部，北路进击漠北林胡残余，东路进攻燕国渔阳郡，南路一举灭中山。特地从云中郡赶来的大将廉颇与平城大将牛赞等一班将军都很是振奋，各自领命立即开始了紧锣密鼓的诸般准备。赵雍见军中没有任何异象，心中大是轻松，次日飞马南下安阳。

这个安阳，时人呼之为东安阳，以与河内安阳相区别。东安阳在平城东南大约二百多里，北临治水，东南距代郡治所代城只有五十里之遥，城池不大，却是占据水草丰茂的河谷之地，算得平城防区内一片富庶之地了。废太子赵章被临时安置在这里。

抵达安阳城外，正是日暮之时。赵雍也不进城，只将行营扎在城北一座小山下，下令护卫将军进城密召安阳相来营。片刻之后，安阳相忐忑不安地跟着护卫将军来了。赵雍屏退左右卫士，开始细致盘问赵章在平城情形。安阳相说，王子很是守法，在平城一年有余，只是深居简出读书；官仆禀报，王子除了在每月末的互市大集上转悠一次，从不与任何官身人士来往；连他这个地方官，也只在王子到达的第一天见过一面，此后再也没有见过王子。赵雍默然良久，吩咐安阳相立即回城护送赵章前来行营。

刁斗打响三更，行营大帐外传来了赵雍熟悉的脚步声。

明亮的巨烛下，一个黝黑的胡服短衣汉子默默站在帐厅里，瘦得连紧身胡服都显得那般宽大，那与赵雍如出一辙的连鬓络腮大胡须，夹杂着清晰可见的缕缕白色，沉郁的目光显得有些呆滞，往昔的虎虎生气已是荡然无存了。这是那个正当三十岁如日中天之期的大儿子赵章么？父子两人静静地打量着对方，都愣怔着没有话说，儿子苍老了，父王更是苍老了，刹那之间，大帐中只有两个人粗重的喘息声。

"入座吧。"赵雍终于挥手淡淡地说了一句。

"戴罪之身，主父前不敢有座。"赵章低声答了一句，依旧肃然站立。

"早知今日，何须当初。"赵雍长叹一声，"咎由自取，虽上天不能救也。"

"不，儿臣当初并无罪责。"

"如何？当初你并无过错？再说一遍！"倏忽之间，赵雍一脸肃杀之气。

话锋的转折如此意外，又如此坦荡。

"主父明察，这是儿臣当年与几位大臣边将的来回书简，儿臣须臾不敢离身。"赵章从身边提起一个木匣，恭敬地捧到了帐厅中央的大案上，又恭敬地打开了匣盖。

赵雍目光一闪，大步走到案前，呼啦倒出匣中竹简，拿起一卷一扫而过，片刻之间，浏览完了十多卷竹简，一时愣怔得没有话说了。这些竹简全是来回书信，与周绍几名文臣者，去书都是求教《尚书》之精意，回书都是简言作答；与牛赞几名边将者，去书都是求教练兵之法以正《吴子兵法》，回书都是如实照答，全无丝毫涉及国事朝政之语。

"如何可证不是你后来伪造？"赵雍语气冰冷淡漠。

"太子府有史官属员日日当值。周绍老师一丝不苟，执意依照法度将储君全部书简刻本交于史官，存于国府典籍库。主父但查便知，儿臣何能伪造？"

"既然如此，当初为何不做申辩？"

小说对赵武灵王的性情把握到位，有勇，也有柔情，偏是这柔情使赵武灵王在家事上犹豫不决。

"父王正在盛怒之时，儿臣若强行辩解，大臣边将便会立分两边，父王则必得立下决断，严厉处置一班大臣边将。

人头落地，大错难以挽回。儿臣唯恐有乱国之危，不敢以清白全身之私念搅乱朝局，无得有他。"

"今日再说，不觉太迟么？"

"于儿臣虽迟，于邦国却利。"

赵雍目光炯炯地盯住儿子："然则，你终究不能复位，服气么？"

"但使主父对大臣边将释疑，上下同心扩边，儿臣足矣，夫复何求？"

"天意也！夫复何言？"赵雍怦然心动，一声喟叹，转身良久默然。

"主父，儿臣告辞。"

"且慢！"赵雍骤然回身，"身为王子，你从未入军历练。明日随我入军，征战扩边，为国建功。"

"儿臣谢过主父！"

赵章走了。赵雍却久久不能安枕，辗转反侧直到五更鸡鸣。

第一次，赵雍觉得自己老了。分明是须得查勘清楚才能定策的大事，如何自己当初一意孤行？那时，肥义也很惊讶，再三劝阻自己查勘一番再做定论。可自己却狠狠骂了肥义一通，说他是谋而无断不堪大任，还逼着他立誓辅佐赵何，而且莫名其妙地坚持将肥义誓言录入国史。如今看来，这一切都太草率了。赵何尚不到十岁，显然是太嫩了。赵章显然要成熟得多，且有如此难能可贵的忍辱负重与全局胸怀，有此气度再加军旅磨炼，眼看便是一个出类拔萃的君王了。然则，覆地之水难收，已成定局的国事如何再能无端折腾？赵雍啊赵雍，你当初忍耐十九年而不发的韧劲儿却到哪里去了？就不能等到赵何长大看看比比再说了？这种种变化，究竟是甚个根由？是吴娃么？不是？那却是甚个缘由？赵雍实在不忍心将自己的错谋推到一个清纯娇憨得甚至不知国王与头人哪个更大的美丽女子身上，可是，这一切又分明都是在有了吴娃之后才有的啊。不！自己错就自己错，赖一个女子何来？吴娃入宫十年，前些年如何你赵雍不发癫狂？偏偏在后来发癫狂了？吴娃，大胡子对不住你也！赵雍第一次羞愧了。

五　一错再错　雄杰悲歌

两年征战，赵雍大军又一次令天下震惊了。

西路大军由大将廉颇统帅，再次激战匈奴，将匈奴部族一举驱赶出阴山以北千余里，云中郡彻底稳固，秦国也默认了压在云中秦长城外的赵国云中郡。这便是令天下震惊的最大原因——强悍的秦国第一次在赵国的胡服大军面前保持了守势，赵军之强何人堪敌？北路大军由老将牛赞统帅，半年之中，一举将林胡东胡以及楼烦北逃之残余势力，驱赶到北海外的茫茫丛林。赵国代郡骤然扩地三千里，将阴山草原与东部岱海草原连成了一体。赵国的胡族人口大增，兵员充足，人强马壮。东路大军则是赵雍亲自统帅，三个月攻下了燕国渔阳郡的二十三座城堡，沽水①之北悉数成为赵地。南路大军六万，由王子赵章为将，国尉楼缓副之，一举攻灭残存之中山国，赵国西部廓清，直接与秦国晋阳接界。班师之日，赵国已有大军六十三万，疆土六千余里，人口千万之众，成为仅仅稍次于秦国的超强战国。

班师邯郸论功行赏，主父下了一道特书：王子赵章，爵封安阳君；擢升右司过田不礼为安阳君封地相，领封地民政。

主父书一下，举朝大臣骚动起来。

肥义此时已经是开府丞相，见主父突然加显赫爵位于赵章，心下忧虑重重。这日正在书房思忖，要否正式上书剖陈利害以防老主父再有心血来潮之举，相府主书李兑轻步走了

封长子章为安阳君，封地为代，又让田不礼佐之。田不礼善权谋，赵章又不甘心被废，两人在一起，必生事端。

---

① 沽水，战国水名，后世亦称沽河，上游为今河北省白河，故道流经今北京顺义、通州，下游为今北运河。

进来。主书者,统领丞相府文书典籍事务,由国君任命之首席文官也。李兑正在中年,颇是精明强干,进得书房一躬道:"相国忧思,莫非为安阳君乎?"

"子有建言,入座明说。"

"相国明察,"李兑轻步掩上书房厚重的木门,才回身席地坐于案前低声道,"李兑以为,王子章复出,将有大祸于相国,相国宜早做计议。"

"大祸?老夫如何没有觉察?"肥义悠然一笑。

"我近闻之:王子章密结边军将士,羽翼将成,祸在不测之时也。"李兑先撂下一个秘密消息,接着正色说开去,"王子章外谦和而实则强壮志骄,若无私欲,联结党羽何来?主父又封田不礼相安阳,安知不是王子章所请?田不礼之为人,机心深沉,且残忍好杀。此两人结谋,不久必生大乱。相国若不早设避祸之策,诚恐晚矣!"

"以子之谋,计将安出?"肥义依旧是悠然一笑。

"称病辞朝,举荐他人为相。"

"举荐何人?"

"公子成素有根基,可保相国无事。"

肥义黑脸一沉,双目骤然射出凌厉的光芒,却又倏忽收敛,正色长叹一声:"李兑啊李兑,老夫虽不知你在为何人游说,却要请你传回话去:肥义已经对天盟誓,且已载入皇皇国史,岂能贪图自保而贻误国家?谚云:死者复生,生者无愧。① 危难见忠节,国乱明赤心。彼虽有谋,肥义却不敢舍大义而苟且偷生也!"

李兑惊讶地看看肥义,骤然哽咽起来:"诺②!相国好自

対公子章与田不礼这一组合,李兑最早有警觉心,数次劝说肥义,经常是"涕泣而出",可惜没有引起肥义足够的重视。

① 《史记》原典,意谓不能害人以沽名,做事之人当心底正大,即或死人活过来对证也毫无愧色。

② 诺,古人答应语气词,有认可之意。

为之。我见相国,也只此一年也!"说罢扶案站了起来,拭着眼泪出去了。肥义听着这莫名其妙的谶语,看着这作势涕泣的滑稽模样,不禁哈哈大笑:"怪亦哉! 老夫万莫想到,主书竟有巫师大才也!"

没过得几日,府吏密报:主书李兑频繁出入公子成府邸,公子成封地已经开始隐秘招募私兵了。一闻李兑与公子成联结,肥义便大体清楚了其中奥秘。这公子成是王族最有根基的老派大将赵成,便是赵雍胡服骑射时的那个第一道门槛。也不知是当日太子赵章防范赵成,还是赵成蔑视太子赵章,反正这赵成与赵章间素来是冷淡至极。当初罢黜太子,赵氏王族大臣没有一个人出来说话,十有八九是赵成的根由。如今李兑为赵成做说客,要肥义让出相国于赵成而遭拒绝,赵成李兑还欲做何图谋? 肥义素来机警缜密,立即觉察到了某种隐隐约约的危险在迫近。凡出此等谋划之人,必是私欲极盛,绝非为人谋划,只能为己图权图利,纵然他等公然打出护卫新赵王的旗号,也不能与他等联手,须得立即有自己的筹划。

说动便动,肥义立即进宫找到执掌王室事务与国王行止的御史信期,将近日诸般异常以及自己的思虑备细说了一遍,末了吩咐道:"目下要务,在于保王。自今日起,无论何人要召新王出宫晤面,须得老夫先知而后可行。"

这信期,原本与肥义同根,都是已经消散解体了的草原"肥"族人。肥义家族赤裸裸以族为姓,信期祖上却改了中原姓氏,从军立功得爵入朝。十年前,信期做了肥义府邸职掌机密的司过主书。肥义做了摄政相国后,将信期举荐给新王赵何做掌宫大臣。信期机警干练,极是聪敏能事,一听便知就里,由衷赞叹一句,相国大义高风也! 信期敢不从命?

肥义谋划应变之时,赵国朝局出乎意料地平静。赵成一

不幸言中。

既然肥义不重视,李兑只好说服他人,"涕泣而出"之后,"李兑数见公子成,以备田不礼之事"(《史记·赵世家》)。

《史记·赵世家》之信期与高信,应为同一人。

方再没有任何动静，安阳君赵章也回了封地，主父赵雍依旧带着那支精悍的马队巡边去了。如此一年有余，肥义也渐渐淡漠了紧张的心绪。

次年春四月，却是赵国盛会。臣服赵国的草原部族，被迁到雁门郡大山的中山、楼烦的王族后裔，都一齐来到邯郸朝贡。在赵国近两百年的历史上，这是第一次以战胜大国的地位，接受臣服部族邦国的礼仪朝拜，自然是朝野欢腾。还在三月，主父便发来羽书令：届时他将赶回邯郸，赵王当举行大朝礼接受朝贡。大朝礼，本来是夏商周三代天子接受诸侯岁贡的最盛大典礼。其时诸侯自治，天子王室与京畿之地也主要依靠王畿之地的赋税供养，诸侯的朝贡不做定数，但以本邦特产献来便算。虽则朝贡不是赋税，没有定数，但朝贡大礼却是每年必须举行的。因为这是臣服天子的最主要形式。只有诸侯国与所有臣服邦国岁岁来朝，这才意味着天子威权的稳固存在。若不行朝贡，便被天下视为"不臣"之邦，天子便可行征伐之权，直到你重新恢复称臣朝贡。这种古老的朝贡制是诸侯制的最主要纽带，它隐藏了华夏族群的一个古老传统：轻财货经济之利，重权力从属名分；富则多贡，穷则少贡，但不能不贡。到了战国之世，各大国均是举国一体治理的郡县制，集权程度虽有差别，封地制也还没有彻底消失，但无论如何，这种朝贡制早已经是荡然无存了。但是，在中原大国与周边游牧部族的关系上，朝贡制还是依稀存在着远古的影子。秦国与楚国，都曾经用朝贡制维系着因战败而臣服但又不能彻底化入本土的游牧部族、山地部族。

赵国扩边，除去夺取燕国渔阳郡的一部分，征服的全数都是胡邦——中山、楼烦、匈奴、林胡、东胡等。赵武灵王对所有这些征服领土，分做三种处置：燕国土地化入本土；留在已征服草原上的游牧部族，则行朝贡制而不纳赋税；对中山楼烦这两个半农半牧之国，则灭其国而全其王室，将两国王室部族迁入赵军可牢牢控制的山地，同时行朝贡制。赵雍打完仗的两三年来，便是在孜孜不倦地周旋这件"化邦"大计。唯其如此，才有了这战后第一次朝贡大典。

这时，正好是赵雍做主父的第四年初夏。

那日大朝，破例地在王宫广场举行。暖风吹拂，晴空艳阳，少年赵王高高坐在十六级白玉阶之上的王座上，接受着鱼贯而过的臣服首领、各国特使、赵国封君大臣的朝拜。司礼大臣高声念诵着贡品礼册，乐师吹奏着宏大悠扬的颂曲，两厢朝臣四面甲士以及广场外人头攒动的万千国人不断呼喊着"赵王万岁"，使这个少年国王当真如天子一般无上尊荣。

赵雍没有露面，他隐身在距王台外围三丈高的一架云车上，兴奋得比自己坐在王座上还要沉醉。是他开创了如此宏大的基业，又是他眼看着儿子登上了王位，赵国后继有人，赵国将更加强大。人生若此，夫复何求？便在这沉醉之时，他的心却猛然颤抖了。

最后是赵国封君的朝贡礼。安阳君赵章是王族嫡出封君，自然要走在第一位。曾经是何等丰采烁烁的太子赵章，今日却一身布衣一顶竹冠，索索颤抖着躬身匍匐在地，对着王座上的少年弟弟叩头礼拜，寒瘦萎靡，竟是那般可怜……顷刻之间，一盆冷水泼上火红的炭团，赵雍的牙关咝咝作响，颓然一靠，云车围栏喀啦一声大响。

当晚，主父的篷车在马队护卫下辚辚驶入相国府邸。

"肥卿，我有最后大计，需你全力襄助！"进得书房，赵雍当头一句。

"老臣愿闻其详。"

"赵章初罪，原是错断。赵章领军，又建灭国大功。老夫之意，立赵章为北赵王，专心拓边，使赵国更为强大！"但见肥义，赵雍便是粗豪不羁全然没有丝毫矜持作势。

"……"肥义惊讶地瞪大了一双老眼，仿佛不认识面前这个须发同样花白的壮猛老国王了，"主父之意，是要毁灭赵国？"

"哪里话来？"也许是心下不踏实，赵雍呵呵笑了，"虽是两王，并不分治，如何危言耸听也？"

"老臣纵死，不敢从命！"肥义面色铁青，"自古以来，天无二日，国无二君。既是两王，如何能不分国分治？赵国两分，必起战端，两百年赵国毁于一旦也！主父血火历练之主，何得出此荒诞不经之策？老臣委实无以揣摩。"

当断不断，必受其乱。《史记·赵世家》："四年，朝群臣，安阳君亦来朝。主父令王听朝，而自从旁观窥群臣宗室之礼。见其长子章傫然也，反北面为臣，诎于其弟，心怜之，于是乃欲分赵而王章于代，计未决而辍。"主父见到长子章很颓废的样子，很不忍心，欲分赵治之，足见其重情重义。人们常称此为妇人之仁，其实关妇人何事。

赵雍顿时默然，良久喟然一叹："呜呼哀哉！赵雍之心，何人可解矣！"

"主父之苦心，老臣心知肚明。"肥义毫无遮掩，"当日之错，在于肥义未能坚持查勘而后定，却受我王威逼，立下盟誓死保新王稳定赵国，且已载入国史。若说当日有错，老臣为司过大臣，难辞其咎也！我王纵然错断，与老臣也是二分而已。"肥义慷慨激昂，老眼中泪光盈盈，长叹一声又道，"主父明察：人非圣贤，孰能无过？国事纷纭，朝局晦暝，内忧外患交相聚，纵为明君贤臣济济一堂，何能保无一人做牺牲？若主父为一己抱愧之心而推倒前断，国家法度如同儿戏，国势稳定从何谈起？我王英明一世，纵不能如秦孝公之远虑定国，亦不当有齐桓公晚年之昏聩无断。何独功业巅峰之期，我王却独断独行，连出大错？"

"一派胡言！老夫如何连出大错？"

当局者迷，旁观者清。

面对骤然一脸肃杀的主父，肥义毫无惧色，昂昂数落道："错断赵章，此其一。盛年退位，无端引发王位之争，此其二。少年太子方立三月，便扶其称王，此其三。蓄意教白身赵章为将，建灭国之功而封安阳君，此其四。目下两王分赵国，此其五也。既生一错，又出再错，名为纠错，实则大错连铸！老臣所言，可曾有虚？"

"肥义！"赵雍愤然一声，张口结舌。

肥义粗重地喘息着，抹了抹眼角老泪："私情害国，千古无出其外也。我王为一女子搅乱心神，处置国事首鼠两端，委实令老臣汗颜也！"

苦谏。哭谏。——大臣、大夫们的泪水真是不少，《史记》常有"涕泣"之类的细节。古人伤心，今人读来，常觉有喜感，可谓古今不同心。

"肥义！老夫杀了你！"哗啷一声，赵雍的骑士战刀闪电般架到肥义脖颈。

肥义淡淡一笑："死，何其轻松也？老臣给你那赵王殉葬了。"

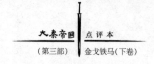
"……"赵雍拿开战刀，"你老东西莫打谜。说！赵何有险？"

"主父英明神武，老臣如何能知？"

"说，如何处置赵章？"倏忽之间，赵雍平静得判若两人。

肥义一拱手："老臣之见：赵章果贤，便当为国屈己，安做封君，为将为相，何职不能报效邦国？若赵章不肖，主父纵然不动，赵章一党必不能久忍也。若赵章兵变夺位，便明证其阴鸷品性，主父何愧之有？"

"你是说，赵章仍有觊觎图谋？"赵雍倒吸了一口凉气。

肥义淡淡一笑，"主父何不稍待一两年，权且当作试贤如何？"

"……"赵雍的心猛然一沉，"肥义，是否国中还有他情？"

"老臣无可奉告。"

赵雍脸色阴沉地走了。不管肥义如何对他怒目严词相向，他都不会放在心上。即或肥义讥刺了他不愿被任何人非议只言片语的吴娃，他也不会当真计较。如此骨鲠强臣，危难时便是广厦栋梁，赵雍一生风浪，如何不明此种轻重。他的不快，在于肥义的言辞语态使他生出了一种隐隐警觉——赵国必然还隐藏着某种隐秘势力。否则，以肥义之强悍凌厉，早就先发制人了。肥义既不能动手，又不能明说，所疑者必非寻常之权臣？何方神圣如此猖獗，竟敢在他赵雍在世之时生出事端？鸟！老夫倒要睁大眼睛看看。

整整一个夏天，赵国没有任何异象，主父赵雍又长长地松了一口气。他相信，只要他赵雍在，赵国无人敢于作乱。秋风方起时，他带着六千精锐骑士南下了。寻常间他无论出行何地，都只带百人马队而已。可这次赵雍却提前下书，命安阳君赵章率领六千铁骑护送他南下沙丘宫。依赵雍之判断，赵国若有内乱之险，赵章必是根源之一。虽然始终没有发现赵章有何异动，然则为防万一，赵雍还是将他安排在了自己眼前。

主父万万没有料到，赵章恰恰要利用这个机会兵变。

说起来，赵章并非野心勃勃的强势人物。有赵雍这般强势君父，国势连续二十多年安定无内乱，赵章自幼在相对平静的宫廷长大，既无军旅历练，又无权力风浪的摔打，胆识才具很是平庸。更有一个原因，赵武灵王当时只有这一个儿子，朝野皆视作国脉所系，武灵王便从来没有教儿子像自己当年那般少年入军南征北战，而只让这个儿子在强臣辅佐下镇国理政。赵章十八岁加冠立为太子，在胡服骑射前后的几年里，始终都是兢兢业业地襄助国务，倒也是沉稳有致。及至武灵王纳吴娃入宫，生母抑郁死去，赵章便对这个父王生出了些许怨气。后来又有王子赵何生出，武灵王宠爱之情毫不掩饰，国中便有了种种颇为神秘的议论。赵章不期然有了心事，利用理国之便，刻意交结能臣干员为自己谋划。首先进入赵章视野的，是右司过田不礼。其时田不礼三十六岁，机警干练，正是肥义监察国事权臣的得力臂膀。但凡究劾官员不轨行迹，寻常都是田不礼与各方周旋。武灵王长期征战在外，处置官员必须报太子定夺，田不礼自然便成了太子府常客。几经来往，赵章对田不礼信任日重，田不礼对太子也厚望日深，两人便渐渐成了君臣莫逆之交，而肥义却毫无觉察。以田不礼为纽带，赵章后来又与边将们有了公事国务之外的私人酬答，尽管都是谈兵论战而不涉他事，情谊却是渐渐厚了起来。

这一切，赵章都瞒着自己的老师——太子傅周绍。只因田不礼说过，迂腐老儒最是误国害人，太子欲得有成，第一个便要善处这个老倔头。何谓善处？赵章颇是困惑。善处者有二，田不礼清醒地说了两个主意。赵章不禁愕然，却又不得不佩服田不礼智计过人。如法行事，赵章找出了一些难解经典，孜孜不倦地求教老周绍，老周绍大是感喟太子好学，连续通宵达旦地侃侃开讲，乐此不疲。赵章又将所有与边将来往谈论兵法的书简，交老周绍记入国史，存入典籍库。老周绍感奋有加，非但悉心整理编撰，还亲自逐条做了注释。后来，这两件事果然被司过府密员密报，而老周绍自然是大大不服，赵章也才有了后来的东山再起之机。若无田不礼这"三窟存身"之策，赵章如何经得起那雷霆一般的废黜变故？

待到赵章入军为将之时，田不礼已经断定事必大成。果然，主父命楼缓襄助，赵章有了灭国之功，非但重封安阳君，而且名正言顺地使田不礼成了安阳相。如此一番惊心动魄的死而复生，赵章对田不礼自然是奉若神明言听计从了。四月大朝，赵章依田不礼谋划，布衣竹冠做酸楚状，果然引得主父大动肝肠，当夜便将他召入寝宫唏嘘密谈，说要将他封为北赵王领军拓边，问他能否与赵何同心兴赵？赵章痛哭流涕，只慷慨一句，儿臣但扩边兴赵，不做赵王。主父大为振奋，少见地大大奖掖了他一番。

这一次，田不礼早早开始了谋划。探听得主父北上之后心绪不宁，断定两分赵国在肥义处被强力阻击，主父郁闷，必然要在秋季南下沙丘宫消遣，且必然要赵章同行，此时便是最好时机。赵章却是心乱如麻："主父威权之下，我能如何？"田不礼断然道："杀赵何，逼主父退政，这是唯一机会！"赵章大惊失色："赵何有肥义在侧，如何杀得？主父神明武勇，如何能受胁迫？不行，此计荒诞过甚！"田不礼却是幽幽一笑："足下若只想做几年安阳君，主父之后惨死赵何刀下，此计自是荒诞了。"赵章急急分辩："非是我不听足下之谋，实在是此计难行也。"田不礼立即正色肃然："历来兵变，皆行奇险。君但抛却迂腐之心，我自能行。"赵章还是茫然："如何能行？"田不礼详尽说了一遍谋划。赵章细细思忖一番，险虽险，却实在是险中见巧，大有可行之道，断然拍案道："好！只在这一锤子了！"

　　八月中旬，六千铁骑护卫着主父车驾浩浩荡荡地南下了。

　　一入沙丘山水，赵雍满目凄伤。清清湖水，雪白沙滩，苍苍白杨，幽幽陵园，山水依旧如诗如画，美人却永远地长眠了。想起与吴娃在一起的纯真无羁，赵雍一阵阵心疼。吴娃死了，他也骤然衰老了，天下的一切对他都失去了吸引力，只疲惫得随时都想呼呼大睡。进入沙丘宫，他便发下命令：赵章率军驻守宫外及前宫，百人骑队驻守陵宫外门，他自己下榻最后靠山的吴娃寝宫，无大事无须扰他。

　　沙丘宫原是特异，既是惠后陵园（吴娃封号为惠后），又是主父行宫。沙丘松林山下是陵园，建有与吴娃生前寝宫一模一样的吴娃宫，出得高大石坊是主父行宫，是赵雍处置国务会见朝臣的处所。赵雍虽是退位，却没有交出兵权，一则是他要亲自统帅大军为赵国开拓，二则是赵何正在少年，他要在赵何长大后的合适时机让他亲政。然则也要锤炼赵何尽快成熟，于是赵雍当初便谋划好了：除了征战，他便长驻沙丘，只掌控国中大事，放手教赵何肥义处置国务。此等谋划之下，便有了这沙丘行宫。但是，此刻的赵雍却是心绪颓丧，无心住在处置国务的陵外行宫，却住在了陵园吴娃宫做梦魂缠绵。

　　当与不当，虽上天犹难断也。

　　然则无论当与不当，惊人的兵变都恰恰在此时发生了。

废太子章与田不礼一拍即合。

这一日,邯郸王宫突然接到了主父的羽书令:赵王立即前往沙丘宫晋见主父。国王赵何少年心性,高兴地嚷嚷起来:信期备车,我要去见主父了。信期却是机警,一接君书立即派干员飞报相国府,一边打着哈哈多方忙碌起来。片刻之间,肥义已经匆匆赶到,一看令书印鉴竹简等均没有破绽,认定这是主父王书无疑。看官须知:战国时文字古奥,此时刚刚进入战国后期,虽有隶书端倪出现,但却只能在民间商事等需要争取时间的特殊事情上使用,但凡正式文告诏书,都须得是正经篆书。这篆书(还不是后来简化了的小篆)几类图画,正经写来,很难体现书者个人特征,加之书写工具简单粗硬(其时毛笔尚未普及),几乎不存在笔迹辨认一事①;不若后来的行书,各人各写,字迹大是不同。所以辨认文书,大多只是印鉴、用材以及本身传送的诸种特殊形式。

肥义思忖一番,立即部署:信期率领百名精锐黑衣②,左右不离赵王;赵王立即更换贴身软甲,外罩冠冕王服,暗藏王室特有的神兵短剑;肥义带王室仪仗前行,但发警号,王车立即回程。这一番部署将少年赵何惊得目瞪口呆:"老相国,我是去见主父,不是上战场。"肥义肃然正色:"我王目下身系邦国安危,但听老臣便是。"肥义历来强悍凌厉,此刻黑脸白须肃杀凛冽,赵何不由自主三分忌惮,兀自嘟哝几句,整好衣甲登上了王车。

太阳西斜时分,王车马队辚辚抵达沙丘行宫。

行宫外车马场外驻扎着一片军营,车马场到行宫门廊也只有两排仪仗甲士,一切都很平常松弛,全然没有异象。然则,肥义毕竟老于此道,事先已经得知主父此行是赵章领军护卫,丝毫没有松懈心神。到得车马场,肥义下马对驾驭王车的信期下令:老夫先入宫,主父若在殿中,老夫出来接王,老夫不出,王车不动。信期"嗨"的一声,肥义已经大步去了。

"肥义参见主父——"进得第二重门,苍老浑厚的嗓音在大殿回荡起来。

王座高高在上,大殿却空荡荡了无人迹。肥义心感蹊跷,正要回身,却闻身后一阵轧轧声响,大门已经轰隆关闭。便在此时,一声冷笑,王座木屏后转出一个全副戎装的人影:"肥义,主父命你服罪自裁,交上人头!"肥义哈哈大笑:"田不礼,果然是你。老夫却信你鬼话么?""信不信由得你了?"田不礼一挥手笑道,"给我割下老相国首级,看有几

---

① 战国文字与书写、工具的诸般演变,详见第五部《铁血文明》。
② 黑衣,赵国国君卫士的专用名号。赵国有尚剑传统,黑衣多是第一流剑士。

多重?"说话间几队甲士挺着长矛从四面包了过来。肥义大叫一声："主父！你看见了么？赵国旧病复发了！"一声怒喝，徒手与甲士搏杀起来。肥义虽老迈英雄，然毕竟是以身试险手无寸铁，几个回合浑身洞穿，轰然倒在血泊之中。

却说殿外车马场，信期异常警觉，隐约听得肥义愤怒呼喝，心知大事不好，回头低喝一声："黑衣开道！"一抖马缰，青铜王车哗啷一个回旋，飞车冲向来路。此时，两队仪仗甲士齐声发喊，齐刷刷包抄过来。少年赵何脸色苍白，却是愤激至极，拔出短剑一声尖叫："贼臣作乱！给我杀——"正要飞身跳下王车，信期却回身一把揽住："我王但坐，有黑衣护卫！"这一百名黑衣剑士大是不同寻常，领队大将一声呼哨，撒开在王车四周布成了一个圆阵，一边奋力厮杀，一边向前滚动，两队甲士急切间无法靠近。

骤然之间，却闻军营方向马蹄声隆隆大作，两队铁骑飞一般从雪白的沙滩包抄过来，一眼望去，便知是两个千骑队。信期大惊，原野之上，步战剑士无论如何抵不得铁骑猛冲，情急一声大喝："杀向湖边！下水！"铁骑堪堪飞到一箭之地，四面白杨林中陡然战鼓如雷杀声大起，两支红色骑兵潮水般杀出，当先一面战旗大书一个"赵"字，旗下一员白发老将遥遥高喊："我王莫慌，赵成来也！"

"大父——"赵何高兴地跳着叫了起来。信期一声高喊："兵变无常，我王伏身！"扬鞭打马大喝一声，黑衣开道，冲向大湖！此时，两支铁骑在沙滩原野正轰然相撞拼杀。黑衣卫队团团护着王车，趁势一鼓作气杀开甲士包围，哗啦啦冲到了湖边白杨林中。

说起赵成人马，来得一点儿也不突然。

李兑说肥义失败，辞去了相国府主书之职，做了赵成的门客总管，专一为赵成谋划机密。之所以打动了赵成，在于李兑对赵国大局的评判：如今主父昏聩，两王争国，必有内乱在即，能挽赵国于危局者，唯有实力也；有此实力者，唯相国肥义与我公子两人耳！肥义虽则强悍凌厉且老于兵变，然则与主父渊源太深，凡事必得顾全主父尊严，举动投鼠忌器，最终难以对赵章放手行事，至多保得少年赵王无性命之忧而已；主父昏聩，肥义掣肘，吴娃已死，赵何年少，何人何力可阻赵章称王？若赵章当国，主父则必抱当初错废之愧而认可。如此大局一旦铸成，公子必是赵章之眼中钉也！当此之时，唯公子以实力做泰山之石，方可使赵国安平，使公子掌国也。

"掌国之要？"

"诛杀赵章，迫退主父，剪除肥义。"

"如何行事？"

"但有四邑之兵，时机只在一年之间。"

赵成断然拍案："好！兵事有老夫，先生但寻觅时机可也！"

大计确定，公子成立即开始了极为隐秘的联结行动。当初，由于赵成在胡服骑射时最终支持了赵武灵王，使赵国的军制变革得以迅速稳定地推行，武灵王自然视这位叔父为有功之臣，特命增加了赵成封地六十里。如此一来，赵成虽然已经不再掌军，但在赵国大军中的根基却没有因军制改变而受到丝毫削弱。也就是说，赵成当年的部属将领并未在军制变革中被剔除。如今，他们都是掌握数万军马的实权大将了。若再加上与赵成素有渊源的同期老将廉颇、牛赞等方面统帅，赵成在赵国大军的影响力算得上举足轻重。能压倒赵成影响力者，大约也就赵武灵王一人而已。唯其如此，只要赵雍在位，赵成从来不做别想。如今赵雍连步踏错，显然已经是老来昏聩无断了。肥义虽则也是军旅根基，但多年执掌政务，加之军权又是赵雍长期独掌，肥义在大军中的影响力已经大大淡化了。

如此造成的局势是：国君掌军的权力事实上（不是法度上）已经四分，主父赵雍名义上依然全掌大军，实际上号令已经松弛；新王赵何与相国肥义掌控邯郸驻军，方面大将廉颇、牛赞、楼缓等统帅边军，王族将领则执掌邯郸周围的要塞驻军。依照法度：在无战事的情势下，边军历来不问国政；邯郸守军与四周要塞驻军，则不奉王命兵符不得擅动。在国势稳定号令统一的大局下，法度自然是有用的。然则，在赵国这个素有兵变传统历来靠实力说话的强悍国家，大权归属但有不明，握兵将领对朝局的"关注"便立即显示出来。只要权臣在军中有根，便没有不能调遣之说。

此等大势下，赵成出山已经没有了顾忌。他的力量，则是四邑之兵。所谓四邑，是邯郸周围的四座要塞：武安、少阳、列人、巨桥。武安为邯郸之西大门，历来驻军两到五万。少阳在邯郸以南临近漳水，为赵国南部门户，加之这里有大名赫赫的丛台（后人呼为赵王台）行宫，历来也是驻军三万防守。列人在邯郸东部、漳水西岸，寻常驻军一万。巨桥在邯郸以北巨鹿以南，距邯郸不到百里之遥。巨鹿也是兵家重地，但与巨桥要塞却不是一体驻军。这巨桥原是巨鹿水上的一座大石桥，其所以成为要塞，非是因桥之险要，而是因为这里有赵国最大的粮仓——巨桥仓。巨桥建大型粮仓，起于殷商时期。史载周武王伐纣，曾打开巨桥仓赈济殷商饥民。相沿下来，巨桥便成了赵国最大的粮仓，虽不如魏国敖仓那般有名，也算得天下名仓之一了。因了这座粮仓，巨桥建成了巨鹿之外的另一座城堡，自然也成了单独驻军防守的要塞。由于这四处要塞都是要紧所在，历来驻军大都以王族将领统军，而赵成恰恰是目下王族中的老军头。

没过多少时日，赵成的隐秘联结便告完成，单等李兑选定动手时机了。

李兑自然没有闲着，早已派出多路秘密斥候，并重金买通了主父身边的两个内侍。赵武灵王与赵王、肥义三方但有举动，消息便立即传到李兑设在邯郸北郊的秘密营地。主父南下沙丘并以赵章率军护卫，使李兑大喜过望，立即赶回邯郸与公子成秘密计议一宿，将一切都部署妥当了。及至肥义与少年赵王向沙丘宫进发，赵成的四邑之兵早已经在大陆泽东岸的茫茫白杨林中埋伏妥当了。一见沙丘宫外两座军营的骑兵冲杀赵王车驾，赵成立即挥军掩杀出来。

赵章原本在行宫外一座山头发号施令，接到宫内飞报说肥义已经被杀，顿时高兴得哈哈大笑，立即下令两营飞骑出动截杀赵何。不想骑兵堪堪展开，湖畔森林却潮水般杀出大队骑兵。赵章心下陡然一沉，心知大事不妙，然事已至此已经没有了回旋余地，立即飞身上马冲下山来，亲自率兵截杀赵何。然则事情远非赵章所料，迎面杀来的铁骑连绵不断，至少也是三五万，只两个回旋冲锋，边军六千骑兵便四面溃散了。赵章本非战场大将，如何敢再去奋力截杀赵何，想也没想飞马逃回了沙丘行宫，立即下令关闭行宫城门。

片刻之间，公子成与追杀将军们都愣怔了——行宫内有主父赵雍，却该如何？

正在此时，李兑飞马从后队赶来，一声高喊："赵章谋逆，弑君杀相，包围行宫，请主

父明正国法！"

公子成恍然猛醒，举剑大喝："擂起战鼓，包围行宫！"

骤然之间战鼓大作，五万铁骑狂风般展开，将沙丘行宫四面围得水泄不通。

却说赵雍进了松柏山林下的陵园寝宫，漫步徘徊到了吴娃陵前，情不自禁间一阵茫然凄伤，兀自嘟哝一时，只觉得疲累不堪，躺卧在石亭外的草地上鼾声大作了……蒙蒙眬眬之间，战鼓喊杀声突然大作，是梦么？不是！赵雍突然翻身跃起，一个趔趄几乎跌倒在地，鸟！当真有人以为赵雍老了？骂得一句，赵雍飞步直奔前宫。正在此时，百骑将军迎面疾步而来："禀报主父：行宫外两军厮杀！情由不明！"赵雍一挥手："贼臣作乱，赵章应敌，走！"

将出陵园，一人浑身血迹飞奔而来，遥遥一声嘶喊："主父救我！"

"章？"赵雍一脸怒色，"究竟何事？！"

"公子成协同赵何作乱，起兵包围行宫！"

"老匹夫！"赵雍轻蔑地冷笑一声，"随我来！"

"主父不可涉险！他等险恶，是要主父性命也！"赵章声泪俱下。

"滚！"骤然之间，赵雍须发戟张，一脚踹开赵章，雄狮般咆哮起来，"老夫横扫千军，血流成河，何惧几个蟊贼乱臣！如此萎缩，你这狗才何以定国！"战刀一抡，赵章石夯般砸了出去。

行宫城堡的石门隆隆打开，百人铁骑队飓风般刮了出来，钉成两列。白发苍苍的赵雍一领火红的斗篷，一支六尺长的统帅五色翎，手持那口不知砍下过多少敌酋头颅的精铁骑士战刀，雕像般沓沓走马而出，万千军兵一片肃然。

"公子成何在？"赵雍威严嘶哑的声音如同在幽谷回荡。

同样是白发苍苍的赵成在大旗下淡淡一笑："老臣在此。"

"赵成，你身为王叔，借机作乱，有何面目见我赵氏列祖列宗？"赵雍战刀锵然出鞘，"我虽只有百骑，却要领教你公子成这叛军之阵……"

"主父且慢！"赵成冷冷截断，"老臣既非作乱，又何须与你厮杀？"

"大兵包围行宫，尚敢强词夺理！"

赵成一阵大笑："赵雍啊赵雍，你当真老迈昏聩也！"骤然又是一脸寒霜，"你的好儿子赵章，才是真正的乱臣贼子。骑士闪开，教老主父看个明白！"

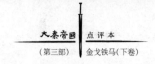

　　车马场骑士沓沓闪开一条甬道，信期驾着青铜王车隆隆冲了进来，六尺伞盖下赵何的哭喊声已经扑了过来："父王！相国被他们杀了！儿臣也被他们追杀……"哭喊声中，王车已经辚辚冲到赵雍马前半箭之地。却见赵成一挥手带着几员大将风驰电掣般插上，长剑骤然将王车挡住："臣启赵王：主父已无明断之能，只当在此说话，切莫近前！"赵雍打量一番，骤然出奇地冷静下来："何儿，在那里说话无妨。你方才说甚？相国如何了？"

　　"父王！"赵何被公子成骤然一插一挡，吓得面色苍白，一开口哇地哭了。

　　"赵何！"赵雍一声怒喝，"你是赵王！何事堪哭？说话！"

　　"是。"赵何一抹眼泪，"主父今晨下书召我，相国前行。我到行宫之外，相国先入。片刻之后，宫门内隐隐杀声。信期护我回车，遭宫外甲士围攻，两营铁骑也随后追杀，黑衣战死战伤三十余，幸公子成大父赶到……"赵何不禁又是哽咽一声。

　　赵雍战刀一指："信期，赵何所言，可是事实？"

　　"主父明察，句句属实。相国入宫未出，显是已遭不测！"信期愤然高声。

　　赵雍心中猛然一沉，正要下令搜寻行宫，却闻马队后一片骚动，行宫总管大汗淋漓地跑了过来："禀报主父：行宫正殿，一具无头尸身……"话未说完急转身挥手，"快！抬过来！"几个内侍一溜飞跑到了马前，竹榻上却是一具血糊糊的尸体。赵雍飞身下马扑到了榻前，哗啦撕开尸体上衣，灰白的胸毛中赫然现出一片硕大的红记。

　　"肥义……"赵雍闷哼一声，软软地瘫倒在血糊糊的尸体上。行宫总管扑上去抱起赵雍，立即掐住了人中穴。倏忽之间赵雍睁开了眼睛，嘴角抽搐着一个挺身站了起来："田不礼何在？"行宫总管立即答道："安阳相在宫内护持安阳君。"赵雍对百骑将淡淡道："去，给我拿过来。"百骑将一挥手，带着十骑飞马卷进了行宫，片刻之间便将两人带了出来。赵章面色苍白得如同远处的沙滩，脚步拖泥带水地摇晃着。田不礼却是镇静自若地走在赵章身旁，不时低声对赵章说得两句，来到马队前一躬："安阳相田不礼参见主父。"

　　"田，不，礼，"赵雍冷冷一笑，齿缝的嘶嘶气息竟使镇静自若的田不礼不禁猛然一个冷战，"肥义可是你杀？"

　　"正是。肥义加害安阳君……"

　　"奸贼！"赵雍霹雳一声大喝，那口四尺长的骑士战刀一道闪电般打下，只听"啪"的一声大响，田不礼的半边脸血肉飞溅！四周骑士看得明白，这是赵雍极少使用的最残酷刀法——将战刀当作铁鞭抽打，不使你一刀便死。瞬息之间，只听啪啪连响中声声惨号,田不礼成了一具踉跄旋转的血肉陀螺。赵雍狮子般狂怒地吼叫着,手中战刀闪电连抽,不消片刻,血肉陀螺成了四处飞散的骨肉鲜血碎片,那个活生生的能臣田不礼荡然无存了。

当赵雍收回那口毫无血污依然一片寒光的骑士战刀时,赵章吓得几乎瘫在了地上。车马场的万千骑士也无不骇然,连赵成这百战老骑士也胸口突突乱跳,纵然血战疆场杀人如麻,谁却见过如此真正血肉横飞的杀人之法?

"肥义一死,主父方寸乱了。公子不能手软。"李兑在赵成耳边低声一句。

"莫急。"赵成一摆手,"且看他如何发落赵章。"

赵雍拄着战刀一阵大喘,方才抬起头来:"公子成,以国丧之礼厚葬肥义,你可能办到?"

"只要主父秉公执法,赵国安定无乱,老臣自当遵命。"

"你,真心扶保赵何称王?"

"若有二心,天诛地灭!"

"好!"赵雍招手大喝一声,"四邑将士!听到没有?"

"听到了——"车马场一片轰雷之声。

"老夫无忧也!"赵雍哈哈大笑回身,"赵章出来!"

瑟瑟发抖的赵章,被行宫总管扶着走出了百骑马队。赵雍大皱眉头,行宫总管放开赵章退到了一边。赵雍长叹一声:"赵章啊赵章,老夫今日才看清你也。便要争夺王位,亦当有英雄志节。少年赵何,尚知临危拼杀。何独你多读诗书,反成如此懦夫?既为阴谋,败露却不敢担待。生子若此,老夫当真汗颜也!"赵雍又是一声沉重叹息,"你母后早死,为父饶你家法了。然则,既为封君大臣,弑君杀相,邦国法度是公器,为父也是无奈了。"说罢战刀一指,"公子成,安阳君交由赵王国法处置。"回身一挥手,"押过去!"

赵雍内心为难,人之常情。

赵成冷笑："赵雍啊赵雍，你至今犹想祖护这个逆子，教他死灰复燃，当真好笑也。赵王年少良善，能依法处斩乱臣贼子的兄长？老夫已经教他回去了。法度处置，自有老夫担待。"

"公子成，你……"强雄一生的赵雍张口结舌了。

"来人！"赵成一声大喝，"安阳君赵章，实为乱国元凶！弑君杀相，罪不可赦，立即斩首，以戒后来！"马下甲士轰然一应，赵章一句"主父救我"尚未落音，头颅已滚出丈许之外。

赵雍眼前一黑，一口鲜血喷出，山一般轰隆倒地了。

行宫总管一声令下，几名内侍将主父抱上竹榻飞快地抬进了行宫。百骑卫队也立即飓风般卷了回去，沙丘行宫的城门隆隆关闭了。

旬日之后，赵雍渐渐醒了过来。时当暮色，秋风打窗，院中落叶的沙沙声听得一清二楚。这般幽静？不对，如何还有马嘶之声？"主父，四邑之兵还围着沙丘宫。"一个侍女轻柔的声音。如何？他们还围着沙丘？赵雍挣扎着要坐起，却被侍女摁住了："太医说主父血脉虚弱，忌走动。""太医何在？教他前来说话。"话音未落眼前金星乱飞，倏忽心下一凉，赵雍第一次真切感受到了虚弱两个字的味道。"主父，太医他……"侍女期期艾艾地说不下去了。"太医如何了？说！老夫不治了么？"赵雍最烦的便是这吞吞吐吐。"不。"骤然之间，侍女眼圈红了，"太医已经走了。""走了，何处去了？""主父。"侍女颤颤叫得一声，哇地放声大哭起来。赵雍心念电闪，猛然翻身坐起："说！究竟何事？"

侍女断断续续的诉说如同淅沥秋雨弥漫，赵雍的心越来越是冰凉了。

原来，杀了赵章之后，赵成的兵马立即四面围困了沙丘宫，断绝了进出沙丘宫的一切路口。但是，赵成的兵马却不

赵成骑虎难下，不得不痛下杀手。看似残忍，实为大智，避免了更大的灾祸，赵何亦不必担不义之名。各种反应，皆合情合理。

进入宫内,只是派人不断在各个宫门路口宣谕:出宫者一律无罪,守宫者举族连坐。旬日之间,宫中官吏骑士内侍侍女纷纷走了,连那些老仆也在家人呼唤下走了。侍女看着苍老的赵雍愣怔的模样,哭得说不下去了:"主父,莫伤心,也是你大病昏迷,否则不会有人走的了。""你如何没走?"仿佛想起了什么,赵雍突然问了一句。美丽丰满的侍女突然脸红了:"我答应过王后,要始终追随主父的。""王后? 是吴娃要你跟着我?"赵雍惊讶了。侍女点点头:"王后临走前对小女说的。""你是孟姚亲戚?"赵雍问。"不是。"侍女摇摇头。"孟姚对你有恩?""没有。"侍女又摇摇头,"王后常说主父英雄,小女也跟着说,王后便问我愿不愿永远跟在主父身边? 小女便说愿意,就这样。"赵雍呵呵笑了:"你是胡女? 叫甚名字?""是。"侍女点头,"林胡牧羊女,叫岱云子。十二岁那年,邦国许胡人入军做骑士,族人们高兴,族长便选了我等三女献给王宫。""果然,岱海胡女也。"赵雍轻声叹息,"那两个姐妹如何?""在赵王宫里。"侍女低声一句,"岱云子是赵王送到主父宫的,她们两个留在了赵王身边。"

"大草原多美啊!"赵雍由衷地感喟着,"天似穹庐,笼罩四野,苍苍茫茫,遍野牛羊,处处战场。就是在那里,老夫遇上了世间最美好的女人啊!"

"大草原是好,没有人说不好呵。"侍女也笑了。

"姑娘,不想回大草原么?"

"不。"侍女认真地摇摇头,"我答应过王后,不兴反悔的。"

赵雍又呵呵笑了:"好憨的姑娘,那也作数了?"

"作数。"侍女认真点头,"牧人都这样,说一句算一句,刻在心里。不像王室,刻在竹片上了。""好呵好呵。"赵雍喃喃着站了起来,"王室贵胄们有竹片儿。怕人说话不作数,要刻在竹片上。到头来也,该忘的照忘。牧人们没有竹片,只有刻在心里了。当忘之时,却是念念不忘。天下事,忒煞怪也!"

"主父不能乱走,快来躺卧着。"侍女过来扶住了赵雍。

赵雍猛然站住了:"姑娘,主父有令:擢升胡女岱云子为行宫密使,立即出宫,赴云中郡大将廉颇处传送密书。"

"主父,岱云子出宫,谁来侍奉你? 你一个人不怕么?"侍女惊讶地瞪大了眼睛。

赵雍呵呵笑了:"老夫杀人太多,鬼神都怕我,我却怕谁来?"说罢走到外间大书案前,岱云子连忙过来扶着他席地坐下。赵雍思忖着展开一张羊皮纸,却又突然转身,"岱

云子,脱下你贴身衣衫。"岱云子顿时面色绯红,低头一声:"是,小女答应过王后,要给主父的。"说着脱下了那件火红的紧身胡裙,又脱下了贴身的本色苎麻小衣,雪白丰满的乳峰突然颤巍巍贴在了赵雍眼前,"主父,这是你的。"

骤然之间,赵雍老泪纵横,一把扶起了岱云子要跪下去的身躯:"姑娘,你,你是我的女儿! 赵国公主! 来,坐好了。"说着拿起那件尚留岱云子馨香体温的苎麻衫,突然一口咬破中指,在苎麻衫上写了起来。岱云子大惊失色,哭声道:"主父不要写,疼也!"赵雍呵呵笑着:"疼? 为父一生征战,三十六处刀伤在身,从来不怕肉疼,只怕心疼。"一声哽咽,戛然打住了。

怔怔地看着鲜血淋漓的两行大字,岱云子突然放声大哭,紧紧抱住了赵雍:"主父,我不走!"

"岱云子,你识得字?"赵雍惊讶了。

"王后教的。"岱云子哭着点头,"我不走! 不走!"

"识得字便好。来,坐好了,听老爹说。"赵雍慈爱地拍着岱云子肩膀,扶她跪坐在身旁,"有此血书,岱云子便是赵国公主。愿做,你就回邯郸王宫。不愿做,你就回大草原。归总老廉颇会安顿好你的,谁也不敢欺侮你了。知道么?"赵雍依旧呵呵地笑着,"走是要走的了,你不走,谁来救老爹了? 呵,对了,这里还得盖一方大印。"

"血书还盖印?"

"憨。"赵雍笑了,"血书可假,这调兵王印可无人能假。你看——"说着在腰间大板带上一摁,一方黄澄澄的大铜印赫然在手,"打开那只铜匣。"岱云子连忙搬过书案边一只扁平的铜匣打开。赵雍大印在匣中一拍拿出,狠狠地摁在了苎麻衫血书的左下方空白处,"好了,一个时辰后穿上它。"岱云子扑闪着大眼:"血迹渗汗,麻衫要隔层衣裳才好,是么?"

"不。"赵雍轻轻摇手,"定要贴身,万无一失。血迹干过时辰,些许汗水岂能渗开? 老夫浴血一生,憨姑娘知道甚来?"

"父亲。"岱云子轻轻一声,泪如泉涌。

赵雍笑了:"乖女儿,弄点吃的,饿了。"

夜半时分岱云子走了。岱云子说,旧人都是夜半出宫的。临走时,岱云子又哭了,说她查勘过府库,只有些许粮肉,吃不到两个月,她不放心。赵雍笑了:"但有两个月,廉奇女子现身,为新一段姻缘设伏笔?

颇边军也就到了,放心去。"岱云子趴在地上哭声喊着父亲。接连叩头,终是被赵雍呵斥走了。

夜色沉沉,天黑得伸手不见五指,萧萧马鸣与呼啸林涛裹着刁斗声传来,赵雍听得分外清晰。可惜也,这萧萧马鸣阵阵刁斗竟不是他的靖边大军,却是勒在自己脖颈上的绞索。细想起来,少年入军便为猛士,十六岁做太子,二十九岁上做了国君,为王二十七年,做主父四年,三十一年的君王生涯中,后十二年几乎全部在马背上征战厮杀,统率大军驰骋疆场。迄至今日,赵雍整整六十岁一个甲子,在大军中几乎浸泡了一生,对军营之声太是熟悉了。他将夜晚军营的茫茫混声叫作营涛,每每大军扎定,他总要在深夜登上营外山头瞭望倾听。辽阔军营的灯火与隐隐混杂的马鸣声帐鼾声巡逻声口令声旗帜声刁斗声随风弥漫四野,总是荡起他一腔豪情,令他沉醉其中。久而久之,但听营涛之声,他便能对这支大军做出诸多评判了。目下,这行宫外的营涛声虽然与弥漫天地的林涛声交会鼓荡,赵雍还是听得出这四邑之兵的大致状况:东南两面平川沙滩,是铁骑营,西北两面山地松林,是步军营。武安铁骑是赵国精锐之一,那雄骏战马的长夜一鸣穿云破雾闪电般飞来,任是天地混沌也令人为之振奋。巨桥仓步军是赵国武士的骄傲,那巡营甲士整齐有力的脚步声如同石条夯地,是夜晚军营的独特节拍,行家伏地,一听便知其军战力。可见,赵成调集的四邑之兵都是主力,而非久守一地的郡县散兵。沙丘行宫只有一个百骑队,便加上赵章的六千铁骑,也不当调集如此数万精锐大军应对啊。兵变之要,在于机密快捷。如此大张声势且久围不入,显然便是要困死他了。然则,赵成不怕夜长梦多边军南下?这赵成究竟想做甚?

彗星见(现),不祥。

一颗巨大的流星划过夜空,空旷漆黑的陵园倏忽一亮。

赵雍呵呵笑了，公子成稳操胜券，偏是要在这围困沙丘行宫中一举稳定掌握赵国。看似险棋，实则老到至极。根本之处，公子成有实力，不是寻常宫变，不怕拖。再则，公子成拥立赵王正统，赵国王族不会有反对势力出现。当然，更根本之点，是赵雍连错赵章阴谋作乱，给了公子成一党以绝好的"定国平乱"口实。最痛心的是，力挽狂澜堪称泰山石敢当的肥义死了，肥义若在，公子成安得猖獗？如此情势，公子成自要明火执仗地昭示赵国朝野：主父昏聩，促成变乱，不堪当国，谁家不服便到沙丘宫理论。尴尬的是，连自己身边的卫士吏员仆从都逃了个精光，连肥义也惨死在自己的错失之中，雄豪一世的赵雍，成了真正的孤家寡人。此情此景，谁人能说你赵雍还有德望足以当国？

这便是战国了：君王果是英明，举国死心追随；君王若是昏聩，朝野国人但有机会便弃之如履，绝不会因你曾经有过的功勋而生怜悯宽容之心。齐湣王田地被齐人千刀万剐，燕王哙被子之逼迫"禅让"而朝野听之任之，当初都曾经教赵雍心惊肉跳，如何，自己竟要落得比那些昏聩君王更要狼狈的境地了，当真匪夷所思也！

不。赵雍英雄一世，何能轻易屈从于胁迫之力？赵雍不恋栈贪位，早早就让出了王位。赵雍所想，只是为了赵国强大，只要率领大军开疆拓土，岂有他哉！赵雍纵有错失，何当一帮机谋老朽如此作践？老夫偏要活，不能死，等廉颇边军到来，老夫廓清朝局，纵死也瞑目了。

空旷得幽谷般的陵园行宫，赵雍开始了艰难的谋生。

岱云子说有两个月的粮食干肉，赵雍一个月吃得精光，还是极为俭省的一日只一顿。岱云子没打过仗，没跟随过赵雍，原是依寻常肚腹忖度的。谁知赵雍却是不世出的猛士英雄，食量惊人，寻常间一顿便是半只烤羊一袋马奶子。若遇连日驰骋拼杀，三日不食也是使得，然则一旦扎营开吃，六成熟一只整羊大吞下肚，活生生虎豹一般。赵国大军之中，唯大将廉颇之食量堪与赵雍匹敌，军中呼为"一龙一虎"。今日赵雍虽已六旬，犹是虎虎生风之猛，一日只有两鼎舂米干饭，如何能够果腹？一个多月下来，白发苍苍的赵雍形销骨立，直是那寒瘦凛然的一杆白杨，纵是一身紧身胡服，此刻也是空荡荡架在肩头，任寒风吹打得啪啪作响。

沙丘的冬日是寒冷的，行宫里的一切有用物事都在赵雍昏迷时被搬运一空了，那些许粮米大约也是有意留下而已。没有燎炉，没有木炭，高大空旷的行宫冰窟冷窖一般。夜里，赵雍撕扯下几片能搜寻到的帐幔，用火镰击打出火苗焚烧取暖。白日，赵雍缩在废太子章作乱，公子成与李兑领兵赶至沙丘，"杀公子章及田不礼，灭其党贼而定王室。公子成为相，号安平君，李兑为司寇。公子章之败，往走主父，主父开之，成、兑因围主父宫。公子章死，公子成、李兑谋曰：'以章故围主父，即解兵，吾属夷矣。'乃遂围主父。令宫中人'后出者夷'，宫中人悉出。主父欲出不得，又不得食，探爵鷇而食之，三月余而饿死沙丘宫。主父定死，乃发丧赴诸侯。"（《史记·赵世家》）公子成狠辣，知若主父不死，事后必被诛族，于是一不做二不休，以灭族威胁宫中人，迫宫中人尽出，围困赵武灵王，最终饿杀赵武灵王。赵何年幼，不敢反对，"是时王少，成、兑专政，畏诛，故围主父。主父初以长子章为太子，后得吴娃，爱之，为不出者数岁，生子何，乃废太子章而立何为王。吴娃死，爱弛，怜故太子，欲两王之，犹豫未决，故乱起，以至父子俱死，为天下笑，岂不痛乎！"（《史记·赵世家》）赵雍一生勇武，重情重义，这般惨死，让人唏嘘不已。其实也怪不得公子成与李兑，若公子章得手，主父也是死，保住赵何，尚有一线生机，个中痛苦挣扎，怕也是惊心动魄。还是那句话，当断不断，必受其乱。另，小说虽力陈胡服骑射之利，但坊间对胡服骑射的争议很大，有陈其不利者，即胡服骑射于农耕生活是水土不服，久推之，反受其害，各种争议，皆可斟酌。

山根下枯黄的茅草里晒暖和，手脚活泛了，便在行宫府库里搜索大大小小的粮囤鼎斛，但能搜得几把灰土夹杂的糙米，便是呵呵长笑，狂乱地生生塞进嘴巴大嚼，满嘴白沫犹自津津有味。正午日暖了，赵雍猴子般爬上高高的白杨，在鸟窝里掏出刚刚从蛋壳里伸出头还不会喳喳鸣叫的雏鸟，连鸟蛋一起塞进嘴里，嚼得血水从嘴角汩汩流淌，却是哈哈大笑。日每如斯，不到一个月，陵园行宫白杨林中的鸟窝便被洗劫一空了。但见白发白须的"老猴子"出来晒太阳，成群的乌鸦鸟雀便绕着他愤怒地聒噪飞旋，老猴子猛然狂笑蹿起，鸦雀们惊恐高飞，盘旋在湛蓝的云空，犹自不依不饶地嘶声叫着。

大雪纷纷扬扬地铺天盖地，沙丘成了冰雪的世界。府库被搜寻得一干二净，连能找到的鼠洞也被全部挖过了。鸟窝被掏光了，雏鸟被吃净了。连唯一可吃的几棵老榆树皮也被扒得树干白亮，在呼啸寒风中枯萎了下去。纵是草根，也被大雪掩埋了。

茫茫天地，唯有无尽飞扬的雪花在飘舞，唯有飞檐下的铁马在叮咚。

三个月过去了，沙丘行宫外依然没有熟悉的号角。

没有等来他所向披靡的精锐大军，赵雍终于在冰天雪地中颓然倒下了。

这是公元前295年冬天的故事。

第十二章 士相峥嵘

一 秦国第一次力不从心了

当赵国的崛起奥秘全部被揭开，秦国君臣在章台的秘密会商莫衷一是了。

以丞相魏冄的主张：赵国在武灵王之后已经休整二十余年，惠文王赵何的王权已经稳固，赵军兵力已六十万余，实力显然已经超过了武灵王后期；当此之时，秦国不宜与赵国展开大战，当先行周旋山东列国，陷赵国于孤立，而后徐徐图之。然则如此一来，立即有一个难题摆在了面前：阏与之败如何对朝野交代？丧师八万，秦军遭受了前所未有的耻辱，朝野伐赵声浪正在汹汹之时，天下战国也在睁大眼睛看秦国如何举动，若就此隐忍不发，且不说灭杀秦人公战士气，只怕追随秦国的山东诸侯也会倒向赵国了。这种局面，任谁也不愿看到。如此一番折辩，大权在握的魏冄也不能固执己见了,只拍案一句:"王前但有定策,老夫鼎力实施!"板着脸不再说话。

末了,还是一直默默思忖的白起开口了:"从大势权衡,目下还得给赵国一个颜色,否则内外难安。只是此战只宜快速战胜,不宜僵持大打。战胜之后,我王可会赵王,压其处于下风,使天下皆知大秦并无示弱赵国之意,以了阏与之结。而后,当以丞相之策行事。"虽然不甚解气,然则重臣们反复掂量,目下还似乎只有如此方可暂做了局。一时无话,算是默认了白起的谋划。

"会王之事好说。"秦昭王皱着眉头,"要紧处是,这一仗必须胜得利落。"

白起慨然拱手:"此战臣当亲自统兵,定给我王打出会盟威风!"

一言落点,魏冄当先拍案喊好,几位重臣尽皆赞叹,连秦昭王也似乎绽开眉头松了一口气。白起的厚重寡言人人皆知,统兵出战的沉稳犀利更是人人放心,他说打出威风那便必然能打出威风。只要一战打胜与赵国扳个平手,秦国便能从容周旋。如此情势,君臣心下一时稍安。

会商结束,大臣们立即赶回咸阳各自忙碌去了。独自留在章台消暑的秦昭王有些坐卧不宁,总觉心下沉甸甸的。落日余晖将山谷染成了一片金色,秦昭王沿着湖畔草地一路走来,不知不觉到了竹林掩映的孝公庭院——玄思苑。漫步在这简朴幽静的小小庭院,秦国的风风雨雨油然浮现在眼前。秦孝公与商君的盛年悲剧发生在这里,秦惠王的暮年悲剧发生在这里,秦武王扑朔迷离的继位之变也发生在这里,便是秉政三十余年的母亲宣太后,去岁也惨死在这里。小小章台,每每在秦国大转折的时刻不期然成了风浪的源头,神秘得令人不可思议,只有叹息天意了。如今,自己即位已经

战败最损国君权威。隋朝短命,与其伐高丽败归有关。所以,阏与之事,必须有个交代。

三十余年,秉政母后死了,统摄国事的舅父丞相也老了,眼看自己就要稳稳当当地亲掌大权统一六国了,却突然一座赵国大山横在了面前。拨开这座大山上笼罩的云雾,又恰恰是在章台。若非天意,其中奥秘为何如此令人难测?诚然,一国内政也可以不因他国强大而改弦易辙。然则这是战国之世,大国连续碰撞激烈对抗,天下大势几乎铁定地左右着各国的权力格局,如何能以寻常时期的外事邦交论短长?若无赵国大山骤然横空出世,阏与之战秦军大败,以穰侯年近七旬之身,朝野呼吁其退位还政之声必然日见高涨,穰侯无由恋栈,自己亲政指日可待。然则赵国大山一横,秦国局势陡见险恶,强臣猛将便会成为国家重宝,稳定权力格局也会成为上下同欲,朝野便会转而拥戴穰侯此等强臣掌国,以与赵国对抗。穰侯虽已年迈,却是老而弥辣,非但体魄强健,权欲更是不见稍减,若再有十年,嬴稷自己也是年近六旬之老人了,倏忽一生,难道注定要将这空头王冠戴到坟墓里去么?

这种茫然无措,与其说是因自己的权力处境而起,毋宁说是惊心动魄的赵国故事给了他前所未有的震撼。毕竟,自己是秦王,也算身强体健,终不成还能走在老舅父之前了?纵是亲政再晚,秦国最终也还是得嬴稷掌权了。说到底,秦国目下最要紧的是如何对抗这个巍巍然崛起的赵国。然则,依赵国目下之势,秦国还当真是力不从心也。就兵力说话,战国以来,初期魏国最是强盛,魏惠王中期曾达到五十万精锐大军;战国中期,楚国吞灭吴越之后,兵力一度达到六十余万,齐国在齐湣王后期也达到了六十余万大军。然则,上述三国都倏忽衰落了,目下都是拥兵三四十万而已,且还不是清一色的精锐新军。目下七大战国之中,兵力在六十万之上者,唯有目下之赵国。

若是仅仅数量占优而战力疲弱,秦国五十余万大军何惧之有?要紧之处在于,赵国这六十余万大军,偏偏是胡服骑射之后练出的精锐新军,其剽悍勇猛之战力,竟能一战吞灭秦军八万铁骑,当真令人惊心。纵是胡伤用兵不能与白起相比,然则两军死战绝地,赵军并非大军重围以数倍兵力优势取胜,而是在兵力大体相等的情势下死战取胜的。若非此等血战,岂能令善战之秦国朝野震惊?

如果说,阏与之战还仅仅是对赵军战力的惊讶,在白起揭开赵国帷幕后,秦国君臣已经被赵国的整体实力震惊了。若是赵武灵王的主父一直做下去,以赵雍晚年之错失频出,也许赵国之强大也就是昙花一现了。偏是阴差阳错,一场兵变竟成了赵国朝野的枢纽之油,使这个民风强悍的国家度过危机而继续强大起来。本来赵雍未必就死,偏偏那个最后的侍女岱云子刚刚走出赵国,却永远地失踪了。本来少年赵何未必能稳定赵国,谁料那个公子成被封为安平君独掌国政三年之后却死了。那个谋划起事的李兑虽然做了司寇大臣,却也因实力靠山倒塌而被处斩了。于是,赵何安然亲政,赵国度过了变乱之期。更令人不安的是,赵何当政后礼贤下士,赵国倏忽涌现出一大拨名臣名将,势头似乎比当年秦国崛起还要来得迅猛。虽说在赵国内乱之时中山国又死灰复燃,可如今的赵国不是又灭了中山么?如此一来,赵何的国王越做越稳,赵国也是扶摇直上,天算也?人算也?

赵武灵王倒没有挑错继承人,错在犹豫不决。赵惠文王在位期间,赵国有一些作为,廉颇、蔺相如、平原君、乐毅、赵奢等人,起的作用甚大。

　　战国之世,但能在变法之后连续两代稳定,立即成为超强战国。若一代变法而后代止步,必会无可奈何地迅速衰落。前者如魏国,如齐国,如秦国;后者如楚国,如韩国,如燕国。目下之赵国,赵何已经稳定近二十余年,上下同心,坚持新法,朝野拥戴,国力凝聚,若再有一代如此坚持,秦国的压倒天下之势则分明要被两分了。虽然赵国没有废除封地旧制,旧根没有彻底刨除,令秦国君臣稍感心安。然则,赵国稳定之后,安知不会再行第二次变法?若当真推行第二次变法,如同秦国商君变法一般彻底,赵国岂能撼动了?果真如此,赵国岂非要与秦国平分华夏?秦国一统天下之大业岂非要付诸东流?那时,身为第四代强秦国君的嬴稷将何以面对嬴氏祖先?何以面对天下变法之士?

　　是了,要害在这里,秦昭王茫然无措的根子也在这里。

既可视之为预言,也可视之为祖训。

　　当年,秦孝公东出未成梦断关河,临死之际与太子嬴驷单独密谈。孝公问嬴驷:"何谓国耻?"嬴驷答:"六国蔑秦,不与会盟。"孝公问:"何谓国誓?"嬴驷答:"大出天下,一统华夏!"孝公一字一顿地做了最后叮嘱:"王族易败,若无远图则速朽。凡我嬴秦子孙,必以一统天下为激励,荒疏者,死

后不得入太庙也！"从此之后，"大出天下，一统华夏"便成了
嬴氏王族的秘密国誓。尽管，由于分化六国的策略之需，这
一秘密国誓不能公诸朝野，但嬴氏王族与股肱大臣历来都是
清楚的。而且，自秦惠王之后，秦国与山东六国经过五十余
年周旋，压倒优势已经是越来越明显，齐魏楚燕韩皆成疲弱
之邦，统一天下眼看便可着手实施了，却偏生崛起了如此一
个强猛赵国，岂非大大令人头疼？更令人担忧的是，若这种
秦赵僵持的局面再延续得几年，五大战国完全有可能重新恢
复过来，那时山东六国再以赵国为盟主合纵抗秦，岂非又倒
退回秦惠王的艰难时期了？稍有闪失，秦国被逼回函谷关以
西亦未可知也。

　　血红的晚霞中，秦昭王猛然一个激灵。　　　　　　　寝食难安。

　　"备车！回咸阳！"秦昭王对遥遥跟在身后的老内侍喊
了一声，大踏步走了。

　　当夜三更，秦昭王回到了咸阳，没有进宫，车驾直奔穰侯
魏冄的丞相府邸。可匆匆迎出的相府主书吏却禀报说，丞相
从章台回来只在府中停留得一个时辰，便带着一班精干吏员
北上九原了。秦昭王思忖片刻，也没有多问，驱车回宫了。

　　刚进书房，长史王稽来禀报：武安君府行军司马报来急
件，说武安君与丞相已经兼程北上九原，但有军情，随时羽书
急报。秦昭王心下稍微宽松，立即吩咐长史下书各郡县并晓
谕朝野：上将军白起已经起兵伐赵复仇，秦人精壮但有非征
入军者，各郡县得踊跃接纳并就地驻扎，俟国尉府稍后一体
接编。这是章台会商确定的谋划，此战事先书告朝野，以安
国人汹汹请战之心，昭示国府雪耻之心志。王书发出，秦昭
王吩咐张挂九原地图。硕大的羊皮地图在六盏与人等高的
铜灯下分外清晰，秦昭王伫立在图下久久端详——白起要在
这里与赵国开战么？

因此战不大,章台会议没有要求白起详陈谋划。当然,更根本的原因在于这是白起统兵出战,若是别个大将,那是无论如何也要多方谋议的。加之白起与丞相魏冄素来是军政联手的极佳将相搭档,白起慨然请战,魏冄一力赞同,秦国君臣还有个不放心了?秦昭王从章台回来的路上便在思忖,白起会将战场选在哪里?秦昭王原本多谋深思,即位以来虽说不握掌国实权,但却从来都在细心体察白起的用兵之道,尤其是那些兵略谋划。虽说君王不必领兵,然战国之世大战连绵,君王不知战场兵术尚可,若对兵家战略也是一窍不通,则是迟早要出事的。以秦昭王的推测,白起打仗刁猛狠稳,看似堂堂之阵正正之旗,实则机变难测;论秉性,更是刚勇深沉,战胜欲望格外强烈。以此看去,白起这一仗定然是选在河内安阳之外。

安阳是白起夺得河内郡后设置的新要塞,恰在与赵国接壤处。兵出安阳,百里之遥便是丛台行宫(赵王台),再北上百里便直接威胁邯郸了。当然,更重要的是,安阳要塞四周驻有秦国的精锐铁骑十万,攻城大型器械也多在此囤积,实则是蓝田之外的秦军第二大本营。攻敌距离短,秦军优势大,但出可直捣赵国都城要害,对天下震动大,对赵国震慑更大。秦昭王以为,对赵复仇,此地为上,白起也必选此地无疑。

然则,白起选了九原,实在不可思议。

九原与云中,是秦国北长城段防备匈奴的两大要塞,驻军统共八万铁骑。自从武灵王设置云中郡后,赵国一直在阴山大草原驻有廉颇统帅的十万胡服精骑,东南二百余里是雁门关大军营地,原野开阔,骑兵相互驰援极是便利。依据各方军报,此番白起北上没有调遣大军,看来是要以八万铁骑对赵军十万开战了。虽说秦军战力出类拔萃,然目下这是打过阏与血战的赵军,如何能保得稳操胜券了?白起啊白

远离其他五国,林胡、匈奴又被赵国驱赶,此地最适合两国单独打斗,不用担心战火延烧其他五国——秦国时刻警惕六国再度合纵。白起心思缜密。秦灭六国之后,北击匈奴,设九原郡等。

起，你素来沉稳，如何却在这只能赢不能输的关节点上冒险了？

然则，秦昭王不想干预，也不能干预。

白起背后还有魏冄，且不说魏冄目下大权在握，便是论兵论战，魏冄也是几近一流的统兵之才。无论如何，魏冄的谋国忠心秦昭王是毫不怀疑的，他能全力支持白起，一如既往地亲自为白起坐镇粮草辎重，其中必有道理。大战在即，若自己表示异议，虽说并不一定会动摇这一对将相合璧，但毕竟会使他们分心辩解，传扬开去，对军心无疑是一种无端干扰。可是，如若不说，当此要紧关头，万一失利该如何处置？秦昭王心中蓦然一亮——此战若败，不说白起，先便是废黜魏冄丞相的绝好时机，大权可一举回归。然则片刻之间，心中那一丝亮光黯淡了下去。果真败北，秦国立时便是内外交困，纵能废黜魏冄，却用何人替代？大国丞相统摄国政，其人若无非凡才具，君王会立即陷入繁剧的国务旋涡而处处尴尬狼狈。一将一相，历来是国家栋梁。无大才出世，无端换相便是徒然乱国，如何能在战败危机之时动手？

"长史拟书。"良久伫立，秦昭王突然回过身来。

长史王稽将王书迅速拟就，半个时辰内誊抄刻简用印泥封一应完备。天亮时分，三骑快马飞出咸阳直上北阪，向遥远的北方风驰电掣般去了。

两个月后，九原战报传来：秦军大捷，斩首赵军六万，一举将廉颇大军赶出云中以北的阴山草原，赵国云中郡不复存在。

秦昭王精神大振，备细询问了军使大战谋划经过，情不自禁地拍案赞叹："天赐白起与秦，当真大秦长城也！"

原来，白起与魏冄的谋划是：此战决意要给天下一个明告——秦国大军强于赵军，阏与之战不过是偶尔不慎战败而

反击赵国，示威于其他五国，绝其合纵之心。如果各国齐心，合纵之术，是抗秦之上策，可惜各国心异，此计不成，苏秦身死。近代史专家陈恭禄曾引日人稻叶君山之语评价国人，曾国藩杀李秀成之后，"自以殄除元恶，靖平大难，而左宗棠、沈葆桢交疏讥其浮报洪福瑱已死，时传南京财货尽入军中，曾国荃请疾归乡，李臣典病死，曾国藩解散所部二万五千人，其愤郁惨沮，可谓至矣。日人稻叶曰：'争功妒忌，蜚言中伤，乃汉人天赋之特性。'斯言也，深切官吏之病"。（陈恭禄：《中国近代史》，中国工人出版社，2012年，142页。）集权可带来苟安，苟安者愿意集权循环，中国历史的定律。

已,列国莫要错判情势附赵抗秦。为此,便要寻求与赵军主力大军决战。丞相魏冄曾经提出,从河内郡安阳北上,攻下丛台行宫。武安君却不赞同,说从河内方向攻赵腹地是名大实小,既不能化丛台入秦,又不能攻下邯郸,且邯郸以南山地河湖交错,加之赵军后援便利,不宜铁骑驰骋速战速决;但凡用兵,当以夺地灭敌二者兼得为上,以此为谋,九原云中当是此战战场;阴山大草原的边军骑兵历来是赵军最精锐主力,也是赵国傲视天下的根本,若战而胜之,非但可硬铮铮证实秦军威力,而且可大大削弱赵国云中郡,甚或可将阴山草原化入秦国势力。武安君说罢,丞相大是赞同,立即放弃了河内攻赵的主张,二人只带了三千铁骑兼程北上了。

九原在西,东南距云中尚有一百余里。战场之地在云中,白起却先期驻扎在九原,为的是不使赵军觉察。经过半个多月的秘密踏勘与斥候侦探,武安君对赵国边军情势已经了如指掌。此时赵国的长城边军分做三大营驻扎:最东是平城大营,中段是雁门关大营,最西是云中郡治所周围的廉颇大军。因了刚刚吞灭中山国,赵国主力大军尚"镇抚"在雁门关与中山国故地之间的楼烦、广武地带,廉颇的云中大军堪堪只有八万,且是两大营区背靠背两面防守:北防匈奴南下,南防秦军北上,营寨坚固深沟高垒,显是将中原战法搬到了大草原之上。

敌情探明,武安君立即赶赴云中调遣大军:中路轻装铁骑一万,武安君亲自统率,从赵军两大营区的河谷地带杀入,分割赵军;北路军一万铁骑,绕道北营以北的草原,攻赵北营;南路军一万五千,直出云中要塞攻赵南营;铁甲重装骑兵两万,在山谷军营外的大草原截杀出营赵军;其余两万五千骑士与五千步卒,全部改为强弩营并携带猛火油柜,攻营前秘密潜行到大营两边山头密林,先行对赵营猛烈火攻。武安君特意申明将令:此战不堵截赵军援兵来路,集秦长城全部大军猛攻赵军,务求果敢猛勇速战速决,务必于天亮前击溃赵军。

天色一黑,秦军偃旗息鼓从大草原分四路秘密进发,夜半时分抵达赵国云中大营的外围山地。一个时辰后寅时卯刻,三声苍狼的吼叫呜呜呜顺着风声蔓延过来。这是武安君与众将约定的夜袭号令。狼吼方才落点,埋伏在两面山腰的强弩营立即万箭齐发,长大的箭镞带着浸透猛火油猛烈燃烧的厚布头,火龙般扑向赵军营寨。赵军壕沟内外均是粗大的圆木鹿寨,军营内也多有木栅障碍、瞭望云车等诸般木制物事,火箭但钉上鹿寨帐篷,顿时烈火熊熊。不消片刻,火势在赵军的呐喊中无边蔓延开来。此时四面战鼓大作，三路大军潮水般杀入了赵国大营。

赵军虽然勇猛，然则在强兵突袭之下也是大乱。饶是廉颇奋勇冲杀，无奈赵军已经被武安君的三万铁骑拦腰分割，无法成阵而战，只有拼命冲出已成火海的山谷军营，在大草原与秦军奋力死战。刚冲到地势开阔的草原，秦军的两万铁甲重装骑兵展开成足足三五里宽的巨大扇形阵包抄了过来。铁甲重装骑兵是秦军铁骑精华，马罩铁皮甲（内皮衬外包铁），骑士则一身六十余斤的精铁甲胄，全身只露出两只眼睛；与轻装骑兵不同的是，重装骑士每人一口重型长剑之外，还有一支一丈余长的铁杆长矛与二十支远射长箭。此等骑兵只宜在地形平坦的原野做强力冲锋，不宜在山地作战。故此，武安君专门部署在九原云中做对抗草原匈奴的利器，不想今日却是派上了用场。重装铁骑展开，一具具铁塔相连，恍如漫无边际黑色铁流压过草原，恰与红色胡服的赵国轻装骑兵形成鲜明对照。

两军一经碰撞，赵军的轻装骑士立见不支。这道铁流挺着长矛抢着长剑压来，任你轻灵剽悍，只是近不得一丈之内，纵有几箭射出，也是叮当落地伤不得他毫发。赵军骑士是清一色的胡人战刀，大体三尺余长七八斤重，近战劈杀没有秦军十余斤重型长剑那般威猛，远战又无秦军长大的精铁长矛。如此一来，人马皆不能近身搏杀，只有在不断闪避中寻机而战，然则躲闪稍微有误，便被一矛洞穿。前有重装铁流堵截，后有轻装铁骑追尾，四面又有专门对付散兵的两万多强弩，前后一个多时辰，赵军骑兵全线崩溃了。廉颇久经战阵，情知僵持下去只能是全军覆灭，连声大吼，一阵撤兵牛角号吹起，率领着溃散骑兵向北方草原逃跑了。 走为上计。

天亮清点战场，秦军只有六千余伤亡，斩首赵军六万余。

如此战绩，秦昭王如何不感慨备至？十分地庆幸自己没有对此战表示异议，而是以那道王书支持了这场战事。兴奋之余，秦昭王立即派遣特使北上犒军，并同时书告朝野：秦军大胜赵国主力边军！两书发出，秦昭王想到了该自己出面的第二步棋，思忖良久，秦昭王吩咐内侍立即召长史王稽进宫。

王稽与范睢关系甚厚，堪称荣辱与共。

二 完璧归赵 布衣特使初现锋芒

先是兵刃相接，教训赵国，并给六国以警示。接下来外交示警，秦昭王步步相逼。

赵惠文王看罢秦国特使的国书，一时云山雾罩了。

"素闻秦王持身端正，厌恶奢靡，何以如此喜好一方美玉？"

"人各有癖，何能以情理论之也。"特使王稽拱手笑道，"然则，宣太后喜好美玉，又是楚人，赵王当知也。太后安葬之时，秦王四处搜求楚玉瑰宝陪葬母后而不能得，今闻赵王得楚玉至宝，秦王欲以其恪尽孝道，亦未可知也。"

"一己之孝，便以十五城交换，秦王当真阔绰也。"赵何揶揄地笑了。

《史记·廉颇蔺相如列传》："赵惠文王时，得楚和氏璧。秦昭王闻之，使人遗赵王书，愿以十五城请易璧。"史书中秦昭王求璧，可能纯属是爱宝，顺带欺负一下赵国。小说将此事改编为秦国兵败阙与之后的应急反应，让故事环环相扣。

王稽也是不无讥讽："赵王若能将和氏璧无偿赠与秦王，自然是一等一的美事了。"

赵惠文王有些不悦："和氏璧乃赵之国宝，特使且驿馆等候，待本王与大臣议决而后定。"王稽说声那是自然，告辞去了。

回到书房，赵惠文王仍是百思不得其解，秦王嬴稷究竟有何图谋，要在这和氏璧上大做文章？孝母陪葬，屁话！普天之下谁不知道，秦国法度森严，向有"非举国公议，君不得割一城一地"之大法？以十五城交换和氏璧，纵然不是割地，也是荒诞之尤，如何能通过秦国那些重臣名将了？战国之世，国家财富之内涵只是实实在在的三样——土地、民众与诸般实用财货。除此之外，珠宝名器甚或钱币，都是可有可无的。进入战国两百年，只有一个魏惠王是真正的珠玉癖，酷好收藏各种明珠宝玉与罕见金器，视此类物事为"国宝"，被当时尚刚刚即位称王的齐威王大大嘲笑了一通，从此成为天下笑柄。① 饶是如此，当时的越国要用一颗千年大海珠换取魏国南部六城，也被魏惠王断然拒绝了。魏惠王恶狠狠地回答了越国特使，本王有六城之地，可得三万铁骑；三万铁骑纵横天下，何宝不可得也！一个说好不好说坏不坏的魏惠王尚且如此，简朴明锐的秦昭王如何能做出此等荒诞事体来？若是真正交换，赵何肯定是毫不迟疑，一方玉器再贵重，也只是一方贵胄赏玩器物而已，不能吃不能喝更不能成兵强国，如何当真价值连城当得十五座城池？

　　如此说来，秦国肯定是以换宝为入手而另有所图了。图在何处？秦国刚刚战胜，赵国最精锐的边军铁骑遭受了前所未有的重创。两战下来，秦赵各胜一场，堪堪打了个平手。赵奢、廉颇一班大将与平原君等一班重臣，都主张不要急于寻仇，一定要稳住阵脚与秦国长期对抗，寻求最合适的时机决战。当此狼虎两家怕之时，秦国一反夺取魏国河内、楚国南郡后对山东六国的强猛高压，却突然放下身段与赵国展开了平势邦交周旋，且当先便是一出匪夷所思的以城换宝，当真令人觉得莫测高深。

　　"备车，马服君府。"赵惠文王决意先听赵奢如何说法。

君臣之间，有商有量。

　　阏与血战，赵奢负伤二十余处，虽经太医精心治疗而痊愈，毕竟是大见衰弱，寻常时日深居简出。惠文王敬重这位力挽狂澜为赵国立威的名将，怕他在家落寞，下书赵奢以封

---

　　①　魏惠王与齐威王关于"国宝"的论争，是战国人才观念的不朽故事，见第一部《黑色裂变》。

君高爵兼领了国尉府,谋划赵国军务。国尉许历,本是赵奢力拔于军士,对马服君兼领国尉府自是分外服膺,但有军政大计便来马服君府共谋,赵奢的精气神终是渐渐好了起来。

惠文王知道,赵奢特意在后园庭院水池边建了书房,寻常总是在这里养伤待客,便不走正门,径直进得偏门,未过影壁,闻得一股淡淡的草药气息飘来。绕过影壁再穿过一片竹林,便到了那座四开间书房的背后。猛然,一阵琅琅吟诵传来,透过摇曳修竹,惠文王看见一个红衣散发黝黑健壮的少年,正在水池边挺身肃立着高声念诵。听得几句,却是《孙膑兵法》。噢,对了!惠文王心中一动,早听说马服君有个天赋不凡的儿子,莫非这便是了?看这模样,马服君便在书房廊下了。别急,看看这父子做何功课。惠文王向身后内侍挥挥手,站在竹林边不动了。

片刻之后,少年吟诵停止,昂昂高声道:"父亲,赵括背完兵书十三部,你做何说?"

"天赋强记,原是不错。"赵奢淡漠的声音突然一转,"赵括,兵书十三部你倒背如流,还在这些兵书上密密麻麻做点评批注。我问你,兵书作者,皆是身经百战之兵家名将,兵书之言,皆是实战而来。你从未上过战阵,更不说统兵作战,却以何为凭据做如此多方评点诘难?"听羊皮纸哗啦啦翻动,显然是赵奢拿着兵书在对照,对上面的批点大皱眉头。

"父亲差矣!"少年赵括红着脸高声反驳,"兵书作者未必身经百战。最多之吴起,终生只有七十六战。最少之孙膑,终生只有两战。次之如太公,终生只有三战,灭商之前只是一悠闲老叟而已,从未有统兵上阵之阅历。由此观之,久历战阵可成名将,精研兵学亦可成名将。前者如父亲如廉颇,后者如太公如孙武如孙膑。赵括虽未入军旅战阵,然则读尽天下兵书,相互参校,自能见其谬误,如何不能评点?父亲不说评点是否得当,而只对评点本身一言抹杀,岂非大谬也!"

"嗬!小子倒振振有词了。"赵奢翻动着羊皮纸,"你对《吴子》这番评点显是无理。《吴子·论将篇》说,'凡人论将,常观于勇。勇之于将,乃数分之一耳。夫勇者必轻合,轻合而不知利,未可也。'此断至明也。你说,你是如何批点了?"

"此断大谬也,非兵家求实之论!"少年琅琅背诵,"无勇不成将,何能仅占数分之一耳?将之勇,在心不在力,在决断之胆识,而不在战阵之搏杀。吴起之误,在于错把将勇只当作搏杀之勇也!"

"学宫论战之风，全然不涉实际。"赵奢显然是板着脸在说话。

"父亲差矣！"少年赵括立即一口否定，"阏与血战，若论搏杀之勇，父亲不如廉颇，亦不如乐乘。然则廉颇乐乘皆说不可战，何独父亲主战，且有狭路相逢勇者胜之名言？究其竟，父亲勇略胆气当先，自有名将之功。人云，廉颇以勇气闻于诸侯，实则大谬不然！何也？凡战必守，而无进攻胆识，谈何勇气？此等将军，纵是终生战阵，也必无一名战。赵括立论端正，言必有据，如何不涉实际了？"

"不对不对！小子总是岔道了，只不过老夫一时想不来罢了。"

赵括天真地笑了："父亲自己想不明白，还只说我岔道，真是。"

"且慢！"哗啦一翻，赵奢又道，"《孙子·作战》云：'善用兵者，役不在籍，粮不三载；取用于国，因粮于敌，故军食可足也。国之贫于师者远输，远输则百姓贫。故智将务食于敌。'你又是如何批点？"

赵括应声即答："此论春秋可也，战国之世拘泥此论，当败兵！"

"一派胡言！"赵奢呵斥一句，"在敌国就地解决军粮，向为大将之所求，用兵之至境，何以当世不可行？"

"父亲熟知战史。吴起之后，可有一国大军取粮于敌国者？"

一阵沉默，赵奢显然被儿子问倒了。过得片刻，又是赵奢声音："倒是当真没有。你小子说，何以如此？"

"老父但想，"赵括脸上闪过一丝似顽皮似得意的笑，接着却是与少年笑意极不相称的老到话语，"春秋时诸侯上千数百，半日路程一个邦国，但有军旅征伐，少有不穿越几国者。邦国小，粮仓易见易夺。纵然不能夺得，也可就近向他邦借粮。最不济时，还可抢收敌国与四周小国之成熟田禾。唯其如此，春秋之世邦国相互借粮赈灾救战者屡有发生，故此有'征伐食于敌'之说。然则方今之世，天下已被七大战国分割，二三十个小诸侯挤在夹缝里奄奄一息。但有战端，动辄数十万大军对峙，敌国粮仓要塞皆远在战场之外，而军营粮仓则是重兵布防，如何能轻易夺得？纵然奔袭敌方粮仓成功，也只能断敌之粮，而不能补充己方之粮也。是故，孙子此说不应战国，战国之世亦无此等战例！"

"似乎在理。"赵奢声音拖得很长，"然则，老父总觉何处不对，只不过一时间想不清楚……"

"想不清楚，不要想了。"惠文王大笑着走出了竹林，"后生可畏，信哉斯言也！"

赵奢连忙站起施礼参见,赵括也跟在父亲后面行了大礼。惠文王高兴地拍着少年肩膀连连赞叹将门虎子,回身笑道:"马服君,我借你这儿子一用。"

"我王笑谈了。"

"非是笑谈。"惠文王收敛笑容,"太子赵丹,才智平平。本王想教赵括进宫伴读,少年同窗切磋,以激励太子奋发,马服君意下如何?"

赵奢思忖片刻,肃然拱手道:"赵括虽有读书天赋,然则老臣总觉其未经锤炼,华而不实,若误太子,老臣心下何安?"

"马服君何其多虑也。"惠文王笑了,"初生之犊若畏虎,岂非你我老暮了?"转身一拍少年肩膀,"赵括,你可愿再读几年书?"

赵括挺胸高声:"读书历练,愿意!"

"好!"惠文王点头,"那便定好了,明日你进宫拜见太子傅。"

"遵命!"赵括将军般高声领命,"赵括告辞,代父亲下令上茶!"回身飞跑去了。

望着赵括背影,惠文王犹是一脸欣然,站在座案前兀自喃喃赞叹。赵奢也是若有所思,直到惠文王回身入座,才恍然笑了:"我王拨冗前来,必有大事。此间清净隐秘,我王但说无妨。"惠文王收拢心神,将秦国要用十五座城池交换和氏璧的事说了一遍,末了道:"此事棘手,马服君有何评判?"赵奢思忖一阵道:"秦国此等做法,意在挑起事端,原非寻常邦交之道。以老臣揣摩,秦国军力一时无奈赵国,便以此等邦交手段试探周旋。赵若不加理睬,天下会视赵国畏秦如虎,不敢与我结盟;赵若将和氏璧交出,而秦国必不会当真割让十五城。目下赵国无力与秦国决战,其时徒然受骗被欺,

花大篇幅介绍赵括背读兵书。赵括酿长平之祸,小说绝不能回避此人。赵奢深知其子之短,其母也深知赵括之短,可惜赵王中白起之反间计,撤换廉颇,代之以赵括。随后,廉颇之"守"策被废,赵括主动出击,惨败身死。智不如人,无可怨。

大大有损我邦尊严;若断然拒绝,则给秦国以发兵口实,五大
战国不想卷入战端,则会指斥赵国惜宝轻战,力劝我邦达成
交换,到头来还是左右两难。权衡起来,当真难以处置。"

"刁钻秦王,此等龌龊伎俩,也亏他想得出。"惠文王愤
然拍案,却再没了后话。

"且慢,"赵奢眼睛一亮霍然站起,"还是老话,狭路两难
勇者胜。"

"马服君,你是说要与秦国开打?"惠文王大是惊愕。

"原是老臣突兀也。"赵奢歉然一笑,"老臣之意:邦交诡
计,当以邦交手段破之。两难斡旋,便需邦交猛士。若有一
智勇兼备之特使,专司和氏璧周旋秦国,或可得完满结局
也。"

"有理。"惠文王轻轻敲着座案,"马服君以为,何人堪当
特使?"

"老臣不谙邦交,尚无人选。我王不妨召集大臣举荐,
或可得人。"

惠文王一拍案,"好! 便是这般。"

次日清晨卯时,凡在邯郸的大臣们都奉王命进宫了。惠
文王将原委说过,命大臣们各自举荐堪当特使的大才。由于
封地制仍然保留,赵国大臣大多养有多少不等的门客,寻常
举荐贤能,除了官署吏员与风尘奇士,主要来源便是各府门
客。当时之赵国,当数战国四大公子之一的平原君门客最
多,大体有近两千人。然则平原君思忖半日,却说门客武士
居多,除此则是略有一技之长的文士,谋勇兼备的邦交之才
目下确实没有。其余大臣倒是说了几个,然则又立即被知情
者非议,也便不了了之了。眼看没有个结果,平原君提出下
书各郡县求贤,偌大赵国,宁无人乎? 惠文王虽觉太慢,也只
好赞同了。

这样的道理,不讲自明
吧,还要兜这么大个圈子。秦
王求玉,赵王左右为难,给吧,
秦许诺的那十五城定是"空
城",不给吧,秦王一怒,又生
战事。

正午时分大臣们散去，惠文王正要出殿，一直守候在王座旁的宦者令缪贤却走过来一躬道："敢问我王，老臣有一人才，不知可否举荐？"惠文王不禁笑道："非常之时，不拘常例，你说。"原来，这宦者令总管王宫事务并兼领所有内侍侍女，虽在大臣之列，本人也并非被阉割的内侍，但却因是侍奉国君之近臣，各国便有不许宦者令与闻政事的法度。每逢殿议，宦者令是唯一不设座案而只能遥遥站在国君侧后以备不时之需的大臣。因了如此，缪贤自然也只能事后说话，且须经国君特许。

"老臣府中舍人蔺相如，堪做特使。"缪贤拘谨寡言，一句话完了。

"总得说说，此人何以堪当大任？"惠文王笑了，"来，入座说话。"

"谨遵王命。"缪贤小心翼翼地跪坐案前，"当初，老臣依附公子成获罪，想逃亡燕国。舍人蔺相如坚执劝阻，问臣何以相信燕王？臣答，当年曾随主父与燕王会盟，燕王私下曾拉着老臣之手说，愿与老臣结交，故此欲投奔燕国。蔺相如却说，赵强而燕弱，足下乃赵王信臣，故此燕王方有结交之意，如何能做真诚结交论之？今日足下做逃亡之人，失势失国，燕王畏惧赵国强兵，非但不会容留，且必然绑缚足下送回以示好赵国，足下何能自投罗网也！老臣请其为一谋。蔺相如说，赵王宽厚，足下亦非元凶，但肉袒伏斧请罪，赵王必能开赦也。老臣听从，果然我王便赦了老臣，还官复原职……"

"噢——"惠文王恍然大悟，"老令当年请罪得脱，是此人谋划？"

"正是。"

"不错。"惠文王轻叩书案，"这个蔺相如何方人氏？因

宦者缪贤推荐其舍人蔺相如。此人曾让缪贤渡过大难关。

何做了你的舍人？"

"启禀我王：蔺相如本代郡安阳县令蔺胡之子，曾在齐国稷下学宫修业六年，方回赵国，其父却卷入赵章之乱而获罪。蔺相如奔走邯郸谋求出路，经门客举荐而入老臣门下，老臣命他做了门客舍人，总管府务。"缪贤素知用人奥秘，将关节处说得很是确切。

"卿以为此人堪用？"

"老臣以为：蔺相如乃胆识勇士，更有智谋，可做特使。"缪贤没有丝毫犹疑。

"好！"惠文王拍案，"下书蔺相如，午后在西偏殿晋见。"

"老臣遵命！"缪贤兴冲冲去了。

午后斜阳，西晒的偏殿一片明亮日光。惠文王从大木屏的望孔一瞄，便见一个红衣束发者在殿中悠然走动，身材劲健笔挺，白皙的脸膛高鼻深目棱角分明，三绺短须些许发黄，显见有胡人血统。惠文王快步走了出来："阶下可是蔺相如乎？""代郡布衣蔺相如参见赵王。"由于舍人只是家臣，没有官身，蔺相如以士礼晋见。

"蔺相如，秦王以十五城交换我和氏璧，可以做么？"惠文王直截了当入了话题。

"秦强赵弱，不可不许。"蔺相如简洁一句，无片言剖析。

"若秦国得璧之后不割城池，我却奈何？"

"财宝互换，天下公理也。秦以城求璧，原是大道，赵若不许，理屈在赵。赵若交璧，秦不予赵城，理屈在秦。权衡两策，宁可选择交付玉璧而让秦国理屈。"

"然则，这个特使却是难也！"惠文王长叹一声。

蔺相如慨然拱手："目下我王必是无人，蔺相如愿奉璧出使。秦若割城，则璧留秦国。秦不割城，臣保完璧归赵。"

"好！"惠文王拍案站起，"若得如此，则无论换与不换，赵国都立于不败之地也。"转身高声吩咐，"御书颁书：蔺相如职任特使，奉璧入秦。"

蔺相如慨然应命，随着御书在王宫办理了一应仪仗国书印信，五日后入宫迎出和氏璧，带着三百铁骑护卫辚辚西去了。赵王书没有封蔺相如任何官爵，而只是任为特使。特使不是官爵，而只是一事一办的国君使者，大臣可做特使，布衣之士亦可做特使。此时身为特使的蔺相如，实际身份还是门客舍人，而门客历来是家主之私臣，不是国家官员，说到底，依然还是布衣之士。蔺相如很清楚，赵王其所以如此下书，一则是法度有定：无功不得受禄；二则是他的才具究竟是否堪当大任，还有待证实，骤然因事加爵，反倒会引起朝野非议。但无论如何,蔺相如只抱定一点:名士但为国使,便当不辱使命。

旬日之间,蔺相如抵达咸阳,将三百马队驻扎城外渭水之南,只带十名赵王特派护璧的黑衣武士入城。先在驿馆驻定,蔺相如派副使奉赵王国书进入丞相府行人署,磋商一应相关事宜。次日清晨,行人署传来秦王书令:着赵国特使奉和氏璧,即刻前往章台晋见。蔺相如接书,一行车马在秦国行人陪同下出得咸阳过得沣水,奔章台而来。

进得章台,沿途警戒森严,蔺相如便知必是秦国君臣在此会议。到得章台宫正殿外,秦国行人先行进殿禀报,片刻之后出来高宣:"护卫随从殿外等候,特使副使奉璧上殿。"蔺相如略一思忖,示意护璧武士与几名吏员在殿外等候,亲自捧起那方硕大的铜匣昂昂进殿了。进得殿中一瞄,蔺相如大觉蹊跷,殿中虽多有人在,却尽是护卫内侍与侍女,两厢没有一个大臣列座。显然,秦王并非在这里朝会,也并非郑重其事地对待这场换宝邦交。虽则如此思谋,蔺相如还是依照邦交大礼参见了秦昭王,双手捧上了赵王国书。

"好!赵王献璧,秦赵亲善也。"秦昭王哈哈大笑着,将国书随意地往旁边一摞,"来,本王先看看这名动天下的和氏璧。"

见秦王如此轻慢,蔺相如心中一沉,但还是镇静自若地捧着铜匣走上了王阶,在王案上打开了铜匣,捧出沉甸甸的玉璧亲手交给了秦王。秦昭王捧着玉璧,但觉眼前白绿相间光彩晶莹,手中温润可人,当真一方举世无匹的宝玉,哈哈大笑道:"赵国献得此宝,果然是天下无双也!来,你等都开开眼界了。"递给身边内侍总管交卫士侍女们传看,浑没将这件举世重宝当作郑重大事。内侍侍女们惊讶传看熙熙攘攘,一片声高呼:"我王得宝!国之祥瑞!万岁!"秦昭王也高兴得站起来与几个老内侍指点品评,只是津津乐道地议论此宝能派何用场。

蔺相如长长一躬道:"秦王但知此宝之贵,却不知此宝之瑕疵。"

"如此玉璧,竟有瑕疵?"秦昭王不禁惊讶,"来,你说说看,瑕疵何在?"

蔺相如接过玉璧道:"此玉之瑕,当照以青铜之光方可见得。"抱着玉璧从容走到殿中铜柱旁,转身看着秦昭王,倏忽正色道:"秦王可知,此宝何以名为和氏璧也?"秦昭王笑道:"无非和氏雕琢,岂有他哉?"蔺相如肃然道:"此宝现世,有一个血泪故事。秦王可曾闻之?"秦昭王摇摇头笑道:"血泪故事?未尝闻也,你但说来。"蔺相如道:"五百年前,楚国玉工卞和,于荆山觅得一方合抱大石。此石生于嶙峋山腰,石下浸出淙淙泉水。卞

和天赋慧眼，识得此方大石中藏有不世至宝，便将此石进献
楚厉王，说此中宝玉但做王印之材，可使国运绵长。楚厉王
当即传来王室尚坊之三名玉工师评判，三玉师皆说此石粗朴
无形，安得有宝，分明是此人欺世盗名。楚王大怒，立即砍掉
卞和双脚，赶出宫外。卞和出宫，抱着大石在荆山下风餐露
宿日夜哭泣，三年间发如霜雪形同枯槁，举国视为怪异不祥。
后来楚文王即位，派使者到荆山下询问。卞和哭道，吾之悲
哀不在失足，而在举世宝玉隐没顽石之间也！世无慧眼，宝
玉做石。分明忠贞，却认罪人。泱泱楚国，不亦悲乎！楚文
王得报，立即带玉工前赴荆山，剖开顽石，果见光华宝玉。楚
文王当即下书，封卞和为陵阳侯，领地六十里。卞和却只是
长身一躬，国宝现世，和当去也。合身滚下山崖，死在了荆山
南麓。楚文王心感卞和坚贞守宝，因命此宝为和氏璧。秦王
以为，这不是血泪故事么？"

交代和氏璧的来历。

"卞和蠢工也！"秦昭王被这个故事吸引了，皱着眉头
道，"何不自己剖开大石，取出玉石献国，岂非省了断足大
灾？"

"秦王原是不知做工之难也！"蔺相如一声叹息，"剖藏
玉之石，须得特铸镔铁刀具与北海细沙，此两物非楚国所产，
郢都尚坊尚须从他国买得，寻常玉工却如何剖石切玉也？"

"原来如此，特使博闻。"秦昭王笑道，"说说，和氏璧瑕
疵何在？"

"此璧之瑕疵，即此璧之神异也。"蔺相如将和氏璧托起
对着阳光，一缕红光骤然一闪，"秦王须知，当初卞和一缕鲜
血溅入玉身，使此璧于白绿亮色之中有了一缕炎炎红光。楚
人说，此为血光，亦是卞和灵魂归附之所也！"

"血光何算瑕疵？有此血光，正合战国大争之道，真我
大秦国宝也！"秦昭王一伸手，"来，本王再看看。"

蔺相如猛然靠近铜柱，将玉璧高高举起，怒火上冲道："秦王若再近前一步，蔺相如与玉璧一起毁于铜柱之下。"

"好个蔺相如，突兀变脸，却是为何？"秦昭王大为惊讶。

"秦王何明知故问也！"蔺相如怒发冲冠愤然高声："和氏璧天下重宝，赵王奉若神器，斋戒五日，方才郑重送来咸阳。秦王得宝，却传之内侍侍女，轻慢辱弄天下名器，却只字不提割城交换之事，分明蔑视赵国。身为特使，蔺相如何能忍之？"

秦昭王愣怔片刻，一阵哈哈大笑道："好好好，来人，拿地图来。"书吏匆匆拿来一卷羊皮大图展开，秦昭王指点着地图，"特使看好了，这河内十五城与赵国接壤，割给赵国如何？"蔺相如冷笑道："和氏璧价值连城，岂可一语了事？秦王当仿效赵王斋戒五日，举行隆重朝会，交换割城国书，蔺相如自当奉上和氏璧。"秦昭王思忖片刻笑道："好！依你了，本王斋戒五日，你再献宝。来人，将赵国特使安置广成传舍住下，五日后朝会。"说罢拂袖去了。

传舍，客栈也。广成传舍，是章台外一座最有名的客栈兼酒肆，宽敞整洁，偶尔也兼做国府驿馆。外国使节但在章台晋见秦王，大多住在这广成传舍。因了这个缘由，职掌邦交的行人署在这广成传舍住了一名吏员，称为传舍吏，专司接待照应外邦使节。蔺相如一行住定，已经是日暮时分，用过晚餐，蔺相如叫过两名黑衣武士商议一番，黑衣武士当即扮作商旅出了传舍。片刻之后，蔺相如带着两名护卫乘坐轺车公然出行，对传舍吏只说是要到赵国特使营安置事务，辚辚去了。到得沣水南岸，正遇两名黑衣商旅等候，蔺相如将和氏璧交两人收好，即刻飞骑北上。蔺相如选定的路径是，从咸阳北阪直上河西上郡，再西出离石要塞直入赵国。这条路比东出函谷关的大道要近得大半，两名武士不出三五日

"秦王坐章台见相如，相如奉璧奏秦王。秦王大喜，传以示美人及左右，左右皆呼万岁。"（《史记·廉颇蔺相如列传》）蔺相如见秦王没一点诚意，于是出狠招，痛斥秦王不庄重，欲与璧同归于尽。秦王以一国之尊，不便强要，于是答应斋戒五日再取璧，但易城之事就不再提起。

缓兵之计。心知秦王要空手套白狼，于是让手下连夜驰归赵国，以完璧归赵。

已经回到了邯郸。

送回和氏璧，蔺相如在广成传舍泰然住了下来。

到得第六日清晨，传舍外车马仪仗大有声势，行人署奉王命前来迎接特使献宝。蔺相如也不说话，只从容登车进了章台宫。这次章台宫正殿当真是盛大朝会威仪赫赫，宣呼之声随着蔺相如脚步从宫门外迭次上传，直达正殿。依照礼仪参见完毕，王座上秦昭王威严矜持地开口了："赵使蔺相如，本王已经如约斋戒五日，今日当献和氏璧也。"蔺相如正色道："秦王明察，不是赵国献璧，而是秦国以城易璧。"秦昭王道："便是以城易璧，本王也已对你指看了河内十五城，还有何说？"蔺相如悠然一笑："和氏璧已经安然归赵，外臣请说其中缘故。"秦昭王骤然大怒拍案道："大胆蔺相如！竟敢戏弄大秦么？"蔺相如长身一躬道："秦王明察：秦自穆公以来二十余代国君，与山东诸侯从未有过坚明约束，口头允诺立成泡影者多矣！蔺相如诚恐见欺于秦王而有辱使命，故此完璧归赵。秦王若果真以十五座城池交换，敢请立即派出交割特使，随臣前往河内，一俟赵国接防十五城，蔺相如当即奉上和氏璧。赵国虽强，终比秦国实力有差。赵国无意开罪秦国，更不欲以一方玉璧欺骗秦国而贻笑天下。秦王若罪我，蔺相如愿就汤镬之刑，甘受烹杀而无怨也！"

大殿中一片沉寂，秦国君臣都被这个从容应对自请烹杀的赵国使臣震撼了，准确地说，还有几分敬佩。虽则如此，毕竟是邦交难堪，大臣们纷纷怒声指斥，赵国无信！亵渎秦王！该杀！蔺相如当下油镬烹杀！

突然，秦昭王哈哈大笑一阵："蔺相如，算得一个人物也！本王纵然杀你，终是不能得璧，何苦来哉？璧城交换，原是买卖一桩，愿做则做，不做也罢。谅赵王不致以一玉璧欺我大秦也！蔺相如，本王放你回赵，此事日后再说。"说罢径

有必死之心。

范 雎

自拂袖去了。

秦昭王没讨到好处。秦国虎狼之心，各国皆知矣。相如归赵后，被拜为上大夫。此事毕，秦其实有后续动作，"其后秦伐赵，拔石城。明年，复攻赵，杀二万人"。（《史记·廉颇蔺相如列传》）

蔺相如回到邯郸，在赵国朝野声名鹊起。惠文王更是感喟不已，立即下书拜蔺相如为上大夫执掌邦交。一场由秦国发动的邦交危机就此不了了之，秦国从此不再提起交换和氏璧，赵国也不再提起割让城池，两大强国在这场邦交战中又打了个平手。

三　赵瑟秦盆　蔺相如尽显胆识

一计不成，又生一计。

战场平手，邦交平手，事情自然没有完结。

"秦王使使者告赵王，欲与王为好会于西河外渑池。"（《史记·廉颇蔺相如列传》）其实秦国是到处点火，然后从中周旋试探之。

在赵惠文王正与一班重臣秘密谋划准备推行第二次变法之际，秦国特使王稽再次进入邯郸，邀赵王在河内与秦王会盟修好。这一突兀举动，顿时又在赵国引起了种种猜测议论，赴约与否，几名重臣纷争不一。

此时的赵国，文武大才兼备，朝局生气勃勃：马服君赵奢伤病虚弱，力荐老将廉颇做了大将军①统率军事；国尉许历襄助，名将乐乘、楼缓镇守北边长城；赵奢与隐居的乐毅父子则力所能及地不断谋划，军争大事前所未有的整齐。国政有文武兼备的平原君赵胜，邦交有后起之秀蔺相如，堪称明君强臣济济一堂。然则，如何应对秦国发动的又一次邦交之战，大臣们却是一时不能统一。大将军廉颇与国尉许历认为，秦国意在欺骗天下，坚持不赞同赵王赴约。乐乘、楼缓一班大将则主张，即或赴约，亦当在第三国选地，而不当在秦国河内。平原君赵胜、马服君赵奢，都主张不宜拒绝修好盟会，

---

①　大将军，赵国后期的最高军事统帅。此时秦国与其他战国依旧沿用上将军称号，唯赵国改做了大将军。

毕竟，能够当真与秦国修好而使赵国安定数年，对赵国也是求之不得的二次变法时机。然则，赵胜赵奢都有一个担心，怕秦昭王故伎重演，使赵王做了楚怀王第二。虽说目下赵国之强大远非昔日楚国可比，然则秦国对山东六国之威压欺侮却也是远远甚于从前。万一赵王有失，对赵国便是无可估量的一击，届时纵是兴兵攻秦，邦交尊严国势衰颓也是无可挽回了。

只有蔺相如主张赴约，理由只有一个：赵虽实力稍弱，然大体与秦国正当均势斡旋之时，军事兵争犹不退让，邦交安可畏敌退让？至于邦交尊严，蔺相如自请一力承担。赵王本来也怕秦王有背后图谋，不欲应约，然则经蔺相如一番剖析，又觉得不能示弱于秦，思忖再三，下了一道王书：会盟秦王，交上大夫蔺相如全权处置，其余大臣各听调遣。

蔺相如奉命，先与秦国特使王稽会晤磋商，提出秦赵会盟当在第三国居中地，否则有失公允。王稽丝毫没有为难，爽朗笑道："秦王但谋两国修好，意在河内尽东道之礼也。若赵王觉他国好，便是他国。上大夫确定会见地。"听得王稽如此说法，蔺相如知是秦国君臣已经商议好了应变之策，却不宜说破，便也笑道："既然如此，会见地在河外渑池①如何？""好！"王稽拍案，"渑池韩地，两王路途相当。便是渑池。"蔺相如笑道："既是我邦定了地点，请秦国确定时日。""好说。"王稽一挥手，"秦王之意，便在中秋，如何？""也好。"蔺相如道，"中秋月圆，会盟好兆也。"

议定了会盟地点时日，蔺相如来到大将军府拜会廉颇。按照赵国的七级爵位——君、侯、上卿、客卿、五大夫、上大

赵王不敢去，廉颇与蔺相如意见高度一致，劝赵王应约。

---

① 渑池，亦作黾池，春秋郑国城邑，战国属韩，今河南省三门峡东南地带。

夫、大夫——上大夫尚只是第六级爵位。论实际执掌,邦交虽则是重要实权,但在各国却历来属于丞相府辖制,蔺相如以上大夫爵执掌邦交,虽说是直接面对赵王的列班大臣,但无论如何也还说不上高爵重臣。老廉颇却是不同,职任大将军是一等一的重臣,爵位虽是上卿(第三级),但在非王族大臣中几乎是最高爵位了。赵国法度:君侯两级爵位有封地,非特殊功勋与王族大臣不能授予。目下之赵国,非王族封君者只有赵奢、乐毅两人。廉颇虽然后来也被赵孝成王封为信平君,然此时爵位尚只是上卿。虽则老廉颇如此显赫,但对于蔺相如而言,与廉颇本无统属,目下又是奉命全权调遣秦赵邦交,正是炙手可热的新锐大臣,即便平礼会商也不为过。然则,蔺相如对这位大将军却是分外敬重。老廉颇非但是高职高爵重臣,且是蔺相如素来景仰的赵国长城,蔺相如宁愿执下属之礼拜会大将军府。

门吏如飞般报进,蔺相如尚在门廊下肃立等候,影壁后有力的脚步声伴着苍老浑厚的笑声已飞了过来:"大贤士如此礼敬,老夫却如何当得也!"笑语方罢,须发雪白神色健旺一身红色胡服软甲的老将军已经到了面前。蔺相如连忙深深一躬:"在下蔺相如见过大将军。"老廉颇哈哈大笑着扶住了蔺相如:"上大夫后生新锐,老夫粗莽武夫,正欲讨教了。来,进去说话。"拉着蔺相如手大步进了庭院。

来到水池边一座茅亭下,廉颇笑道:"屋间闷热,便在这里说话。来,这是凉茶。"蔺相如一看,亭下石案上除了陶壶陶碗,便是摊开的几卷竹简与一张羊皮地图,显见是廉颇正在这里谋划何事。饮得一大陶碗凉茶,蔺相如一拱手道:"大将军可是在谋划,要于河内秦赵边境部署大军?""噫!你如何得知了?"廉颇大是惊讶。蔺相如道:"在下前来,正是要请大将军,在两王渑池会盟期间,切莫对秦国河内施压。""却是为何?"廉颇目光炯炯,"我大军压迫河内,赵王方得渑池安全。"蔺相如摇摇头道:"大将军试想,赵军压迫河内,秦军岂能不同等部署?两支大军对峙在侧,两王会盟岂非天下笑柄?赵国若要争取会盟成功,不能大军压阵。"廉颇思忖一阵笑道:"说得也是。然没有军备,老夫总是担心也。"蔺相如道:"在下以为,大将军目下军备当在上党。""为何?"廉颇又惊讶了。"秦国若要施压于我,必在此处。"蔺相如指点着石案上的羊皮地图,"赵国上党,南与韩国上党相连。秦国若夺取韩国上党,等于夺取了赵国上党之根基也。""噢!老夫明白也。"廉颇恍然,"这叫敲山震虎,既不落进攻赵国之名,又实实在在地威慑了赵国,以白起之狡诈,有此可能! 老夫便卡在这里。"廉颇粗大的指头当当点着上党中部山地的壶关①,"白起再来,老夫正好报一箭之仇。"蔺相如起身一拱:"大将军谋划既定,在下告辞了。"

"且慢!"老廉颇猛然拉住了蔺相如衣袖压低了声音,"赵王此行,当真无忧?"

"大将军但出壶关,蔺相如保赵王无忧也。"

"好! 赵王若有闪失,老夫拿你是问。"老廉颇的黑脸骤然沉了下来。

蔺相如目光一闪笑道:"大将军当以全局为上,无得有擅自举措才是。"

"蔺相如,你说老夫有擅自举措?"

"揣摩而已,尚请大将军见谅。"

"蔺相如啊,惜乎你不是重臣,否则,老夫也算你一个了。"廉颇似乎不胜惋惜。蔺相如笑了笑没有说话,只一躬身悠然去了。

转眼八月上旬,蔺相如总领六千军马护卫,赵王车驾仪仗辚辚出了邯郸。这一日刚刚过得漳水,却见一支马队沿着漳水河谷从西边风驰电掣而来。蔺相如观望有顷,走马王车旁道:"臣请我王稍候,必是大将军赶来了。"赵惠文王笑道:"这个老廉颇,急吼吼赶到这里做甚?"说话之间,马队已到车前,廉颇飞身下马向王车赳赳走来:"老臣廉颇,敢请我王移驾百步,老臣有密事启奏。"惠文王略一思忖道:"好,到那片胡杨林去。"驭手一抖马缰,四匹骏马碎步走马去了。

到得胡杨林边,廉颇慨然一拱手道:"老臣终疑秦国不善,请以三十日为限,王若不归,老臣则联络重臣拥立太子为

陈兵边境,赵惠文王三十日不还,则立太子为王,保赵国不乱,断秦王妄想。廉颇乃稳打稳扎且赤胆忠心之将帅。

---

① 壶关,古关名。在今山西黎城东北太行山口。因山形险狭如壶口得名。

赵王,以绝秦国胁迫野心!"惠文王心下一沉:"大将军果真以为,本王是芈槐①第二?"廉颇肃然正色道:"为防万一,老臣不敢掉以轻心。"惠文王思忖笑道:"也好,本王三十日不归,你等拥立太子好了。""老臣遵命!"廉颇一躬,飞身上车,亲自驾着王车回到了仪仗之下,下车却对蔺相如慨然一拱:"上大夫重任在肩,老夫拜托了。"蔺相如悠然笑道:"各司其职,大将军放心便了。"老廉颇退后丈许,看着王车仪仗辚辚远去,方才回马去了壶关。

"上大夫,你知道方才廉颇所请何事么?"惠文王若有所思地问了一句。走马王车右侧的蔺相如从容笑道:"必是大将军请命,我王逾期不归,便要拥立太子。"惠文王有些惊讶:"廉颇也与你有约了?"蔺相如摇头:"臣非重职,大将军不会约臣。"惠文王暗自松了一口气道:"你以为此事如何?"蔺相如道:"大将军忠心耿耿,赵国之幸也,我王何其忧心忡忡?"惠文王道:"赵国痼疾,上大夫不曾闻得?"蔺相如道:"此一时也,彼一时也。赵国纵有兵变痼疾,却绝非大将军此等人所为也。"惠文王哈哈大笑:"说得好!上大夫可谓知人也。"

及至赵国车驾抵达,渑池已经是军营连绵了。此次两大强国会盟,地点在韩国,韩釐王大为兴奋,看作是韩国斡旋大国邦交的绝好时机,要大大尽一番地主之谊。七月流火的时节,韩釐王命上将军韩举带领一万人马,先期到渑池筹划行辕事务。八月上旬一过,韩釐王亲自到渑池迎接两王。秦国车驾先一日到达,韩釐王虔诚迎接之余,想与秦昭王好生盘桓一阵,诉说一番韩国的两难处境,希望秦国不要将三晋看作一家,对韩国压力太甚。谁知秦昭王只是打哈哈王顾左右而言他,说得一阵竟打起盹来。韩釐王大是尴尬,告辞走了。本想立即回新郑,无奈已经见过了秦王,此时若走,分明不给秦国脸面,且还要引得赵王猜测。韩国已经是弱势,两强间谁也不能开罪,韩釐王只有强打精神迎候赵王了。秦国不待见韩国,赵国便是韩国靠山了。毕竟,赵国要与秦国抗衡,便要结盟韩国,谅来赵王不至于如秦昭王那般傲慢。

果然,一见韩釐王出迎,赵惠文王远远下了王车迎了过来:"韩王兄别来无恙?"

韩釐王顿时大为感动。论年龄,他比赵王小得两岁,说相仿也不为过。论王位资历,惠文王赵何已经是二十年老王了,他却只有十七年,还没到这个约定俗成的老王关口。即或寻常人等交往,赵何也比他资深年长,理当敬重。更要紧的是,目下之赵国已

---

① 芈槐,楚怀王名字。

经是与秦国抗衡的超强战国，成了山东六国的主心骨，赵王之分量他这韩王如何比肩而论？如此情势之下，纵是赵王轻慢，韩釐王自觉也可忍耐，谁料赵王竟远远下车迎来，非但全然没有丝毫骄矜，反倒是超乎邦交礼仪的一片热诚。蓦然，韩釐王心中油然浮现出"三晋一家"这句已经被天下遗忘的老话，一时间情不自禁，迎上去拉住赵王双手一声哽咽："赵王兄，韩咎……"便说不下去了。

"走！行辕说话，先叨扰你一酒。"仿佛久别重逢的老友，赵何笑得真诚爽朗。

"正是正是，接风酒宴早排好了，走！"

在韩国行辕大帐里，两王酒不断话不断分外亲密。韩釐王感慨万端，说秦王这次也只带了六千军马，与赵王人马相当，赵国能与强秦平手周旋，山东六国便有指望。如此局面，谈何容易。惜乎韩国日见萎缩，韩咎愧对祖先也！说着说着泪眼蒙蒙了。惠文王一番劝慰激励，说强弱互变，数十年前赵国还不是一样？只要韩王兄励精图治，韩国还是劲韩。韩釐王感奋不已，拍着酒案一阵慷慨，有赵王兄做靠山，韩咎便振作一番。三晋一家，此次会盟，韩咎做赵王兄臂膀了。惠文王哈哈大笑，好啊好啊，有韩王兄一句话，赵何有底气也！直到暮色降临，这场接风酒宴才告结束，韩釐王亲自将惠文王送到赵国行辕，又叮嘱絮叨一阵，方才呵呵笑着回韩国行辕去了。

酒宴期间，蔺相如已经约见了秦王特使王稽，商议好次日磋商盟约，三日后秦赵两王举行会盟大典，盟约用印。回到行辕，侍女正在为赵王煮茶消酒。蔺相如禀报了诸般会盟事务的排列，惠文王连连点头，涨红着脸兴致勃勃地说了与韩釐王会面的情形。蔺相如笑道，既然如此，臣动议会盟邀东道国列席如何？好，正当如此。惠文王拍案笑道，秦王没有拒绝韩王列席的理由，只对我有利。

经过一整日磋商，蔺相如与王稽终于将秦赵盟约议定了，等书吏们将盟约誊抄到羊皮纸上，并刻好竹简本时，已经是天交三更了。按照邦交礼仪，秦赵两王还有一日的最后定夺，若无异议，第三日便是会盟大典。蔺相如很清楚，这次的秦赵盟约，只是秦国分化山东六国的一次邦交谋划而已，更确切地说，是秦国在山东六国孤立赵国的谋划。也就是说，秦国要通过这次会盟，将赵国变成与秦国同等的超强战国，使其余战国将赵国也看成与秦国同样雄心勃勃要统一天下的强敌，进而不敢靠拢赵国，而秦国便能全力与赵国对抗。唯其如此，这种盟约既不会有重大的实际约定，最终也不能当真信实。然则，赵国却必须会盟。说到底，赵国需要时间，而时间的核心，是没有秦国这般强敌所能引发的举国大战;虽然与秦国会盟,会有在山东战国中变成孤家寡人的危险,赵国依然得跨出这一步,尤其在秦国主动示好的情势下更不能拒绝;根本原因便在于:秦国之强,发动大战可使赵国有倾覆之危,山东五国疲弱,赵国即便一时孤立,也完全挺得过去。这便是邦交,唯以利害为根本,两害相权,取其轻也。这样的会盟,盟约形式比盟约内容更重要,只要修好意愿昭示天下,盟约议定的具体条款实际是无足轻重的,根本无须两王亲自定夺。然则,这便是邦交,虚则虚之,必经的关节却是不能少的。

直到次日中饭时辰,蔺相如才走进了赵王大帐。

惠文王一气睡了五个时辰,酒意全部消散,显得精神奕奕,将蔺相如呈递的盟约瞄了一眼丢在了旁边笑道:"明日大典,上大夫有何见教?"

"既是大典,我王泰然处之可也。但有非常,我王听臣处置。"

"素闻秦王善饮,所带赵酒可够?"

"尚坊赵酒百桶,足以应对也。"

"要否给秦王送一车了?"

"此等细务,我王听臣见机行事。"

"好!上大夫虑事周详,我放心。"赵何本来还想提醒几件事,见蔺相如显然有多方谋划,也不再说起。

次日清晨,大河南岸的三片营地响起了悠扬的号角。随着阵阵号角,西边行辕的黑色仪仗,东边行辕的红色仪仗,南边行辕的红蓝色仪仗,不疾不徐地向中央地带的大营聚拢而来。三方会聚,红蓝色的韩国仪仗在大营外围的东南角扎定,单留一个百人马队簇拥着韩釐王的青铜辂车隆隆驶入大营辕门。进得大营中央的高台之下,韩釐王下了王车登上高台东侧的一辆云车,高高地长呼了一声:"大韶乐起——会盟两王入营——"

骤然之间,乐声大起,钟鼓悠扬,箫管清亮,玉磬平和,唱和肃穆。这是被称为"大德极致,尽善尽美"的《大韶》。相传这《大韶》本是舜帝时的乐曲,自西周之后便成为与《大雅》《颂》并列的天子乐舞。春秋之世,《大韶》流入诸侯殿堂,得到了礼乐名家的高度评价。吴国公子季札在鲁国听了《大韶》,激动万分,盛赞《大韶》:"乐而不淫,忧而不困,勤而不怨,曲而有直,哀而不愁,怨而不怒,大德至矣!"孔子则赞叹说,《大韶》尽善尽美矣!从此,这《大韶》以其中和肃穆之特性,成为重大邦交会盟中的常用乐舞。然则,《大韶》原本有九节,太显冗长,战国之世视当时情形而缩编或只演奏片段。此时演奏

的，只是《大韶》的头三节。韩釐王已经让乐师事先算计好
了，三节的时间恰恰是秦赵两王从辕门外进入会盟台的时
间。

随着宏大祥和的乐舞，黑红两队王车仪仗同时从两道辕
门进入大营。这两道辕门也是韩釐王的精心安排。寻常邦
交会盟，都是一道辕门分先后进入。然则，这次是两大强国
首次会盟，秦国总想在气势上压赵国一头，赵国却是事事都
要争平等邦交，不愿在任何细节上屈辱于秦国。于是，这入
场礼仪成了第一道难题。在蔺相如动议之后，韩釐王实际上
是这场会盟的东道司礼，自然是刻意呵护赵国尊严。与蔺相
如磋商时，韩釐王突然灵光闪现，有了！来两道辕门，同步入
场。蔺相如拍案大笑，连连赞叹韩王高见。秦国没有争执，
事情便这样定了，韩釐王觉得分外光彩。

仪礼已不可细考，重点在
体现出尊卑。

车驾进入大营，距会盟台百步之外两王同时下车，分别
从东西两条红毡铺地的甬道走到会盟台下。此时韶乐恰好
奏完，舞女恰好退出，中央场地一片宁静。待两王在中央两
张王案前面南站定，韩釐王一声高宣："大河之上，两王书告
天地——"

书告天地，本是诸侯会盟的传统礼仪。寻常会盟，都是
盟主告天，次强告地，其余会盟者则只站在台下念诵陪祭。
然则，此次会盟本非寻常，韩釐王便揣摩出了这两王同时告
天的新礼仪，连两王之前的国号都不念，而只念"两王"，以
免先后歧见。此等匪夷所思之礼仪，也是战国会盟中一次奇
观了。

宣声方罢，秦赵两王一齐回身面北，分别在王稽、蔺相如
导引下登上了两座三丈六尺高的祭天台，各执一卷对天宣告
完毕，走下了高台。两王都在盛年之期，各方相若，都想在细
节上尽可能地显示优势（王位资历虽然是秦昭王稍长，然赵

互相较量。

惠文王却是亲政国王,丝毫不比秦昭王有短)。告天文书的念诵,两王都是浑厚高亢中气十足。念毕下台,两王不约而同地不要预设内侍搀扶,各自轻捷利落地走下三十六级台阶,同时在王案前站定,相视一笑,都是气定神闲。

"盟约具名用印——"韩釐王走下云车又是一声高宣。

王稽蔺相如在两张王案上摊开了羊皮纸盟约。秦昭王与赵惠文王分别提起王案上的铜管笔,在盟约左下方写上了自己的名号。之后,两国掌印官员郑重捧来了王印铜匣,秦昭王与赵惠文王分别打开了印匣,几乎同声说了一声"用印可也"。王稽蔺相如便分别对着印匣长身一躬,捧出了王印,结结实实地摁在了羊皮纸盟约上。

"互换盟约,再度用印具名——"

"各执盟约,两王礼拜——"

随着韩釐王的宣呼,用印具名又进行了一次。两王各自捧起盟约,相互一个长躬,会盟大典的实际议程便宣告完结了。此时正近午时,韩釐王亢奋地呼喊出最令会盟者动心的最后一道议程:"会盟告成!大宴开始——"

在祥和悠扬的雅乐中,一场盛大的会盟宴会开始了。三张王案并没有摆成寻常会盟的形制——秦赵并列面南,韩王面北做东道主相对——而是摆成了一个硕大稀疏的圆形:秦王西北位,赵王东北位,韩王东南位。韩釐王笑呵呵入座,如同打了一场胜仗般快慰。只有在这时,他才终于获得了与秦赵两王对等欢宴的礼遇,却是谈何容易!更为难得的是,秦赵争持,诸多几乎只能是盟主主持宣布的关节,都自然而然地落到了他的头上,使他这个原本无足轻重的东道王竟倏忽跻身"三强",这是何等荣耀。此刻,韩釐王要盟主般显赫一回,只见他向两王一拱手,陡然一声高宣:"鸣钟开鼎——"

随着余音袅袅的钟声,三王同时用一支精致的铜钩钩在了鼎盖孔上,当的一声,鼎盖掀起,骤然热气蒸腾肉香弥漫大帐。韩釐王满面春风地举着酒爵站了起来:"大宴伊始,韩咎身为东道,先敬两王兄一爵!"赵惠文王正要举爵,却见纹丝不动的秦昭王揶揄笑道:"看来呵,三晋皆有魏惠王遗风,都是盟主癖也。明是列席会盟,如何东道盟主一般作势了?"一言落点,韩釐王顿时面色涨红,举着沉甸甸的大爵局促得无所措手足。

赵惠文王明知这是秦王戏侮韩王嘲弄三晋,一时说不上话来,憋得脸色涨红。正在此时,座席在惠文王侧后的蔺相如却站起来对秦王肃然一躬道:"韩王列席会盟,并兼东道司礼,虽是赵国动议,却也得秦王首肯而成。秦王正在盛年,何其如此健忘也?且韩王一国之君，不惜降尊纡贵而执司礼之职，秦王不念其心殷殷其劳仆仆，却是反唇相讥，何以树大国风范？"

秦昭王见是这个凛凛顽石般的蔺相如出面，有些不快，怎奈此人一番话句句事实句句在理，还当真不好陡然发作，思忖间一阵哈哈大笑："原是戏言两句也，上大夫却是当真？来来来，赵王韩王，干此一爵！"韩釐王虽则大是尴尬，却呵呵笑着就此下坡："秦王说得不差，戏言耳耳，上大夫何须当真也。来，秦王赵王，干了！"顷刻之间，韩釐王硬生生将"王兄"两字吞了回去。赵惠文王大是快慰，哈哈笑着立即干了一爵，宴席间顿时轻松起来。

三王各怀心思，正事没有多少说头，只是嘻嘻哈哈边饮酒边观赏乐舞边有一搭没一搭地说些天气酒肉之类的闲淡话。秦昭王原本善饮，虽非猛士，酒量却是极大，方才被蔺相如呛得一回，心下着意要找回这个面子，不断下令更换乐舞，每曲都三五次举爵与两王轮番豪饮。如此饮得一个时辰，一章雅乐又到终了，秦昭王笑道："闻得赵王精通瑟乐，请奏一曲助兴，看比我秦筝如何？"赵惠文王正在酒酣亢奋之际，哈哈大笑着大袖一挥："好！抬瑟来也！"

瑟是春秋出现的大型弹拨乐器，二十五弦，每弦一柱，形制仿佛一口大琴。在通常如《雅》《颂》的大型乐章中，除了钟鼓，主要是琴、瑟、笙合奏而成主调。当时天下的弦乐器还有八弦筝，然则由于筝是秦人的独有乐器，音色宏大粗犷，入不得中原大雅之堂，便只被称为"秦筝"。直到数十年后的蒙恬将秦筝增至十弦，秦筝才随着强大的国势进入了古典乐器的主流。而赵国属于三晋之一，历来是中原文明的中心之一，自然对秦筝不屑一顾。秦昭王一句"看比我秦筝如何"，竟使赵惠文王豪情勃发，立意要让秦王领略一番中原大雅之乐，便欣然允诺。

两名韩国乐工将一张大瑟抬到中央空地，摆好了瑟案，肃然侍立两侧。赵惠文王出得座席，对着瑟案一个长躬，随即肃然就座，抬手一个长拨定音，轰然之音骤然弥漫大帐，如萧萧马鸣掠过广阔的草原。随即便是浑厚悠扬的《大雅·文王之声》，随着宏大的瑟声，韩国歌女们肃穆地伴唱："文王有声，遹观厥成，文王受命，有此武功。考卜维王，宅是镐京。维禹之绩，四方攸同。"

"大雅气象，彩！"韩釐王率先喝彩一声，却立即觉得不妥，笑吟吟看着秦王，"赵王应秦王之请而奏乐，秦王评点了。"

"古董老乐,无甚稀奇。"秦昭王悠然矜持地一笑,"然赵王为本王奏乐,倒是值得国史一笔也。"转头看着王稽,"可曾记下了?"

王稽对着秦昭王座案后的随行史官一挥手,史官捧着一卷竹简站起来高声念诵道:"秦王二十八年八月十五,王与赵王会饮,令赵王鼓瑟。"

秦昭王哈哈大笑:"名垂青史,千古传之,赵王大幸也!"

骤然之间,赵韩两国君臣大是难堪。赵惠文王原本兴致勃勃的大红脸顿时抽搐变青——可恶秦王,竟将堂堂赵王变成了他的乐工。但赵何素来缺乏急智,嘴唇瑟瑟发颤,偏是一句话说不出来。此时,蔺相如一挥手,两名内侍将赵王搀扶回了王座。蔺相如回身抱起一个陶盆大步走到秦王座案前一躬:"赵王素闻秦王善为秦器击打,请秦王奏盆瓯,以相娱乐也。"

"岂有此理!"秦昭王勃然大怒,"本王何善击打? 一派胡言,退下!"

蔺相如没有退下,双膝一跪高举陶盆:"请秦王击奏盆瓯。"战国之世,跪拜原不是常礼,即或君臣之间也不是动辄跪拜。今蔺相如并非秦国臣子,行此大礼更非寻常,显然是告诉秦王:赵国可礼让一筹,然则邦交尊严一定是要找回来的。

秦昭王心下一沉:"蔺相如,你意欲何为? 本王不遂你心。"

蔺相如将陶盆往左肋下一夹,右手一伸,霍然从皮靴里拔出一把寒光闪烁的短剑:"五步之内,蔺相如颈血必溅秦王之身!"

王稽大惊,向后一挥手,八名秦国武士大步上前要拿蔺相如。蔺相如怒发冲冠,冲身抵近秦王一声大喝:"谁敢近前! 我便血溅秦王!"王稽心念电闪,这行辕之内秦赵卫士相当,绝不能逼得蔺相如铤而走险。于是又一挥手教武士退后,自己上前肃然一拱:"上大夫此举大是失礼,当自重退回才是。"蔺相如冷冷一笑:"秦王若知失礼为何物,便当击打盆瓯了事。"说罢举起左手,将陶盆递到了秦昭王胸前。

秦昭王大是懊恼,一时哭笑不得,如此一个拼命之徒挺着一口短剑戳在鼻子底下,你能如何? 回身走开么? 他岂能不如影随形? 杀了他么? 秦赵武士相当,顷刻便是血战。果真如此,这次会盟岂非贻笑天下? 百般无奈,伸出手指轻轻弹了一下那只抵到胸口的陶盆。谁知陶盆却是韩国尚坊精制,体薄如皮,一弹之下当的一声大响,在肃静无声的大帐竟是余音袅袅。

蔺相如举着陶盆高声道:"赵御史记载:赵王二十年八月十五,秦王为赵王击瓯!"

秦昭王哈哈大笑："好！此事了过，再来痛饮！"

赵王韩王大是高兴，想着也须得给秦王台阶，一口声道："好！再干！"

又饮得一阵，秦王侧案的王稽老大憋气，同为随行特使，蔺相如今日两次使秦王难堪，自己颜面何存？思忖一阵对着赵王遥遥拱手道："赵王明察：秦赵修好，当有实际举动昭告天下；今我王寿诞之期临近，臣请赵王以十五城为秦王祝寿如何？"

赵惠文王一愣神，如何？祝寿要十五城？依他所想，不管以何种名目，本来便是要准备向秦国有所让步的，祝寿也未尝不可，割出两三城换得个秦赵息兵还是对赵国有利，毕竟赵国需要时日推行第二次变法；这次会盟，原本便是为了这个目标来的，蔺相如两次伤及秦王，适当时机还是需要弥补一番的，邦交之道原本便是实力利害，场面上过得去便可，弱国强横只能招来大祸也；可这十五城也未免太出格，简直就是三成赵国疆土，如何应得？思忖片刻，赵王正想开口许诺三五城看看，却见蔺相如向他目光示意，便笑着不说话了。

"臣启秦王，"蔺相如从容一拱，"来而不往，非礼也。赵王寿诞之期便在十月，臣请以咸阳一城为赵王祝寿如何？"

顷刻之间，秦昭王如同吃了苍蝇一般，大是懊恼王稽多事，有这个蔺相如在场，你能讨得便宜了？然则若再次僵局，便显得秦国促狭过甚了，毕竟秦国要与赵国争盟邦，落得个恃强凌弱总归不利。思忖间秦昭王笑道："秦国律法：严禁为国君祝寿。长史原是笑谈，上大夫却如此当真，未免锋芒太过。来，最后再干一爵！"

一场虽无实际内容，然却又百般周旋的会盟便这样结束了。

秦昭王大是憋气，本想立即下书白起还赵国一个颜色。

蔺相如有勇有谋。廉颇以勇闻于诸侯，由此看，蔺相如之勇，并不输于廉颇。完璧归赵及渑池秦赵交锋之事，世人熟知，于此不赘述。

恰在此时,却接到白起魏冄的联名羽书急报:赵国大将军廉颇亲率大军十万驻屯壶关虎视河内,我王会盟后当立即回驾咸阳。这两次对赵国邦交,都是秦昭王亲自谋划亲自出面,只带自己最信得过的长史王稽随行左右,一应细节都没有告知丞相上将军两人。其所以如此,秦昭王要给秦国朝野一个风信:秦王才具足以亲政理国了!处处想在渑池会盟中压赵国一头,根本因由亦在于此也。不想两次都未能如愿,秦国强势非但没能彰显,反倒是碰得灰头土脸,如何不教秦昭王憋气?然则仔细思量,丞相上将军都主张会盟后收敛,自己何能一意孤行?邦交周旋不如意,还只是自己丢面子而已,若再得一次实际误算,只怕朝野都要对自己侧目了。

反复思忖,秦昭王叹息一声,断然下令王稽:整顿车驾,立即回咸阳。

四　将相同心　大将军负荆请罪

赵国颇有扬眉吐气之感。

邯郸城热闹起来了。

渑池会盟的种种传闻迅速弥漫了巷闾市井,国人纷纷在酒肆饭铺官市民市聚集议论,一边竞相诉说自己听来的神奇秘闻,一边呼朋聚友博采赌酒。历来靠天下商旅聚酒支撑的邯郸酒肆,第一次被赵国人自己哄了起来。赵国人第一次扬眉吐气了,甚至在赵武灵王大振国威之时,在马服君第一次战胜秦军之时,赵人都没有过这种国人自发地庆贺的气象。武灵王没有来得及与秦国对抗便去了,马服君则是惨胜秦军,国人在茫茫尸骨面前实在是悲喜两难。这次不然,赵国第一次在大国会盟中狠狠教训了骄横不可一世的秦王,秦国非但没有讨得便宜,更没有如同对待他国那样立即讨伐。其间意味何在？还不是赵国真正强大了，秦国再也不敢对赵国颐指气使了？还不是赵国出了个蔺相如，敢与秦王直面抗争？有实力，有强臣，还怕他秦国做甚？赵国能和天下第一强国并肩而立了，赵国人脸上光彩了，长久只知孜孜骑射奋力抗争天下的紧绷绷国风，终于可以稍稍松弛了，兴奋之情如何不从巷闾街市漫无边际地流淌出来？

赵王车驾回到邯郸的第三日，王宫传出了消息：赵王封蔺相如上卿爵位，与平原君同领相权治国，位列大将军廉颇之右。消息传出，邯郸国人又一次沸腾起来了，称颂赵王英明，庆幸强臣掌国，一时间纷纷拥到新上卿府邸前坐地饮酒唱和，兴致勃勃地品评着络绎不绝前来祝贺的高车驷马，还要一睹新上卿首次出府的风采。

蔺相如爵封上卿职掌相权，大将军廉颇最是愤愤不平。

要说爵位同是上卿还则罢了，偏偏是"位列廉颇之右"，这教他如何受得？之右，便是之上，是指官员名册书写时的次序，右在左前，故右为上。按照战国传统，将相若是同爵，则相位在前，因为丞相是总摄国政首席大臣，大将军或上将军虽则也是要害大臣，然则毕竟只是军事统帅；若将相爵位不同，则按照爵位高低排列。对于高爵重臣，这种排列的实际意义更多在于朝会时的座次排列，与实际职掌并无必然关联。朝会排列大臣座席次序，是按照国君封爵王书确定的名录排列的。也就是说，按照"之右"这个排列，蔺相如在所有的礼仪场合都比他这个上卿大将军高一等，若是车驾相遇，他也得先在路边回避，等对方过去后方可行车。老廉颇无法忍受者，恰恰在于此也。

这一日，雁门关大将楼缓前来拜访，说起朝野传为佳话的渑池会盟，老廉颇愤愤然作色："老夫三朝老将，出生入死百战沙场，有攻城野战之大功。蔺相如者，本是一布衣之士

张守节《史记·廉颇蔺相如列传·正义》："秦汉以前用右为上。"战场上，规矩又不一样。另据司马贞《史记·廉颇蔺相如列传·索隐》："王劭按：董勋答礼曰'职高者名录在上，于人为右；职卑者名录在下，于人为左，是以谓下迁为左'。"从书写习惯看，由右及左，右为上。

卑贱门客,徒以口舌之劳竟位居老夫之上,当真令人汗颜也!"楼缓本是文武兼备的通才名将,当年比廉颇官爵还高,只因当初被赵武灵王指派为废太子赵章领军建功,被公子成莫名其妙地当作了"党附叛逆"而遭贬黜。此时楼缓已年逾五旬,平日也是郁闷在心,见老廉颇愤然感喟,也是一声叹息:"朝局官爵,原是变幻莫测,老将军何须伤怀,但一个忍字便了。""岂有此理!"廉颇愤然拍案,"老夫偏是不忍为竖子之下!"楼缓惊讶道:"渑池会盟前,老将军亲来雁门关调兵,还盛赞蔺相如才具练达,何今日竟如此不堪?"廉颇大手一挥激昂道:"蔺相如只做个上大夫,自然无事。口舌之徒而居大位,岂能服人!"楼缓点头道:"纵然如此,老将军还是忍字为上,毕竟是赵王宠幸他也。"一听此话,老廉颇更是面色涨红:"便是赵王不公,老夫何惧也!他日若见蔺相如,老夫必得羞辱这个贱人门客。"

送走楼缓,廉颇唤来府务司马吩咐道:"日后无论街行还是入宫,但见蔺相如车驾,便给老夫顶头上去!"府务司马本是边将出身,"嗨"的一声便去安顿了。

风声传扬开去,自有一班好事者立即报到上卿府。

蔺相如听到后却只是微微一笑,吩咐卫士百夫长日后避开大将军车驾。这一年的三次朝会,蔺相如都事先上书告病,避免了朝臣列座时的难堪。好在一年没有几次朝会,并不耽搁日常国务。一次,蔺相如出邯郸巡视民情,回程时已是暮色,轺车刚驶进府邸方向的一条长街,便闻前方车声辚辚,正是廉颇车马迎面而来。卫队与驭手似乎忘记了蔺相如吩咐,照常前行丝毫没有回避之意。站在六尺车盖下的蔺相如已经看见了那熟悉的雪白须发、飞扬的大红斗篷与那顶粲然生光的铜盔上的将矛,脚下用力一跺,驭手才将轺车匆忙驶进了旁边的一条小巷。听见身后传来的哈哈大笑,所有

武官向来轻视文官。但若论体禄,文官常高于武官。

随行吏员与卫队甲士都愤然作色，唯独蔺相如浑若无事，在车盖下打盹瞌睡了。

蔺相如避其锋芒。

回到府中，掌管府务的门客舍人跟进了书房，对着蔺相如一拱道："上卿明察：今日之事，我等不服也！"蔺相如笑了："何事不服，但说无妨。"门客舍人道："我等所以放弃亲朋而投上卿门下，只在敬佩君之铮铮风骨。今上卿与廉颇同爵而位列其右，廉颇口宣恶言，而上卿却回避逃匿，恐惧之情，庸人布衣尚且羞之，况于将相乎？我等为君门客，实在汗颜无地自容，今日请辞君而去也！"昂昂一句，转身便走。

"且慢。"蔺相如一挥手，"士不可屈节，自是来去自由。然则，你只答我一问，而后去留两由之，如何？"

"上卿但问无妨。"

"在你等看来，廉颇之威比秦王如何？"

"自是不如秦王。"

"尚算明白也！"蔺相如拊掌大笑，"夫以秦王之威，蔺相如犹公然斥责于天下君臣之前，而秦国大臣武士无可奈何。今相如纵然驽马，何独畏惧廉颇老将军之威势哉？所念不同，所持不同。究其竟，我所念者：强秦不敢加兵于赵，是有老将军与蔺相如在也。若两虎相斗，必是两败俱伤。蔺相如回避老将军，只是先国家之急，后一己私怨，岂有他哉！"

蔺相如间接放话，"夫以秦王之威，而相如廷叱之，辱其群臣，相如虽驽，独畏廉将军哉？顾吾念之，强秦之所以不敢加兵于赵者，徒以吾两人在也。今两虎共斗，其势不俱生。吾所以为此者，以先国家之急而后私仇也。"（《史记·廉颇蔺相如列传》）蔺相如对大局洞若观火，深知轻重缓急。

思忖良久，舍人肃然一个长躬："在下谨受教。"

"相如言尽于此，舍人去留自便。"

门客舍人没有说话，转身大步去了。他找到卫队，找到驭手，找到府中所有吏员仆役使女，向他们反复诉说了蔺相如的大义苦心，与卫队驭手仆役人等约定：决意遵从上卿之令，不与大将军府任何人滋生事端。上卿府邸终究是稳定了下来，吏员卫士仆役人等但在邯郸遇见大将军府中之人着意寻衅，都是远远回避开去，丝毫没有懊恼之情。在看重名节

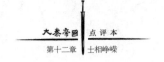

尊严的战国,尤其在国风剽悍决斗蔚然成习的赵国,上卿府上下人等的这种退让,令各大臣府邸与邯郸国人大惑不解,一时间议论纷纷了。各府邸吏员们纷纷私相盘诘嘲笑,上卿府吏员忍无可忍,终于将蔺相如的一番话和盘托出,末了一句慷慨激昂道:"上卿一心谋国,我等岂能与上卿二心!"言谈之间,非但没有丝毫的屈辱愤激,反倒是油然生出一种忍辱负重而全大义的凛然之情,听者无不悚然动容。

渐渐地,蔺相如的一番话流传了开去。

一年多来,老廉颇肝火日旺。蔺相如不列朝会,他看着上手的空座席直蹿怒火。道上相遇,蔺相如又远远躲开,每次都避开了他。老廉颇牛劲大作,对几个司马下令,寻衅上卿府吏员,逼蔺相如出来与老夫理论。饶是如此,蔺相如也还是不露面,连上卿府吏员仆役也是匪夷所思的好脾气,只死活不与他府下人士碰面。威风是威风了,可老廉颇更是憋气得火冒三丈了。无论是依行伍军风,还是依朝野国风,受辱者都必与寻衅者有个了断。这个了断,在庶民士子是决斗,在军营是比武,在朝臣便是直面理论甚至相互仇杀。譬如当年晋国的权臣赵盾当着国君大骂臣子屠岸贾,而屠岸贾公然放出神獒捕杀了赵盾。[①] 赵国本是晋国承袭者之一,赵氏一族历来都是军旅世家,国风刚烈民风剽悍风尘朝野多慷慨悲歌之士;朝局冲突动辄便是兵戎相见,庶民冲突动辄便是大举械斗,遇挑战而退避三舍,便会被指为懦弱不肖,从此无人与之来往。按照本意,老廉颇也就是想羞辱蔺相如一番,出口恶气了事,绝不会联络群臣迫使赵王罢黜蔺相如或与其兵戎相见。毕竟,廉颇是行伍出身的忠勇大将,蔺相如也是赵王倚重的治国邦交能臣。老廉颇一心想的是个不服,一心要做的是个出气,最终要得到的便是个你蔺相如须得服膺老夫。然则气昂昂寻衅年余,竟是夯锤砸到了云气里软绵绵无可着力,当真气死老夫也! 思忖一番,老廉颇决意上书赵王:辞去这窝囊大将军,自请赴云中统兵大战秦军,离开这令人憋气的邯郸,从此不再见这个教人腻歪的蔺相如。否则,罢黜蔺相如这个门客贱人,总归是老夫与此等贱人势不同殿两立。

这日,老廉颇从武安军营赶回邯郸,一路思忖妥当,回府沐浴后换得一身干爽的苎麻布衣进了书房,尚未在案前就座,府务司马匆匆来到。老廉颇一瞄便知他有事禀报,

---

① 屠岸贾应为晋灵公。放獒狗杀赵盾未果,后被赵穿所弑。见《左传·宣公二年》。小说作了灵活处理。

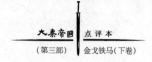
站在了书案前道，有事便说，吞吐个甚来？府务司马脸上白一阵红一阵，期期艾艾开不得口。老廉颇大怒喝道，吭哧个鸟！教蔺相如割了舌头么？府务司马一惊，这才结结巴巴地说了听到的蔺相如的一番话，末了面色涨得通红地低下了头去。

"此话是蔺相如说的？"老廉颇板着脸。

"正是。"

"还有谁听说过？"

"邯郸城都传遍了。大将军可证之于平原君。"

"真道怪了。"老廉颇嘟哝一句，半日无话，连府务司马何时出去都毫无知觉。

这段时日以来，老廉颇也隐隐约约地觉察到同僚们的神色有些蹊跷。车马行于长街大道，国人也都远远地避开了，再也没有那种争相观瞻老元戎风采的热火气了，总归是走到哪里都是冷冷清清。在府务司马禀报之前，他都将这些事浑没放在心上，只以为人各有事，谁整日只等在那里钦敬你了？府务司马这一说，老廉颇如同吞了一剂怪药，半日回不过味来，只觉得原先那股火气莫名其妙地化作了一片冰凉，心里沉甸甸地不舒坦。细细想来，那些原本毫不在意的景象，此刻却如此清晰地纷纭浮现在眼前，连朝臣国人的眼神也是那般清晰。是了，那是奚落嘲讽又夹杂着些许怜悯，朝臣们嘲笑老夫不能容人，市井国人怜悯老夫年迈昏聩。如此说来，在朝野上下看来，老夫已经成了一个倚老卖老无可理喻的疯子么？是了是了，肯定是如此了。

蓦地，老廉颇想起了半个月前赵王的一句话。那日他进宫与赵王商议如何蚕食韩国上党的大计，末了赵王一声叹息："老将军，邦国如同广厦，独木可是难支也。"他当时赳赳挺胸回答："我王毋忧，老臣定与平原君携手同心，整军经武，与强秦一争高下！"赵王似乎还想说话却终是欲言又止。今日想来，赵王也分明知晓他寻衅于蔺相如而致将相不和，方才有此感喟了。然则，赵王为何不明说？是信不过老廉颇？不，决然不会！老廉颇身经百战出生入死历经三代国君，从来不曾见疑于国君朝野，即或战败或谋划不当，老廉颇的耿耿忠心荡荡胸襟都是无人有任何非议的。那么，最大的可能，是对老廉颇有所期望？期望何在？老廉颇心中一沉，尽管独自一人，却蓦然脸色涨红了——赵王给老臣留下回旋余地，期望两名重臣主动修好。目下想来，若是蔺相如主动登门，老夫倒是可以就势下台言归于好。念头一闪，老廉颇又脸红了。蔺相如敢来么？你老廉颇气势汹汹寻衅于人，人家回避礼让一年有余，你个老东西的弓弦都没松，人家来做甚？

公然教你羞辱么？要和，只有自己亲自登门了。仔细回味，蔺相如确实是个硬骨铮铮的名士，你老廉颇虽则上得战场，可做了特使直面秦王未必有如此英雄气概，孤身挺剑血溅五步，难道不如战场搏杀？不！平心而论，比起千军万马的战场搏杀，蔺相如非但需要同等的勇气胆识，而且需要骤然应变的急智说辞。如此等等，你老廉颇行么？不行。不行还不服人，这叫甚来？军中叫"鼠肚鸡肠该吃打"！更有甚者，你老廉颇原本也是农耕子弟军旅行伍出身，做了几日大将军竟骂蔺相如是"贱人"，当真老杀才也！论起来，蔺相如还是县令之子读书士子，迫于无奈才做了门客舍人，此等情形在战国名士中比比皆是，苏秦张仪不是都做了丞相？人家是凭真本事挣得的功劳，你老东西泛得甚酸？你老东西泛酸，人家却以国家安危为重处处礼让，两厢比照，你老廉颇算个甚等物事？恶行是自己做的，还想等着人家来给自己台阶下，廉颇啊廉颇，你枉自活得年逾古稀，坦荡本色当真教狗吃了去也！

整整一宿，廉颇书房的灯烛亮着，麻布窗棂上的高大身影一直徘徊到五更鸡鸣。

清晨卯时，太阳堪堪爬上东方山巅，正是车马流水市人当道新一日劳作伊始的喧闹时刻。大将军府邸的正门隆隆打开，车马仪仗辚辚拥出，当先青铜轺车的六尺伞盖下虽然空无一人，前行开道的卫队甲士与车后随行司马却是神色肃然，比寻常时日上道更加郑重其事。

车马仪仗辚辚出街，一个未及走开的市人突然一声惊呼："快看！肉袒负荆！"

这一声喊，街边匆匆行人呼啦啦围了过来。一看之下，没有一个人说话，都跟在车马之后缓缓涌动着。

青铜轺车之后，走着一个须发雪白赤裸上身的老人，古

道理想通，廉颇甚是羞愧，决定负荆请罪。

铜色的脊梁上绑缚着一支粗大带刺的荆条，荆刺扎出的滴滴鲜血流成了一片殷殷红线。老人神色肃穆，坦然地望着围观市人，只是默默一拱，跟在轺车后一步步走去。没有一个好事者解说，任谁都明白大将军廉颇要到何处要做何事。倏忽之间，慷慨豪迈的邯郸国人一片感慨唏嘘，虽然随行者越来越多，却肃静得唯闻喘息之声。

蔺相如正在书房启开一封羽书急报，尚未浏览，总管舍人急促的脚步声伴着急促的锐声骤然扑了进来："上卿！快！老将军来了！"

"莫慌。"蔺相如转身一笑，"老将军既能登门，蔺相如还能逃到何处？"

"不！老将军肉袒负荆，请罪来了！"

蓦然之间，蔺相如一个愣怔，又立即下令："快！打开中门，我立即便到。"

待上卿府的中门隆隆打开，吏员们匆忙激动地出门排列仪仗时，府前街巷与车马场已经拥满了肃然无声的人群。就在大将军车驾从人海甬道辚辚驶入正门之际，门廊下的总管舍人一声长长的宣呼："上卿恭迎大将军——"随着宣呼之声，蔺相如大步走出，束发无冠，布衣左袒，在众目睽睽之下迎着肉袒负荆的老廉颇肃然走来。骤然之间，万千国人鸦雀无声，不约而同地屏住了呼吸。

依照古老的习俗，肉袒负荆为最真诚的请罪，袒露左臂则是对重大提议或事件的认定。两者之间原本没有必然联系，而只是不同情势下的不同标记。然则蔺相如却是急智非凡的明锐之士，顷刻之间便想到了如何应对老将军这古老隆重的请罪。老廉颇在万千国人注目下公然肉袒负荆，非但是向他蔺相如请罪，更是坦荡地向朝野上下请罪；而车驾随行，则是老将军的一种深重自辱：此肉袒负荆者是赵国大将军，其行不配职爵，当受荆鞭之笞。老将军如此赤诚肝胆，当真令人震撼。若以官身冠带出迎，虽则不算错，然在礼仪上却有居高临下之嫌，非但自己过意不去，看在国人眼里分明也不舒坦；若以布衣之身相迎，礼仪算是平了，然却总是欠缺了什么。将相不和，你蔺相如当真没有丝毫错失？仅仅是回避挑衅便是为国赤心了？一年多来，你蔺相如身为相职上卿总摄国政，对同爵重臣不理不睬，延误了多少邦国急务，当真不感到惭愧么？蓦然之间，蔺相如心头震颤不已，一种深切自责油然涌出，立即除去冠带，袒露左臂迎了出来。

走在车前的老廉颇原本也有着一丝不安，虽说自己真诚请罪坦荡之至，心下也有了预备，纵是对方也如自己原先一般见识而借机羞辱自己一番，也是自己该当。老夫有错老夫认，上卿如何对待是上卿的事，想他何来？老夫认罪，对方还是做大，那只有井水不犯河水,岂有他哉! 抱定这个心思,老廉颇在两箭之外已走到了车驾前面,一路走来身躯晃动,粗长尖锐的荆刺反复割划,赤裸的脊梁上的血线已经变成了淋漓流淌的鲜血,顺着那些紫红色的累累刀疤蔓延下来,将本色紧身胡服裤腰也染得一片鲜红,万千国人无不悚然动容。老廉颇百战之身,对此等血肉疼痛浑然无觉,虽则心下忐忑不安,却也是坦然大步走来。

骤然之间,老廉颇钉在了当地,双眼顿时模糊了,那、那布衣左祖者是谁?

"上卿!"大将军老泪纵横,一声哽咽拜倒在地。

"老将军!"快步迎来的蔺相如也扑地拜倒张开双臂抱住了廉颇,"相如后生,拘泥过甚,当真不肖也!"旋即转身,"医士何在? 为老将军去荆!"

"且慢!"老廉颇一拱手,"上卿如此胸襟,老廉颇更是无地自容也。上卿在上,受老廉颇三拜,后请上卿执荆鞭笞。"

"老将军!"蔺相如哽咽了,"若信得相如为人,相如请与老将军结刎颈之交!"

骤然之间,老廉颇双目生光:"此话当真?"

"老将军豪迈坦荡,蔺相如敬佩之至!"

廉颇一阵大笑,沟壑纵横的古铜色大脸热泪纵横:"蔺相如大义高风,老廉颇三生有幸,诚当刎颈之交也!"

"好! 老将军在上,请受相如礼拜。"不由分说,蔺相如扶起廉颇站好,伏地一个大拜,肃然立誓,"廉颇但去,相如墓前刎颈相随!"廉颇颤抖着双手扶起蔺相如,肃然一个回拜:"相如但去,老廉颇绝不独生!"蔺相如拉起廉颇的手:"老将军,你我与国人说得一句,便算全了这份生死盟约,如何?""好!"廉颇慨然一应,两人执手共举,对着府前山海人群异口同声喊出:"万千国人作证:廉颇蔺相如生死同心,刎颈无悔!"

二人再无芥蒂,成"刎颈之交"(《史记·廉颇蔺相如列传》)。

"万岁——"四面国人骤然欢呼，声浪覆盖了半个邯郸。

这一日变成了大将军府与上卿府的大喜之日，两府上下人等一齐聚来上卿府欢宴庆贺。消息传开，赵惠文王大是欣慰，立即赶到上卿府亲赐一车尚坊赵酒，亲自为大宴开鼎。群臣闻讯也纷纷赶来庆贺，上卿府一直热闹到中夜方散。群臣吏员散去之际，蔺相如却将赵王、平原君与廉颇请进了书房，拿出了那封羽书急报：秦国长史王稽秘密出使魏国，魏国秘密联结齐国，三国可能结成连横之盟。

君臣稍安，事端又起。

"秦国终是对着赵国了。"平原君皱着眉头，"为济西之地，齐国与我本来便有一笔老账想算。魏国衰颓多年，对我也是嫉恨多多。于是想与秦连横，抗衡赵国威势，不能不防。"

"上卿以为如何？"赵惠文王显然是忧心忡忡。

蔺相如从容一笑："既是强国，必当面临天下算计围攻，若被天下遗忘，也无甚生趣了。秦国被山东六国算计围攻近百年，还不是因秦国强大？时移势易，赵国今成天下众矢之的，乃赵国之荣耀也，我王不当为此忧心。但能应对得当，合围便是锤炼。"

"你只说如何应对。"老廉颇插了一句，显然是心悦诚服地听从调遣。

"我王，平原君，大将军，"蔺相如侃侃道，"为今之计，赵国实力稍逊于秦，当以静制动：大军严守要地关隘，出使多行邦交斡旋，尽可能延迟秦赵正面碰撞。邦交而言，当以韩国为侧重，辅以楚燕。"

"侧重韩国？"廉颇大惑不解，"韩国之衰，举国抵不得秦国两郡，出钱出粮费力周旋，有用么？"

蔺相如悠然笑了："韩国虽弱小，却有上党险地。上党若归我，又当如何？"

"噢——是了!"廉颇恍然大笑,"如何这茬儿也忘了?秦国正对上党垂涎三尺,若紧紧拉住韩国,将上党给撬过来,这仗便好打!"

轰然一声,君臣四人大笑起来。

五　扑朔迷离的大梁才士

已经到魏国三日了,王稽还没有见到魏王,真有些懊恼。

日薄西山的魏国竟敢如此慢待大秦特使,还当真莫名其妙。在山东六国中,魏国最有邦交斡旋传统,也最看重邦交礼仪。原因只有一个,魏国是中原文明风华的中心,也是山东六国最有实力根基的大国,但凡天下有事,都少不了魏国出来调停斡旋。魏文侯、魏武侯、魏惠王三代,魏国都是文武衡平一言堪定天下的赫赫大邦。倏忽又是三代,魏襄王、魏昭王、魏安釐王,魏国一代不如一代了。尤其是魏安釐王即位七年以来,魏国无声无息在天下消失了一般,任你列国翻天覆地,魏国只是不出声。韬晦息事还则罢了,魏国毕竟大邦,也没有哪国轻易寻衅发动大战。然则,秦国特使上门结好,还是不理不睬,就大是反常了。莫非魏国当真要像剩余的十几个小诸侯一般做缩头不盟之国? 不会,决然不会!但凡明白人都看得清楚,而今之魏国已经被秦赵两大强国挤在了夹缝,再加东边一个力图再度振兴的齐国,三座大山隆隆挤压,稍有不慎,魏国便有亡国之危。如此险情,魏国当真麻木到毫无知觉? 不会的。王稽很清楚,魏安釐王虽然算不得英雄君主,至少还是中才,算不得昏聩,再说还有战国四大公子之首的信陵君魏无忌这等大才,魏国如何能听任三座大山将它挤扁压碎了?大象反常,背后必有非常之因。常

不是怠慢,是整个国家节奏慢。老朽之国,救无可救。秦赵蚕食魏国,魏国无还手之力。

理揣摩，目下与秦国结好正是魏国避免三强夹击之急需，魏国不可能不重视秦国特使的到来。三日不见，必有隐秘。可是，这个隐秘在哪里？

"备车，拜会丞相府。"一阵思忖，王稽决意弄出点响动来。

辒车驶进幽静宽阔的王街，拐了一个弯，到了丞相府前的车马场。目下这魏国丞相名叫魏齐，乃是赫赫威势的王族嫡系公子。三晋素来有王族子弟当权的传统，魏国尤甚。自魏惠王起，魏国丞相大体都是王族公子，而权势最重者，第一是魏惠王时期的丞相魏卬（公子卬），第二便是目下这个魏齐。其所以如此，在于这魏齐是魏昭王的同母弟、魏安釐王的叔父，自己又做过领军大将，被魏安釐王赞为"文武兼通之栋梁"，在魏国几乎半个国王一般。只要疏通得当，王稽相信一定能从这个赫赫丞相口里探出点虚实来。

魏齐出场，范雎不远矣。

按照礼仪，大国特使的辒车可直达丞相府邸大门，而无须将辒车停放车马场再徒步到府门禀报入内。然则久在王侧走动，王稽却是心思周密，通晓此等贵胄之喜好，吩咐驭手将辒车圈赶到车马场停好等候，自己只带了一个捧礼盒的吏员从容来到府门前。

门吏一听是秦国特使，吭哧着有些不好把持，及至王稽将一个装着叮当金币的小皮袋递到手里，门吏二话不说飞步进去禀报了。片刻之后，白发苍苍的丞相府家老迎了出来，殷勤地将王稽直接领了进去。穿过一片婆娑竹林时，王稽又将一袋秦国尚坊精制的金币送给了家老。家老诺诺连声，问王稽要在正厅见丞相还是在书房见丞相？王稽说尚未递交国书，自然是书房好了。家老说，中大夫须贾出使归来，正在书房向丞相禀报，须得稍等片刻。王稽心中一动笑道："噢，须贾大夫出使楚国回来了？"家老低声笑道："出使楚国何见钱眼开。

来？是齐国。""噢!"王稽恍然大悟地笑了，"我却糊涂也，中大夫才干出众，定是凯旋了。"家老鼻端一耸不屑地摇头一笑道:"气咻咻说个没完，能是凯旋了？可能出事了。否则，老朽保你即刻便见丞相。"王稽连连道:"不打紧不打紧，我自等等无妨。"说话间家老将王稽领进一间异常雅致的小厅，吩咐侍女煮茶，说声老朽去看看，便碎步去了。

刚刚饮得两盏青绿幽香的逢泽茶，一阵呵呵笑声传来:"如此屈尊贵客，老夫如何担待了？"接着是家老的殷殷笑声:"丞相国务繁忙，原是老朽之失，已对大人说过了。"王稽连忙站起来走到了门廊下一个遥遥拱手:"秦国王稽，拜会丞相。"迎面一个绿玉冠大红袍须发灰白满面红光大腹便便者大步摇了过来，哈哈大笑着一拱手:"老夫怠慢大国特使，当真无礼也!"走过来拉住了王稽的左手，一团春风般进了小厅。

笑语寒暄几句，王稽一拱手道:"初次拜会丞相，无以为敬，奉上蓝田玉具一副，敢请笑纳。"向后一摆手，吏员捧过来一个古铜方匣恭敬地摆在了魏齐案前。王稽上前打开笑道:"此乃精工蓝田玉。素闻丞相精于玉具鉴赏，敢请评点一二。"

"玉龙金睛佩!"只瞄得一眼，魏齐双眼陡然放光，及至用红锦托起玉佩反复端详，当真是爱不释手了。

佩玉本是华夏服饰的久远传统。三代以至春秋，将玉石雕琢打磨成各种饰物佩带，从来都是天下共有的民俗。上层贵胄的玉器饰物名目繁多，佩玉便成为身份地位的象征物之一。即或是庶民百姓，也常有玉鱼、玉虎、玉坠等简单玉器佩带于身以示吉祥。战国之世礼仪大大简化，玉器饰物的佩带也相对简单多了。春秋时期那种一组十多件挂满全身的大型长串佩玉已经不再是贵胄们的必需礼器了，单件玉佩开始成为日常饰物，各种玉具如玉璧、玉璜、玉人、玉剑等便成了寓意祥瑞的摆设器具。虽然佩玉礼仪简化了，但由于进入了铁器之世琢玉工具大是进展，玉器制作却是比春秋时期更为精细了。精工制作的大型单件玉佩便成为天下难得的宝玉。当时，秦国的蓝田玉是天下名玉之一，与西域胡玉（即后世所说的新疆和阗玉）、楚国荆玉一起被天下称为"三玉"。王稽带来的这具玉佩是以蓝田玉为材，由秦国王室尚坊玉工精心琢磨的大型单件玉佩——玉龙金睛佩。这玉龙佩非同寻常，玉材洁白晶莹，一看便是极为罕见的羊脂玉；玉佩分明是一方整玉琢成，通体九寸九分，连同龙头龙尾共有十三道弯曲；最为神奇者，玉龙通背为黑色龙纹鳞甲，眼睛为火焰般红色，眼珠却是黄澄澄金色。若说这墨鳞火眼是难得的玉材天赋，这玉龙镶金睛便是战国之世天下一等一的琢玉技法——玉镶金。金中镶玉本来就已经是非常罕见了，这玉中镶金简直就是巧夺天工闻所未闻。饶是魏齐见多识广，一时间也目眩神摇了。

"好！好！好！"魏齐一连重重地说了三声好，"天赋奇材，绝世巧工，秦尚坊刻印，此三宗足使此宝万世不朽也！老夫之见，叫它玉龙金睛尚坊佩！贵使以为如何？"

"丞相法眼天下第一，品评自是无差矣！"王稽连忙跟上一句。

"特使如此待我，老夫何以为报？"魏齐在厅中转悠几步，突然转身，"特使便说无妨，何事相求于老夫？"

王稽笑道："原是秦王敬重丞相当国，欲修两国之好，岂有他哉！"

"秦国当真要与魏国修好结盟？"

"丞相明察：秦魏虽为宿敌，然则时移势易，赵国齐国雄心勃勃，已成天下大患。当此之时，秦魏已无冲突，若不携手

玉为尊，玉与君子之德联系起来，所以尊贵无比。玉又有养生说，因而更珍贵。无价之宝先行，王稽在魏国则可以畅通无阻。

抗御赵齐,秦国不安,魏国更是危在眉睫也。"

"说得也是。"魏齐皱着灰白的长眉转悠着,"且不说这赵国素来觊觎大魏,便是这齐国,刚刚从灭国劫难中缓过劲来,便要对我大做手脚,当真不可思议也。"

"噢——想起来了。"王稽恍然一笑,"在下也曾闻得,齐国要收回被魏国夺取的老宋国土地。若是如此,秦国可援手魏国共抗齐军。"

"不不不。"魏齐连连摇手,"与魏国开战,目下齐国尚无那份实力。老夫所说,是齐国那个安平君田单,竟敢买通我方使臣做我手脚,分明是欺我魏国无人也!"

"有此等事?"王稽惊讶得睁大了眼睛,"中大夫须贾能被齐国买通,匪夷所思!"

"须贾乃老夫臂膀,忠心事国,如何能被收买了? 被买通者,须贾主书也。"魏齐回身高声问,"家老,那个书吏叫何名字来?"

守在门廊下的家老立即答道:"禀报丞相:叫范雎。"

"一个书吏,何劳丞相动气。"王稽笑了,"莫非齐国文士都教乐毅杀光了不成?"

"对呀!"魏齐哈哈大笑,"齐王少见多怪,硬是认这个书吏做大才,派田单亲赐他十金并一车齐酒,还要用五城交换这个小吏,岂非滑天下之大稽么?"

"那,丞相如何处置这个书吏了?"

"老夫方才得知,还没想好如何处置。哎,莫非特使也有意这个小吏?"突然,魏齐神秘地挤着老眼一笑。

王稽哈哈大笑:"笑谈笑谈,在下告辞。"

魏齐也是一阵大笑:"好! 改日老夫教你晋见魏王,商定秦魏修好。"

一番笑语,家老又殷殷将王稽送到了府门。此时门吏

小说中范雎(suī)之名皆写成为范雎(jū)。范子之名到底是雎字还是雎字,学术界有争议。《史记》《战国策》《资治通鉴》的一些版本皆为雎字。《韩非子·外储说》为范且,战国史专家杨宽认为雎字有误。不一而论。本书评点,皆采雎字。

已经特意将王稽辎车请进了大门庭院，王稽在影壁后登车，从车门辚辚去了。回到驿馆正当暮色，王稽草草吃得些许饭菜，来到了小小书房，徘徊思忖，一时理不出个头绪来。

临行之前，秦王特意与他有过一次密谈。虽然王稽官爵不高才具平常，却是跟随秦王三十余年的老人了。当年秦王母子在燕国做人质，王稽是随行家老。依照秦法，除非有大功勋，他这种官仆出身的事务家臣是不能做大臣的。秦王即位，他被封了一个"谒者"的官职。谒者是掌管国君文札传送的事务官员，严格说，还只是"吏"，而不是"官"。但由于此吏是职掌国君事务，自然是实权机密要职，寻常大臣也不将他做吏员看待。谒者做了二十余年，宣太后死了，秦王权力也渐渐大了，虽说没有亲政，但对身边近臣的任免总是可以按照自己心愿做了。于是，五年前，秦王以"历经磨难，忠勤任事"为由头，特赐王稽大夫爵位，职领长史。长史全面职掌国君事务，本是一等一的实权大臣。然则，秦王事实上尚未亲政，一班大臣对此时的长史不那么看重不那么认真计较，秦王既然力主，魏冄与华阳君、高陵君、泾阳君等显贵大臣也就放过了。王稽毕竟才具有限，对文事大计尤其不擅，做了长史，也依旧只是总管具体事务，王室典籍书令等一应文事，实际上都是副手大吏在做。虽则如此，秦王对他的信任还是无以复加，但有郁闷，总是时不时与他说得几句。

后来，终因王稽才具平庸朝有物议，秦昭王只有将他贬黜，做了长史府下的谒者传书，专一执司文书传递。虽是"贬黜"，秦王对王稽的信任依旧。这次出使魏国，实则是给了他一个立功机会。临行密谈，秦王异常的亲和也异常的认真，可是秦王一开口，就教王稽心中猛然一沉。秦王说："王稽啊，还是教你做谒者出使，你当如何？"王稽一脸沮丧："臣是无才，自当凭我王处置。"想起来，此话极是不得体，但秦王却没有丝毫

秦昭王身边太多能人，许多话不方便说、不能随意说。才能平平但能体贴入微者，是最合适的聆听者。

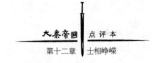
颜色，反倒是哈哈大笑："王稽啊，想到哪里去了？我是想请你做一件大事，不得已如此也。"王稽连忙一躬触地："臣唯忠勤事王，何敢当我王言请？王但有令，臣赴汤蹈火在所不辞！""这便好。"秦王扶他起来，托付了一件令他唏嘘不已的秘密大计。

这个秘密大计，是出使魏国，秘密寻觅名士大才入秦。秦王说得很清楚，我要之人，须得堪为首相之大才，孝公有商鞅，惠王有张仪，武王有甘茂，太后有魏冉，我只要此等人才，晓得了？王稽当时倒吸了一口凉气，惶恐一躬，我王明察：臣本庸才，何能识得如此乾坤大才？误王大事，臣虽万死不足以担承也。秦王笑了，要你担承个甚？此等事原本是王运国运，尽心访求而已，谁保得定然成功？你虽不是大才，却也不会嫉妒埋没大才，只须谨细查访。人过留名，雁过留声。是名士大才，还能没个响动？秦王最后语重心长地拍着王稽肩膀说，王稽啊，没有丞相之才，嬴稷永世无法亲政，晓得？办好这件大事，便是莫大功劳，嬴稷这厢拜托了。秦王这一躬，王稽感奋唏嘘地来到了魏国。

莫非当真是大秦国运如日中天，他刚到大梁便遇到了一个人才？

那个叫作范雎的书吏，能在齐国得到赏识，可是非同寻常。且不说齐王田法章机警睿智，更有那个与当世名将乐毅抗衡了六年的田单，他等历经大战出生入死的名君强臣，能轻易以重金王酒结交一个微不足道的书吏？王稽纵不识人，田法章田单总是识人了，没准这范雎还当真可能是个隐没于家臣小吏之流的名士大才。看魏齐模样，定然是要处置这个书吏了。会如何处置？想来总不至于处死了。只要这个人在，王稽相信自己能访查出来。在大梁这个地方，只要有金钱，便没有秘密。这次出使，他非但带了几件王室重宝，还带了秦王一封密书，可随时借支大梁秦国商社的各式金钱，还愁查不出一个想见的人来？

可是，此等事也不能显山露水操之过急，否则打草惊蛇。今日有玉龙金睛佩，老魏齐话是多了，还有那神秘一笑，似乎是说，你要这个人老夫便给你以做回报。可王稽却心明如镜，若他当真要了，那个范雎便注定出不了魏国便死了。王稽没有别的才能，揣摩此等酷好钱财珠宝的显贵人物的心事，倒是很少有差错，这也是秦王始终信任他的原因：办事精细缜密，从来不半道走风。看那个魏齐的做派，显是个容不得人的霸道权相，但有人才在此等人麾下，他不用你你也休想逃走，要另择明主，嘿嘿，先杀了你再说。唯其如此，王稽只有打哈哈过去，教魏齐觉得他根本没在意这么个小人物了事。当真那个书吏没人理睬了，魏齐可能也就不在乎了。

"御史①何在？"想得半日，王稽大体清楚了，走到廊下一声吩咐。

一名年轻精悍的黑衣文吏闻声便来，这是秦王特意给他遴选的一个臂膀，文武皆通，还做过秘密斥候，极是可靠。王稽对他一阵轻声吩咐，这个御史快步去了。

次日，王稽留下一个随员守在驿馆等候魏齐消息，自己换了一身士子常服到街市转悠去了。魏国风华中原第一，国人历来有聚酒议政之风，但凡王城宫廷权臣府邸之秘闻抑或各国最新事态，无时无刻不在各大酒肆恣意流淌。百余年相沿成习，无论是游学士子还是各国商旅斥候，但到大梁，都要先到著名的酒肆徘徊徜徉一番以探询最新消息。王稽很熟悉大梁，径直来到气派最大的"中原鹿"。这中原鹿是魏惠王时期的王族丞相公子卬秘密开办，目下已经传了三代，早已经成了魏国贵胄与列国使节、大商、士子的消息渊薮。

进得中原鹿，王稽没有进棋室赌坊，那种地方最热闹，却少有说事者；也没有进论战厅，那种地方只争见识高下，消息却是不多。王稽径直来到散座大厅，找得一个临窗角落入席，要得两爵楚国兰陵酒与一鼎逢泽麋鹿炖，便自消磨起来。这散座大厅是所有进中原鹿者的第一站，除了专一的约赌寻棋论战者，寻常都是先在这里浸泡得半日听听八面来风，而后再做计较。王稽素无玩乐心性，又兼正在上心探事之时，自然选定这里守株待兔。

谁知听得大半个时辰，尽是些谈论赵国秦国相争的秘闻，将渑池会盟、蔺相如勇逼秦王及赵国将相和神话说得活灵活现，四周一片喝彩叫好。王稽听得腻烦，正要付账离开，突然看见三名红衣人走了进来，也到临窗处落座，与王稽一座之隔。看衣色气度，这三人很像是魏国吏员，王稽又安然坐了下来。三人落座一阵哈哈大笑，开酒之后你一言我一语地笑谈起来。

"兄台揣摩，金酒之外，那小子究竟还受了何等好处？"

"依我之见，目下齐国潦倒穷困，十金已是重金，难有更大财货出手。"

"对！"第三个粗嗓门一拍案，"定然是许官许爵，笼络那小子投齐。"

"金玉其外，败絮其中也。"第一人冷笑着，"小子时常小瞧我等，原来自己却是个十金便买得动的贱人，当真令人齿冷。"

---

① 御史，战国秦官职，国君文书侍从，与后来职司弹劾纠察的御史有别。

"你等不知道么？那小子家徒四壁孤身鳏居，十金可是买得两三个女人！"

三人一阵哈哈大笑，一人低声道："你等只说，那小子还能活么？"

"活个鬼！在下眼见他翻眼闭气了，模样很怕人也。"

"活着又能如何？"又是那个阴冷的声音道，"肋骨折了走不得，牙齿断了说不得，还不废人一个？"

"想起来蛮可怜也！"粗嗓子接道，"依我说，我等三人收下这小子做个文奴，日每喂他三顿狗食，教他替我等草拟文告。那小子有才，我等立功，岂非好事？"

"好主意！"一人拍案，"日每还要打他二十竹鞭，那小子最小瞧我等三弟兄！"

"倒是不错也。"阴冷声音笑道，"只是不能教丞相知道，要悄悄办理。闻兄先去丞相府，探探那小子下落；胡兄找到他家，看看人是死是活；我来探丞相心思，看还追查不追查这小子？丞相若非要追他个死罪，我等也只有忍痛割爱也。"

"一个堂堂丞相，能死揪住一个小吏不放？"粗嗓子不以为然。

"你却如何晓得？"阴冷声音一副教诲口吻，"丞相素来狠烈，但整治部属，可有谁个活着？还有那个须贾，毒蝎子一只，叮上谁谁死。偏丞相信他，我等惹得了？"

"也是也是，还得按伊兄说的做，方算牢靠。"

"好！听伊兄。"粗嗓子大笑拍案，"我只管调教狗文奴！"

饮得一阵，三人匆匆去了。王稽心思大动，也立即回了驿馆，派出六名精干吏员到大梁官邸民居四处探听范睢消息。一连三日，竟是石沉大海。被买通的丞相府吏员说，那个人早没有了，丞相也正在询查此人下落。民居街巷几乎全

"范睢者，魏人也，字叔。游说诸侯，欲事魏王，家贫无以自资，乃先事魏中大夫须贾"，范睢随须贾使于齐，结果齐襄王没搭理须贾，反而派人送金十斤及牛酒给范睢，须贾疑之，回魏国之后向丞相魏齐打小报告，魏齐大怒，"使舍人笞击睢，折胁摺齿"，范睢装死，舍人们草草裹之，扔至茅厕，舍人溺辱其"尸"，乘人不备，范睢想办法说服守者，承诺以重谢，逃出生天，"魏人郑安平闻之，乃遂操范睢亡，伏匿，更名姓曰张禄。"（《史记·范睢蔡泽列传》）范睢由魏至秦的经历非常传奇。

部打问一遍，竟没有一个人知道这个范雎下落，当真不可思议。

此时，魏齐派属吏知会王稽，次日晋见魏王洽谈修好盟约。王稽只有将这件事先搁置下来，全力应对魏王。周旋得三四日，盟约文本终于妥当，王稽派快马使者将盟约送回咸阳呈秦王定夺用印，自己在大梁等候回音。正在此时，那名精悍的御史从临淄兼程回到了大梁驿馆，向王稽备细禀报了从齐国探听到的消息。

在临淄，御史通过秦国商社，找到了经常在商社为齐国购买秦铁的一个市掾①，此人经常出入安平君田单府邸，对魏国使者的事很是清楚，后经御史多方印证，确实无差。

魏国派出的赴齐特使是中大夫须贾。须贾有个门客叫范雎，因了这范雎颇有才具，是须贾的文案臂膀，须贾为这个范雎在丞相府请了一个书吏职分，名义上算作了国府吏员。须贾抵达临淄时很是倨傲，拜见安平君田单时，公然嘲笑田单府邸简陋如同大梁牛棚。田单只淡然一笑，固国不以山河之险，处政不以门第之威，中大夫可知这是何人所说？须贾抓耳挠腮大是狼狈，身后书吏高声回答，此乃我魏国上将军吴起名言，安平君敬重魏国，魏国亦当敬重齐国也！田单大是欣慰，对着书吏一拱，阁下一语道破邦交真谛与田单之心，敢请阁下高名上姓？须贾气呼呼道，他只是本使一个书吏，安平君喧宾夺主，未免失礼也！安平君哈哈大笑，特使若有方才先生见识，田单自是敬佩。气得须贾狠狠瞪了那个范雎几眼，脸色都白了。

及至晋见齐王，须贾本不欲再带范雎，无奈又怕自己遇到难题，着意教范雎捧着礼盒随行，做了个侍者身份。到得王宫外却恰恰又与田单相遇。田单没有理睬须贾，只对着捧礼盒的侍者一个长躬，先生原是名士范雎，田单有礼了。侍者却只淡淡一笑，范雎不敢当名士之号，国务在身，恕不还礼。神态毫无受宠若惊之相。田单郑重一拱手道，久闻先生大才博学，田单当择日就教，尚请先生拨冗。范雎道，今日使节拜会齐王，非政莫谈，非政莫听，尚请见谅。田单一笑，先生果然国士之风也；须贾大夫，请。

须贾对田单这时才想起与他说话大是不满，脸色不禁涨红。范雎不过本使一随行小吏，安平君抬爱若此，究竟何意也？田单正色道，中大夫差矣，人之才具不因位卑而减，不因位高而增，田单如何敢以先生位卑而漠然置之？须贾对田单直呼他中大夫而不呼特使更是来气，一甩大袖进了王宫。

---

① 市掾，齐国市吏，职掌民市交易。

傲慢的须贾,不知自己使命一般,见了齐王当头一问,不知齐国如何与我大魏修好? 齐王田法章哈哈大笑,我与魏国修好? 特使当真滑稽也! 魏国参与五国灭齐之战,今齐战胜复国,魏国自己要与我大齐修好,如何反成齐国修好于魏? 特使饮酒多了。说着话,脸色已阴沉了下来。饶是如此,须贾傲慢依旧,趾高气扬道,国贫如洗,何谈战胜之威也。还没说完,田单厉声呵斥,须贾放肆! 我大齐虽无昔日丰饶,却有今日四十万大军。须贾见田单手按剑格,脸色顿时灰白,大睁着双眼无言以对。

此时,跟在须贾身后的范雎将礼盒放置到侧案,回头一拱手道:"安平君,此非邦交之道也。"田单肃然拱手:"此等使节,先生有何话说?"范雎侃侃道:"国家利害,原不在使节一言。邦交之道,均以各自利害为本,以天下道义为辅。舍利害而就道义者,腐儒治国也。舍道义而逐利害者,孤立之行也。欲达邦交合宜,自以利害道义之中和为上。齐魏相邻,同为大国。齐国挟战胜之威,军容颇盛,然久战国疲,满目焦土,四野饥民,必以安息固本为上。魏国虽未遭此大劫,然北邻强赵如泰山压顶,西有强秦夺我河内,两强夹击,魏国无暇他顾也。当此之时,魏齐两大国各以相安为上。此为国使前来修好之本意。尚望齐王与安平君以两国利害为重,莫言小隙,共安大局为上也。"

田单尚未开口,齐王先拍案笑了,若有此等使节,夫复何言? 田单略一思忖道,须贾大夫,请回复魏王并魏齐丞相,齐国可不计前仇与魏国修好;然则,魏国须得在一年之内,归还五国攻齐时夺取的十座城池。那愚蠢的须贾,只气哼哼说声知道了,便戳在大殿不说话了。齐王狠狠瞪了须贾一眼,也甩袖去了。

那日晚上,须贾正在驿馆设宴庆贺,一辆轺车辚辚驶进院中。须贾喜不自胜地碎步跑出,以为定然是田单或齐国高官来拜会他。不想走在牛车前的官员径直便问,范雎先生在否? 范雎这晚破例被须贾请来饮酒,闻声连忙出来答话,我是范雎,阁下何人? 来人一个长躬,在下安平君掌书,奉安平君命请先生过府一叙。范雎拱手道,请回复安平君,范雎身为国使随员,公务之外不便私相往来,他日若有机缘,自当畅叙长饮。使者略一思忖,道声先生保重,驾着轺车走了,对须贾始终没有一句话。须贾看得憋气,带着一身酒气一声大嚷,好个范雎! 没了后话,气咻咻自顾饮酒去了。

仅仅到此,事情也许就完了,毕竟范雎三番两次救须贾于邦交危境,须贾纵然泛酸,也不至于如后来那般狠毒。偏是在魏国使者离开临淄之时,齐王特派宫使驾一辆牛车前来,专赐范雎黄金十镒、齐酒二十桶,并有一句口书:先生若愿入齐,本王扫榻以待。

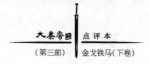

范雎堂堂正正回答，邦交有道，使者有节，纵是齐王敬贤，范雎亦当严守国家法度，不敢受齐王赏赐。说罢转身进入随员行列，再也没有与齐国任何人说一句话。

"特使明察，此乃范雎在齐行踪，在下没有任何遗漏。"

王稽听得仔细，咀嚼之间一阵怅然。齐国探察，证实了范雎确实是个大才。可偏偏这个大才却被魏齐须贾们整治得死活不知下落不明，自己原本也许可以立一件大功，如今却是化作了泡影，如何不令人叹息？莫非这便是秦王说的王运国运？大才乍现，只骤然一个身影，还没来得及看清楚，他便消失了，时也运也？

范雎因王稽入齐，王稽为秦国立下大功。须贾、魏齐之昏庸，在这里栩栩如生。

六 范雎已死 张禄当生

说也奇怪，两旬过去了，咸阳还没有发回盟约。

按照路程，从大梁到咸阳的特急羽书官文，快则旬日慢则半月，足足一个来回了，如何这次如此之慢？头半个月王稽无所事事，觉得耗在大梁当真无聊，除了到各个盛情相邀的显贵府邸饮酒，便是到街市酒肆听消息传闻，唯一的收获，若也可以说是收获的话，是各方消息印证：那个范雎确实死了，被竹鞭打死后，连尸体也被魏齐身边一个武士拉去喂了狗。王稽听得惊心动魄，却还得跟着贵胄们谈笑风生。从那时起，他对大梁陡然生出一种无可名状的厌恶，恨不得立即逃离这个弥漫着奢靡腥臭的大都。可是，在三日之前，他却又陡然窥视到了这座风华大都的神秘莫测，觉得时光未免太仓促，期盼秦王回书最好再慢几日，容他再细细琢磨一番神秘的大梁。

峰回路转，眼前突然有了一丝亮光。

那日暮色,王稽正在庭院大池边百无聊赖地漫步,一个红衣小吏划着一只独木舟向岸边漂了过来。王稽常在这里徘徊,知道这是驿馆吏员在查验仆役是否将水面收拾洁净,也没有理会,径自踽踽独行。不想沿池边转悠三遭,那只小小独木舟始终在他视线里悠然漂荡。王稽笑道,后生,想讨点酒钱么? 今日却是不巧,老夫两手空空也。这座驿馆是各国使节居所,吏员仆役们常常以各种名目为使节及随员们办点儿额外差使,或打探消息或采买奇货,总归是要得到一些出手大方的赏金。若在他邦,这是无法想象的,然在商市风华蔚为风习的大梁,却是极为寻常的。王稽多年管辖王宫事务,熟知吏员仆役之艰难,更知大梁之风习,是以毫不为怪。

"先生可要殷商古董?"独木舟飘来一句纯正的大梁官话。

"殷商古董? 何物?"王稽漫不经心地站住了。

"伊尹。"

"如何如何? 伊尹?"王稽呵呵一笑,"你说,伊尹为何物?"

"商汤大相。"

"……"王稽心下蓦然一动,打量着独木舟上那对机敏狡黠的眼睛,"你个后生失心疯了? 大贤身死,千年不朽,竟敢如此侮弄?"

"大人见谅。小人是说,我之物事,堪与伊尹比价。"

"你之物事? 物与人如何比价?"

"此物神奇。大人视为物则物,大人视为人则人。"

"匪夷所思也。"王稽悠然一笑,"敢请足下随老夫到居所论价如何?"

"不可。"独木舟后生目光一闪,"大人说要,小人明日此时再来。大人不要,就此别过。"

"好!"王稽一抬手,一个巴掌大的小皮袋子掷到后生怀中,"明日此时再会,这是些许茶资。只是,此地说话……"

"大人莫操心,这里最是妥当。"后生一笑,独木舟飘然去了。

次日暮色,王稽准时来到池边漫步。那名精悍的随行御史带了十名便装武士,游荡在池边树林里。夕阳隐山霞光退去,水面果有一只独木舟悠悠漂来。王稽一拍掌笑道:"后生果然信人也。如何说法了?"幽暗之中,独木舟上后生白亮的牙齿一闪:"小人郑安平,丞相府武士。大人还愿成交否?"王稽笑道:"人各有志。便是丞相,也与老夫论买

卖，况乎属员也。""好！大人有胆色。"独木舟后生齿光粲然
一闪，"小人古董便在这里，大人毋得惊慌才是。"说罢拍拍
独木舟，"大哥，起来了。"

倏忽之间，独木舟上站起来一个长大的黑色身影，脸上
垂着一方黑布，通体隐没在幽暗的夜色之中，声音却是清亮
浑厚："在下张禄，见过特使。"

"敢问先生，"王稽遥遥拱手，"张禄何许人也，竟有伊尹
之比？"

黑色身影淡淡漠漠道："伊尹，原本私奴出身之才士。
方今之世，才具功业胜过伊尹者不知几多，如何张禄比他不
得？"

"先生既是名士，可知大梁范雎之名？"

"张禄原是范雎师兄，如何不知？"

"如此说来，先生比范雎如何？"

"范雎所能，张禄犹过。"

"何以证之？"

"待安平小弟与特使叙谈之后，若特使依旧要见张禄，在
下自会证实所言非虚也。"一语落点，独木舟上不见了长大的
黑色身影。独木舟后生的齿光在幽暗中又是一闪："大人稍
待，小人三更自来。"说罢一阵水声，独木舟又飘然去了。

得扮成偶遇，否则事泄。

倏忽来去，王稽更是疑惑，只觉其中必藏着一番蹊跷。
那独木舟后生昨日并未留下姓名，今日一见却是先报姓名，
又恰恰是丞相魏齐的武士，意味何在？范雎身世已经访查得
清楚，都说他是散尽家财游学成才之士，如何突然有了个师
兄？果然这个师兄才具在范雎之上，完全可走名士大道公然
入秦游说，却为何要这般蹊跷行事？莫非……王稽心中突然
一亮，立即快步回到秦使庭院，吩咐精悍御史作速清理余事，
做好随时离开大梁的准备。一切安排妥当，王稽便在位置比

较隐秘的书房静坐等候。

驿馆谯楼方打三更，书房廊下一阵轻微脚步。王稽拉开房门，幽暗的门廊下站着一个身披黑色斗篷的瘦高条子，只对着他一拱手，也不说话径自进了书房落座。王稽跟了进来，递过一个凉茶壶，在对面落座，只看着瘦削精悍的年轻武士，也不说话。

"大人可有听故事的兴致？"

"秋夜萧瑟，正可消磨。"

武士咕咚咚喝下几口凉茶，大手一抹嘴角余渍，两手一拱道："小人郑安平，在丞相魏齐身边做卫士，月前亲眼见到一桩骇人听闻惨案，想说给大人参酌。"

"老夫洗耳恭听。"

郑安平粗重地叹息了一声，断断续续地说了起来，呜咽秋风裹着秋虫鸣叫谯楼梆声拍打着窗棂，王稽似浑身浸泡在了冰冷的水中。

那一日，丞相府大厅要举行一场盛大的百官宴席，庆贺中大夫须贾成就了魏齐修好盟约。凡在大梁的重臣都来了，丞相的几个心腹郡守也不辞风尘地赶来了。除了魏王，几乎满朝权贵都来了。两个百人队武士守护在大厅之外，从廊下直排到庭院大池边，郑安平恰恰在廊下，将巨烛高烧的大厅看得分外清楚。

一番钟鼓乐舞之后，丞相魏齐用面前的切肉短剑撬开了热气腾腾的铜爵，宴席在一片喜庆笑声中开始了。魏齐极是得意地宣布了魏齐两国结盟的喜讯，吩咐须贾当场宣读了盟约文本。权贵们一齐高呼丞相万岁，又向须贾大夫纷纷祝贺。魏齐当场宣读了魏王书，晋升须贾为上大夫官职，晋爵两级。举座欢呼庆贺，须贾满面红光地更换了上大夫衣冠，先谦卑地跪拜了丞相，又踌躇满志地举爵向每个权贵敬酒。不消半个时辰，满座权贵都是酒兴大涨，纷纷吵嚷要舞女陪席痛饮。

此时，魏齐却用短剑敲敲酒爵："有赏功，便有罚罪，此为赏罚分明也。两清之后再尽兴痛饮。"举座又是一阵丞相万岁丞相明断的欢呼之声。声浪平息，魏齐脸色倏忽阴沉："此次出使，竟有狂妄之徒私受重贿，里通外国，出卖大魏，是可忍，孰不可忍！"

簇新冠带的须贾摇摇晃晃走到末座，在举座一片惊愕中厉声一喝："竖子范雎，敢不认罪！"

论职爵，范雎原本远远不能入权贵宴席。因了使齐随员一并受邀，范雎得以前来，

座席在接近厅门的末座。宴席一开始，范雎就如坐针毡，及至须贾晋职加爵，范雎便想悄悄退席。可旁边几名一同出使的吏员却不断向范雎敬酒，一时没有走成。待到丞相拍案问罪，郑安平看得很是清楚，那个范雎反倒坦然安坐，再也没有走的意思了。须贾张牙舞爪疾言厉色，范雎却一阵哈哈大笑，起身走到厅中高声道："敢问上大夫：私受重贿，里通外国，有何证据？"

"证据？我就是证据！"须贾脸色发青，尖声叫嚷着。

范雎坦然自若："如此说来，须贾无能，有辱国体，在下便是证据。"

"大胆小吏！"魏齐勃然拍案，"可惜老夫不信你！"

范雎毫无惧色，从容一笑道："丞相若只信无能庸才，夫复何言？然丞相总该信得齐王，信得安平君田单。事有真伪，一查便知，何能罪人于无端之辞也？范雎告辞！"大袖一甩，转身便走。

"回来！"魏齐一声暴喝，骤然又是咝咝冷笑，"老夫纵然信得田法章与田单，也不屑去查问。处置如此一个小吏，何劳有据之辞？来，人各竹鞭一支，乱鞭笞之！"

立即有仆役抬进大捆竹鞭，放置大厅中央。权贵大臣们酒意正浓，一时大是兴奋，纷纷抢步出来拿起竹鞭围了过来。须贾更是猖狂，呼喝之间将范雎一脚踹倒在地，尖叫一声"打！"四面竹鞭在一片"打！打死他也！"的笑叫中如疾风骤雨交相翻飞。郑安平说，范雎的凄惨号叫声顿时教他一身鸡皮疙瘩。大厅中红袖翻飞口舌狰狞，与红衣鲜血搅成了一片猩红，汩汩鲜血流到他脚下的白玉砖上，浸成了一片血花……

竹鞭，原本是劈开之软竹条，执手处打磨光滑，梢头薄而柔韧。打到人身虽不如棍棒那般威猛，却是入肉三分奇疼无比。以击打器具论，棍棒（杖责）若是斩首，这鞭笞则仿佛凌迟，一时无死，却教你受千刀万剐之钻心苦痛。

打得足足半个时辰，那个范雎早已经血糊糊无声无息了。魏齐哈哈大笑道："诸位，老夫今日这操鞭宴却是如何啊？"权贵们气喘吁吁地一片笑叫："大是痛快！""活络筋骨！匪夷所思！"须贾一声高喝："来人！将这个血东西拖出去，丢进茅厕！"魏齐拍案大笑："死而入厕，小吏不亦乐乎！来，侍女乐女陪席，开怀痛饮也！"

在权贵们醉拥歌女的笑闹喧嚷中，丞相府家老领着三个书吏，将一团血肉草席卷起，抬到了水池边小树林的茅厕里。郑安平悄悄跟了过去，便听几个入厕权贵与家老书吏们正在厕中笑成一片。"每人向这狂生撒一泡尿！如何？""妙！尿呵！都尿啦！"

"尿!""对! 尿啊! 哪里找如此乐子去!""老夫之见,还是教几个乐女来尿,小子死了也骚一回!"哄然一阵大笑,茅厕中哗啦啦弥漫出刺人的臊臭……

郑安平走进了大厅,径直对魏齐一个跪拜:"百夫长郑安平,求丞相一个小赏。"

"郑安平?"魏齐醉眼蒙眬,"你小子要本相何等赏赐? 乐女么?"

"小人不敢,小人只求丞相,将那具尿尸赏给小人。"

魏齐呵呵笑了:"你,你小子想饮尿?"

"小人养得一只猛犬,最好生肉鲜血,小人求用尸体喂狗。"

魏齐拍案大笑:"狂生喂狗,妙! 赏给你了,狗喂得肥了牵来我看。"

就这样,在权贵们的大笑中,郑安平堂而皇之地将尿尸扛走了。

王稽脸色铁青,突然问:"范雎死了没有?"

"自然是死了。"郑安平一声叹息,"丞相府第二天来要尸体,在下只给了他等一堆碎肉骨头,又将那只猛犬献给了丞相方才了事。"

"天道昭昭,魏齐老匹夫不得善终也!"王稽咬牙切齿一声深重的叹息,良久方才回过神来,"敢问这位兄弟,这张禄当真是范雎师兄? 你却如何结识得了?"郑安平闪烁着狡黠的目光,神色却很是认真:"大人,在下不想再说故事了。范雎之事,是张禄请在下来说的,大人只说还要不要见张禄。他的事当有他说。"王稽点头一笑:"你等倒是谨细,随时都能扎口,只教老夫迷糊也。"郑安平一拱手道:"素闻大人有识人之明,断不至迷糊成交。"王稽笑道:"素昧平生,你却知老夫识人?"郑安平道:"张禄所说。在下自是不知。"王稽思忖道:"老夫敢问,张禄不是范雎,如何不自去秦国,却要走老夫这条险道?"郑安平目光又是一闪:"在下已经说过,张禄之事,有张禄自说。大人疑心,不见无妨。"王稽略一沉吟道:"也好,老夫见见这个张禄。明晚来此如何?""不行。"郑安平一摆手:"大人但见,仍是池畔老地方,初更时分。"王稽不禁呵呵笑了:"老夫连此人面目尚不得见,这却是个甚买卖?"郑安平瘦削的刀条脸一副正色:"生死交关,大人见谅。"王稽点头一叹:"是了,你是相府武士,私通外邦使节,死罪也。老夫依你,明晚初更。""谢过大人。告辞。"郑安平起身一躬,向王稽一摆手,示意他不要出门,径自拉开门走了出去,没有丝毫的脚步声。

此日清晨,快马使者抵达,带回了用过秦王大印的盟约并一封王书。秦王书简只有两行字——盟约可成，或逗留延迟，或换盟归秦，君自定夺可也。王稽一看便明白，这是秦王给他方便行事的权力：若需在大梁逗留，可将盟约迟呈几日，若密事无望，自可立即返回咸阳。琢磨一阵，王稽终于有了主意，将王书盟约收藏妥当，在书房给魏齐草拟换盟书简，诸般文案料理妥当，天色也渐渐黑了下来。

谯楼打响初鼓，驿馆庭院安静了下来。除了住有使节的几座独立庭院闪烁着点点灯火，偌大驿馆都湮没在初月的幽暗之中。当那只独木舟荡着轻微的水声漂过来时，王稽已经站在了岸边一棵大树下。独木舟漂到岸边一块大石旁泊定，一个高大的黑色身影站了起来："特使若得狐疑，张禄愿意作答。"王稽道："先生无罪于国，无罪于人，何不公然游学秦国？"黑色身影道："以魏齐器量，张禄乃范雎师兄，如何放得我出关？自商鞅创下照身帖，魏国也是如法炮制，依照身帖查验出关人等，特使如何不明？"王稽道："如此说来，先生面目在魏国官府并非陌生？""天意也！"黑色身影只是一叹，不说话了。王稽心下顿时一个闪亮，道："后日卯时，老夫离魏，如何得见先生？"黑色身影立即答道："大梁西门外三亭岗，特使稍作歇息便了。"说罢一拱手说声告辞，独木舟倏忽荡开去了。

张禄让王稽等他于"三亭之南"，"私约而去"。

王稽在岸边愣怔得片刻，回到了书房，与随身跟进的精悍御史仔细计议得半个时辰，便分头料理善后事宜了。这件事从头至尾都是扑朔迷离诸多疑惑，见诸求贤史话，更是匪夷所思——已经允诺带人出关了，却还不识此人面目，当真拍案惊奇也。然则事到如今，此险似乎值得一冒。毕竟，这个张禄是范雎连带出来的一个莫测高深的人物，轻易舍弃未免可惜。促使王稽当即决意冒险者，是黑色身影说的照身帖之事。这几日王稽已查得清楚，魏国官府吏员中没有张禄这个人,大梁士子也从未有人听说过张禄这个名字。若是刚刚出山的才士,一则不可能立即有照身帖,二则更不可能怕关隘比对范雎头像认出。一个面目为魏国官府所熟悉的张禄,当真是张禄么?再说,一路同行三五日,总能掂量得出此人分量,若是鱼目混珠之徒,半道丢开他还不容易?

次日清晨卯时,王稽带着国书盟约拜会了丞相府。魏齐立即陪他入宫,晋见了魏王。交换了用过两国王印的盟约与国书,魏王又以邦交礼仪摆了午宴以示庆贺。宴罢出得王宫,已经是秋日斜阳了。依照魏齐铺排:执掌邦交的上大夫须贾晚间拜会特使,代魏王赐送国礼;次日再礼送秦使出大梁,在郊亭为王稽饯行。王稽原本打算换定盟约便离开驿馆,住进秦国商社,以免吏员随从漏出蛛丝马迹。此刻欲当辞谢,又与邦交礼仪不合。魏国本来最讲究邦交铺排,强自辞谢岂非更见蹊跷?思忖之间,王稽只有一脸笑意地依着礼节表示了谢意。

暮色时分,须贾在全副仪仗簇拥下带着三车国礼进入驿馆拜会,招摇得无以复加。王稽没有兴致与这个志得意满的新贵周旋,没有设宴礼遇,只是扎扎实实地回敬了须贾一车蜀锦了事。须贾原本是代王赐送国礼,自以为秦使定然要设宴礼遇,想在酒宴间与强秦特使好生结交一番,来时便带了一车上好大梁酒,一则以自家名义赠送王稽,二则省却王稽备酒之劳。谁知王稽却不设酒,心下大是沮丧,及至看到一车灿烂蜀锦,顿时又是喜笑颜开,满面堆笑地说了一大堆景仰言辞,方才颠颠儿去了。

须贾一走,王稽立即吩咐随员将一应礼品装车运往秦国商社。三更时分,随行御史前来禀报:十二辆礼车已经全部重新装过,中间有三辆空心车。王稽心下安定,召来几名干员计议了一番明日诸般细节,方才圜圄一觉,醒来已是曙光初显了。

太阳初升,大梁西门外十里的迎送郊亭已经摆好了酒宴。须贾正在亭外官道边的上马石上瞭望,见官道上三骑飞来,当先一名黑衣文吏滚鞍下马一拱道:"在下奉秦国特使之命禀报上大夫:特使向丞相辞行,车驾稍缓,烦劳上大夫稍候片刻。"须贾连连摆手笑道:"不妨不妨。特使车驾礼车多,自当逍遥行进,等候何妨?"

此刻,旌旗招展的秦国特使车队堪堪出得了大梁西门。大梁为天下商旅渊薮,虽是清晨,官道上已经车马行人纷纭交错了。大梁官道天下有名,宽约十丈,两边胡杨参天,走得两三里总有一条小路下道通向树林或小河,专一供行人车马下道歇息打尖。第一个下道路口,便是三亭岗。三亭岗者,一片山林三座茅亭也。一条小河从山下流过,小小河谷清幽无比，原是大梁国人春日踏青的好去处，自然也是旅人歇脚的常点了。目下正当秋分，枯黄的草木隐没在淡淡晨雾之中，三亭岗若隐若现。到得路口，特使车马仪仗驶出中央正道，缓缓停在了道边，三辆篷车辚辚下了小路。

片刻之后，三辆篷车又辚辚驶了回来，隐没在一片旌旗遮掩的车队之中。头前一声悠扬的号角，特使车驾仪仗又迤逦进入官道中央辚辚西去了。到得十里郊亭，特使车马仪仗整肃停稳，只有特使王稽笑着走下了轺车。须贾遥遥拱手笑道："特使大人，宴席甚丰，请随员们也一并下马，痛饮盘桓了。"王稽淡淡笑道："上大夫虽则盛情，奈何秦法甚严，随员不得中道离车下马，老夫如何敢违背法度也？"须贾顿时尴尬："这这，这是甚个法度？这百十人酒席，是在下私己心意，无关礼仪……"王稽向后一挥手笑道："来人，赐上大夫黄金百镒，以为谢意。"须贾立时呵呵笑了："这却是哪里话来？须贾饯行，大人出金。"王稽一拱手道："本使奉秦王急书，不能与上大夫盘桓了，告辞。"回身跨上轺车一跺脚，"兼程疾进！速回咸阳！"特使车马风驰电掣般去了，须贾兀自举着酒爵站在郊亭外喜滋滋愣怔着。

一日快马，暮色时分王稽车队已进了函谷关，宿在了关城内的官署驿馆。王稽心下松快，吩咐一个精细吏员，将藏在空心车中的张禄隐秘地带入驿馆沐浴用饭；自己去吩咐一班随员立即将车马分成两拨，十二辆礼车为一拨交仆役人等在后缓行，其余随员与使节轺车为一拨，五更鸡鸣立即出发。安置妥当，王稽来找张禄说话，照料吏员却说张禄沐浴用餐之后回篷车歇息去了，只留下了一句话："到咸阳后再与特使叙谈。"王稽思忖一番，也觉得函谷关驿馆官商拥挤，要畅快说话确实也不是地方，便吩咐精悍御史亲自带领四名武士远远守护篷车，自己匆匆去官署办理通关文书去了。

以须贾之智，绝不会想到王稽会施"暗度陈仓"之计。须贾之蠢暴，活灵活现。

雄鸡一唱，函谷关活了。号角悠扬长鸣，关门隆隆打开，里外车马在灯烛火把中流水般出入，一片繁忙兴旺。王稽车马随从二十余人，也随着车流出了驿馆。一上官道，王稽吩咐收起旌旗仪仗快马行车。一气走得三个时辰，将近正午时分，到了平舒①城外。王稽正要下令停车路餐，却见西面烟尘大起旌旗招摇，前行精悍御史快马折回高声道："禀报大人，是穰侯旗号。"

穰侯魏冄最讨厌其他诸侯国的舍人客卿入秦，所以，查防甚严。

"车马退让道边。"一声令下，王稽下车站在道边守候。

片刻之间，穰侯魏冄的车骑马队已经卷到面前。魏冄此次是到河内巡视，随带两千铁骑护卫，声势惊人。遥见道边车马，魏冄已经下令马队缓行，正遇王稽在道边高声大礼，也高声笑道："王稽啊，出使辛劳了！"王稽肃然拱手道："谢过丞相劳使。秦魏修好盟约已成，魏国君臣心无疑虑。"魏冄敲着车厢点头道："好事也。关东还有甚变故？"王稽道："禀报丞相：山东六国无变，大势利于我邦。"魏冄哈哈大笑："好！老夫放心也！"倏忽脸色一沉，"谒者王稽，有否带回六国游士？此等人徒以言辞乱国，老夫却是厌烦。"王稽笑道："禀报丞相：在下使命不在选士，何敢越俎代庖？"魏冄威严地瞥了王稽一眼："谒者尚算明白了。好，老夫去河内了。"脚下一跺，马队簇拥着轺车隆隆远去了。

张禄先是躲在车内，后预料到魏冄多疑，必回头再查，于是下车步行，十余里后，魏冄的人果然回头再查，"无客，乃已。王稽遂与范雎入咸阳"。（《史记·范雎蔡泽列传》）秦昭王要见个人都这么难，可见当时"四贵"的势力有多大。

突然，篷车中传出一个浑厚的声音："特使大人，张禄请出车步行。"

"为何？"王稽大是惊讶。

篷车声音道："穰侯才具智士，方才已有疑心，只是其人见事稍缓，忘记搜索车辆，片刻后必然回搜。在下前行，山口等候。"王稽略一思忖道："也好，便看先生料事如何？打开

---

① 平舒，战国秦要塞，今日陕西华阴西北地带。

车篷。"严实的行装篷布打开，一个高大的蒙面黑衣人跳下车来，对着王稽一拱手，匆匆顺着官道旁的小路去了。王稽第一次在阳光下看见这个神秘的张禄，虽则依然垂着面纱，那结实周正的步履却仍然使王稽感到了一丝宽慰。

黑色身形堪堪隐没在枯黄的山道秋草之中，王稽一行打尖完毕正要上道，却见东面飞来一队铁骑遥遥高喊："谒者停车——"王稽一阵惊讶，却又不禁笑了出来，从容下车站在了道边。此时马队已到眼前，为首千夫长高声道："奉穰侯之命：搜查车辆，以防不测！"

王稽拱手笑道："将军公务，何敢有他？"淡然坐在了道边一方大石上捧着一个皮囊饮水去了。片刻之间，二十多名骑士已经将王稽座车与三辆行装车里外上下反复搜过，千夫长一拱手说声得罪，飞身上马去了。

王稽这才放心西行，车马走得一程，遥遥便见前方山口伫立着一个黑色身影。车马到得近前，王稽一拱手道："先生真智谋之士也！"黑衣人悠然笑语："此等小事，何算智谋？"径自跨上了王稽轺车后的篷车，"公自行车，我要睡了。"王稽笑道："先生自睡无妨，秦国只有一个穰侯。"

此时方知范子之智与贤。

第十三章　远交近攻

一　离宫永巷深深深

十月之交,秦川原野草木苍黄。

这日午后时分,一队车马出了咸阳南门,过了渭水大石桥,辚辚开向了东南河谷的一座灰色城堡。几乎就在车马大队堪堪进入城堡之时,一骑快马从后飞来遥遥高喊:"谒者羽书急报!"马队簇拥的一辆青铜篷车停了下来,车旁一人立即从骑士手中接过羽书,利落拆开递进了篷车。片刻之后,篷车里传出了一句话:"着王稽明日来见。"说罢脚下轻轻一跺,马队隆隆开进了城堡。快马骑士飞去之时,寒凉的秋风鼓着暮色,徐徐湮没了河谷城堡。

秦昭王很是烦闷,来到了这座很少驻跸的行宫。这座行宫叫作离宫,是父亲惠文王建造的。至于为何叫了如此一个名字,秦昭王实在说不清楚,记得当年问过母后,母后只是一

范雎入秦之际,其实秦昭王正厌天下辩士。年余,范雎才面见秦昭王,陈远交近攻之策。

笑："毋晓得,叫甚是甚了。"母后的笑意,分明有着些许神秘,秦昭王却也不再问了。他对扑朔迷离的宫廷隐秘素来很厌烦,甚至对一切密谋事体都有一种本能的不喜欢。然则,他却偏偏生在了王宫,做了国王,且还是个权力交织最是盘根错节的非亲政国王。在孝公商鞅变法之后,秦国还没有出现过如此错综复杂的权力交织。当此之时,若脱开密谋两字,他注定要被碾得粉碎。上天何其昏聩,如何偏偏教他这个厌烦权谋之人,顶起了非常之期最需要机谋的王冠,竟注定要终生浸泡在权谋之中？摄政太后、开府权相、赫赫四贵、巍巍武安君,他身边到处耸立着权力的高山,他这个秦王始终只能在这些权力高山的峡谷中游荡,实在是惊悚莫名。摄政母后去了,大势却更为险恶。母后虽也独断,对他这个国君儿子却是处处留有尊严。母后自裁前曾经对他说过,母后老了,你也长成了,明年开春,娘便扶你亲政。以母后之精明,此等大事不可能不对舅父丞相叮嘱。然则,舅父丞相非但一个字也不提起,权力反而更是膨胀了。最教秦昭王头疼的,是魏冄以赏赐军功为名,将穰侯自己、华阳君、泾阳君、高陵君、武安君的封邑一举扩大为百里,且变成了实封。

秦法:功臣虚封,君侯地无过六十里,无治权。虚扩一百里犹可说,最要紧的是这实封。所谓实封,是封主有治民并收缴赋税权。实封但成,私家军兵便会接踵而来,封地则有可能重新变为规避郡县官府的自治世族。此做法若成定例,秦法的坚实根基岂非要日渐瓦解？好在白起以"封地累赘,无人照料"为由,坚辞没有受命,使秦昭王暗中松了一口气。自三君受了百里实封,丞相魏冄与这三人同气连枝,气势大盛,被咸阳国人呼为"楚四贵"。没有了母后震慑魏冄,这位大权在握的老舅究竟会走到哪一步,秦昭王当真心中无底。以武安君白起的威望权力,本可以对魏冄有所牵制,谁料白

虚封变实封,穰侯、华阳君、泾阳君、高陵君四贵势力更大。武安君倒不像四贵那样飞扬跋扈。四贵之逐,实与废宣太后之事同时发生。小说改编之后,全宣太后"功名",四贵被逐之事延后交代。四贵专权,秦昭王处处受掣肘。

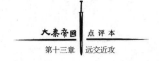

起偏偏是个兵痴,除了打仗精益求精,对国事朝局之微妙几乎是浑然无觉;加之魏冄素来激赏白起,每遇大战必亲自坐镇粮草辎重,白起自然也就与魏冄形同一党了。如此大势,秦昭王孤掌难鸣,随着年岁日增,自保虽稍有余力,要整肃朝局却是远远不足。

没有亲政,整日在咸阳宫只看一大堆已经被魏冄批阅过的文书,秦昭王自然是烦躁郁闷,索性来到这座离宫过冬,好隔三岔五地在终南山冬日猎场放马驰骋。谁料进了河谷离宫,心里还是沉甸甸的,山水还是灰蒙蒙的,非但没有丝毫的轻松舒坦,反倒平添了几分空旷落寞。秦昭王也料到必是如此,带来了全套《商君书》刻简,要在离宫下功夫揣摩一番,看看自己能否从中寻觅出几则有用谋略来。

次日午后,秦昭王正捧着一卷《商君书》在池边茅亭外徘徊,内侍禀报说王稽到了。秦昭王吩咐侍女在茅亭下煮茶,令内侍将王稽径直领到这里来。过得片刻,王稽大步匆匆走了进来,秦昭王目光一瞥笑了:"脚下生风,谒者必有斩获也。"王稽长长一躬:"我王所料无差,秦魏盟约结成。"将双手捧着的铜匣恭敬地放到了王前石案上。秦昭王目光一闪:"没有了?"王稽看看亭外老内侍与亭下煮茶侍女,秦昭王道:"本王身边还算安宁,有话便说。"王稽低声道:"老臣访到一个天下奇才!""是么?"秦昭王目光骤然闪亮,却又淡淡一笑,"姓甚名谁?有何奇处?"如此最简单一问,王稽却陡然打了个磕绊,又连忙道:"此人原本魏国中大夫须贾书吏,目下化名张禄,老臣疑为大梁名士范雎!"秦昭王不禁笑道:"你个王稽,谁是谁都没弄得清楚,便认定奇才?"王稽一时窘迫,满面通红:"老臣何敢如此轻率?只是此人此事多有周折,尚请我王容老臣仔细道来。"秦昭王一指对面石案:"西晒日光正好,入座慢说。"

王稽整整说了半个时辰,秦昭王一句话也没插问。及至王稽说完已是暮色残阳,秦昭王依旧迷惘地沉默着。王稽素知秦王禀性,也不发问,只是默默对坐着。良久,秦昭王突然开口:"张禄便是范雎,你能确证么?"

"不能。"王稽一脸肃然,"张禄是范雎,只是老臣依情理推测。"

"此等推测,可曾说给张禄?"

"老臣说过三次,他只不置可否,末了只两句话,'秦国得我则安,谁做谁何须计较?不见秦王,在下只能是张禄。'"

"你说,此话何意?"

"老臣之见:若张禄果真范雎,便是范雎畏惧魏齐势力,认定只有秦王才能保他无性

命之忧，此前不愿走漏丝毫风声。"

"能料定穰侯行止，足证此人机谋非凡。然则，才具大谋却何以证之？"

"目下尽是事才佐证，要辨大才，唯我王听此人论国论天下。"转而低声，"老臣自当隐秘从事。"

秦昭王陷入了沉思，良久霍然起身道："书房说话。"径自大步走了。

三更时分，王稽方才出得离宫飞马而去，回到咸阳府中，已经是天交五鼓了。王稽顾不上沐浴用饭，先找来那名精悍御史一阵秘密吩咐。这个御史原本是王宫吏员，是秦昭王特意为王稽出使遴选的一个臂膀人物，并非王稽部属，出使归来本当归署就职，但在王稽吩咐之后，精悍御史却立即带着两名骑士出得咸阳，在淡淡晨雾中飞马东去了。王稽此时疲累已极，进得寝室囫囵睡去，一觉醒来已经是午后光景，用得两个舂米饭团喝得一鼎肉汤，匆匆来到了偏院。

张禄正在院落里小心翼翼地漫步。通向正院园林的石门口，一只大黑狗守着门槛在秋阳下结实地打着呼噜，一双眯缝的眼睛却只对着转悠者扑闪。秋风吹过，满院落叶沙沙，张禄信步走到石门前笑道："看守便看守，打呼噜能骗我了？笨狗！"大黑狗沮丧地喉鸣一声，骤然睁开大眼对着张禄一闪，当真闭上眼呼噜过去了。张禄不禁呵呵笑着蹲在大黑狗头前道："小子还算行，回头跟我看大院子去，这里多憋屈也。"黑狗再也没有回应，只扯着呼噜横在门槛下动也不动了。"只可惜啊，你黑豹也是生不逢主，只在这里做得个看家狗也。"张禄兀自嘟哝一句，又在院子里转悠了。

王稽府邸很小，只有三进，最后一进是一片两亩地的小园林，旁边跨着这座茅屋小院。正经用途，这偏院是仆役居所，住着两男两女四个仆役与四个卫士，占去了八间最好的茅屋。张禄前日匆匆而来，被临时安置在这不会遇见任何访客的偏院。好在秦国官员的仆役都是官署依法度派定的官仆，卫士更不消说得，在咸阳城都有自己的家宅，官员府中的卫士仆役偏院只是供轮值交错时歇息而已。无人居家常住，自然是整顺清幽。张禄在西厢末间住了两日，除了送饭的使女，连一个人也没有见着。中间一棵老桑，两边三五株白杨，三面十几间茅屋，四周一圈没有门的青石高墙，是这个院落的全部景致。无论出进，都得经过大黑狗把守的这道门槛，再从府邸门户进出。这大黑狗生相憨猛，整日瞌睡不断，实则精明得紧，谁该进谁该出，全一清二楚，卧在门槛前绝不会认错了人。两日之间，只要张禄转悠到距它三尺处，它便会从喉咙里发出明显的呜呜警告。后来见张禄白日转悠夜里也转悠,并无逃跑的模样,大黑狗也睁一眼闭一眼了。

张禄再次漫步门前,猛然却见大黑狗一长身站了起来,前爪撑地肃然蹲在了石门内侧。张禄正自觉得好笑,一阵轻微的脚步声渐渐地清晰起来。"小子好本事!"张禄对着大黑狗一笑,转身走了。

"黑豹。"王稽进得石门伸手摩挲着大黑狗头顶,"这段时日无暇盘桓,赏你一根带肉大骨头!"说罢将手中荷叶包一伸,黑豹喉头发出一声兴奋的呼噜,一张嘴叼住了荷叶包。王稽拍拍黑豹头低声说了句:"去吧,目下不会有事。"黑豹忽地蹿到茅屋后去了。王稽笑吟吟来到西厢最后一间茅屋前,一拱手道:"先生高卧,却是打扰了。"

"谒者拜会么?"茅屋内鼾声突然终止,木门吱呀开了,散发宽衣者当头一拱,"张禄怠慢,大人见谅也。"

"先生无须客礼,从容收拾,老夫在这厢等先生说话。"说着回身走到了庭院向阳处的一棵白杨树下。此时已有两个使女从后园石门来到小院,清扫落叶,铺设座席置案煮茶,片刻间茅屋小院一片和煦秋日。待张禄收拾利落出来时,小庭院已经是茶香弥漫了。自与张禄同路归来,王稽也是第一次在光天化日下端详这位神秘人物,对面一望,心中一个激灵。此人身材高大瘦削,那身苎麻布衣像挑在一副竹架上晃悠一般;颧骨锋棱如同悬崖凌空,脸膛却像宽阔的原野,虽则一片贫瘠的菜色,却丝毫不给人以寒酸之相;胡须显然是剃了,一双细长的眼睛常常眯缝着,然只要目光一闪,你的心头便会掠过一道闪电。但是,最令王稽惊悚者,还是此人额头耳根脖颈处的三道长长的伤疤,纵是光天化日之下,那艳红欲滴的棱棱疤痕也令人触目惊心。

"谒者受惊了。"张禄淡淡一笑,不待王稽做请径自入席坐了。

"上天磨才,老夫徒生感喟也!"王稽叹息一声却又笑了,"先生但看老夫堪交,便互称兄长如何? 强如官称生分也。""好!"张禄一拍案道,"叨扰王兄,日后自有报答。"王稽道:"张兄但是真才,便是最好报答了。"张禄笑道:"大梁有言:王兄只视张禄为伊尹,张禄断不使王兄失望。王兄还有疑惑?"王稽摇头一笑:"老夫些许疑惑不打紧,只秦王目下不在咸阳,却要劳张兄稍待时日。"张禄目光骤然一闪:"秦王多有疑虑,在下只听王兄安置可也。"王稽连忙道:"张兄差矣,秦王北上巡视去了。"张禄摇头一笑:"秦国正在微妙倾轧之时,秦王焉能脱离中枢? 王兄小瞧张禄也。"王稽略一思忖道:"老夫智拙,只问张兄一句:可耐得些许寂寞?"张禄笑道:"王兄割舍得这座小偏院,那只大黑狗,在下便

做太公望了。""太公望？张兄好耐心。"王稽叩着石案，"布
衣粗食，老夫原是不缺，只是有失敬贤之道。"张禄大笑道：
"世间万物，唯独这贤字难测。譬如我张禄，在位可成无价，
不在位则是狗彘不食！何敢当王兄敬贤？"王稽慨然一叹：
"大难不死，张兄必有后运也。"

如此说得一时，天色黑了下来。王稽叫来家老部署了一
番，将几个仆役卫士的歇息处全部安置到后园三间茶室，府
邸书房之书简典籍悉数搬运到小偏院，权且做成一个临时书
房；一老仆一使女专门留在偏院照料，单独在偏院起炊。末
了，王稽将那只大黑狗招手叫了过来指点道："黑豹，张兄住
这里，你守护。他两人进出自便，其余任何人不许出入，明
白？"黑豹耸耸鼻头汪地叫了一声，蹲在了门槛前发出一阵
威严的呼噜声。张禄不禁笑了："这小子堪称狗才，王兄放
心。"

一番折腾，直到三更天方才妥当。王稽走了，小偏院书
房的灯烛一直亮到东方发白。

从此，张禄在这一方幽静的小偏院过起了极其洒脱而又
形同囚徒的日子。午后猫进书房，长夜秉烛，谯楼五鼓方才
囵囵睡去；一觉醒来，往往红日中天；沐浴用饭之后在小院中
做徘徊游，唯一的消遣，是与黑豹叙谈，直到黑豹在他的絮叨
中呼噜呼噜地闭上了眼睛，又猫进了书房。间或王稽来访，
将天下纷纭咸阳国事说得一时，张禄也只是漫不经心地听
着，从来不予置评。时日一长，王稽仿佛一个信使，消息一说
完便告辞去了。倏忽之间冬去春来，张禄将王稽那两车书简
反复读过了三五遍，一个夏日还将一部错讹百出的《商君
书》抄本重新校订誊刻了一遍。

这日王稽又来拜望，进得书房看到整齐码在书案上的刻
工精湛缝缀讲究的二十六卷《商君书》时，惊讶得眼睛都直

一年多之后，范雎才得秦
昭王接见。

这一波折，就算是考验范
雎的耐心。

了："张兄，你这是凭何校订来着？"张禄笑道："胸中书库耳，岂有他哉！"王稽连连惊叹："呀呀呀，单是这份刻工，便进得咸阳校书坊也！"张禄不禁一阵大笑："在下原本书吏，校书坊倒是本业。"王稽又连连摇手："哪里话来，我是觉这校订本当真天下难得，怕你带走也！"反复指读评点精华处，直是不忍释卷。张禄道："消磨时光耳耳，原本是为你校订，我带走何用？"王稽大喜，立即吩咐家老从正院拿来一坛老秦酒，又吩咐偏院使女做来两盆青葵，与张禄对饮起来。

王稽说了一个国事消息：穰侯魏冄要亲自统率十五万大军，越过韩魏两国，进攻齐国纲寿①；华阳君坐镇督运粮草，泾阳君、高陵君随军谋划，不日出兵。

"上将军白起何以不统兵？"张禄第一次对王稽的消息来了兴致。

"白起患病在榻。"

"穰侯此举，国人有何议论？"

"纲寿紧接穰侯封地，国人皆说，四贵意在拓展封地。"

"秦王可曾敦请白起出战？"

"秦王深居简出，尚无任何动静。"

张禄默然思忖良久，突然拍案道："敢请王兄明日晋见秦王，呈上这封书简。"说罢从身后书架上拿下一个大拇指般粗细的铜管，双手递给了王稽，"去也留也，在此一书了。"

王稽大是惊讶，接过铜管一看，管头泥封天衣无缝，直与王宫书房的高明书吏之技巧不相上下，两个极为古奥的文字清晰地压在封泥之上，王稽却是不识。王稽曾做过几年王宫长史，日每都要处置许多文书。在他的记忆里，举荐者替

白起称病不出。

时机一到，范睢马上出手。穰侯乃宣太后的同母异父弟弟，华阳君乃宣太后同父异母弟弟，泾阳君、高陵君乃昭王同母弟，也即宣太后所生，"穰侯相，三人者更将，有封邑，以太后故，私家富重于王室。及穰侯为秦将，且欲越韩、魏而伐齐纲寿，欲以广其陶封"。(《史记·范睢蔡泽列传》)穰侯等四贵势力再膨胀下去，对王权绝对是威胁，所以范睢认为秦国的形势很危险，劝说昭王加强王权。

---

① 纲寿，《史记》作为"刚、寿"，二地名。在穰侯的封地陶邑附近。今山东定陶西北。

被荐者呈递书简，从来都是开口无封的。其中缘由，是秦国法度：举荐者是被荐者之担保，被荐者获罪，举荐者连坐追究。唯其如此，举荐者与被荐者是利害相连形同一体，被荐者要上书秦王，举荐者肯定要过目书简，从来不会有举荐者为被荐者呈送一件密封文书，且还要专门秘送。

"上书何事，张兄可否见告？"王稽掌中掂着泥封铜管，颇有些难堪。

"唯其密封，王兄可得周全。"张禄只是淡淡一笑。

王稽心中一动："张兄有说辞？"

张禄一字一顿道："此人身无定名，行迹不测，臣唯谒者耳。"

"妙！"王稽拍掌大笑，"谒者原本便是信使，妙！老夫便如此说。"

次日清晨，王稽带着一个百人骑士队押送着一车文书出了咸阳，正午时分到了离宫。属下文吏去向长史交割文书，王稽来离宫书房晋见秦昭王。将张禄情形说完，王稽将那个泥封铜管双手呈上。秦昭王接过铜管打量着泥封道："这是你的封印？"王稽连忙道："此书为张禄原封，印鉴老臣不识，唯托老臣转呈也。"秦昭王道："张禄乃你举荐，你竟做此等盲呈？"王稽肃然道："此人身无定名，行迹不测，老臣唯做一谒者耳。"秦昭王不禁笑了："你原本便是谒者，难为你竟有说辞。启封。"王稽接过铜管利落启开封泥，抽出管中一卷羊皮纸呈过，秦昭王展开浏览一遍，丢给王稽道："你自看了。"王稽从书案上拿起羊皮纸，只觉有些不妙，飞快浏览，竟是触目惊心：

> 布衣张禄顿首：权臣擅行征发，秦危如累卵！五步之内，便有太阿，王何其盲乎？秦得张禄则安，然臣之长策不可以书传也。但得面陈，一语无效，请伏斧锧！良医知人生死，圣主明于成败。若张禄之言可为，秦可行而利国。张禄之言不可行，久留秦地无为也。士行有节，不遇而去。张禄闲居年余待王，无愧秦国也。王若无睹危局，张禄自去也。

王稽也曾读过无数名士书简，如此上书闻所未闻。当头危言耸听，接着夸大其词，再后更以才具要挟，赤裸裸要逼秦王用他，不用则去。如此路数，当真匪夷所思。难怪秦王面色阴沉，给他丢了过来。王稽愈想愈怕，额头汗水涔涔而下，一句话也说

这一封书,倒让秦昭王大悦,遂见张禄。

不出来。

"谒者以为如何?"

"荒,荒诞绝伦! 此人,当治罪!"

"当治何罪?"

王稽一时语塞,陡然憋出一句:"容老臣详查律法,后告我王。"

突然之间,秦昭王哈哈大笑:"王稽啊王稽,你也当真只是个谒者。"笑声尚在回荡,又突然压低了声音,"明日午后,传车载张禄入离宫。"王稽心思回转不过,愣怔得一阵方才木然点头:"老臣,遵命!"抬起头来还想再问两句,秦昭王已经不在书房了。

王稽出得书房,正逢文吏在廊下等候,禀报说已经将回运文书装载妥当。王稽一挥手说声走,径自匆匆出宫登上轺车去了。回到咸阳府邸,王稽饭也没吃急匆匆来到小偏院,对着正在院中徘徊游的张禄当头一句:"张兄做得好事!"犀利的目光一闪,张禄一阵大笑:"好! 秦王果然明锐!""明锐?"王稽惊讶道,"你却如何知道?"张禄笑不可遏:"王兄脸色便是王书,岂有他哉!"王稽不禁沮丧地摇摇头:"看来,老夫当真只能做个谒者了。"张禄肃然一个长躬道:"笑谈耳,王兄何当如此? 张禄也是正自忐忑也。王兄但看,我已准备离秦了。"说罢拉着王稽进了茅屋书房,却见三开间书房内已经收拾整齐,书案正中孤零零摆着一片竹简,只有四个大字——张禄去也。

王稽不禁惊愕道:"我既回来,张兄可当面告辞。我若不回,你不知消息不会走。留这竹简何用?"张禄笑道:"秦王若弃我,王兄今日必不来见我,张禄何须守株待兔?""且慢!"王稽更是疑惑,"你如何料定老夫今晚不来,便是秦王见弃?"张禄道:"王兄长于事而短于理。秦王见弃,兄便难堪,须谋划得一个由头来与我周旋了。"王稽不禁笑道:"纵然如此,你夜晚如何出得这座院落? 黑豹可是神异也。"张禄哈哈大笑:"神异者通灵,黑豹与我已经是神交知己了。"说罢一声轻柔的呼哨,黑豹忽地蹿了进来蹲在张禄脚下。张禄将书房门边一个包袱挎在黑豹脖子上又一声呼哨,黑豹又忽地蹿了出去,对王稽看也没看一眼。王稽不禁大是惊叹,啧啧连声满面通红,没有一句说辞。

次日拂晓,一辆密封的篷车辚辚出了谒者府邸。

车前插着一面六尺高的黑色三角大旗,旗面上两个显眼的大白字——传车。车出中门,一队在府门前整肃列队的铁甲骑士立即分成三列,左右后三面护卫着传车隆隆去了。传车者,运送王宫机密文书之专用车辆也,归属谒者管辖。秦法有定:传车上道,凡官民车马均须回避于十丈之外,但有冲撞当场格杀。以实情而论,谒者护送寻常文书并不打出"传车"旗号,只在护送特急羽书王书或兵符印鉴等公器时才出动传车。今日传车一驶上大街,直向咸阳南门而去。

穰侯耳目太多,不得不防。

秋霜晨雾弥漫了关中原野,传车马队一过渭水白石桥飞车奔马,半个时辰已到了离宫地界。驻守外围的军营验过王稽的谒者金令箭,传车马队直入园囿禁地。抵达城堡大门,金令箭再度勘验,城堡石门隆隆洞开,传车马队进了离宫中央庭院。依照王宫法度,谒者传车径直驶到了一座防守森严的偏殿廊下。这座偏殿背后是一片独立庭院,庭院中央是离宫中枢——国君书房。偏殿与国君书房之间,有一条大约两箭之地的秘密通道。谒者传车一到偏殿廊下,传车从专门车道驶入殿门,谒者随车向职掌机密的长史或内侍总管清点交接密件,之后谒者传车立即退出偏殿,装载回程文书后出宫。

传车驶进偏殿,内侍总管迎了过来。王稽亲自打开了密封车厢的木门,伸手做一请礼,一个通体黑衣头戴面罩高大瘦削的人下了车。白发苍苍的内侍总管也不说话,只是伸手一请,转身走了。黑衣人向王稽一拱手,也跟着去了。

偏殿走得三十余步,黑衣人随老内侍身影拐进了西侧一道石门,眼前顿时一片幽暗。借着远远间隔的铜人风灯,可以看出这是一条用黑色粗织布帷幔密封起来的长长隧道。一入幽暗隧道,老内侍一声恰恰能使身后之人听清的低语:"进入永巷,噤声快步!"疾步匆匆地头前行走了。黑衣人不紧不慢地走着,打量着与铜人风灯交错间隔的隐在幽暗处的矛戈甲士,不时粗重地叹息一声。

走得两百余步,前面一片灯光,两扇高大的石门恰恰吞住了悠长的永巷。石门前灯光下伫立着一个玉冠长须的中年人,两侧肃立着四名带剑卫士与四名少年内侍。老内侍侧身布壁站立,一声高呼:"秦王在前,大礼参拜!"

突然,遥遥跟随的黑衣人一阵大笑:"秦国只有太后穰侯,何有秦王乎?"声音轰嗡回响,鼓人耳膜。老内侍愕然变色,回身一声怒喝:"卑贱布衣!安得如此狂猖!"黑衣人悠然一笑:"天下皆知,何独秦人掩耳盗铃哉!"老内侍正要发作,却见玉冠长须中年人从石门前快步走来,当头深深一躬:"嬴稷恭迎先生。"黑衣人也是从容一躬:"布衣之身,何敢劳动秦王?"秦昭王道:"先生今日只做嬴稷座上嘉宾,无执臣民之礼,先生毋得拘泥。请。"黑衣人坦然笑道:"恭敬不如从命。"一拱手头前举步了。两厢内侍卫士看得目瞪口呆。秦昭王对着老内侍低声吩咐道:"关闭永巷。不许任何咸阳来人进入离宫。"说罢转身去了。身后老内侍伸手一拍石门旁机关,两扇厚重的石门隆隆关闭了。

进得石门,几抹秋阳从厚重的帷幕缝隙洒落在厚厚的红毡上,更显得一片幽暗。秦昭王前行领道,穿过一道阔大的木屏,竹简书架倚墙环立,书架前剑架上一口铜锈斑驳的

故意让昭王听见,以激怒昭王。昭王,忍辱负重之王,不怒反恭,以礼待之。

秦昭王有肚量。

青铜古剑,中央一张长大的书几上堆着小山一般的竹简,书几前一张座榻。整体看去,简约凝重中弥漫出一种肃穆幽静。

秦昭王笑道:"这是离宫书房,等闲无人进来,先生尽可洒脱了。"说罢走到座榻前大袖一扫,回身对着黑衣人肃然一躬,"嬴稷扫榻,先生入座。"黑衣人坦然入座,无片言谦让。秦昭王又是深深一躬:"敢问先生,何以称呼为当?"黑衣人道:"权作张禄也。"秦昭王道:"敢请先生摘去面纱,真面目以对可否?"张禄道:"客不惊主,无颜以犷狞示人,尚请见谅。"秦昭王拱手作礼道:"先生既知秦国无王,何以教我?"张禄漫不经心地扫视着书房,口中只是唔唔地漫应着。秦昭王深深一躬:"先生既断秦国危局,当为嬴稷指路。"张禄却依旧扫视书屋,只唔唔漫应着。秦昭王片刻沉默,一声叹息。张禄注视着壁上那幅《大秦山川图》,也是一声叹息,依然默默无言。倏忽之间,秦昭王热泪盈眶伏地叩头道:"先生果真以为嬴稷不堪指点么?"愣怔之间,张禄连忙快步走来跪倒,眼中含泪道:"秦王拜一布衣,足见挽救危局之诚也。君上请起,范雎愿披肝沥胆以倾肺腑。"说罢一把扯掉面罩,"在下本是大梁范雎,身经生死危难入秦,不敢相瞒君上。"

渴贤之心昭昭。

一瞥那三道暗红色的粗长疤痕,秦昭王一声感喟悚然动容:"辱士若此,旷世未闻也! 天道昭昭,嬴稷若不能洗雪先生之奇耻大辱,枉为秦王也!"

秦昭王于密室跽（长跪）而请,范雎方知秦昭王求贤之心。

此话出自秦昭王之口,不啻君王明誓复仇之惊雷。范雎顿时心如潮涌,扑地拜倒一声哽咽,一句话也说不出来了。秦昭王扶起范雎肃然正色道:"秦国危局,足下大仇,全在先生谋划之间也。嬴稷但得大谋,先生与我荣辱与共也!"说罢转身一挥手,一名侍女捧着茶具轻盈飘进,在旁边案上煮茶了。须臾茶汁斟来,秦昭王亲手捧给范雎一盏,两人饮得片刻，都平静了下来。

秋日苦短，倏忽日暮日出。帷幕遮掩的幽暗书房里，秦昭王与范雎不知疲倦地一泻千里而去，不知几多时光。待出得书房，范雎一个趔趄跌倒在地，内侍来扶，他却已经是鼾声大起了。秦昭王正自大笑，也是呼噜一声卧在了红毡之上。

二人聊得十分畅快。《史记·范雎蔡泽列传》："是日观范雎之见者，群臣莫不洒然变色易容者。"

二　咸阳冬雷起宫廷

入冬第一场大雪纷纷扬扬落下时，东讨大军班师了。

与以往班师一样，主力大军一入关便回归了蓝田大营，等待王命特使专行犒赏。统军主帅则率领全部将领与六千铁骑直入咸阳，代全军将士行班师大典。按照法度，秦王将率都城群臣郊迎于十里长亭，民众也会自发地携带各种食物拥出城来欢庆劳军。这是历久相传的"箪食壶浆，以迎王师"，也是任何出征将士都一心向往的班师盛况。然则，所有这一切这一次都没有发生。当旌旗招展的将士车骑披着纷纷扬扬的雪花隆隆行进到十里郊亭时，只有秦王特使一车当道，当场宣读秦王下书：大军东讨，劳师无功，各领军大将立即回归蓝田大营，待上将军白起号令，其余将士官佐一律回归本署。

穰侯骄横，不知祸之将至。

"岂有此理！"统率大军的穰侯魏冄顿时勃然大怒，"王稽矫书，给老夫拿下！"

"穰侯明察，"王稽不卑不亢，"都城咫尺，王印凿凿，一个谒者何能矫书？"

魏冄略一思忖，断然下令："拿下王稽！华阳君率诸位将军先归蓝田大营，老夫择日便来行赏！"华阳君芈戎与领军大将们一阵愣怔顾盼，终于回身策马去了。魏冄的脸色阴沉得可怕："高陵君泾阳君各率三千铁骑，随老夫入咸阳。但有拦阻，听老夫号令行事！"原本驾着战车准备堂皇接受盛大仪典的高陵君与泾阳君，此时游移不定，吭哧着不敢奉命。魏冄顿时暴怒大喝："如此懦弱成何体统！老夫唯清君侧，尔等不从便去！"高陵君泾阳君相互看得一眼，答应一声"遵命！"各自一挥令旗驾着战车隆隆分开。魏冄脚下狠狠一跺："号角齐鸣！飞车入城！"中军司马令旗一劈，牛角号骤然大起，魏冄的六马大型战车隆隆惊雷般当先冲出，左右各三千铁骑展开，巨大的烟尘激荡着飞扬的雪花，风驰电掣般卷向咸阳。

巍峨的咸阳，在初冬的风雪中一片朦胧。

当烟尘风暴卷过宽阔的渭水白石桥扑到咸阳南门时，魏冄不禁惊愕了——咸阳城头旌旗密布，各式弩弓在女墙垛口连绵闪烁，中央箭楼赫然排列着二十多架大型连发机弩；城下一字排开二百多辆战车，洞开的三座城门中赫然闪现着狰狞的塞门刀车；战车之后是两个列于城门两侧的步战方阵，一看气势便是最精锐的秦军主力；战车之后的两个方阵之间，两个铁骑百人队簇拥着一员大将与一位生疏文臣。

魏冄久做丞相，深知咸阳城防天下第一。但有准备，休说自己这六千铁骑，便是十万大军也奈何不得这座金城汤池。骤然之间魏冄大急，不及细想从兵车上站起来一声大喝："蒙骜！你要反叛么？"蒙骜未及说话，一阵大笑，那位生疏文臣扬鞭直指："穰侯何其滑稽也！此话本当我等问你，你倒反客为主也！"

"你是何人？敢对老夫无礼！"顷刻之间，魏冄冷静了下来。

"禀报穰侯，"大将蒙骜马上一拱手，"此乃新任国正监、劳军特使张禄大人。"

魏冄心头蓦然一闪，国正监乃重臣要职，没有他的"举

形势为之一变。

荐"秦王竟能突然任命,分明是朝局有了突然变化,当此之际,进入咸阳才是第一要务。心念及此,魏冄一声冷笑:"好个国正监,如此劳军么?"

"敢问穰侯,私捕特使、铁骑压城、视君命如同儿戏,天下可有如此班师?"对面张禄也是一声冷笑。

"太后有法:国政但奉本相之令!"魏冄声色俱厉,"王稽王书未辨真假,分明有人要挟秦王乱国,老夫自要紧急还都。"

"穰侯大谬也!"张禄扬鞭又一指,"秦法刻于太庙,悬于国门,几曾有太后私法?穰侯若不立即开释秦王特使,谋逆大罪。"

魏冄面色铁青,向后一挥手:"放了王稽。"转身厉声一喝,"张禄!老夫要还都面君,你敢阻拦,乱国大罪。"

"穰侯差矣!"张禄高声道,"未奉君命,岂能私带铁骑入都?六千铁骑渭桥南扎营,穰侯自可还都面君!"

魏冄气得嘴唇瑟瑟发抖,却是无可奈何,片刻思忖间冷笑道:"好!老夫回头再与你理论。"转身高声下令,"高陵君率铁骑桥南扎营,泾阳君并幕府人马随老夫入城。"高陵君愣怔片刻,终于劈下令旗,率领六千铁骑向身后渭桥退去。魏冄身边只留下了中军幕府护卫并一班司马,加泾阳君护卫随从等,总共大约千余人。

及至高陵君铁骑退过渭水大桥,蒙骜一劈令旗高声一喝:"南门通道开启!"顷刻间车声隆隆马蹄沓沓,兵车刀车骑士俱各两列,一条直通城门的大道豁然眼前。魏冄二话不说,脚下一跺,六马兵车轰隆隆飞驰进城了。

丞相府在王宫正南最宽阔的长阳街东侧,距王宫南门不过两箭之地,原是少有的显赫地段。兵车一路驶来,魏冄却觉今日长阳街大是异常。这长阳街虽无国人商市,高车骏

针锋相对。有好戏看。

穰侯虽专权,但没有反心。张禄的话,句句在理,穰侯不得不收敛。

马却是最多，寻常时日无论严冬酷暑夜半更深，都有朝臣车
马与诸般吏员从这里穿梭般进出王宫，一日十二个时辰，绝
无车马销声匿迹之时。然则今日，除了漫天飞扬的雪花冰凉
扑面，长阳街空旷得深山幽谷一般。透过朦胧雪雾，依稀可
见王城南大门也关闭了，灰色的宫城箭楼下两片黑蒙蒙长矛
丛林触目惊心。显然，丞相府通向王城的宽阔大道已经被封
闭了。刚回到府中，家老便来禀报，说护卫军兵已经换了另
外一个千人队，府中几位主要属官也好几日不来理事了，府
中楚人子弟也逃亡了一百多人。魏冄听得怒火中烧，然而毕
竟已经明白了事态的峻迫，急切间一时无对，只在厅中焦躁
转悠。

"穰侯当立即面君，扭转危局！"泾阳君终于第一次开口
了。

"不行。"魏冄已经冷静了下来，挥手教一班吏员仆役退
下，"嬴稷已经与老夫摆开了架势，胜负不见分晓，他不会出
面。这小子有耐性，老夫太晓得了。"

泾阳君低声道："我一路想来，那个张禄机断利口，定然
是突变主谋。"

"有何手段，说。"魏冄知道泾阳君曾执掌黑冰台，心下
顿时一亮。

"除却张禄，釜底抽薪。"

"若行暗杀，须一击成功。否则，连回旋余地也没有。"

"除非张禄当真有上天庇护，否则断无不成。"

"有此手段，老夫奇正相辅。你出奇，老夫出正。"

"穰侯是说，联手武安君？"

"然也。"魏冄步履从容地转悠着，"数十年来，老夫鼎力
扶持白起，与之情谊笃厚。白起出面，秦国大军坚如磐石。
只要嬴稷不能动用大军压我，老夫纵让出些许权力，我等也

此话说得太对了。宣太
后调教出来的儿子，只要智商
正常，再差也差不到哪里去
的，秦昭王恐怕比宣太后更有
耐心。

还是大局底定。你以为如何？"

"大是！"泾阳君欣然拍掌，"武安君素有担待，举国大军奉若战神。他要面君论理，秦王不见也得见。只是，武安君此次不随穰侯东讨，却有些蹊跷。"

"你不知白起也。"魏冄笃定地笑了，"白起不征纲寿，原是政见不同也。当年胡伤攻赵，白起与老夫亦有歧见，然则并未损及老夫与白起之情谊，至今一样。从秦国大局说，白起历来明白说话，认为老夫与其联手征战最为得力！可是了？"

"有理。"泾阳君急迫道，"事不宜迟，今夜立即两面动手，我这便回府。"

"好！你先走，片刻后老夫出车。"

泾阳君匆匆去了。等得大半个时辰，天色已经完全黑了下来，庭院中已经是白茫茫一片，魏冄才吩咐备车出门。驶过空旷的车马场进入长阳街南拐，再过得两条小巷，便是武安君府邸了。石板路面已经有了两三寸厚的积雪，辚辚轺车变得悄无声息，片刻驶到了长阳街南口，却有一队长矛甲士赫然横在当街，喝令轺车退回。魏冄顿时大怒，老夫穰侯开府丞相也，何等鼠辈敢拦截老夫！对面一员带剑将军高声回道，奉命定街，王城外长阳街非国君王书夜不放行。魏冄大急，霍然从轺车站起锵锵抽出腰间古剑："这是宣太后亲赐王剑，有生杀予夺之权！谁敢拦阻？冲将过去。"

话音未落，对面将军一声大喝，结阵抗车！一排粗大的鹿砦在飞雪中轰隆隆拉开，一片黑色盾牌矗在鹿砦之后，长矛森森然伸出堪堪封住了街口。魏冄不乏战阵阅历，一看速度阵势，心知这是秦军步战主力锐士，而不是咸阳城防军，此等结阵休说一辆轺车，便是一辆兵车也是徒然碰壁。魏冄顿时心下冰凉，秦军主力入都，非上将军持秦王兵符不能调遣，

又碰了个钉子。穰侯暴跳如雷，却又无计可施。

莫非白起已经被嬴稷拉了过去？抑或连白起兵权也被剥夺了？当此非常之期，只有忍耐一时了。心念及此，魏冄一跺脚："回车！"轺车原地一个转弯折回了丞相府。

此时的武安君府邸一片静谧，唯独书房窗棂的灯光映出白起与范雎的身影。

二人先合后分。

离宫三日，范雎为秦昭王推出的第一谋是"固干削枝，巩固王权"。范雎详尽剖析了秦国变法历史，陈述了"法度以王权最高，王权不行，法度必乱。法度乱，则新法必亡"的法家学说，一针见血地下了断语：以目下四贵分权、政出多门、多头治国的乱象，秦国非但根本无法凝聚国力与赵国抗衡，且有迫在眉睫的内乱危机。秦昭王固忧国事，但要说内乱危机迫在眉睫，也觉得范雎未免危言耸听，虽则没有明说，但嘴角的那一丝笑容范雎却看得清楚。范雎见事明快透彻，语气顿时激烈："纲寿之战若大胜而归，穰侯威势更增，加之封地由虚变实而尾大不掉，秦王亲政便遥遥无期。纲寿之战若一无所获，穰侯四贵则必然联结武安君固势，而致秦王不能依法追究其战败罪责。战败不能处罪，实封不能逆转，秦法必然打滑，秦政必然迅速向旧制复辟。如此蜕变，不过十余年，秦国新法则荡然无存。其时，失地民众追念新法，新军将士多为平民子弟，焉能不对贵胄扩地视若仇雠？但有一军不平，上下必然分崩离析。若山东六国趁势而来，秦国岂能不一朝覆亡？如此危局，秦王若以为尚不迫在眉睫，无可救药也，范雎自当告辞。"

法度为国之根基，断不可乱。

这番话透彻犀利，秦昭王顿时悚然一身冷汗，一拱手道："先生之意嬴稷尽知，只是在等待一个良才辅弼，等待一个妥当时机。如今有了先生，只是选择时机了。"

"目下正是最好时机。范雎唯恐错过，方敢冒昧上书。"

"先生是说，四贵班师之时？"

巧写纲寿之战。《史记》仅载穰侯欲伐齐纲寿,欲广其陶,取纲寿,也是说说而已,并没真正发生。小说改编此事,写穰侯无功而返,秦昭王借机削其权,清四贵。史书提供史实线索,小说要圆故事关节,是以史书与小说要"各表一枝"。

"正是。"范雎一点头,"纲寿之战,穰侯已败于齐国田单,丧师三万,未得寸土。当此之际,正是罢黜权臣之良机。一旦错过,悔之晚矣!"

"只是,"秦昭王犹豫沉吟着,"武安君与穰侯笃厚,穰侯尚有常执兵符,咸阳内史①又是高陵君部属,王城只有三千禁军,急切间从何着手?"

"秦王见事差矣!"范雎痛下针砭,"在下闲居咸阳年余,对秦国朝局处处留心,可明白断定:武安君朋而不党,绝以大局为重。穰侯虽握重权,然见事迟滞。其余三君虽各有实职,然则才具平庸。只要秦王痛下决断,一切有范雎谋划。冬雷之后,秦王但行朝会亲政。"接着,范雎将自己的谋划和盘托出,一口气说了半个时辰。

"好!"秦昭王慨然拍案,"先生放手去做,纵然功败垂成,嬴稷无怨无悔。"

范雎肃然一个长躬:"秦王明断如斯,大事若败,天道安在哉!"

依照范雎谋划,秦昭王立即颁布了一道王书:拜张禄为客卿,受中大夫爵禄,暂署国正监,查究权臣不法情事。这一番安排大有讲究:秦法要害之一,是无功不得受爵任官。客卿为外来名士虚职,能否留秦任官,全在领事之后的功过而论,所以客卿之职不会引起任何波澜。中大夫爵禄,只是一个临时待遇,更不会引人注目。暂署国正监,却是给了范雎一个大大的实权。国正监在秦国乃是职掌监察的大臣,几可无事不涉。恰恰在宣太后死后,国正监一直空缺,对大臣的查究弹劾,由该署属官禀报丞相府直接指派属员处置,实际便是穰侯魏冄兼领监察大权。范雎领国正监,可以查究不法

---

① 内史,秦国掌管京师咸阳并监察地方官的大臣。

之名进出各方官署。而追加一句"查究权臣不法情事"，则是向朝野宣示一种态势：秦王要依法整肃国政了，重在整治权臣不法，而不是举朝动荡。

如此一个绝非显赫的职位，范雎立即开始了环环紧扣的铺排。

第一步，范雎径直拜会武安君白起。

武安君府邸坐落在王城东南一条最是寻常不过的街巷。不算宽阔也不算窄小，不当通衢也不算僻背，恰在国人坊区与王宫官署街区之间，门前长街常有市人车马络绎不绝，谁也不因为这里有赫赫武安君府邸而不敢涉足。府邸门前的车马场很小，车马也很少，六开间门厅虽然宽阔雄峻，却只站了四名甲士，显得空旷冷清。依白起之官爵威名，寻常人等很难相信这是威震天下的武安君府。当单马辎车孤零零停在小小车马场时，范雎不禁笑了，眼前的一切都确凿无误地证实了，他对白起的揣摩没有错。

走进这座外表极其寻常的府邸，范雎又被一种奇特的风貌深深震撼了。

跨过门厅，迎面一座高大的蓝田白玉影壁，中间交叉镶进了一张秦军铁盾与一口重型长剑，白石黑铁，简洁威猛得令人心头一震。绕过影壁是宽敞简朴的庭院，一色青石条铺地，无石无水无竹无草，只有北面六级台阶上的八开间正厅威严如同庙宇般矗立着，门额正中镶嵌着四个斗大的铜字——秦军幕府，门廊下两排长矛甲士挺身肃立如同石俑，比府邸大门的卫士多了几倍。绕过幕府正厅是第二进，空荡荡一片沙土庭院，也是石水竹草树全无，俨然一个小小校军场。庭院东侧是六排兵器架，分别挂着赵、齐、魏、楚、燕、韩六方大字木牌，各色兵器插得满当当一无空隙。兵器架后是两排长长的石条凳。西侧是一长排无字兵器架。这座兵器架旁立了一根粗大的木桩，桩上挂着一副黑色精铁甲胄。

"足下何人？"一个浑厚低沉的声音在身后响起。

范雎蓦然回身，见一人从"校军场"北面石墙中间的一道石门中走出，一身本色苎麻布衣，腰勒大鞶牛皮带，无发光头锐利得像一支长矛。此人只往庭院一站，一片肃杀便在冰冷生硬的庭院中弥漫开来。

"客卿国正监张禄，参见武安君。"范雎立即深深一躬。

"国正监何事？"白起没有还礼，只冷冰冰一句问话。

"奉秦王之命，受弹劾之书，查阅与战败之情。"

"既是国事，请入正厅说话。"白起一摆手，径自穿过"校军场"向幕府大厅去了。范雎也不说话，跟着进了厅堂。

这幕府正厅却也奇特,一色的青石板地面青石长案,仿佛进了一个冰冷的石窟。青石长案后的大墙上,一面可墙大的"秦"字中军大旗,硕大的青铜旗枪熠熠生光。对面大墙上则是一幅极大的羊皮大图——天下军争图。旗下一座剑架,横置着一口秦王金鞘镇秦剑。右侧墙下一方石案,台面铜架上插着一面黑色金丝边令旗,旁置大铜匣上有两个红色大字——兵符。左侧墙下是一排书架,摆满了各式成卷的黄旧竹简。

"武安君大有武道气象,在下钦佩之至也!"范雎不禁一声由衷赞叹。

"请入座。"白起一指帅案西侧的石案,自己也席地坐在了对面偏案,一脸冷漠地看着范雎,静候他发问。

范雎微笑中突兀一问:"武安君可是墨家院外弟子?"

"入得厅堂,但言国事,余事恕白起无可奉告。"

虽依旧冷漠,范雎却分明看见了白起目光中火焰闪烁,从容笑道:"有朝臣上书弹劾:武安君轻发阏与之战,而致秦军大败,武安君作何说?"

白起骤然一阵愣怔,又是冷冰冰道:"如此责难,夫复何言?"

范雎也是正色凛然:"同有朝臣上书:穰侯两次轻启战端,阏与之战丧师八万,纲寿之战丧师三万而寸土未得,实为大秦百年未见之国耻,当依法治罪。武安君职掌兵权武事,纵未统兵出战,亦当有所与闻,却作何等解说?"

白起默然良久,一声叹息:"天意也! 白起何说? 若秦王认同此说,白起领罪。"

"武安君差矣!"范雎肃然道,"秦为法治之邦。法不阿贵,乃商君新法之精要。武安君虽与穰侯笃厚,然岂能以私情乱法,致使新法毁于一旦乎?君乃大秦柱石,禀性刚正而

这一番话切中白起性格。白起乃常胜将军,每遇无把握之战,通常是称病不出。范雎所言"只保得一己'不为错战'之名也",极是。

洁身自好，此朝野皆知也。然则，君私情太重，私义过甚，明知两战不可而不据理力争，只保得一己'不为错战'之名也！事后依法查究，君又宁替他人背负罪责，不思律法公正，藏匿罪臣而徒乱法度。大臣若皆武安君者，秦国岂有护法之忠烈？秦法岂能绵延相续？在下虽职微言轻，然职责所在，为武安君汗颜也！"

这番话正气凛然一击而中要害，白起顿时面色涨红。自入军旅直到一路做到上将军武安君高位，白起从来没有被任何人如此正面指斥过。白起坦荡刚直，虽在战场机谋百出无可匹敌，然在朝局官场却是拙于应对。兵家之事，白起历来傲视当世，不屑与任何人比肩，也从来以为，兵家耻辱永远都不会落到自己头上。然则，目下这位张禄说的恰恰却是兵家之事上自己的错失，且牵涉出如此深刻的一番道理，竟是无法辩驳。细细想来，这个国正监说得确实在理。护法护国，便得如商君一般"极心无二虑，尽公不顾私"。若自己一般，对穰侯轻启战端有异议，却只是称病不帅，对穰侯更改封地之法有异议，却只是婉言辞谢实封，仅此而已，委实令人汗颜。

心念及此，白起肃然拱手道："先生之意，该当如何？"

"力挽狂澜，铁心护法！"

"护法护国，白起义不容辞。"白起目光一闪，大手轻叩着青石大案，"然则整肃朝局回归法治，须得秦王定夺，而后统为谋划方可为之。"

"秦王书命在此。武安君奉书。"范雎利落脱去外面黑色绵袍，再剥下苎麻夹袍，显出贴身本色短布衣，一把捋下短布衣翻过，便见赫然三排暗红色大字——国正监奉本王书令行事，武安君中流砥柱，一力助之！衣襟处一方鲜红的朱文秦篆大印。

白起毕竟不只是一介武夫，个中道理，他想得明白。

先把道理讲通，再示秦王之命。范雎处理妥当。白起吃软不吃硬。

白起久为大将，日每处置机密，又曾亲历秦武王猝死之动荡危局，对非常之期的非常做法与王室种种密书方式自是了如指掌，一见密书便知是秦昭王手书，立即明白了面前这个破相客卿必是一个神奇人物，事先与秦王必定已经谋划妥当了。骤然之间，白起几个月以来的郁闷一扫而去，肃然一拜道："白起谨受命！"双手接过血书霍然起身，"先生但谋，白起但做。"

就这样，范雎与白起派出的中军司马一道，当天夜里对咸阳城防做了一番大调换：原驻咸阳城内的两万步军连夜开出，移驻章台外围营地；天亮之前，蒙骜率领的蓝田大营三万主力步骑已经开到，南门渭桥外驻扎一万铁骑，两万精锐步军入城；城内要津、权臣府邸以及官署护卫，全数由蒙骜统辖。与此同时，白起密令大将王陵统率蓝田大营驻军，非国君王书兵符俱来，任何人不得调动一兵一卒；班师大军但入大营，立即回归原定部属，不得擅出。范雎则进出各元老府邸，一一宣示穰侯兵败与秦王重整法制的书令，稳定了一班被"四贵"长期冷落的元老大臣。与此同时，范雎又以咸阳内史名义在城中张挂告示，晓谕国人并山东商旅毋以咸阳换防而生恐慌，秦国大势稳定法制岿然，国人各安生计。如此这般，及至魏冉班师之日，咸阳城已经是今非昔比了。

范雎见事极快，一俟魏冉进入咸阳府邸，立即再度拜会武安君白起，请白起闭门称病谢绝一切拜访。白起原本已经做好了挺身而出支撑秦王整肃朝局法制的准备，范雎一说，大觉突兀，不禁脸色一沉："国正监此话何意？信不得白起？"

"武安君言重了。"范雎笑道，"此事乃秦王之意，在下亦表赞同。然却并非奉命强求，提醒耳耳，武安君自己掂量。"

"先生言犹未尽，明说。"

"其一，秦王知武安君与太后、穰侯情非寻常。"范雎真诚坦然，"太后呵护武安君如血肉同胞，穰侯支撑武安君堪称不遗余力。唯其如此，武安君对穰侯退让，秦王不以为非，反赞武安君有名士之风。今武安君以大义为重，底定秦国大局，秦王已是深为欣然也。以武安君之笃厚重交，若穰侯亲来或密使前来，非但左右为难，且徒引日后事端。与其如此，何如继续称病？此秦王苦心也，武安君或可体谅。"

白起默然，良久一声喟叹："知我者，秦王也。"

"再则，在下以为：武安君不善人际纵横捭阖，但有一举错失，穰侯四贵可能死拖武安君下水；届时非但武安君大节有损，更有甚者，大秦失却战神长城，岂不令老秦人痛哉！"

"好！"白起拍案，"但依先生。"

"谢过武安君。"范雎一个长躬，"但有上将军坐镇，破面之事，我这客卿来做。"

范雎辎车尚未驶出车马场，便听隆隆声响，身后武安君府邸的大门已经关闭了。范雎心下一阵轻松，对驭手一声吩咐："去蒙骜幕府。"驭手马缰一抖，辎车在积雪中无声地驶上了长街。

辎车堪堪拐过一个街角时，一团白影在漫天飞舞的大雪中骤然凌空飞来。一声短促的闷号，武士驭手已经横身倒卧在了车辕上。范雎尚正沉浸在紧张思绪之中，闻声一个激灵，不及思索缩身一滚，尚未滚出车厢，肩上已被快如闪电的长剑刺中。重重跌落雪地，那口长剑已带着劲急的风声凌空压来。间不容发之际，却闻一声大吼，一个黑影骤然从街角滚了过来，抱住了白影在雪地上翻滚起来。范雎挣扎站起，扶着辎车嘶声大喊："有刺客！有刺客——"两声方落，定街甲士的沉重脚步如隆隆沉雷般碾来。便在此时，又闻一声闷号，那道白影鬼魅般倏忽消失了。

"壮士！"范雎扑上去抱住了倒在雪地上的黑影。

"嘿嘿，大哥……"黑影笑着哭了。

"郑安平？"范雎不及细想一声大叫，"快！抬进幕府疗伤。"

蒙骜已经闻警而来，立即吩咐军士将范雎二人抬进幕府救治。军中医官一番忙碌，两人的伤口终是包扎停当了。范雎的肩头剑伤距离脖颈要害仅仅三四寸，蒙骜看得惊悚不已，立即飞书急报秦昭王。未及半个时辰，秦昭王颁下紧急

郑安平在魏国时救范子逃出生天，此时，再救范子。岂止是一饭之德。刺杀一事，必穰侯使。

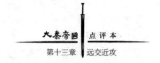
书令:着蒙骜立即调拨两个百人铁骑队护卫国正监府邸,并遴选四名铁鹰剑士做国正监随身护卫。此等书令在秦国当真是史无前例,蒙骜骤然明白了这个国正监目下之重要及在秦王心中的分量,立即遴选军士组成卫队,亲自护送范雎回到了府邸。

虽则带伤,范雎毫无疲惫之相,先将突兀到来的郑安平安置到一间隐秘居室疗伤,而后立即进了书房,灯光一直亮到次日拂晓。午后大雪稍停,范雎辎车在两百铁骑簇拥下隆隆开到了穰侯府邸。

夜来被甲士逼回,魏冄立即派出一名心腹干员乔装成山东士子密访白起。谁知武安君府邸所有门户紧闭,护卫千长只说武安君患有恶疾,太医奉秦王书令刻刻侍奉,谢绝见客。干员回报,魏冄顿时颓然软在了座榻上。目下之势,唯白起有实力扭转危局,以白起之绝世威望,纵是不出来为他强硬说话,只要不偏不倚,魏冄也不会有灭顶之灾。然则看咸阳主力大军密布要津的阵势,若无白起号令,数十年不握兵符的秦王,焉能如此雷厉风行地成功换防?骤然之间,魏冄感到了深深的懊悔。他对白起显然看走眼了。阏与之战分明是自己主谋施行,八万秦军主力无一生还,爱兵如子的白起一腔愤懑,宣太后为此羞愧自裁,自己却连自请贬黜的姿态也没有,更没对白起与将士们坦诚请罪;偶然说起,反是哈哈大笑,战阵搏杀,何无生死也!霸道若此,白起岂不寒心?封地制由虚改实,原本是国之大计,他却只与"三君"商议而置白起于不顾;白起不领实封,他也没有在意,只将这番举动看作白起无功不受赏的一贯秉性。纲寿之战白起拒绝统兵出征,他非但没有力邀,反倒窃喜自己有了亲自统兵大战的机会。不想却恰恰遇到六年抗燕的田单,又是三万主力战死。当此之时,以白起之厚重刚烈,何能对自己还存着往昔那份敬重?说到底,自己是将白起看作了一个只知道打仗的"兵痴",以为官场朝局之事,白起想当然以自己马首是瞻了。毕竟白起是老秦人,自己内心深处也还与白起有着隐隐一丝隔膜,而将出自楚国的"三君"自然视为血肉铁心。魏冄啊魏冄,你这老楚子何其蠢也!

正在唏嘘感喟之时,泾阳君差人急报:刺杀张禄未遂,请穰侯急谋新策。

"天意也!"魏冄长叹一声,再也不说话了。

范雎马队隆隆到得府前车马场时,宏阔雄峻如城堡的穰侯府邸,在漫天皆白的天地间分外的萧瑟落寞。广场没有车马如流,门厅没有甲士斧钺,只两侧偏门站着两个霜打了一般的老仆,当真是门可罗雀。当先吏员一声高喝:"秦王书到——"足足过了半顿饭

辰光,两丈余高的铜钉大门才轰隆隆打开。

与所有权臣府邸不同的是,穰侯魏冄是开府丞相,府邸是丞相总理国政的官署,气势大是不同。在两个铁甲百人队左右护持下,范雎带着一队吏员昂昂开进了府邸。按照法度,臣子接国君王书应力所能及地出迎,纵是权臣,也至少当在第二进庭院接书。但范雎一行走过了头前两进属官官署,还是未见魏冄露面。

右侧书吏低声道:"若是自裁,如何是好?"

范雎悠然一笑:"莫慌,秦国没那般鸿运。"

说话间堪堪进入第三进国政堂,也就是丞相处置国务的正式官署,九级高阶之上堂前门厅之下,孤零零伫立着一个白发苍苍的黑衣老人,正是穰侯魏冄。书吏一挥手,两队甲士铿锵分做两列,四名铁鹰剑士黑铁柱般钉在了范雎身后。

"你是张禄?"居高临下地看着肩头臃肿得穿戴甲胄一般的特使,魏冄一声冷笑。

"客卿国正监、王命特使张禄。"范雎嘴角溢出一丝揶揄的笑意,"你是魏冄?"

"老夫敢问,客卿可是魏国士子?"

"然也。随谒者入秦,从穰侯眼皮下脱身。"

"当日若是落入老夫之手,今日却是如何?"

"法网恢恢,天道荡荡。纵是张禄落难,亦当有王禄李禄入秦。穰侯纵无今日,必有明日。"

"天意也!"魏冄愣怔片刻,一声粗重的叹息,"秦王如何处置三君?"

"关外虚封,余罪另查。"

"好,嬴稷尚念手足之情。宣书。"

两名书吏打开竹简王书展到范雎面前,范雎高声念道:"秦王特书:查穰侯魏冄当国专权,不依法度,多以好恶理政;阙与败于赵,纲寿败于齐,使国耻辱;擅改法度,复辟封地;结党三君,四贵专国;擅自征伐,扩己封地。凡此种种,动摇国本,祸及新法,虽有功于国而不能免其罪责。今罢黜魏冄开府丞相之职,夺穰侯封爵,保留原封地陶邑。王书颁发之日,着即迁出咸阳,回封地以为颐养。大秦王嬴稷四十一年冬月。"

"哼哼,总算还没杀了老夫!"魏冄狠声道,"好! 老夫来春便走。"

“不行。”范雎冷冰冰道，“从明日起计，三日后必得离开咸阳。”

魏冄骤然暴怒：“岂有此理！老夫高年，雪拥关隘，如何走得？教嬴稷说话！”

“人言穰侯横霸，果如是也。”范雎笑了，“负罪之身尚且如此，可见寻常气焰了。在下奉劝一句，前辈却自掂量：大罪在身去职去位，若滞留咸阳，引得国人朝臣物议汹汹，秦王却是难保不顺乎民意了。”

一言落点，魏冄顿时默然，良久，一甩大袖径自匆匆去了。

三日之后，一队长长的车马在大风雪中出了咸阳东门。旬日之后从函谷关传来急报：穰侯财货辎重牛车千余辆，多载珠宝黄金丝绸并诸般珍奇，虽王室府库不能敌，请令定夺。这次，范雎没有说话。秦昭王思忖良久，一声叹息道：“穰侯喜好财货，又曾有镇国大功，教他去。”

曾是一代雄杰的魏冄，便这样去了。数年之后，魏冄死于封地陶邑。秦昭王收回陶邑，立为一县。华阳君、高陵君迁出函谷关做了无职世族，泾阳君因刺杀范雎，被处以“遣散部族，关外监守孤居”之刑罚。至此，自宣太后开始的外戚当政在秦国永远地销声匿迹了。

三　大谋横空出

冰消雪开的二月初二，咸阳宫正殿举行了隆重的朝会。

老秦人谚云：“二月二，龙抬头。”说的是立春、雨水两节气一过，龙就会在即将到来的惊蛰时节腾空而起。从周人开始，关中庶民就将二月视为万物复苏振兴的祥和之期，将整个二月叫作"春社"，如同将六月最热的一段时日叫作"三伏"一般。春社虽非二十四节气，但却是周秦老民对岁月流转的一种独特概括。春社之期，雨水催生惊蛰而使苍龙振翼，农人在这段时日大起"社火"，以欢乐祭祀土地，祭祀从大地腾空的龙神，祈求五谷丰登。唯其如此，一进二月八百里秦川一片祥和喜庆，备耕的忙碌与欢腾的社火交相弥漫在春寒料峭的原野，到处都是热气腾腾。

大朝会在此时举行，有着一种深远的寓意。秦昭王即位四十二年，从来没有在二月举行过隆重的开春朝会。因由只有一个，宣太后与穰侯摄政，一切国事都在背后实际处置了，以国君为正尊的大型朝会，自然被各种各样的理由冲淡了遗忘了。去冬一举廓清朝局，四贵伏法，秦王亲政。消息传开，朝野一片欢腾。商鞅之后，老秦人虽然早已不排斥外国人身居高位治国理民，然而对于宣太后、穰侯四贵一班裙带楚人长期秉政毕竟是心有别扭。宣太后之后，穰侯四贵非但没有还政于秦王，反而对秦国新法动起了手脚，民众无言，心里却都是清清楚楚。如今"楚党"尽去，秦国上下顿时如释重负。老秦人根本不关心其中情由及刑罚是否适当等诸般细节，立即狂欢相庆，秦川社火闹腾了个天翻地覆。

也算顺了民意。

在这弥漫朝野的欢庆中，秦昭王率领百官先行出郊祭天，再回归太庙祭祖，向上天先祖禀报了亲政大计。午后未时，两百余名大臣整齐地聚集在咸阳宫大殿，举行四十二年来第一次开春朝会。秦昭王第一次全副衮冕，戴上了黑丝天平冠，佩起了三尺王剑，肃穆地登上了中央王座。

"参见秦王！"举殿两百余位大臣整齐肃立，一齐长躬作礼。

"诸臣就座。"秦昭王一挥大袖在王案前坐定，不由自主地向左右瞥了一眼，心中顿时一阵轻松。从前无论何种形式

清除四贵，秦昭王一扫郁闷之气。

议事，王案两侧都有两个并行座案夹持，使他如坐针毡，如今没有了，宽阔的王台上只有一张九尺大案威势赫赫地矗立在中央，全部大臣都在九级白玉台之下。一眼扫过连绵排座的大殿，如同扫过沉沉广袤的大秦国土，秦昭王顿时涌起了一种从来没有过的无法言传的王权豪情，刹那之间，他几乎要迷醉了。

"诸臣就座。秦王开会——"司礼大臣一声宣呼，殿中顿时肃然。

开会者，朝会开始之发动也。如同宴会要由最尊者"开鼎"启食一样，朝会也须得由国君先行宣示宗旨，而后会同议论（会议）决事。司礼大臣的宣呼使秦昭王顿时清醒，咳嗽一声道："诸位大臣：秦国大势已定，本王亲政理国。但得如此，赖上天佑护大秦，使我得大才张禄入秦，一谋定国，廓清大局。今日开春朝会，须当议定秦国拓展之大谋长策。先生已有初谋，陈述之后合朝决之。"说罢伸手遥遥一个虚扶，"先生请。"

范雎座席在大殿东区座席的首位，从王座看是左手第一席，与之遥遥相对者，是右手第一位的武安君白起。虽然是一个客卿坐了首席，却没有任何人惊讶。毕竟客卿只是虚职，座席在首也只是敬贤之道。这个被传扬得高深莫测的魏国士子究竟有无真才实学，得看他今日大谋如何。秦昭王话音落点，举殿目光齐刷刷聚到了范雎身上。

"秦王，列位大臣，"范雎从座席站起从容拱手，咬字真切的大梁口音立即在大殿中回荡开来，"惠文王之后，武王三年猝死。秦王即位而太后穰侯先后秉政，至今已是四十余年。当此四十余年，秦国开疆拓土，东夺魏国河内，南取楚国南郡，堪称声威赫赫。然则，盛名之下，其实难副。自赵国崛起，秦国相形见绌，阏与大败于赵，纲寿再败于齐。两次败

居安思危之理。

战，堪堪将武安君百战功勋消于无形。目下，秦赵抗衡之势已成定局，秦国却是疲惰乏力，庙堂无长策大谋，大军无战胜之功，朝臣无奋进之气，庶民无凝聚之力，强势之秦竟至日见溃散。若无孝公、惠文王两代之坚实根基，并武安君军威，安知秦国不被山东六国再度锁进关内？当此之际，秦国已成外强中干之虚势，若再不思奋力振作，十年之后便是危难之期！”

如此重话，旁人断不敢言。

此言一出，举殿臣僚大是不悦。这张禄未免太危言耸听了，秦国如何便有了危难之期？当真匪夷所思。欲待反驳，急切之间却又无由开口，话虽刺人，哪句却不是言之凿凿？一阵粗重喘息，大殿又静了下来。

“秦国危局因由何在？”范雎丝毫没有因为朝臣变色而气势稍挫，慷慨激昂道，“其一在于法制日渐松懈：庙堂开裙带之恶风，权臣开实封之恶例，朝局行无功之封赏，倏忽四十余年，秦国变法之根基，已滑入复辟之边缘。其二在于军争不务实利：南郡之战固夺楚国腹地，然则却不能供我兵员粮货，欲行秦法却是鞭长莫及，竟成秦之鸡肋也。阏与之战、纲寿之战，更是劳师千里损兵折将，大损强秦声威也。”

这番话更是惊心动魄。根本处是公然指斥了最不能碰的两个人——宣太后与武安君。宣太后摄政三十余年，除了阏与之战与任用四贵，倒实在是在秦国朝野留下了善政声名。更重要的是，宣太后是惠文王爱妃、秦昭王生母，公然指斥未免无视秦王之尊严。然则，更出人意料者，却是对武安君白起南郡之战的指斥。以白起之军功声望与洁身自好，几乎没有一个大臣能够挑剔，更何况挑剔白起的用兵缺失？话音未落，所有武臣倏然变色。

指责白起，为日后二人不合埋下伏笔。

“人有痼疾，安得讳疾忌医也？”秦昭王悠然一笑，“先生但开药方无妨。”

有此一言，大殿顿时平静下来。秦王尚不计生母被责，臣下却何得有说？

"谢过秦王。"范雎一拱手江河直下，"秦国重振雄威，要害在二：其一，明法固本。当此之时，秦国当重申以新法为治国理民之根本，将复辟旧制列为谋逆大罪。在国，严禁外戚裙带干政，非大功不得封侯封君；在官，全力整肃吏治，重刑贪赃枉法；在野，力行军功爵法，重振国人耕战之雄心。若得如此，三年之期，秦国必将朝野清明，举国同心。"

"好！"举殿大臣一声赞叹。

"先生第二策如何？"大将王龁急迫一声，他只急着要听这位张禄的军争大谋。否则，公然指斥上将军，他不服。

范雎从容一笑："其二，远交近攻。此乃军政长策。"

"远交近攻？究竟何意？"大将王陵也跟着喊了一声。

"敢问列位：战国以来，大战数以千计，破城不计其数，然六国疆域却并无大盈大缩。武安君大战山东，破城百余，斩首数十万，六国还是六国。奄奄疲弱之国不能攻灭，皇皇战胜之国不能扩地，其间因由究竟何在？"

"问得好。"见大臣们愣怔无言，秦昭王轻叩书案，"武安君以为如何？"

白起蓦然醒悟，一拱手道："臣尚没有想透其中奥秘，愿闻先生拆解。"

范雎侃侃而论："自春秋以来，列国军争已成定则：城破取财，战胜还兵；远兵奔袭，坚固本土。打来打去，你还是你，我还是我。由此观之，三百年来之战争，皆未打到根本也！何谓战争之根本？土地也，民众也。田土之大小，民众之多寡，国力盈缩之根基也。浮动财货，譬如国力丰枯之血肉。国土能生财货，财货却不能生国土。国土可招徕民众，民众却不能平添国土。是以争财争货争民众，而独忽视扩展国土，是隔靴搔痒，偏离兵争之根本也！"

"是了是了。"举殿大臣不约而同地点头。

"有症结即有对策。"范雎一字一顿，"四个大字：远交近攻！可为大秦外政军争之长策大谋也。相邻之国为近，相隔之国为远。攻远而不能治，何如安抚？攻邻而争地，得寸为秦之寸，得尺为秦之尺，融入本土，一体而治，步步延伸，我盈彼缩。候几一日，天下必将化入秦制也！此乃近攻之实利也。以大秦之国威，交远则远喜，必不敢背秦之交而援手他国。攻近则近克，必不能赖远援而保全。远交近攻，相辅相成，邻邦不能独支，远邦不敢救援。如此做去，则天下之地四海之民，数十年内必入大秦国之疆域矣！"

"好！"武安君白起第一个拍案而起，"先生鞭辟入里，一举廓清军争雾障，使人茅塞顿开。我大秦铁军可是心明眼亮，要大显神威！"

"远交近攻！彩——"大臣们个个振奋，齐齐地喝了一声彩。

秦昭王一阵大笑："妙哉斯言！远交近攻。四十余年之后，本王终是扬眉吐气也！"说罢从王案站起走下九级玉阶，向范雎深深一躬，"先生出此气吞河山之长策，举朝认可，国之大幸也！嬴稷代列祖列宗并朝野臣民，谢过先生。"

范雎连忙深深一躬："臣得秦王知遇，自当殚精竭虑，何敢当此褒奖？"

秦昭王扶住范雎，转身高声道："本王亲政第一道书令：擢升客卿张禄为开府丞相，晋侯爵，遥封应地①，总领国政！"

"秦王万岁！应侯万岁！"大臣们异口同声地表示了对

"远交近攻"之策，闻名于史。

借此论辩场合，说服群臣，封范子为相。群臣心服口服。

---

① 应地，春秋古诸侯国，战国中期为韩地，今河南省鲁山县东。

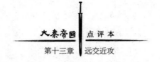

秦王的赞叹与对应侯的祝贺，大殿中一片数十年没有过的昂扬振奋。

四　远交近攻展锋芒

小说惯用手法。张仪用商君旧府，范雎承穰侯旧居。既显尊贵，又写秦人之节俭。

秦昭王一道王书，穰侯府变做了范雎的丞相府。

这是秦昭王反复思忖才下的决断。以穰侯府邸之雄阔气势，且距离王城近在咫尺，咸阳大臣都主张将穰侯府邸并入王城以做官署，若赐重臣再做府邸，朝野又会徒然生出"权臣再现"之疑虑，于国不利。然则，秦昭王反复琢磨了范雎之后，却有着另一种思谋。范雎三策，一举廓清朝局稳定国势，将自己送上了真正的王座，此等功勋才具可谓独步天下。秦国要重振雄风开拓大业，便要使此等大才永远地忠心谋国。要得如此，秦国自要做到两点：其一，决然为范雎雪耻复仇；其二，厚待范雎，使其恩遇超常。此次虽然封了范雎应侯爵位，但范雎事实上却没有封地，得在其他方面弥补。

秦国自商鞅变法之后，封地只作为一种赏功象征存在，此所谓虚封。孝公后期及孝公之后，秦国收复河西进而东出争雄，国土大增，虚封有了三种形式：一是封偏远边陲之地，如商君封商於、樗里疾封汉水、公子煇封蜀；二是封关外列国拉锯争夺或新攻取之地，如穰侯魏冄封陶地、华阳君芈戎封新城①、泾阳君封宛②地、高陵君封邓③地；三是关内关外皆有封地，如武信君张仪封五邑，关内有一邑。第三种封地极少，只有张仪与秦昭王太子安国君等有此殊荣。这种虚封之

---

① 新城，古邑名。在今山西闻喜东北。
② 宛（yuān），古县名。在今河南南阳市。
③ 邓，古邑名。在今河南郾城东南。

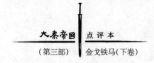
地,除非被贬黜,权臣事实上不可能常居。因与封地保持了较远距离,而只能接受郡县官署在收获季节解来的少量赋税。这便是秦国封地与山东六国"直领实封"之封地制的根本不同。范雎封侯爵,地位与白起的武安君不相上下,可谓尊贵至极。然则,白起乃秦人大将,宣太后将白起封地定在了关内一邑关外(河内)三邑。就事实说,尽管同是虚封,白起自然是更扎实。这也是秦昭王特意将范雎爵位提高的因由。范雎新入秦国,既无根基又无关内封地,秦昭王遂断然决策:穰侯府邸赐做丞相开府官署。

书令一出,咸阳大臣们一阵惊愕一阵揣摩,最终却都是欣然认可了。于是,有络绎不绝的车马流水般前来恭贺,应侯府一时成了门庭若市的新贵府邸。范雎既忙于应酬,更忙于国务,便教伤势已经痊愈的郑安平做了丞相府家老总管,打理一应仆役事务,自己整日奔忙在书房与国政堂之间。郑安平几次找这位大哥说话,都找不到一丝缝隙。

接掌国政三月,堪堪将整肃法制理出一个头绪,接到河内郡守急报:山东六国纷纷派出特使前往邯郸,要重新合纵,抗衡秦国。范雎思忖一番,没有立即禀报秦昭王,而是下令职司邦交的行人署三日之内备好出使赵国的一应事务,并立即派出快马斥候奔赴河内,查清各国赴赵特使详情。分派妥当,范雎吩咐备车到谒者府。正当车马备好,王宫长史却飞车驶到,紧急宣召范雎进宫。一问情由,是秦昭王也同时得到密报,深感不安,宣范雎谋划应对之策。范雎吩咐一名书吏到谒者府传令,请王稽做好出使准备,立即跟着长史进了王宫。

"赵国密谋合纵,委实可恨。"秦昭王黑着脸,分明是感到了沉重压力。

范雎一副轻松的笑容:"秦王毋忧,臣已有应对之策。"

"稍候。"秦昭王一摆手,"武安君片刻便到,这次要狠狠给赵何一个颜色。"

"臣之谋划,并非立动刀兵。"

"噢? 不打仗破得合纵了?"秦昭王顿时惊讶,"惠王以来,哪次合纵攻秦不是一场大战,况乎今日有赵国主盟?"

"此一时也,彼一时也。"范雎笑着对大步匆匆赶来的白起一拱手,又转身对秦昭王道,"当年六国合纵,有楚威王、齐威王、赵肃侯、魏惠王一班秦国宿敌在世,更有大才苏秦斡旋主谋,四大公子推波助澜,始成势也。倏忽数十年,山东五战国大衰,五国君主皆庸碌之辈,唯余一个赵国做了泰山之石。期间,六国积怨如山远甚当年,赵国纵有合纵之心,没有一班胸襟似海可泯恩仇之君臣,必是哄哄一场儿戏而已,断难成势也!"

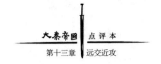

"也是一理。"秦昭王还是不放心,"丞相说有应对,却是何策?"

"挥洒金钱,分化收买,使其自行分崩离析,不战而屈人之兵。"

"金钱事小。只是,行?"秦昭王皱着眉头看了看白起,白起面无表情地坐着,目光只盯着范雎。

"六国之弊,臣有切肤之痛,我王与武安君却是远观朦胧也。"范雎嘴角抽搐出一丝笑容,"但看宫中群狗,寻常或起或卧或行或止,皆相安无事,但投一块骨头,则会骤然猛扑撕咬相斗。因由何在? 利在眼前,起争意也。目下赵国之外,五国君臣较之群狗,有过之而无不及也。"

秦昭王听得不甚舒坦,仍然是呵呵笑了:"呵,武安君以为如何?"

"臣以为可行。"白起一拱手,"老相张仪当年屡用此法,几无不成。"

"好!"秦昭王拍案笑道,"丞相欲以何人为撒金特使?"

"谒者王稽。"

"王稽?"秦昭王一阵沉吟,"王稽老臣工了,才具当得应变大任么?"

范雎肃然一躬:"王稽虽非大才,却有大功。非王稽之忠,臣不能入秦。臣之苦心,唯使王稽再立功勋,得以脱低爵而擢升也。"

秦昭王恍然醒悟,骤然一阵哈哈大笑:"哎呀,此本王之过也,却劳丞相为难了。"转身一挥手,"长史拟诏:谒者王稽,引贤有功,爵加显大夫,领河东郡守之职,许三年不上计①。"转身又对范雎一笑,"丞相以为如何?"

"臣谢过我王。"范雎大是欣慰,又是一个长躬到地。

出得王宫,范雎立即驱车来到谒者府。自范雎令人目眩地擢升应侯开府丞相,王稽便等待着自己的喜讯。按照常理,魏冄四贵罢黜,秦王无须再将他作为低爵低职的隐秘臣子,至少应当恢复他曾经有过的职爵。虽则如此,按王稽本心,却对秦王晋升不抱奢望。他跟随秦王太长了,办理的密事也太多了。以他对秦王的了解,秦王似乎从来不想用他做显职大臣。就实而论,王稽只有寄厚望于范雎,只想做个丞相府掌书。几经周折,他已经觉得范雎确实是个非同寻常的神异大才,料事如神机敏快捷且恩怨分明,跟

---

①　上计,战国末期开始的考核官员政绩的制度:岁末由郡县守令将赋税、户口、垦田、钱谷收支等事项增减数目写于木券,呈送京城接受稽核。三年不上计,即三年不受考核。

着此等人做属官心中踏实。然则倏忽半年过去，两头皆无音信，王稽大大的郁闷了。今日丞相府吏员飞马传令，教他做好出使准备，他却半点也没动。入官三十余年的老臣了，还只是个永远奔波的谒者特使，与列国使者周旋岂不汗颜，做得甚个劲来？何如辞官离秦悄悄做个富商算了？

正在此时，范雎突然亲临，身后还随行一名王城使者。王稽正在后园郁闷漫步，看见范雎五味俱生手足无措。范雎却只对身后王使一摆手："下书了。"及至王使将王书读完，王稽愕然，一时愣怔得说不出话来。

"六百石高爵，王兄还不接书谢恩？"范雎悠然一笑。

王稽恍然，连忙一个长躬："王稽接书，王稽谢恩！"囫囵得连自己也笑了起来。使者已经走了，王稽还觉得做梦一般。六百石以上俸禄，原本便是高爵重臣了，再加一个肥美丰腴的河东重镇大员——河东郡守，非但赫然显贵，且三年不上计全权自治！这是真的么？

"王兄，是真的，不是做梦，醒醒了。"范雎呵呵笑着。

"见笑见笑。"王稽连忙拱手，"应侯请入座。"他无论如何也叫不出原本很顺口的"张兄"两个字，连忙吩咐使女煮茶，回身惶恐笑道，"丞相委我出使何方？"

"赵国。"范雎笑了，"王兄莫得拘礼，还是本色好。"略一沉吟又笑道，"此次出使却是个极大美事，挥洒金钱。王兄可是做得？"

"大花钱?!"王稽惊讶得眼睛都直了，"这叫甚个使命？"

范雎悠然品着清香浓郁的新茶，侃侃将事情原委说了一遍，末了道："此番出使须得如此行事：你先带五万金并珠宝一百件入赵，驻跸武安而不入邯郸，只在武安重金结交五国特使，明告其合纵抗秦之恶果。若能同时重金结交赵国大臣，动摇赵国心志，则更佳。王兄切记：散金愈多，功劳愈大。

范叔一生，穷极而显，有恩报恩，有仇报仇，分得很清楚。

这远交近攻之远交,须重金开路。王稽虽不能决断大事,但处理小事周到,由其贿赂各国权臣、离间各国关系,最为合适。

一月之后,还有五万金随后!"

"呜呼!万金之数?匪夷所思也!"王稽双眼熠熠生光,连连咋舌。

范雎哈哈大笑:"国灭人灭金不灭,何惜一撒也!六国败亡,又是原金归秦,岂有他哉!"

三日之后,王稽特使车马辚辚东去。不到一月,快马密使急报:五国使团云集武安,王稽只散得数千金并一半珠宝,燕齐魏三国特使已与赵国翻脸,要赵国先行归还三国旧地再言合纵;楚韩两使虽未公然闹翻,却一力主张赵国要先与秦国打一仗,证实有实力抗秦再说合纵;赵国君臣啼笑皆非,赵惠文王束手无策,丞相蔺相如周旋无功,上将军廉颇大为恼怒,三国特使已经准备离赵,六国合纵全然无望。

秦昭王大为振奋,顿时信实了范雎远交近攻的威力,立即连夜宣来范雎白起,秘密计议趁此时机再度大举东出之方略。以秦昭王之心,赵国合纵不成必然孤立,秦国此时出动大军攻赵,正是事半功倍之机。虽则如此想,秦昭王却是长期磨成了深思慎言的习性,但定大谋,言必在谋臣之后,从来不先说武断。今日虽则兴奋,秦昭王也只是要武安君白起先说,寻思白起对六国历来主战,定然与自己不谋而合。

"臣之思虑,目下虽则合纵破裂,然则大军攻赵尚嫌仓促。"白起当先一句,令秦昭王大出意料,只听白起接道,"远交近攻既成国策,丞相必有详尽谋划,臣愿我王闻而后定。"

"大是。"秦昭王顿觉自己未免心绪浮躁,向范雎道,"愿闻丞相之谋。"

范雎笑道:"武安君沉稳明睿,臣深以为是。目下大举攻赵,确实不是时机。赵已成强,无举国充分准备,不能言战。此其一,为实力之备。其二,目下远交破合纵,孤立赵国,奠定秦赵决战之基石。其三,秦赵大决,须得先清外围而后步步进逼，一战而决大局。唯其如此，臣之谋划，目下近攻之方向在三。"

"三？做何拆解？"秦昭王颇有疑惑。

"其一，攻韩河外。其二，攻灭周室洛阳。其三，攻取韩国野王。两年之内，此三地攻下，秦国之河外河内连成一片，切断赵国与中原之通道。此后再下一地，便可对赵国成大决之势也！"范雎略一喘息，侃侃补充道，"要使赵国衰颓，目下几年是最后时机。赵国变法尚未彻底，国力比秦国毕竟稍逊一筹。若待赵国有了第二次变法，木已成舟，一切都晚了。唯其如此，从目下开始，要对赵国不断挑起事端，不断施加压力，绝不能给它第二次变法之机会。"

近攻，首取韩，次灭周室。

"好！应侯大手笔也！"秦昭王兴奋得气息都粗了。范雎这三攻着着刺激，河外、野王、洛阳，哪一处不是秦国朝思暮想之地？哪一处不使赵国如芒刺在背？尤其一个王室洛阳，虽则唾手可得，谁却曾想过目下要去吞并它了？想到可一举灭得天子王畿，秦昭王心下怦怦直跳。片刻喘息，秦昭王恍然笑了："丞相所说再下一地，却是何地？"

"武安君必是成算在胸也。"范雎对着白起一拱手笑了。

一直沉思的白起陡然目光炯炯："夺取上党，卡住赵国咽喉。"

秦昭王恍然点头："然也！上党正是赵国咽喉，先拿下上党如何？"

"武安君已是全局在胸了。"范雎向秦昭王慨然拱手，"大计但定，臣请我王：特许武安君全局筹划战事。"

"自当如此。"秦昭王一拍王案，"远交由丞相全局调遣，近攻战事由上将军全局筹划调遣。筹划方略但定，本王亲自为上将军坐镇督运粮草辎重。"一言落点，白起大是感奋，心中一块大石顿时落地，慷慨应命而去。

旬日之后,白起向秦昭王呈上了一卷详尽的战事方略。依白起方略:三年夺三地,先河外(包括洛阳王畿之河外与韩国河外),再野王,稳扎稳打而不使赵国恐慌;三年之后大举进兵上党,若赵国不救,则夺上党而困赵国,再寻机决战;若赵国来救,则与赵国大决。白起对范雎方略唯一改动,是暂时不灭洛阳王室,以免天下汹汹,掣肘秦赵大决。

秦昭王立即召来范雎秘密计议,反复揣摩,觉得白起之方略切实可行。一则是秦国需要时日整肃法制整顿吏治凝聚国力,操之过急国力不济便没有胜算;二则是外围战不能打草惊蛇,若是紧锣密鼓地连续大战,非但赵国有可能警觉而发兵救援,其余五大战国也可能恐慌大起而再度合纵抗秦;若不灭周王室而只一年一战,在战国之世则实在平常,且所攻取之地几乎都是明面上的拉锯之地,不会引起列国强烈反弹;外围钳形大势一旦形成,秦国便可放开手脚大争上党,其时列国纵然醒悟,也已被秦国封堵在战场之外了。

商议完毕,秦昭王突然颇为神秘地一笑:"此谋之要,武安君尚有一处未曾言及,丞相以为可是?"范雎不假思索道:"至高机密,毋得泄露。"秦昭王道:"正是。此番谋划,唯我君臣三人知晓。"说着将长卷竹简顺手丢进了脚旁大燎炉,明亮的木炭骤然蹿起了熊熊火苗。

一月之后,河东守王稽突然快马上书,请求秦王派兵攻取韩国陉地①。

秦昭王命长史分送王稽上书,以供朝臣议决。王稽请求发兵的缘由是:韩陉夹于河东郡与河内郡之间,非但使秦国两郡不能通畅相连有碍商旅,且每遇春荒穷困,庶民必逃荒

白起太引人注目,白起一出动,各国可能如临大敌。蒙骜领兵,可于不知不觉中蚕食韩国。

---

① 陉地,战国中期韩地,汾水支流浍水下游地带,故城在今山西省曲沃县西北。

进入秦国河东郡与河内郡，韩国事实上已经无力治理陉地，秦国吊民伐罪，当收陉地入秦。上书分完，前军大将蒙骜立即请命攻陉。秦昭王分别征询计议，大臣们都赞同攻陉，却都纷纷主张上将军白起统兵。独范雎说上将军沉疴在身，攻陉小战蒙骜足矣。秦昭王立即下书：前将军蒙骜率兵五万，择日发兵攻陉。

出兵五万之战，在战国之世几乎是天天都有，各国隐藏在秦国的秘密斥候谁也没有在意，自然不会有回报本国的兴趣。于是，蒙骜的五万步骑大张旗鼓地开出了函谷关，半个月后便拿下了陉地三城两百里，使整个大河北岸的河东郡与河内郡连成了一片。此时韩国已是大衰。志大才疏的韩釐王已经死了，继位的韩桓惠王却是个颟顸贵公子，接到陉地丢失的军报，竟如释重负地叹息了一声："不毛之地也，秦人何贪得无厌乎！"对几个大臣一说，也都是束手无策，不约而同地将虎狼秦国大骂一通了事。

谁知事情还没有完。蒙骜夺陉之后，五万步骑突然变成了十万大军，渡过大河来攻打氾水之地。这氾水源于韩国西部之巩城①山地，北流入河，南北全长不过一二百里，却是处关津要害之地。北边入河处，是赫赫大名的虎牢要塞（也称氾水关）；东面是郑国西北部要塞荥阳，距韩国都城新郑不到百里；西面一百余里，便是洛阳。最根本处，在于这氾水是韩国与周室王畿的分界地，对周对韩均是要害。周室奄奄衰微，韩国强弩之末，谁也无力吞噬对方，便依着这氾水相安无事，若陡然插进秦国一口利刃，韩周两方顿时大险。

韩国慌了，周王室也慌了，一边向列国告急求援，一边仓促整顿军马准备应战。偏在此时，秦国丞相张禄却派来了河东守王稽做特使，向韩周两方申明：秦国无意全部占领氾水流域，只求将与河东郡、河内郡遥遥相对的大河南岸的河段划归秦国做渡口，秦国便立即退兵。战国之世，列国相互封堵，对关隘要津的争夺原是寻常。地势不利之强国威逼占据要津之弱国割让关津者，更是屡见不鲜。秦国特使一申明秦军意图，各国斥候立即飞马回报本国。赵齐魏楚四大国一听不是灭国之战，立即松缓下来，嘈嘈发兵救援的声浪也顿时平息了。如此一来，周王室顿时松了一口气。洛阳王畿濒临大河的土地本来就荒无人烟，没有国人居住，几处要塞也无兵可守形同虚设，割给秦国何妨？与王稽会商的特使立即回报周赧王，这位老天子只是一句回话："只要秦不灭周，特使但全

---

① 巩城，战国韩地，秦统一后设县，今河南巩义。

权行事。"于是周室特使立即与秦军达成盟约,割让了洛阳王畿的河外渡口,不再跟着韩国四处奔波求援了。

韩国一见四大战国退缩,周王室割地脱身,顿时没了主张。与秦国开战吧,分明实力悬殊,割让汜水北段吧,又实在心疼。大河北岸的秦国河内郡正与大河南岸的韩国遥遥相对,东西横宽三百余里,纵然只割得南岸河滩的二十余里之地,东西也是茫茫一大片。更有甚者,大河南岸渡口一旦归秦,非但韩国与赵国间的渡河大道被截断,而且还将留在大河北岸唯一的飞地要塞——野王,孤零零地留在了秦国河内郡的汪洋大海之中;虽则秦国申明野王仍然是韩国城堡土地,可一块无法控制的飞地还不等于白送了秦国?

韩国迟疑不决,秦国竟不着急,蒙骜大军只虎视眈眈地压在大河南岸也不出战。魏国如芒刺在背,派出上大夫须贾做特使前来调停。王稽立即飞报范雎,范雎秘密回书做了一番部署。次日,王稽盛宴款待须贾,申明丞相张禄之意:秦国唯求河外渡口不被韩国封堵而已,绝无灭韩之心;然则,若韩国拒绝割让,则秦军便要与韩国大臣结盟,共同拥立愿意割让渡口的新韩王。这一着使须贾大为惊讶——韩桓惠王唯魏国马首是瞻,有他在,魏国便无韩国隐患,在三晋中也才与赵国有说话分量,若秦国助力韩国贵胄元老拥立亲秦之新韩王,对魏国岂非城门之火?须贾连忙飞书回报丞相魏齐,三日之后魏齐紧急回书,命须贾力说韩王退让。

须贾领命,星夜奔赴新郑晋见韩王。将大势与来意一说,韩桓惠王顿时惊愕得说不出话来了。韩国本来有一班老贵胄盘踞封地,指斥韩桓惠王无能,不臣之心昭然若揭,若非王族掌军,只怕是韩桓惠王早已不在王位了;若得秦国助力,老韩世族势必弑君另立,甚或秦军只要驻扎不动,只是授意,韩国也要大乱了……念及危局在即,韩桓惠王不再犹豫,立

韩国危急。

即派出密使与须贾赶赴秦军大营,第二日便订立了割让河外渡口之盟。

秋天到来时,函谷关外直到白马津的六百余里河外渡口,全部成了秦国土地,所有的要津渡口都驻扎了秦军大营。说是渡口,实际上却是南北宽二十余里、东西长六百余里的大河南岸原属周韩两国的所有关隘要津。以攻韩陉为由公然出兵,最终兵不血刃地占领了大河中原段的全部要隘渡口,且不为山东六国警觉,实在是远交近攻的一次大胜利。至此,范雎在秦国威望大增,在山东六国心目中成了威势赫赫的强秦权相。

五　借得恩仇大周旋

秋风寒凉的时分,魏国特使须贾到了咸阳。

一进驿馆安置妥当,须贾立即拜会丞相张禄,三日连续去了六次,都吃了闭门羹。巍峨门楼下的护卫千长每次都只冷冰冰一句,不是丞相进宫,便是丞相刚刚歇息。无论须贾如何拿出金币钱袋对千长笑脸周旋,千长都黑着脸不理不睬。过了六天还见不上丞相,须贾着急了。自从出使齐国"成功结盟"之后,须贾才具大得丞相魏齐赏识。这次成功调停秦韩战事后,须贾已经在魏国朝野享有"邦交大才"的美誉,成了执掌魏国邦交的实职上大夫,只须再有一次邦交功勋,眼见可成封君领地的重臣了。须贾春风得意,自请出使秦国,重结秦魏之盟。秦国在六百里河外驻军后,魏安釐王与丞相魏齐顿时如芒刺在背,对前年轻率参与赵国发动的合纵抗秦大是懊悔,若能与秦国再度修好,自是求之不得。须贾请命,魏齐立即大加褒奖,安釐王立即下书:须贾为王命

远交近攻之策推行之后,秦国攻韩。"(秦昭襄王)四十三年,武安君白起攻韩,拔九城,斩首五万。四十四年,攻韩南阳,取之。四十五年,五大夫贲攻韩,取十城。叶阳君悝出之国,未至而死。四十七年,秦攻韩上党,上党降赵。"(《史记·秦本纪》)因上党秦攻赵,赵用廉颇,只守不攻,秦无可奈何,后用反间计,赵括取代廉颇,酿长平之祸。另据《史记·六国年表》,韩桓惠王九年,"秦拔我陉。城汾旁",十年,"秦击我太行"。

全权特使,赐千金入秦修好。离开大梁那日,魏安釐王亲率百官到郊亭壮行,须贾风光得王侯一般,当场一番慷慨道:"臣与秦相张禄有厚交,若不能立得盟约,甘愿受罚!"安釐王也是当场慨然许诺:"上大夫若立得秦魏盟约归来,万户之封也!"须贾看得清楚,一班与他资望相当的大夫们看得眼睛都直了。

连日奔忙无果,须贾对当日大言深为懊悔了。

原本听得传闻,秦国特使王稽与秦相张禄交谊甚深,自己曾与王稽在河外周旋得几日,襄助秦国拿下了韩国河外渡口,到了秦国,王稽能不大行方便?有此因由,须贾才公然大言自己与秦相张禄交厚,原不过是想借重秦国威势为自己早日封君开道而已,何曾想到今日尴尬?入秦路过河东郡,须贾送了王稽三百金,力邀王稽与他同行咸阳。可王稽坚执推辞,说秦国法度严明,郡守不奉王命便是擅离职守,若获重罪岂非事与愿违?须贾无奈,只好自己硬着头皮进了咸阳。眼见旬日之期,使节回报斡旋进展的第一道关口临近,自己却连丞相府还没进,更不要说晋见秦王了。秦国邦交法度:使节入秦,先见隶属丞相府的邦交官员"行人",行人禀报开府丞相,而后排定使节行止日期。如今须贾非但进不得丞相府,连行人也不来驿馆交接,竟成了个无人理睬的孤居客一般,须贾如何不大为烦恼?重金疏通吧,三百金丢给了王稽,剩余大宗是要献给秦相张禄的,又不能动。无奈之下,须贾鼓起勇气腆着沉甸甸的大肚皮,到咸阳的魏国商社走了一趟,压着商社捐了六百"义金"。然则,有了钱却送不出去,秦国吏员没有一个人敢收他那精美的棕色牛皮金币袋,两三日奔忙,一个金币也出不得手。

范叔早已设好圈套,只等须贾自投罗网。

须贾当真是无计可施了,只有窝在驿馆苦思退路。一时想起当年那个范雎,几句话便能使齐国君臣肃然起敬,须贾

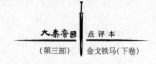

不禁长吁一声,若是范雎不死,何有今日之难也?

"禀报上大夫:一落魄士子自称故交,在厅外求见。"

须贾骤然一怔,故交?此地何来故交?想想左右无事,一挥手道:"领他进来。"

随行文吏快步走了出去。片刻之间,一个布衣单薄神色落寞的中年士子走进了宽敞的正厅,一句话不说,只默默地盯着须贾上下打量。骤然之间一个激灵,须贾不禁脸色青白连连后退:"你你你?是人是鬼?范雎!你没死么?"一个踉跄跌倒在座案旁喘息不止。

范叔听说须贾来到秦国,欲戏弄之,于是穿得破破烂烂去见须贾。

士子淡然一笑:"死里逃生,苟且求存,上大夫何须恐慌也?"

一阵愣怔,须贾心中突然一亮,扶着座案站了起来:"范叔!来,入座了。"转身高声吩咐,"来人,上茶,一席酒饭。"

六国皆知范叔已为秦国权相,须贾竟不知么?

驿馆之中原是方便,两盏热茶未罢,一席酒菜抬了进来。须贾捧着茶盅呵呵笑道:"范叔啊,趁热快吃,不要饿着,吃了身子热和也!"士子一笑:"上大夫不弃范雎寒素落魄,却也有进,我便消受了。"说罢径自举爵一饮而尽,淡淡漠漠地吃了起来。须贾只捧着茶盅细细端详——面前这个布衣士子,除了短短上翘的胡须与略微胖起来的身板,显然便是当年的范雎。衣食有着而神色落寞,显然是范雎逃入秦国后在市井谋生,依范雎之能,落魄市井岂能不落寞如斯?

士子一时吃罢,须贾悲天悯人地一笑:"范叔啊,十月之交,衣衫竟如此单薄,如何耐得秦国寒风?"转身一声,"来人,拿件丝绵长袍来。"须臾之间,一个随行出使的侍女捧来了一件红色丝绸面的大梁上好绵袍。须贾笑着下令:"替范叔穿上。"侍女一怔,皱着眉头扇了扇鼻端,不情愿地为范雎披上了绵袍。

"取其一绨袍以赐之"（《史记·范雎蔡泽列传》）,须贾虽小人,但尚存一念之仁。

须贾哈哈大笑:"如何啊范叔,这可是魏锦丝绵袍,当得

十金也！"

"如此谢过了。"士子依旧是淡淡一笑，"来时见上大夫郁郁寡欢，莫非使秦不顺么？"

"小事一桩。"须贾呵呵一笑皱起了粗大的眉头，"只是这丞相张禄难见得很，比当年田单还难侍候。范叔，你说老夫急也不急？"

士子微笑沉吟道："我倒是与丞相府护军千长有交，只是……"

"好也！"须贾立即拍案笑道，"范叔，你还是做老夫随员，月俸十金。助我修好秦国，便是大功一件，老夫保你做个少庶子①如何？"

"也好。"士子笑着起身，"敢请上大夫随我去丞相府。"

须贾高兴得大笑起来："范叔可人也。来人！备车！丞相府！"一声比一声高。

轺车片刻备好，士子一拱手道："在下道熟，驾车如何？"须贾正在兴致勃勃，立即吩咐驭手改做骑士随车护卫，自己笑呵呵登上了轺车。及至士子驾车出了驿馆上了长街，便见一队巡街官兵夹道拱手，并挥手喝令行人闪避。须贾大是快意，寻思这范雎却是个强他命，但做随员，主官便顺当，今日一驾车，这秦人大敬魏使，当真匪夷所思也。

轺车驶到相府门前，没有进车马场停车，而是径直驶到了城堡般的巍峨门楼前，护卫军士无一人前来呵斥阻拦。须贾正在一头冷汗，却见士子回头笑道："上大夫下车稍等，我进去找人。"说罢下车飘然进了丞相府，两排长矛甲士戳得竹竿一般笔直，竟没有一个人查问。须贾不禁大是惊讶，这范雎纵然识得千长，却如何竟有这般面子招摇进入丞相府而不受任何盘查？疑惑归疑惑，须贾还是按照吩咐下了轺车，在门前徘徊等待。过得一时暮色降临，车马场轺车辚辚，冠带大臣络绎不绝地进了丞相府，从随风飘来的只言片语中，听得是丞相宴请百官。须贾不禁大是振奋，今日若能得入秦相盛宴，回到大梁岂非大大一番荣耀？

谁知在风中等候了半个时辰，还是不见范雎出来，须贾有些不耐了。轻步走到门厅外一个游动的带剑头目旁，须贾谦恭拱手道："敢请将军，能否将方才进去之人，他叫范雎，给我找出来？老夫先行谢过。"将一个金币袋子塞了过去。

"范雎？却是何人？"带剑头目黑着脸推开了锵锵作响的皮袋，只硬邦邦一句。

"就是方才为我驾车者，进去找千长了，他是老夫随员。"

---

① 少庶子，战国时魏国重臣府邸掌管文书的吏员，商鞅曾经做过丞相公叔痤的中庶子。

"大胆！"头目一声呵斥，"那是大秦丞相张禄！知道么？"

"如何如何？你，你再说一遍！"

"那是大秦国丞相！有眼无珠！"头目鄙夷地骂了一句。

骤然之间，须贾只觉得浑身一阵冰凉，软软地倒在了大青砖地上。正在此时，门厅下走出一个文吏高声宣呼："魏使须贾进见——"抖作一团的须贾已经是恐惧已极，情不自禁地长跪在地惶急地向着灯火通明的丞相府叩头不止。带剑头目走过来猛然一声大喝："爬进去！快！"须贾哭号一声："丞相，须贾请罪了！"边号哭边求饶，一条狗般匍匐爬行进了丞相府门厅。

在带剑甲士的呼喝中，须贾一路爬过三进院落，膝头已经渗出了丝丝鲜血，犹自惊恐地爬着叫着。爬到第四进正厅，厅中灯烛煌煌觥筹交错，居中高坐的玉冠华服者分明正是范雎。哭叫着的须贾一爬进大厅，厅中便是一阵哄然大笑。范雎叩了叩座案，厅中立即肃静下来。范雎悠然笑道："何物入厅？报上名来。"

"小臣，狗……上大夫须贾，原是丞相魏齐官狗。"须贾带着哭声吭哧着，变调的语音与怪诞的贱称，顿使全场又一次哄然大笑。

"上大夫也？狗也？究是何物也？"范雎微笑的嘴角抽搐着。

须贾狗状抬头："狗！狗臣请罪……"

"请罪？狗有何罪也？"

"须贾狗有汤镬之罪①，请流胡地与畜生为伍，任丞相生死！"

须贾"乃肉袒膝行，因门下人谢罪"，自陈死罪，范叔乃痛斥其三罪，虽然如此，"然公之所以得无死者，以绨袍恋恋，有故人之意，故释公"。（《史记·范雎蔡泽列传》）范叔饶须贾一死，但要取魏齐人头。

---

① 汤镬之罪，意即罪当水煮油煎。镬，无足之鼎，几类后世大铁锅。

范雎笑道:"如此刑罚,尔究竟几罪?"

"拔须贾之狗发,不足以计狗罪!"

看着想笑不敢笑的官员们,范雎骤然正色道:"须贾,你有三大罪:疑忠忌才,撺掇魏齐陷害于我,罪之一也!魏齐酷刑加我,辱我于茅厕,你非但不止,且为帮凶,罪二也!你鼓人入厕,尿溺我身,令人发指,罪三也!你今何说?"

须贾瑟瑟发抖,上牙打着下牙,一句话也说不出来。

范雎沉重地叹息一声:"你须贾非但忌才贪功,且毫无大臣风骨,屡辱邦国使命。今日之事,你若能硬骨铮铮,堂堂正正为魏国斡旋,范雎尚可不计前仇,国事公办。谁料你贪生怕死,自取其辱到如此卑贱地步,当真令范雎汗颜!国有如此卑鄙无耻之徒当道,安得不灭不亡也!"

不管秦国官员们如何感喟,须贾只自顾叩头,长跪伏地狗一般抬头哭喊:"小臣狗唯求不死而已!而已!"

范雎鄙夷地一笑:"念你一饭一袍,我今免你一死也。"

须贾顿时绽开了卑贱的笑脸:"小臣狗,谢丞相再生之恩。"

范雎大皱眉头,突然厉声道:"尔既自认狗臣,应有一罚。"

"认罚,小狗臣认罚。"须贾自甘赎罪般高声应答。

范雎转身对一个侍立仆人吩咐几句,转身又道:"好,我便回你一食。"

过得片时,一侍女手捧黑托盘走进厅中,将一只粗大陶碗置于须贾头前地面。须贾一看,竟是一大碗碎草黑豆狗食马料。正自惊怔莫名,两名脸上烙印的黥刑官奴走了过来,两边夹持住须贾,猛力将他的头脸摁进了大陶碗。

众官大笑:"咥!快咥也!"

有仇必报。

须贾连哭喊也没了声音,只呜咽哼唧着费力地吞着草

料,两颊沾满了草屑豆渣,却又被强壮的官奴威逼着不得不伸出舌头舔干净了草屑豆渣。在满堂哄笑中,须贾麻木地吃着,终于舔干净了粗大的陶碗,喉头呼噜一声,趴在了地上。

"须贾狗臣听着!"范雎冷冷地盯着直翻白眼的须贾,"秦国可以与魏国结盟修好,只是魏王须得立即将魏齐狗头献来。否则,大秦便与赵国结盟,两分魏国。"

"丞相,当真?"须贾竟陡然沙哑地笑了起来,"交出魏齐,秦魏修好?"

范雎冷笑道:"你不信?"

"信信信!"须贾连连点头,"小狗臣也恨这只老狗,定要魏王交来老狗之头!"

范雎大袖一挥径自去了。大厅中一片哄笑,仆役卫士们一齐围住了须贾喊道:"小狗臣,爬出去! 快!"须贾高兴得哈哈大笑,丝毫也不觉得难为情地飞快爬了出去。

回到驿馆,须贾立即下令随员整顿车马,连夜出咸阳东去了。

一路上,须贾高兴得飘起来一般。官场数十年,唯有两个人使他又恨又怕,一个是当年自己的门客舍人范雎,一个是丞相魏齐。范雎之才如同身边一支明亮的灯烛,处处照得他猥琐卑俗,须贾便既用他又整他。原以为范雎生生教魏齐给打死了,谁想这范雎竟死里逃生成了秦国丞相。爬进相府那一刻,须贾当真是以为自己死定了。不想范雎只轻轻惩罚自己吃了一碗草料便放过了自己,看来纵是结仇,也当与此等君子结仇了。你看范雎,要复仇还一条条数人罪状,眼见自己吃完了草料,脸上颜色都变了回头便走。假若是魏齐抑或老夫须贾,一定是脸不变色心不跳,如法炮制教他喝尿吃屎,玩弄够了再用细细的竹鞭文火慢炖地抽死他。看来啊,此等君子连复仇都脸红,这君子名士却有个甚做头了? 说是羞辱仇人,却还给自己撂下了一个天大的恩情——迫使魏国交出魏齐。

虽说魏齐擢升了自己,但目下却已经成了自己的绊脚石拦路虎,只有拿下这个老匹夫,自己才能做封君丞相。无奈这老匹夫凌厉霸道且整人最狠,若害他不成,定是灭族之祸。不想正在自己整日算计之时,却出来范雎这一着,岂非天遂人愿也,如何不令须贾要从心底里大笑出来? 世人原是一团糨糊,苛责君子而宽待小人。譬如这范雎,虽则只是对自己羞辱了一番,却必定在一班文士眼里,在史家笔下,要变成睚眦必报的刻薄人物了。又譬如老夫,纵然放过魏齐,做个君子又能如何? 还不是被那些迂腐书生们横竖挑剔?何苦来哉!强如发狠整人痛快了?如今范雎放过了自己,天下便再也没有人能奈何自己了,若自己再亲自将魏齐人头送往秦国,秦王范雎对自己必是器重有加,岂非连魏王也要畏惧自己三分了?到那时,嘿嘿……须贾越想越是醉心,一路只催随员们快马兼程赶路。

小人之心。

回到大梁,须贾没有依照惯例先见魏齐,而是破例地立即秘密晋见魏安釐王。须贾如此这般一说,安釐王大皱眉头。魏齐是安釐王叔父,虽则霸道武断且常有僭越之举,使安釐王也很是不快,然则,魏齐毕竟又是撑持魏国的一根大柱,若将魏齐杀了,却找谁来撑持魏国?见魏王犹豫,须贾也不敢弄险进言,思忖一番告辞出宫,接着又去了丞相府。

魏齐正在与几个心腹夜饮谈笑,听说须贾到来,散了酒宴立即在书房与须贾密谈。须贾说,自己车马刚进大梁,便被魏王密使在丞相府街口截进了王宫。魏齐惊问缘故。须贾神秘兮兮地诉说了自己在秦国如何费力周旋,方才与秦王和张禄达成盟约的经过,末了恍然醒悟般突然问,丞相可知,当今秦国丞相是何人?魏齐有些不悦,秦相张禄威压天下,何须明知故问?须贾压低声音变色道,不,是当年那个范雎!丞相可曾记得?魏齐脸色顿时发白。须贾更是绘声绘色地将自己在秦王宫如何见到范雎,范雎如何咬牙切齿提出要魏国交出魏齐的"故事"说了一遍,末了抹着眼泪长叹一声,秦王倚重范雎,便将在下做了个传信使者放了回来,要在下明告魏王:只有送上丞相人头,便是秦魏修好,否则与赵国结盟瓜分魏国。魏齐听得惊心动魄,连忙问魏王何意?可有口风?须贾沮丧摇头道,魏王只说可惜王叔也!在下不知何意?魏齐顿时脸色大变,在书房焦躁转悠半日终是笑道,老夫平安无事,你去。须贾连番哽咽,说了一阵上天庇护丞相保重的话,方才依依不舍地告辞去了。

次日清晨,大梁传出了一个惊人消息:丞相连夜逃出大梁，不知去向！

　　须贾实在是憋不住满心欢畅，跑进后园哈哈大笑手舞足蹈了足足半个时辰，又抹着眼泪进了王宫，痛不欲生地向魏安釐王禀报了丞相逃亡消息。魏安釐王顿时痴傻一般愣怔了好大一阵，末了问须贾，上大夫以为该当如何处置？须贾伏地大哭道，目下急务，当立即派一与秦友善之大臣入主丞相府周旋，否则魏国危矣！魏安釐王恍然大悟，当即下书命须贾暂署丞相府处置急务，应对秦国。须贾泪如泉涌，明誓一通，精神抖擞地入主了威势赫赫的丞相府。

　　旬日之后，秘密斥候急报大梁：丞相魏齐逃亡邯郸，住在平原君赵胜府邸。

　　代丞相须贾思忖一阵，立即派出快马特使飞报咸阳丞相府：魏齐得赵国平原君庇护，魏国无奈赵国，唯秦王丞相马首是瞻耳！没有几日，秦国特使随同魏使来到大梁，转达秦王口书：魏齐既已出逃，秦国不再追究魏国君臣；然则魏国须得承诺两事，方可与秦国结盟：其一，魏国不得再接纳魏齐；其二，魏国与赵国须得断绝邦交。魏安釐王召来须贾商议，须贾一力主张秦魏结盟。魏安釐王也是百思无计，不能摆脱秦国近在咫尺的军威，只好与秦国特使订立了秦魏修好盟约。

　　至此，赵国与一个渊源最为久远的传统盟邦分道扬镳了。

　　特使回到咸阳，秦昭王立即与范雎密商下一步对策。范雎说，平原君是赵国三朝支柱，根基比廉颇蔺相如一班重臣更为坚实，只要将平原君威望势力削弱，赵国大有可图。秦昭王却颇有疑虑，怕反而会激起赵国上下同心仇秦。

　　范雎摇头一笑，向秦昭王说了一个故事：

　　当年的郑国人，将没有雕琢的玉叫作"璞"。周人将没有晾干的鼠肉，也叫作"朴"。有个周人揣着未干鼠肉路过

须贾借刀杀人。

君臣被此小人玩弄于股掌之间。作者深谙人性之恶。

秦昭王出"江湖追杀令"，逼各国表态。

郑人店铺,喊道:"谁人买朴?"郑人从店中走出道:"我想买,只看你璞如何?"周人道:"我朴上好,名副其实。"掏出了布袋里的朴。郑人一看是老鼠肉,便扭头走了。秦昭王笑道,朴璞混淆,与平原君却是何干? 范雎笑道,平原君自以为名动天下,妄自尊大,将赵武灵王灵位迁出太庙,贬黜到沙丘宫祭奠。武灵王赵雍乃绝世雄豪,赵人对平原君已经大有怨声了。只不过天下君王不明真相,还将平原君当作大贤栋梁敬重罢了。若君王有郑国商人之明,试"朴"便知非"璞",何疑之有也?

秦昭王大笑,立即派出特使向赵国送去一信,邀平原君入秦做十日之饮。

这时的赵国,在位二十三年的惠文王赵何已经死了,太子赵丹即位堪堪年余,这便是赵孝成王。赵丹虽不若其父有主见,聪敏睿智却是过之,眼见自己年轻不能震慑一班元老,便将大政交付了叔父平原君。其时恰有楚国名士虞子入赵,草鞋竹笠晋见赵丹,一番说辞大是不俗,力主赵国结盟三晋修好楚齐燕,以孤立秦国。赵丹大为欣赏,当即赐虞子黄金百镒、白璧一双。次日赵丹与平原君密商,再次接见虞子,立封虞子为上卿,与蔺相如同领相权,位在蔺相如之上。从此,这虞子被赵人呼为虞卿,与平原君一起成为赵丹的两大支撑。蔺相如与老将廉颇的权力,渐渐小了。

秦昭王特使一到邯郸,赵国君臣犯难了。

平原君之妻乃魏国公主、信陵君妹妹①,原是赵国维系魏国的要害人物。魏齐正是魏国王族大臣中力主与赵国共进退的强权大臣。如今魏齐为秦国所威逼,逃到唯一能抗衡秦国且与自己有深厚渊源的赵国,平原君如何能不接纳? 若交出魏齐,眼见魏国漂向秦国,分明对赵国有重大危害;若保得魏齐平安,再寻机在魏国拥立新王,而后护送魏齐重回大梁执政,魏赵便还是三晋老盟。如此利害权衡,赵国自是不情愿平原君赴秦王之邀。然则如此一来,秦赵两国则会立即对峙起来,发生大战也未可知。赵国新君即位不到两年,朝野大局尚多有错综阻隔,骤然开战分明对赵国不利。如此权衡,则不能与秦国硬对硬僵持。更有为难处在于:秦国此举并非对赵国叫阵,而只是为丞相复仇;战国之世恩怨分明,名士复仇屡见不鲜,以魏齐当年对范雎之残忍凌辱,便是范雎亲率大军追杀魏齐,天下公议尚不足为奇,况乎与赵国商议交人? 若平原君不赴约,显然拒绝秦国会商交人,赵国分明失礼,届时秦国大军压境要胁迫赵国交人,列国无由为赵国说

---

① 按《史记》记载,应是信陵君姐姐。小说作了灵活处理。

话，赵国又能如何？

蔺相如慷慨陈词，当先一句道："邦交无定势，唯利害耳。赵国断不能将邦国命运，捆在赵魏结盟之战车上。"接着历数魏国之反复无常，末了力主将魏齐解送回魏国，将这个火炭团回给魏国，教魏国自己与秦国了账；赵国要强大，除了维持与秦国不发生大战，当不理睬列国龃龉，全力推行第二次变法。

谁知虞卿大不赞同。虞卿当年流走列国，魏安釐王嫌弃虞卿寒酸破相而不用。魏齐却赏识虞卿才具，盛宴款待，力劝虞卿留在丞相府做首席主书襄助自己执政。虞卿虽辞谢而去，却从此自认魏齐对自己有知遇之恩，不济处也常到大梁魏齐府公然讨金，每次都是养息数月携带百金而去。今日魏齐逃赵，虞卿如何能赞同蔺相如将魏齐解送魏国？虞卿虽则不说国家利害，却将恩义必报的一番操守说得惊心动魄："人言范雎一饭必偿，睚眦必报。今追魏齐，足见其恩怨分明也！秦为虎狼之国，君相犹能如此，何独我大赵无情无义也？魏齐友赵二十余年，一朝危难入赵，赵国不思保全，反屈从于虎狼之危而落井下石，却有何面目以大邦立于天下！"

反复争辩，莫衷一是，赵丹要平原君决断。反复思忖，平原君终是主张保全魏齐，决意应秦王之约赴咸阳周旋。

赵国不得不看秦国脸色。

这年三月，平原君带着一百名武士门客与一千铁骑进入咸阳，受到了秦国君臣的盛大欢迎。所有铺排礼仪过后，秦昭王在咸阳宫偏殿与平原君小宴盘桓。饮得几爵，秦昭王笑道："素闻平原君高义，本王敢有一请，不知君有否担待？"平原君心下一沉拱手笑道："秦王吩咐，赵胜自是量力而为也。"秦昭王道："齐桓公得管仲为仲父，嬴稷得范雎亦若王叔也。今范君之宿仇魏齐在君之家，请足下派使归赵，取魏齐人头交来咸阳如何？"平原君笑道："若不能为，秦王如何?"秦昭王笑道:"不消说得,只有请平原君长住秦国了。"平原君正色道:"贵而交友,为贱而不相忘也。富而交友,为贫而相周济也。魏齐乃赵胜之友也,危难来投,纵在我府亦不能交出,况目下已经不在我府也。"秦昭王拍案大笑:"呀!今日方晓魏齐不在平原君府也。如此自是好说,君且在咸阳盘桓几日,我自设法取魏齐人头,与君一睹也。"

当夜,秦昭王派出快马特使飞赴邯郸,呈给赵丹一封国书,声言赵国若不交出魏齐人头,非但要发兵攻赵,且要长期拘押平原君。赵丹一看秦昭王如此杀气腾腾,顿时大惊失色,平原君若不在,秦国攻赵如何支撑? 一时不及细想,立即下令出动王宫禁军包围平原君府搜捕魏齐。偏是平原君走时有秘密叮嘱,总管家老闻得王宫发兵消息,立即从秘道放走了魏齐。魏齐孤身逃出平原君府,连夜来到虞卿府躲避。虞卿思忖赵国朝局,知道此时已经无法说动赵王,匆忙封了相印遣散了仆役,只带着六名心腹武士,五更时分竟与魏齐在大雾弥漫中逃出了邯郸。出得邯郸四野茫茫,哪一国都不敢去,计议半日,最终还是乔装成商旅潜进了大梁。虞卿本是楚人,提出设法拜会信陵君,以平原君名义请信陵君致书楚国春申君,但有春申君庇护,便可在楚国高山大水中逍遥隐居了。魏齐立即赞同,虞卿当即秘密来到信陵君府请见。

此时的信陵君因与魏齐政见不合,早已经成了深居简出的高爵闲臣,骤闻虞卿来见,竟一时想不起虞卿何许人也,吩咐不见。时有魏国老名士侯嬴在侧,将虞卿其人其事大大赞颂了一番,末了嘲讽一句:"人固不易知,知人亦未易也!"信陵君深为惭愧,立即追出府门,却已经不见了虞卿。次日出城寻觅,斥候却报说魏齐已经羞愤自杀,虞卿逃遁不知去向了。恰在此时,赵国特使赶到了大梁,立即割下了魏齐人头,径直飞送咸阳。

赵王国平原君之家,魏齐逃出去,投奔赵相虞卿。虞卿心知不能说服赵王,于是"解其相印,与魏齐亡,间行,念诸侯莫可以急抵者,乃复走大梁,欲因信陵君以走楚",信陵君得知后,害怕秦国,不敢收留,侯嬴在旁劝说信陵君,大赞虞卿,"人固未易知,知人亦未易也。夫虞卿蹑屩檐簦,一见赵王,赐白璧一双,黄金百镒;再见,拜为上卿;三见,卒受相印,封万户侯。当此之时,天下争知之。夫魏齐穷困过虞卿,虞卿不敢重爵禄之尊,解相印,捐万户侯而间行。急士之穷而归公子,公子曰:'何如人。'人固不易知,知人亦未易也!"信陵君听了之后,内心很惭愧,"驾如野迎之"。魏齐后来得知信陵君初拒后迎,"怒而自刭"。赵孝成王得知,于是派人割下魏齐的头,送之秦国,平原君得归赵。(参见《史记·范雎蔡泽列传》)小说把秦王为范叔报仇之事与秦国扩张结合在一起,可谓参透权谋之术。

秦昭王接到魏齐人头,亲自郊送平原君归赵。平原君满腹愤懑无处发作,只有快快去了。秦昭王亲自将魏齐人头送到范雎丞相府,大宴群臣庆贺。待群臣散去,秦昭王留下白起与范雎又秘密计议片时,白起连夜赶往蓝田大营去了。秦昭王见范雎似乎并无大快之意,笑问一句:"范叔啊,还有甚心事未了? 说出来。"

"臣大仇已报,唯余一恩未了。"范雎见问,倒是不遮不掩。

"一恩?"秦昭王恍然笑了,"可是救你之人?"

"正是。"范雎一拱手道,"此人两次救臣,臣却无以为报。"

"此乃本王之过也!"秦昭王慨然拍案,"救得丞相,自是于国有功,何能不加封赏? 范叔但说,此人何名? 今在何地?"

"郑安平。在臣府做舍人。"

"应侯但说,此人从文从武?"

"郑安平原是武士,自然从武。"

"好!"秦昭王拍案,"本王定爵:郑安平晋军功五大夫爵! 实职,着上将军白起安置,应侯以为如何?"

"范雎谢过我王!"追杀魏齐之时,范雎已在天下恢复了真名实姓,此时大是快意。

秦昭王笑道:"范叔,今日快意之时,能否说说这郑安平当初是如何救你了?"

"当年之危,一言难尽也!"范雎一声感喟,不禁泪水盈眶,断断续续对秦昭王诉说了当年那段逃生经历——

郑安平将满身鲜血臭尿的范雎用草席一卷,扛着走了。郑安平的家在大梁国人区的一条小巷深处,是一座破旧空阔的院落,房倒屋塌荒草丛生,唯有祖上留下的一座破旧木楼尚值得几个钱,除此一无长物。郑安平一进破院子立即随手关了大门,借着月光将血尿尸身扛进小木楼底层,轻轻平放在唯一的一张木榻上,开始了紧张的忙碌:在屋角吊起陶罐,在院中拣来一堆干树枝生火煮水,又将一把锋利的短弯刀塞进沸腾的陶罐里,接着又从屋角一个砖洞中摸出一包草药,在一只小陶碗中捣成糊状,又从靠墙处搜寻出两块近二尺长的白木板拿到范雎床前。

虽则一切就绪,看着血糊糊的范雎,郑安平还是惶恐得不禁拱手向天祷告一番,才开始咬着牙脱去了范雎的血尿衣衫,用弯刀刮掉浑身三十多处伤口的淤血,一一敷上草药。伤口处置完毕,郑安平将两块木板夹于范雎两肋,用一幅白布从床下绕身而过,将范雎整个身子捆包固定在榻上,又抱来仅有的一床旧绵被盖住了范雎。一切做完,郑安平又赶紧用陶罐炖羊肉汤,炖得一个时辰,撬开范雎牙关,硬给他灌了一大碗肉汤……

三日之后,范雎终于醒了。一番感喟答谢,一番散漫对答,范雎才知道郑安平祖上曾是药农游医,自己在军中也偶然为弟兄们治些急伤,治他这等骇人重伤,实在是误打误撞。由于父母早亡家道穷困,郑安平至今仍是孤身一人。

后来,郑安平在丞相府听到秦国特使来了,找驿馆武士帮忙,在不当值时悄悄驾着一条独木舟等住了王稽,才有了后来诸般事情。范雎入秦后,郑安平在丞相府听说秦国有了一个新大臣叫张禄,便以寻祖陵迁葬父母为名,辗转到秦国寻觅,恰遇刺客,又救了范雎一次……

"天意也!"秦昭王不禁慨然一叹,"郑安平若再有功勋,便做大秦封君也是当得。本王何吝赏赐?"

范雎一番拜谢,次日与郑安平一起到了蓝田大营。白起正在中军幕府与几员大将密商大计,闻得应侯到来,立即亲自出迎。及至范雎将来意一说,白起将郑安平一番打量便道:"按照法度,五大夫爵可为十万军之将。然则,郑安平尚未有领军阅历,可先在前军蒙骜将军帐下做司马,而后凭才具战功授职,应侯以为如何?"范雎原是以为秦王有书,白起自当立即任命郑安平为一军之将,不想白起如此处置,却也是无话可说,拱手笑道:"武安君言之有理,便先做司马了。"见郑安平大皱眉头,白起破例笑道:"五大夫毋忧。秦军历来不窝军功。大战在即,你但立功,我立即授你将军实职。"

"谢过武安君!"得素来不苟言笑的赫赫武安君安抚,郑安平顿时精神大振。

范雎的一丝不快也烟消云散,进得幕府与白起秘密计

范雎"一饭之德必偿,睚眦之怨必报"(《史记·范雎蔡泽列传》)。范叔因王稽入秦,郑安平助范叔逃出生天。因范雎故,王稽与郑安平显达。三人之事,还当有后续。

议半日,暮色时分欲回咸阳。正在白起送出营门之时,一骑斥候快马飞到,禀报了一个
紧急消息:韩国上党郡守冯亭,正在密谋带上党之地归赵。

　　范雎、白起大为惊讶,低声商议几句,立即一同起程,连夜赶回了咸阳。

第十四章 对峙上党

一 天险上党地

秦赵对抗，上党具有非同寻常的地位。

先得说说地缘大势。若以两国腹地本土论，秦赵之间堪称天险重重距离遥远。函谷关东出，中间隔着周室洛阳王畿、韩国、魏国的千里河山。从秦国的河西高原东出，且不说河西高原本身之险峻，从九原云中大草原汹涌南下的大河更是难以逾越的第一天险。过了大河，又一天险吕梁山。吕梁山东北至西南走向，东北接楼烦的管涔山，西南至大河禹门口接龙门山，依河逶迤近千里，连绵群峰高耸，仿佛是上天为大河刻意筑起的一道接天大堤。过了吕梁山是丰饶的汾水河谷平原。河谷平原的北部是属于秦国赵国拉锯的晋阳，中部南部是魏韩两国的河东、河内之地。越过河谷平原，则是又一道南北绵延千里的天险——太行山。

太行之名，古已有之。《山海经·北次三经》云："北次三经之首，曰太行之山。其首曰归山。"后世《博物志·山》云："按太行山而北去，不知山所限极处，亦如东海不知所穷尽也。"在古人口中，这太行山又叫五行山、王母山、女娲山，却是大大有名。这道大山与吕梁山一样，也是东北至西南走向，东北起于赵国代地的拒马河谷，西南至于魏国河内的大河北岸，也同样是绵延千里。

吕梁山与太行山夹峙的汾水河谷平原，还有太行山以东直抵大河入海处的千万里广袤土地，春秋时期都是天下第一大诸侯——晋国之领土。魏赵韩三家分晋，天下进入了战国。战国分野：太行山以东以北为赵国，吕梁山南端（河东）、太行山中段及南端（河内）并大河南岸平原，为魏韩两国。也就是说，秦国要向东进入赵国，这太行山是最后一道天险。

太行山之为天险，在于它不仅仅是一道孤零零山脉。太古混沌之时，太行山南北连绵拔地崛起，轰隆隆顺势带起了一道东西横亘百余里的广袤山塬。于是，太行山就成了南北千里、东西百余里甚至数百里的一道苍莽高地。更有甚者，这道绵延千里的险峻山塬，仅有东西出口八个，均而论之，每百余里一个通道而已。所谓出口，便是东西横贯的峡谷，古人叫作"陉"。这八道出入口，便是赫赫大名的"太行八陉"。自南向北，这八陉分别是：

轵关陉。轵者，车轴之端也。轵关者，通道仅当一轵（车）之险关也。这个陉口位于河内太行山南端（今河南济源西北），是河内进入上党山地的第一通道，历来为兵家必争之地。魏国早年在轵陉口修筑了一座驻军城堡，叫作轵邑，专司防守这个重要通道。

太行陉。亦名太行关，位于河内太行山南麓之丹水出口，正对韩国野王要塞，是为韩国连接上党的唯一通道。

白陉。亦名孟门，位于河内太行山北折处（今河南省辉县西）。魏国早年在这里也同样修筑了防守城堡，叫作共邑。

滏口陉。因在太行山东麓滏水河口而得名，位于赵都邯郸西南的石鼓山（古称滏山），山岭高深，形势险峻，为赵国进入太行山以西之上党的最重要通道。

井陉。亦名土门关，位于太行山东麓井陉山，为赵国西出汾水河谷的重要通道，更是秦国从晋阳一路进入赵国的重要通道。

飞狐陉。亦名蜚狐陉，位于太行山东麓恒山之峡谷口。两崖峭立，一线微通，迤逦蜿蜒百有余里，是燕赵通胡之要道。

蒲阴陉。亦名子庄关，位于太行山东麓之燕国易县西北，是燕国向西进入楼烦的唯一通道。后世称为金陂关、紫荆关。

军都陉。亦名关沟，为太行山最北之通道，位于燕国蓟城北部之军都山，是燕国北上胡地之通道。

如此天险，秦国大军要越过太行山，却是谈何容易。

这八条通道中，北边四条（井陉、飞狐陉、蒲阴陉、军都陉）秦国是无法利用的。因为秦国大军只有从河西高原渡过黄河、翻越吕梁山、穿过汾水河谷平原，才有利用北边两陉（井陉、飞狐陉）的可能。一则是这条路线在当时根本不可能行进大军，二则是纵然千方百计行军抵达，大军也没有可以展开的战场，不堪对方一军当关。这种情势，决定了秦国不可能从太行山北段进逼赵国。从秦赵抗衡的军争大势看，此时的秦国已经稳定占据了河东、河内两郡，北边的晋阳（今太原）也在与赵国拉锯之中。最可行的进逼赵国的通道，是太行山南段的四条通道——轵关陉、太行陉、白陉、滏口陉。这四条通道，除了滏口陉在赵国腹地，其余三条恰恰都在目下秦国的河内郡。

然则，整个这四条通道却都要通过一片要害山地。这片山地便是上党。

上党者，以其高"上堪与天党"之赞誉得名也，可见其巍巍乎高踞中原之威势。

太行山巨浪排空般崛起时，连带掀起了一大片峥嵘高绝的山地，西面威逼汾水河谷，东面鸟瞰邯郸谷地，这便是横亘于两大谷地平原之间的上党高地。这片高地北起阏与，南至河内与太行山连为一体，南北长三百余里。西起少水，东至漳水与太行山浑然一体，东西宽二百余里。上党山地嵯峨，河流纷纭，峡谷交错，林木苍茫，除了四条陉口出入，整个上党仿佛一个浑然无孔混沌未开的太古封闭之地。在这四条陉口渐行交汇的东部高地，恰有一座险峻关口当道，这是

对上党的分析，头头是道。

赫赫大名的壶关。此地两山夹峙，状如壶口，春秋晋国在这里设置城堡关口，得名壶关。有了这壶关，你纵进入上党，也无法绕过它而进入赵国；当然，赵国即便从滏口陉进入上党，不越过壶关，也是无法南下西出。

如此看去，上党山地便成了巍然矗立在太行山西麓的一道峻绝天险。赵国得上党，便是邯郸西部天然的战略屏障，可一举将秦国压制在河内。秦国若得上党，则可居高临下地逼近到邯郸百里之内，赵国腹地大开，再也无险可守。虽然秦国也可从安阳北进赵国，然则却必须渡过漳水之险方可北进，其威力远远不如夺取上党。

唯其如此，上党天险陡然大放异彩，成为秦赵两强的必争之地。然则，微妙之处在于：此时的上党天险既不在秦国手里，也不在赵国手里，却在韩国手里，是韩国北边一个郡。如此一来，争夺上党顿时成了天下最为瞩目的一件大事。

秦国对上党是势在必得，但韩国守将不愿意将上党拱手让给秦国，请归赵，秦赵因而结怨。

二 三晋合谋易上党

白起接到密报时，上党之变正在紧锣密鼓地进行之中。

还在秦国威慑周王室与韩国割让河外渡口之地时，韩国的一位大臣警觉了。这位大臣，是上党郡守冯亭。冯亭本是东胡名士，少年游学入中原，曾在燕国上将军乐毅灭齐时做过中军司马，后来乐毅遭罢黜，冯亭也愤而离燕南下。路过新郑，恰逢韩釐王求贤守上党，冯亭慨然应之，从此做了韩国的上党郡守。冯亭才兼文武，稳健清醒，硬是在韩国日见衰弱的情势下将上党治理得井井有条，防守得水泄不通，无论秦赵魏三国如何渗透，总是不能乱其阵脚。秦国夺取韩国河东、魏国河内两郡后，上党郡事实上成了漂浮在秦赵两国间的一座孤岛,与韩国本土连接的通道只剩下了一条路:南出太行陉,经野王要塞南下渡河进入韩国。纵是如此险峻,冯亭还是镇静如常,率领五万守军稳稳地驻扎在上党。倏忽十余年过去,冯亭非但成了韩国栋梁,而且成了秦赵魏三国时刻关注的抢眼人物。

然则,秦国兵不血刃地夺取东西数百里河外渡口后,冯亭骤然紧张了。

上党高地原本属于晋国,魏赵韩三家分晋时,阏与以东的上党高地分给了赵国,其余绝大部分上党高地全部归属韩国。于是,韩国有上党郡,赵国也有上党郡。同是上党郡,在两国的重要性却有着天壤之别。赵国将上党看作抗秦战略屏障,看作邯郸西部一道不可逾越的天险长城。而上党对于韩国,却是越来越沉重的飞地累赘。战国初期,上党尚是韩国北部抗击楼烦、东北抗击中山国与赵国的屏障。及至秦国东出,河东河内皆归秦国,上党便成了韩国在大河北岸的一块飞地。上党虽然是三晋兵家圣地,然而却是个民生穷困之地,若无源源不断的粮草辎重输送,五万大军是无论如何撑持不到半年的。秦国未夺河外渡口时,韩国尚可从大河水道北上野王输送粮草辎重。河外渡口之地归秦,水路立即断绝,再要北上野王,便要依商旅之道向秦国交付关税并经秦军查验货物方可通行。经年累月如此,日益穷困的韩国如何吃得消?若绕道赵国进入壶关,虽则不用关税,路途却是远了几倍,一路上人吃牛马吃,运到也所剩无几了。这便是军谚"千里不运粮"的道理,谁却支撑得起?如此一来,上党可能立即陷入饥荒。上党十七座关隘城邑,本来就存粮无几,若断绝输送,不出三个月便会崩溃。

春风料峭的三月,冯亭兼程南下,连夜渡河回到了新郑。

"公有谋划,本王听你便是。"韩桓惠王一见冯亭便知来

秦国攻取太行山南的南阳地,切断韩本土和上党郡之间的通道。

秦取南阳地之后,又拔韩之野王(今河南省沁阳市),上党完全被孤立。是野王先失,上党被困在后。韩国最初打算把上党郡给秦国算了,但守将靳黈不愿意。韩王以冯亭代之,上党郡的人不愿归秦,冯亭也不愿降秦,于是想出办法,决定把上党给赵国。

意,愁苦地皱起了眉头。

"臣启我王。"冯亭毫不犹豫,"穷邦不居奇货。上党眼看不守,当适时出手。"

"出手? 如何出手?"

"河外道绝,目下又正当春荒,三月之后上党军民必乱。若秦国奇兵突袭,乱军必不能应。上党若归秦,赵国岌岌可危矣! 赵国若亡,韩魏必接踵而亡也。不若将上党归赵。赵思上党久矣,得之,必感韩国之情。秦亦欲得上党久矣,其时必力夺上党而攻赵国。赵与秦战,必亲韩,韩赵结盟则魏国必动心,韩赵魏三家同心,则可抗秦于不败之地也!"

"哎——"韩桓惠王长长地惊叹了一声,"好谋划! 左右要丢,何如丢个响动,也教秦国难堪一番? 你只说,如何铺排?"

冯亭如此这般说得一番,韩桓惠王立即拍案定夺,连夜开始了种种筹划预备。次日清晨,韩王特使立即秘密北上邯郸。与此同时,冯亭的请降密书也送到了行丞相事统领国政的平原君府邸。平原君一接到冯亭密书,顿觉此事非同小可,立即连夜进宫禀报。孝成王赵丹刚刚与韩国特使密谈完毕,要与平原君商议。两下一说,平原君觉察到了一丝异味:同是一事,韩国为何分做两路来说? 莫非背后还有其他情由? 思忖不透,平原君主张重臣会商,以免在此紧要关头出错。

次日清晨,赵国重臣济济一堂。孝成王赵丹开宗明义:"韩王特使昨日入赵,言韩国河外道绝,上党难守而欲交赵国;上党守冯亭亦致密书于平原君,欲带上党军民归降赵国。两路一事,我当如何处置? 事关重大,诸位但尽其所言,毋得顾忌。"

话音落点,大臣们惊讶得相互观望起来,显然是在探询谁个与闻消息,却又都轻轻地相互摇头,显然是谁都觉得突兀。毕竟,上党之地是太显赫太重要了,韩国如何要拱手让给赵国? 接纳不接纳? 各自后果如何? 因应对策又如何? 如此环环相扣之连续谋划,骤然之间如何想得明白? 一时之间,大臣们良久默然。

"老臣以为:韩出上党,目下是一发而动全局之大图也!"还是素富急智的蔺相如先开了口。身为先王旧时权臣,虽则相权名存实亡,蔺相如事实上只在邦交事务上保留得些许权力,但蔺相如却是一如既往地直言不讳,"上党之地已成秦赵对抗之要害,然在韩国却是死地。唯其如此,韩国要出手上党,此为大势使然也。然则出此重地,韩国必有大局图谋,绝非冯亭一人心血来潮耳。否则,不当一事两路。为韩国计,老臣以为其图

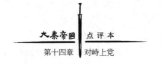

谋在于:借献上党而与赵国重结抗秦盟约,进而引魏国而成三晋抗秦之盟。如此可借赵国魏国之力,保实力最弱之韩国长得平安也。"

"相如之言大是!"

虞卿立表赞同。魏齐自杀后,虞卿连夜逃楚。不想春申君黄歇对他与信陵君宿敌魏齐交厚大是反感,毫无举荐他在楚国做官之意。万般无奈,虞卿只好又回到了赵国。素来尚友尚义的赵国人,却全然没将虞卿挂印出逃当作叛逆之举。更兼平原君对魏齐之死原本深为愧疚,丝毫没有追究虞卿之罪,依然将他官复原职,只是也没有了相权,成了与蔺相如一般的空爵上卿。自此以后,虞卿再也没有了初时相权上卿的那般新贵气焰,却与蔺相如交好起来。两人多闲暇,常聚议天下邦交,竟是十分的投机融洽。今日见蔺相如开了先河,虞卿立即跟上,"韩国之谋虽从己出,却是于大局有利。秦压河外,韩国岌岌可危,魏国惶惶不安。赵国虽强,然单抗秦国却也吃力。若得三晋重新结盟,天下格局必是为之一变。"

群臣都觉得捡了个便宜,只有赵豹觉得其中有诈。

"言不及义也!"平阳君赵豹①冷冷一笑,"两位上卿只说,究竟接纳上党否?"

蔺相如淡淡道:"平阳君必有大义之见,愿闻其详。"

"老夫之意,上党不能要!"赵豹沉着脸,"无故之利,贪之大害也!"

"韩国信服赵国,如何无故之利了?"孝成王不禁插了一句。

"此言差矣!"赵豹以叔父之身,对孝成王也是毫不客气,"秦国断绝河外之道,显然是要逼韩国交出上党。韩国

---

① 赵国两个赵豹,前一赵豹是武灵王时之阳文君,此赵豹为惠文王所封,孝成王叔父。

明知秦之图谋，却偏偏将上党献于赵国，分明为移祸之计也！秦服其劳而赵受其利，纵是赵国强大也未必稳妥，况乎赵国未必强于秦也，如何不是无故之利了？赵国若受上党，必然引秦国大举来攻，岂非引火烧身？一言以蔽之，上党是个火炭团，万不可中韩人之算计，受此招祸之地。"

"平阳君何其大谬也！"随着一声响亮的指斥，一个玉冠束发的英挺年轻人从后排霍然站起，正是马服君赵奢之子赵括。其时赵奢已死多年，赵括承袭了马服君虚爵，寻常被人称为"马服子"。由于曾在宫中与当年的太子赵丹一起读书多年，孝成王对赵括分外赞赏，一即位便教赵括做了职掌邯郸防卫的柱国将军。论官职，柱国不是高位重臣，然则由于赵括承袭了马服君爵位，便成了封君大臣。更兼赵括幼时大有才名，成年加冠后更是见识不凡，在赵国朝臣中便成了最是光彩照人的后起之秀。当然，更根本处在于赵奢声望与孝成王之器重赞赏，赵括才得以位列高爵重臣之秘密朝会。此时赵括一开口便咄咄逼人地指斥这位极其傲慢的王叔，大臣们一则振奋二则紧张，殿中鸦雀无声，连平原君也不禁瞪了赵括一眼，觉得赵括未免过分了。饶是如此，赵括旁若无人，侃侃高声道，"固国不以山河之险，失国不因四战之地。先君武灵王时，赵无韩国上党，却是胡服骑射拓地千里震慑天下。唯其如此，赵弱赵强，赵存赵亡，固不在上党险地也，在国力也，在军力也，在朝野之气也！"只这几句，大臣们眼睛便是一亮——不愧马服君之子，有胆气！

"接纳上党与否，根本处不在韩国图谋如何，而在赵国情势如何。"赵括辞色凌厉，一泻直下，"若赵国无国力、无大军、无壮心，纵是韩国无图谋而拱手相送，赵国可能守得上党？若赵国有国力、有大军、有图霸王天下之雄心，纵是韩国

赵豹认为韩国乃嫁祸于赵，"夫秦蚕食韩氏地，中绝不令相通，固自以为坐而受上党之地也。韩氏所以不入于秦者，欲嫁其祸于赵也。秦服其劳而赵受其利，虽强大不能得之于小弱，小弱顾能得之于强大乎？岂可谓非无故之利哉！且夫秦以牛田之水通粮蚕食，上乘倍战者，裂上国之地，其政行，不可与为难，必勿受也。"（《史记·赵世家》）若赵王听取赵豹之计，恐长平之祸可以免。赵受上党十七邑，因小利而忘大局也。假如时光倒流，冯亭所设之局，该如何破解？不受其地，助韩退秦可否？

不献上党，赵国亦当夺来，又何惧移祸之计哉！今平阳君先自认赵弱，徒灭志气，而后视韩国献地为移祸之算，诚可笑也！若以此说，上党归赵为韩国移祸，上党归秦莫非便是韩国依附虎狼？夫一弱韩，自忖险地难守，危难之际思大局，献地于同根之邦，图谋结盟抗秦，于情于理于道于义，何者有差？何独不见容于平阳君而中伤若此乎！"

平阳君怒不可遏，戟指大喝："竖子无谋，大言误国！"

赵括哈哈大笑："小言有谋，大言无谋，平阳君何其滑稽也！"

"竖子只说！赵国抗得秦国么？"

"我便为平阳君一算。"赵括掰着手指，"秦国大军五十余万，赵国大军也是五十余万；秦国人口千万左右，赵国人口也是千万左右；秦国仓廪有十年军粮可支，赵国仓廪也有十年军粮可支；秦国军资器械有多少，赵国也一般有多少，还多了林胡草原的数十万马匹牛羊，战马比秦国尚居优势；秦国有名将，赵国也有名将；秦国有能臣，赵国更有能臣；秦人尚武好战，赵人更是举国剽悍胡风。平阳君但说，赵国哪一样抗不得秦国？"

"竖子误国！"赵豹面色铁青，"邦国战阵，有如此算账么？"

赵括揶揄地笑了："依平阳君之见，该当如何算法？抑或混沌不算，只猥琐避祸便了？"

赵豹嘴唇抽搐，一跺脚离席大步去了，走到殿口又骤然回身吼了一句："竖子误国！"

借赵豹之口，斥赵括"竖子误国"。长平之祸，实源于上党之祸。

殿中一时默然。大臣们对赵括气走平阳君虽觉不妥，然而对赵括的一番道理却是不得不服。就实而论，除了还没来得及推行第二次变法，赵国比秦国确实不差，赵括所数宗宗细目也绝无夸大。如此看去，接纳上党与否似乎不言自明了。虽则如此，有平阳君坚执反对，赵王与平原君也都还没有说话，大臣们一时又都僵住了。

"老将军，"孝成王看着廉颇笑了，"你说说，依赵国军力，上党能否守得？"

老廉颇慨然拱手道："连同御胡边军，赵国大军六十余万。论战力，赵军与秦军不相上下。只要赵国没有攻秦之心，而只做抗秦防御，上党坚如磐石！"

"大将军言之有理。"职掌财政的内史大臣赵禹冷静接道，"平阳君言韩国移祸，实则是顾虑赵国不足抗秦也。我大赵今有六十万大军，若依旧畏秦如虎而不敢接纳上党，诚为天下笑耳！"

"老臣赞同。"已经是两鬓白发的国尉许历道，"当年无上党，马服君尚血战秦军而大胜。赵军战力何输秦军分毫？目下我军资粮草充盈，若再得韩上党归赵，赵国西部矗立起一道横宽三百里的天险屏障，何以平阳君此时却畏惧与秦军抗争？老臣实在不解也。除非赵国听任秦国蚕食山东，否则不能丢弃上党。"

"王叔之见？"孝成王看着一直默默思忖的平原君。

平原君一拱手道："老臣原在犹豫不决，然则诸位大臣之言却使老臣茅塞顿开。马服子赵括言之有理：接纳上党与否，根本处不在韩国图谋如何，而在赵国情势如何。平阳君虽老成谋国，然却失之畏缩退守。百余年来，凡赵国畏缩避祸游离于中原之外时，无不国势大衰，凡大刀阔斧开疆拓土周旋于天下时，都是国势昌隆。就上党而论，赵国原本有东上党，今受西上党而成一体屏障，亦是题中应有之意；而秦国争上党，却分明是为诛灭三晋寻求根基。当此之时，退缩则危局接踵而来：上党归秦、韩魏附秦，则赵国孤立，最终将被秦国蚕食压缩，甚或一举灭国。锐意进取则大局有大利：上

廉颇持坚守之策。

党归赵,三晋结盟,甚或可能重新结成六国合纵,孤立秦国。长远看去,秦赵争天下势在必然。天予不取,反受其咎,岂有他哉!"

"彩——"一言落点,大臣们齐齐地喝了一声彩。

"好!"孝成王兴奋地拍案,"接纳上党事,由平原君领虞卿、蔺相如筹划;大军整备事,由大将军领老国尉、马服子筹划。"

三日之后,平原君的特使马队浩浩荡荡地开进了韩国上党郡的治所壶关。郡守冯亭率领将士吏员,在壶关北门外郊礼迎接。平原君当场颁布了赵王书令:上党郡守冯亭,明察时势,大功卓著,封为华阳君,食邑三万户;十七员关隘大将与十三名县令俱封侯爵①,食邑三千户;所有军民皆赐爵三级,赏六金。

平原君委蔺相如暂署府库郡政交接事务,委虞卿从赵国输送粮草物资救济饥民,委赵括暂署关隘要塞诸般军务交接。忙碌半月,诸般军政事务大体就绪,大将军廉颇与国尉许历率领十万大军也堪堪抵达。接收所有关隘之后,廉颇下令:原韩国上党的五万守军,全部开出上党,移防赵国腹地。这是大将军廉颇、国尉许历、马服子赵括在查核防务之后的新决断。老少三将军异口同声:"韩军涣散疲惰,留驻上党徒乱军心。"平原君也赞同了。

上党大体安定,平原君来壶关幕府拜望冯亭。平原君提出的方略是:东西两上党合并为新上党郡,仍由冯亭以封君之身做大上党郡守,不治军唯治民;若冯亭不愿留任上党,可回邯郸做国尉,换许历来做郡守。冯亭思忖良久,喟然一声长叹:"我弃上党,已成天下不义之人也!若得入赵封君,只怕对争取魏国合盟不利。冯亭唯愿回归韩国,辅佐韩王与赵国结盟。"

冯亭让上党予赵,无奈之举。赵王下令封赏,冯亭"垂涕不见使者",自陈其不义,"吾不处三不义也:为主守地,不能死固,不义一矣;入之秦,不听主令,不义二矣;卖主地而食之,不义三矣"。(《史记·赵世家》)于是赵王派兵取之,廉颇率军驻守长平。若无上党之事,必无三年后长平之祸。长平之祸后,赵王悔不听赵豹计。

---

① 赵国封君最高,侯爵次之,与秦国大体相同。

　　平原君思忖再三，终是不能勉强，请准赵王，赐冯亭黄金千镒，礼送冯亭出境了。新郡守许历不解，平原君笑答："韩桓惠王素无主见，若有冯亭在，韩国便是赵国铁盟也。"许历仍是困惑："冯亭献地而不做封君，虽有隐士之风，却分明是无担待之人。若回韩首鼠两端，岂非大害？"平原君摇头笑道："身为大将，冯亭已负不义之名，且必令秦国恨之入骨，除非回归东胡隐居，何能再首鼠两端也？"许历恍然大笑："平原君果能算人，许历不及也。"

　　平原君一班大臣在上党忙碌并郡时，蔺相如已经秘密赶到了大梁。

　　这时的魏国已经对情势变化渐渐清楚，随着一个个秘密斥候的消息急报，大梁君臣乱了方寸。领丞相事的须贾与一班亲秦大臣，力主维持秦魏盟约不变，魏国绝不能搅到韩赵结盟的泥潭中去。因魏齐倒台而复出佐政的信陵君与一班老臣子，却都主张魏国暂时骑墙中立，在秦赵之间待价而沽。魏安釐王莫衷一是，倒是真正做了骑墙之君。在这激烈争辩的当口，蔺相如风尘仆仆地来了。

　　信陵君素负盛名，又与平原君有联姻之亲，蔺相如便先行拜会了这位持重明锐的王族公子。信陵君只一句话："三晋之势，今非昔比，赵国已成中流砥柱，魏国无足轻重也。"蔺相如也只一句话作答："骑墙壁上观，只怕墙脚松溃也。"信陵君笑道："秦魏有盟：绝不再蚕食河外寸土。墙脚坚实无忧也。"蔺相如哈哈大笑道："公子当真滑稽也！虎狼发誓不再吃羊，羊却信以为真了？"信陵君素闻蔺相如胆识才具，心下不禁敬佩有加，一番思忖道："羊虽生角，惜乎身躯无力，奈何？"蔺相如道："赵以济西八城之地资魏，魏可做军辎重地，何能无力也？"信陵君目光顿时一亮："但得如此，无忌有对策也！"

　　次日蔺相如晋见魏王，将大势说得一遍，再将赵国借八

无兄弟之情，只有利益之交。

城之地与魏国的事一说,魏安釐王立即满脸笑意,慷慨允诺与赵国结盟抗秦。蔺相如尚不放心,又与信陵君密商一番,方才回赵国去了。

蔺相如一走,须贾一班亲秦大臣立即纷纷进宫,轮番劝谏魏安釐王。眼见魏安釐王又有松动,信陵君与几位王室老臣密商对策。元老大臣们原是对没有根基却又张扬跋扈的须贾恨得咬牙切齿,一口声喊杀。信陵君反复思忖,觉得群臣上书威逼魏安釐王罢黜须贾,仍然不能根除这个大奸,遂向隐居大梁的老侠士侯嬴求教。侯嬴悠然一笑:"为国除奸,原是游侠本分,有何难哉!"次日便向信陵君举荐了一个隐居风尘的游侠朱亥。这个朱亥看似木讷,大袖中却时常密藏一把十斤重的短柄大铁锥,慷慨好义,被侯嬴视为堪托生死之士。信陵君自是信得侯嬴,立即将须贾的诸般行止对朱亥细说了一遍。朱亥一句话没说转身走了。

三日之后,大梁传开了一则惊人的消息:代相须贾暴死王街,头颅被砸成了肉酱。身边一幅白布写着八个大血字——嫉贤妒能,恶贯满盈。一时间大梁国人惊乍相传:秦丞相范雎派来刺客,杀死了仇人须贾。亲秦大臣们惶恐不安,纷纷指斥范雎出尔反尔不堪邦交。魏安釐王也是心惊胆战,生怕记死仇的范雎哪一日再来寻衅自己,立即派信陵君秘密前往邯郸,与赵国韩国结盟抗秦。

骤然之间,三晋形势大变,秦国多年累积的河外优势荡然无存了。

> 作者为引出朱亥,不惜杀死须贾,作者之仇怨,大于范叔之仇怨。侯嬴引荐朱亥于魏公子,称"臣所过屠者朱亥,此子贤者,世莫能知,故隐屠间耳",于是"公子往数请之,朱亥故不复谢,公子怪之"。(《史记·魏公子列传》)此屠夫后四十斤铁椎椎杀晋鄙。

> 大意失上党,不进则退,秦骑虎难下。

三　秦国战车隆隆启动

当白起与范雎星夜赶回咸阳时,已经是三更将尽了。一直在东门外等候的王宫长史二话不说，将两人匆匆领进了王宫书房。秦昭王正在与国尉司马梗密谈，见白起范雎到来，立即吩咐上来两席酒饭，教两人边吃边听司马梗叙说各路密报。及至两人吃罢，司马梗也将三晋上党之变的大致情形堪堪说完。侍女煮茶间，秦昭王吩咐内侍总管守在书房门厅之外，任何夤夜晋见者一律挡回，回身看一眼白起又看一眼范雎："说说，如何应对了？"

"三晋合谋，实出所料。"范雎见白起沉思，先开了口，"臣一路思忖：三晋结盟，力不足惧，唯势堪忧也。争夺上党乃我邦长远图谋，将成未成之际，却被韩国一变而骤然牵动全局。全局之变，一则在于三晋之盟有可能诱发山东六国再度合纵抗秦；二则在于赵国挟上党天险屏障，而对我河东河内成居高临下之大攻势；河东河内但丢，秦国数十年东出战果便将化为乌有！此所谓势堪忧也。唯其如此，臣以为与赵国大决之时已经到来。但有退缩，天下山河巨变！"

韩国这一招自残伤人，很厉害。

秦昭王粗重地喘息了一声："武安君以为如何？"

"应侯之言，洞察至明。"白起秉性，愈是危局愈见泰然，此刻面色肃然，语气冷静舒缓，"赵国全据上党，又与韩魏结盟，分明是要压迫我从河内河东退缩，若不与之针锋相对，秦国之山东根基将丢失殆尽。时也势也，敌方有变，我亦当随之应变。固守既定方略，兵家之大忌也。为此，秦赵大决之机已经不期然到来。秦国唯以大勇应战，决而胜之，方可图得大业。"

白起真乃将帅之才。

"好！"秦昭王拍案赞叹，"武安君有此胆气，我心底定！"

白起语气一转道："然则，以军争大势论，我军尚未筑好最扎实根基。兵力尚欠，粮草辎重尚未囤积到位，一班大将也还心中无数，军兵对赵战事尚未充分演练，等等。唯其如此，臣有一请：大战筹划，听臣全权调遣，我王不得催逼督战。"

秦昭王哈哈大笑:"不谋而合也!长史,宣读王书。"

长史捧着一卷王书匆匆走来展开,高声念道:"秦王王命:对赵战事,悉听武安君白起全权谋划调遣,国尉司马梗辅之粮草辎重;授白起举国兵符并镇秦穆公剑,得拒王命行事!秦王嬴稷四十五年四月。"

偌大书房一片肃穆。白起嘴角一阵抽搐,话也说不出来了,连范雎也惊讶得眼睛直愣愣看着秦昭王不说话了。如此王书,简直就是将秦国交给了白起。镇秦穆公剑不消说得,临战上将军受生杀大权,原是战国通例。要紧处是那"举国兵符"与"得拒王命行事"——全权调动举国兵马且可以不听王命!天下何曾有过如此君王书令?一时间白起冷静下来,对着秦昭王深深一躬:"臣,敢请秦王收回举国兵符与得拒王命。臣唯求权衡进退而已。"范雎略一思忖道:"臣亦此意。武安君陷于物议,于国不利也。"

"岂有此理!"秦昭王慨然拍案,"武安君身负邦国兴亡之责,无大权岂能成得大事?本王不谙军旅,若有心血来潮之乱命,便是邦国覆亡,拒之有何不可?武安君百战之身,当此非常之时,举国托之,唯见其忠。若得物议,嬴稷决而杀之!"转身一挥手:"长史,第二王书。"

长史又捧过一卷竹简展开念诵:"秦王书令:对山东之邦交斡旋,悉听应侯范雎全权谋划调遣,河东守王稽辅之;授范雎任意支取王室府库财货之权,可与六国全权盟约。秦王嬴稷四十五年四月。"

穷秦变强秦,现在可以兵车与钱财并行。

书房大厅又是一阵默然。素有急智的范雎只深深一躬,破例地没有了应对之辞。只秦昭王沉重地转悠着,君臣几人都感到了一种沉重的压力。良久,秦昭王悠然一笑:"应侯已将大势说得明白,目下之要在二:一则使合纵不能成势,二则使上党不能积威。重担两分,应侯执邦交破合纵,武安君率大军压上党，本王坐镇安国两相策应。但得我君臣同心，朝野同心，胜之大决何难？"

"赳赳老秦，共赴国难！"白起霍然起身，突兀冒出一句秦人老誓。

君臣几人一时肃然，异口同声一句："赳赳老秦，共赴国难！"

旬日之间，秦国朝野紧张忙碌起来了。郡县忙着征发新军，各地府库忙着向关外调运粮草辎重，咸阳王宫与所有官署都是日夜灯火通明吏员如梭。连六国商区尚商坊也出现了异常，六国商人的盐、铁、皮革三宗货物大是热卖，三五日之间便没了存货。商旅们大是惊喜，连忙昼夜兼程地从关外向咸阳输送货物。一时间，咸阳东方大道上车马络绎不绝，东去的秦国车队与西来的山东车队辚辚交错，昼夜川流不息。及至货物运到咸阳，又是顷刻告罄。一夜之间，咸阳商市仿佛成了吞噬盐铁皮革的无底黑洞，任是你隆隆如山而来，都消解得无影无踪。有机警商人终于疑惑了，扮作咸阳国人转悠到秦国官市打量，一看之下大是蹊跷——秦国官店中这三宗货物排列如山，却是无人来买。疑惑询问，秦国官商却只一笑："山东货品精细，秦人喜好，岂有他哉！"回去一说，山东商人顿时议论纷纷。秦人素来喜好本邦物事，国人买家常物事极少光顾山东商旅店铺，六国商旅得利之主顾，全在秦国官府与入秦之中原人，如何陡然之间秦人偏偏就热衷了山东盐铁皮革？既非荒年，又无大战，秦人如何疯了般囤积盐铁皮革？一个月下来，山东商人们终于渐渐看出了名堂，秦国要打大仗了。可是，当年秦国打魏国河内、打楚国南郡都没有如此铺排，如今打哪一家竟能比打魏楚还紧张？战国之世，商旅本有"义报"传统。咸阳如此声势，商旅们心下惴惴不安，其中三晋商旅尤为恐慌，立即将消息秘密送回了

每写秦王，秦王必用人不疑。秦昭襄王，能屈能伸者，为求范叔计，三跽（跪拜）请之。军事全权委于白起，外交全托给范睢，全因一个信字。此为文人理想化的写作方法，权谋之术，总是信中藏疑，只看藏得高明与否。

准备打大战，打持久战。秦国不甘心再被逼退至函谷关以西。

本国。然则两三个月过去,报回去的消息泥牛入海,商旅们渐渐又觉得气馁了,徒然忧国多此一举也。

疑云密布之中,秦国战车已经隆隆碾向了关外。

方略一定,白起带着上将军府三十余名司马进驻了蓝田大营。统帅幕府一立,白起便开始了秘密调遣。第一路,王龁率步骑大军十万,先行开赴毗邻上党的河内郡驻扎。此时的王龁已经是左庶长高爵的大将,寻常战事几乎都是王龁带兵出战。白起向王龁反复申明四点:其一,驻军河内北段,确保轵关陉、太行陉、白陉三条进入上党的通道不被赵国封堵;其二,大张声势开进,教山东六国明白看到秦国争夺上党之决心;其三,除非赵军已经占领三陉封死上党通道,否则不许开战,唯保对峙之势可也;其四,进入上党只以确保三陉为要,绝不能擅自深入,即或偶有无军防守之关隘,也不许擅自占领。末了,白起沉着脸叮嘱:"大军前出之要害,唯在先期形成对峙之势,为应侯斡旋山东造势,为大军跟进确保通道。贪功冒进散开兵力,便是先败。"王龁"嗨"的一声领命,又慷慨一句:"但有失误,王龁提头来见。"趔趔去了。

第二路,步军主将桓龁率精锐步卒三万,轻装密出河西离石要塞,东经晋阳补充给养,再秘密南下,由几条河谷分别进入上党以西沁水河谷秘密驻扎。白起对桓龁的叮嘱是:"此路为奇兵,行军之要不在快捷,而在隐秘,唯求不为赵军觉察。一月之内抵达,便是大功。进入沁水河谷,军食由王龁从轵关陉输送,不许起炊。"

第三路,骑兵主将王陵率铁骑五万出河内,攻克韩国通向上党的唯一要塞野王。由于野王事实上已经没有韩国重兵防守,所以白起对此路要点的申明是:野王之要不在战而在守。大军驻定,立即修筑长期囤粮之大型仓廪,并同时拓宽野王北进上党、南下大河之官道,以备粮草辎

对峙,实为摆阵,不输人不输气势。

衔枚而行,隐秘之师,必在偷袭。

重源源输送。王陵此时已经是五大夫爵位的大将，与蒙骜同爵，仅仅次于王龁。由于王陵机敏干练，白起便选定王陵来担当这兼具军民事务的重任。

拔野王，上党即变孤城，救无可救。上党让赵之前，其实秦已拔野王。作者摆阵之心大，合写之。

第四路，大将蒙骜秘密统筹后续兵马源源开进。蒙骜此时已是军中老将，非但资望深重，更是难得的稳健缜密，只要没有大仗恶仗，白起不在军中时，历来都委任蒙骜主持中军，反倒是猛将王龁从来没有主持过中军幕府。这统筹后续兵马之事可谓千头万绪，最大难点却在两处：一是隐秘有序地输送蓝田大营全部的大型攻坚与防守器械，二是不断将各郡县输送来的初训新兵员编排成军，且要再度严酷训练三月，而后随时听命开进河内。全军大将，舍蒙骜无人担得此等烦琐重任。

秦军乃长途跋涉，赵军是以逸待劳，所以秦军必须要准备后续力量。

第五路，国尉司马梗坐镇函谷关督运粮草辎重。这个司马梗，是秦惠王时名将司马错的长子，稳健清醒有如乃父，疆场征战之胆识却是稍逊了一筹。多年前司马梗奉乃父遗命入秦，秦昭王征询白起考语之后，命司马梗做了国尉，处置军政而不职司战场。白起对司马梗的军令是："一年之内，车不绝道，河不断舟，国中仓廪之军粮悉数输送野王。"司马梗大是惊讶道："《孙子》云：智将务食于敌，食敌一钟，当吾二十钟；秸秆一石，当吾二十石。武安君纵不能全然食敌，亦当视战场情势而囤粮。举国军粮巨额无计，如山堆于险地，若战事早完，岂非暴殄天物？"白起罕见地哈哈大笑起来："两百余年过去，孙子此话尚被你这名将之后奉为圭臬，诚可笑也！春秋小邦林立，百里之内必有仓廪，破军杀将而夺敌军粮，自可快如飓风。今日天下七大战国，河内唯有一座魏国敖仓，毁敌粮仓可也，断敌粮道可也，你却如何夺敌之粮？纵能夺得些许，数十万大军如何足食？"白起骤然敛去笑容道，"秦赵大战，乃是举国大决。战场一旦拉开，必将是旷古未见

五路兵马,进退、奇袭等
种种可能,都考虑周到。粮草
更要保万无一失。

之惨烈,不做举国死战之备,安有胜道？现存举国军粮犹恐不足,谈何暴殄天物也!"司马梗悚然警悟,一个长躬道:"武安君之势气吞山河! 谨受教。"

诸路大军启动,白起立即返回咸阳,向秦昭王与范雎备细禀报了诸般调遣与总体谋划。秦昭王大是振作,拍案笑道:"应侯伐交,似可成行了。"范雎笑道:"武安君之谋划,臣已尽窥壮心。山东伐交,臣自当与武安君之雄阔战场匹配也!"君臣三人一时大笑,初时之沉重一扫而去。

次日,范雎带着精心遴选的一班吏员并两个铁骑百人队,高车快马直出函谷关奔赴河东郡治所安邑。其所以将伐交大本营扎在安邑,范雎是经过深思熟虑的。上党一旦形成大军对峙阵势,天下便会立即骚动起来,未入三晋之盟的齐楚燕三国必然要重新谋取向中原进展的机会,三晋之间也会随之出现种种微妙局面。所有这些都需要临机处置,直接与战场相关的事态更是要当机立断先发制人,若坐镇咸阳,一切部署的推行都要慢得十多天。对于如此一场有可能旷日持久的大决战,事事慢得旬日,则可能导致无法想象的结局。范雎驻扎安邑,便在实际上与白起形成了一个可随时决断一切的大战统帅部,更可连带督察兵员粮草之输送,舟车牛马劳役之征发,称得上事半功倍。

白起部署大军之时,范雎也在遴选自己的伐交班底。范雎的第一道书令,是从蓝田大营调来了郑安平。范雎思谋:郑安平虽然做了高爵司马,但看白起之意,无实际军功显然不可能做领军大将,而不做大将又如何建功,长期教郑安平如同颟顸无能的贵胄子弟一般高爵低职,何报两次救命之恩？范雎毕竟了解郑安平,知道此人之才在市井巷闾之间堪称俊杰,只要使用得当,未必不能建功。反复思虑,范雎与郑安平做了一番长夜密谈,给郑安平专门设置了一个名号——山东斥候总领，将原本隶属丞相府行人署①的国事斥候全数划拨郑安平执掌。同时划给郑安平的，还有一支秘密力量，这便是原本由泾阳君执掌的黑冰台。泾阳君被贬黜出关后，黑冰台一直由行人署兼领，实际上听命于丞相范雎。对于这支令人生畏的力量的使用，范雎是极为谨慎的，王宫也是极为关注的。然则用于邦交大战，却是一等一的名正言顺，所以范雎没有丝毫的顾忌。除了这两拨精悍人马，范雎还从王室府库一次调出三万金给郑安平。当郑安平在黑冰台秘密金库看到成百箱耀眼生光的金币时，眼睛都瞪直了。

"安平兄弟，钱可生人，亦可死人。"范雎冰冷的目光锐利地在郑安平脸上扫过，"若只想做个富家翁，范雎立请秦王赐你万金，你安享富贵如何？"

"不不不！"郑安平连连摇手，红着脸笑道，"小弟老穷根了，何曾见过如此金山？大哥见笑了。"

"那便好。"范雎依然板着脸，"你要切记两点：其一，办国事当挥金如土，然若有寸金入得私囊，便是邦交大忌。其二，黑冰台武士与行人署斥候，尽皆老秦子弟，你乃魏人，但有荒疏浮滑而错失误事，秦王会立即知晓。你若得惕厉奋发重筑根基，这次便是建功立业之良机。否则，虽上天不能救你。"

"小弟明白！断不使大哥失望！"郑安平回答得斩钉截铁。

邦交斡旋，范雎选定了王稽做主使。王稽久在王城做官，如今虽然做了高爵河东郡守，实在却是施政无才，若没有秦昭王那个"三年免上计"的赏功特书，只怕第一年便被国正监弹劾了。范雎清楚，王稽唯一的长处是奉命办事不走

知己便是知彼。小家子气之人，必知如何买通小家子气之人。

---

① 行人署，秦国执掌邦交具体事务的官署，隶属开府丞相。

样，最是适合不需要大才急变的邦交出使，若非王稽期期渴慕一个高爵重臣之位，他倒宁可主张王稽做个高爵虚职的清要大臣；调出王稽做此次伐交主使，也是想教王稽在这扭转乾坤的秦赵大决中立下一个大功，而后回咸阳做个太庙令一类的高官。

王稽听范雎一说，自是慨然领命："邦交周旋，原是轻车熟路，应侯尽管交我！"

"王兄莫得轻视。"范雎肃然叮嘱，"此次大决，关乎秦国存亡大计，但有闪失，灭族大罪也。你之使命，全权周旋齐楚燕三国，使其不与三晋同心结盟。还如上次一般，金钱财货任挥洒，吏员武士任调遣，唯求不能出错！如何？"

"谨遵应侯命！"王稽深深一躬，"老夫身晋高爵重臣，原是应侯一力推举。若有闪失，累及应侯，老朽何颜立于世间？"

"王兄明白若此，范雎无忧也！"

范雎进驻河东郡旬日之后，高车骏马络绎不绝地出了安邑，向山东六国星散而去。

四　长平布防　廉颇赵括大起争端

秦国兵马东进，赵国立即紧张起来了。

一得斥候急报，赵孝成王急召平原君与一班重臣商议对策。君臣一致判定：秦国只开出大军十万，且以左庶长王龁为统帅，说明秦国并未将争夺上党看作大战；最大的可能，是秦国图谋先行做出争夺态势，而后视六国能否结盟抗秦再做战和抉择。基于这一判定，平原君提出了十二字对策：增兵上党，联结合纵，逼秦媾和。君臣几人一无异议，当即做

不走样，不出错，甚至是不作为，普遍的为官之道。

范雎重用王稽、郑安平，乃"一饭之德必偿"，二人实非大才，关键时刻是成事不足败事有余。

秦国是君臣同心，赵国是遇事就乱，不难看出作者扬秦抑赵之用心。

亦是良策，但君臣不同心，只能止于半途。

了两路部署：虞卿、蔺相如全力联结六国合纵，使齐楚燕尽快与赵国结盟，一举对秦国形成天下共讨之的威慑；增兵十万大军，由赵括统领兼程赶赴上党，使赵军对秦军保持优势一倍的兵力，使秦军知难而退。

秦要远交，赵就合纵。秦要取上党，赵上党增兵。针锋相对。

赵括果然干练，三日之内调齐了十万大军西进滏口陉，旬日之间便抵达了壶关城外的大军营地。大将军廉颇大是振作，立即在行辕会聚诸将下达布防军令。廉颇沉稳持重，进驻上党两月，已经带着军中将领跑完了全部十七座关隘要塞，踏勘了所有山川重地，已对韩国留下的上党了如指掌。与大将们反复计议筹划，廉颇宣示的方略是：三道布防，深沟高垒，不求速战，全力坚守。大军进驻的三道防线分别是：

西部老马岭①营垒。上党西南部的沁水至中部的高平要塞，有南北长八十余里的一道山岭，是上党西部的天然屏障。上党东部南部均有太行山天险阻隔，西部的沁水河谷便可能成为秦军进攻的主要方向。这道山地有三处要害：北段老马岭，中段发鸠山，南段武神山。其中以老马岭为最要害处。廉颇以这三座山岭为依托，派出五万精锐步军防守。

中部丹水营垒。上党中部有一条贯穿南北的河流，名曰丹水。丹水发源于高平要塞的丹朱岭，东南出太行山处，正当太行山南三陉（轵关陉、太行陉、白陉）之中央地带，是秦军从河内北进上党的必经之路。由于丹水沿岸地形较为开阔，廉颇在这一线非但派出六万步兵深沟高垒防守，而且同时配置一万精锐骑兵做飞兵策应。因了丹水防线是正面迎击秦国河内大军的轴心大阵，所以老廉颇同时下令：中军

① 老马岭后名空仓岭。长平大战后，因秦军曾在此处筑空仓引诱赵军，留有遗址得名。此取原名。

幕府立即从壶关南迁,在丹水防线北端的长平①要塞重筑行辕。

东部石长城营垒。冯亭当年率领韩军驻守上党,因兵力单薄,在东部垒起了一道东西百里的山石长城,以备敌军万一攻破隘口而深入,便在石长城内做纵深防御。这道长城西起长平关外的丹朱岭,沿着连绵山巅向东经南公山、羊头山、金泉山,直抵壶关城西的谷口马鞍壑。这道长城背后(北面)是漳水流域,前出(南面)是丹水流域。山石长城所在的山坡由北向南倾斜,山南坡陡谷深,山北却高而平缓,一军居于长城之上,对南便是高屋建瓴之势。廉颇军令:这道石长城防线驻军八万,同时做全部上党防线的总策应。

军令下达之后,廉颇森然道:"百里石长城营垒,既是上党总根基,亦是邯郸西大门。万一西南两线失守,这石长城便是封堵太行山,不使秦军东出威逼邯郸的血战之地! 为此,本大将军亲自兼领石长城营垒。"

军令发布完毕,廉颇正要请国尉许历增拨各营大型防守器械与各种弓弩,陡然一声响亮话音:"且慢,我有话说。"众将注目,却是增兵主将赵括。

赵括率军西来,原为增兵,赵王书命并未明确他是否留在上党辅助廉颇,亦未明确他在到达上党之后是否立即返回。赵括原是聪颖过人,揣摩赵王之意是想看看他能否与廉颇合得来,合则留,不合则回,于是也不请命明确,便自率兵疾进上党。因了自幼好兵,赵括自然希望亲上战场,一路行军十分地留心山川地形。毕竟,上党对于他是太生疏了。一到壶关交接完毕,赵括立即带着两名司马在韩上党马不停

---

① 长平,古城名。故址在今山西高平西北。公元前260年秦将白起大破赵将赵括,坑杀赵降卒于此。

蹄地踏勘了三日，回来又连夜在一方大木板上画了一幅"上党山川图"，对上党情势有了自己独有的见识。此刻听完廉颇部署，赵括大不以为然。虽说廉颇是大将军百战之身，论王命论情理论资望，廉颇都是当然统帅，自己理当敬重，然则赵括禀性，从来都是激情勃发，有见识便说，连在赵王面前都是不遮不掩，况乎行辕之兵家大计？ 更有要紧处，若是赵括不说，赵军部署便成定局，战事成败自是比敬重之情更根本，何能忍之？

"抬上图来！"赵括转身吩咐一声，立即有两名司马将军榻大小的一张木板图立在了廉颇的大案前。廉颇尚在疑惑，把不定究竟要不要制止这个二路主将，便见赵括指点着木板大图当先一句断语，"老将军之部署大谬也！"只此一句，满帐愕然。

"马服子但有高见，说便是。"老廉颇平平淡淡。

赵括目光闪闪，激昂地说了开来："审时度势，秦攻上党必将引来天下公愤，六国合纵只在朝夕之间。秦国有军十万，我有大军二十万，倍敌而出此畏缩守势，令人汗颜也！《孙子》云：十则围之，五则攻之，倍则分之。今我大军云集，兵精粮足，老将军不思猛攻之分割之，而一味退守，以三道防线龟缩我二十万精兵；战不言攻而只言守，最终必将师老兵疲而致败局也！"

> 只言守，不言战，确实有其弊端。

"马服子之见，该当如何部署？"老廉颇沟壑纵横的黑脸已经沉了下来。

"丹水河谷地形宽阔，我当以至少十万大军在此与秦军正面决战。再分两路铁骑各五万，西路出沁水，东路出白陉，两侧夹攻河内秦军。如此三面夹击，一战必胜，焉有秦军猖獗之势！"赵括说得斩钉截铁。

"老夫敢问：赵军与何军为敌？"

"便是秦军，何能畏敌如虎也？"赵括揶揄地笑了。

一大将愤然高声道："大将军以勇气闻于诸侯，何能畏敌如虎？马服子有失刻薄！"

"就事论事，目下部署便是畏敌如虎。"赵括又是揶揄地一笑，"如此战法，只怕老将军要以退守闻于诸侯了。"

廉颇向侧目怒视的大将们摆了摆手，冷冷地看着赵括道："攻守皆为战，最终唯求一胜。马服子以为然否？"

"要害处在于：如此退守便是求败，何言求胜？"赵括立即顶上。

"马服子听老夫一言。"廉颇沉重缓慢地走出了帅案，"就实而论，秦军之精锐善战强于赵军，秦之国力亦强于赵国。唯其如此，秦军挟百战百胜之军威远途来攻，无疑力求速战速胜。但得旷日持久，秦军粮草辎重便要大费周折，自然对我有利。此其一也。其二，更有武安君白起统帅秦军。白起何许人也，无须老夫细说。若开出河内以攻对攻，老夫自忖不是白起对手。便是放眼天下，只怕老乐毅也未必是对手。对阵不料将，唯以兵法评判高下，老夫不敢苟同。"

天下名将，屈指可数。

"老将军大谬也！"赵括又是一句指斥，"白起根本没有统兵，老将军便被吓倒，何其滑稽也。天下可有如此以勇气闻于诸侯者？"

"白起虽未统兵，然只要是秦军，老夫便当是白起统兵！非如此，不能战胜也！"老廉颇忍无可忍，声色俱厉。

赵括毫无惧色道："老将军只说，进攻之法何以无胜？退守之法何以有胜？否则混沌打仗，赵括不服！"

老廉颇脸色铁青："老夫为将，只知目下猛攻恰是投敌所好，唯深沟高垒而敌无可奈何。"说罢拿起帅案令旗一劈，"诸将各归本营，明日依将令开赴防区！"令旗当地插进铜壶，径自大步去了。赵括大是尴尬，狠狠瞪了廉颇一眼，也径自去了。

　　见两员主将起了争端，国尉许历大是忧心。当晚正要去劝说赵括顾全大局，毋得与大将军公然争执，却不料赵括派来的司马已经飞马到了帐外，请许历前去商谈军机。许历笑问都有何人？司马说出了七八个当年赵奢的老部将名字。许历顿时警觉，脸色一沉道："老夫不能前去。你只对少将军说，此举大是不妥。"司马一去，许历立即修书密封，派一名干员昼夜兼程送往邯郸。

　　平原君接到许历急报，大皱眉头，念及赵括与赵王有总角之交并深得赵王器重，立即进宫禀报。孝成王看罢许历密书，不禁笑道："这个马服子，说不下老将军便挖墙脚，成何体统也。"平原君道："老臣之见：赵秦首次大战，当谨慎为上。老将军三线布防深沟高垒，原是稳妥之举。"孝成王思忖一阵道："王叔通得战阵，所谋自是不差。那便教马服子回邯郸。只是……"平原君立即接道："老臣亲赴上党！"孝成王高兴地笑了，立即命御书草拟王书。片刻之后一切妥当，平原君立即飞骑西去了。

　　两日后抵达上党，老廉颇已经率领中军幕府南下长平，赵括的幕府人马连同三千护卫甲士却直下丹水出口了，壶关只有许历的粮草辎重大营与城外马鞍鞯的驻防大军了。听许历一说情势，平原君顿时大急，当即带领卫队越过长平直接南下，终是在丹水出口的峡谷中看到了赵括大营。

　　"平原君前来督战，战胜有望也！"赵括兴奋异常地将平原君迎进了大帐。

　　"君为大将，可知军令如山？"平原君面沉似水，当头冷冰冰一句。

　　赵括默然有顷，突然抬头高声道："邦国兴亡，大于军令，何况赵括并未扰军！"

　　赵括年少气盛，自认为天下第一。事常败于夸夸其谈之人，偏生各朝"上级"皆爱夸夸其谈之人。

"赵括大胆!"平原君陡然怒喝,"乱命便是亡国,擅动便是扰军,尔何得强辩!"

赵括面色骤然涨红,大喘着粗气,却终是咬着牙关忍住了。在赵国,平原君赵胜是从少年时期便极富才名的王族英杰,被天下呼为"战国四大公子"时,平原君还不到二十岁。无论是马上征战,还是邦交斡旋,抑或侠义结交,平原君都是声威赫赫,更兼资望深重,在赵国是无可动摇的栋梁权臣。赵括纵是心高气傲,素常也很是钦敬名士大才,尝对人笑谈:"人以才学见识胜,赵括便服。惜乎天下无才,却教赵括如何服人?"有人说给孝成王,孝成王哈哈大笑:"坦诚若此,马服子可人也!"在赵国,赵括也就是对平原君尚存些许钦敬,只因了平原君是他眼中赵国唯一的"通才名臣",其余如蔺相如、廉颇、乐毅父子等,在赵括眼中都是"执一之才,不足论也"。今日平原君虽则以威势压人,两句指斥却也是无可辩驳。寻常之时,人得平原君这两句指斥,立即便是杀身之祸,而对自己,平原君也仅是指斥而已,并无刑罚加身之意,你赵括还当如何?

一阵喘息,赵括平静了下来,请平原君入座,将廉颇部署与自己的战法谋划仔细禀报了一遍,末了道:"平原君公允论之,赵括错在何处?"

"马服子勇气可嘉也!"平原君淡淡一笑,"然则老夫以为:数十年来,秦赵无十万以上之大战,今番双方云集大军于上党,将成天下瞩目之大决。老将军初取守势,纵不能使秦军知难而退,至少可在不败之势下探究敌情之虚实,查明秦军之长短优劣。相持有许,若情势确有可攻之战机,老廉颇也是虎虎猛将,自当大攻秦军也。君之战法虽亦无错,然却有一大隐患:一旦猛攻决战有失,上党立即便是危局,赵国想增兵都来不及。马服子熟读兵书,如何不知此理?"

"未战先惧败,夫复何言?"赵括终于是有些沮丧了。

"不说也罢。"平原君笑了,"自古兵无二将,马服子还要留在上党么?"

赵括猛然抬头:"未奉君命,将不离军。"

"老夫以为,你当回邯郸,使大将军事权归一。"平原君的笑意倏忽消失。

"赵括只想出丹水与秦军一战,试探秦军战力。"

平原君向后一摆手:"宣书。"随行书吏立即打开一卷王书高声念诵起来。孝成王书很是明确:赵括交接大军已罢,立即随同平原君回邯郸另事。赵括听罢王书,嘴角一阵抽搐道:"君命如此,赵括自当遵从。"平原君却很是不悦,沉着脸下令赵括立即拔营起程,先回壶关等候。赵括无奈,只好拔营快快去了。

平原君风尘仆仆地另路北上了。到得长平关下，已经是暮霭沉沉。但见关西丹朱岭上火把连绵东去，宛如无边无际的一条火龙，满山号子声声，鼎沸一般。前行司马来报，说廉颇不在行辕，一直在丹朱岭督修长城。平原君一阵感慨，命随行护卫在长平关下扎营，自己只带了两名司马举着火把上山去了。

从陡峭的南坡爬上丹朱岭，那道遍体鳞伤的残破巨龙赫然展现在万千火把之下：松动坍塌的石条横七竖八地散落在山坡，即或较完整的墙段，垛口也十有八九都颓衰松动了，丈余宽的城墙地面到处都是山洪冲刷的坑洞，储存滚木礌石与兵器的石板仓几乎无一例外地或坍塌或破损，总之是不能用了。平原君从来没到过这道赫赫大名的韩国石长城，今日一看，心头大是沉重。如此百里长城，纵能在开战之前仓促修葺完毕，却有效用么？

蓦然之间，平原君耳边响起了赵武灵王浑厚的声音："赵军以轻锐剽悍为长，遇战宜攻不宜守。但守坚壁，事倍功半也。"平原君虽然没有做过统兵大将，但自少年便在军中磨炼，军旅大要却是清楚的。大凡坚守，必须以重甲步兵与大型器械见长，且须保证源源不断的辎重粮草输送。论战力，赵国精兵十有八九都是骑兵，若是在大草原般的平原开阔地决战，赵军堪称无可匹敌。然则要说到重甲步兵，赵国却实在是一短。百年以来，战国先后涌现过四支精锐步军：最早是吴起严酷训练出来的"魏武卒"，其次是田忌孙膑时期的齐国"技击之士"，再次是商鞅时期练成的秦国新军"锐士"，最后是乐毅练成的燕军"辽东坚兵"。如今魏齐燕三大精锐步军全部衰落，唯余秦军"锐士"之旅称雄天下。赵国胡服骑射的军法大变革，先后练成的三十余万飞骑自然可傲视天下。步军虽然也是二十余万之众，但与秦军"锐士"相比，显然有两大缺陷：一是单兵战力与整体结阵战力不如秦军，二是重型防守器械不如秦军完备。说起来，赵国也是多山多险之邦，理当有一支长于守御山地隘口的精锐之师，如何当年武灵王便忽视了？如今看来，天下整体精锐者唯有秦军了——秦军铁骑与赵军不相上下，步军强于赵军，舟师水军已经超过了楚军，各种攻守大型器械更是完备丰富，粮草后继更是……

"平原君身临战阵，老卒不胜欣慰。"

"啊，老将军。"平原君恍然醒悟，情不自禁地猛然拉住了那双粗糙的大手。

回到长平幕府，廉颇立即吩咐整治了两案军食酒肉为平原君洗尘。廉颇已经得到了赵括被召回邯郸的消息，心下轻松，对平原君细细说起了自己的种种谋划，侃侃半个时辰兀自意犹未尽。平原君笑道:"老将军将一个'守'字说得淋漓尽致,赵胜实在是钦佩了。"话音一转,忧心忡忡,"然则,老将军长远之策如何? 毕竟,一个'守'字胜不得秦军也。"廉颇不禁哈哈大笑:"天下何曾有唯守将军了? 赵国精兵之长在攻,老卒数十年疆场,岂能如此昏聩也!"

"好!"平原君拍案大笑,"老将军一言中的,你只说,何时方可攻秦?"

"攻秦之要在二。"廉颇压低声音道,"其一,六国合纵成,至少三晋同心出兵,便是战机。其时魏国出河内,韩国出河外,秦军背后动摇,我便两路大军攻秦:骑兵出安阳南下,步军出太行三陉直逼河内。其二,或切断大河舟船粮道,秦军必乱,我则一鼓而出。"

"老将军……"平原君长吁一声如释重负,"如此赵国无忧也。"

廉颇一阵思忖,踌躇着道:"老卒尚有一请,平原君忖度。"

"老将军但说无妨。"

"老卒以为:此战当以老乐毅为帅,老卒副之,可得万全。"

平原君心下骤然一沉:"老将军,莫非有甚心思?"

廉颇面色涨红,吭哧片刻一声喘息:"老卒所虑,酣战换将之时,再说便迟了。"

平原君倏忽变色:"老将军何有此虑? 何人何时有换将之说?"

廉颇摇摇头:"老卒虽则善战,却不善说,只恐到时说服不得……"分明是言犹未尽,却生生打住了话头。

平原君顿时明白,慨然拍案道:"邦国兴亡,赵王便要换将,我等岂能坐视无说?老乐毅隐退多年,更不熟悉赵军,纵

平原君心中有忧虑。守势实为僵局。

是满腹智计,何如老将军对赵军如臂使指? 老将军若得顾虑,赵胜今日便明说:马服子若得发难,有赵胜说话!"

骤然之间,廉颇老泪纵横,对着平原君深深一躬。

赵括与廉颇初次交锋,赵括败走。

五　相持三年　雪球越滚越大
　　　胜负却越来越渺茫

最炎热的两个多月里,秦赵两军分外的紧张忙碌。

自二十多年前白起冬战河内,酷暑严冬无战事的古老传统早已经被打破了丢弃了。冯亭春二月献了上党,赵国三月进驻大军,秦军四月紧跟而来,环环相扣步步紧逼,谁却去讲究个春夏秋冬了。在上党这样的广阔高地对峙,双方大军各以两郡为根基:秦国的河东河内两郡,赵国的邯郸上党两郡,若再连同牵动的魏韩两国并洛阳王畿,整个大河上下的中原地带都覆盖了前所未有的大战阴云。唯其战场广阔,唯其关涉兴亡根本,两军各自抵达战地后都没有立即开战。赵国以逸待劳取守势,忙着修筑深沟高垒。秦军远道进军取攻势,忙着肃清函谷关以东的关隘河道,忙着输送、囤积粮草,忙着清理外围战场,忙着设伏、探察、部署等诸般大战前的准备。整个酷暑炎夏,两军一直没有接战,仿佛各自演练攻防一般。

杀红眼的时候,哪里还顾得上什么"冬夏不兴师"的传统。

一进七月,借着上党山地第一缕清凉的秋风,秦军的外围进攻战拉开了帷幕。

第一战,是抢夺太行南三陉。王龁早已经将赵军主力的三道防线探听得清楚,知道最靠近太行山南端的丹水防线距离三个陉口尚有数十里山路,三个陉口各由三名都尉①率领

僵持。齐燕对峙之际,田单死守,再用反间计,踢走乐毅,反败为胜,复齐七十余城。历史怕是要重演。

---

①　都尉,赵国军职,秦国为"军尉",千夫长之上,当为数千人之将。

两千步兵镇守。对于赵军，这三个陉口是前沿要塞关隘，却不是核心防线，纵大军驻防也无法展开，两千精兵是最能施展战力的防守。两个多月来，王龁已经对三陉地形兵力了如指掌，派出三路精锐步军，每路三千，夜攻三陉。为了扰乱赵军判断，王龁同时派出八百斥候营飞骑，秘密插入赵军丹水防线与三陉之间的山谷地带，伺机骚扰并截击赵军联络通道。

月黑风高的三更一点（军营刁斗第一报），预先已经在三陉口外埋伏好的秦军锐士同时出动，悄无声息地扑向了三处要隘。所谓陉口要隘，是狭窄的峡谷山道之上凌空架一座山石城墙、城楼或城堡，两边各有一座千人军营；但有敌军来犯，城楼士兵立即凌空放下千斤石门堵塞峡谷，同时以滚木礌石箭雨正面居高攻敌，两侧山腰也同时夹击，事实上极难攻陷。此所谓一夫当关万夫莫开也。秦军却是事先反复谋划演练好的战法：不走关下陉道，每五百人一路，分做六路，不打火把，摸黑潜行进入陉口两侧山岭；在突然袭击两侧军营的同时，两路（一千人）立即夹击中央城楼，同时分割猛攻，使三处不能相互为援。

如此战法果然大见成效。半夜激战，西段轵关陉与中段太行陉终被攻克，赵军四千人全部战死，还斩首了四名都尉。这便是"二部四尉"之首战。东段白陉虽未攻克，却也杀敌一千，并斩首赵军裨将弧茄。原来，在突袭猛攻白陉刚开始半个时辰，突有一支数百人骑兵从北向南进入陉道。领军大将立即下令一部骑兵弃马步战杀上山腰。赵军骑兵个个精于骑射，未及接战便是长弓夜射，箭箭皆中火把下的黑甲秦军。在这千钧一发之际，秦军斥候飞骑突然杀到，一面与谷中赵军骑兵猛烈搏杀，一面分兵杀上山腰增援。杀到天色已亮，关隘犹是难下，秦军步卒余部突围杀出了战场。

此战秦军战死三千，其中东路战死一千六百，其余六千人个个带伤，可谓惨胜。

王龁大怒，顿时将白起叮嘱抛在了九霄云外，休战三日，立即发兵八万猛攻赵军西部老马岭防线。王龁之所以将大举猛攻之地选在老马岭，一则因上党西部在太行山屏障之外，攻陷老马岭防线便可直接进入上党腹地；二则因沁水河谷已经先有桓龁的三万步军隐秘埋伏，可攻赵军出其不意。王龁是秦军著名的猛将，每战必冲锋陷阵而后快，这次亲自率领五万步骑同时猛攻老马岭南段。

老马岭是一道南北走向的石山，岭高陡绝，跋涉维艰，百姓也叫作乏马岭。这道山岭从北向南逶迤八十余里，中段有一道横贯东西的峡谷陉口，便是上党西部险关高平关。这高平关险峻异常，南峭壁，北陡涧，唯中间峡谷通得东西。这道峡谷东西长约一里，南北宽约两里，是河东进出上党的咽喉要道，也是整个老马岭防线的要害枢纽。赵军驻守老马岭一线，除了无法攀缘陡峭高山，凡可进兵的山坡地段都挖掘壕沟，储备滚木礌石以防守。五万守军分做前后呼应：山腰壁垒有三万守军，高平关背后（东）的河谷地带则驻扎两万守军，以策应各方险情。如此部署，可见廉颇之苦心谋划。

大雾弥漫的清晨，秦军突然发起了猛攻。北段桓龁的三万步军早已经分散成二十个千人队，潜入赵军壁垒附近一切可以藏身的山腰树林沟坎埋伏。桓龁则亲率一万步军锐士，蛰伏山下做后援攻击。号角一起，立即漫山遍野向山塄壁垒扑来。赵军根本没有料到秦军会在此时开战，士兵们都窝在壁垒中鼾声连天，陡闻杀声大起，惊慌失措跳起应战，已经是一片乱象了。秦军有备而来，铁甲锐士在强弩箭雨掩护下借着山石塄坎纵蹿跳跃，纷纷扑入壁垒与赵军缠作一团搏杀。赵军防守优势的要害原在于居高临下之时的滚木礌石强弓硬弩，如今被秦军突袭直接扑入壁垒搏杀，最大优势顿时丧失，成了赤裸裸比拼战力。赵军步兵原比秦军步兵稍逊一等，此刻近战，面对山坡的防守优势全部丧失。借着壁垒纠缠的大好时机，蛰伏山下的桓龁一万锐士大起冲杀，片刻间冲上壁垒加入了搏杀战团。如此不到一个时辰，老马岭北段沟垒防线全部被秦军攻陷。

与此同时，王龁也在中段发动了猛攻。王龁将五万军马分做两部：攻高平两万，另三万堵在高平以北山林埋伏。南北两边战端一起，高平关后的两万赵军立即分兵两路策应。北上增援老马岭的一万赵军，堪堪进入山道便被秦军伏兵猛烈突袭，死伤大半后匆忙回兵。高平关攻防却是异常惨烈，直到正午尚不见分晓。王龁原已派出两千山民子弟组成的奇兵，攀缘跋涉秘密潜入高平关南北两山，对高平关做居高临下之猛攻。然则赵军在两里宽的谷底仍然驻扎了一军，南北山腰的关城守军虽被山顶秦军的箭雨巨石压得无法攻出，谷底赵军却是岿然不动。便在此时，高平关后的一万赵军也从谷底陉道杀入，两军合一，与秦军顿时僵持住了。

西谷口王龁大急，陡然心中一亮，以旗号遥遥下令南北两山顶秦军重新猛攻山腰关城，自己亲自率领一万铁骑飓风般冲进谷底陉道。谷底赵军受山顶秦军牵制，得不断躲闪凌空砸下的山石箭雨，面对西面谷口修筑的壁垒便有所疏忽。山地大战极少出现骑兵,王龁铁骑突击大出赵军意料,冒着不甚密集的箭雨,一个冲锋便杀入了赵军壁垒。步卒抗骑兵,不借壁垒结阵便大见劣势。壁垒一破,赵军步卒大乱,几个回环冲杀,残余赵军逃进了两边山林。王龁立即下令骑士下马步战,分两路从山道攻关,上下夹击搏杀一个时辰,高平关终于陷落。

待廉颇亲率三万铁骑从长平西来驰援时,已经是暮色苍茫了。看着高平关两面山岭火把连绵黑色旌旗猎猎飞舞秦军漫山呐喊鼓噪,老廉颇面如寒霜,令旗一劈掉转马头去了。

回到长平大营,廉颇连夜上书赵孝成王,同时飞报平原君详细战况,请求立即增兵十万。孝成王原本对赵括的正面大攻说心下尚是认可,接到廉颇紧急上书不由自主地心跳了;与平原君、蔺相如等一班重臣彻夜密商,立即向上党增兵十万,同时下令廉颇:务必坚守丹水与石长城两道壁垒,与秦军做长期对抗,不求速胜,唯求上党不失。

旬日之间,十万赵军抵达上党。经此一役,廉颇非但丝毫未见慌乱,反倒是更见笃定了。虽然丢失了西线壁垒与高平要塞,然则也大大平息了赵括在赵军将士中蔓延开来的狂躁轻战心绪。西线之败,与其说败在战力,毋宁说败在轻率求战的轻敌之心。赵军数十年纵横天下无败绩,便是对秦军,也有过阏与之战的皇皇胜功。此次与秦军第一次做大军抗衡,无论老廉颇如何反复申明秦军优势而主张坚守待机,事实上都没有消除赵军将士的轻攻轻敌心绪。如今猛遭一败,赵军将士悚然警觉,顿时对上将军当初的部署苦心有了痛切体察。正因为如此,老廉颇才更是笃定了——有铁心坚守的赵国猛士三十万在手,秦军锐士纵是虎狼之师,也休想再占赵军便宜。

长平升帐,廉颇重新布防:丹水防线向西前出二十里,以

王龁以匹夫之勇,破西线壁垒、拔高平,此乃打草惊蛇,使赵国守防更坚。

六万大军构筑坚实壁垒防守,封堵秦军从高平东攻之路,同时与丹水壁垒互为犄角策应,两线共十三万精兵,决意不使秦军东进一步。与此同时,石长城防线增兵两万,十万大军做百里防卫。长平大营驻扎三万飞骑,由廉颇亲自统率策应各路。一切部署完毕,老廉颇面色肃杀,第一次发出了大将军生杀令:除非秦军突袭猛攻,不奉号令出战者,立杀无赦!

在赵军重新布防之时,武安君白起也从安邑的秘密行辕赶到了上党的秦军大营。

王龁夺取西线壁垒的捷报,在秦国朝野引起了一片欢呼。秦昭王大为振奋,立即飞书白起:"原对赵军战力似有高估,武安君可酌情决战,早平上党。"白起接近上党,战况自然是一清二楚,连夜飞骑进入上党。王龁一见便兴冲冲问了一句:"夺得西垒,武安君以为如何?"白起不置可否,只教王龁细报伤亡数目。王龁禀报完毕,白起依然是不置可否,一句话不说便带着两个司马到军营去了。王龁是白起老部属,深知白起虽则寡言,对战事却从来不含糊其辞,今日不说话,分明是这西垒之战有错失处。可错在哪里? 时机不对? 伤亡过大? 王龁一时揣摩不透,心下大是不安。武安君军令原是明白无误:除了夺取太行山南三陉,其余关隘即或赵军设防疏忽,也不能擅自攻占。自己强攻西垒,分明是违背军令了。然则武安君非但没有处罚,连公然申斥都没有,又分明是强攻没有全错了。对,错就错在违背军令。以武安君之威严,从来都是令行禁止,你违背军令,胜了又能如何? 王龁思忖一番,决意上书秦王并向武安君请求:此战不记功,以补违背军令之过。

谁知一连三日,白起都教王龁跟着他翻山越岭查勘赵军阵势。及至三日后回到行辕,王龁已经不说话了。击鼓聚将之后,白起对大将们肃然道:"西垒之战,诚然激励士气。然则在我大军未聚之前,却是打草惊蛇,使赵军增兵坚壁。上党本是易守难攻之险地,三十万雄师坚壁据守,更有老廉颇稳健统兵,秦军纵是同等三十万也无法攻克。诸位须知:秦赵大决,不在小战之胜负,而在大战之胜负;要得大战而胜,便得聚集大军,寻求最佳战机。若无最佳战机,宁可对峙抗衡而不轻易出战。你等但看,如今赵军壁垒之森严,便知廉颇已经窥透上党对峙之精要。"

"王龁轻战,请武安君处罚!"王龁摘下头顶铜盔,心悦诚服地低头一个长躬。

白起一摆手道:"王龁有轻战之过,亦有醒我将士之功,功过相抵,仍领原职率军对峙。"

"武安君明察！万岁！"帐中大将异口同声地欢呼了一声。

白起脸上罕见地掠过了一丝笑容，突然高声问："谁读过《吴子》？"见众将纷纷摇头，白起肃然背诵道，"《吴子·论将》云：凡人论将，常观于勇。勇之于将，乃数分之一耳。夫勇者必轻合，轻合而不知利，未可也。故将者所慎者五：一曰理，二曰备，三曰果，四曰戒，五曰约……"大帐一片静谧，王龁与将军们的额头都渗出了涔涔汗珠。

当夜，白起立即上书秦昭王，大要禀报了赵军态势变化，请求增兵二十万与赵国对峙。此时秦昭王已经得到了郑安平从邯郸发回的飞骑密报，醒悟到大势并非自己所想，立即回书："举国兵符在君，兵马调遣唯君以情势定之，无须请命耽延也！"白起接书，当即发出兵符军令到蓝田大营。一月之后，大将蒙骜率二十万大军陆续开出函谷关抵达上党。至此，秦国蓝田大营驻军已经全部开到了战场，秦国在上党总兵力一举达到了三十八万。也就是说，若得再行增兵，便得从各个边地关隘抽调城防守军了。大军云集，针对赵军已经成型的布防与秦军所占地形，白起立即重新部署了上党对峙的壁垒防线：

西部沁水壁垒。沁水中游河谷是秦军在上党西边沿的屯兵要地，也是进军上党的西部根基防线。这段沁水河谷呈西北东南走向，长八十余里，河谷宽阔，水源充足，堪称天然屯兵之所。河谷中段一片突兀的高地上有一座石砌城堡，叫作端氏城①，为春秋时期晋国端氏部族之封邑。这座石头城便是沁水秦军的防守枢纽。白起命左庶长王龁率十万大军驻守这道沁水防线，实际上是将这里看作西部大本营。

中部老马岭壁垒。这老马岭便是秦军新近夺取赵军的西壁垒，西边背后二十里是沁水秦军防线，东边与赵军的丹水防线隔水遥遥相望，实际是秦军最前部阵地。因其居于咽喉冲要，白起派了勇猛刁钻的大将桓龁率领八万精锐步军驻防，大本营设在险峻的高平关。

南三陉壁垒。是以河内山塬为依托的太行山南部三陉口的防线。这道大阵西起轵关陉，东至白陉，东西二百余里，正对北面赵军的丹水防线，既是秦军的南部大本营，也是全部秦军的总根基所在。三陉口分做三道防守线：进入陉口十余里的太行山北麓，每陉口修筑一道东西横宽二十里的山石壁垒，作为陉口北端的第一道防守；三陉口关隘加固壁垒，做第二道防守；陉口南出太行山十里，则筑起一条东西横宽二百里的最后防线，

---

① 端氏城，战国初期为魏地，中后期为秦国河东郡城邑，在今山西沁水县城东北。

依据地形，石山则筑壁垒，土塬则掘壕沟。太行山北麓防线每段一万步军，共三万精兵防守；陉口关隘每陉五千步军，其中三千人为弓弩手，共一万五千人；太行山南麓防线则是六万步军严密布防，大部重型防守器械都设置在这里。南三陉三道壁垒的十万余大军，白起派了最为稳健缜密的蒙骜统领。

三大壁垒之外，白起还部署了两支策应大军：

第一支，由骑兵大将王陵率领五万铁骑，专一策应各方险情。由于陉口之外是河内丘陵平川，南边更有粮草基地野王与大河舟船水道，一则需要重兵防守，二则有利于骑兵展开，白起便将骑兵主力驻扎在野王以北的开阔地带，确保随时驰援各方。

第二支，驻扎沁水下游河谷的五万步骑混编的精锐大军，由白起亲自统率，做全军总策应。这五万大军的领军主将是王族猛士嬴豹。嬴豹是当年公子虔的孙子，勇猛暴烈大有乃祖之风，在秦军中除了白起谁也不服。嬴豹熟知白起最险难关口定然要亲自冲锋陷阵的战场秉性，将军中二百名铁鹰锐士专门编成了一个铁鹰死士队，专司执掌护卫统帅大旗，形影不离地跟定白起。

及至秦赵两军的第二次部署全部完成，已经是严寒的冬天了。进入腊月，中原久旱之后终于有了第一场大雪。呼啸的山风搅着漫天雪花扑进了军营，扑进了壕沟壁垒，扑进了关隘要塞。山峦连绵起伏的上党变成白茫茫一片混沌，雄伟的太行山宛如银色巨龙耸立在天地之间，倾听着苍莽山塬中的萧萧马鸣，倾听着无边无际的隐隐人声。

这边厢守，那边厢全线封杀，各不相让。

便是这茫茫飞雪，便是这严冬苦寒，也没有冰封这广阔战场在天下激起的巨大涟漪。往昔雪冬，山东道上商旅鸟兽皆绝迹，如今却是车马如梭行人匆匆。特使的车骑，斥候的

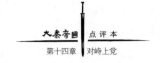

快马,满载粮草的牛车,牟取军利的商贾,逃离战火的难民,各色人等今年冬日竟都神奇地复活了,不窝冬了。一场旷古大战便在眼前,多少邦国的兴亡,多少生民的命运,都将为这场大战的结局所左右,纵是严冬飞雪,天下又如何能得安宁?

秦国大军一进上党,赵国君臣便大为不安。眼见铺排越来越大,分明是国命大决了,孝成王第一次有了一种不可言说的恐惧,夜来卧榻,莫名其妙地总是一阵心惊肉跳。枕不安席,索性召来一班重臣连夜商议。

一见大臣们忧心忡忡踌躇不言,柱国将军赵括顿时慷慨激昂道:"决国如同决战,狭路相逢勇者胜!战场已经摆开,大军已经对峙,可谓箭在弦上不得不发。当此之际,阵脚松动者必是大溃。诸位身为邦国栋梁,疑惧不定,当真令人汗颜也!"一番话掷地有声,一班大臣顿时面红过耳。

孝成王心头一跳笑道:"诸位大臣思忖谋划,也未必便是疑惧,马服子未免过甚。诸位但说,如何与秦国周旋了?"

平原君立即接道:"大军成势,马服子所言大是在理,此时稍有退缩,崩溃无疑。老臣之见,秦国兵力已经超过我军八万,我当立即调边军十万南下,一则对等抗衡,二则昭示天下:赵国决意抗击秦国虎狼!"

"大是!"虞卿重重拍案,"唯有兵力均势,六国合纵方可有成!"

蔺相如点头道:"山东畏秦,日久成习,我若无大勇之举,也实在难以合纵也。"

楼昌叹息一声道:"我接赵商义报:魏国又夺了信陵君相权,韩国也将冯亭任了闲职。此中之要,便是两国对我军能否胜秦心存疑虑。"楼昌原是赵国名臣楼缓之子。楼缓年迈,子袭父爵,上党对峙开始后邦交频繁,楼昌被孝成王任为上大夫之职辅助邦交。

"岂有此理!"孝成王显然生气了,"韩魏反复无常,当真可恶!"

"赵王息怒。"蔺相如很是冷静,"秦国近四十万大军压在河内,对魏韩犹如泰山压顶,犹疑观望原是常情。赵军十万南下但能成行,臣等三人立即分头出使。非但韩魏,便是齐楚燕三国,也可稳定。"

"好!"孝成王断然拍案,却又突然犹豫,"边军南下,胡人匈奴卷土重来……"

"我王毋忧。"赵括笑了,"臣举一年轻将军,但有两三万之众,足以镇守北地。"

平原君先惊讶了:"哦?却是何人?"

"李牧！"

"李牧？"平原君目询，几位大臣都摇了摇头。

赵括笑道："三年前，臣曾北上为邯郸守军增置战马，识得李牧。其时此人年仅十八岁，已是边军千夫长，今年已是都尉了。李牧兵户子弟，十岁入军，精通兵法韬略不在臣之下，疆场实战却在臣之上。但有考察，我王便明。"

孝成王点点头："既然如此，请王叔立即北上，若边地能妥为安置，立即调遣十万大军南下。"平原君立即慨然领命。孝成王又道："出使列国，诸卿何时成行？要否等候大军南下之后？"蔺相如道："但有决策，何须等待？明日我等便可成行！"孝成王一点头，看了看赵括道："昨接廉颇军报：国尉许历老寒病发作，难以撑持繁重军务。本王之意，马服子谋勇兼备又正在英年，可换回老国尉坐镇邯郸防务。王叔以为如何？"

平原君思忖片刻道："上党大军云集，粮道之任极是繁重，确需精壮之士担此重任。然则马服子气势太盛，动辄与老将军帐前争执，老臣却是忧虑。"蔺相如素来心思机敏，立即接道："若得马服子明誓与老将军同心，诚为上佳人选！"孝成王笑道："马服子如何？"

换回许历，本是赵括昨日得到军前消息后进宫慷慨自请。孝成王当时虽则答应了，却并未下书。赵括本想议事完毕后留下来再度请命，却不料孝成王这时提出来公议，顿时一喜一忧。喜者，显然是赵王对他信任有加。忧者，平原君大半要阻挠。及至平原君一说出口，赵括大感难堪——西垒之失后，赵军将士已经公认赵括轻战，自己虽则不服，也只得缄口不言。平原君如是说，显然是不赞同他代替许历了。及至蔺相如一说赵王一问，赵括顿时感奋挺身，一拱手高声道："但得军前效力，赵括若不与老将军同心，死在万箭之下！"

李牧，"赵之北边良将也"（《史记·廉颇蔺相如列传》），北击匈奴，建奇功，后又因赵国内讧，身死。李牧乃赵国后期突出的名将，可惜赵王不善用能臣。

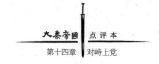

一言落点，君臣们一阵惊讶，又是一阵大笑。

平原君喟然一声叹息："少将军立此血誓，夫复何言！"

次日午后，邯郸四门车马纷纷。平原君马队北上了，蔺相如、虞卿、楼昌的特使轺车南下了，赵括马队打着"柱国督军使"的大旗西进了。孝成王最后在西门外送走了赵括，望着纷纷扬扬的漫天大雪，望着西部混沌难辨的白色天地，情不自禁地对着上天一阵喃喃祷告，愿天佑赵国，使自己成为战胜强秦的天下之王。

当此情势，秦国朝野也是一片紧张忙碌。

料得冬雪之季两军对峙无战，秦昭王将白起与范雎召回咸阳商议后续应对之策。白起对军势对峙的预料是：赵国必然继续增兵，秦国也得做好增兵筹划；以赵军战力，秦军不可能以少胜多。秦昭王思忖道："增兵但凭武安君调遣便了。只是这新征发之兵，战力可靠么？"白起道："新征士卒，只能修筑壁垒壕沟做辅助战力。只要六国不成合纵，各边地关隘尚可聚集二十余万大军。"范雎笑道："伐交得当，他如何便能合纵？我意：先与楚国结盟，南郡兵力可立即北上。"秦昭王眼睛一亮："应侯有成算？"范雎点头道："王稽已在楚国，春来便有好消息。"

君臣正在议论，忽有郑安平密报到达，说赵国平原君已经北上调兵，三路特使也一齐南下了。秦昭王脸色顿时阴沉。范雎悠然笑道："赵国君臣原以为只要与我大军对峙，合纵便是水到渠成，此时觉察情势有异方才大急，却是迟了。"白起困惑道："如何迟了？"范雎道："尚未及向武安君通报，魏国信陵君相权已免，韩国冯亭亦形同赋闲，此二人一去，三晋盟约便没有根基了。"白起不禁大是惊讶："此两人尽皆栋梁，如何说去便去了？"范雎哈哈大笑："不罢栋梁，大秦府库的金钱岂非白白扔了？"白起叹息一声："匪夷所思也！"秦昭王笑道："原是武安君不在意此等事，栋梁不栋梁，本在君王之断，岂有他哉！"白起目光一闪，却终是没有说话。范雎一转话题道："目下急务是粮草。关中郡县府库之粮仓，已经大半输送河内。以武安君之算，大约储得多长时日之粮草方可？"白起思忖片刻，一字一顿道："以对峙之大势，此战三年不能了结。"

"如何如何？三年？"秦昭王第一次听到白起如此论断，不禁倒吸了一口凉气，"田单一城之兵抗燕国四十余万大军，以弱磨强也才六年。上将军当年东取河内、南下南郡，都是与敌兵力相当，却都是无过半年雷霆万钧取胜。如今我军多于赵军，如何却要这般遥遥无期？"

　　白起一说军事便来精神，又是不善笑谈，一脸正色道：
"君上之心，老臣倒是没有料到。田单抗燕，如何能与秦赵
大决相比？魏国楚国，又如何能与赵国相比？赵国崛起已是
三代，大军六十万与我不相上下，邦国实力也与我相差无几，
名将名臣济济一堂，目下之赵王亦非平庸之辈。如此两强大
决，每一步都牵动天下大局，三年有成，老臣以为已是上天佑
秦了。赵若如楚如魏，如此大战老臣便可三月拿下。然则这
是赵国，这是赵军，统帅是老而弥辣之廉颇，若无上佳战机，
老臣宁可与他对头相持，绝不轻战。"　　　　　　　　　　持久对峙。

　　秦昭王见白起如此认真，说的又实在无法指斥，释然一
笑道："本王原是没有细想，三年便三年，便是再有三年，还
不也得撑下去？"范雎见白起嘴角一抽搐又要说话，恍然醒
悟般笑道："上将军方才所说之上佳战机，不知何指？"白起
顿时坦然，侃侃道："战机者，敌军异象也。就实而论，或敌
方粮草不济而军兵骚动，或轻躁求战而我可伏击，或突然更
换主帅等，不一而足，唯精心捕捉而已。"范雎目光一闪："譬
如燕国罢乐毅而任骑劫，便是田单战机了？""大是也！"白起
赞叹拍案，"这一战机田单等了六年。乐毅若在，岂有火牛
阵大胜也！"范雎若有所思，良久沉默。　　　　　　　　　范雎谋反间计。

　　"应侯想甚？"秦昭王不禁笑了。

　　范雎浑然无觉，嘴唇兀自喃喃，陡然笑道："失态失态，
容臣揣摩一番再说。"

　　倏忽已是春日。

　　各种消息随着特使辎车随着斥候快马随着商旅义报，在
天下纵横飞舞起来。赵国十万精锐边军南下了！燕国武成
王拒绝赵国合纵，还图谋在赵国背后做黄雀突然啄上一口！
新齐王田建没有听蔺相如说辞，也没有听老苏代的"唇亡齿

寒"说,硬是悄悄骑墙作壁上观! 韩王魏王忒煞出奇,只追着赵国特使虞卿死问一句:赵军如此强大,为何不打一场胜仗长长三晋志气? 然而,春天最惊人的消息却是来自楚国的故事:老楚王芈横(顷襄王)死了,春申君黄歇迎接在秦国做人质的太子芈完回郢都即位。秦国先不答应,后来却又答应了,还派特使王稽护送芈完回国。芈完一即位,立即与秦国订立了修好盟约,秦国驻守南郡的八万大军立即拔营北上了! 这些消息故事中还夹有一个神秘离奇的传闻:秦国特使王稽不知给楚国办了何等好事,楚王竟赏赐了他五千金还有十名吴越美女。

王稽远交有成。赵日渐孤立。

消息纷纭中,春天不知不觉地过去了。随之,秦赵两军各自再度增兵十万。如此赵军五十万,秦军五十八万,上党大战场云集大军百万有余。也就是说,秦赵两国各自都将全部大军压到了上党,真正成了举国大决。面对这种亘古未见的战场气势,天下三十余个大国小邦都一时屏住了呼吸。邦交使节没有了,口舌流播的传闻没有了。眼看两座雄伟高山要震天撼地地碰撞,无边广袤的华夏大地骤然之间沉默了。

然则,半年过去了,一年过去了,天下恐惧期待的旷古大战硬是没有发生。

被震慑而蛰伏的纷纭传闻,又如潺潺流水般弥漫开来,使节商旅的车马又开始辚辚上路了。议论源头的游学士子们,却在各国都城进行着一个永远没有公认答案的论战:举兵百万,对峙两年,空耗财货无以计数,却依然还在僵持,秦赵两强究竟有何图谋? 有人说,这是两强示威于列国,待列国折服,秦赵便要瓜分天下。有人说,这是韩国安天下的妙策,抛出一个上党教两虎相争,纵留胜虎也是遍体鳞伤,天下合力灭之,中国便是永久太平了。有人说,狼虎两家怕,秦赵两国谁也不敢当真开战,对峙全然是劳民伤财。

进入第三年秋天，天下惶惶之时，突然一个惊人消息传
开：秦国武安君白起身染重病，气息奄奄了！随着这则消息
的流播，山东大势竟在一夜之间发生了微妙的变化：楚国立
即与赵国订立了修好盟约，却也不废除与秦国的盟约；齐燕
魏韩四国，则纷纷派出密使催促赵国开战。各国使节一出邯
郸则立即赶赴咸阳，纷纷带着各国的神医秘药争相探视武安
君白起。一时间，白起府邸车马如流门庭若市，只是谁也踏
不进府门半步。

白起又诈病。

半月之后，楚齐魏燕四国特使才获得秦昭王特许，在丞
相范雎陪同下探视武安君。独留一个韩国特使韩明孤零零
守在府外，虽大是尴尬，却又只得守候，毕竟，这个消息太重
大了。半个时辰后，四国特使匆匆出来了。韩明眼见范雎远
远望了一眼自己，立即叫住了四国使节低声叮嘱了几句，方
才一拱手进去了。四国特使个个绷着脸从韩明身边走过，谁
也不理会他，各自登车辚辚去了。

当晚，韩明悄悄拜会了楚国特使，送上了沉甸甸的三百
金与两套名贵佩玉，楚国特使才压低声音诉说了一番："噢
呀，侬毋晓得，武安君当真不行啦！一脸菜色，头发掉光，眼
窝深陷得两个黑洞一般也！我等问话，他只嘴角抽搐，始终
没说一句话啦！末了只拉着范雎，流出了两股泪水，侬毋晓
得，谁个看得都痛伤啦。英雄一世，毋晓得如何得了这般怪
病，天意啦天意啦！"

"范雎在府门对你等说甚了？"

"能说甚，不许对韩赵漏风啦！谁教韩国丢出个上党惹
事啦！"

韩明出得楚使驿馆，连夜回了新郑，将情势一说，韩王与
几名大臣立即眉头大皱。一番计议，见识惊人的一致：强秦
如此冷淡韩国，分明已是记下上党这笔死仇了，无论韩国如

何作壁上观,秦国都不会放过韩国。为今之计,韩国只有紧靠赵国了。又一番秘密计议,韩明兼程北上邯郸了。

赵孝成王与平原君立即召见了韩明。韩明向赵王备细禀报了他如何在四国特使之外单独探视白起的经过,将白起奄奄一息的病情说得纤毫毕现,末了道:"武安君显见是即将过世之人了。韩王以为,此乃天意也。望赵王当机立断。"平原君微微一笑:"韩国献上党而致大战发端,秦国不嫉恨倒也罢了,如何对特使如此青睐? 竟能单独探视武安君?"韩明笑道:"平原君知其一,不知其二。韩国虽献上党于赵,却也将冯亭赋闲。再说,赵国合纵,秦国便要连横,示好于韩,分明是要瓦解三晋老盟。岂有他哉!"平原君揶揄笑道:"河外秦风大,韩国尚记得三晋老盟么?"韩明正色相向道:"平原君之意,莫非赵国多嫌弱韩不成?"孝成王摆摆手笑道:"王叔笑谈,特使何须当真计较也。你只说,若赵国开战,韩国能否助一臂之力?"韩明不假思索道:"赵国若战,韩国假道魏国,接济赵军粮草。"平原君拍案笑道:"着! 唯此堪称老盟也!"

武安君白起沉疴不起的消息一经证实,赵国君臣精神大振。傲视天下的赵军长持守势,与其说基于国力判断,毋宁说惧怕白起这尊赫赫战神。白起领军以来,每战必下十城以上,斩首最少八万,与山东战国大战二十余场,全部是干净彻底获胜,其猛其刁其狠其算其谋其智其稳其冷,堪称炉火纯青,对手从来都是毫无喘息之机。近二十余年以来,凡白起统帅出战,山东六国已经是无人敢于挂帅应敌了。这次上党对峙,秦军由左庶长王龁统兵,赵军稍安。事实上,白起也已年过五旬,好几年不带兵出战了。饶是如此,只要这尊神在,赵军将士与赵国君臣始终是忐忑不安。山东列国之所以皆作骑墙,一大半也是因了白起而将战胜可能倾向于秦。如今这尊令人毛骨悚然的战神终于奄奄待毙,如何不令人骤然轻松。

三年无大事,白起忽故布疑阵,赵国果然松懈。

邯郸国人奔走相庆了。上天开眼，这凶神恶煞终是得报也！没有了白起，赵国五十万大军便是无法撼动的山岳，便是无可阻挡的隆隆战车，终将要碾碎秦军。一时间，邯郸国人求战之声大起，理由只有一个：秦压赵军三年，该到赵军大反之时了。

在这举国请战声浪中，邯郸传出了一个教赵人百般感慨的消息：秦军不惧老廉颇，唯惧马服子赵括。

"后五年，昭王用应侯谋，纵反间卖赵，赵以其故，令马服子代廉颇将。"（《史记·范睢蔡泽列传》）"（赵孝成王）七年，秦与赵兵相距长平，时赵奢已死，而蔺相如病笃，赵使廉颇将攻秦，秦数败赵军，赵军固壁不战。秦数挑战，廉颇不肯。赵王信秦之间。秦之间言曰：'秦之所恶，独畏马服君赵奢之子赵括为将耳。'赵王因以括为将，代廉颇。蔺相如曰：'王以名使括，若胶柱而鼓瑟耳。括徒能读其父书传，不知合变也。'赵王不听，遂将之。"（《史记·廉颇蔺相如列传》）蔺相如与廉颇果然是刎颈之交，可惜蔺相如病笃，赵王又乱了方寸，长平之祸不可避免。

第十五章 长平大决

一 年轻的大将军豪气勃发

秦军畏惧马服子的传闻,在赵国君臣中激起了非同寻常的反响。

孝成王第一次听到,也只是笑了笑而已。可短短旬日,先后有二十多位大臣向他禀报巷间市井的这个消息,越说越有本,越说越有证,孝成王也不禁怦然心动了。这日平原君进宫商议上党粮草事宜,孝成王笑着问了一句:"人言秦军畏惧马服子,王叔可曾听说?"平原君稍事沉吟道:"老臣早已听说,唯恐流言有诈,故未敢报王。""王叔所虑原是不差。"孝成王思忖道,"然则事出有因,能否派出密使斥候查勘一番?"平原君道:"王有此意,老臣自当部署查勘。"

旬日之内,斥候从上党陆续回报,秦军将士中确乎流传着各种马服子父子的故事,兵士们夜间在篝火边闲话,也是高一声低一声地说马服子如何如何,然则却始终没有听到怕马服子的说法。只有一个乔装成河内运粮民夫混入秦军营地的斥候说,他听到秦将王陵高声大骂:"鸟!马服子没来撒个甚!廉颇老卒会打仗么?过夏生擒这个老匹夫!"又过旬日,派到咸阳的密使回报:咸阳国人也多议论只当年马服君胜过秦军,目下武安君虽则不行了，但只要廉颇统军，秦军哪位大将都可胜得这老卒，秦国照样灭赵。最重要的，是密使通过楚国大商，与秦国国尉府的几个吏员有几次饮酒聚谈。吏员们都为武安君即将辞世长吁短叹，但说到战局，却也都是轻松随便，说王龁可能与马服子不相上下，但对付老廉颇绰绰有余也。

平原君揣摩再三，不知如何决断了。

平原君老矣。

平心而论，平原君对赵括的种种做派很是不以为然，对赵括的兵家才能也实在是心中无底。然则三年过去，两国大军对峙终须有个结局，长守也不是出路，加之白起将死，莫非当真到了扭转乾坤的时机？若有此千古良机，自己却因一己好恶而埋没良将，岂非赵国罪人了？至少，赵括举荐的李牧，平原君是极为赞赏器重的，一番长夜谈，立即任命李牧做了云中将军。若赵括有李牧那番沉雄气度，夫复何言？若说选将，平原君是本能地喜欢李牧。然则回头想去，李牧也没有赵括那般激情勃发才思喷涌谈兵论战从容如数家珍；再说李牧比赵括还年轻，军中尚无声望，震慑六十万大军谈何容易？相比之下，赵军将士多有当年马服君部将，几乎人人都对少将军赵括钦佩三分，赵括统军，决然不会生出将令不行的尴尬。可是，老将军做何想法？三年前自己与老将军在军前有约，誓言为老廉颇做邯郸根基，自己一退，老将军何以处之？

云中其实已失于秦。

辗转反侧一夜，仍是莫衷一是。清晨寅时三刻离榻，平原君还是赶着卯时进宫了。孝成王正听蔺相如禀报列国情势，见平原君进得书房，摆摆手教蔺相如稍等，转身对着平原君一笑："王叔匆匆而来，想是查勘有定？"平原君将各方回报一一说明，末了道："此事老臣难决真伪，但凭赵王决断。"孝成王听得兴奋，拍案道："果真如此，天意也！""我王差矣。"一直安坐静听的蔺相如突然插话，"邯郸传闻，臣亦闻之。姑且不说此等流言完全可能是秦国用间，但以实情论之,马服子不可为将也。"

"却是为何?"孝成王有些不悦。

蔺相如神色坦然道:"赵括才名虽大,却只是据书谈兵,不知据实应变之道。用赵括为将,犹胶柱鼓瑟也。"

"胶柱鼓瑟? 此话怎讲?"

"调弦之柱被胶粘住,弦便无法再调。赵括为将,如同胶住了五十万大军变通之道,唯余猛攻死战一途,后果不堪也!"

赵孝成王一时默然,思忖片刻笑道:"上卿对赵括之论,未免偏颇过甚了。"

"老臣论才,但以公心,上天可鉴!"

"也好,本王与王叔思谋一番再说。"孝成王一摆手,显然是要蔺相如不要再说了。蔺相如本已经成为隔代褪色的老臣,与孝成王远非如与惠文王那般君臣笃厚,更兼孝成王已经显然断定他论才不公,再评说赵括则是适得其反。蔺相如毕竟明锐,如此想得明白,一拱手告辞去了。

次日,邯郸又传开了一则消息:蔺相如与廉颇有刎颈之交,诋毁马服子,图谋朋党私利。传闻沸沸扬扬,几日之内朝野皆知。平原君觉得这则传闻实在蹊跷,进宫提醒赵王当机立断,否则上党大军不稳,邯郸民心也不稳。虽未明说,平原君却是显然希望赵王将廉颇蔺相如之传闻看作秦国用间,打消起用赵括之念,抚慰廉颇而平息流言。谁知孝成王已经在传闻流播之时,召见赵括做了一次长夜密谈,此刻却是另一番思谋。平原君一催,孝成王当即断然下书:拜马服子赵括为大将军,统帅上党大军决战秦国!

消息传出,邯郸国人奔走相告,一时满城欢腾,朝野臣民尽皆慷慨请战。孝成王大是振奋,第一次觉得自己做了一个顺天应人的圣明决断,立即又下了一道王书:三日之后,亲自率领举朝大臣为大将军郊亭壮行。

王书颁出，孝成王立即召平原君进宫，要平原君前赴上党坐镇，一则督察大军，二则做赵括大军的粮草辎重总后援。实际上便是赵括代廉颇，平原君代赵括，孝成王坐镇邯郸做最终决策。平原君不假思索，慨然应允。赵王已经即位七年，诸多事体已经流露出独断迹象，自己若执意守在邯郸领政而推辞赴军，实在也是不妥。大计已定，在君臣计议统筹粮草的诸般细节时，老内侍来禀报，说马服君夫人抱病求见。

"快请。"孝成王已经站了起来走向门厅。

赵奢遗孀已经是白发苍苍的老夫人了，拄着一支竹杖欲待行礼，被笑盈盈的孝成王搀扶住了。虽则如此，老夫人还是执意向孝成王微微一躬身，方才坐在了内侍搬来的绣墩上。

"老夫人，大是安康也！"孝成王笑着高声一句祈福辞。

"君上，可是用赵括做了大将？"老夫人突兀一问，神态分外清醒。

孝成王点头笑道："对。马服君将门有虎子！"

"君上差矣。"老夫人摇摇头，喘息几声平静了下来，"马服君在世时，曾几次对老身说及：若赵括为将，必破军辱国。老身问何以见得？马服君说，赵括三病，无可救药。"

"三病？"平原君不禁笑了，"哪三病啊？"

"读兵书寻章摘句，有才无识。"

"马服君屡次被儿子问倒，气话，不作数也！"孝成王大笑。

"盛气过甚，轻率出谋，易言兵事。这是二。"

"此等断语大而无当，老夫人何须当真！"

老夫人不断摇头，自顾认真地说着："其父在时，但受君命为将，不问家事而入军；王室赏赐，尽皆分与将士共享；亲友者百数，无携一人入军。而今赵括为将，王室赏赐归藏于家，用以大买田产；在军不亲兵，升帐则将士无敢仰视……此父子原非一道，愿我王收回成命，毋得误国。"

孝成王一阵默然，终是禁不住道："老夫人，此等细务纵然有差，亦非为将之大节也。人非圣贤，孰能无过？何独对赵括之秉性细行大加苛责？如此说来，廉颇老卒无文，蔺相如曾为乞食门客，都做不得栋梁之材了？"

老夫人默然良久，喘息一声道："知子莫若父母也。君上执意用赵括为将，请君上准

"赵括自少时学兵法,言兵事,以天下莫能当。尝与其父奢言兵事,奢不能难,然不谓善。括母问奢其故,奢曰:'兵,死地也,而括易言之。使赵不将括即已,若必将之,破赵军者必括也。'及括将行,其母上书言于王曰:'括不可使将。'王曰:'何以?'对曰:'始妾事其父,时为将,身所奉饭饮而进食者以十数,所友者以百数,大王及宗室所赏赐者尽以予军吏士大夫,受命之日,不问家事。今括一旦为将,东向而朝,军吏无敢仰视之者,王所赐金帛,归藏于家,而日视便利田宅可买者买之。王以为何如其父?父子异心,愿王勿遣。'王曰:'母置之,吾已决矣。'括母因曰:'王终遣之,即有如不称,妾得无随坐乎?'王许诺。"(《史记·廉颇蔺相如列传》)

知子莫若母。赵括母亲都这样说,赵孝成王还是一意孤行,可见是昏了头。

许老身与族人,不连坐其罪。"

"准请!"孝成王慨然拍掌,"马服君有首败秦军之功,老夫人与族人自当免坐。赵括建功之日,老夫人与家人族人却要一体封赏!"

"父母之心,唯天知之也。"平原君叹息一声过来抚慰,"老夫人,言尽于此,此等话不要再说了。成命一出,军心民心不可乱也。"

老夫人不再说话,抹着眼泪点点头,被侍女搀扶去了。孝成王看看若有所思的平原君,转身一声吩咐:"宣赵括进宫。"

上党相持进入第三年时,赵括的军务日见减少,后来简化为一件事:每月在邯郸与上党间来回一次,在邯郸国尉府统筹输送粮草,在上党廉颇大帐交接粮草。虽说再也没有与廉颇横生龃龉,毕竟是话不投机,赵括与廉颇几乎从来没有磋商过战场见识。但赵括也绝不是无所事事,更不是没有了见识,相反却是更忙碌了。这忙碌,是本职军务之外的诸般军情揣摩。只要在上党,赵括总是到赵军壁垒逐一踏勘,回到行辕便绘制一幅壁垒图。两年多下来,赵括已经将两大防区的四十六处壁垒全部踏勘完毕,四十六张大图也全数画完。在武安君白起将死的传闻流播之时,赵括又再次对所有壁垒踏勘一遍,回到行辕对照壁垒图,竟发现所有壁垒三年来都没有丝毫变化。赵括顿时愤怒了,立即带着大卷壁垒图兼程赶回邯郸,连夜求见孝成王。这便是赵括与孝成王的那次长夜密谈。赵括的一番话使孝成王大为震撼:"老廉颇曾对平原君声言:但有战机,自当攻秦。既然如此,便当逐年做攻敌之备,或设置器械,或前移壁垒,或隐秘挖掘前出地道。然则,全数壁垒三年无变,赵军何有攻敌之心?如此坚壁防守,臣实不解老将军终将如何!"

看着满满摊了几大案的壁垒图，看着已经变得黝黑精瘦的年轻将军，孝成王心下感奋不已，不禁拍案感喟："马服子啊，白起这恶煞终是要到头也！你若为将，却当如何？"赵括一声长叹："惜乎赵括生不逢时也，竟不能与白起并世交锋！"孝成王双眼顿时大亮："马服子期盼与白起对阵，壮哉壮哉！"赵括坦然道："固国不以山河之险，胜敌不以弱将而成。若我国人将战胜之道寄予白起之死，便是侥幸图存之心，实不足取也。军势当攻则攻，当守则守，岂能以敌方何人统帅而定策？若此作为，田单以商贾之身，不当抗击乐毅也。白起纵是方今战神，也须得以战场之法打仗，何惧之有也！"

这番夜谈，使孝成王对赵括骤然有了沉甸甸的感觉。决战决胜的气度并非人人都有，对于大将，则更是难能可贵。老廉颇以勇气闻于诸侯，然则也并非没有过畏战守成之心。当年秦军铁骑进犯阏与、武安时，老廉颇畏惧不敢出战，今日又如何能说不是？当年之秦军也是所向披靡，山东六国对秦军无一胜绩。若依寻常之才，赵军自然只能据险防守了。然则恰恰是父王慧眼决断，不用廉颇，不用赫赫盛名的乐毅两子，却毅然起用了喊出"狭路相逢勇者胜"的赵奢，才有了那场大胜奇迹，才一举使赵国与秦国比肩而立。若无此举，赵国安得大出于天下！而今面对天下畏如尊神的白起，赵括独能以求战之心对之，且战场踏勘如此扎实，能说是轻躁气盛之心？有得赵括此人，未尝不是赵国又一次大出的机遇，你赵丹若无父王慧眼决断之胆识，便将永远失去这再也不会重现的千古良机。

赵奢的成就高，与蔺相如、廉颇并立于赵国，保赵国平安。与其说赵孝成王是信赵括，倒不如说是信赵奢。可惜"一招不慎，满盘皆输"，智不如人，怨无可怨。

唯其如此，孝成王的心志丝毫没有动摇。

此刻，孝成王要做的，是抚慰赵括，使他毋得受老母之言而乱其心。及至赵括匆匆进宫，听孝成王平原君一说，轻松地笑了起来："老父终生轻我，原是尽人皆知。老父此话，非但对老母说过,也对先王说过。赵括若是计较在心,却是成何体统?"平原君不禁大笑:"马服君父子,天下一奇也!父子相轻,直言相向,连带老母卷入,却谁也不做计较。"转而低声笑道,"少将军若要置买地产,先不要忙,此等事老夫帮你,先打仗再说。"赵括朗声大笑道:"人言诚可畏也!我在武安谷地买了六百亩草场,那是专一为我千骑队驯马之所。传入老母耳中,便成了置买私产,夫复何言?"平原君不禁惊讶了:"大将军千骑护卫,自有军马,何劳自己买地驯马?"赵括笑道:"去岁之时,李牧受我之托,在阴山林胡部族为我买得六百匹未驯野马。我想尽快就近驯出,替换千骑队老马,使千骑队成为一支风暴铁骑。君不闻白起但在军中,必率三百铁鹰锐士么?"孝成王听得大是感奋,立即吩咐身边老内侍:"立传王令:再赐大将军黄金千镒。"赵括毫不谦让,慷慨一躬:"谢过我王!"平原君又是一阵大笑:"壮哉马服子!老夫做你督军使了!"君臣三人同声大笑起来。

三日之后,当初秋的太阳堪堪挂上雄峻的箭楼飞檐时,邯郸西门外已经是车马辚辚行人如潮了。赵孝成王亲率百官从官道而来,邯郸庶民万人空巷,从四面八方拥向那座古朴硕大的迎送石亭,欢呼雀跃地堆在山丘,挂在树梢,矗在任何一个可以遥望石亭与官道的塄坎上,都要一睹以与白起并世对阵为荣的年轻大将军的风采。

日上半山,遥闻鼓声大作号角连天。邯郸西门外军营旌旗飞动,一彪军马如火焰般掠地卷来。片刻之间,一杆红色大纛旗一个斗大的"赵"字满当当涌入眼帘。大纛旗下,一员黝黑高挑的英挺将军端坐在雪白的战马上,大红绣金斗篷猎猎舒卷,头顶帅矛灿灿生光,一身棕色紧身胡服皮甲,直是天神般威武。身后千骑更是一色的红鬃阴山烈马,仅仅是那隆隆如战鼓般整齐的马蹄声,便使人皆骑射的赵人一片

赵括是技不如人,私德倒未必差。这一细节,一举两得,既澄清赵括之人品,又为李牧出场打下基础。

喝彩。及至骑队风驰电掣般卷来，又在亭外半箭之地齐刷刷山岳般骤然人立，漫山遍野响彻了"上将军万岁！""马服子万岁！"的欢呼声。

朝臣夹道，乐声悠扬，孝成王踏着厚厚的红毡迎了上来，对着迎面大步走来的赵括，从身后内侍的托盘中捧起了硕大沉重的青铜酒爵。赵括拱手一声"臣甲胄在身，不能全礼"，双手接过青铜大爵汩汩痛饮而下。一连三爵凛冽赵酒，赵括面颊飞红，慷慨高声道："我王亲率朝野臣民为臣壮行，臣请歌一曲，以明心志。"

"好！"孝成王转身一摆大袖，"乐工，《赵风》！"

战国谚云：秦赵同宗。赵人乐风与秦人乐风如出一辙，同是慷慨豪迈几如嘶喊，同是肺腑悲声苦绝其心。《赵风》一起，黄钟大吕弦管激扬。赵括锵然拔出弯月胡刀，青光闪烁间一声清越高绝的嗓音破空而出：

壮军心。

　　　　兵书千卷　　雕弓天狼
　　　　九州烽烟　　壮士何伤
　　　　铁衣胡马　　长驱上党
　　　　扫灭秦虏　　大赵皇皇

随着响遏行云的一声高腔，赵括的弯刀入鞘了。满场人众肃然无声，孝成王泪光盈盈，对着赵括深深一躬。骤然之间，欢呼声震天动地淹没了邯郸郊野。赵括挺身向孝成王一拱手，飞身上马。一阵鼓声，一片飞动的火焰卷着一点雪白绝尘去了。孝成王望着远去的马队，久久伫立着。

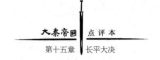

二 长平换将 赵军骤然沸腾起来

是个人都会怒。

换将风声传到长平行辕时,老廉颇震怒了。

半年以来,军营流言不断,真真假假虚虚实实,老廉颇大是头疼。他坚信这些流言都是秦国那个鸟黑冰台恶意散布的。甚个山东五国都不理睬赵国了,赵国府库缺粮了,赵国无兵可调了,匈奴要趁机南下大掠赵地了,林胡要东山再起了,等等,兵士日每都有新传言,军营日每都是一惊一乍。对这种来无影去无踪的风传,老廉颇实在找不出破解之法,除了大骂秦人卑劣,只有严厉申饬全军:传播流言者立斩不赦。饶是如此,流言还是鬼魅般游荡在军营。更令人气恼的是,有些传闻竟迅速得到了正统途径的证实,譬如白起将死,譬如合纵未成。老廉颇军令再严,也不能日每杀人。时间一长,老廉颇对这鬼魅般无孔不入的流言也只好睁一只眼闭一只眼了。两三个月前,军营流传出秦军不惧老廉颇而独惧马服子的消息时,老廉颇破天荒地哈哈大笑起来:"滑稽滑稽! 秦人造谣术太得拙劣也! 竟说自己怕一个翩翩书生,当老赵人磁锤愣种么? 鬼才信!"于是,老廉颇非但没有禁止这则流言,反倒是走到哪座军营说到那座军营,总是大笑一通,以这则最是荒唐的流言讥讽秦人造谣术的拙劣。在廉颇看来,秦人制造的这则流言荒诞过甚,是搬起石头砸自己的脚,只能使所有流言在赵国朝野变成一阵烟雾飘散。谁知便在他兀自哈哈大笑的时候,一则惊人的消息在军营迅速传开:赵王决意换将,拜赵括做大将军,老将军要去职了。

谣言一波接一波。此毒只有赵王有解药。想那田单破燕,如燕王信乐毅,田单不可能反败为胜。赵王不信廉颇,此局就无解。

廉颇脸色铁青,当即升帐聚将,严厉追查流言来源。谁知四十多员大将一片沉默,没有一个人出声。廉颇大怒,雪白的须发骤然戟张，拍案一声大吼："司过将军，立即查核。无论兵将，传谣皆杀！"正在这满帐肃杀之时，突闻行辕外马蹄如雨，中军司马飞步而来，低声在廉颇耳边说了几句。老廉颇脸色骤然一变，对司过将军吩咐一句："你只查核，老夫片刻即回。"转身大步出了行辕。

朦胧月色下，一个熟悉的身影大步走了过来。

"相如，你如何来了？"廉颇惊讶得声音都颤抖了。

"患难刎颈，我不来谁来？"蔺相如淡淡一笑。

"老兄弟后帐稍等，处置完军务你我痛饮。"

"将士何罪之有也！老哥哥，不要再错杀了，听我说。"蔺相如拉起廉颇到了行辕战车的角落处。随着初秋的凉风，蔺相如的喁喁低语不啻一声惊雷，廉颇木桩般呆滞了。蔺相如的声音依然清晰地说着说着，一直将三年来的种种大事说了个巨细无遗，反复拆解条分缕析不休不止地说着，说着。

"明白也！老兄弟不说了。"终于，老廉颇粗重地喘息了一声。

"老哥哥若不愿留赵守边，选个立脚之地，相如送你。"

"老夫之心，凉透也！赵国之外，老兄弟说个地方。"

"楚国。我已与春申君说好了，或隐居或为将，皆由你便。"

"明日交接完毕，老夫即刻便走。"

"也好。邯郸家人，相如一力护送入楚，那时与老哥哥终日盘桓。"

"如何如何？你老兄弟也要挂冠？"

蔺相如泪眼大笑道："赵国连长城都不要了，蔺相如何足挂齿也！"

"天亡赵也！夫复何言？"廉颇喟然一声叹息，觉得身后有异，猛然回身端详，骤然间老泪纵横——四十多员大将整齐肃立在辕门庭院，无声地围着他，却没有一个人说话。对

蔺相如最知廉颇之心，二人刎颈之交，共同进退。

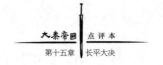

着朝夕相处的将军们，老廉颇不禁深深一躬，直起腰挥挥手，拉起蔺相如大步去了。

次日傍晚，赵括与平原君的马队开到了长平。廉颇一身老粗布衣平静地迎接了先头入关的平原君，只淡淡一句："平原君不须说了，老夫今夜便行交接。"平原君原本尚有疑虑，着意做了渐进安排，劝说赵括先在长平关外驻扎一夜，由他先期抚慰老将军并通报众将后，再行定夺军令交接日期。目下廉颇如此行头如此说法，竟教平原君心头猛然一跳。老廉颇坦诚执拗勇冠天下，部下大将更是浴血患难，但有不服便是事端，此话是真心还是示威？

"赵胜食言，万般无奈也。老将军记恨，赵胜请罪了。"平原君深深一躬。

老廉颇笑了："此乃天意，老夫何敢罪人也？ 平原君不信，随老夫入军便了。"

进得长平幕府，却见聚将厅灯烛煌煌，众将肃然列座，帅案上赫然明列兵符印信令旗王剑等一应军权公器。老廉颇淡淡一笑："如何？ 全军大将四十六员，一个不差。"平原君毕竟通得军旅，知道这大将齐聚便是军中无事征兆，顿时放下心来笑道："老将军忠诚于国，赵胜先行谢过。"转身对随身司马一声吩咐，"请大将军入关接防。"

片刻之后，千骑马队隆隆进入长平关。赵括带领着一班军吏与四名护卫武士，气昂昂进了幕府聚将厅。四十多员大将依旧是肃然无声，连平原君也是默默站着只是看。老廉颇对着赵括只是淡淡一笑，朝着赵括一伸手。赵括激情勃发而来，一路上不知想象了多少种交接情形，谋划了多少种应对之策，却偏偏没有料到目下这种毫无生趣的交接。赵括本想将王书慷慨宣读，谁知廉颇一伸手自己竟将王书接了过去。廉颇看也不看，将王书丢在了帅案，然后一挥手，一名中军司

马一宗一宗地将兵符印信等诸般将权公器打开陈列,两名司马又抬来了一大案卷扎得整整齐齐的竹简,便肃然退了下去。

"这是将权。这是军务。这是四十六员大将。这是全班司马军吏。"老廉颇伸手一番指点,一转身径自嗵嗵砸了出去。

赵括嘴角一阵抽搐,脸色铁青,待要发作,平原君却低声笑道:"老将军心下不快,随他去了。上将军,还是接得大军要紧。"赵括长吁一声,脸色顿时舒展,立即下令:"随来军吏司马,立即清点将权军务。"转身又对满厅大将下令,"诸将回营,安抚将士毋得喧哗。明晨卯时聚将,本上将军部署大战。"

"遵命!"大将们一声答应,鱼贯出厅去了。赵括原本想留下几个自己熟悉的将军以及父亲的老部将谋划一番,眼见将军们脚步匆匆没有一个人迟滞,终是没有开口。

秋雾蒙蒙,太阳还没有出山,长平关外的几条山道上响起了急骤的马蹄声。各营大将纷纷提前赶到了幕府辕门外等候。寅时末刻,辕门口内第一通聚将鼓隆隆响过,大将们纷纷整肃自己的衣甲,按照职爵高低迅速排成了两行。廉颇在时,原是无人在意如此细行,但踏着鼓点不误点卯便了。然则军中早已传闻:这新大将军马服子最是讲究军容整肃,且处罚部属极为严厉。今日第一次聚将号令,谁敢不小心翼翼?及至第二通鼓声响过,大将们衣甲整肃地鱼贯进了聚将厅,依照各自座次,挺胸在各自将墩前站成了左右两厢六大排。三通鼓响,中军司马一声高呼:"大将军升帐——"

一阵清晰有力的脚步声,赵括从那面威风凛凛的猛虎大屏后走了出来,肃然对着帅案正中的印剑令旗一躬,退后一步肃立不动了。中军司马接着一声高呼:"卯时点将——"肃立帅案侧后的一个军吏展开手中竹简,高声念着一个个名字点了起来,被点到之将起起挺胸响亮的一嗓子"嗨",此所谓应卯也,须得精神抖擞,高亢洪亮,绝不许有畏缩窝囊之态。此谓"军容",也就是军中礼仪。

对军营训练最有讲究的《司马法》云:"国容不入军,军容不入国。军容入国,则民德废。国容入军,则军弱。在国言文而语温……在军抗而立,行而果,介者不拜,兵车不式,城上不趋,危事不齿。"这番道理被古人说得很透彻,军营的言行风貌与寻常国人是完全不同的。此中根本,是军士的一言一行都要张扬胆气,坚决果敢,而渐渐浸化出慷慨赴死的勇士精神。你看:昂首挺立(抗而立),步伐果敢(行而果),着甲胄不跪拜(介者不拜),兵车甲士不扶轼(兵车不式),城头不能恐慌急走(城上不趋),骤然遇险不能张口乱喊（危者不齿）。一宗宗明确具体，长年做去，不由你不生出一种豪情一种胆气。

片刻间嗨嗨连声，点卯便告完毕，四十六员大将齐刷刷一个不缺。

"大将军发令——"

赵括"唰"的一声，一个大步到了帅案之前，目光扫过众将，激昂痛切地开始了初帅令："诸位将军，上党业已防守三年，可谓兵疲师老。无须猜测，无须揣摩，赵括受命统兵，是要与诸位一道扫灭秦军，共建不世之功业！我大赵自从武灵王胡服骑射而成新军以来，大军西灭中山、楼烦，北却匈奴、林胡，拓地千里，大出天下而与强秦并立。自秦赵并立天下，唯一交手之战，也是赵军大胜。然则，受降上党之后，赵国大军却成了一堆烂泥。倏忽之间，丢三陉，丢西垒，损兵折将，节节龟缩。以致今日被秦军压在丹水之东区区三百里山谷，使赵国大军蒙受六十余年来之最大耻辱！"骤然之间，赵括从帅案锵然拔出那口金鞘镇军王剑，愤然一砍，帅案一角随着一道青光砰然砸到地上。

"何以如此？"举帐肃然之时，赵括喘息了一声，语调略是平缓，"皆在我军一味防守，一味退缩也。当年田单抗燕，孤城艰危尚刻刻筹划反攻，始得有胜。而今两军对峙，我方营垒三年不做攻敌之备，谈何战胜攻取？赵括景仰廉颇老将军既往战功，却不能苟同老将军一味防守。"见将领中有人目光一瞥，赵括冷冷一笑，"诸位若以为是白起之死而使赵括请战，错也。国之良将者，唯以战场之变而变之。今秦军疲惰，粮草道远，营垒松懈，久屯厌战。主将王龁，更是一勇之夫。当此之时，若再一味固守，便是食古不化，便是败军亡国！"

将军们已经渐渐被赵括的激昂雄辩所折服了。若赵括

赵括逞口舌之能。夸夸其谈，容易打动人心。

一味攻讦老廉颇，或只是蛮勇主战，这些久经沙场的将军们必然不服。而今，赵括非但没有攻讦老将军，且将改守为攻的道理大体已经说清。更根本处在于，自白起将死的消息传开，对秦军不利的传闻接踵而来，赵军将士也是精神大振，求战之心日见迫切。说到底，军营将士的主流精神，永远都是迫切求战，古今皆然。如今一经赵括点拨激发，将军们压抑三年的求战之心顿时勃然喷发，举帐一阵高喊："愿随大将军一战！""血战秦军！""大将军万岁！"

"诸位将军有战心，国之大幸也！"赵括大是振奋，待帐中平息下来又道，"为大战之胜，本大将军今日发布两道军令：其一，原幕府司马、军吏，各加爵一级，悉数充任各部伤亡都尉；新幕府之司马军吏，由本大将军之随带吏员充任。"

这种"易置军吏"的做法，本是军中忌讳。忌讳处不是大将军无权，而是易置军吏对战事大大不利。如同换官不换吏一样，换将不换吏也是军中传统。这些司马、军吏事实上都是掌握军务细节的实干吏员，其可贵处不在于智慧才思，而在于对繁杂军务的精熟与长期磨炼的处置经验。除了最重要的军令司马，也就是寻常所说的中军司马，一班军吏与将帅并无生死党附，而都是以军令是从。无论何人为将，司马军吏都是处置军务不可或缺的一套人马。今日赵括初帅便易置军吏，原是大出众将意料。谁知司马军吏们却没有怨言，齐齐一声遵命，当即站到将军们身后去了。此中要害，是赵括对司马军吏们每人晋爵一级，事实上有所抚慰。按其才具，这些司马军吏原本便是军中士子才做得的，寻常带兵都尉倒未必做得。唯其如此，司马军吏中也不乏期盼战场立功擢升者。既能加爵一级，又能驰骋战场，未必便是不好，谁却去与这个深得赵王信任且讲究甚多的大将军认真理论了？见司马军吏们如此泰然，将军们也会意，自没有一人出来再生异议。

加爵之举，乃收买人心。"易置军吏"，扰乱布局，确为军中大忌。

"第二道军令！"赵括语气骤然凌厉，"自今日起，各营立即做攻敌之备。半月之内，散守营垒之军兵，集结成营驻扎。专一防守器械退入辎重营，弓弩火器云梯云车等诸般攻敌器械，作速入营。营垒军炊器具一律退库，军士复我赵军剽悍轻猛之风，人各六斤干肉、两袋马奶子，做一往无前之冲锋陷阵！"

"嗨！"大厅轰然一声，炸雷一般。

正午一过，整个赵军营地沸腾起来了。三年以来，赵军都是营垒坚壁死守，骤然间要转入进攻准备，却是谈何容易？几度春秋寒暑，营垒几乎变成了兵士们的家室。每道营垒后都挖掘了无数山洞，避风处的山洞睡觉，通风处的山洞造饭，溪流边的山洞沐浴，深涧旁的山洞做茅厕，营垒中段宽大敞亮的山洞，便做了各个都尉的"幕府"。日复一日无仗可打，猛勇的士兵在这种军营"山居"中也实在有些散漫了，有些疲惰了。如今将令雷厉风行，要在半月之内回归大草原血战一般的轻兵大营，有多少事情要做？一时间，长平四面的四十多座大营垒里，人声鼎沸战马嘶鸣车马交错兵队穿梭，入夜遍山火把，白昼旌旗猎猎，半个上党都燃烧起来了。

在这沸腾燃烧的时刻，赵括的中军幕府悄悄迁出了长平关，北上三十里，在丹水上游的一座高地连夜构筑了新的中军行辕。

长平大战之后，后世对这座高地及其余脉有了两个名字：一叫作韩王山，一叫作将军岭。韩王山之名，当是后世得韩人之称而流传，说的是当年冯亭守上党以这座山为中军幕府。将军岭之名，当是后世得赵人之称而流传，说的是赵括在此驻扎幕府与秦军大战。赵括在昔日踏勘中早已熟悉了长平地形，所选这座山头，恰是丹水、小东仓水与永禄水之分水岭，平地拔起二十余丈，底部土坡，山腰以上则是石山，

长期防守，军队难免倦怠，转守为攻，可缓解厌战之心，点燃速决斗志。若赵括不过于轻敌，进攻未必失策。可惜赵括布局不周，被秦军断其后路，腰斩大军。

山坡不甚陡峭却也不易攀登,山顶一片平坦高地,可驻扎数万精兵。远眺而去,四方河谷与秦军黑色营垒皆历历在目,确是难得的中军号令之所。

　　行辕一扎定,赵括立即下令设置云车大纛旗等以做三军总号令。当清晨的太阳爬上万千沟壑时,一团火焰般的"赵"字大纛旗在将军岭猎猎飞动了。

三　秦国朝野皆动　白起秘密入军

　　赵括替代廉颇的消息一传出,秦国朝野波澜顿生。

　　诸般传闻原是郑安平人马的受命之作,秦国最高层当然清楚。然则对于不明真相的朝野臣民而言,赵括为将的消息不啻是秦赵大决的一道战书。用老秦人的话说,秦人绷着心与赵国撑了几十年,却老是摔个平跤,没逮着个甚便宜。反倒是赵国有了"首胜强秦"之名,赫赫然成了山东守护神。如今这猛子赵国分明要与秦国生决死战,秦人虽则不怕,仍然是浑身一个激灵。此其时也,秦人公战之风早已蔚为传统,消息一传开,立即举国请战,各郡县官署庶民盈门,一口声要上阵斩首立功。咸阳官员大臣们络绎不绝地进宫求见秦王并纷纷上书,几乎是异口同声一个调:不能服软,早定国策,与赵国一决!

　　与此同时,山东六国也立即紧张起来。赵人尚武好战,秦人虎狼成性,一个生猛,一个凶狠,活生生天下一双死硬对头。如今一旦举国大决,鹿死谁手实在是难以预料。为今之计,只要不连带受灾便是万幸,谁却顾得来斡旋调停?于是,骤然之间天下噤声,都睁大眼睛看着这两座高山轰轰然逼近,都屏住呼吸等待着那震天撼地的对撞风暴降临。

　　秦国对赵国一清二楚,赵国对秦国差不多是一抹黑,连白起是真病还是假病都未能打探出,如何胜出!

赵括

秦昭王立即召范雎、白起黉夜密商，君臣三人谁也没有一丝笑容。事关大战，秦昭王教白起先说。白起喘口粗气道："对策只一个字，打！然则要一口咥下六十万人马，我军兵力尚嫌不足，粮草尚嫌不便。老臣难处，唯此两点。"范雎坐镇后援，闻言大是困惑："我军粮草输送从未间断，在野王已经囤积成几座大仓，如何还是不便？"白起摇头道："不便，并非不足也。我王、应侯有所不知，此番大战旷古未见，一旦发起，两方大军百余万必是犬牙交错。上党山地多有山溪河流，水源不乏。届时随身军粮之多少，便将成为战力命脉。我军纵有军粮，运不上去枉然，运上去无法造饭也是枉然。相比之下，赵军已成胡风，人各随带马奶子干肉，立可保得旬日轻装大战。我军虽也有干肉炊饼之习，然则仓促间无法大量制作，如此军粮便是一难。老臣反复思虑，此事最难。"

"嘘——"范雎倒吸了一口凉气，"居然有此等事，有粮毋得吃？"

"小战无，大战便有。长平大战，更会有。"白起几乎是一字一顿。

秦昭王良久默然，陡地拍案："本王亲赴河内做大军后援，便是河内三百里家家起炊，也要兵士随身足食。"

"君上！"范雎骤然一惊，"河内新郡险地，不宜轻涉。此乃臣之本职，何劳我王。"

"唯是新郡，才用得本王。"秦昭王斩钉截铁，"关中不能再征兵，否则老秦人根基便空。目下之河内河东，正是吃重之时。"喘息一声又道，"丞相坐镇咸阳，理国署政，统筹后继粮草。"

"君上……"范雎两眼泪光，无话可说了。

秦昭王微微一笑："要咥得六十万大军，不得气吞山河？"

秦昭王亲至河内，乃赵军被一分为二之际。小说改编，写秦昭王一开始便亲赴河内，要的是剧情的效果。

　　白起一直没有说话，此刻起身对着秦昭王深深一躬：
"老臣代三军将士，谢过我王。"秦昭王扶住白起一阵哈哈大
笑："如此说来，本王也得谢过三军将士了。"对着白起也是
深深一躬。范睢不禁道："臣却是谢无可谢，免了也罢。"一
语落点，君臣三人同声大笑起来。

　　商议完毕，白起一如既往地没有回府向荆梅辞行，径直
带着那个没有任何旗号的百人铁骑队风驰电掣般东去了。
黎明出得函谷关，初秋薄雾未散便到了河东安邑。草草用罢
几个春面饼一块酱牛肉，在窄小的军榻上呼呼大睡了三个时
辰。一觉醒来，恰是暮色降临，两桶冷水一擦身立即上马，借
着浓浓的夜色向东北去了。三更时分，马队进入沁水河谷，
悄无声息地进了老马岭的秦军幕府。

　　"武安君？"王龁光着膀子跳起一个激灵，"好快！"

　　"去，浇一桶冷水来说话。"白起一摆手，"立时便走。"

　　这是白起的惯常做法，夜半议事，必先要被召大将光身
子浇一桶冷水，彻底清醒再说军务。王龁久随白起征战，不
说也是清楚，立即去后帐大浇一番冷水，浑身黑红地穿戴好
甲胄，趔趔大步来到厅中身子一挺："左庶长王龁受令。"

　　白起低声道："一、立即迁徙幕府到狼山。二、下令万军
将以上之大将，明晚初更到狼山幕府听令。"

　　"狼山？"王龁一怔，"武安君明示。"

　　白起沉着脸不说话，身后司马连忙低声道："长平关以
西，光狼城①外荒芜山岭，当地药农叫作狼山。"王龁恍然大
悟，涨红着脸一挺身："末将粗疏，该当军法。"白起只一摆手
道："立即下令，我与你等同行。"王龁二话不说，"嗨"的一声

　　须寻一处隐秘之所。

---

　　① 　光狼城，战国上党要塞之一，地名在战国后湮灭。史家考证，当为今
日山西高平西北之康营地带。

去了。片刻之后,幕府全班人马并六千步骑整肃集结在行辕之外,跟着白起的百人马队偃旗息鼓地出了老马岭。

长平关西面大约二三十里,有一座古老的城堡叫作光狼城。这座光狼城不大,却恰恰卡在长平、高平与老马岭之间的三条河流交汇处,是上党腹心地带的冲要处,也曾经是赵韩两国争夺上党的拉锯之地。多年前,白起图谋打通上党,曾在攻占河内后率领一军夺下过光狼城,对这里很是熟悉。光狼城东面有一道林木葱茏的山岭,人迹罕至而狼群出没,韩赵山民叫它狼山。狼山岭西北至东南走向,与丹水几乎平行,地势比光狼城与长平关还要高,显然是丹水上游河谷的最高地段。除了林木遮掩与奇石洞穴,狼山岭上大都是平坦宽阔的高地,登临眺望,视野极是开阔。此时的光狼城,早已经与老马岭营垒一起被秦军夺下,只不过王龁没有在城外的狼山驻扎人马而已。就位置而言,狼山与光狼城恰恰在秦军老马岭营垒的中间段稍微前出,正与长平以北的赵军幕府遥遥相对。

一到狼山岭下,白起下令在山麓扎起一座小营,所有战马都留在营地由一千军士留守,其余将士一律背负物资步行登山。大军对峙三年,狼群也消失得无影无踪,唯脚下处处可见的白色干粪团做了昔日狼群的统治印记。到得山顶,白起的中军司马与王龁一阵低语,王龁指派兵士军吏清理整治一座最大的山洞,同时设置云车纛旗等一应号令器具。天亮之后,白起又下令王龁调来五万精锐步军,在狼山前坡立即开始构筑壕沟壁垒,务求隐蔽于林木之后,使赵军远望不能觉察。

两军对峙,气氛紧张。

暮色降临,山顶布防山间道路等已经就绪,山洞幕府也已经整治妥当。山洞中灯烛煌煌,整个山岭却是一如既往的一团漆黑。随着阵阵马蹄,军吏们将到达山下的将军们一个

个领上了山洞幕府。初更时分，五十六员将军全部整肃坐在
了两列六排石墩上，最前排是王龁、蒙骜、王陵、桓龁、嬴豹、
胡阳六员大将与国尉司马梗。嶙峋狰狞的山洞壁石下，一方
硕大的青石板做了帅案。洞壁上靠着一张足足两人高的木
板大图，图题赫然四个大字——上党山川。大板图下是肃然
伫立的白起：一身精铁甲胄，一领黑锦金丝斗篷，挂着一口只
有铁鹰剑士才能拥有的重型长剑，两鬓斑白如霜，通体黑如
铁柱，两道粗大的口纹托着沟壑纵横粗糙黝黑的脸膛，一双
秦人特有的三角眼凝着一束亮光动也不动地钉在了大将们
脸上。

初更刁斗"当"的一响，王龁从前排霍然站起："秦王下
书！"

将军们"唰"的一声整齐站起，拱手趄趄一声："接王
书！"

白起身边的中军司马跨前两步，展开一卷竹简高声诵
读："大秦王特书：长平会战，事关兴亡，特命武安君白起秘
密出掌大军，左庶长王龁副之。三军将士，但有泄露武安君
为将者，立斩无赦。秦王嬴稷四十七年八月。"

"武安君出令！"王龁对着白起一拱，坐回了将墩。

"诸位，长平大决，是秦赵两国的生死大战。"白起挂着
长剑两大步到了帅案之前，浑厚威严的声音在山洞中激荡
着，"阏与之败后，老夫与诸位期盼这场大战，盼了三十余
年。今日，终是教我等盼到了。生为秦军将士，我辈当真大
幸也！"

"大秦铁军，百战百胜！"举座大将齐声一吼。

"战胜之心，摧坚之勇，诚然可贵也。"白起语调陡地一
转，"然则，老夫今日第一道军令便是：但有轻视赵军而玩忽
战阵者，军法立斩。"白起目光扫过大将们紧绷绷的脸膛，

> 　秦闻马服子将，乃阴使
> 武安君白起为上将军，而王龁
> 为尉裨将，令军中有敢泄武安
> 君将者斩。"（《史记·白起王
> 翦列传》）秦军军令如山，无人
> 敢泄密。几个谣言就让赵国
> 换帅。赵秦之差距，摆在那
> 里。

"人言,赵军善攻不善守。然则,我军与赵军对峙三年,何仅得一道西垒而已?此足可证:赵军善攻亦善守,为天下攻守兼备之精锐大军。诸将谨记,赵军有四长:轻猛剽悍,随身足食,久守求攻,主将气盛。唯其如此,轻敌必败。"

"谨遵将令!"举座将军肃然一呼。

"然则,赵军亦有四短。"白起嘴角一抽搐,笑意未及荡开便淹没在黝黑粗糙的沟壑之中,"其一,攻战心切而弃壁垒。其二,倚仗随身军食,忽视军炊粮道。其三,攻坚器械不足,多赖弓弩长刀。其四,主将轻敌,偏颇一谋。此赵军四短也。"

山洞中静得唯闻喘息之声。将军们都很清楚,每遇大战,武安君都要先行廓清两军大势,往往是所说敌情之翔实连身处前敌的将军们都大是惊讶,而廓清敌情之后,则是大刀阔斧的破敌之策。将军们屏息等候的,正是这最令人心跳的时刻。

"我军破敌,十六个大字。"白起一字一顿,字字夯进山石一般,"以重制轻,以退制进,断道分敌,长围久困。"

王龁一拱手:"武安君明示。"

"十六字方略,以重制轻为根本。"白起回身伸出长剑一圈大板图,"上党虽纵横六百里,然却是山峦重叠水流交错。唯长平三水河谷间,堪堪容得大军战场。而绝非阴山数千里大草原,可任意纵横驰骋。当此战场,轻猛驰突必得受制。我军若以轻锐之师对阵,一则正投其所好,二则大失地利依托。《孙子》云:夫地形者,兵之助也;料敌制胜,计险厄远近,上将之道也。赵括代廉颇,弃壁垒壕沟而轻锐猛攻,如此必然失却地利之便。我军唯反其道而行之,但以重兵重器困其于重地,最终击其疲惰。此谓以重制轻,破敌之道也。"

既智取也力取,白起之法,滴水不漏。

将军们不约而同地长吁了一声,钦佩之情油然写满脸膛。然则武安君素来刚严不苟言笑，将军们也从来不敢在他的帐下喝彩赞叹，只都兴奋地凝视着这位高山仰止般的赫赫战神，期待着他的详尽部署。

此时，白起的长剑笃笃点地两声："今日初帐，言尽于此，余皆开战时部署。最后一事：秦王已经亲临河内，做我三军总后援。旬日之内，将有无数炊饼酱肉之随身军食源源入军，各营务必整装足食，坚甲重兵，枕戈待旦以候军令。"

"秦王万岁！"将军们终于敞开喉咙喊了一声。

诸侯亲自上战场，春秋战国乃平常事。

次日清晨，非但秦军各大营立即紧张起来，整个河内河东两郡都紧张沸腾起来了。此时，秦昭王已经秘密抵达河内野王，紧急下书河内河东两郡：十五岁以上男子，携带铁锹铲耒等农具，悉数开赴长平；除去病弱，能走动之妇幼老者，全数在各个县城外结成军炊大营，日夜舂面舂谷，赶制硬饼、酱肉与饭团；征发全部牛车马车，源源不断地将制好的现成军食装好口袋运往军前。秦昭王又向官民当即颁发《行赏书令》：两郡庶民，人各先行赐爵一级；援军功劳，大战后以秦法之《军功爵法》论功行赏。如此一来，庶民立即欢呼起来，有吃有住有军功，不亦乐乎？旬日之间，太行山以南至大河北岸的广袤原野上，车马人流不断，鸡鸣狗吠相闻，炊烟昼夜袅袅，山川如同鼎沸一般。

秦军将士的紧张与赵军恰恰相反。第一件大事，加固旧营垒，构筑新营垒。所有开来的民夫大队都迅速编入了各营，除了与兵士们一起掘壕筑壁，便是采集搬运各种适合做滚木礌石的粗大树段与锋利山石。最大的调遣是，河内山塬的南三陉营垒的十余万兵力全部向北推进三十里，重新构筑新营垒。这道营垒与西部老马岭营垒遥遥构成了一个巨大的"L"形，两道营垒间是水流湍急水面宽阔的丹水。

老马岭秦军却另有一番忙碌，加固壁垒的同时，在临近丹水河谷的山坳里修筑六座粮仓,通往粮仓的山坳出口构筑最有声势最为坚固的防守壁垒。后世将这道山岭叫作空仓岭,便是因了这六座粮仓。这是后话。除了这最要紧最费时的劳作,再是隐蔽安置源源不断运来的大型防守器械:重型连弩、猛火油车、塞门刀车、抛石碰车、铁轮冲车、望楼云车、铁皮木牛等,都要在旬日之内安置妥当,且要不为远处察觉,当真也是颇费工夫。

朦胧夜色之中,白起的百人马队飞向了河内的铁骑大营。王陵、嬴豹两员铁骑大将听完白起对军令的反复申明与叮嘱,又秘密计议得半个时辰,各自带着两万五千最精锐骑士偃旗息鼓地进了太行陉与白陉,插入上党腹地去了。两支铁骑一出发,白起立即下令河内原留做总策应的剩余五万余步骑大军连夜进轵关陉北上,在狼城山背后隐蔽驻扎。白起对统率这支大军的主将桓齕严厉下令:"非老夫亲令,不得擅自驰援出击!"

小不忍则乱大谋。

日月交错,倏忽间旬日过去,一场旷古大战终于在满目苍黄的秋日来临了。

四 等而围之 兵法破例

秦靠意志断事,赵凭经验
预感行事。

第一次犯难了,赵括在行辕大帐反复转悠着揣摩着,总是不能决断。

赵括之难,在于选定一个确定的进攻方位。斥候反复密探,证实秦军主力集结在老马岭营垒与丹水南三陉营垒,西部沁水营垒不是重兵;秦军丹水营垒已经北进三十里,与另两道营垒隐隐然形成了三面照应,似乎只给赵军留下了上党东部的回旋地带。从大势看,赵军在长平关外与丹水两岸

已经集结了五十余万大军，背后又有十多万大军防守百里石
长城营垒，大军退路以及与邯郸粮道的畅通是完全可靠的。
说起来，赵括也不是全部放弃了防守，而是在确保背后营垒
的前提下，集中南路大军攻秦，态势上是进可攻退可守，不失
为完善方略。更重要的是，秦军总兵力也是五十余万，与赵
军大体相等。赵括精熟兵法经典，回忆一番，谁也没有对军
力对等之时的战法有过论述，能记起的只有《孙子》一句"敌
则能战之"。而《孙子》此句，说的恰恰是兵力对等时要设法
战而胜之。也就是说，对等之时最能体现"兵无常势，水无
常形"，根本就没有拘泥一道之战法，唯有一点明白无误，这
便是战胜敌方。赵军之长原是轻锐猛攻，若充分施展大举进
攻，当有极大优势。《孙子》又云：十则围之，五则攻之，倍则
分之。据此论断：秦军兵力既不能包围赵军，也不能进攻赵
军，更不能分割赵军；但要决战，只有三种情形，或对峙互守，
或相互进攻，或一方主动进攻。时至今日，两军对峙已经三
年，秦军依然没有进攻态势，剩下的只有赵军猛攻了，否则便
是永远地在上党对耗下去。赵括对秦军战略意图的判断正
在于此：名将不在，攻取上党没有胜算，只有长期对峙，以国
力拖垮赵军。敌之所欲，我自不为也。秦军要久拖，我便要
速决，否则，赵国陷入泥潭甚事也不能做，第二次变法更是梦
想了。

秦军就是要诱赵军出手，然后攻其破绽。

方略既定，剩下的只是进攻时机与进攻方位了。反复思
忖，赵括将开战日期定在了八月初。此时白日晴空万里，夜
来月黑风高，昼夜皆对攻方有利。然则，这第一拳打向何处
才能打得最为响亮结实？赵括却是颇费思量。

"禀报大将军：斥候营总领急报！"

中军司马急促的声音使赵括恍然醒悟，只一挥手便坐到
了帅案前。斥候营总领匆匆进帐一躬道："禀报大将军：我营

斥候乔装老韩民进入秦军营垒,探得老马岭新建了六座粮仓,隘口处有重兵布防。我斥候在山中带回一个老韩药农,熟知粮仓四周地形。"

"请老人家进来。"赵括平静地吩咐一声,站了起来步下帅台,对着走进来的干瘦的白发老人一拱手,"老人家,请入座。来人,军食一案。"片刻间一案军食抬了进来,老人说声多谢,狼吞虎咽地大吃起来,马奶子干肉黄米饭团一股脑儿扫了进去。末了,老人抹着嘴角一声长叹,秦人虎狼,饿煞老韩人也! 赵括问起粮仓之事,老人摆起案上碗筷盘盏做比方,细细地将六座粮仓的山势水流地形说了一遍。赵括才思挥洒,当场用木炭在木板上画了下来,看得老人直是啧啧称奇。送走老人,赵括一番转悠揣摩,不禁放声大笑起来。

只怕是细作。

太阳初升。薄雾尚未消散。长平以南的赵军大阵出动了。

这是赵括的第一波试探攻势。中央步军十万,两翼骑兵各五万,总共二十万红色胡服大军,如秋色中的枫林,火红火红。中央方阵是赵括的攻坚主力——分做三个梯次的步军方阵:第一梯次三十列每列千人的牛皮盾牌弯刀兵,第二梯次三十列每列千人的长矛投枪手;第三梯次三十列每列千人的强弩弓箭手。如此九万人方阵之后,是赵括亲自统率的一万最精锐的刀矛两备的步军与那个千人飞骑队。方阵两侧各有一座三丈多高的望楼云车,猎猎飞动着巨大的"赵"字红色纛旗。两翼骑兵尽皆阴山胡马,人各一口长刀一张弯弓,千骑一旗,部伍极是整肃。二十万大军之后,是分驻长平关南北的两大营三十六万主力大军。如何投入这三十余万主力,赵括要视今日第一次攻势战况而定。毕竟初次大战,

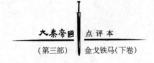
孤注一掷是没有必要的。

一阵嘹亮劲急的号角,秦军营垒的大军出动了,漫漫黑色如同遍野松林。看阵势,秦军大体也是二十余万,连阵势都与赵军大体相同,两翼骑兵中央步兵。这是实力堪堪抗衡而风格却是迥异的两支大军:秦军是坚甲重兵,步卒是又窄又高的乌铁盾牌;赵军是轻锐灵动,牛皮盾牌又大又圆;秦军是阔身短剑,赵军是弯月战刀。两翼骑兵之不同,在于秦军铁骑之战马有护甲,骑士也是铁甲长剑背负长弓,而赵军骑士却是轻便的紧身胡服牛皮软甲。秦军中央纵深处的云车上一面黑色大纛旗,大书一个斗大的"王"字。王龁立马云车之下,轻蔑地望着赵军只是冷笑。秦军大阵隆隆推进之时,阵后烟尘大起,加上薄雾遮掩,老马岭营垒完全被湮没在烟尘秋雾之中。

赵军阵中一将高声道:"大将军,秦军后阵不清,须提防有诈。"望楼云车下的赵括一摆手冷笑道:"烟尘向我方飘动,秦军增加兵力而已。任何诈术,都挡不得雷霆万钧之一击。"说罢举起手中令旗,大喝一声:"起!"令旗断然劈下。

陡然之间,鼓声号角大起,云车大纛旗在空中不断向前掠动,两翼红色骑兵顷刻发动,山呼海啸般向对面松林卷地包抄过去。中央步兵方阵则跨着整齐步伐,山岳城墙一般向前推进,每跨三步必大声喊"杀!"从容不迫地隆隆进逼。

与此同时,王龁手中令旗劈下,凄厉的牛角号声震山谷。秦军的两翼铁骑也山呼海啸般迎击上来,中央重甲步兵同样是无可阻挡地傲慢阔步,仿佛黑色海潮平地卷来。

终于,两大军阵排山倒海般相撞了,若隆隆沉雷响彻山谷,若万顷怒涛扑击群山。阔剑与弯刀铿锵飞舞,长矛与投枪呼啸飞掠,密集箭雨铺天盖地,沉闷的杀声与短促的嘶吼直使山河颤抖。这是战国之世最强大的两支铁军,都曾拥有常胜不败的皇皇战绩,都有着慷慨赴死的猛士胆识。铁汉碰撞,死不旋踵。狰狞的面孔,带血的刀剑,低沉的号叫,弥漫的烟尘,整个山原都被这种原始搏杀的惨烈气息所笼罩所湮没……

大约半个时辰,望楼云车上的赵括眼睛骤然亮了。遥遥看去,红色赵军显然在缓慢进逼,黑色秦军已经开始向后蠕动。赵括兴奋得声音都颤抖了:"大旗将令:中军策应出动,一举破敌!"随着红色大纛旗猛烈摆动,云车四周的一万最精锐步军呼啸呐喊着扑入赵括饱读兵书,却不知有一招叫作诱敌深入。

了战阵。

艰难死战的黑色秦军,渐渐退到烟尘边缘,眼看就要被红色浪潮淹没了。赵括在云车上终于绽出了一丝笑容,兀自喃喃赞叹着:"秦锐士真铁军也,竟能与我相持一个时辰。"正在此时,却见秦军后阵烟尘中杀声大起,冲出两支骑兵,杀入红色黑色交合点,秦军步兵竟从生死搏杀中脱离接触,纷纷隐没在烟尘之中。

赵括脸色骤然一沉,对身旁中军司马一声叮嘱:"你来掌旗,立即调遣长平主力参战。"飞身跳出望楼,灵猿般飞步下了云车,飞身上马一声高喊:"千骑队掩杀——"那支一色林胡野马做战马的精骑风驰电掣般扑向了无边的烟尘之中。

黑色秦军在烟尘掩护下边战边退,旗帜阵形已经散乱不整。赵军士卒眼见大将军飞骑队一马当先,顿时一片欢呼雷动,遍野呐喊着追了下去。秦军虽在撤退,却是杀一阵退一阵,那"王"字大旗总是时隐时现地飘飞着。眼见又一个时辰过去,赵军虽是步步紧追,却还是无法包抄全歼这支秦军。正在此时,遥闻丹水东岸杀声震天马蹄如沉雷动地,显然是长平的赵军主力杀到了。陡然之间,散乱秦军中一阵凄厉号角,秦军大肆呐喊着:"快跑啊!赵军援军来了!"一队队消失在漫天烟尘之中。

烟尘渐渐散去,秋日暮色之下,眼前是连绵横亘的老马岭,沿着山麓是南北一望无边的秦军营垒,苍黄的山腰旌旗招展,营垒后山谷的几座粮仓隐隐可见。赵军漫山遍野地压了过来,四野旗号都在询问大将军号令,是进攻还是后撤?

"原地扎营!明日攻敌!"赵括一声令下,大军在暮色之中忙碌扎营造饭了。

陆续赶来的各路大将正在向赵括禀报战场清点结果,一阵急骤的马蹄声在辕门前陡然停止,几名都尉大步匆匆进帐急报：山口被攻占的一座秦军粮仓是空仓，秦军有诈。赵括思忖一阵冷笑道："都尉只说，何诈之有？"为首老都尉挺胸高声道："末将等以为：秦军败退，是有意诱我军入伏！"赵括有些不悦道："你等都是这般看么？""是！末将等都以为秦军有诈！"八名都尉异口同声。赵括脸色更见阴沉："那你等说，该如何对策？"老都尉赳赳高声答道："立即退回丹水东岸，坚守长平，寻机再战。"

"岂有此理！"赵括终于忍无可忍，"分明是秦军不敌我军战力，如何便成诱敌？王龁好勇斗狠之徒，能抛下三万多具尸体诱敌么？一座空仓，有何诈术？秦军建了六座粮仓，能在旬日之间都装满了？老马岭之下，我军大占优势，兵力倍敌，纵有小诈，能奈我何。"

"大将军差矣！"老都尉扑拜在地，"末将等追随马服君抗秦多年，又追随廉颇老将军与秦军对峙三年，素知秦军战法：不战则已，战则无退。绝不会伤亡三万余，反退回壁垒坚守不出。秦军图谋，显然是要吸引我军聚拢在此，好围而攻之。"

"愿大将军纳谏！"八名都尉齐齐跪拜在地。

"老都尉，你等当真滑稽也！"赵括哈哈大笑，"围而攻之？兵法云，十则围之。你等只说，秦军有多少兵力？五百万么？王龁拿甚来围我？说甚战则无退，那是遇上了廉颇与你等怯懦将军。三万伤亡而不出壁垒，是吸引我军聚拢么？那是怯战，不敢出垒！我军正是要聚拢猛攻老马岭，纵是他要诱我，我不能反客为主？我便不能将计就计？亏了你等追随先父多年，阏与血战之胆识没有留下，倒是跟着老廉颇学了一副软骨头！"

这一番凌厉斥责嬉笑怒骂极尽揶揄嘲讽，八名老都尉不禁面色惨白，默默起身一拱，都悄无声息地出帐去了。赵括

死谏也不能改变赵括的主意。初试得手，必倾全力攻之。"赵括至，则出兵击秦军。秦军详败而走，张二奇兵以劫之。赵军逐胜，追造秦壁。"（《史记·白起王翦列传》）赵括自以为得计，岂知很快被人断后。

也不理会,转身忙着各营巡查去了。将近三更时分赵括刚回到辕门,斥候营总领飞马前来,下马一声急报:营后河谷,八都尉一齐剖腹自杀!

赵括大惊,立即上马随斥候营总领飞驰而去。穿过大军营地一箭之地,一道清波滚滚的河流横在眼前,这是赵军的目下水源。河边已经是火把汪洋了,一片圆滑的白色大石后,八具怒目圆睁的尸体人各直挺挺跪坐在一张草席上,临水列成一排,双手紧握着插进腹中的短剑剑格,鲜血溅得白色鹅卵石点点殷红。一幅大白布横在河滩,赫然八个大血字——老夫八人,绝非软骨!万千士兵们在火把下铁青着脸色,没有丝毫人声,只有秋风吹动着火把的呼呼声,只有小河流水的哗哗声。赵括紧紧咬着牙关跪了下去,抱着老都尉一声嘶喊:"老都尉!何至于此啊!"①

萧瑟秋风中,赵括骤然起身大喊:"将士们,赵括轻言,致使八位老将军蒙羞自戕。大战之后,赵括情愿一死报偿,将士们毋得寒心怯战!我军仍要大破秦军,只有大胜,才能安抚八位老将军在天之灵。"

"大破秦军!大破秦军!"河谷山野震天动地的呐喊呼啸。

次日清晨,当太阳挂上山顶薄雾散去之时,赵军发动了排山倒海般的猛攻。这次赵括兵分两路:第一路二十六万大军,自己亲自统率,向西进攻老马岭;第二路二十五万大军,由副将赵庄统率,向南开进二十里,攻取秦军大将蒙骜镇守的丹水壁垒。之所以如此部署,在于赵括算定,即或秦军两道防线以最密集之兵力计,最多也只是五十万,自己兵力完全可两面大举施展,使秦军不能为援。

先说老马岭。这里原是赵军之西垒,即西部防线,三年前被王龁初战夺得,至今已经固守三年。这道壁垒横亘老马岭将及山顶处,南北八十余里,中段是高平关要塞,两端是连绵山岭与壕沟壁垒。白起的山洞秘密行辕,便在老马岭南端的光狼城外的狼城山。赵军步卒方阵汹涌冲上山坡,第一道险关便是距离营垒半箭之地的山腰壕沟。秦军在壕沟中早已塞满了树枝干柴,赶赵军先头士卒堪堪铺垫好壕沟车,后续大队即将过沟时,突然战鼓大作,山顶秦军营垒火箭齐发。这火箭箭头缠布,布疙瘩渗满火油,壕沟中事先浇了猛火油的木柴树段一遇火箭,骤然间烈焰冲天黑烟滚滚,山坡林木连带燃

①　后人感念这八位将军义士,这条河叫了八谏水,河边山岭叫了八谏山,附近村落叫了八义村八义乡。八谏水即今上党淘清河支流,八谏山即今上党南五龙山余脉,八义村八义乡,即今山西高平此山此水旁之今日村乡名称。两千多年依旧如斯,何能不令人扼腕一叹也!

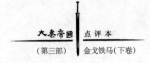
烧，赵军士卒顿时陷入满山火海。与此同时，高处营垒的石碴与滚木礌石轰隆隆密集滚砸下来，赵军士卒的冲锋阵形大乱，一时海水退潮般哗地退到了山下。饶是轻灵快捷，士卒也多有死伤。

看得一时，赵括高声下令："全军后撤三里，尽烧山坡剩余林木。大火熄灭后再攻！看秦军有多少猛火油。"片刻之间赵军后撤，上下齐烧，老马岭顿时成了汪洋火海，沿山连绵烧去，整整烧了一日一夜。次日清晨，老马岭已经变成了焦黑丑陋的一道山梁，烟雾漫卷草木灰随风旋舞，遮天蔽日一片混沌。将近正午，烟雾渐渐散去，老马岭山顶营垒一片寂静人影皆无，连秦军的黑色旌旗也没有了。

赵括在云车上瞭望良久，断然下令："再度攻垒！"

红色大军潮水般卷上山坡，山顶营垒依旧一片寂然，秦军似乎当真被山火烧退了烧死了。然则，赵军正要越过壕沟之时，突闻隆隆战鼓惊雷般响起，焦黑的营垒齐刷刷冒出大片黑黝黝松林，一面"王"字大黑旗迎风猎猎，顷刻间是滚木礌石夹巨碴当头砸来。同时一阵响亮急促的梆子声，秦军强弩万箭齐发，箭雨裹挟着尖厉的啸叫倾泻而下。秦军强弩全部是连弩机发，箭杆粗长几如儿臂，箭头粗大几如矛头，任你坚甲厚盾也是锋锐难当。更有奇者，此等粗大长箭，便是收敛捡起，赵军士卒的臂力轻弓也无法使用，这对于精于骑射的赵军当真是无可奈何。眼看秦军犹在壁垒且防守战力有增无减，赵军只得又一次退下山来。

正在此时，斥候司马飞马来报："赵庄将军南线受阻，无法攻克秦军壁垒！"

南部丹水防线，是蒙骜大军在十日之内赶修的营垒。这道营垒西与老马岭南部壁垒隔河相接，从丹水东岸向东北伸展数十里，恰恰搭在太行山西麓山岭上。虽然是紧急赶筑，却也是深沟高垒器械齐备，丝毫不亚于西线老营垒。由于有丹水阻隔，老马岭山火并未烧到丹东山地，赵庄大军的猛攻轮番不休。蒙骜原本以稳健缜密见长，将器械兵力之交互配置部署得天衣无缝，任赵庄大军轮番不休地猛攻，十五万大军的营垒岿然不动。

接到南路受阻消息，赵括心下一沉，如此攻法，眼看是无望突破秦军壁垒了，然则不攻又当如何？赵括一时没了主意。思忖一番，赵括心中一亮，下令休战，后撤十里扎营，同时下令赵庄大军也向北后退十里扎营，大军重新聚拢。赵括的谋划是：明日若再不能攻陷老马岭，便原地扎营对峙吸引秦军主力，而后派出五万轻骑东出滏口陉进河内，突袭秦军背后。

现在才想到突袭秦军背后！

　　暮色时分,两军刚刚聚拢,炊烟堪堪升起,行辕外马蹄骤响,斥候营总领一马飞到,铁青着脸色急报:秦军一支铁骑插入石长城背后,切断了赵军与邯郸腹地之通道! 赵括尚未回过神来,又是一骑飞到急报:秦军王陵率一支铁骑插入长平背后河谷,切断了长平大军与石长城营垒的连接。

秦军腰斩赵军。赵军断成两截,首尾不能顾。

　　突然一阵眩晕,赵括几乎要踉跄倒地,幸被身旁司马一把扶住。回过神来,赵括强自镇静心神,又询问了一遍战报,便是一阵长长沉默。若不能尽速歼灭插入的两路秦军,赵军便是大险之势:东面与赵国腹地隔绝,没有了后继粮草兵员;石长城营垒是上党赵军的总后援仓廪,一旦与长平大军隔绝,长平大军立成无本之木。良久,赵括突然一跺脚:“秦军插入兵力单薄。立即下令:前后夹击,全歼王陵嬴豹两军,打通我军通道!”

　　但是,一切都来不及了。

　　此时,赵括大军已经与秦军营垒鏖战四日四夜,两路秦军骑兵已经牢牢地钉在了已经构筑好的营垒上。在赵军猛攻三日后的夜里,白起秘密下令:蒙骜南路军抽调三万步卒兼程北上,归入王陵营垒;王龁西路军抽调一万步卒兼程东北,归入嬴豹营垒。白起严令王陵嬴豹两将:死守要道隘口,若赵军攻克连通,提头来见! 与此同时,白起下令做总策应的桓龁部派出一万铁骑,专司护持向两路穿插大军输送粮草。

　　两路之中,以“遮绝赵军两垒”的王陵军压力最大,要承受南路赵军与北面石长城营垒的两面夹攻。只要南路赵军不能攻克王陵防线,石长城背后的嬴豹大军便只是一面防卫,赵军东去本土腹地的通道,也无法打通。白起做千夫长时,王陵是铁骑百夫长,后来一直是秦军的骑兵大将,非但剽悍勇猛，且又狡黠灵动不拘常法。白起但出奇兵，首选大将便是王陵。赵军第一次猛攻之时，王陵亲率先头五千铁骑秘密插入了长平关背后的山麓河谷①，立即连夜构筑壁垒。次日两万铁骑主力抵达，王陵下令战马隐蔽山谷，一半铁骑警戒不测之敌，一半骑士改做步卒构筑壁垒。两日之后的深夜，三万步卒开到，立即全部进入壁垒并继续扩大加固，全部骑兵则隐蔽山谷林木之中待命。

赵庄的八万大军从南路扑来之时，石长城营垒也出动五万步军从北面压来。秦军三万步军据守壕沟营垒，倚仗诸般大型器械两面防守，堪堪一个时辰就险情百出。正当此时，王陵的山谷铁骑从营垒南北同时杀出，猛攻两支赵军侧后。南北赵军同时受到两面夹击，阵形顿时大乱。北路赵军较弱，又没有骑兵掩护，被王陵一万铁骑驰突冲杀得根本无法再攻，丢下万余具尸体仓促退回了。南路赵军却是步骑混编的主力大军，又是人怀死战之志，骑兵迎击王陵铁骑，步军死力猛攻。饶是王陵的北路骑兵加入战阵，也眼看便要支撑不住。

正在这千钧一发之时，蒙骜的主力大军开出营垒，在赵括大军背后发动了猛攻。与此同时，王龁主力大军也出动骑兵五万，飞驰突袭赵庄大军。长平南北四面混战，杀声震天。苦苦撑持两个时辰，赵庄大军终于溃败南撤了。

秋日残阳吻上了山原，谷地中累累尸体黑红交织，遍野焦木冒着青烟，壁垒中的黑旗大部分变成了破絮，在暮色秋风中缓缓飘动着。兵士们在血迹烟尘中忙着清理壁垒，伤兵满当当倚着壁垒等待军医包扎。王陵头上缠着白布，额前渗着血渍，大步在壁垒间连声大喊发令："造伙营，要咥饭！ 快！"

一个辎重营军吏从忙乱的人群中蹿出，灰土满面一头大汗，匆忙回复道："禀报将军：将士随身军食已经咥光，粮道运来的只有整车整车生面团，做熟到口，要等一半个时辰。"

王陵怒声大喝："如何如何？一半个时辰？饿死弟兄们哪！早做甚了！"

军吏拭泪唏嘘着："造伙营五百兄弟，全数加入激战，死了两百多人……"

王陵顿时默然，思忖片刻突然问："大面团都运上来了？"

"面团尽有，干肉也还有一些。"

---

① 史家考证，这条河流即今日山西高平之小东仓河。

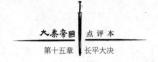

"鸟！不早说。"王陵大手一挥，"有办法，伤兵每人一块干肉，现咥。全活兵人各一大块面团子，自己动手。"

"自己动手？"军吏大是惶惑，"没有恁多锅啊。"

"鸟！"王陵哈哈大笑，"要锅做甚？急有急法，铁盔架火自己烤。"

军吏恍然大悟，跳脚一声大喊："弟兄们，领面团子了，架火！"

河谷篝火之下，兵士们顿时哗然欢呼，竟比有现成军食还兴奋。一时间面车一辆辆从夹道士兵们中间驶过，一把把短剑在喧闹声中纷纷伸出，人人都抱着一大块生面团子嬉闹着去了。王陵站在土丘上一声大喊："不准出壁垒！架火烤面了——"

八月初旬的瘦月下，兵士们支起了一个又一个火架。火架上倒吊着兵士们的精铁头盔，一堆堆篝火如同一条横贯谷地的火的河流。王陵也在篝火边支起了一个架子，将面团子拍得又厚又圆，"啪"地丢进头盔，高声大笑着："鸟！就这样，还怕咥不上么？"兵士们对这新奇的造饭方式大是刺激，整个营垒一片嗷嗷笑叫。片刻之后，一个兵士用短剑将面团从铁盔中插起一看，竟是一面焦黑，便大喊起来："哎！糊了！有香味了！"又一个士兵也笑叫着将面团子从盔中倒出，尖声叫喊着："呀！头盔一样！弟兄们看！"将焦黑似黄的饼盔往头上一扣，却烫得双脚跳起，饼盔顿时飞向空中。旁边一兵士笑着叫着用短剑向落下的饼盔一挥，饼盔顿时成两片分开，冒着腾腾热气落下。两人一人抢着一块，各是一口大咥。

"烫！"

"香！"

营垒中一片哄然大笑。火光中，士兵们纷纷从盔中将分明还是半生的焦黑带黄的面团子倒出，喊着笑着大咥起来。有人一声大喊："哎，这物事怪也！总该有个名字了！"炊营军吏笑道："王将军法子，王将军取名字！""对！将军起名字！"兵士们一片喊声。王陵正捧着一块焦黄面团子边咥边端详，晃悠着手中一个大坑似的焦黄面团子高声笑道："以盔为锅，似锅似盔，我看哪，就叫锅盔。"

"锅盔！""妙！""彩！""粗面锅盔！""便是锅盔！"营垒中纷纷叫嚷。

炊营军吏笑喊："我来唱几句歌。对了，就叫锅盔歌。"

"好——锅盔歌——"几名军尉从怀中摸出陶埙，吹起了悠扬激越的秦风曲调，炊营军吏舞着手中锅盔唱了起来：

锅盔锅盔　麦面锅盔

铁盔硬面　焦黄香脆

烟熏火燎　又厚又黑

千古战饭　大秦锅盔

秋风掠过河谷山塬，篝火伴着萧萧马鸣，"千古战饭，大秦锅盔"的激越和声响彻了整个营垒，弥漫了长平战场。

五　金戈铁马　浴血搏杀

旬日过去，在秋月最亮最圆的时候，长平战场的大势也完全明朗了。

赵国五十余万主力大军，被五十余万秦军困在了长平河谷山塬里。消息传开，天下各国始则惊骇莫名，继则啧啧称奇——华夏自有战事以来，何曾有过五十万大军围住五十万大军这等战例？等而围之，分明千古奇迹。想都不敢想的事，竟生生教这白起做成了，如何不令人咋舌变色。一时间天下议论蜂起，纷纷揣测秦军究竟能否吃掉赵军？等而围之难，等而吞之更难。无论如何，秦军毕竟完成了等而围之，难则难矣，已是无须揣测了。然则究竟能否消灭赵军，却是大大的未可知也！五十余万大军啊，那可是小诸侯一听都要闭气的数字也。纵是赫赫七大战国，除了秦赵两家，谁又开得出五十余万大军了？若是别个还则罢了，偏偏是与秦军同样剽悍善战的赵军，纵然一时陷于困境，充其量赵军也只是落得战败，多折损些许人马而已，秦军断然不能一口吞下这支赫赫雄师。

投入兵力之多，古代军事史上罕见。

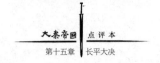

唯其如此,战国邦交风潮又一次旋风般卷起。

赵国使节奔走求援,秦国使节处处狙击,山东五国则费尽思量地拿捏情势,盘算着在这最微妙的关头将这份最要命的邦国大注押在何方? 押在赵国,若秦国灭军战胜,则立时便是灭顶之灾。押在秦国,若赵国奋力脱险,纵不立即复仇,也必是牢牢记住了这笔最危急时刻的落井下石之仇。于是,有了种种奔波周旋,有了连绵不断的虚与委蛇,有了种种穿梭般的刺探,有了谁也看不清楚的云遮雾障,有了邦交历史上闻所未闻的哼哼哈哈王顾左右而言他。

诸位看官,请暂且抛开这邦交波澜,还是先来看看这亘古未见的大战场。

中军行辕的灯烛彻夜煌煌,赵括第一次不说话了。整整一夜,赵括都伫立在那张两人高的板图前,不吃不喝不挪脚,越看心越凉,越看越没有了狂躁之气。渐渐地,赵括终于明白了目下赵军的处境,嘴角一抽搐,长长地一声叹息,赵括啊赵括,你熟读兵书,自认天下莫之能当,却竟不知"因地而战"之理,实在是愚蠢至极也!

赵军被困的这片山川,在长平关以南,在老马岭以东,在丹水以西,在蒙骜营垒以北,方圆数十里的有山有水有平地的上党腹地。论军力,秦军自是无法围困与自己相等数量的一支善战大军。然则,赵括对长平之地形一番揣摩,竟是恍然发现:长平战场虽则广阔,四周出口却是极少,若有几支大军封死隘口出路,除了吃掉敌军战而胜之,纵是大军数十万也插翅难逃。

此中根本,便是上党腹地之特殊地形所致——

首先,有王龁的老马岭营垒,赵军西出河东的通道被堵死。

其次,有蒙骜的南线营垒,赵军沿丹水河谷突围南下的通道也被堵死。

再次,有王陵的北插营垒,赵军与北部后援基地石长城的连通又被掐断。

再次,有嬴豹插入石长城东北的营垒,东出太行山的通道整个被堵死。

最后,东面是连绵高耸的太行山,直通邯郸的滏口陉一旦不通,眼看便是万山屏障无可逾越。

从谋划之道说,也还有一则方略:赵国立发援军入上党,突破滏口陉,与石长城固守赵军会合而攻陷秦军北垒,长平赵军同时向北夹击,纵是不能战胜秦军,至少可全部撤出大军。然则,这第一步便是要赵国有兵可发。就实而论,赵国大军已是全军西进上党,唯余云中两万边军苦撑匈奴林胡,李牧能保得不败已是万分不易,如何能空关南下? 若征发新军,仓促无训,如何能有战力与虎狼秦军搏杀? 如何能突破秦军防守的滏口陉? 这一方略,显然是与自己一般的书卷谈兵,不可行也!

就赵军目下处境而言,最可怕的不是被围,而是粮道被遮绝。五十万大军被围,浴血大战何惧之有? 若仅凭血战,秦军根本不可能奈何得赵军猛士。然则,赵国腹地无法向上党运粮,石长城仓廪无法向长平大军运粮,这便立见危机。赵军随身军食至多撑得旬日,石长城营垒纵是通畅,最多也是两个月粮草。如此便很明显,攻不下王陵营垒,旬日之后大军饥荒断粮。攻下王陵营垒,只能得到两月粮草周旋。

"死战血战! 也要攻陷王陵营垒!"赵括狠狠一跺脚,望着秋雾蒙蒙的曙光,嘶声喊道:"来人! 聚将升帐!"

将军们很快聚齐到行辕聚将厅,疲惫沉重写满了每个人的脸膛。当赵括提着一口长剑从大屏后赳赳大步出来时,看到大将们的沮丧,一时愣怔了。默然片刻,赵括对着将军们慷慨一拱道:"诸位将军想必已经明白,我军两垒已经被秦军分割,长平大军陷入困境。事实如此,无须隐晦。赵括要说的是:我军失利被困,将之罪也。战不算地,拒纳良策,赵括两大错也。"一声沉重叹息,赵括对着众将深深一躬,"八都尉含冤自戕,六万余将士死伤,全军陷入困境,赵括愧对三军将士。大军脱困之日,赵括自当向赵王请罪伏法,绝不推诿。"抬起头时,赵括已经是两眼泪光了,"今日赵括一请:我军主力尚在,但请诸位公推一谋勇之将统率全军破围。赵括自请一军死战开路,以赎罪责!"

偌大的聚将厅一片寂然。大将们眼见傲视天下的赫赫大将军低下了高傲的头颅,坦诚地承担了全部罪责,本来就已经宽宥赵括了。军旅之风,从来崇尚敢作敢当。杀人不过

赵军进退不得。

粮草也被切断。如突围无望,那就是死路一条。

赵括后被射杀,军失首脑,则乱成一团。赵括行事,何其轻率。得意时夸夸其谈,战败时逞匹夫之勇不服从大局,赵括确非良将。

头点地，一个三军统帅如此认罪，还要如何？毕竟，赵括也不是平庸之辈，更不是一无是处，那胆识之过人，见事之机敏，战法之果敢，决断之快捷，连同今日自省之明，确实都是三军诸将无法望其项背的。这些久经战阵的将军们，对一个将军是否大将之才有着天生的直感，几次行令他们就看出了，若假以时日再经几次大战，此人一定是赵军最为杰出的统帅。及至赵括请诸将公推大将而自己领军死战，将军们深深被震撼了。大军主将能有如此大公胸襟，能有舍身赴死而救全军之气概，夫复何言？

副将赵庄扫了一眼大厅，转身拱手高声："拥戴大将军！统率三军，杀出血路！"

"拥戴大将军！统率三军，杀出血路！"聚将厅齐齐地一声吼喝。

骤然之间，赵括泪水盈眶，心头第一次生出了深深融入大军血脉的坚实感觉，老父当年的话语闪电般掠过心头，"战场唯艰险，轻言者必败也"，而今三军大将这一声真诚拥戴，便是将五十万大军的性命压在自己肩头了！也是第一次，赵括的心头一阵猛烈地颤抖，"将者，三军司命也"这句兵谚轰然砸进了心田。也是奇怪了，如何自己原来丝毫没有如此沉重心绪？假若往昔有今日之三分戒惧，八都尉何得丧命？大军何得如此困境？是了，往昔自己所虑者，唯在施展才智以证实自己天下无敌，而今自己思虑者，却在五十万将士之生命。霄壤互见，赵括啊，往昔的你何等浅薄，何等无知！思绪纷纭飞动，一种肃穆的深沉的使命感弥漫了赵括全身，他终于冷静了下来。

临死前自省。赵括之成败事，小说一气呵成。

"诸将以三军生死托于我身，赵括责无旁贷。"对着众将一拱手，赵括坚定而清醒，"我军主力尚在，战力尚在，脱困之路，唯在血战。前次未能攻陷王陵壁垒，在于未能同时阻截南部

西部之秦军主力侧击,致使我军中道而退。今次之谋划:我军主力兵分两路出击,第一路,我亲率十五万大军北出,轮番猛攻王陵营垒;第二路,赵庄将军率领三十万大军,同时对秦军西部南部发动猛攻,锁敌主力于营垒之中,使其不能出击,诸将以为如何?"

"谨遵将令!"面对赵括第一次询问,将军们异口同声地赞同领命。

"诸将回营,厉兵秣马,午后立即出战。"

"嗨!"轰然一声,将军们大步流星地去了。

正是秋高气爽的八月中旬,广袤的上党山地晴空万里,苍黄的山峦在碧空下连绵起伏,片片河谷正弥漫着最后的阳春气象。一到正午时分,竟有些热烘烘的气息。这时,长平谷地骤然响起了阵阵凄厉的号角,大片红云般的旌旗向北向南分做两路疾飞,隆隆的马蹄腾腾的脚步如同没有尽头的沉雷,轰轰震撼着连绵群山。赵国主力大军四十余万倾营出动了。

北线王陵营垒立即陷入了空前恶战。

赵括将十五万大军分做三路:主力步军十万分做两阵,半个时辰一换,轮番进攻,不给王陵营垒以任何喘息之机;五万精骑两翼守候,专一截杀王陵隐蔽在山谷的突袭骑兵。此时,赵军上下都已经明白了此战关乎全军生灭,自是人人鼓勇拼死。赵括大旗在山丘一挥,五万步军随着战鼓号角展开阵形呼啸着扑向了秦军营垒:两侧弓箭大队箭雨掩护,先头大队立即拥上将木板与壕沟车压上壕沟,但遇火沟段,立即有无数密集土包砸入;冲过壕沟,云梯与各种木梯蜂拥搭上壁垒,弯刀盾牌长矛勇士便汹涌而上。堪堪半个时辰,前阵稍感力怯,立即有第二阵替换猛攻。如此山呼海啸杀声震天连番血战,四个轮次下来,王陵营垒已经是大大吃紧了。要命处在于,王陵隐蔽在山谷的两万五千铁骑,在赵括五万优势骑兵拦截下,全然失去了突袭赵军侧背的作用。更兼赵军间不容发地轮番猛攻,秦军的机发连弩、猛火油柜、巨石碾等大型器械但有故障便无暇修复。饶是王陵机变,当即放弃了北面防守,又将一万骑兵改做步军投入营垒,全部六万步军都转向了南面壁垒之防守,仍然是险象环生。此时若有北面石长城赵军杀来,王陵壁垒几乎必然陷落。

堪堪暮色将至,遍野火把点燃,赵军攻势仍是一浪高过一浪,其狠勇之势压得剩余三万多秦军眼看是支撑不住了。偏偏在这个节骨眼上,石长城出动三万余步军喊杀攻来,秦军营垒顿时被两边的红色巨浪淹没。王陵披散着长发挥舞着长剑血狮子般跳出壕沟嘶声呐喊:"老秦兄弟们! 死战了! 杀——"瞬息之间,所有秦军将士都放弃了器械跳出了壕沟,挥舞着刀剑长矛开始了最惨烈的直面搏杀。

恰在这万分危机之时,战场形势又一次发生了骤然变化!

还得从南线主战场说起。大军据守要隘而困住赵军主力,秦军将士都是一片欢腾,白起却没有丝毫懈怠,立即向全军颁布了一道训令:"困兽之斗,历来兵家所畏,故有围师必阙之古训。今我将士围此五十余万大军,实是圈猛虎于咫尺之内,与虎谋皮,何能轻乎! 今晓谕我三军将士:真正血战,自此始也! 但有懈怠轻慢忘乎所以,军法从事。"训令一出,大军无不肃然生出戒惧之心,秦军上下又是整肃如故。对斥候连番密报做一番思虑之后,白起昨夜在狼城山洞穴幕府第二次聚将,对即将到来的大战整整部署了一个时辰。部署完毕,白起又一如既往地与几员大将做了单独商讨,四更时分方才散帐。

正午时分,赵庄大军两路出营杀向秦军营垒。谁料前军开出不到两里地,便遇秦军主力大军迎面隆隆开来。西面老马岭前是"王"字大纛旗,南面丹东河谷是"蒙"字大纛旗。秦军开出营垒迎战,分明是不想被赵军堵在营垒之内。赵庄也是百战大将,一见秦军阵势,便知今日必是死战,立即下令:"两路大军分头迎击秦军! 绝不使秦军主力越过长平关!"一时战鼓大起,两军四路在长平河谷展开了暴风雨般的恶战。

大战一开,白起登上了狼城山望楼。白起的部署是:南路蒙骜大军猛攻赵军,西北王龁大军只须顶住即可;王龁大军须分兵六万突破赵军,北上增援王陵营垒。白起对王龁说得很是清楚:此战之要在王陵营垒,赵军南线主力出动,真实图谋在于封堵秦军主力不能北援;秦军不守营垒而出阵,是摆脱被锁营垒之困境,保持快速增援之可能;唯其如此,秦军之要害不在长平谷地击败赵军主力,而是全力突破赵军阻截,保得王陵营垒不失,从而久困赵军。之所以要王龁分兵,是因了王龁一军以猛勇见长,冲锋陷阵势不可当。然则眼见一个时辰过去,王龁铁骑竟硬是不能突破赵军的骑兵大阵,白起渐渐便皱起了眉头。王陵营垒所处河谷狭窄,虽则利于防守,却是无处囤积重兵,巩固这道要害营垒的唯一办法,是随时保持重兵增援。目下看来,显是到了最要紧的时刻,赵括亲率十五万大军轮番猛攻,王陵纵是死撑,只怕也到时候了。

"禀报武安君:王陵营垒告急!"中军老司马一指望楼下急速摆动的一面红旗,锐声急喊,满脸青筋都暴了起来。

看看红日西沉,白起脸色倏地一沉:"下令桓龁部立即出动!"

"嗨!"老司马立即急速转动望楼上的一面大红旗,这是秦军对总策应大军的紧急号

令。与此同时,白起已经快步下了望楼飞身上马大喝一声:"铁鹰锐士出动!"一马下山,幕府山岭的三百铁骑已飓风般卷了下来。到得山下大营,桓龁的五万铁骑已经隆隆去了。白起一马当先,带着铁鹰飞骑衔尾急追上去。

赵庄大军正与秦军主力死死纠缠,却见侧后烟尘大起,心知不妙,却根本无力分兵,竟眼睁睁看着黑色铁骑怒潮般掠阵北去了。在赵军一分神间,王龁一声怒吼带领所部铁骑奋力冲杀,瞬间突破赵军防线,秦军漫山遍野冲了出去。赵庄大急,一声断喝,立率一彪骑士硬插过来,又死死堵住了秦军后队。如此这般冲冲堵堵,王龁部铁骑陆续冲过赵军的大约也有三四万之多。赵庄本想分军尾随追击,却又被蒙骜部的几万步兵绕道侧后结阵拦截,密集箭雨呼啸而来,正面又是步骑混战,双方谁也不教对方脱身,几十万大军死死混战纠缠在了一起。

桓龁大军风驰电掣般杀到北战场时,恰逢赵军南北会合攻入壁垒之际。桓龁遥望秦军旗号湮没,便知大事不好,一声大吼:"死战号角!"身边三十多支牛角号短促激烈地凄厉响起,这支一直没有参战的生力军排山倒海扑向了营垒。赵括五万铁骑本已在攻垒步军之后布好阵势,却硬是抵挡不住这黑色洪流般的冲击,堪堪从背后卷上掩杀,却恰逢白起的铁鹰飞骑队狂飙般杀到。这三百骑士是秦军中真正的重甲骑士,人各重铠面具,马各铁甲护身,人手一口特铸的十五斤重剑,但在平川冲锋,便是当者披靡。更有奇特处,这支铁骑既无旗帜,又无号角,也不喊杀,只是展开队形山岳般向赵括中军大旗压来,实在令人惊骇莫名。

赵括本在号令骑兵全数从秦军之后向营垒掩杀,以与步军夹击桓龁铁骑,陡然听得山坡千骑将军一声高喊:"百人队护持山丘! 千骑队随我截杀!"赵括转身一看,一片凶猛的黑色浪潮正无声地向这座小山包压来,一看气势便知这是秦军赫赫大名的铁鹰锐士。骤然之间赵括热血沸腾,举刀大喊:"全体上马! 截杀铁鹰骑士! 送他们去见白起!"飞身上马挥舞战刀率领最后一个百骑队冲下山来。

为将以来,白起但上战场,从来都是铁甲面具无旗号不显露主帅身份。也是每当此时,战场全局已经不需要他来号令,最需要的便是他这支铁鹰锐士队的冲锋陷阵。行伍之时,白起便是军中猛士,十五斤重剑便是他为铁鹰锐士特铸的兵器。这支铁骑上阵,从来不需要整体号令,寻常都是单人独骑肆无忌惮地横冲直撞,直到完全杀光身边对手。今日对手却是赵军,白起在路上只大喊了一声:"今日战场三骑阵!"便算部署了面临最强对手的战法。

赵括的千人飞骑也全部是赵军一流骑士，其坐下战马更是天下绝无仅有，况且兵力又超过白起两倍有余，便在山下四面包抄与铁鹰骑队硬碰硬搏杀起来。赵军飞骑队以轻猛见长，秦军铁鹰骑队以重甲见长，更兼双方主帅都在阵中，双方将士也都是第一次遇到势均力敌之对手，便是水火不容你死我活的生死大搏杀。赵军飞骑虽多，怎奈铁鹰剑士的三骑阵配合得流畅有如神妙机关，威力有如绞杀机器，饶是赵军飞骑十对三也占不得先机。而在秦军铁鹰骑士看来，赵军飞骑直是天上流云，眼看在你身边，四尺特长剑一伸却没了踪影，收剑回身之际，他却又如影随形般杀到，若无演练精熟的实战配合，还当真难以抵挡这支眼花缭乱威猛凌厉的骑射劲旅。

在这半个时辰的搏杀中，猛将王龁率领的四五万铁骑陆续赶到。一看铁鹰骑队缠住了赵括飞骑，毫不犹豫地全数扑向攻垒赵军。先到的桓龁铁骑虽则是生力军，兵力毕竟只有赵军四成；赵军兵力虽优，却是激战半日且伤亡惨重，如此两军在营垒上下展开了反复纠缠厮杀，一时谁也无法得手。及至王龁大军陆续杀到，情势立时大变，秦军立即反守为攻，两个冲锋便将战场推到了营垒以南。

此时天色已经大黑，虽有中秋明月，战场之上也是朦胧无边。赵括虽在战阵之中，心却在营垒攻防，见王龁大军杀到，飞骑出阵驰向步军边缘大喊："退兵！骑兵冲杀！步军先退！"听得赵括公然号令，铁鹰骑队便有三骑冲杀出战阵飞驰到王龁大旗下。片刻之间，秦军号角大响，步骑大军列阵于营垒之南，却不冲杀，竟眼看着赵军撤回了长平关以南。

秦军点起火把清点战场，营垒守军战死五万余，其余两万步骑人人浴血重伤。当兵士将一具血人抬到王龁大旗下

赵军彪悍，若非布局失当，决不至惨败如斯。

时，白起骤然掀掉面具，大喊一声："王陵！"将血人抱了起来。血人却是龇着白牙嘶哑地笑了："武安君，狗日的赵军，果然有种，杀，杀得来劲……"一语未了，昏厥了过去。

见军医紧张救治王陵，白起对王龁低声下令："立即调遣蒙骜八万步军来替换王陵，桓龁铁骑补充蒙骜兵力，桓龁代替王陵守垒，接防妥当后，你部回老马岭。"王龁领命之后，白起立即召来桓龁一阵秘密叮嘱，桓龁所部铁骑立即从营垒河谷偃旗息鼓地北上了。

白起回到狼城山洞穴幕府时，天色堪堪放亮。刚刚咥完一顿军饭，老司马匆匆进来禀报：嬴豹桓龁两部夹击，石长城营垒已经攻陷。

"好！"白起猛力拍案一声长吁，"此战已是六成也。"

六　车城大坚壁　白起说阵法

石长城营垒陷落的消息传到长平，整个赵军大营都沉默了。

赵括立即下令赵庄带领两万步军进入长平关做大搜索，看能否有意外发现。然则三日过去，两万士卒搜遍了民居、仓廪与所有房屋，最后掘地三尺，也只寻刮了十来车仓底土谷与一些早已经风干如铁且爬满了蚂蚁的兽肉。这长平关原本是韩国上党的十七座城堡之一，因处上党腹地冲要，自然有囤积军粮的大仓。但在秦国夺取河外渡口之后，上党的河内后援基地野王成了一座孤城。韩国眼看上党难保，便停止了向野王输送粮草。韩国早成贫弱之国，其上党驻军历来只有两三月粮草储备。在冯亭周旋将上党献给赵国的那段时日里，十七座城堡的粮草已经是难以为继了。及至上党交接，韩国的

赵军成孤军。

上党民众悉数接受赵王赐爵一级,全部迁徙到了赵国腹地,上党的冲要城堡便没有了士农工商诸般庶民,全部成了大军驻扎的军营。到了秦赵两方百余万大军进入上党对峙的三年期间,更连最是靠山吃山的猎户药农都流奔异乡了。此等城堡,如何有暗藏粮草之奇迹?

这些实在算不得军粮的土谷铁肉,赵括也下令交付辎重营严加保管,只供断粮之重伤士兵日每一餐。此事安顿完毕,赵括下令清点全军随身携带军食。整整查了一天,赵庄与军务司马报来的结果是:目下全军活口三十万人,大约一半将士随身军食可保三日,有七八万人大约可保两日,有五六万人仅余一日军食,还有两三万人已经断粮,全部伤兵三日前已经断粮。

不战死,就饿死,走投无路。

"伤兵食量小,为何断粮反而早?"赵括脸色骤然沉了下来。

"行伍生死交,伤兵军食,都让给能打仗的弟兄们了……"赵庄哽咽了。

"还有,"军务司马嗫嚅着,"方才之数,都是以日每一餐计。"

良久默然,赵括拿开了捂在脸上的双手,咬牙切齿道:"升帐聚将!"

大将聚齐,赵括站在帅案前只凛然一句:"三日连番大战!拼死突围!诸位以为如何?"大将们没有丝毫犹豫同声一喊:"追随大将军! 死战突围!"赵括立即做了部署,事实上,突围也只有这一条路可走——北出死战,打通王陵营垒与石长城营垒,再东夺滏口陉出太行山。部署完毕,将领们匆匆回营连夜备战去了。

一连三日,赵括三十万大军全部出动,分成两部背靠背大战:南部赵庄阻截秦军,北部赵括猛攻营垒。然则,不吃不

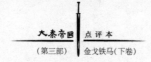

喝不扎营潮水般猛攻三日三夜,仍然不能攻陷秦军壁垒。到了第三日深夜,饥肠辘辘却又灌得满腹河水的赵军士卒遍野瘫卧,再也无力发动攻势了。赵括长叹一声,下令回军。说也奇怪,赵军退兵大锣一响,南部秦军立即收队让道,不做任何追杀,任赵军大队缓慢地蠕动去了。

三日大战,赵军战死十万余,全部活口二十余万,人人带伤。

赵括自己也是身中三剑,头上裹着大布,臂膀吊着夹板,却咬着牙走遍了二十多处营地。所到之处,躺卧在枯黄草地上的士兵们,都只是木然地望着这位形容枯槁的大将军,不期然号啕大哭:"大将军,兵娃子不怕打仗,就怕饿死人啊!"赵括总是硬生生挺着自己,嘶声安抚着这些曾几何时还生龙活虎的精壮后生:"弟兄们,挺住了! 赵王正向列国求援,天下战国不会看着赵国大军覆灭。撑持得些许时日,赵括定然领着弟兄们回到赵国,重振雄风,向秦人复仇!"士兵们都只静静地听着,再也没有了气力慷慨激昂地回应了。

这一日,赵括拖着疲惫已极的身子回到行辕时,已经是三更天了。卫士们要他骑马,他却摇摇头:"战马也没了粮草,还要驮着我等冲杀,教它们也歇歇。"卫士们要抬着他巡营,他却笑了:"伤兵都要打仗,有人抬么?"固执地自己走路了。原本贵胄公子,动辄高车驷马,赵括何曾有过如此艰难的徒步生涯? 一日半夜走下来,伤口火辣辣疼,身子却酸软沉重得直是要瘫倒。当那个少年兵仆为他洗脚时,捧着赵括满是血泡的一双瘦脚,哭得话也说不出来了。赵括蒙眬瘫倒军榻,一个呼噜却又猛然坐起:"来人,立即请赵庄将军。"

赵庄匆匆来了,见赵括肃然端坐在帅案之前,惊讶得连参见礼节都忘记了。赵括却只一摆手请赵庄席地坐在了对面,淡淡一笑道:"我军粮尽兵疲,秦军却不攻我,将军以为其图谋何在?"赵庄思忖道:"秦军虽则困我,却也是伤亡惨重,显是不想逼我军做困兽之斗,只要生生困死我军……除非,我军降秦。"赵括冷冷一笑:"王龁好盘算! 只可惜还没到山穷水尽处,我还有一法撑持,力争拖到战场外有变。""上将军是说,拖到列国援兵来救?"赵庄兴奋得声音都变调了。"正是。"赵括沉重道,"举国之兵皆在长平,赵王安得不心急如焚? 平原君定然也在列国奔走,我便将计就计,以拖待变。若撑持得到那一日,诚赵国之大幸也!"说着一声粗重喘息,"我军首战大胜后,平原君回邯郸报捷未及归来,此不幸中之万幸也! 否则,我军无救了。"

"上将军但说,何法可固守待变?"

"车城圆阵。"

"车城圆阵？"

"正是。"

"闻得这是孙膑阵法，早已失传，上将军如何通晓？"

"人言赵括熟读天下兵书，当真汗颜也。"赵括淡淡一笑，百味俱在，"少时曾得《孙膑兵法》一读，与老父论争车城圆阵之效用，至今言犹在耳……"骤然之间，赵括眼圈红了，"老父言说，此等阵法唯守不攻，绝地之用也；孙膑生平未曾一试，实效如何，却是不明……如今我军已是绝境，赵括也是尝试，将军多有实战，若以为可行则试之，否则……"赵括骤然打住不说了。

"只要上将军记得此阵摆设演化之法，自当可行。"

赵括顿时精神一振："孙膑有言，此阵山岳难撼，摆成无须演化。至于摆设之法，也是简便易行。你来看。"顺手拖过一张羊皮大纸，提起笔画了起来。赵括原本智慧过人才思敏捷，边画边说条缕分明，不消半个时辰，将这车城圆阵说得个淋漓尽致。

"大哉孙膑也！无愧实战兵家！此阵大是有用！"赵庄啧啧赞叹，不禁一声感喟，"若在寻常时日，当为此阵浮一大白！"

"好！"赵括一拍帅案，"那便明日摆阵。"

次日清晨，赵军开始轮番忙碌轮番歇息，将长平城堡内所有老旧战车与可用物事都搬运了出来。整整五日劳作，一座旷古未见的车城圆阵终于巍巍然矗立在了长平大战场。

赵军只要不出营激战，秦军便不做理会。然则车城圆阵一起，立即惊动了秦军。远处秦军拥满了山头营垒观看指点，人人啧啧称奇。白起接报，立即带领众将登上狼城山最高处瞭望。远远看去，这座大阵几乎便是方圆十余里的一个巨大的火焰圆圈，旌旗错落，金鼓隐隐，马鸣萧萧，若非赵军

赵括拼死一战。

杀气已经大减,这座军营城堡当真震慑心神。

细看半个时辰,白起下得望楼一声感喟:"秦赵大决,此其时也!若赵括此战不死,必是天下名将,大秦克星。"王龁笑道:"武安君高估这小子了,此等物事经得甚折腾?有五万铁骑,两个冲锋踹翻它!"白起却扫视着将军们淡淡冷笑道:"诸位都是百战之身,谁能说出此阵来历?所长所短?如何打法?"又目光炯炯地看着王龁,"五万铁骑踹翻?只怕五万铁骑死光了,你还是一片懵懂。身为大将,便是邦国干城,盲人瞎马踹将上去,能打胜仗?今日诸位只说,谁能说得个子丑寅卯,便是我秦国大幸,我秦军大幸也。"

虽然白起并不激烈,甚至从来没有过声色俱厉地指斥将士的个例,但却有一种谁也说不清的威严,便是高爵如王龁、王陵、蒙骜一班大将也对白起敬畏有加,从来不敢公然谈笑。然则,最重要的却是全军上下对白起的无比信服。发于卒伍的白起,做卒长时便是铁鹰剑士,骑战步战以及各种器械无不精通,但在校军场走得一圈看谁一眼,必是此人技艺有差。寻常大将但有此长,士卒便服。然则白起又远远不止于此,战场算计之精到,战法部署之高明,杀敌勇气之丰沛,决断胆识之果敢,几乎是样样炉火纯青。三十多年来,只要是白起领军,任是大战恶战,秦军都是战无不胜。久而久之,秦军士兵们都将白起说成了上天派来秦国的军神。军营便流传开一则兵谣:"但跟白起,唯有老死。若得战死,天命如斯。"说的是跟白起打仗死了也不冤枉。如此之白起,偏偏却是从来没有狂躁倨傲之气,永远那般冷静,永远那般清醒,永远那般孜孜不倦地揣摩敌人。除了一个"神"字,当真是解无可解也。

今日白起如此肃然,大将们方才还浮动在心头的那种对败军之将的蔑视,顿时荡然无存了。一时寂然无声,王龁红着脸抓耳挠腮道:"嘿嘿,武安君如此考问,肯定是谁也不行,还是请武安君明示了,我等只管打仗。"

"也好,借这里看得清楚,我便说说这阵法。"白起在地上点着那口战时总是挂在手里的长剑,"古战无阵。战而有阵,发于春秋之期。晋平公大将魏舒,于晋阳山地骤遇戎狄突袭,毁弃战车,将甲士与步卒混编为方队大败戎狄骑兵。阵法之战,由此而生。然则,春秋以车战为主,无铁骑,阵法仅为非常之用。故春秋之期,常战无阵。《孙子兵法》亦无战阵之说。进入战国,战车淘汰而铁骑大盛,天下兵争皆成步骑野战。步骑快速多变,是故阵法应时而生。所谓阵法,即以兵士之诸般队形变化,或辅以地形,或辅以器械,而列成整体为战之势。小如我军铁骑之三骑配伍,大如中央步军成方而两翼骑兵突出的常战之法,皆为阵法。阵法之变,以三形为根本:一曰方,二曰圆,三曰长。天下所

车城圆阵图

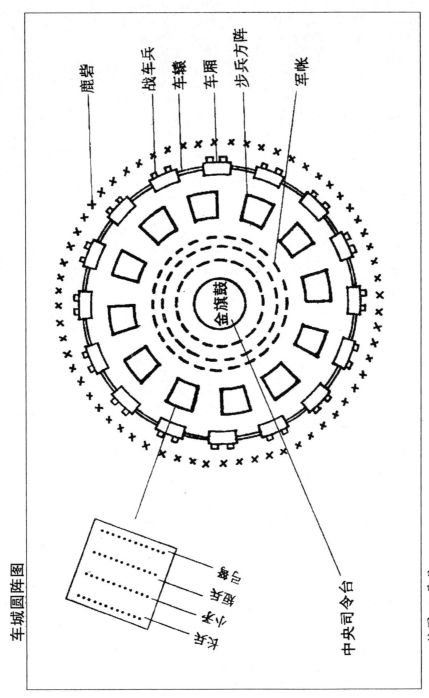

鹿砦
战车兵
车辕
车厢
步兵方阵
军帐

金旗鼓

中央司令台

绘图：马丹

有阵法,皆以方圆长三形相互组合,再借地形、器械、旗帜、兵器之特性而列成。然则,兵无常形,水无常势。阵战有长处,亦有短处。阵战之长,首在能将全军结为整体,尤其能使兵力单薄之一方,依靠整体之变化配合,而抗击兵力优势之一方。三骑配伍精到,可抗十骑。是故,我军三百铁鹰骑队能抗击赵军一千飞骑也。大阵之短,在于僻处一隅,过分借重地形与已成器械,不能快速转移作战,缺乏对战场全局胜负板荡之影响力。战国之世,大战频仍,却无一次大战为阵法之战,更无一次为阵法制胜。此中根本,便在阵法之短也。唯其如此,非常阵法多为兵处弱势而用以自保,却无法改变战场之大势。"

将军们听得入神,无不频频点头。王陵突然问道:"武安君,末将曾听得人说,《孙膑兵法》有十阵之说,不知赵括此阵可在这十阵之内?"

白起看看满身包裹白布犹自血迹斑斑的王陵,目光中流出一片欣慰道:"战国之世,孙膑为实战有成且兵法有著之唯一大家。然孙膑一生,未曾一次用阵战,唯留下十阵之图形,其用如何,未尝明也。所谓孙膑十阵,即方阵、圆阵、一字阵、疏阵、数阵、锥形阵、雁行阵、钩形阵、玄襄之阵、水火阵。此十阵者,前三阵为常战阵法,实是孙膑以实战入书也。最后之水火阵,也是实战中水战火战之法,并非阵形也。其余六阵,当为孙膑所创,然如何使用,却是没有定式,因人因地因器械,变化多多也。目下赵括此阵,依据孙膑十阵,以圆阵配以壕沟、战车、步军而成,名曰车城圆阵。"

"车城圆阵,威力大么?"桓龁摩拳擦掌。

"你等便看。"白起长剑遥遥一指,"这大阵共是五层:最外围一道壕沟鹿寨,第二道是战车固定相连的车城围障,战车后配有刀盾步卒;第三道是有序间隔的步兵阻截方阵;第四道是连绵军帐,驻扎换防士兵与伤残老弱;第五道是中央那座十余丈高,有一面'赵'字大纛旗的金鼓军令楼,主将居上号令全军。车城圆阵之威力,在于结全军为配伍,全军将士流水转圜之间相互策应。我军若集中兵力攻其一处,则其余卷来攻我侧后;我军若全部包围而攻之,则兵力拉开成数十里一个大圆,顿时分散单薄,何能攻破营垒?"

"如此说来,奈何不得这小子了?"王龁顿时大急。

白起冷冷一笑:"天下兵争,胜负常在战场之外。任他金城汤池,我只不理会他便了。"转身又是长剑拄地,"传我将令:全军营垒坚壁防守,封堵百里之内所有隘口。赵军不出圆阵，我军不战。赵军但出圆阵，我军全力逼回。但有轻敌而疏于防守者，军法从事。"

"嗨！"方略如此简单，大将们顿时胆气大增，齐齐一声虎吼。

欲破圆阵，就要以更多的兵力团团围住。圆阵要突围，也难。

七　惶惶大军嗟何及

从此，赵军大营开始了度日如年的煎熬。

进入九月，这番大势谁都看得明白了。秦军是下死心要活活困死赵军了。你有车城圆阵，他却不来攻你。你若攻出突围，那精锐铁骑便如潮水般逼你回阵。这不分明是要你回到阵中挨饿等死么？前心贴后背，整日气息奄奄，当真还不如死了。若来攻，赵军尚可在拼死搏杀中抢得一些战马军食，可他偏是不来，你却奈何？倏忽旬日，赵军的车城圆阵已经完全丧失了开始的些许欢腾，陷入了一种无边的宁静恐慌之中。

又成攻守对峙，赵军或伺机突围，或等援兵来救。耗时越长，赵军形势越不利。

赵括几乎瘦成了一支人干，颧骨高耸的刀条脸，两只眼窝陷得黑洞一般可怕，乱蓬蓬的胡须连着乱蓬蓬的长发毫无章法地张扬开来，昔日紧身合体的胡服甲胄，如今空荡荡地架在身上。曾几何时，最是讲究尊严的一个倜傥公子面目全非了。饶是如此，赵括依旧在终日奔忙，查军情、抚伤兵、分配军食，没有片刻歇息。

这夜三更回帐，赵括仍是久久不能平静。

目下最教他刻刻在心又大为头疼的，是两件事：一是处置越来越多的军食纠纷，二是搜集越来越渺茫的援军消息。军食越来越少，纠葛便越来越多。昔日情同手足的战场兄弟，大是生分了。各营各队常常为了一片挖掘出来的草根山药争得你死我活,连将军们都卷了进去,每次都教赵括心惊不已费尽心力,回到行辕犹是唏嘘不已。但最揪心的,还是援军无望。乔装的秘密斥候派出了一拨又一拨,虽然回来的不多,零星消息毕竟还是有的,但每次消息都教赵括心惊一次心凉一次。先是魏国韩国首鼠两端,信陵君强争救赵被罢黜;再便是齐王建不纳蔺相如与老苏代苦谏,拒绝出兵出粮;后来又是楚国冷落平原君,对秦赵大战作壁上观;最可恨的是燕国这个早已经变蔫了的宿敌,竟在此时谋划要偷袭赵国,夺黄雀之利。如此看去,这列国援兵当真是画饼充饥了。人情冷暖,世态炎凉,邦国无恒交,唯利是图耳,如此等等之寻常时日赵括大为蔑视的诸般谚语格言,此刻都翻江倒海般涌上心头,心中鼎沸般百味俱出。

蓦然之间,赵括想起了平原君说给他的一个故事:

老廉颇当年被贬黜,回到邯郸宾朋门客尽去,门可罗雀。后又复职,宾朋门客骤然俱来,又是门庭若市。老廉颇喟然长叹:"客如潮水,来去何其速也?令尔等退去,一个不见!"一老门客长吁一声从容笑道:"此乃人心世道,君何见之晚也!天下以市道而交,君有势,客则从君。君无势,客则去。此固常理也,何怨之有也。"是啊,天下以市道而交。"市道"者何?唯"势、利"二字焉,岂有他哉!势则为利,利可成势,无势无利,所交者何图?

猛然,赵括打了一个冷战。

"大将军,你一整日没吃饭了。"少年军仆站在案前,锃亮的铜盘中只有拳头大一块焦黑的干肉、一块烤得焦黄的芋根、半盏已经发馊的马奶子。

赵括罕见地笑了:"小弧子,你还只有十五岁,都皮包骨头了。你吃了它。"

"大将军,这如何使得?"少年军仆哽咽了。

"如何使不得?来,这里坐下吃。"

"大将军……"少年军仆大哭拜倒,"你是三军司命,小弧子纵是粉身碎骨,也不能夺大将军之军食啊!"

"那好,我俩人各一半。否则我也不吃。"赵括拿过案边切肉短剑,将干肉芋根一切两半,"来!吃也!"

少年军仆哭着吃着,突然跳了起来:"大将军你听!"

夜风呼啸,刁斗之声隐隐可闻,在死一般的沉寂中沉闷的惨号一声又一声传来,清

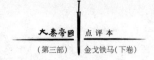

晰而又恐怖。赵括凝神侧耳，脸上渗出豆大汗珠，面目狰厉地霍然跳起大喊："中军飞骑队出巡!"提起战刀大步冲了出去。

片刻之后，赵括带着一支稍微能大跑一阵的百骑队，终于冲到了一座有微微火光的帐篷前。一阵奇异的腥膻肉香远远随风钻进了每个人的鼻孔，倏忽之间，百夫长的脸唰地白了。赵括飞身下马一声大吼："包围军帐! 挑开帐门!"骑士们哗地围住了大帐，当先一排长矛齐出顿时挑开了帐门。赵括挺剑大步抢入，一望之下目瞪口呆。

小小军帐中，两具尸体血淋淋地摆在草席上，四肢已经成了带血的白骨架。小地坑中燃着粗大的干木柴，铁架上吊着的铁盔兀自淌着血水咕嘟嘟冒着蒸腾雾气。十余名兵士正在埋头大啃带着血丝的白骨肉，脸部扭曲变形，狰狞可怖至极。

"他们吃伤兵!"百夫长指着尸体嘶声大吼。

"全部斩决!"赵括尖啸一声，战刀砍翻了一个食肉者。百人队一齐拥入，吼叫连连长矛齐伸，所有食肉兵士顷刻被钉在了地上。

赵括一声大喝："急号! 三军集合!"

牛角大号凄厉地响彻了军营，杂乱无力的脚步漫无边际地向中央金鼓将楼下会聚。整整磨蹭了半个时辰，二十万大军才聚集起来。昏黄的军灯下，兵士们密密麻麻挤在一起，人人青黑干瘦，全然是望不到边际的排排人干，灯光暗影里闪动着片片幽幽青光。所有的战马都被集中在旁边，它们也是瘦骨嶙峋，微弱的喷鼻声不断起伏着。

赵括站在一辆战车上，手拄长长的弯月战刀，嘶哑的声音骤然炸出一句："将士们，我等是人!"再也说不下去了。良久，赵括抬起头来，"弟兄们，秦人有一首军歌，叫作《无衣》，有人会唱么?"全场死一般的沉寂中，赵括嘶哑的声音在夜空中飘荡起来：

岂曰无衣　与子同袍

与子同仇　修我戈矛

岂曰无衣　与子同裳

修我甲兵　与子偕行

王与兴师　同死共生

......

说是唱,毋宁说是悲愤激越的嘶喊。万千兵士们先是低声饮泣,接着呜咽着一齐哼唱起来。虽说这是秦人军歌,却也是天下流传的军营血肉之歌。赵人原本多有慷慨豪迈之士,最看重的便是军旅骨肉之情谊,谁堪如此痛彻心脾之惨剧? 唱着唱着,喊着喊着,万千将士放声大哭……

"弟兄们,别哭了。"赵括战刀一举,"我军已经撑持四十六天,再不能等死了。今晚,杀掉所有战马,全部煮掉吃光。而后收拾备战两个时辰,我等兄弟开营突围,再做最后一次冲杀!"

虽然没有了山呼海啸般的呼喊怒吼,但那片晶莹闪烁的幽幽青光与那迎风挺直的干瘦身板却告诉赵括:将士们是有死战之心的! 赵括向脸上一抹一摔:"各营杀马。"跳下战车,向将楼下的战马群走来。这是赵括千人飞骑队仅剩的六百匹战马,每匹都是边军精心挑选的阴山野马驯化而成,对于骑士,那可当真是血肉相托万金不换的生死伴侣。尤其是赵括那匹坐骑阴山雪,身高一丈,通体雪白,大展四蹄如风驰电掣,曾引起不知多少相马师与骑士的啧啧叹羡。当真要杀死这些战马,三军将士们心头颤抖,瞬息之间无边无际地跪了下去,默默地低下了头。

"大将军——不能杀阴山雪! 不能啊——"少年军仆小弧子尖声喊着飞也似冲了过来,死死抱住了赵括双腿,"大将军,阴山雪是我喂大的,小弧子愿意替它死啊! 大将军……"小弧子从战靴中倏然抽出一口短刀,向自己小腹猛然一捅。赵括手疾眼快,一把抓住短刀一声喝令:"架开他! 看好!"待百夫长拖开哭叫连声的小弧子,赵括走向了那匹虽已瘦骨棱棱却依旧不失神骏的雪白战马。

百夫长与几名老兵突然疯狂地冲进马群,扬起马鞭乱抽狂喊:"马啊马! 快跑吧! 跑啊——"饶是如此,战马群却是一动不动,只是无声地低头打着圈子。

阴山雪咻咻喷着鼻息,一双大眼下的旋毛已经被泪水打湿得拧成了一缕,马头却在赵括的头上脸上蹭着磨着,四蹄沓沓地围着赵括游走。赵括紧紧抱住了阴山雪的脖颈,热泪夺眶而出。阴山雪仰头一嘶,萧萧长鸣久久在夜空回荡。赵括退后一步,双手抱着战刀对着阴山雪跪倒在地。良久,他起身猛然后跨一步,回身一刀洞穿马颈,顿时鲜血如注将赵括一身喷溅得血红。

百夫长大号着："马呀马！升天吧！来生你杀我——"

次日清晨，太阳爬上了山头，广袤的河谷山塬一片血红一片金黄。赵军的车城圆阵中凄厉的牛角号直上云空，隆隆战鼓如沉雷般在河谷轰鸣开来。须臾之间，车城圆阵全部打开，大片各式红色旗帜如潮水般涌出。"赵"字大旗下，赵括冷酷木然地走在最前列，短衣铁甲，长发披散，一口战刀扛在肩上趔趔向前。身后是无边无际全部步战的赵军将士，长矛弯刀一律上肩，视死如归地踏着鼓声轰隆隆向秦军北营垒压来。

白起在狼城山瞭望片刻，断然下令："打出本帅旗号，列强弩大阵正面拦击。"

山头望楼上黑色大纛旗急速摆动，号角战鼓连绵响起，四面山川顿时沸腾起来。秦军营垒的铁骑步军一队队飞出，顿饭之间在长平关以北列好了横贯谷地的一道大阵。阵前一杆"白"字大纛旗迎风招展，旗下战车上顶盔擐甲黑色金丝斗篷须发灰白一员大将，赫然正是白起。

赵军大阵隆隆压来。堪堪一箭之地，秦军明是万千强弩引弓待发，却是一箭不射任赵军轰轰走来。走着走着，将及半箭之地，赵括一声令下："停！"端详有顷，突然哈哈大笑："天意也！天意也！"战刀一指高声喝问："秦军战车上，可是武安君白起么？"

"赵括，老夫正是白起。"

赵括一阵冷笑："白起，你既名震天下，何须称病隐身，兵外诈战？"

"赵括，兵争非一己之私斗。老夫不称病，赵王如何能任你为将也。"

"白起，长平之战，若是王龁统兵铺排，赵括佩服！"赵括

粮草断绝，于是互相杀食。"赵军逐胜，追造秦壁。壁坚拒不得入，而秦奇兵二万五千人绝赵军后，又一军五千骑绝赵壁间，赵军分而为二，粮道绝。而秦出轻兵击之。赵战不利，因筑壁坚守，以待救至。秦王闻赵食道绝，王自之河内，赐民爵各一级，发年十五以上悉诣长平，遮绝赵救及粮食。"（《史记·白起王翦列传》）长平一役，秦可谓举倾国之力为之。

战刀直指,"既是你亲自隐身统兵,如此战法多有疏漏,赵括不服也!"

"愿闻少将军高见。"白起平静淡漠。

"其一,上党对峙三年,不攻不战,空耗国力多少?其二,以先头五千铁骑分割我军,全然是铤而走险,若我早攻,岂有你之战绩?其三,等而围之,又是孤注一掷。若我军粮道不断,抑或列国救援,此等野心岂能得逞?其四,既困我军,却不攻杀,便是贻误战机。若我军有一月之粮,你破得车城圆阵么?"赵括侃侃评点,不假思索。

赵括应该待在学宫,而不该从军祸国。

"少将军经此一役,仍有就兵论兵偏离根基之痕迹,诚为憾事也!"白起浑厚的声音随风飘来,不紧不慢,"尝闻马服君之言,少将军轻看兵事,今足证也!其一,上党之地易守难攻,老廉颇深沟高垒,堪称善守如山岳,何攻之有?然则若不对峙,则赵国必在天下成势也。这便是不攻又不退之理。其二,五千铁骑虽少,却是轻刃初割不为你看重,待你察觉来攻,我军已经增兵五万,谈何铤而走险?其三,等而围之,亦是借重兵外之地利也。老夫相信,少将军已经揣摩透了这个道理。至于粮道不能断绝,列国能来救援,此乃少将军不察天下也。若我军不围赵军,列国或可来援。而我军既围赵军,列国则必不来援。邦国之道,雪中不送炭。少将军何独天真至此?最后,长平大战,我军也是伤亡惨重,能围能困,何须血战?兵士鲜血,毕竟比战机更重要。只要能最终战胜,白起宁愿保持兵力。"

阵前论兵,也见高下,何况实战。

默然良久,赵括对着战车深深一躬:"赵括谨受教。"

"在我坚兵之下,少将军能绝粮防守四十六天,且大军不生叛乱,已是天下奇迹也!"白起喟然一叹,"老夫今日出阵,是念你有名将之才质,教你来去清明了。"

"多谢武安君。"赵括冷冷一笑,"今日赵括若突围而出,三五年后便与你白起再见高下。若赵括死了，我来生仍要与你为战！"

白起淡淡一笑："为大秦计，少将军今日必须死在阵前。至于来生，老夫没兴致再做将军了。"

"好！今日最后一战！"赵括战刀一举，大喝一声，"杀——"赵军红色海潮般呼啸卷来。

王龁令旗一劈大吼一声："强弩大阵起！"阵前万千强弩齐发，粗大长箭暴风骤雨般迎着赵军倾泻而去，两翼铁骑尚未杀出，赵军浪潮已经哗地卷了回去。中军司马一声惊喜的喊叫："武安君，赵括中箭！眼看五六箭，必死无疑！"白起冷冷一挥手："各军仍回营垒坚壁，赵军不出，我军不战。"

赵军又退回了没有彻底拆除的车城圆阵。身中八支大箭的赵括被抬到废墟行辕前时，已经是奄奄一息了。粗大的长箭几乎箭箭穿透了他单薄精瘦的身躯，兵士们不敢将他放上军榻，只有屏住气息将他抬在手里，一圈大将围着赵括，外面红压压层层兵士，人人浑身颤抖全无声息。

赵括终于睁开了眼睛，费力地喘息着挤出了一句话："弟兄们，赵括，走了，投降……"大睁着一双深陷的眼洞骤然摆过头去，永远地无声无息了。大将们哗地跪倒了。兵士们也层层海浪退潮般跪倒了，软倒了。在这一刻，赵军将士们才骤然发现，这位年轻大将军对于他们是何等重要。若没有他在最后关头的非凡胆识，谁能活到今日？赵军早就在人相食的惨烈吞噬中瓦解崩溃了。

次日清晨，一面写有血红的一个"降"字的大白旗高高挂上了中央将楼。二十余万赵军缓缓拥出了车城圆阵。在原来两军的中间地带，秦军列成了两大方阵，中间是宽阔通道。赵军沉默地流动着，流向了黑色甲士林立的大山深处。

秦军没有欢呼。降兵没有怨声。整个战场一片沉寂。

"至九月，赵卒不得食四十六日，皆内阴相杀食。来攻秦垒，欲出。为四队，四五复之，不能出。其将军赵括出锐卒自搏战，秦军射杀赵括。括军败，卒四十万人降武安君。"（《史记·白起王翦列传》）赵括虽愚蠢误国，但也不失为一名勇士。赵括虽为天下人笑，但其勇烈，不能被抹杀。赵军困饿四十六日以上，宁"内阴相杀食"，也不言降，还是有骨气。赵括死后投降，乃为势所逼。赵武灵王的胡服骑射，确实培养了一批勇斗之士。

《老子·三十章》："吉事尚左，凶事尚右。偏将军居左，上将军居右，言以丧礼处之。杀人之众，以悲哀泣之，战胜以丧礼处之。"秦赵皆伤亡惨重，实无喜可言。

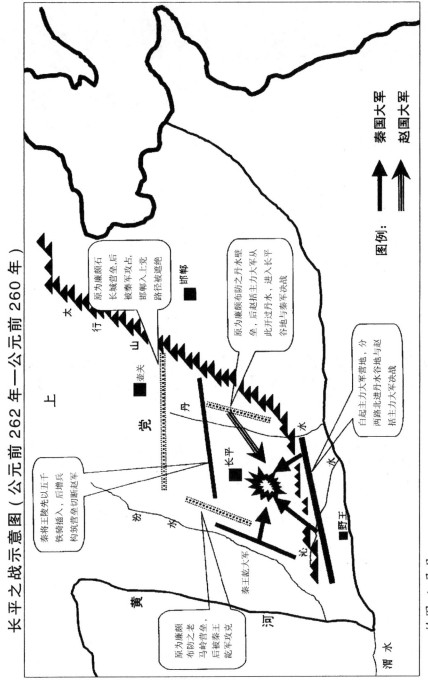

长平之战示意图（公元前 262 年—公元前 260 年）

图例：

秦国大军

赵国大军

原为廉颇右长城营垒，后被秦军攻占，邯郸入上党路径被遮绝

原为廉颇布防之丹水壁垒，此后赵主力大军从此开过丹水，进入长平谷地与秦军决战

白起主力大军营地，分两路北进丹水谷地与赵括主力大军谷地决战

秦将王陵先以五千铁骑插入，后增兵构筑营垒切断赵军

原为廉颇之老马岭营垒，后被秦王龁军攻克

邯郸

壶关

行

山

上

党

丹

水

长平

沁

水

野王

汾

水

黄

河

渭

水

秦王龁大军

绘图：马丹

第十六章　秦风低徊

一　长平杀降　震撼天下

投降了这么多人，怎么处置，是白起的心头大患。

大战结束了，赵军投降了，白起心头却更是沉重了。

二十余万赵军将士在战场投降，这可是亘古以来未曾有过的兵家奇迹。然则，有这二十多万降卒，战场善后立即就变得沉重起来。首先是这二十多万人要吃要喝要驻扎，其次是最终如何处置。降卒一开出车城圆阵，白起的眉头便皱了起来。回到狼城山幕府，白起立即教老司马草拟了一份紧急战报，然后又紧急召来稳健缜密的蒙骜秘密商议。一个时辰后，蒙骜带着一名白起的军务司马兼程赶回咸阳去了。回过头来，白起召来几员大将，商议如何在战场先行安置这二十多万人。可说来说去几乎两个时辰，谁也说不出一个人皆认可的办法。也就是说，谁的办法都有显而易见的缺陷。赵军素来强悍不屈，这次迫于饥饿悲于失将而降，原为无奈之举。二十多万活人，显然不能编入秦军，更不能放回赵国，剩下的只有一个思路：在秦国如何安置？

眼见莫衷一是，白起先行确定了三则部署：其一，降卒驻地定在利于从高处看守且有水流可饮的王报谷，由桓龁率领十万秦军驻屯山口及两侧山岭，以防不测；其二，立即从各营分拨三成军粮，只运进谷口，交由降卒自己起炊；其三，将车城圆阵内赵军丢弃的所有衣物帐篷，全数搜集运进王报谷，以做军帐御寒。

此间难处在于，秦军粮草辎重虽可自足，但也只有三月盈余，骤然增加二十万人之军食，立即捉襟见肘。秋风渐寒，秦军之寒衣尚且没有运来，更顾不上赵军降卒了。虽则如此，秦军既为战胜之师，受降之宗主，理当支撑降卒之衣食，是以虽然心有难堪，大将们还是默认了。

> 写得很实在，几十万人要吃喝拉撒，这问题必须要考虑。

六日之后，蒙骜与秦昭王特使车骑同归。白起长吁一声，立即大会众将接王书。特使宣读了冗长的王书，将士人人受赏晋爵，自是一片欢呼。然则直至王书读完，也没有一个字提及降卒如何处置。白起大是困惑，忍不住在庆功酒宴上将特使拉到隐蔽处询问，特使却红着脸哈哈笑道："武安君身负军国大任，战场之事，秦王何能以王命掣肘也？"白起心下顿时一沉，也不再奉陪这位特使，只向蒙骜一招手便到后帐去了。

蒙骜备细叙说了在咸阳请命的经过，白起越听越是锁紧了眉头。

秦王拿着白起的请命书，凝神沉思了小半个时辰，最后对着蒙骜笑道："军旅之事，本王素不过问。大战之前，本王有书：武安君得抗拒王命行事。今日却教本王如何说法？"说罢径自去了。蒙骜心下忐忑，到应侯府找范雎商议。范雎在书房转悠了也是足足小半个时辰，才长长地叹息了一声：

"武安君所请,天下第一难题也!战国相争,天下板荡,外战内事处处吃紧,哪里却能安置这二十多万异邦精壮军卒?关中、蜀中为秦国腹地,能安置么?河西、上郡为边地,能安置么?陇西更是秦国后院,原本便得防着戎狄作乱,能再插一支曾经成军的精壮?分散安插么,无法监管,他们定然会悄悄潜逃回赵。送回赵国么,这仗不白打了?将军啊,老夫实在也是无计。"范雎只是无可奈何地苦笑着,再也不说话了。蒙骜思忖一阵,将秦王的话说了一遍,请范雎参详。范雎沉吟片刻笑道:"以老夫之见,秦王此言只在八个字:生杀予夺,悉听君裁。"又是一声叹息道,"将军试想,武安君百战名将,杀伐决断明快犀利,极少以战场之事请示王命。纵是兹事体大,难住了武安君,秦王之说似乎也是顺理成章也。老夫之见,将军不要再滞留咸阳了。"蒙骜惊讶道:"应侯是说,秦王不会再见我,也不会有王命了?"范雎呵呵一笑:"将军以为呢?"

蒙骜还是等了两日,两次进宫求见,长史都说秦王不在宫中。此时各种封赏事务早已经办妥,特使也来相催上路,蒙骜无奈,也只有回来了。

"岂有此理!"白起黑着脸啪地一拍帅案,"这是寻常军务么?这是战场决断么?这也不能,那也不能,君王无断,丞相无策,老夫却如何处置!"

"武安君莫急。"蒙骜第一次见白起愤然非议秦王丞相,连忙压低声音道,"一路揣摩,我看秦王与应侯之意,只有一个字。"

"一个字?"

"杀!"

"杀?杀降?"白起眉宇突然一抖。

"正是。否则何须遮遮掩掩,有说无断?"

白起顿时默然,良久,粗重地喘息了一声:"切勿外泄,容老夫想想再说。"

蒙骜去了。白起思忖一阵,漫步到了狼城山顶。时下已是十月初,白日虽有小阳春之暖,夜来秋风却已经是萧瑟凉如水了。天上星斗璀璨,山川军灯闪烁,旬日之前还是杀气腾腾的大战场,目下已经成了平静的河谷营地。若非目下这揪心的难题,白起原本是非常轻松的。他率领着五十多万大军,业已铸就了一场亘古未闻的大功业——一战彻底摧垮赵国六十万余大军,斩首三十余万,受降二十余万。旷古至今,但凡兵家名将,何曾有过如此皇皇战绩?假如不是这突如其来的火炭团,他本当要与三军将士大醉一场,而后再原地筑营休整,来春便直逼邯郸。灭赵之后,他便可解甲归田了。自做秦国上将军以来,他年年有战,一年倒有两百余日住在军营里,以至于荆梅每次见了他都要惊呼:"天也! 一回一变老! 你白起非老死军营么?"多年以来,他内心只有一个愿望:但灭一国,便是他白起离军之时。这愿望眼看要变成事实了,白起心头常常涌动出一种远道将至的感喟。眼见赵括湮没在箭雨之中时,白起心田的那道大堤轰然决开了。可目下这降卒之难,却又在心头猛然夯下了一锤,竟使他烦躁不能自已了。

王命不干军,将在外君命有所不受,历来为将者所求。秦王在战前也确曾将白起的兵权与战场决断权扩大到了无以复加。也就是说,本当掌握在国君之手的那部分兵权都一并交给了白起,还加了一句"得抗拒王命行事",当时连范雎都大为惊讶了。即或在长平大战之前,白起事实上也从来没有就兵事与战场难题请命过秦王。那时若秦王对战场事乱命,他也会毫不犹豫地奉行"将在外君命有所不受"之准则行事。然则,所有这一切都是为了打仗,为了战胜敌国。如今战事结束,降卒处置关涉诸方国政,秦王与丞相不置可否,教他全权独断,岂非滑稽? 可是,秦王与丞相何等明锐,为何要如此含糊其辞? 自己又为何对此等含糊大是烦躁恼怒?

渐渐地,白起完全清楚了,清楚了秦王,清楚了范雎,也清楚了自己。说到底,这二十多万大军一进降营,一个谁也不愿触及的字眼就在隐秘闪烁了。毋宁说,一开始这个字眼就已经在秦国君臣的心头跳动了。战国大势谁都清楚,秦国无法万无一失地融化一支如此巨大的成军精壮人口,是明摆着的事实。自己快马急报请命,是害怕触及那个字眼。秦王不置可否,也是害怕触及那个字眼。范雎虚与委蛇,同样是害怕触及那个字眼。自己一听蒙骜回报便烦躁恼怒,更是害怕触及那个字眼。几员大将莫衷一是,便不是害怕那个字眼么?

那个可怕的字眼,便是杀降。

　　秦王含糊不表态,范雎虚与委蛇,还是得白起做丑人、下杀手,所谓"将在军,君命有所不受",前文提到的秦王全权以授,原来应在这里。

从古至今，"杀降不祥"都是深深烙印在天下人心头的一则军谚。虽然不是律法，却是比律法更为深入人心的天道人道。自从大地生人，三皇五帝开始，人世便有了杀伐征战。为了土地为了牛羊为了财货为了女人为了权力，人们总能找出各种各样的理由，做你死我活的相互残杀。然则，不管如何征战杀伐，有一点始终都是不变的，这便是不杀已经放弃任何抵抗的战俘。战胜一方教战俘做奴隶做苦役，以种种方式虐待战俘，人们固然也会谴责也会声讨，然则仅此而已。弱肉强食是人间永恒的法则，人们对战胜者总是怀着敬畏之心，也在道义上给予了更多的宽容。然则，人世间的事也总是有极限的。一旦你跨越了这道极限，即便强力不能将你立即摧毁，那骤然齐心的天道人道也会将你永远埋葬。诸多的人间极限之中，战场不杀降，是最为醒目的一条。自春秋以来，兵争无计其数，进入战国，更是大战连绵。然则，也是这春秋战国之世，反战非兵之论也随之大起，天下对杀伐征战的声讨也形成了史无前例的大潮。春秋有"弭兵"大会，要天下息战。战国之世对兵争的声讨更是其势汹汹。儒、墨、道三家显学可谓对杀伐征战深恶痛绝。"春秋无义战"，"善战者服上刑"是老孟子的警世之论。老子则说："兵者，不祥之器。""乐杀人者，不可得志于天下。"更有墨家兼爱非攻之说风靡天下，大斥兵争之不义，倡行以"义"为兵战之本。

凡此等等，对征战尚且汹汹咒骂，况乎杀降？

果真杀降，且一举二十余万之众，天下便会祭起天道人道的大旗，将你永远埋葬在可怕的诅咒之中，如此而已，岂有他哉！那时，名将将变作狰狞的屠夫，战神将变作万劫不复的恶魔。千古功业安在？青史声誉安在？然则，不走这一步，君臣失和国家动荡后果不堪设想。白起倒是有了青史盛誉，谁却来管邦国兴亡天下一统？

夜空还是那般碧蓝如洗，星星渐渐少了，山下传来了一阵消失已久的雄鸡长鸣。起雾了，落霜了，遍野军灯隐没在无边霜雾之中，撕扯成了红蒙蒙的河谷纱帐，天地万物都是一片混沌了。太阳渐渐从漫无边际的混沌中拱了出来，山川河谷也渐渐清晰了。

狼城山顶的"白"字大纛旗左右三摆，一阵急促的牛角号响彻了长平山谷。

白起拄着长剑，看着大将们冰冷得石雕一般："立即，对赵军降卒放开干肉锅盔米酒，教他们尽情吃喝。"

"武安君，赵军断粮四十余天，会撑死的！"蒙骜大是惊讶。

“这是战场。撑死，总比饿死强。”

阔大的山洞中一片寂静，大将们情不自禁地一阵颤抖。谁都明白了，那个令人心悸的时刻正在一步步地迎面逼来。蒙骜张了张嘴，不知道自己要说甚了。

只有白起沙哑的声音在山洞中飘荡着：“王龁王陵，率所部军马并全军火器弓弩，秘密开入，包围王报山谷地两侧山岭，不能教降卒觉察，不能发生任何意外。桓龁部封堵山口。蒙骜部外围二十里设防，不许任何人进出山谷。今夜三更开始。”

没有一个人高声应命，大将们的脸色骤然一片苍白。白起一点长剑：“此乃军令，尽在老夫一人，毋得戒惧犹疑。”说罢转身便走，却又突然回过身来低声补了一句，“都是勇士，教他们走得痛快些。”转身大步去了。

是夜三更，没有金鼓之声，狭长的王报谷骤然燃起了漫山遍野的熊熊大火，大石滚木酒桶肉块锅盔，随着密集箭雨一齐倾泻进山谷。谷中翻腾着海啸般的惨号呐喊，疯狂奔窜的降卒们混成了汪洋人浪……直到次日大雾消散，山谷终于渐渐平息下来。

十月初寒之时，长平战场的红色营地彻底消失了，只留下随山塬起伏的黑色营帐与战旗。号角悠扬战马萧萧，秦国大军恢复了整肃状态。在第一场大雪即将来临之前，白起下令秦军退出上党山地，进入河内野王驻扎休冬。白起的谋划是：野王乃秦军在河内的总后援要塞，粮草辎重极是便捷，强如驻军上党长途运粮多矣；退入河内休整一冬，来春秦军可分兵两路，北路进上党出滏口陉，南路北上出安阳，如一把大铁钳夹击邯郸，做大举灭赵的最后一战。

不让他们做饿鬼。

长平之战，作者写得荡气回肠，此战场奇迹，阅之难忘。最终结束于杀降，慨然一叹。

白起犯下滔天大罪。"括军败,卒四十万人降武安君。武安君计曰:'前秦已拔上党,上党民不乐为秦而归赵。赵卒反覆,非尽杀之,恐为乱。'乃挟诈而尽坑杀之,遣其小者二百四十人归赵。前后斩首虏四十五万人。赵人大震。"(《史记·白起王翦列传》)坑杀人数虽有争议,但不能改变坑杀本身这一事实。秦赵本属兄弟同族,长平之战秦虽险胜,但失道义,长平之坑杀,给人以口实,暴秦之名,得来并非一日之功。

范雎畏其功高,在后面搞小动作。

然则,这个寒冷多雪的冬天,秦军"坑杀赵军四十万降卒"[1]的消息风暴般席卷天下,各国无不惊恐变色。按照春秋以来的传统,秦国取得了如此旷古大胜,以"市道"为邦交准则的天下大小诸侯当争相派出特使庆贺,洛阳周天子更会"赏赐"天子战车战服与诸般"代天征伐"的斧钺仪仗,咸阳当是车马盈城之大庆气象。但这次却是奇特,咸阳城没有一家特使前往庆贺,邯郸道却是车马络绎不绝,非但原本在长平大战之时拒绝援助赵国的楚国、齐国派出特使去了赵国,连从来在赵国身后捣乱的燕国都去了邯郸。

骤然之间,山东列国的脊梁骨都发凉了!

春水化开河冰,白起正要大举北上灭赵之时,却接到了秦昭王的快马特书:大势有变,武安君立即班师。白起愤然将王书摔在了帅案之上,一声长叹:"老夫承担一错,何堪君王再错也!"良久思忖,终是下令全军班师。

二 心不当时连铸错

若天下人责之,秦昭王可以将责任推给那个"将在军,君命有所不受"的白起,免除道义上的责任。

秦昭王大费踌躇,无法权衡范雎与白起谁对谁错了。

处置降卒之事最是棘手,白起却再也没有请命便断然做了,秦昭王自是如释重负。按照本心,对白起一鼓作气连战灭赵的方略,他也是毫不犹豫赞同了,事先也征询了范雎谋划,范雎也是赞同了的。可就在二三月之间,范雎却突然上书,历数列国之变,断言"若连续灭赵,有逼成山东合纵之险"。反复思虑,秦昭王最后还是下书白起班师了。但白起

---

[1] 长平杀降之人数,《史记》曰四十万。经诸多军事史家多方考证:赵军参战总兵力不超过六十万,秦军亦是五十余万;秦军尚且有"亡卒过半"之记载,赵军伤亡当更为严重;取二十万之说,当为相对接近。

回到咸阳之后进宫一次晋见，秦昭王却又顿时觉得大军班师太轻率了。白起毕竟是战无败绩威震天下的名将，对战场大势的洞察从来都是没有失误的。那天白起说的话至今都在他耳边轰轰作响："天下惶惶，赵国震恐，征发成军尚且不及，何有战阵之力？列国空言抚慰，却无一国出兵力挺，谈何合纵抗秦？"不能说白起有错，若是连战，秦国实在是胜算极大也。而一举灭赵，那是何等皇皇功业！

秦昭王第一次为自己的决断后悔之时，范雎进宫了。

这次范雎带来了郑安平从列国快马发来的所有急报：赵国任用乐乘、乐闲为将，紧急征发新军防守邯郸；魏国信陵君复出，楚国春申君复出，齐国鲁仲连复出，以赵国平原君为大轴，正在联结合纵；山东战国都在加紧成军，预备抗秦自保。

"应侯之意，当如何？"秦昭王笑了。

范雎侃侃道："老臣以为，秦国当持重行事，毋得急图灭国之功也。赵国虽遭大败，民气犹在。以赵国之强，一败不致全盘瓦解。更有一则，长平战罢，我粮秣空虚，士卒伤亡过半，兵员不足补充。当此之时，宜于养精蓄锐再待时机。"

"也是一理。"秦昭王点点头却又恍然笑了，"这个郑安平颇有才具也，三五年总领斥候密事，功劳不小。大战已罢，毋得屈了应侯恩公，召他回来，应侯以为何职妥当？"

"郑安平唯知军旅。"

"好！做蓝田将军，与蒙骜王陵等爵。"

"谢过我王。"

之后的整个夏天，秦昭王都在章台琢磨范雎白起的各自主张。七月流火的酷暑时节，他终于忍耐不住，在一个雨后的晚上赶回了咸阳，却没有进王宫，而是径直进了武安君府。想不到的是，白起已经病了，榻边围着一圈大冰，荆梅出出进进地忙碌着，满庭院都是草药气息。秦昭王大吃一惊，一边

韩赵收买应侯。"（秦昭襄王）四十八年十月，秦复定上党郡。秦分军为二：王龁攻皮牢，拔之；司马梗定太原。韩、赵恐，使苏代厚币说秦相应侯曰：'武安君禽马服子乎？'曰：'然。'又曰：'即围邯郸乎？'曰：'然。''赵亡则秦王王矣，武安君为三公。武安君所为秦战胜攻取者七十余城，南定鄢、郢、汉中，北禽赵括之军，虽周、召、吕望之功不益于此矣。今赵亡，秦王王，则武安君必为三公，君能为之下乎？虽无欲为之下，固不得已矣。秦尝攻韩，围邢丘，困上党，上党之民皆反为赵，天下不乐为秦民之日久矣。今亡赵，北地入燕，东地入齐，南地入韩、魏，则君之所得民亡几何人。故不如因而割之，无以为武安君功也。'于是应侯言于秦王曰：'秦兵劳，请许韩、赵之割地以和，且休士卒。'王听之，割韩垣雍、赵六城以和。正月，皆罢兵。武安君闻之，由是与应侯有隙。"（《史记·白起王翦列传》）

"七月流火"并非酷暑时节。

下令宣召太医，一边将荆梅叫到旁边询问。荆梅说，白起自班师回来常常一个人在后园
"小天下"转悠，有一晚在"大河"岸边躺了一夜，此后断断续续发热，这次已经发热三日
不退了，医家也断不出甚病，开了一些养息安神之类的药，同时叮嘱以大冰镇暑。

说话之间，白起已经醒来，见秦昭王在厅，散衣乱发地下榻过来参见。秦昭王连忙
叮嘱他躺到榻上说话。白起笑道："不妨事，山洞住长了寒热不均。老卒了，撑得住。"请
秦昭王到正厅就座。一时饮得两盏青茶，秦昭王笑道："武安君，不记恨我么?"白起拱手
笑道："我王何出此言? 国事决断，谁保得事事无差，老臣只可惜失去了一次大好战机。
如今老臣已经想开，失便失了，不定过几年又来了。"秦昭王突然压低声音道："武安君，
今秋再度发兵如何?"白起愕然，一时回不过神来，好大一阵愣怔才恍然醒悟过来，摇头
苦笑道："我王何其如此骤变? 老臣始料不及也。"

"你只说，病体尚能撑持否?"秦昭王认真急迫，显然不是随意说来。

"我王且听老臣一言。"骤然之间，白起脸上大起红潮，额头汗珠涔涔而下，"非关老
臣病体也。若果有战机，老臣便是教人抬着走，也是要去。惜乎流水已去，战机已逝，再
度发兵，已经是对我不利了。"

"灭国之战，不在一时。大半年而已，如何便失了战机?"

"我王差矣!"白起一抹额头汗水，粗重地喘息着，"时光虽只半年，军势却已大变也。
军驻上党之时，赵国朝野震恐，我军士卒则人怀一鼓而下之心，虽只有三十余万大军，却是
泰山压顶之势。大军一旦班师，士卒之气大泄，须得休整补充方能恢复。全军士卒五十余
万，在上党征战四年未归，将士家小望眼欲穿。方得短暂桑田天伦之乐，今非国难而急骤召
回，何有战心? 再则，长平大战，我军士卒伤亡三四成，一鼓作气犹可，若班师而后出，便得
以寻常战力计。如此我军纵能开出三十万大军，以赵国之力死守邯郸，我军若急切不能下，
山东战国便必然来援。其时我军进退维谷，便是大险。万望我王勿存此念也。"

秦昭王听得眉头大皱，脸上却呵呵笑着："武安君，你也说得太过了。"说着一挥手，
厅外一名老内侍捧着一个大木匣走了进来放在案上，"武安君，这是列国斥候密报，还有
商人义报，你看看，山东无甚大变。"

"无须看。"白起摇摇头，"老臣对战场兵事，只信心头之眼。"

"心头之眼?"秦昭王苦笑摇头，"武安君莫非当真老了? 信鬼神之说?"

"心头之眼非鬼神，乃是老臣毕生征战之心感也。我王明察。"

相对无言，秦昭王默然去了。回到王宫，秦昭王立即急召范雎入宫，说了一番自己的再度起兵谋划，要范雎参商定夺。范雎听得云遮雾障，好容易才弄清了秦昭王谋划的来龙去脉，一时默然了。然则，范雎毕竟急智出色，思忖间拱手笑道："老臣以为，大战之事最当与武安君共谋，多方权衡而后定。"

"应侯何其无断也？"秦昭王目光闪烁着笑了，"当初应侯独主班师，本王斟酌赞同，其时武安君何在？"

骤然之间，范雎心下一个激灵，脸上却呵呵笑道："原本也是。老臣不谙军争，平日断事多以列国之变化为据。目下，列国之变虽向赵国而动，然则灭国之战毕竟以军力为本。老臣魏人，对我军战力委实不详，我王若对军力有本，何虑之有。"

"然也！"秦昭王哈哈大笑，"老秦人国谚：'赳赳老秦，共赴国难！'放眼天下，最是老秦人耐得久战，连打两仗而已，有何难哉！"

进入九月，秦昭王亲自巡视蓝田大营，下书命五大夫将军王陵为大将，统兵二十万攻赵。王陵大是意外，在向各郡县发出紧急召回士卒的军令后，夜入咸阳拜会武安君。谁知白起的热病又骤然转做畏寒，捂着三层丝绵大被犹是嘴唇发青，根本无法说话。王陵本意是来探询武安君不为将统兵的因由，若是秦王生疑或大臣攻讦杀降之事，王陵便要找个由头辞了这统兵大将。如今见白起病势沉重，以为秦王在军中选将事属自然，身为大将，自不能畏难退让。回到蓝田大营将武安君病势一说，众将心急如焚，次日立即进咸阳探视，不想却又逢白起正在发热，守候得一个时辰，只有忐忑不安地告辞了。

进入十月，王陵率领大军东出函谷关重新北进上党。

秦军班师后，赵军虽然无力抢回上党十七座关隘，更无力在上党全面布防，但却也迅速将石长城、壶关、滏口陉这三处通往邯郸的要塞占领了，在修复营垒城防之后驻军三万防守。王陵大军激战三场，在大雪纷飞的冬月攻下了滏口陉，大雪一停立即东进，终于在秦昭王四十九年的正月突破武安，进逼到邯郸城下。不想新成之赵军异常顽强，赵王与平原君亲自上城坐镇，赵国朝野一心死拼，三月之久奈何不得邯郸城。王陵终于大急，入夏后连续猛攻，一连死伤了五校人马。秦军之校，大体千人队以上之单元，每校八千到一万人，折去五校，等于丧失了将近五万人马。

紧急战报传回咸阳，秦昭王大怒，决意拿下邯郸震慑天下，立即到武安君府敦请白起统兵出征。这时白起病体虽然见轻，却依旧是瘦骨棱棱行走艰难。秦昭王虽则于心不忍，终于还是说出了王陵受挫的消息，虽然没有下令，但希望白起带病赴军的心意却是明明白白的。白起却是一番沉重叹息："老臣死不足惜也！何我王偏要在此时灭赵？"秦昭王板着脸只不作声，白起深深一躬道："我王听老臣一言：目下之势，我军远绝河山而争人国都，粮草辎重难以为继，无法长围久困也。况长平杀降，天下诸侯恨秦深也，必对邯郸一力救援，其时我军危矣！老臣愿王权衡，撤回王陵之师，以全秦军实力也。"

秦昭王听白起说到长平杀降，心中老大不悦，冷冷一笑道："武安君之意，若不杀降，列国便不恨秦国？"说罢拂袖去了。白起木然站在厅中，不知所措了。荆梅过来扶住白起笑道："你有病便有病，不说病体不行，偏说人家谋划有错，瓜不瓜你？人家亲政多少年了，都成老王了，不兴自己做主，还听你的？"白起一甩大袖生气道："这是打仗，不是赌气，胡说个甚来！"荆梅还是笑着："胡说？目下秦王不是昔日宣太后，知道不？走，吃药。"走着走着，白起不禁长叹一声："有太后在，秦国何至于此也！"荆梅眼圈红了："一战之败，太后便自裁了……"

回到王宫，秦昭王越想越不是滋味。再度灭赵是本王决断，如今看来，若不攻下邯郸，竟是骑虎难下了。秦昭王也不再召范雎商议，立即车驾奔赴蓝田大营，特下王书任命左庶长王龁代王陵为将，立率步骑大军北上，再攻邯郸。

这年秋天，王龁二十万大军再度包围了邯郸。惊骇之下，山东战国终于出动了。魏国信陵君与楚国春申君各率二十余万大军，合力从河内入赵，猛攻秦军后背。邯郸守军趁势杀出，秦军大败溃退。后撤到上党清点兵马，竟有十余万军士伤亡逃散。消息传到咸阳，秦昭王大急，立即召范雎商议应对之策。范雎思忖一阵，心知此时秦国已无大军可调，

功臣迟早被诛杀。"战神"白起，不屑范雎之所为。

提出派郑安平带领蓝田大营最后两万多铁骑驰援接应王龁，能攻赵则攻，不能攻则退回河内野王设防。

"此其人也！"秦昭王当即拍案，"郑安平在赵掌密事斥候四年，熟悉赵国，便是如此。"立刻紧急下书：郑安平率军兼程北上。

此时的秦王，何其昏昏。

郑安平原本是个武士百夫长而已，少年时在大梁市井浸泡游荡，精细机警，领着一班密探斥候在邯郸倒是得其所长，花钱买消息，传播范雎谋划的种种流言，倒实在是为秦国立了不小功劳。然则，郑安平毕竟无甚正干才具，没有一次提大兵统帅战阵的阅历，更不说兵家之才了。一出函谷关，郑安平便晕了，不知道走哪条路驰援。铁骑将军建言：王龁部秦军最有可能沿上党退回，当从野王入上党接应。将军不说还则罢了，将军一说，郑安平顿时有了主张："上党入赵为弓背，安阳入赵为弓弦，近一半路程。传令三军：从河内安阳直插邯郸！"不想一过安阳，被正在回师的邯郸守军与信陵君大军迎面包抄，围困旬日，郑安平率军投降赵国。

范雎任人唯恩，终受其累。

倏忽两年，大势急转直下。

原本赫赫震慑天下的秦国，顷刻之间大见艰难。秦昭王与范雎昼夜周旋，亲自到函谷关坐镇，派出函谷关守军接应王龁十余万大军班师，方才松了一口气。刚刚喘息方定，又有快马急报传来：信陵君春申君统率六国联军攻秦！河内郡与河东郡岌岌可危！

回想当初，苏秦对天下的判断，何其有眼光。

三　旷古名将成国殇

白起的病势时好时坏。然则，最教白起不安的，根本不是病情。

　　王陵兵败，白起是预料到的。王龁大败，却是大大出乎白起预料。出乎意料处，在于魏国楚国同时发兵。更有甚者，那个销声匿迹多年的信陵君魏无忌，竟然盗取兵符，力杀大将晋鄙而夺兵救赵。如此看来，山东六国确实是将秦国看作亡国大敌了。当此之时，秦国便当稳妥收势，先行连横分化六国，而后再图大举，何能急吼吼连番死战？白起实在不明白，素来以沉稳著称的秦王，如何在长平之战后判若两人，一错再错还要一意孤行？正在白起忧心忡忡之时，又传来郑安平率军降赵的消息，白起顿时怒火上冲。他第一次见郑安平，便认定那小子不是正品，所以断然拒绝了教他做实职将军。如何以秦王之明锐，竟看不出此等人物之劣根？如何以范叔之大才，竟连番举荐此等人物担当大任？一己之恩，却以邦国大任报之，岂有此等名士？

　　第一次，白起对范雎从心底里产生了一种蔑视。长平班师回来，有人告知白起，这是应侯受齐国鲁仲连游说，畏惧武安君功高而说动秦王所致。白起当时大不以为然："国策之断，歧见在所难免也。如此说法，以小人之心度君子之腹。"在白起看来，范雎纵然睚眦必报恩仇之心过甚，然论国事，还从来都是坦荡光明的，如何会生出如此龌龊手段？然则，此刻他却隐隐看到了范雎的另一面——谋国夹带私情，恩仇之心过甚。与"极心无二虑，尽公不顾私"的商君相比，实在令人万般感慨！如此之人身居大位，再遇秦王老来无断，秦国能有好？

对范雎的批语十分精准。

　　反复思忖，白起深夜走进书房，提笔给秦昭王上书，请求依法追究郑安平降赵罪责。落笔之时，荆梅却找了进来："我说你个白起，有病不养，半夜折腾个甚？走，回去歇息。"白起对羊皮纸哈着气道："墨迹干了送走，我便歇息，你去。"荆梅走过来一瞄拿了过去，看完一副苦笑道："老师哥啊，教我如何说你？秦王已经不信你了，还能信那范叔？你这一上书，范叔恩仇心本重，岂不与你记恨？消息传开，便是将相相互攻讦！秦王如何处置？对秦国有甚好？对你有甚好？瓜得却实！"白起思忖一阵点头："师妹此言，却是有理。好，不上了。"顺手将羊皮纸抛进了燎炉，一片火焰立即飘了起来。

不想此日清晨，范雎却登门拜会了。白起虽病体困倦，但一听范雎来访，抱病下榻，依礼在正厅接待了。范雎一脸忧色，良久默然，两盏茶之后方才长吁一声："武安君啊，秦王之意，仍想请你统军出战。六国联军，已经攻陷河内了。"

白起目光一闪："应侯之意，还要守住河内河东两郡了？"

"武安君之意，河内河东不守了？"范雎大是惊讶。

"范叔啊，"白起重重一声叹息，"公乃纵横捭阖之大才，如何也懵懂了？我军新败，目下举国只有二十余万大军，九原五万、陇西两万不能动，东路只有十余万步骑了。河内河东，纵横千里，联军四十余万，我十万大军岂非疲于奔命？巧妇难为无米之炊。纵是白起统军，又能如何？如今之计，只有放弃河内河东，尽速退防函谷关，而后分化六国，待兵势蓄成再相机东出，岂有他哉！"

"武安君，范叔何尝不是此意也！"范雎喟然一叹，骤然打住了。

"果真如此，范叔为何不力争秦王定策？"白起大是困惑，"长平战后，秦王不纳我言，然对丞相还是一如既往也！"

范雎默然片刻，石雕一般突然道："武安君只说，能否奉君命出战？"

"防守函谷关，何须老夫？"白起冷冷一笑，"但要老夫，便是与六国联军大战了。白起死，不足惜也！然则，若要老夫亲手葬送秦国最后一支大军，却是不敢奉命。"

"武安君，告辞了。"范雎一躬，扬长去了。

接范雎回报，秦昭王终于忍无可忍了。在他看来，只要白起出战，六国联军便是一群乌合之众，定然一举战胜立威。两次攻赵，你白起拒绝统兵还则罢了，毕竟是长平班师本王也是错了。然则，如今六国合纵来攻，大秦国难当头，你白起祖祖辈辈老秦人，一世为将，此时拒绝王命分明便是于国不忠，是大大悖逆，若不惩治，国何以堪？片刻思忖，秦昭王召来长史，咬牙切齿地嘣出了一道紧急王书："罢黜白起一切职爵，贬为军卒，流徙阴密①。"

王书是宫中最老的内侍总管带着二十名甲士来颁行的。甲士站在那片如同校军场一般的庭院里,不抬头也不说话,全然一片木桩。老内侍只将王书递给抱病出迎的白起,说了声,武安君自个看了,也木然站着不动了。白起看得一眼,淡淡笑着一拱手:"老总管回复秦王,白起领书。"正在这时荆梅赶来,见情势有异,接过了白起手中王书,一看之下脸色苍白,愣怔片刻一咬牙问道:"老总事,秦王可曾限定日期?"老内侍摇摇头。荆梅道:"烦请转报秦王:白起自长平班师回来,寒热无定,来年开春赴刑如何?"老内侍道:"老朽定然如实禀报。武……保重,老朽去了。"转身匆匆去了。甲士们围过来对着白起深深一躬,也悄悄走了。

白起别无选择。

庭院里顿时静得幽谷一般。

"把官仆使女退回去,给每人带些金钱,你我用不上。"白起平静得出奇,见荆梅咬着嘴唇不说话,又道,"还是早走的好,刚入冬,我撑持得住。"

"不!"荆梅摇头,"我就不信,他还当真不教你过一个冬天?"

白起淡淡地笑了:"看看,事到临头,还是你看不开。"

荆梅大袖在脸上一抹,气恨恨笑了:"也好,阴密有河谷,有草地,我保你比在这石板府邸逍遥自在。走,该吃药了。"扶住白起进了寝室。

那一夜,两人都没有合眼。几件该安置的事说完,两人便没有了话说。白起只对着那半人高的铜灯发愣,荆梅却只怔怔地看着白起。听着更鼓一点点打去,偌大寝室入定一般。白起素来寡言,遇到大事更是不想透不说。荆梅则是深

---

① 阴密,春秋有阴密国,战国为秦荒僻之地,今甘肃灵台西南。

知白起此时之痛楚，不知道该说甚好。二十多年来，她与白起实际相处的岁月加起来还不到一年，如此长夜对坐，更是绝无仅有。

说起来，荆梅也是文武兼通的墨家弟子，本当游历天下做苦行救世的名士。可她却不能忘怀少年时光与白起共同酿成的一片深情，终是做了白起的妻子。白起经年不在咸阳，荆梅曾经最想要的，是生几个孩子，使这深阔的府邸活泛一些。可偏偏没有，荆梅便沮丧起来。可白起却全然不在意，反倒是拍着荆梅难得地呵呵笑着："没儿没女全在我。斩首太多，杀气太重，上天能教你有儿女了？"荆梅顿时生气："自己不沾家，怪上天甚个来由？你只说，这木榻你睡热乎过没有！"也是忒煞怪了，白起素来不苟言笑军中朝堂人人敬畏，偏偏是对荆梅永远没有脾气。荆梅尚在兀自生气，白起却已经呼呼大睡了。看着白起一脸的疲惫，荆梅还能说甚？久而久之，荆梅也习惯了，好在宣太后在世时，总是时不时召她进宫说话消遣。那说话，实则是让荆梅给她讲说天下诸子的学问主张，还跟着她学墨家剑术。那消遣，实则是帮着宣太后看各郡县报来的公文，看完还要评点，宣太后总是听得极为上心，也时不时与她折辩一番。有一次消遣完毕，宣太后笑道："荆梅啊，这太子师叫作太傅，这太后师却是个甚名号了？太后太傅么？"荆梅咯咯笑着摇头："没听说过也。""你只说，做不做？有了就有了，甚事不是做出来的？"宣太后一副认真的模样。荆梅笑道："不做不做。墨家弟子从来不入仕。"从那以后，荆梅便总是找出许多托词，很少到宫中去了。后来，宣太后死了。再后来，魏冄也被罢黜了。咸阳，再没有荆梅可以走动的地方了。有几次白起在战场久久不归，她便到南山深处的秦墨院去了，一住一年多。后来，但凡白起大战，她便到南山与师兄弟们一起游历天下倡行大义，重新过起了墨家子弟的苦行日月。直到长平大战将近尾声，她才结束了这段连续四年的游历。

虽然相聚时日断断续续，荆梅却是深知白起。依着墨家学说，荆梅当不赞同白起如此无休止地征战，更不该在白起长平杀降之后不闻不问。可荆梅却实在是既没有反对过白起打仗，也没有责问他何能杀降？荆梅是在从楚国归来的路上听到杀降消息的，同行的师兄弟们愤激难忍，一片指斥，见她过来便都不说话了。荆梅却明明朗朗笑道："杀降是秦王国策，白起做替罪羊罢了，瞒得谁个了？"有个弟子依旧愤愤不平："无论如何，白起难辞其咎。"荆梅笑道："只这无论如何，便不是墨家说辞，天下事没个大理么？"

虽则如此，荆梅却是从杀降之事开始，对秦昭王另眼相看了。一个君王如此不敢担待,其心可知。她曾经再三提醒白起:从此对战事闭口,最上策是托病退隐。谁知白起总是淡淡一笑:"儿戏。邦国兴亡,将士性命,为将者不说谁说?"又是屡屡抗争,不给秦王一个台阶。依着荆梅,最后上函谷关算了,住在行辕也是一样养病,哪个大将还守不住函谷关了?可白起偏硬邦邦一句:"防守函谷关何须老夫。"再加一句,"若要老夫亲手葬送秦国这最后一支大军,却是不敢奉命。"范雎分明是被秦昭王逼着来的,为撇清自己,定然是绝不少说,如此能有好了?

但是,荆梅确实没有想到秦昭王来得如此之快,直是比任何奔袭偷袭都猝不及防。白起能受得了么?自从十五岁入军旅,白起在战事战场从来都是直言不讳,即或是仅仅以一个千夫长之身面对暴烈的秦武王,白起依然是铮铮硬骨亢声直谏,你要他明知荒谬决策而三缄其口,如何却能做到?范雎可以做到,白起却不行。这便是白起——纵然王命,也敢抗拒,只要他认定了自己没错。

如此抗命,白起果然没有想到自己的下场么?

蓦然之间雄鸡长鸣,白起终于说话了:"荆妹,你也熟知我那些大将,说说,谁能做上将军?"

"噫!你是在想此等事?"荆梅哭笑不得了。

"我还能想甚?"

"也好,想想甚想甚。"荆梅摩挲着白起额头叹息一声,"白起呀,你是有将之能,无官之术啊。都甚时了,你纵建言,他却听么?"

"会听的。"白起两眼盯着横贯屋顶的大梁,"他只是恨我抗命而已,却不是要当真毁了秦国。"

"你要想便想,左右我也无法。"荆梅站了起来,"鸡都叫了,我去煎药。"

天渐渐亮了。这座雄阔的府邸依旧是那般平静,仿佛任何事情也没有发生过。老仆在洒扫庭除,使女在擦拭收拾,白起在酣睡,荆梅在煎药。突然,清扫小校场的老仆惊讶地喊了起来:"夫人快来看!这是甚?"荆梅匆匆来到布满各种兵器的大庭院一看,却见满院大青砖上都刻着种种古怪线画,条纹粗大清晰且纹路新鲜,分明是刀剑利器在昨夜所刻。墨家原本有密行传统,荆梅对各种神秘印记也算谙熟,一砖砖看去,转悠了半个时辰,却是没有一砖看得明白。看看日色上窗,荆梅唤起白起服药,将庭院砖画的事说了。白起一听,撂下药碗便到了兵器庭院,挪着脚步挨砖看去,时而愤激时而喘息时而喃喃时而唏嘘，一个早晨看罢，跌坐在兵器架前一动也不动了。

"甚个名堂？快说说我听。"荆梅是真着急了。

白起喘息一阵回过神来，才缓缓道："这是秦军密画，我与大将们数十年揣摩出来的。战场之上，各部万一失散，可在所过处留下种种密画，约定聚集去向。千长以上之将，都要精熟这套密画。"

"了不得也！"荆梅不禁一声惊叹。要论密事密行，天下无出墨家之右。当年老墨子归总密事准则，留下了一句话：密号不适军行。也就是说，各种秘密联络之法，只适宜于少数人行动使用，而不适宜大军。自古大军，除旗号金鼓书简口令之密外，没有任何稳定常行的秘密联络方式。根本原因，在于大军人众，将士品格有差，但有降敌泄密，便是后患无穷。白起军中有此等密画三十余年，竟连荆梅这个上将军夫人墨家密行弟子也不知晓，当真天下大奇也！然则，荆梅此刻却顾不得去想这些，只急迫一问："他们说甚了？要拥你反秦么？"

这密画，日后还有用处。

"甚话！"白起一瞪眼，沉重地一声叹息，"天意也！秦军如此劫难，为将者何堪？"白起从兵器架抽出一支长矛指点着，"你看，东北角那几砖，是说王陵军阵亡五校的经过：中了埋伏，教乐乘在武安截杀了。西北那几砖，是说王龁军溃败经过：赵军突有一支边军铁骑杀出，李字旗号，冲垮了秦军阵形，又遇背后魏楚军夹击。中间与下边这几砖，是说郑安平叛军降敌之经过：郑安平错选路径，从河内安阳入赵，陷入大军围困，先自弃军投降了；两万余铁骑拒不降赵，凭借山谷激战三日，几乎全部战死，只有三千余伤兵做了战俘……"

"那，这几砖？"

"那是几员大将的单画，都是心念昔日军威，说要全军将士上书秦王。"

"为你开脱,请你领军,可是?"

"还能有甚?"

荆梅心头猛然一沉,抓住白起胳膊低声急促道:"不能!上书只能适得其反!"

"怕甚? 将士上书,只有好处。"

"瓜实也! 有甚好处?"

"将士上书为我开脱,必然赞同我目下避战之主张。三军将士皆不主战,秦王自会大有顾忌,如此便可保得秦国无亡国之险。"

"这便是你说的好处? 那你呢? 也不为自己想想!"

"荆妹,我已年逾花甲,生平无憾,何须拘泥如何死法?"

荆梅默然了。这便是白起,只要认定自己谋划无错,只想如何实施这种谋划,而从来不去想自己在实施中的安危。战场如斯,庙堂如斯,永远无可更改,任何人无可奈何。夫君若此,为妻者夫复何言?

旬日之间,三军上书到了咸阳宫。这是一幅长达三丈的白布大血书,秦军千夫长以上所有将领的鲜血都赫然凝固在每个名字上,密密麻麻触目惊心。血书本身却只有二十四个大字——白起无罪,白起大功,战不当战,三败溃军,复我大将,固我河山!

害死白起。君王最忌功高盖主。

当这幅黑紫暗红的大布长卷在正殿拉开时,所有大臣都骤然变色了。司马梗不说话,范雎不说话,秦昭王也不说话。默然良久,秦昭王对长史一招手:"下书三军:战不当战,本王之失也。三军将士,忠心可嘉,人各晋爵一级。"转身又对司马梗道:"国尉立赴函谷关,撤回大军于关外构筑营垒,全力防守六国联军。"又蹀步到范雎面前:"丞相坐镇国事,兼领总筹函谷关大军粮草辎重事。丞相以为如何?"

"老臣领命!"没有丝毫犹豫,范雎几乎是应声而答。

没过几日,函谷关传来急报:信陵君春申君四十万大军猛攻,激战三日,函谷关外营垒失陷,司马梗率十万大军撤回函谷关防守。与此同时,又有司马梗密报传来:三军将士依然呼吁武安君复位领军,请秦王三思。秦昭王思谋过日,亲自拟就一道王书,立即派老内侍带五百甲士下书武安君府。

五个百人队隆隆拥进大庭院时,布衣散发的白起罕见地笑了:"老总事,你宣了。"老内侍颤巍巍展开竹简,尖锐的声音在风中抖动着:"大秦王特书:国运不系于一将之身,大秦国安如泰山。着老卒白起,当即出咸阳赴流刑之地,不得延误。秦王稷五十年十一月。"白起接过王书,对着老内侍一拱:"请老总事转禀秦王:目下之策,立即换将。司马梗无战阵之能,只堪粮草军务;蒙骜稳健缜密,可为上将军保得不败。记住了?"老内侍抹着泪水频频点头,白起转身便走,又突然回头,"对了,半个时辰后,老夫出咸阳。"

站在廊下的荆梅已经转身进去收拾了。白起跟进来笑道:"甚都不要,只将老师当年赠我的兵书带着便了,不定老夫也能收个传人。"荆梅咬着牙一句话不说,只是出出进进与总管家老忙碌。白起看得一阵,径自去了前厅,对一个老仆叮嘱道:"对夫人说,我先出城,在十里杜邮亭等她。"

午后时分,一辆带篷牛车咣当咣当地出了巍峨的咸阳西门,车后跟着一小队步卒甲士。天色阴得越来越重,寒冷的北风将车篷布帘打得啪啪直响,眼看就要下雪了。牛车走得很慢,兵士们也走得很慢,驭手没有一声吆喝,兵士们也没有一个人说话,仿佛一队无声飘悠的梦游者。堪堪半个时辰,看到了那座灰蒙蒙的高大石亭与旁边那座官驿。

这是西出咸阳第一亭。这十里郊亭,原本是天下大城都有的迎送亭。然而这座郊亭旁边有一村落,叫作杜里,村外有着一座传送官府公文的邮驿。亭、里、邮三合一,这里便有了一个名字——杜邮。彤云密布,寒风呼啸,此刻的杜邮分外冷清。牛车将及杜邮亭,一阵隐隐如沉雷般的马蹄声从身后传来。

"停车。"车篷里传来白起平淡浑厚的声音。牛车咣当停下,白起从牛车一步跨下,遥望马队喃喃自语,"一个千人队,用得着么?"片刻之间,马队烟尘卷到,老内侍从当先篷车中被扶下了车,颤巍巍走了过来,手中捧着一口金鞘剑。

"老总事,秦王听我建言了么?"浑厚的嗓音在风中没有任何摇摆。

"禀报武安君,两道王书已经下了,蒙骜为上将军……"

"老夫无憾也!"白起喟然一叹,大手一伸,"拿过来。"

"武安君,你,你也不问问情由?"

"镇秦剑本为杀将之用,问个甚来?"

老内侍抖抖地双手捧上长剑,肃然大拜在地。一千骑士与押送步卒,也一齐在大风中跪倒了。白起抚摩着剑鞘对着老内侍一笑:"老总事啊,老夫原本想死在郿县山塬,魂归故里,咫尺之差,上天不容,诚可谓死生有命也!"老内侍锐声哽咽道:"武安君走好。老朽与军士们,送你回故里郿县。"骑士们一声齐吼:"我等护送武安君回归故里!"

白起哈哈大笑:"赵军降卒,老夫还命来也!"锵然抽出长剑,倒转剑格猛然刺进小腹,一股鲜血飞溅丈余之外。再看白起,两眼圆睁,双手握着剑格挺立在旷野岿然不动。

"白起——"遥遥一声哭喊,荆梅飞马赶来,飞身下马扑过去抱住了白起,"你瓜实了!不等我!"白起似乎笑了,腹中猛然一鼓,金剑带着一道血柱呼啸着飞到了老内侍面前。勉力向着荆梅一笑,白起终于仰面轰然倒地了。

阴霾之中一声惊雷,大雪纷纷扬扬下了起来。

荆梅在牛车上抱着白起,骑士步卒们簇拥着牛车,在漫天大雪中向着郿县去了。

四　君臣两茫然　秦风又低徊

范雎的心事越来越沉重了。

白起之死,犹如一场寒霜骤降,秦国朝野立时一片萧疏。关中老秦人几乎是不可思议了,茫茫大雪之中络绎不绝地拥向杜邮,拥向郿县,凭吊白起,为白起送葬。郿县本是老秦人大本营,更是白氏部族的根基之地。白起尸身回到故里的消息一传开,整个郿县都惊动了。人们卷着芦席扛着木椽拿

白起时而称病不出,时而抗命,时而冷言,秦昭王觉得权威受到挑战,于是"使使者赐之剑,自裁。武安君引剑将自刭,曰:'我何罪于天而至此哉!'良久,曰:'我固当死。长平之战,赵卒降者数十万人,我诈而尽坑之,是足以死。'遂自杀。武安君之死也,以秦昭王五十年十一月。死而非其罪,秦人怜之,乡邑皆祭祀焉"。(《史记·白起王翦列传》)长平之战,白起之功过,史家有争议,或曰"其祸大于剧战"(何晏)。秦昭王赐剑白起,恐怕不单单是范叔进谗之故。小说写白起大胜,全白起功名,实际上秦军损失也惨重,"破夫以秦之强,而十五以上死伤过半者,此为破赵之功小,伤秦之败大,又何以称奇哉!"(何晏)。更何况白起杀降卒,令天下大震,日后作战,各国战士宁死守也不愿降秦,又实际上增加了秦军破敌的难度。称之为"长平之祸",此祸非赵国独有,秦国亦受其祸矣。

着麻绳,从四野三乡冒着鹅毛大雪潮水般涌向白氏故里,三日之中,搭起了二十余里的芦席长棚,从白起灵堂直到五丈塬墓地。郿县令飞报秦王的书简说,郿县八乡十万庶民,悉数聚拢白里之外,外加关中老秦人,原野之上人海茫茫麻衣塞路,其势汹汹,不可理喻。秦昭王与范雎商议一番,派出国中十三位世族元老做秦王特使,赶赴郿县"以王侯礼仪"为白起送葬;并当即下令各郡县:凡有为白起送葬者,不许阻拦。如此一番大折腾,白起葬礼风潮才伴着茫茫大雪渐渐终止。开春之后的清明前后,整个关中都在凭吊白起,几乎县县都立了白祠,从杜邮西去,一路每隔三五里便有白起庙或白起祠堂,香火缭绕,贡品如山,比任何一代秦王的葬礼都要声势浩大且连绵持久。

仅仅如此还则罢了,偏是老秦人骂声不绝。且不骂别个,一骂郑安平狗贼降赵,坑我子弟,抹黑秦人。二骂长平班师是受贿撺掇,冤我上将,毁我长城。骂声弥漫朝野,直将范雎听得心惊肉跳。秦昭王毕竟明白,恐伤及范雎声誉,立即颁布了一道王书:有敢言郑安平事者,以其罪罪之!

虽然骂声渐渐平息,事端却接踵而来。

刚到秋收,掌管农事的大田令急报秦王:南郡赋税少得八县,大是蹊跷,请派特使严查。这南郡是白起当年水陆并进血战一年才夺来的楚国丰饶之地,计有二十三县,目下已经成为与蜀中、关中两地同等的丰厚税源,八县骤然不知去向且不为国府所知,岂非咄咄怪事? 秦昭王大怒,立即下令廷尉府彻查严办。三个月查下来真相大白,竟是王稽在七年前,也就是上党对峙之初,受命为特使与楚国修好,接受了楚国的重金美女贿赂,竟擅自将八县之地割给了楚国。虽然王稽竭力申辩,说当年不割八县秦国便不能从南郡回兵,也无法对峙赵军;自己也是为邦国计,收受重金美女不过是弱楚

王稽又事败。范叔如坐针毡。

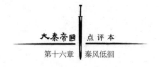

之策而已,非为一己之利也。谁知不说犹可,王稽申辩之下,秦昭王怒不可遏:"里通外国,尚有说辞,无耻之尤!"立下王令:王稽绞首,三族连坐。

王稽事败伏法,范雎顿时坐立不安了。秦法有定则:官员大罪,举荐者连坐。这王稽与郑安平,恰恰是自己竭力举荐的两个恩人,如今先后出事,自己如何脱得罪责?事后细想起来,范雎也觉大是汗颜。分明是自己对这两个人所知甚少,却凭着恩仇之心一力举荐,算得良臣风范么?若非对自己有恩,这两人自己能看得入眼么?王稽在秦王身边做谒者二十余年,可谓心腹了。可秦王却硬是没有大用王稽,能说不是秦王看准了王稽之致命缺失?你范雎与王稽相交不过年余,如何一身力荐?你将王稽看作知己至交,王稽使楚归来如何却对你不透一丝风声?非但当时不透,而是七八年都瞒得你严严实实。

人心若此,诚可畏也。

再说这郑安平也是匪夷所思!当初一介落魄市井子弟,却敢于冒险救自己于虎口之下,谁能说他没有胆色?流浪入秦寻觅自己,又舍身与刺客搏杀再救自己,谁能说他不是侠义勇士?纵是在做了秦国五大夫爵的将军之后,也还在与赵国对峙中立下了不小功劳,单是那搅得赵国君臣七荤八素的漫天谣言,便是寻常人做不来的。可偏偏在真正要建功立业的关口上,他竟抛下两万多铁骑投降了赵国。赵国给他高官了么?没有!赵国一个都尉将军如何比得秦国五大夫高爵?那蒙骜王陵都是百战大将了,也才是五大夫爵位啊。他能从赵国得到的一切,加起来也没有在秦国的三成,他图谋何在?怕死么?降了赵国也是一死,且投降不过三个月,赵国便将他斩首军前示众了。怕打么?他本来就是武士出身,皮粗肉厚胆子大,一副赳赳武夫的模样,承受不得些许皮肉之苦?

人心若此,鬼神莫测也。

书房灯烛彻夜通明。天亮时分,丞相府领书将一卷上书飞马呈送章台宫。

整整一个夏天,秦昭王都在章台,眼见将入九月,还是没有回咸阳。白起死后,秦昭王莫名其妙地对咸阳宫腻烦起来,远远看见那巍峨高峻的宫殿楼台,便隐隐有些头疼。章台清净,大臣们也不可能说来便来,整日除了批阅长史与丞相府分头送来的二十来斤公文,便是在山水间尽情徜徉,静下心来细细咀嚼那种青涩滋味儿。

这日清晨阳光和煦,秦昭王正要到南山园囿猎兔,却见丞相府传车辚辚驶进了宫门。按宫中法度,除非紧急密件,文书传车与丞相都是午后才能进入章台的。此时传车前来,显然是范雎有急务了。秦昭王心下一紧,拿着弓箭站在廊下不动了。

"禀报秦王:丞相上书。"一名年轻文吏手中捧着一卷密封的竹简。

随行内侍刚刚开封,秦昭王接过竹简便大步去了书房。这几年大事纷纭,他真怕在这里失态。掩上书房,打开竹简,刚瞥得一眼,"辞官书"三个大字飞入了眼帘,及至看完,秦昭王茫然了。

范雎的言辞很是恳切,痛责王稽与郑安平志节大堕,所犯罪行为人不齿,自己举荐失察,当领罪辞官以谢国人。若当真依照秦法处置,举荐此等两个奸恶之徒,举荐人连坐之罪何止辞官隐退?然则,范雎毕竟是范雎,入秦唯王是忠,剪除四贵权臣,力挺秦王亲政,而后又出远交近攻之长策,一举确立抗衡赵国之方略;进军上党决战长平,若没有范雎的缜密谋划与邦交斡旋,白起大军之胜负也当真难料也。说到底,对于秦昭王而言,范雎的重要远远大于白起。秦昭王可以没有白起,但是不能没有范雎。白起认事不认人,不管是宣太后还是魏冄,抑或秦王,白起都认,又都不认。根本之点,在于白起唯谋国是从,只论事理,不论人际。阏与之战前,白起不从太后、魏冄。灭赵大计,白起屡次抗命秦昭王。纵然最后都是对了,可总教人不敢倚重。白起是国家干城,却不是君王可以随心所欲使用的利器。范雎则不然,既有长策大谋,又有认人之长,绝不会如白起那般老牛死顶。一开始,秦昭王便认准了范雎的这个长处,将范雎看成了对抗白起等一班秦国元老的自己人,一举将范雎封侯,爵次几与白起等高,又不遗余力地以秦国威势满足范雎的恩仇之心,要将这个才具名士变成自己真正的心腹股肱。唯其如此,秦昭王不怕范雎有过失,只要这种过失不是背叛秦王自己。秦昭

对白起、范雎之论析,精准。

白起一如前"四贵",确为元老。秦昭王能独当一面,范叔的功劳最大。

王严令王稽郑安平之罪不得涉及范雎,甚或在元老大臣弹劾范雎的长平班师有"受人游说"之罪时,也断然挡了回去。说到底,秦昭王从来没有想到过罢黜范雎,可范雎为何却要辞官?

"来人,立即宣召应侯。"

暮色时分,范雎辎车进了章台。

秦昭王在书房设了小宴与范雎聚饮,灯烛之下,不禁感慨万千:"范叔啊,你说这一国之本,却在何处?"

"在君。"范雎的回答毫不犹豫。

"君之将老,根本何在?"

"在储君。"

秦昭王哈哈大笑:"果然范叔也!在在中的!"突然压低声音一脸正色,"今日请范叔来章台,便是要定下大计,立何人为储君?"

"老臣不明我王之意。"范雎笑了,"我王四十一年便立了太子,四十二年重立太子,至今已经十年,何有再立储君之说?"

"范叔有所不知也!"秦昭王长叹一声,"当年第一个太子嬴栋,乃本王长子,算得文武兼通,不意却在出使魏国时发寒热病死了,委实教人伤痛也。次年重立太子,乃本王次子嬴柱。可这嬴柱,当真一言难尽也!非但才具平平,且又羸弱多病,更有一样教人放心不下,便是夫人当家。范叔啊,嬴柱果真为君,无才多病,再加一个王后干政,你说还有秦国么? 本王已经六旬有七,朝夕将去,如此储君,却是如何安心也?"说话之间,秦昭王情不自禁地唏嘘了。

范雎默然了。秦王能将如此重大密事和盘托出,却只字不提他上书请辞之事,足见秦王根本没有罪他之心。即便一个寻常老人,身后难以为继也是令人伤痛的,况乎一国之君? 然则此等事又实在是太过重大,往往是涉密越深越是大险,秦王只是诉说而无定策,如何能轻易出谋? 思忖间道:"我王深谋远虑,对储君之事必有所虑,老臣自当以我王之决断谋划行事。"

"范叔,"秦昭王灰白的长眉骤然扬起,一双老眼目光炯炯,"要说本王之断,便是由你来查勘十一位王子,选一立储,而后你便兼领太傅教导太子。你小得本王十三岁,尚可辅佐新君定国。"

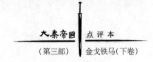

"秦王!"范雎听得唏嘘不已,扑拜在地,一声哽咽,"我王信得老臣,老臣却是愧不敢当也!"

"岂有此理!"秦昭王佯怒一声笑了,"本王留下遗书:新君定国之后,许你辞官如何?"

范雎实在是不能再执意提辞官之事了,只有唯唯领命去了。

从此,范雎开始了与王子们的频繁来往。待到来年秋天,范雎已经对秦昭王的十一个王子有了大体的评判。

这日午后,范雎进了咸阳宫禁苑,在湖边见到了兀自在草地上铺一张草席晒暖和的秦昭王,疲惫慈和之相,全然一个山间老叟。

见范雎来到,秦昭王笑呵呵坐起,吩咐老内侍准备小船下池。片刻之间,一只四桨小舟轻盈地靠上了池边码头,范雎随着秦昭王上船了。说是小船,船舱却甚是宽阔敞亮,除了船头船尾的两名武士,舱中只有那个忠实的老内侍。进得船舱坐定,小舟悠然漂进了湖中。

"范叔,这小舟最是万无一失,你说。"

"启禀我王。"范雎斟酌着字眼缓缓道,"一年多来,老臣对诸位王子多方查勘考校,大体有定。老臣以为:目下不宜动储君之位,仍当观之三五年,方可有定。"

秦昭王眉头一跳:"范叔啊,这便是'大体有定'?"

"我王容老臣一言。"范雎肃然拱手,"安国君嬴柱为太子,虽非我王大才神明,却也绝非低劣无能。其妻华阳夫人原本楚女,没有生育,人言当家者,全然家事也。太子年近四旬,些许小病原是寻常,也不是常卧病榻之辈。此三者,不当大碍也。其余十位王子,论体魄倒是多有强健者,论才具品格,却似皆在安国君之下。更有根本处,诸王子之子共百三十二人,却无一出类拔萃者。相比之下,安国君二十三子十三女,却有三五人尚算正器之才。老臣思忖:子辈皆平,便当看后。安国君后代有风云之相,似不宜轻废。臣言观之三五年,原是多方考察,为安国君妥当立嫡之意。若得如此,大秦稳妥也。此老臣之心,当与不当,我王定夺也。"

"噫——"秦昭王恍然,老眼一亮,"有理也! 子平看后。本王如何没有想到此处?范叔好谋划,一席话定我十年之忧也!"

范雎连忙起身深深一躬:"我王如此褒奖,老臣何敢当之?"

秦昭王悠然一笑："范叔呵，甚时学得如此老儒气象了？当年之范叔何等洒脱快意，视王侯若粪土，看礼仪做敝屣，何有今日老暮之气也？"

范雎心中骤然一沉，惶恐笑道："老臣当年狂躁桀骜，对我王不敬，老臣想来汗颜不已，何敢当洒脱快意四字？"

"哪里话来？"秦昭王哈哈大笑，"拧了拧了，不消说得。"大袖一摆，"上酒，今日与范叔痛饮一番！"

一时酒菜搬来，却是老秦风酒肥羊炖。

秦昭王显然是了却了一桩多年的心事，轻松之情溢于言表，频频与范雎对爵大饮。及至明月初升，君臣两人都是一脸红潮。

范雎酒量原是极大，脸潮之后更是善饮，却只是得在放浪无拘行迹之时。今日面对老来性情无常的秦昭王，范雎心存戒惧节制为上，秦昭王说饮便饮，秦昭王不饮，自己绝不自饮。

饮着饮着，月亮在蓝得透亮的夜空飘悠到了中天。

秦昭王举爵望月，一阵大笑又一阵唏嘘，兀自走到船头对着天中明月一声呼喊："白起，你若在月宫，嫦娥便是你妻，此乃本王最大赏赐也！"喊罢又将酒爵一翻，一爵酒汩汩银线般落入湖面，口中又是兀自喃喃："来，今日你我君臣再饮一爵，再饮一爵……"在船头秋风中伫立良久，秦昭王似乎清醒了过来，一声长叹："内无良将，外多敌国，本王何其多忧也！"

苍老的声音在湖面随风飘荡，范雎无言以对了。

回到丞相府已经是四更天了，家老却还守在书房外等候。

范雎一进书房，跟进来的家老恭敬地呈上了一支密封铜管："此件是一个叫作唐举的先生送来的。"

"唐举？"范雎大是惊讶，"他来咸阳了么？在何处下榻？"

"唐举先生在燕国游历，此信乃商旅义士带回。"

再不说话，范雎立即打开铜管泥封，抽出一卷羊皮纸展开，寥寥两行，却是意味深长：

范叔如晤：闻兄境遇有不可言说之妙，特告于兄：燕山蔡泽将下咸阳，兄当

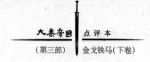
妥为权衡,毋失时机也。慎之慎之。

骤然之间,范雎哈哈大笑道:"知我者,唐举也!"

[第三部终]

由唐举引出蔡泽,蔡泽劝范叔急流勇退。范叔因而举荐蔡泽为相,自己则抽身而退。一说为范叔受累于王稽,与王稽同年死。